報人風骨

——徐鑄成傳

李偉 著

徐鑄成與表妹朱嘉樹（《文匯報》名記者、右派份子）1949 年在南京

1957年在蘇聯斯大林格勒紀念館

1957 年在蘇聯卓婭紀念碑前

徐鑄成與夫人朱嘉稑 1982 年在上海重慶北路家門口

1957 年在蘇聯里加機場歡迎儀式

1980 年來自北京、西安和保定的孫子和孫女們，
在上海與爺爺、奶奶一起歡度暑假前

1983 年徐鑄成與他的研究生賀越明在武漢

1978 年四個孫子在上海與爺爺一起歡度暑假

1942 年與友人在桂林七星岩旁桂林大公報生活區合影
（後排中：王文堯，前排左：王文彬，前排中：金誠夫及小兒子，前排右：徐鑄成）

1979 年參加香港《文匯報》成立三十周年活動，與香港《文匯報》副總經理余鴻翔合影

1949 年在香港

1983 年與老友畫家方成在武漢東湖賓館合影　1980 年右派改正後攝於上海人民公園

1957 年蘇聯共產黨總書記赫魯雪夫在莫斯科克里姆林宮接見以徐鑄成為團長的中國新聞工作者代表團並合影留念

1949 年 3 月徐鑄成與柳亞子等民主人士化裝，一同從香港乘船赴北平，攝於在煙臺港轉車時

1961 年徐鑄成夫婦與母親、長子、長媳和三子

1964 年徐鑄成夫婦與長孫合影

1939 年徐鑄成夫婦在上海

序 章
—— 一代報人命運的縮影

一個國家的新聞媒體反映出一個國家的文化精神，同時這種文化精神也從新聞媒體的工作者身上折射出來。

近代中國風雲激蕩，戰亂無已。植根於這樣土壤的報紙，生命力都較短暫（唯一例外的是《大公報》）。即使在這此起彼落、瞬息萬變的「短暫」裏，也出現一些才識過人品格高尚無愧於「報人」稱號的先賢們。

徐鑄成先生說得好，我國新聞史上，曾出現過不少名記者與有名的新聞工作者，也有不少辦報有成就的新聞事業家，但未必都能稱為「報人」。

稱之為「報人」，徐鑄成有一段經典論述：

「歷史是昨天的新聞，新聞是明天的歷史」，「對人民負責也應對歷史負責，富貴不淫、威武不屈、不顛倒是非，不譁眾取寵，這是我國史家傳統的特色。稱為報人也應該具有這樣的品德和特點」[1]

徐鑄成還說：「我認為，『報人』這個稱謂，就含有極崇敬的意義。」用不著再加上偉大、卓越之類的形容詞。[2]

他自己就是一個真正的「報人」。

觀照徐鑄成先生一生的行藏，深感他是一座人文思想的富礦，其精髓就是集中體現在他追求民主辦報，堅持獨立的思想和獨立的人格，把畢生精力奉獻給新聞事業。

徐鑄成先生是江蘇宜興人，我和他是同鄉。近六十年前初次見到他的情景記憶猶新。

被敵偽扼殺的上海《文匯報》，抗戰勝利後復刊了（該報創刊於1938年，1939年5月被迫停刊，1946年復刊）。徐鑄成離開《大公報》，

再度主持《文匯報》。當時，國事蜩螗，人心鬱悶。《文匯報》大膽揭露蔣政權的種種弊端，同時也提出挽救時局的救國良策。因此《文匯報》一時風行大江南北。

自然蔣政權容不了難以駕馭的《文匯報》，1947年5月，勒令《文匯報》、《聯合晚報》、《新民晚報》三報同時停刊。

「民亦勞止，汔可小休」。晚秋時候鑄成先生的叔祖逸樵公八十大壽，他回到故鄉來祝壽。那時宜興有張《民言日報》。國民黨中的左派立法委員許聞天是發行人。我在該報任記者。仰慕鑄成先生，很想有識荊機會，恰好我認識鑄成先生的同宗徐覺先先生，把這心願向他說了。他很爽快答應：「鑄成先生回來我一定讓你見到他」。

鑄成先生回鄉後，我果然如願以償，覺先先生設家宴宴請他，讓我去作陪客。我如約到了覺先先生府上，只見大廳上，覺先先生正和一位中年人在談話。「這就是你所嚮往的徐鑄成先生」，覺先先生為我介紹道。那時鑄成先生行年四十，風華正茂，圓圓的臉上架著一副眼鏡，溫文爾雅，他笑容可掬地和我握了手，原先以為他在《大公》和《文匯》兩報主持筆政，一定居高臨下不易接近。面對他平易近人的態度，我的拘謹很快消失了。他詳細問了我讀書求學的情況，以及任職的那家報紙背景、人員、內容等等，我一一回答。當我說到發行人是許聞天時，他點了點頭說：「這好啊！」接著他說：「《民言日報》這報名不錯。報紙嘛，就應該為民立言。」正談著客人到齊了，大家入席。席上鑄成先生談笑風生，吐辭幽默，我聽得入了神，要問的問題都忘了。記得鑄成先生酒量甚宏，座中人頻頻給他敬酒。

飯後在廂房休息。我向他求教：「你的文章寫得這樣好，那是得力於什麼？」「哪裡，哪裡，我那些文章都是急就篇，怎談得上好呢？」他謙遜地說。但我仍等著他的回答。「如果說我的文章還可以看看的話，那是得力於一部《辭源》。」他看出我疑惑不解的神情，又解釋道「有一年我生了一場傷寒病，臥床兩三個月，病中把《辭源》看了幾遍。」

　　後來，徐先生應我所請，寫了「為民立言」四字送給我們的報紙。這是我和徐先生的初次識面。

　　當時家鄉父老盛讚徐先生：「宜興有光彩，出了個傑出的報人。」家鄉父老所稱許的「報人」，我想就是徐鑄成先生所賦予定義的那種「報人」。

　　大夜彌天，霧壓申江，1937 年 11 月，上海淪為「孤島」。12 月，《大公報》（滬版）、《申報》、《立報》等自動停刊，抗議租界當局屈從日寇要華商報紙接受新聞檢查。翌年（1938 年）1 月，《文匯報》以英商名義創刊。原就職於《大公報》的徐鑄成，因該報停刊而遭「遣散」，旋即應聘進《文匯報》主持筆政。斯時上海刀光劍影，暗殺成風。徐鑄成掌筆政伊始，即首撰社論〈上海並非孤島〉，要上海人「時時刻刻隨時記住你們所處地位。為了你們所處的地位，為了你們自己，不應該再這樣苟安逸墮，為了你們子孫，更應該隨時有所警惕」。一周後（2 月 8 日），又針對敵人醞釀組織偽政府，無恥之徒躍躍欲試，想當漢奸。徐鑄成再撰社論〈告若干上海人〉，對那些民族敗類提出義正辭嚴的警告：「不要一時失察，走入歧途；到後來愈走愈遠，不能自拔」。敵人終於圖窮匕現，兩天後報館挨了炸彈，造成一死兩傷的慘劇。同時寄來恐嚇信：「務望改弦更張」。徐鑄成凜然無畏，三寸毛錐，敵偽膽寒。雖敵人又再以送有毒水果、腐爛人臂、炸印報間等伎倆相威脅，而徐鑄成巍然不動，只是加強防範。

　　「一分耕耘，一分收穫」。徐鑄成的勇猛筆鋒，給黑暗中的上海人不可名狀的鼓舞。於是徐鑄成三字不脛而走。《文匯報》一紙風行，銷數過十萬。

　　令人惋惜的是報人報國的時機未能保持多久，隨著汪偽政府組成，在日偽的軟硬兼施下，租界當局倒了過去，洋商的招牌不能再掛，鼓吹抗戰的報紙一律停辦。

　　敵人所施的手段是從內部摧毀《文匯報》。發行人兼董事長的英國人克明，向敵偽出賣了《文匯報》。徐鑄成「寧為玉碎，不為瓦全」。

問世年餘的《文匯報》自動停刊。正如慧星掠過夜空，時間雖短，但光照耀目。至此，一個昂藏磊落、威武不屈的徐鑄成，登上中國報壇。這段可歌可泣的歷史，傳到大後方，成了夏衍的劇本《心防》的素材，中國報人引為驕傲。

　　「孤島」已不可留，《大公報》總經理胡政之函電交馳，請徐鑄成回《大公報》，把《大公報》香港版的重任託付給他，主持編輯部。事實證明託付得人。歷時二年半，1941年，太平洋戰爭爆發，香港陷落，《大公報》停刊。在恐怖深淵中度過幾日後，日本人忽然來訪，要《大公報》限時復刊。面臨民族氣節與人格的考驗，徐鑄成毅然拒絕。偕經理金誠夫等一行四人，化裝出逃，一路險厄重重，終於到達桂林。

　　頗有遠見的胡政之，早在1940年就籌辦桂林版《大公報》，作為港版停辦後的退路。1941年初創刊。徐鑄成既到桂林，立即被委重任，讓他擔任總編輯。新記《大公報》一直由張季鸞一人任總編，這時才由徐鑄成、王芸生兩人同任總編（王為重慶版總編）。桂林本為桂系（李宗仁、白崇禧、黃紹竑）的封邑當時保持著獨立的冶體系，文化控制比較寬鬆，許多進步文化人與進步文化企業，一時群集桂林，成為戰時中國文化城。根據這樣的地域特點，徐鑄成施展長才，以力爭自由民主為辦報方針，堅持與重慶版不同的風格。作為報紙靈魂的社論除徐自寫外，還請進步文化人，如千家駒、張錫昌、夏衍等人執筆。重慶版女記者彭子岡，無畏敢言，她的通訊抨擊時弊，揭開內幕，重慶版不登，徐鑄成照發。徐的社論與子岡通訊，成為桂版的兩大特色。《大公報》蒸蒸日上，發行數高達六萬，是桂林各報的總和。有人這樣說：「那個時候，桂林新聞界的蓬蓬勃勃，雖不敢說是絕後，但確已是空前。領導群倫的是《大公報》，主持《大公報》桂版筆政的就是徐氏」。當時桂版《大公報》成了桂林文化城的支柱，維繫著大東南半壁的人心。無奈好景不長，湘桂戰役失利，桂林陷落在即，堅持

到了最後。1944 年 9 月 13 日，桂版《大公報》停刊。徐鑄成忍痛放棄經營三載的精神堡壘──《大公報》，率全體員工徒步去重慶，親身經歷湘桂大撤退的民族苦難。

桂版同仁到達重慶。重慶《大公報》是剩下的最後據點。寄人籬下的日子並不好過。胡政之叮囑徐鑄成和金誠夫（桂版經理）要善於以小事大，萬事都要忍讓，有時還要忍氣吞聲。重慶版辦了個《大公晚報》安插他們。

在重慶的一年半，徐鑄成自稱是半凍結的日子。他緘默起來，再也聽不到他爽朗的笑聲，也再聽不到他滔滔不絕的雄辯，他那支鋒利的筆也閒置起來，就這樣還動輒得咎。

幸好尷尬的日子並不久長，抗戰勝利把他「解放」了。奉社方命，飛上海恢復《大公報》滬版，被任為總編輯。

1945 年 9 月初到滬，在既無社址，又缺白報紙的情況下，僅兩月餘，於 11 月復刊。復刊前，他就定下以鮮明的態度反對內戰，爭取民主，堅持政協路線的編輯方針，他並下決心，如受掣肘或阻礙，就乾脆辭職他就。

《大公報》滬版復刊，大受讀者歡迎。訂報者在發行所面前排起長隊。發行數破十萬。形成鮮明對比的是老牌的《時事新報》復刊後僅有數千份。由此說明讀者對報紙的選擇。

這時《文匯報》早已復刊，請徐鑄成歸隊主持，他只能兼為照看，畢竟一人精力有限，加上《文匯報》的編輯方針有誤，毫無起色。這顆重來的慧星並未發光。

有誰想到，已臻蒸蒸日上之勢的《大公報》，這時出現了「內憂」。雖然社方讓他主持滬版，卻也不是「將在外君命有所不受」。自他主持滬版每有觸怒當局的言論與報導，也驚動《大公報》當局。胡政之親自找他談話。說他「有政治野心，拉著《文匯報》不放手，又推著《大公報》向左轉」。他原有考慮如有掣肘，當即離開，待王芸生一到上海，他即遞上辭呈，離開已服務二十年的《大公報》。雖胡政之派人懇切挽留，他去意已堅，難以動搖。

他的離開立即成了新聞，記者採訪他，他說明離開的原因：「《大公報》雖然是我的家，但我不能作主，有妨礙到報紙立場的話，我不能說，不說又於心不安。我主持《文匯報》，可以說我應該說的話，成於我，毀亦於我，可以心安。」

　　徐鑄成把全部精力放在《文匯報》，這個慧星就立刻光芒萬丈，好評如潮。銷數扶搖直上，成為「上海最鮮明的進步標誌」。徐鑄成坦言《文匯報》的態度：「一張真正的民間報紙，立場應該是獨立的，有一定的主張，勇於發表，明是非，辨黑白，絕不是站在黨派中間，看風色、探行情，隨時伸縮說話的尺度，以鄉愿的姿態多方討好」。正由於此，大受讀者歡迎。當報社面臨困難時，公開招讀者股。有的工人、學生兩人合一股，支持《文匯報》。政要人物李濟深、龍雲也來參股，他們不收政治投資，按讀者股收下。招來的股金中，其中三分之一就是零碎股，可見人心向背。到 1947 年 5 月，國民黨終於以刊載不利的軍事消息及顛覆政府的罪名，勒令停刊。後來南京方面，提出政府加股、派人等等條件可以復刊。徐鑄成的答覆擲地有聲：「復刊應該是無條件的，有條件絕不復刊」。此後南京又以去《申報》任主筆為誘餌，徐鑄成毅然拒絕。清白操守，錚錚鐵骨，不愧報人風範。

　　報人的生命是為辦報而活，徐鑄成無視特務不能去香港的警告，翌年三月去香港辦報，這就是香港《文匯報》。經理與總主筆一身兩任。那艱難難以言狀，創刊時發行三萬，僅有一臺破的平版機。經濟周轉不靈，無錢買紙。晚上平均只睡三小時，常因無紙被人從床上拖起。幸報紙辦得有聲有色。如龍雲脫離虎口（原因禁於南京），冒險到港。這獨家新聞發表，全港沸騰，報紙不斷重印。

　　1949 年是時代的大轉折，也是徐鑄成個人生命的大轉折。從此起落浮沉，走了一條之字路。真是欲說還休。和他生死相依的《文匯報》，歷經復刊、改刊、又復刊，六十年風風雨雨，飽經滄桑。

　　建國前夕，徐鑄成在香港登上北行的輪船，同船的都是民主人士。抵北京後，備受榮寵。參加開國的人民政協。他本打算在北京也

辦一個《文匯報》，這樣滬、京、香港三地都有《文匯報》。一看實情，打消此念。渡江戰役打響，隨軍南下。上海解放，《文匯報》復刊。被任為管委會主任兼總主筆，全面負責。復刊後對新的辦報方法頗不適應。如長沙解放之日，已收電訊，翌日刊出後，即被指為搶新聞，是資產階級辦報作風。總之一些套套，使人瞠目束手，無所適從。畢竟環境已變，為適應大氣候一再改版，終因內容一般，銷路回跌。雖經「救報運動」，也只稍抑頹勢。慘澹經營至 1956 年 3 月，只好改弦易轍去北京辦專業報《教師報》。《教師報》創刊僅兩月，又奉命再辦《文匯報》。10 月 1 日在上海復刊，變化之大，唯《文匯報》為甚。

《文匯報》再度復刊，大力革新，又在「雙百」方針激蕩下，從形式到內容都有大的改變。使人耳目一新。但肯定與否定，眾說紛紜。使人莫衷一是。

意想不到的殊榮悄然來到。

1957 年 3 月，徐鑄成出席全國宣傳工作會議，聽毛澤東在最高國務會議上的講話錄音，聽者無不興奮。如傅雷頌毛澤東是「千古一人」。沒有想到的是在數月後，傅雷即被打成「右派」，文革中夫婦雙雙被迫自殺。這是另話。當時徐鑄成卻獲殊榮。一日，毛澤東親自召見，且在門口親自迎接。徐上前，毛用溫暖的手緊緊和他握著，並說：「你們《文匯報》實在辦得好，琴棋書畫、花鳥蟲魚，真是應有盡有，編排也十分出色。我每天下午起身後，必首先看《文匯報》，然後看《人民日報》，有空再翻翻其他報紙。」沒有比這評價最高的了。

接著更是錦上添花。奉命率團員十二人，作為中國新聞工作者的代表訪問蘇聯。他被任命為團長（黨外人士任團長規格甚高），歷時四十餘天，勝利歸國。歸國未久，他的〈訪蘇見聞〉尚在連載。上海正當鳴放，市裏開會動員多次，他才講話。在發言中，講「拆牆經驗」，也是動員才去講的。那知形勢發生突變，反右鬥爭開始。黨內討論徐的劃右問題，副總編欽本立認為不應劃他為右派，提了種種理由，市委書記柯慶施採納。柯說了三條意見：一、作為認識問題，不作政治

問題；二、他仍當總編；三、還是有職有權。報社開會宣佈三條，以為相安無事。又是事出意外，北京已把《文匯報》當作反右運動焦點，毛澤東親自撰寫兩篇社論：〈《文匯報》在一個時間內的資產階級方向〉與〈《文匯報》的資產階級方向應當批判〉相繼問世（均發於《人民日報》）。徐鑄成終於在劫難逃，定為右派，降職降薪，發配勞動。

　　徐鑄成的「右派」桂冠為高層所定，按理一致通過，誰敢異議。可事有不然。有位溫崇實，只是編委會的秘書。他名實相符，崇尚真實。敢冒不韙，起而反對：「徐鑄成不應劃右派！」金響玉振，擲地有聲。接著有理有據，逐一說明，自然無人聽信。他的結果可想而知。無獨有偶，可與溫相媲美、猶有過之的是梅煥藻，他是社長辦公室秘書。一位要員問他對反右運動有什麼看法。他只說了一句：「徐鑄成要成為右派，我思想有些不通。」一言既出，立即受到圍攻，要他交代，他走出會場，立即跑上屋頂，跳下樓了！他是《文匯報》第一個壯烈犧牲者。溫與梅兩人和徐鑄成並非親故，足見徐鑄成的人格魅力。

　　徐鑄成成為右派，消息傳到海外。報刊紛傳，臺北某刊報導其事，稱：「左派報人徐鑄成成為右派」，頗堪玩味。揆諸實情，徐鑄成一直站在中共一方。另一民間報刊《大公報》，對中共常有微詞。該報總編王芸生說：「1957 年我很幸運，毛主席保我過關。後來那個『反蘇』型右派，給『雲南王』龍雲戴上了。」（見《口述歷史》第一輯）「趙孟能貴，趙孟能賤」，徐鑄成受最高面譽，卻難優容。高層的喜怒愛憎、「長安弈棋」實變幻莫測。

　　到了「文革」徐鑄成更受磨難。抄家、批鬥、隔離審查、住房被佔、幹校勞動……不一而足。

　　「紅了櫻桃，綠了芭蕉，流光容易把人拋。」二十年光陰等閒度，白了少年頭。

　　烏雲終於散盡。1980 年 8 月，中共中央 60 號文件宣佈，二十二位國內外有影響的愛國民主人士的右派問題，屬於錯劃，應予改正。

在章乃器、陳銘樞、黃紹竑等二十二人的名單中有徐鑄成。改正後，徐鑄成坦率的說：「含冤二十年，人生有幾個二十年歲月白白流失？我們這二十二人中，有三分之二已不堪折磨，離開人間，我是倖存者之一，今後為報答黨和國家，將更加實事求是，努力工作，力戒說空話、大話、套話，以赤誠作出貢獻。至於九個指頭、一個指頭之分，有時也難以區別。請問像文革十年所犯的失誤，是一個指頭還是四個、五個指頭？同樣當時號稱兩個司令部，究竟哪一個司令部是『延安』，事先誰有能力敢於區別？」他還像當年無私無畏，坦率說出真心話。

徐鑄成右派改正後，已過古稀之年，雖痛惜時光之流失，然報國之心如故。他立下「三不主義」為今後立身行事之準則。一、不計較過去。不以往昔遭際縈懷……二、不服老。在「來日苦短」之年，要多為後人留些東西……如史料、佚聞以及辦報的經驗教訓。三、不量力。要盡力多為新聞界培育些人才。（徐著《風雨故人》前言）。如此襟懷令人敬仰。

他說到做到。晚歲之年，筆耕不輟。自稱「舊聞記者」。蓋衰鬢已斑，「新聞」已失去意義。只有「白頭宮女話天寶」，寫出自身經歷的「舊聞」。先後寫了《報海舊聞》、《舊聞雜憶》、《風雨故人》等十餘部著作，計三百餘萬字。為後人提供辦報經驗，先後寫出《新聞藝術》、《新聞叢談》。獨創「新聞烹調學」，是他辦報經驗的精華。為培育新聞人才，他擔任復旦大學和廈門大學等四個大學的兼職教授，親帶四位研究生。他還披肝瀝膽、剴切陳言，希望國家早日頒佈出版法，在黨的方針路線下多樣化一點，多透一點人民的聲音。（八十年代與港刊《九十年代》記者談話）。

……

這就是名實相符的」報人」徐鑄成。

終其一生，他以一介報人，時時振筆疾書談論國是，以一枝犀利的筆盡報國之志。

曾在《文匯報》工作多年的梅朵說：「想起文匯報這段光輝的歷史，應該永久在他上面刻上徐鑄成先生的名字。他是一位真正的報人，堅持了一個報人應該遵循的原則；到他逝世之日，他沒有讓他那支報人的筆寫出言不由衷的話。我們不應忘記，徐鑄成先生是文匯報的創始人，是堅持著報人精神的創始人。」[3]這話說得何等好啊！

1987 年 5 月，徐鑄成完成回憶錄後，寫了一首〈自慰〉絕句：「胸有是非堪自鑒，事無不可對人言。清夜捫心無愧怍，會將談笑赴黃泉。」

每個人都有歷史局限，而制度環境的局限，則是歷史的最大局限。沒有局限，也就不成其為歷史。要突破這樣的歷史局限，正需要歷史產生第二、第三個徐鑄成這樣的報人。

往者已矣，有的人總要被銘記、被崇敬；有的事總要被反思、被拷問。陰霾則是暫時，陽光燦燦則是永久。

1991 年 12 月 23 日，徐鑄成於上海寓中猝然去世。

徐鑄成先生雖然逝世，但他超越了死亡。他的精神將永留人間。

（2006 年 1 月作於鑄老逝世十五周年）

註釋

註 1：徐鑄成，《報人張季鸞先生傳》，三聯書店，1986 年版，第 6 頁。
註 2：同上。
註 3：《從風雨中走來》，文匯出版社，第 244 頁。

目次

第一章　生命之源

江南一小城

「我出生在江南的一個小城。」徐鑄成總是這樣謙稱他的血脈之地。

宜興的小當然是實情。因為它繞城三華里，直徑一華里，城區人口一萬。不過這也由於他日後成了報人，行蹤遍及大河上下、北國塞外，對比那些繁華都市、通都大邑，也就顯得它的「小」。而同生斯地的筆者，在童稚時的視野裏，這三街六巷，人聲喧鬧，熙熙攘攘的宜興，還視之為「大」。

宜興地處太湖之濱，江南膏沃之地。縣城山環水抱。城之南，面對重重山巒天目山餘脈的銅官山，黛綠絳紫，山色隨四季而變化。城的東西郊，各有一個方圓約九華里的小湖，當地人叫東汍、西汍，這「汍」字不見於字典。東汍形長，西汍形圓。西汍在西城門外，京杭國道（南京至杭州公路）之旁。沿西汍行，只見一片汪洋，浪花拍岸，時有航船揚帆而過。岸邊垂柳野樹，春日桃花爛熳，蜂喧蝶鬧，是宜興人極佳的賞遊之地。

「物華天寶，人傑地靈」。宜興土地肥沃，物產豐盈，稻麥一年兩熟，人稱魚米之鄉。舉世聞名的紫砂茶壺與陶器，產地即在宜興。那茶壺的特點，是能夠保持茶汁泡久了也不會發霉發餿。這是由於宜興有特殊的陶土。這種陶土為別地所無，所以即使仿製也極易識破。山鄉還盛產毛竹，松杉等材木。宜興風景極好。善卷洞幽深曲折，洞中有洞，可以航船。還有張公洞，更為高大軒敞。有一處名鯽魚背，上緣一條曲折鳥道，才可承足，兩邊巍嶺直瀉，頗像魚背，故有此名。

宜興也是人文薈萃，名人輩出之地。晉代勇於改過、除三害故事的主角周處即生於此。南宋詞人蔣捷（竹山先生），名詞「紅了櫻桃，

綠了芭蕉，流光容易把人拋」的作者，他的詞多故國之思，山河之慟，他也是邑人。明末四公子之一與侯方域齊名的陳貞慧及其子陳維崧（詞人），同生斯地。明末抗清英雄、殉國於都門的盧象升也是宜興人，無須一一列舉。

「吾來陽羨（宜興古稱），船入荊溪，豁然如愜平生之歡，行將歸來殆是前緣」。說這番話的就是宋代文學家蘇東坡，他在宜興買田終老。卜居的幾年，留下詩篇、手澤、墨寶，還手植蜀產名花西府海棠一株，至今猶存，老幹兩三抱，子根孫枝已合為一體，依然花開繁茂。

精忠報國的岳飛與宜興也有淵源。他在〈五嶽祠盟記〉中說：「今又提一旅孤軍，振起宜興」。宜興有百合場，即岳家軍與金兵大戰一百回合之地。金兵潰退，岳飛率大軍掩殺，追到西氿，金兵早把湖中船舶搜劫殆盡，岳軍無法渡過，鄉民聞訊，一夜間築成一條長堤，使岳家軍飛渡，把金軍殺得血流成渠，故長堤稱岳堤。惜此堤近年被毀，蕩然無存。

當代宜興，人稱教授之鄉。名人之多難以縷述。如徐悲鴻、吳冠中、錢松岩、周培源、唐敖慶、潘梓年、于伶、儲安平等均為文化名人，飽學之士。

徐鑄成先生說：「我曾翻讀《明史》，單單在熹宗，崇禎兩朝以忠言苦諫遭廷杖甚至殺頭的宜興籍御史，即有二十餘人。這個故鄉的確是令人難忘的，想起了已經看不到今天的好友儲安平，不也是以敢言獲罪的嗎！」[1]

人在遠鄉，徐鑄成總是繫念著故鄉。他說過這樣一件事：「記得在抗日戰爭期間，我於 1943 年穿越桂、贛、閩、浙、皖、蘇六省，沿著未淪陷的山區，冒險化裝進入上海，當時曾一路寫東海記行及淪陷區進出記各約十篇，刊於桂林及重慶大公報。在那次特殊旅遊中，當我跨入宜興，聽到竹叢中飄來鄉音的時候，不由心頭突跳，忙從轎子裏走到路旁，雙手捧起一把故鄉土，在頰上親親，雙眼流下了熱淚。這是遊子見了慈母的感情。雖然我在十五年前已往北方讀書和工作，而全家也在 1927 年遠離了宜興，但鄉情卻積久愈濃啊！」[2]

清貧家世

一橋飛架，荊溪河上。這是宋蘇學士東坡親題「周將軍斬蛟之橋」。筆者兒時隨大人喊為長橋。

長橋南首，有石牌坊一座。「三朝元老」四字赫然在目。這本是明萬曆年末曾做幾十年大學士（閣老）徐溥的表功牌坊。據說後來曾為權相的周延儒，其時正是他童稚，在石牌坊前發狂言道：「這裏該是我的牌坊！」這話傳到已告老還鄉的徐溥耳中。徐閣老一笑：「這孩子口氣不凡，如果他能連中三元，我就讓他。」之後，周延儒果然連中三元（解元、會元、狀元），徐閣老的牌坊只好遷到孔廟門前。筆者兒時在長橋下看到的就是周延儒那塊「連中三元」的牌坊。

就在這牌坊的東側有一條彎彎曲曲的小巷，那是東珠巷，全稱該是東撒珠巷（簡稱東珠巷）。民間相傳，清初，有位明末皇孫，流落宜興，清兵追捕，他急中生智，一路撒下珠寶，追兵搶拾之際，他得以脫身。路經的兩條巷分別名為東、西撒珠巷。

東珠巷獅子巷口，一處衰敗的院落，其中就有徐鑄成的生身之地。徐鑄成說：「我家沒有什麼光榮的勞動家譜，但也不是書香門第，更不是什麼縉紳人家，沒有聽說祖上有人做官的，也從未有人中過秀才、舉人。」[3] 他雖這樣說，然而細推起來，他該是那位徐閣老徐溥的子孫。有事可證。徐溥留下的義莊有不少莊田。向例規定，徐姓子孫中了秀才，就可到義莊領取一千文助學金，中舉可以有雙份。民國以後，一千文為一元，秀才改為中學生，進了大學，就受到舉人待遇。徐鑄成說：「我進師範後，母親曾託人去代領幾年。至於我進大學後，這雙份的光榮，他老人家只享受過一年。」[4]

1907 年 6 月 26 日（歲次丁未，農曆 5 月 14 日），徐鑄成就出生在這式微破敗的徐氏院落。宜興話是「破牆門」。

房子是破舊的，卻有一座廳堂，是有根有據的明代建築。可以想見當時顯赫的面貌。中間的四根柱子油漆已班剝了，毫無疑義是楠木的。地上鋪的大方磚已殘破，掀去一層，下面還有一層長磚。

　　這破院子，恰在宜興縣知事衙門的隔壁。據父老們說，原先，在前院的東牆，爬上梯子，可以看到知縣老爺升堂問案，和把犯人按在堂下打屁股的情景。在後樓則可以偷覷知縣老爺與妻妾的調笑作樂。後來，縣衙門把牆頭加高了一段，就什麼也看不見，只聽到隨風飄來的喝打、呼號聲和後院悅耳的絲竹聲。[5]

　　院子裏住的十幾戶，都是徐姓疏房，各擁有一、二間房子。徐鑄成家裏有一間半房，還有半間火焚過的房子作堆柴用。他們就在這局促的環境下生活。

　　他的曾祖仲安公，稍通文墨，靠著經管祠堂的田產過活，還做一些士紳們不願做的事，如地方公益事務的募捐，然後發給貧窮戶，數額很小只是一元、二元而已和一些賑米。僅靠這些還維持不了家。徐仲安還開了一爿豬行（販賣仔豬），並在一家酒行管帳。就這樣省吃儉用樽節著過日子，以後陸續買了三、四十畝田。

　　生活已是小康，徐仲安還有一個心願，希望有個曾孫。他已七十八歲。民間傳說，有了曾孫，去陰間見閻王就可長揖不拜，更無需下跪了。徐鑄成的出生遂了他的心願。

　　曾祖母朱氏，不識之乎，也不識數。性威嚴，從不假人以顏色。她坐在那個破舊的廳堂裏，即使是遠房的小孩，也都摒聲息氣、躡手躡腳而過。她享了高齡，八十八歲。過世那年，曾孫徐鑄成已十五歲。只是有個缺陷，因她不識數，積蓄的幾十塊銀元，用根稻草比著堆起的長度，悄悄藏著。孀居的小姑婆，知道銀元藏於何處，有時急用，拿了幾塊，再把稻草掰去一段，她全然不知。

　　徐鑄成的祖父徐石樵，生平無多可述。他靠著酒行的執照，繼承曾祖酒行管帳的差事。由於近水樓臺，他也喜歡喝酒，還有別的嗜好，這樣就把幾十畝田的家產賣光了。六十歲時病故。

　　祖母宗氏最疼愛孫子，她是徐鑄成的保護傘。每當母親要責打，只要聽到哭聲，祖母立即趕到把他拉走。當他讀書怠惰或有什麼淘氣非打不可時，母親總是先厲聲警告：「不許哭，不許叫，不然打得更

重。」這就阻斷他的救星即祖母。祖母一生淒苦，以侍佛度日。生有二子，三女。長子即徐鑄成的父親。長次兩女適范姓，三女適余姓，都在農村。

徐鑄成的父親徐家驤，字少石。十六歲即設學塾教蒙童。為著小學教師資格，去江陰進半年制的師範速成學堂，後任小學校長。未多久，被擠到一個窮鄉僻壤去當教員，月薪跌到八元。生活難以維持。他母親一再慫恿，寫信給姨父，才於 1920 年到河北石家莊車站當了一名司事（相當於文書），月薪有二、三十元；寄住在段長家，還要管些雜務。多年後，徐鑄成說起這樣一件事：「我父親是一個老實人。曾有一個同事，和他換帖拜了兄弟，後來在閻錫山成為北方統治者的時候，這位把弟原是山西五臺人，回去混了幾個月，忽然任命為京漢路局長。我姨父去京送禮拜謁自不待言，還逼著我父親把蘭譜退還給了局長大人。」這可見他父親的老實，那位姨父是適應「潮流「的。[6]徐鑄成的三子徐復侖這樣說到祖父：「祖父身材矮小，只有一點五米，雖有學問卻無能力，且體弱多病。1950 年故世，不足七十歲。」（見徐復侖給筆者的信，2005 年 9 月）。

母親朱贛玉，因外祖母早年亡故，留下一子五女，她是第二個孤女。因朱家與徐家沾親，她十三歲時，被留在徐家寄養。她的父親帶著後妻及其餘子女，去江西一個收稅機關去做小官。事實上是童養媳。曾祖母對她十分嚴厲，祖母和善些，不過很囉嗦，大家庭人口多，家務繁重，雖小小年紀也得跟著做。晚上還要學針線。稍有困倦，不自主閉上眼睛，曾祖母就要大聲責罵。受了不少委屈。[7]十七歲時與徐家驤完婚（他二十一歲）因為曾祖父渴望抱重孫。據徐復侖先生說：「祖母朱贛玉，宜興人，其父曾受恩於徐家。雖後徐家敗落，而他已升任江西贛州知縣，仍不忘舊恩，將二女兒送到徐家，嫁給我祖父。祖母身高（超過一點六米），貌美，熟讀古書，有較高的文化水平。精明強幹，一手好針線活，家中大小事都由她張羅，身體一貫很好，八十多歲時眼不花，耳不聾。1967 年 12 月，家父被造反派揪鬥，押

送五七幹校勞動。祖母受此刺激精神垮了。1968 年秋忽中風。拒絕治療，絕食而亡。享年八十四歲」。

苦樂參半的童年

徐家這個日夕盼望的寧馨兒（徐鑄成）來到人間，滿足了徐仲安與朱氏夫婦抱重孫的心願，也給他的兒子徐石樵與宗氏夫婦帶來無比的歡樂。至於徐鑄成的生身父母（徐家驤與朱氏）那高興也是自然的了。不過他母親在高興之餘，別有一番苦澀。

小鴻生（徐鑄成小名，又有乳名毛毛）那裏知道自己是倖存的，他幾乎不能來到人間。這段事說來辛酸。

小鴻生父母完婚後第二年，母親就懷孕了。曾祖父喜不自禁，認為上蒼有靈，更虔誠地向家堂菩薩叩頭與祈禱，祝這位孫媳婦早生貴子。哪知事與願違。同族的新媳婦，一個個都分娩生的都是男孩，她卻是遲遲不見動靜。總算等到這一天，下地的卻是女孩。這一下，大禍臨頭了。在廳上等著人們賀喜的曾祖父氣得走了出去。原來已陳設好的祭禮（祭祖用的食物）都撤掉，沒有人去看這個剛分娩的產婦。幾個月過去後，還受到旁敲側擊的指責。

痛苦中挨了一年。小女兒剛過周歲，她又懷孕了。這回她不敢聲張，怕再生一個女孩，她也根本沒有生男孩的信心，好在也沒有人知道她又懷孕。

她想盡辦法要讓這未出世的嬰兒流產。她故意吃生冷、辛辣的食物，端過重的淘籮，舉過高的竹架，甚至忽然重重地跌坐在地上，這些舉動本都會流產，但竟都是徒勞，腹中嬰兒安然無恙。她聽人說，麝香、冰片可以打胎，偷偷買來吃了，結果仍然無用。多少年後，母親告訴徐鑄成說：「我天天急得像熱鍋上的螞蟻，看到堂屋裏有個小石磨，就拿來壓在肚子上，盡力壓十幾分鐘。然而還是白費氣力，最後只能等待是禍還是福。」

　　終於出了懷，大腹便便，昭然在目。但這一回沒有人關心她，也不指望她生男孩，臨盆分娩那天，家裏冷冷清清，同上次成鮮明的對比。

　　嬰兒出世了，她在朦朧中聽到接生婆對祖母說：「恭喜恭喜，是個胖胖大大的孫少爺。」這時她已昏厥過去。這邊忙著上香、點燭、染紅蛋，向親戚們去報喜。

　　……

　　這壓不垮、毒不死、打不掉的嬰兒就是徐鑄成。細想起來這鑄成兩字何等貼切。日後，他在新聞工作崗位上，一直矢志不移地激濁揚清、剛正不阿、不畏權貴，甚至在打入社會底層，在重重磨難面前，也從不改變初衷講違心話。這志如磐石、錚錚鐵骨不正是以鐵鑄成的嗎？這自然是後話。

　　回到本題。這位曾孫的出生，全家歡慶。那年又是曾祖父仲安公八十華誕，雙喜臨門。仲安公不惜重金，在宜興城內設備最好的一家照相館蓉錦軒，拍攝一張闔家歡。曾祖欣然提筆題了「八旬大慶，四世同堂」八個字以志慶。這張照片一直保存著，文革中被抄走，後來發還。當時七十五歲的徐鑄成重看這張照片，看到繈褓中的他，由曾祖父抱著端坐中間，並排坐的是曾祖母，懷裏是兩歲的姐姐。後面站的是祖父母、叔祖父母以及他的父母親。還有幾位叔叔和未出嫁的姑媽。在前面席地坐的是一些小叔子、小姑姑。照片已發黃，曾祖父親題的八字手跡，依然可見。可是物是人非。[7] 拍照後的第二年，這位曾祖就病逝。當然他已心安理得，坦然走向陰間，因為見閻王時不要再下跪。兩歲的曾孫穿麻服已能匍伏在地，當大人痛哭時，他也輕輕啜泣著。

　　曾祖走了，另一個疼愛他的是祖父石樵公。鴻生會走路了，每天清晨，祖父帶著他上茶館，在那裏吃點心，然後在附近買幾樣菜餚，把孫兒送到家門口，讓他提著籃子，蹣跚地走進門去，這才去酒行上班。

　　兒童都喜歡玩具，貧寒之家買不起高貴的。孩子們喜歡「跳白果」（白果即銀杏樹的果實），染了各種顏色，夾在腳趾縫裏跳著玩，互

相比賽。這就像抗戰前上海的孩子們玩玻璃球，鴻生還不會「跳白果」，祖父就給他買了整整一小瓦罐。

祖父是他七歲時過世的。背上生個癰疽，呻吟床席半年，痛苦地走了。小鴻生歎息道：「從此再沒有人給我買玩具了，更沒有人帶我去茶館吃早點了」。

這是例外。

每當春天時候，碧藍的天空常見有風箏（宜興稱鷂子）在飛動，鷂子線上掛著鷂弓發出嗚嗚的響聲，入夜後掛起鷂燈，遠看像一串繁星，閃閃發光。小小的胡蝶風箏雖只要五文錢，但無錢購買，鴻生望天興歎。祖母看他可憐，劈了幾雙竹筷，做了個「豆腐乾」風箏。可能骨架太重，無奈飛不起來。他感觸很深，當時立願，將來自己做了祖父，一定完全滿足孫子的玩具要求。後來他果然這樣做了，以彌補過去失落的童年。1967 年，紅衛兵抄他家時抄出許多玩具，照了相，作為修正主義的罪證。這是後話。

他的童年還有一段幾乎難以使人置信的事。

他六、七歲時，進私塾讀書之前，曾祖母看著像竹筍一樣拔節速長的曾孫，忽然不順眼起來。她說：「這孩子粗手粗腳，沒有讀書人的樣子。」母親聽在心裏。她有了一個主意。前不久，剛把他頭上的尾巴（辮子）剪掉，這回想到給他裹腳。這不就像女孩嗎。想到做到。她裁了兩塊方布，把他的腳趾緊緊裹起來，再套上布襪，穿上布鞋，那就舉步維艱了，每走一步疼痛難忍。經過一年多的哭求，母親這才把它解了。可留了終身的傷痕，拇趾向內彎曲，二趾被迫突起，不能像健康人一樣腳踏實地。

在他童年的記憶中，跟著祖母去「坐庚申」，也是高興的事。信佛的老婆婆們，每隔六十天，聚集在尼姑庵裏，誦經禮拜一個通宵，名曰「坐庚申」。祖母總是帶他去，他樂於跟從。因為一則逃避母親監管，二則作為宵夜的一碗素麵，很吸引人。有一次在三里橋小鎮上的竹林庵去「坐庚申」。香煙繚繞，鐘鼓齊鳴，很是熱鬧。庵裏有座

巍峨高聳的寶塔，祖母說是文筆塔，原來還高兩層，每天清晨，那塔尖的影子可以照到西城郊。所以明代宜興文風很盛，迭出高官。有位縣官，感到高官太多，侍候不勝其苦。想了個主意，暗中把寶塔削了兩層，筆尖照不到硯池，宜興就不出人才了。結果並非這樣，宜興還是出了很多人才，這是那位縣官始料不及的。

……

六歲時鴻生進私塾發蒙，童年的黃金時代匆匆而去，苦與樂都只留在記憶裏。

註釋

註 1：徐鑄成，《錦繡河山》，湖南人民出版社，第 120 頁。
註 2：同上，第 120 頁。
註 3：徐鑄成，《報海舊聞》，上海人民出版社，第 103 頁。
註 4：同上，第 109 頁。
註 5：筆者親訪家鄉父老提供。
註 6：徐鑄成，《報海舊聞》，上海人民出版社，第 188 頁。
註 7：徐鑄成，《舊聞雜憶》，遼寧教育出版社，第 390 頁。

第二章　求學時代

從捐榜生到榜首

　　鴻生發蒙的私塾就在他家對門，一位姓湯的老師給他發蒙。私塾雖小，還設高、初兩班。高班教四書、五經，執教的是另一位老師。初級班教方塊字，由湯老師教。每天教五、六個字後，功課就完了。湯老師玩他的骨牌，生徒們還得坐著。不過湯老師是很和氣的，學生背錯字，他並不責罵；書桌上雖有「戒方」（體罰的工具），並不使用。學生就怕湯老師外出，代課的欽老師，臉上從無笑容，學生背錯字就要打手心，再錯就打額頭。他還有刁鑽古怪的打法，如把鋼筆管放在學生手背下，「戒方」打下去，手背上就留下圓圓的血印。學生痛了還不准哭。哭出聲來還要重打

　　湯師不僅自己和善，他的家裏人也是如此。他的母親更使孩子們樂於接近。暑期並不放假，學生家裏送一擔西瓜孝敬老師。每到下午三、四點鐘，湯老師就叫學生們在側門外的水弄堂裏排好隊，太師母（即湯老師母親）早把西瓜切好了，每人一片，由井水冰過，吃起來涼到心頭，加上那裏有穿堂風，涼風襲襲，真捨不得離開那裏。

　　一年後，鴻生進小學，湯師也改業不當教師了。三十餘年後，1947年 5 月，《文匯報》被封，徐鑄成乘暇回鄉給叔祖祝八十大壽，就在壽宴上，與湯師重逢，他已滿頭白髮。徐鑄成向他敬酒，他顫危危地站起來乾了一杯，回頭對同桌人說：「我看他小時候就聰明也有骨氣的」。說著，舉袖擦乾眼眶中的淚水。他謝了老師的獎譽，心想這是過獎，其實幼時很笨，因為讀不好書，不知挨過母親多少次打。此後就再沒有重見湯師。

　　七歲上，徐鑄成進小學。當時城南北各有一所小學，他進的還是新辦的，就在他家後門不多遠的地方，為公立第三小學，僅一個班，學生二十餘人，教的是新課文，「人手足刀尺、山水田、牛馬羊」，還是識字，不過也教珠算一小時。

　　一年後，他八歲時，父親到離城三十里外的湯渡從善小學任校長，另一教師是他的堂叔徐西林。母親跟去燒飯，不能把他撇在家裏，也就跟去讀書。作為校長的兒子，受到學生們的擁戴。一放學就像眾星拱月，同學們帶著他放牛、採菱；下雨天，則是籠蝦、釣鱔、叉魚、掏蟹，飽嘗農村兒童生活的樂趣。

　　這中間發生一件充分顯示他一生性格的事。這個鄉村小學被一位鄉紳周三先生把持著，所有學校的經費都要向他領取，教師的去留全由他決定。有一天，東南八鄉的學務委員（後來改稱督學）前來查學。學校打掃一新。翌日上午，父親正在上課。周三先生領著學務委員來了。站在窗外聽課。那天是溫習課文：「我家有一雞，日生一蛋」。父親把三先生的兒子叫起來：「周永保，你講講是什麼意思。」周永保看了看窗外的父親，樂滋滋地說：「這是講我家裏有隻雞，每天生一堆雞蛋。」說罷顧盼自雄地坐下。小鴻生搶著舉手說：「他說錯了。」父親忙示意他不說，但他還是接著說：「是一個雞蛋，不是一堆雞蛋」。父親狠狠地用教鞭指著他說：「多嘴，這是一樣的。」窗外的三先生領著學務委員走了。數十年後重憶童年往事，他感到這事對不起父親。可是這「多嘴」的毛病總是改不了，為此也吃過不少苦頭。這是指他在 1957「反右」、「陽謀」中因言惹禍。這也是所謂性格即命運吧。

　　也許和這「雞蛋」事件有關係，他父親在第二年調到湖洑廣善小學任校長，冊需母親再燒飯，母親帶著他和姐姐回城去。回城後就進了在通真觀巷的敦本小學。全校有七個班，初小四個年級在一個教室上課，高小一、二年級同室，到高小三畢業班才單獨上課。校長是有名的舉人公任日庠先生。教初小國文的是位秀才王先生。

　　很巧，筆者的二舅范迪齋（遺生），也在敦本小學讀書，正是徐鑄成的同學。他說了許多敦本的往事。校對面靠城牆是小營前，是個

刑場，常在這裏處決犯人。大人告誡不准孩子們去，不要撞了陰氣，可並不聽。課餘就在那裏踢皮球，只有王先生一出現，學生們才一個個回校。二舅還說，當年不知什麼原因，徐鑄成很少參加學校的一些活動，如到南嶽寺去秋遊。根據徐鑄成的後來自述，原來秋遊要著裝整齊，他交不起八百文的校服費。只好缺席了。二舅又說，徐鑄成那時的成績似乎也不太好，在年級中總是很後，後來起了很大變化。

1918 年的夏天，徐鑄成從敦本小學的初小畢業了，全班最末一名。他自己說：「我原是一個低能兒，幾乎每門功課都掮榜──最末一名。」母親看他這樣的情況，不免憂慮，暑假中，父親回來，她說：「這孩子大概讀不出書了，你把他帶到湖氵父去再讀一年四年級，如再無起色，我也就斷念了。」

暑假後，他跟父親到廣善小學去，仍讀初小四年級。當時父親工資每月十六元，一年只發十個月，寒暑假沒有錢。在小飯店包飯每月三元。假如鴻生也吃包飯，父親只有七元多收入了。嫁到湖氵父的姑婆，體諒他父親的困難，讓鴻生到她家吃飯。這使他嘗到了「嗟來之食」的滋味。有時人家把他忘了，這一餐只有用一枚銅元（那是父親給他備不時之需），買一份煮山芋吃。日後，他讀魯迅的文章，對這一段話深有體會。魯迅說：「有誰從小康人家而墜入困頓的麼，我以為在這途路中，大概可以看見世人的真面目。」

寄食的滋味雖不好受，附讀卻有樂趣。廣善小學在湖氵父鎮的邊緣，該鎮在連綿群山的出口要道。著名的風景點張公洞近在咫尺。校外茂林修竹，野花滿眼，他隨著小夥伴嬉戲於此，真有無窮樂趣。晚上由父親講解《論語》或《孟子》一章。對讀書感到了興趣。父親又慈祥從不加以呵責。

在父親處補習了一年，徐鑄成的父親被排擠到別校任職，暑假後，他回到城裏，仍進敦本小學，讀高小一年級。所謂「士別三日，便當刮目相看」。吳下阿蒙已今非昔比，無論哪門功課或考試成績都

列榜首。以教學嚴格著稱的國文教師王叔青，每周五佈置作文，下周二發卷講評，本子按成績置先後，徐鑄成的常是首本。發卷時備加讚揚。他的其他課程，如算術、英文、修身乃至總依賴母親完成的手工，還有體操也都有了好成績。筆者的二舅，他的同班同學范迪齋說：「這徐鑄成好像有神助，和以前大不相同了！」這樣的變化他母親也覺察到，她對祖母說：「鴻生開知識了」。

　　細究起來，這變化由於在父親身邊的一年附讀，不過還得加上他當時已知主動努力攻讀。有一事可證：他家臥室後面是空曠的園子。母親在窗外用竹籬隔了個一方丈的小園。每日清晨他從窗口跳下去，讀《古文觀止》。一天，母親扔給他幾顆枇杷，他吃後隨手把果核拋在地上。過了幾天發現萌了新芽，此後用心澆灌，在他去北京進大學時已有兩尺高。人與樹一起成材。後來他成為名報人時，枇杷樹已為人們奉獻甘美的果實。這是後話。

　　皇天不負苦心人。1922年，是年十五歲。他高小畢業，成績高踞榜首，穩坐龍頭。

中了兩個秀才

　　宜興至常州的班輪，在荊溪河中劈波斬浪地行進著。房艙裏，二十名去常州應考的學生。由五中的在校生徐照帶領著。其中有徐鑄成。

　　徐鑄成從敦本小學業後，決定以常州的省五中和無錫的第三師範為升學目標。

　　省五中久負盛名，校長童伯章（斐）是著名的書法家兼擅長詞章，掌該校已有二十多年，培養出多少優秀學子。如瞿秋白、張太雷就從該校畢業。至於省錫師由於師範不需學費和膳宿費，畢業後可當教師，也列入考慮範圍。兩校考期，省五中早半月，故先去常州應試。

考期兩天，徐鑄成並不費力，各門功課都順利答卷。考完後，徐照帶著宜興的考生們在校內走了一圈。校區範圍之大堂舍之多，開了他們的眼界。又去鬧市觀光，登上文筆塔，全城風光盡收眼底。

第三天早晨，考生們乘原班輪回宜興去。正要登舟解纜時，徐照匆匆趕來，把徐鑄成拉在一旁，輕輕說：「剛才我已看過錄取榜，你和任君錄取了。其餘的未取。你先不要告訴別人，免得他們失望。通知隨後就到。」

帶著滿腔喜悅，徐鑄成回到家裏。喜不自禁忙把錄取消息告訴家人，自是一番高興。

幾天後，錄取通知遲遲不到。在縣小當教師的堂叔帶來消息，縣小的任同學已收到錄取通知，鴻生收不到，看來錄取無望。母親責怪他的消息不實，他有口難辯，只是感到徐照為何要騙他。他只有深深自責。

省錫師的考期也到了，此次同行只有朱百瑞。他暗下決心，此次務必考中，如不中真無顏見人。

到無錫後，看到市容的繁華更勝常州，不愧人稱小上海。不過他們無心觀看，找個小旅館住下。等著隔天後應試。筆試兩天，他認真答好每一題，難度不大。筆試及格者第三天面試。他被通知面試。結果大獲成功，共招五十名，他被取為第二名。同來的朱百瑞落選。這回他親自看榜得了實信，心裏一塊石頭落了地。

天從人願，這次歸來雙喜臨門。省常中的錄取通知已早他而到。共錄取八十名，他是第十四名。嚴厲著稱的曾祖母喜形於色，逢人便誇：「我家鴻生小小年紀，兩榜都高中，等於是秀才了。」她又發話：「你作為長輩，不代為高興，反說他造謠，實在可惡。」這是責罵那位堂叔。高興之下，她拿出私蓄一元，買一斤黑棗，用豬油燉爛，交給鴻生母親：「這是補心血的，早晚讓鴻生吃一粒。」不幸的是，就在這年秋末冬初，曾祖母無疾而逝，享年八十七歲。已在錫師讀書的曾孫，告假一周，趕回奔喪。悲悼之餘，思念她老人家生前對他的種種關愛，不能自釋。

錫師三年

省常中與省錫師的同時錄取，徐鑄成面臨選擇。從不要學費與膳宿費，畢業後能當教師等有利條件考慮，他選擇了省錫師。

進錫師那年他十六歲。

錫師在無錫西門的學前街。那是相當幽靜的文化教育中心，莘莘學子讀書之處。學前就是學宮（孔廟）之前。一泓泮池，澄綠碧透，深不見底，象徵無錫文士之聚集。

在這文星聚會之地，學校林立。與錫師相鄰有唐文治創辦的國學專修館；還有私立無錫中學。毗鄰學前街的前西溪，有一大宅邸，藍漆灑金大門，高聳的旗杆和水磨磚砌的照壁，氣派非凡。那是清末古文家、駐歐洲五國大使薛福成的公館。1949 年後，這裏一度曾是中共蘇南區黨委的機關報《蘇南日報》的編輯部，筆者有幸在這裏工作，領略此處花木之勝，工餘散步於學前。仰望孔廟大門懸掛的兩塊匾額：「一榜四進士」、「六科三解元」，深感當年無錫文風之盛。

錫師的創辦人是老教育家顧述之。他曾留學日本。歸國後，鑒於我國中等教育師資的缺乏，故創辦這所師範。他全身心撲在這學校上，日積月累，規模日益擴大乃至齊全。房舍館室，應有全有。體操球類場地無不具備。更有相當完備的附屬小學供學生實習用。

值得稱道的是，在錫師執教的都是優秀教師。國文教師有被張謇譽為「大江南北一人而已」的國學大師錢基博（子泉），他即錢鍾書之父。還有沈穎若（與柳亞子一起創辦南社）。而錢賓四也是一時之選。

對錢賓四，他曾著重憶述。徐鑄成修完預科（師範學制，一年預科四年本科）對國文有濃厚興趣。升入本科一年級時，聽說教國文的是新來的年輕教師，有些失望。上第一堂國文課，鈴聲響過，進來的是位身材瘦小、貌不驚人的老師，大約二十四、五歲。他自我介紹是錢賓四。這堂課講的是歸有光〈先妣事略〉。從唐宋文學源流，明代文學各種流派和風格談起，再說歸有光的生平和文風特點，歷歷如數

家珍。講解這篇文章時，講析分明又旁徵博引，真是口若懸河，汩汩而下，且聲情並茂。

賓四先生中學未畢業，自修成才。大概校方計較他的學歷，按舊例國文教師兼級任教師要帶這班到畢業，當他們升入二年級時就換了人，錢師仍教一年級。學生非常失望。不久後，賓四先生先應廈門集美學校之聘，再由顧頡剛推薦任北京燕京大學教授。他的著作《國學概論》幾乎人手一冊。老蔣辦廬山訓練班，賓四先生也被邀請講課並備受尊敬。徐鑄成一直懷念這位業師。1980 年去香港曾想面謁，惜錢師此時在臺北，未能得見良以為憾。

教史地的是向秉楓，他博覽群書，講課時常不受課本所限，引述稗官野史，如〈揚州十日〉、〈嘉定三屠〉，以及江陰閻應元的抗清故事，說時既嚴肅又悲憤。不過同學咸以為他所講內容複雜，筆記為難。考題又常在口講範圍中，不易應答。而徐鑄成因對野史、佚聞發生興趣自然牢記著，考試時總是名列第一。這對他後來從事新聞工作也是一個原因。

錫師既有優秀的師資，而圖書館的藏書也頗豐富，又頗多體現新思潮的書刊。如《獨秀文存》、《胡適文存》，刊物有《科學》、《醒獅》、《嚮導》等等。新文學書籍如魯迅的《吶喊》也由校友李小峰（北新書局的老闆）拿來寄售。徐鑄成如饑似渴地閱讀著各種書刊，並開始閱讀各種有名的古典小說，大大充實和積累了他的知識基礎。當他八十歲時曾深情地回憶說：「在三師時期，是我走向成熟的時候，也是各方面發展的最活躍時期。我現在已八十足歲，到了耄耋之年了，但不時還會做這樣的夢，彷彿又置身在三師的自修室中，急忙趕著功課；或如置身《大公報》寫了自以為得意的社評，受到張季鸞、胡政之兩先生的表揚，可見這兩段學習和工作時期，留給我印象之深。」[1]

錫師時期還有一個重大收穫，他培養和加深了讀報興趣。在宜興讀高小時就喜讀報。放學後路經公共閱報處，雖只有隔日的《申報》、《新聞報》，他也必匆匆瀏覽個大概，然後回家。錫師的報紙閱覽室

內，單上海報紙除《申報》、《新聞報》外，還有《時事新報》、《時報》、《民國日報》三種，每天早晨更有當地的《無錫報》、《新無錫報》兩種。只要在休息時間，他必耽讀其間。只是有時讀報人太多，每被先到者拿去，有向隅之憾。他在泛讀各報中，最感興趣的是《申報》的〈飄萍北京特約通信〉、《時報》的〈彬彬特約通信〉，還有《新聞報》的〈一葦特約通信〉，三者的共同特點是文風優美，描述細緻，剖析政局鞭辟入裏，而文筆則各有千秋，他為這些文章所欽折。

歷史真有巧合，徐鑄成登上報壇後，和這三位前賢都發生了關係。一葦是張季鸞的筆名，《大公報》三巨頭之一，掌筆政。徐鑄成進該報後，相隨左右。「從『學場面』到生、旦、淨、末、丑直到最後『挑大樑』，都是他的細緻指導和嚴格要求下逐步學會的。」[2]他被稱為張季鸞的「傳人」。他也視張為恩師。彬彬是徐凌霄，不僅是他的同鄉前輩，後來又在《大公報》同事。邵飄萍是中國新聞界的卓越人物被奉系軍閥張宗昌殺害。他辦的《京報》繼續存在，由他夫人湯修慧主持。她曾邀請徐鑄成任該報通訊員。

還有一位歷史人物，當時也給徐鑄成留了極深印象。那是惲代英。1925年，孫中山先生逝世。錫師的學生自治會舉行追悼大會。首次衝破錫師死水一潭的空氣。一周後，學生自治會又貼出公告，說請惲代英來演講。惲代英的情況他本不清楚，是以姑且聽之態度去的。那天，他擠到臺前。只見登場的是位二十多歲的青年，穿竹布長衫，光頭、戴無邊眼鏡。身材不高，那樣子像普通的學生。開始講話，聲震屋宇，未講幾句，全場就被吸引。他以孫中山逝世為引子，講到北京政府和帝國主義，層層剖析，侃侃而談，國內形勢條分縷析，號召青年奮起救國。他是第一次聽到有這樣感染力的演講。兩小時裏掌聲經久不息，講話多次被掌聲所打斷。禁錮學生思想的鐵閘，被這演講所粉碎。利用這有利時機，錫師內的國共兩黨都在發展新生力量，吸收新黨員。國共第一次合作後的國民黨，他本有參加之念，因看到一個他素所鄙視的人，成了國民黨的骨幹，他不屑和這種人為伍，中止

這種想法。不過那時參加共產黨的還是不少，也有成為真正的鬥士的。國共破裂隨之「清共」，殺害中共黨員，南京雨花臺烈士紀念館裏陳列王祥斌烈士的英勇事蹟，王祥斌就是比徐鑄成高一班的同學，聽了惲代英的演講而獻身革命的。1949年後，蘇南地區的軍管會主任管文蔚也就是那次入黨的，管是徐鑄成的同班同學。

在錫師就讀期間，他埋頭讀書，僅偶爾在星期天下午，走出校外，到附近的崇安寺一帶去逛逛書店和公園。路經聞名的王興記餛飩店，雖也有一嚐之想，奈囊中羞澀，只能在附近的小店吃碗廉價餛飩，所費不過兩、三個銅元，已算是豪舉了。看著時間，不敢多作逗留，因為必須在晚餐前回校，把門房裏掛著的名牌重新翻好。無錫那些風景名勝，如惠山、梅園、黿頭渚、蠡園，雖心嚮往之，只有等待學校舉行秋遊。

正因為他這樣克己勤學，在同學中很得人望。1925年上半年這學期，同學們推舉他為級長，被學校否決。校長認為他不聽話，所謂不聽話，就是對校政的興革直率講了他的意見。他心中坦然，無所介懷。不過學校的沉悶空氣總使他戚戚然，同時他也雅不願以小學教師為終身職業，暑假裏萌生了離開錫師去考大學的想法。

他想到做到，恰好同學朱百瑞（後成為他的妻弟）也有同樣想法。當即著手進行準備，他借到了高班同學徐錫華（他有一個夭折的妹妹也叫徐錫華）的文憑。暑假中和朱百瑞同到南京考東南大學，這是東南的最高學府。結果因功課準備不足，沒有錄取。

暑假後，徐鑄成升入本科三年級。在再次進行班級選舉中，同學又推選他為正級長。這次校長順應輿情，不再否決。他不辜負同學的愛戴，克盡其責做好班級工作，一邊依然進行考大學的準備。

時光匆匆，冬去春來。1926年新年悄然來到。考大學的準備加速進行。每天除上課外，所有休息時間一概用來自修。他尋找安靜的讀書地方，終於找到自修室旁有一間空房，堆放著破舊的課桌椅。他撬開了鎖，躲在裏面補習英文和數學。期終考試臨近時，他下了破釜沉

舟的決心，決定放棄他最有把握的歷史、地理兩門課的考試。按校方規定，如有兩門課不及格就得開除。有此結果，他就有了自由身，不再受畢業後必須任小學教師兩年，才能考大學的限制。細想起來，他這決定實屬冒險。萬一大學落榜就成兩失，也許是藝高人膽大，最終也確實是如願以償。這是後話。

清華償願

蟬鳴陣陣，暖風薰人，轉眼又到 1926 年的暑假。徐鑄成回宜興家中，離校前他多次徘徊在校園的每一角落，畢竟在這裏就讀三年，難免有依依惜別之情。回家後，立即緊鑼密鼓進行考大學的準備。這一回他決定考清華大學。

1926 年夏天，是清華學校改稱清華大學的第二年。招考第二屆大學部的新生。南方的考點設於上海。考場在徐家匯的南洋大學（今交通大學前身）。徐鑄成仍借徐錫華的文憑去報考。母親看他上進心切，湊了五元路費讓他去試試，母親並不知道他已沒有退路，成敗在此一舉。同行的還是朱百瑞。

輾轉經無錫乘火車到上海，兩人住在浙江路南京路的一個小客棧裏，房金每天五角。伙食竭力節省，一碗陽春麵或鹹泡飯，只需兩角小洋就可裹腹。住下後，抓緊時間複習功課，無奈這客棧對面就是天蟾舞臺，上演京劇。下午起鑼鼓聲沸反盈天，直到晚上依然聲聲入耳。當日已問清去徐家匯的途徑，乘何種車輛。次日清晨，從日升樓站乘五路電車至法大馬路，轉乘二路電車至徐家匯。當時上海十里洋場，極為繁華，但人口最集中之處，也只南京路一帶。過了亞爾培路（今陝西南路），房子就稀稀朗朗還有大片荒地，行人車輛也顯著減少。他們也無心觀看景色，趕到徐家匯考場。考程兩天，因準備充分，各門功課應答尚算順利。考完後匆匆回到宜興，等待發榜。

等待的日子真正難熬，更怕的是名落孫山。他讀過《聊齋》的〈葉生〉篇，那葉生文章詞賦雖冠絕當時，不意時數限人，文章憎命，應試失利後形銷骨立，癡若木偶，他曾為之歎息。

終於盼來了綠衣人，拆開來信一看，這是錫師的開除通知。好險！幸好郵差把信交給他。他悄悄把通知藏起，不讓母親知道。幾天後，上海《申報》刊出了清華的錄取名單，共八十人。他太緊張了，眼花，手發抖，看不清鉛字，第一次沒有看到徐鑄成三字。再定神細看，徐錫華三字赫然在其中。這不正是他借用的文憑的名字！心頭一塊石頭落了地。遺憾的是朱百瑞沒有考取。到此，他才有勇氣向母親說明一切。

考取清華的喜訊傳出，族人親友都來祝賀，共慶徐門光耀。面臨的難題就是費用。在眾人幫襯下借貸成功，以月息二分的利錢借了二百元。他說：「大概因為將來有留學的希望吧，親戚們也敢於冒險投資。不管怎麼，我總算負笈到了當時的首善之區──北京。」[3]

開學期近，徐鑄成告別母親（他父親在保定）與眾親友北上。清末江南士子進京會試，「人跡板橋霜，雞聲茅店月」，一路迤邐行來，到京最少也得三個月。八十年前（1926 年），徐鑄成到清華去報到，雖因交通工具的改進快速多了，但也得四、五天光景。那時長江上無橋可通，那輪渡也是後來才有。火車到南京下關，乘人力車到江邊碼頭，得雇小划子過渡到浦口，再乘上津浦路火車，這一折騰就得一天。幸好他這次赴京有個同伴，同城的洪寶林也考取清華，兩人結伴同行，相互照應。到南京江邊時，一位善良的老人相告，常有挑夫搶行李，敲竹槓，兩人作了分工，一人寸步不離守住行李；另一人去找划子，談價錢，終於平安渡江到浦口。又有人指點，買好火車票後，化些小費乘上茶房車。這種車廂人少，晚間可以舒腿睡覺。又經兩個晝夜，順利到達北京。出得車站就見到前門和正陽門那巍峨的箭樓，領略皇城氣象，也頓覺心胸開闊。徐鑄成心想：無怪北京的大學生每以天下為已任。

接受洪寶林的邀請，當晚徐鑄成下榻洪的姐姐家。他的姐夫在交通銀行工作，家在司法部街。晚間，洪的舅舅拉他們到一個清唱京劇的票房去觀光。遠遠就聽到鑼鼓聲喧，琴聲悠揚。屋裏已濟濟一堂。那位舅舅是有名的票友，學梅派青衣。他唱起來嗓音清越，還帶表情，他是這票房的中心人物。這北京的初晚，徐鑄成看到了首都社會生活的一面。

第二天清晨，告別主人，乘一輛馬車向清華園去。途中看到了巍峨壯麗的天安門，又經長安街、西單、西四等鬧市，看到繁華的市容，也聽到道地京腔的叫賣聲，徐鑄成無一不感新鮮。出西直門就是郊外，一路景色看不盡，也飽嘗了北京的塵土。下午3時到清華園。辦好報到註冊手續，各自入宿舍休息。

從一個樸素的中等師範學校，來到這美輪美奐徹底西化的清華園。徐鑄成真像劉姥姥進了大觀園，使他目眩神迷，也瞠目結舌。

且看他和他的同學對清華園的印象：

> 走進清華校園的大門，空曠草坪的北面屹立著古羅馬萬神殿式的大禮堂。無論是它那古希臘愛奧尼亞式的四大石柱，古羅馬式青銅鑄成的圓頂，建築整體和各部份的幾何形狀、線條、相疊和突出的層面、三角、拱門的設計，以及雪白大理石和淡紅色磚瓦的配合，無不給人以莊嚴、肅穆、簡單、對稱、色調和諧的多維美感。
>
> 大禮堂東北越過小溪便是非常高雅柔美的圖書館。館內的地板都是軟木鋪的，藏書樓的隔板是透明的，各大樓的廁所全是各色大理石隔開的抽水馬桶，成卷的美國手紙。建築物和綠蔭深處，到處裝有淙淙流水的設備，可以張口解渴。宿舍是三人一間，大約有三十平方一大間，鋼絲床，寫字臺椅，還各有一個書架。在師範時，衣服被褥全是自己手洗的，即使在隆冬，也只能用手洗著冷水。而在這裏，每人發兩個口袋，早晨把所有

該洗的塞進一個口袋，扔在房外，第二天就被洗淨、熨平、疊好放在床上了。飯菜是四大盤一大碗外加兩小碟，米飯、白麵饅頭；早餐也總是白粥加點心、小菜，有些富裕的同學，故意遲到，另花一毛錢就可以吃到一碗鮮湯水餃。還有清華園雖無四季不斷的繁花，但每逢春假時節，三院前萬朵怒放的榆葉梅所織成的粉紅錦幔不知曾增加過幾許「少年維特的煩惱」；工字廳畔的春藤夏荷和生物館前的夾溪垂柳不知曾引起多少青春騷客的幽思。[4]

在徐鑄成的眼中，清華園是「天堂般的環境，神仙般的生活。」

不僅是生活優越，教學情況更是上乘。國學研究院名聞遐邇。這裏大師薈萃。梁啟超、王國維、陳寅恪、趙元任、吳宓、李濟都是學界泰斗。徐鑄成曾聆聽過梁啟超講歷史研究法及書法要領。王國維演講王莽量衡，不僅考證清晰，而且展示實物聽者無不獲益。趙元任有非凡的語言天賦，他的耳朵能辨別各種語言，細微的聲調都可辨別，被稱為「中國語言學之父」。他的方言表演真令人入勝。

也許因聽過惲代英演講，他關心國事，他選讀政治系。本系老師也屬精英。國文教授楊樹達，博學多識，講解明晰。外籍教師溫德，講課細緻入微，不厭其煩，務求學生徹底瞭解課文。他選修的是生物課，聽錢崇澍教授講解，得以融會貫通生物各門的基本知識。清華非常重視體育。每日下午4時後，圖書館、宿舍一律上鎖，全部學生都要上操場及體育館。體育教師馬約翰督促特嚴。上世紀五十年代，徐鑄成去北京參加全國人大開會，曾見到馬教授，年逾八旬，猶童顏白髮，他在文革中受盡折磨。

在這樣的讀書環境和氛圍中，徐鑄成發憤求學，除認真聽好每一堂課，每個晚上都鑽進書庫，閱讀各種書籍，每當閉館鈴聲大響，他方猛然驚醒。

從天堂到人間

徐鑄成視清華園為天堂，詎料突起變故，從天堂貶回人間。

寒假將至，期終考試已考完，成績都很理想，頗得老師讚許。他應同鄉友人朱百瑞之邀，假期中將赴東北錦州度假與歡聚。只等著假期到來。

真事出意外，一天，他忽接教務長辦公室通知，教務長約他面談，地點在教務長府上。

當時清華的教務長是梅貽琦（字月涵），新任伊始一年，全校上下無不稱頌。梅先生出身南開，是張伯苓的得意門生。後留學美國多年，歸國後執教清華物理系，任首席教授。就在是年（1926）由教授會公選為教務長。徐鑄成忐忑不安，不知梅先生約談何事，不會是不如意事吧，也許是對他本學期的學習表現加以好評。他這樣想著。

他如約到梅府。梅先生和顏悅色地問：「你和你的母校錫師有什麼芥蒂嗎？」徐鑄成回答：「似乎沒有」。「最近你的母校連續來信，揭發你借文憑應考的事。我們回答該生投考時的照片與入學時核對無誤，且該生入校後品學兼優，似不應追究。」梅先生接著說。一股暖流湧到徐鑄成心田。「但是，錫師緊追不放，復函來勢洶洶，還附了你和徐錫華的照片，又聲稱如不開除，將向教育部控告。自然我們不會接受開除的要求。不過……」梅先生雙目注視著他，又溫言相慰道：「人生難免挫折，你不要灰心。這樣吧，我出身南開，我已寫好一封給張伯苓校長的介紹信，你去借讀半年，再回來插入二年級。」梅先生愛護青年的一番良苦用心，使徐鑄成的熱淚潸然而下。這是中國教育史的一段佳話。1941年冬，梅貽琦五十三歲生日時，清華校友顧毓秀來詩賀壽，詩曰：「天南地北坐春風，設帳清華教大同。淡泊高明寧靜志，雍容肅穆藹和衷。誨人自有宗師樂，格物原參造化功。立雪門牆終未足，昆池為酒壽高松。」（當時梅貽琦在昆明西南聯大）觀照梅貽琦一生行藏，這首詩很貼切。徐鑄成的遭遇就是生動的實例。

梅先生對青年的委曲愛護，正好與省錫師校長必欲置青年於死地成鮮明對比。事後知道母校校長所以對他下如此毒手：一則因為校長對他的印象一直不好，認為他不聽話，敢於頂撞。兩次不讓他當級長就足以說明；二則在他考取清華後，錫師校方寫信給他家中，限期交付兩百元，充作三年餘學膳費的賠償，家中無力支付。他曾寫信給母校，說自己已被開除（放棄史地兩門課的考試），不該再追繳此款，如以繳款作為不向清華揭發為條件，那幾近勒索。在家鄉的母親，不知他寫信的事，東借西貸湊足兩百元，以病後之身親自送到無錫繳款。這位校長說：「不要了，你回去吧。」母親還以為校長體念他家中貧窮，格外開恩，殊不知她的兒子已離開清華。

正當徐鑄成要離開清華前夕，一件意外喜事稍可解憂。天津《庸報》於這年（1926）創刊，主持人董顯光、蔣光堂。該報為擴大影響舉辦徵文。徵文內容是小說，長篇和短篇兩種。所謂長篇規定以五千字為限，故事的時間愈短愈好。短篇只許五百字以內，故事愈複雜，涉及的時間愈長愈好。每種錄取三名。長篇獎金二十元，短篇十元。他試寫了一個短篇小說，以堂侄女的淒苦生活為題材，題為〈笑的歷史〉，四百五十字左右，意想不到竟獲短篇的第一名。牛刀初試，馬到成功，那喜悅不言而喻。他得知獲獎消息時已離開清華園，移居北京城內東四炒麵胡同的舅父家。趕忙通知新的通信地址。數天後，該報果然派人送來銀洋十元，出具收據，後該報製版刊出以作佐證。這是他給報刊投稿的發軔，也是第一次的筆耕收入。當時銀洋十元，對一個窮學生來說，起了不小的作用，可作數月的伙食費。

早在寒假前，在錦州的同鄉好友朱百瑞，已寄來免費乘車證（他的叔父是錦州車站副站長），邀他去錦州度歲。他決定赴約，臨行前打了個電話給舅父，怕舅父誤會他受這打擊走了極端道路。

到錦州後與朱百瑞歡聚，自有一番高興，但夜闌人靜，卻又為自己的前途憂。梅師一片苦心，介紹他到南開，無奈他的父親在保定火車站當個小文書，薪水微薄，還常欠薪，實無法支付南開一學期二百

元的費用，心事在身，他只有強顏歡笑。春節過後，他去了保定，本準備在父親身邊自修半年，再考大學。父親也是寄人籬下，在他的姨母家。他看到姨母的態度冷淡，姨父的專橫，決定另謀他途，恰好保定的河北大學（省立）招收春季插班生，他去應試被錄取。

　　河北大學有文、法、醫、農四個院，規模也本可以，但房舍陳舊，設備簡陋。直魯軍閥褚玉璞兼校長，教職員大都是他的親信，教學質量可想而知。他進了法學院，只是謀得暫時的容身之地，課上學不到什麼，全靠自修，好在費用極低。又幸遇一位伍知威同學，他兼任圖書館管理員，不僅給借書的方便，還在經濟上援手，終於度過難關。

　　半年匆匆過去，暑假後，他與朱百瑞相約，同去北京再考國立大學。仍然借用徐錫華的文憑，報考北京大學，兩人均未能如願。失望之際，恰好北京師範大學，繼續招生，兩人報考均被錄取，進國文系，在外語系選修兩門課——雄辯術和英文短篇小說。國文系的教師都是國內有名的大師，如吳承仕、錢玄同、朱希祖、高閬仙（步瀛）、劉文典、劉毓盤等教授，魯迅在半年前才去廈門。英語教授沈步洲，當年曾是愛國學社的學生，「蘇報案」後留學英國劍橋大學，英文造詣很深，講課引人入勝，邊翻譯邊分析句法修辭。上他的課，總感鈴聲響得太早。這印象鑴刻在記憶裏。他對錢玄同的上課也同樣印象很深。每次上課，錢師必先站在課堂外，鐘聲一響，立即走上講臺，用鉛筆把每人的名字劃一下，不管有否到，然後立即開講，講起來口若懸河，滔滔不絕。他上課從不帶一本書一張紙，只帶一枝粉筆，講小學說文時，每一個字的起源，從甲骨、鐘鼎、大小篆、隸，源源本本，手寫口談，把演變的經過，以及各家學說都講得清清楚楚，原本沉悶以的一門課，講得非常生動。徐鑄成說，對中國的語言文字有一點起碼的知識，都受錢師之賜。錢玄同考試也很別致，事實上他並不考，期終定成績時，他按點名冊的先後，六十分、六十一分，挨次寫下去，如果該班學生四十人，最後一個就得一百分。要是四十人以上，重新從六十分開始。

　　師大與清華相比，在管理方面前者鬆，後者緊。就學生成才而言，在教授指導下，在四年內刻苦鑽研的也有成果。如師大的蕭一山，他的《清代通史》，大學剛畢業就出版。

　　師大的宿舍少，新生輪不到，徐鑄成借住附近的公寓，他和一位同鄉同學在香爐營大溝沿一家公寓裏合租一間房。讀過老舍的作品《趙子曰》、《二馬》和楊沫的《青春之歌》，都會看到這些作品裏描寫的北京公寓生活。不過他們寫的都是大公寓，徐鑄成他們住的卻是小公寓，一個小院六個房間，他們所住北房旁的一間小屋。不要租金卻一定要包伙食，每人每月九元，每一頓都是饃和一碟素菜，另有一碗紅蘿蔔沖的湯，沒有一星油花。後來退了夥，每人付房租三元。

　　徐鑄成曾描寫過公寓生活的社會相。那大門是終日敞開的，午間和 4 時後，變成小販的世界。賣糖葫蘆的，叫賣「蘿蔔，賽雅梨噢！」、「雅梨，賽冰糖呀！」還有叫賣「羊頭肉」的，半夜裏正是肚饑的時候，「半空，多給」！那「半空」就是空殼花生中一星半點的餘粒，一個大子可以買一兜回來，邊讀書邊剝著吃，足以當作宵夜。

　　那一階段，生活窘迫常要光顧當鋪。往往兩人合作，一個人望風（並非怕丟面子，而是怕公寓老闆或夥計撞見，加緊催討房租），另一人去當剛脫下的皮袍，當幾元錢勉強過一段日子。還有羅掘俱空的時候，更為為難，冬天無錢買煤生火，硬是熬過嚴寒。直到他後來邊讀書邊在《國聞通信社》兼職，才結束這種窘狀。

　　近年有人著文 [5]，說徐鑄成是清華畢業，那錯了，1928 年 7 月，他畢業於北師大，有畢業照為證。

註釋

註1：《徐鑄成回憶錄》，三聯書店 1998 年版，第 14、20 頁。

註2：徐鑄成，《報人張季鸞先生傳》，三聯書店 1986 年版，第 2 頁。

註3：《徐鑄成回憶錄》，三聯書店，第 14 頁。

註4：徐鑄成，《報海舊聞》，上海人民出版社，第 131 頁。何炳棣：《讀史閱世六十年》，廣西師大出版社，第 91-92 頁。

註5：鄭重，〈抗戰期間的《文匯報》〉，文中稱徐鑄成是清華畢業，見 2005 年 5 月 24 日《文匯報》。

第三章　躋身報壇

初敲新聞界之門

徐鑄成躋身新聞界，既是偶然也是必然。

偶然是天津《庸報》徵文獲獎，首次投稿的成功，使他產生用手中筆解決生活困難、自食其力的想法，為此他敲新聞界之門。他在讀小學時，就喜讀報，後到錫師因校中訂報更多曾遍讀滬、錫兩地報紙，對報紙的興趣益濃，也更關心時事，嗣後進了大學，已不是泛泛地讀報，而是品評各報之優劣。他自進錫師即對史、地兩課有偏好，及至進了清華、北師大，所攻讀都是文科，這些都是他躋身新聞界的必然因素。

這是一個不愉快的插曲：那時他在北師大讀書。有一天，在一張報上，看到上海《日日通訊社》招聘北京特約通信員的廣告，說明的條件是試稿三次合格即聘用，月薪三十元，以後再視成績增加。他很滿意決定應聘。這時北京正沸沸揚揚傳著直魯軍閥孫殿英盜掘清慈禧後和乾隆帝陵墓的消息，各報都有刊載。他把各種消息綜合起來寫成一篇〈東陵被盜記〉，還有另外兩篇去應徵。幾天後就見上海《申報》、《新聞報》發了冠以「日日通訊社」北京特約通信的這篇盜陵記，以及另外兩篇，這說明試稿成功，他喜不自勝，認為找到了半工半讀的機會。

當時他並不知道有些新聞界的敗類，空手套白狼，掛個通信社的牌子，用這種徵聘試稿的辦法，騙取稿件，其實他根本不準備付酬，而坐收漁利。甚至還有以通信社之名，揭人隱私，敲詐勒索。

天真的徐鑄成，那知這是誘人上當。當下他積極寫稿，常至深夜。翌日黎明為著趕上上午南下的列車，從香爐營公寓出發，冒著凜冽寒風，沿著長五、六里的西河沿長街，到東站郵局投寄，便於爭取最快速度。然後再去上課。

　　就這樣日復一日，月復一月，只見稿件登出，不見一分半文寄來，，紙張郵票倒貼了不少，別說時間。直到三個月後，才接到該社上海分社（總社設杭州）的來信，並附寄二十元，信說稿件極受歡迎，聘為上海分社特約記者，先給車馬費二十元。這又重新燃起新的希望，又再寄稿件去，可以後又再不見下文，他就此停筆。

　　他說：「這是我第一次向新聞界敲門，結果是磚頭敲碎了幾塊，大門依然緊閉著。」[1]

　　事後瞭解，這日日通信社正是白手起家，所聘人員從不給薪，由你去「自力更生」（借名義敲詐勒索）。那位創辦人殷再為，抗戰一發生，梁鴻志組織偽維新政府，姓殷的就落水當了漢奸。

柳暗花明又一村

　　初敲新聞之門未開，當通訊記者的路又未走成，依然是窮學生。面臨著房租的催索，包伙付不出飯錢，真是山窮水盡，籌措為難。

　　一個周日，他閒逛東安市場，對琳琅滿目的商品，並不在意。在舊書攤前停了下來。有幾本英文小說，每本都是兩角。他撿起一本，是義大利人鄧南遮的短篇小說集，稍加瀏覽就忍痛買下。回來後，每篇細讀，其中有一篇寫一個姑娘的悲慘遭遇，歷盡坎坷而死。故事情節複雜，也有藝術魅力。他借助字典，用幾個晚上把它譯出（在回憶錄中說與朱百瑞合譯）。他的舅父朱幼珊，當時在華洋義賑會工作，又兼任國聞通信社編輯。他把譯稿交給舅父轉給《國聞周報》（該刊與國聞通信社合為一體）。終於採用分兩期刊出，獲稿費二十元，大大緩解當時的困難。

　　好事成雙。不久後，舅父看到這好學的外甥生活困厄，自己又無力幫助，終於介紹他到國聞通信社當抄寫員，工作是刻寫臘紙（在鋼板上），每天兩小時，時間可在課後，下午4時起，又供晚餐，工資二十元。這樣的好事，可說求之不得，可以上課工作兩不誤。他愉快地接下這任務。

第一天吃晚餐時，看到四大盤菜一湯，菜餚相當豐盛，白米飯、饅頭可以隨自己的飯量。他想這是繼半年清華生活之後第二次登天堂。

然而這第二次登天堂，卻幾乎因意外事件又使他回人間去。那是他的舅父朱幼珊，為一篇稿件的刪改和國聞社的主任金誠夫爭吵起來，先是口角，後竟拍桌大罵。第二天，朱幼珊就被辭退。按徐鑄成設想，「城門失火，殃及池魚」，他也將連帶解聘，僅一月餘就丟掉這樣的好工作。結果這位資深的主任，頗有氣度並不株連，仍留用他。金誠夫比他大十歲。後來兩人成為《大公報》的同事，先後在香港與桂林，金任經理，徐任總編（徐在港版時是編輯部主任）合作共事、相處無間有六年之久。不過這還由於國聞社的老闆胡政之，慧眼識才重用徐鑄成使他進《大公報》，才有這金與徐的一段佳話。那都是後話。

國聞通訊社與胡政之

這裏有必要插敘國聞通訊社與胡政之其人。

國聞通訊社、《國聞周報》以及《大公報》，一社一刊一報，三位一體，前兩者都是《大公報》的姊妹企業。先從《大公報》說起。

《大公報》創辦有百年歷史（大陸雖早停辦，香港版猶存），不過這需分兩個階段。前一階段從 1902 年至 1926 年 8 月 31 日止，是英斂之時期的《大公報》。後一階段從 1926 年 9 月 1 日起，由吳鼎昌、張季鸞、胡政之三人接辦，這就是「新記」《大公報》。《國聞通訊社》於 1921 年成立於上海。「新記」《大公報》草創時的斑底大多由《國聞社》調集的，吳、張、胡三巨頭也是在創刊《國聞周報》之初開始緊密結合的。《國聞周報》創刊於 1924 年 8 月。三者的關係就是這樣。

《大公報》於 1902 年 6 月 27 日（清光緒二十八年五月十二日）在天津創刊。創辦人是英斂之。英斂之是滿族人，天主教徒，受西方政治思想的影響，主張政治維新和君主立憲，反對清室慈禧太后的腐化誤國。英主持《大公報》時期以「敢言」著稱，他倡導「以大公之

心，發折中之論；獻可替否，揚正抑邪」，多次抨擊朝政，譏刺清政府的貪官污吏，特別是對慈禧手下那個炙手可熱的袁世凱極盡冷嘲熱諷之能事，整整頂撞十年，始終不屈。1912 年辛亥革命後，清王朝雖倒臺，袁世凱卻執政，當上臨時大總統。英斂之辦報興趣由此索然，趁 1912 年 2 月 23 日，《大公報》改版之際，抽身告退。《大公報》筆政由樊子鎔、唐夢幻主持。四年後（1916 年）英斂之就把《大公報》賣給安福系財閥王郅隆（安福系是皖籍軍閥控制的政客集團）。這時的《大公報》實際上成了安福系的機關報。與安福系有淵源關係的胡政之就在 1916 年進了《大公報》任經理兼總編輯。

胡政之，名霖，字政之，向以字稱。又有筆名冷觀。四川成都人，1889 年生，1949 年故世，享年六十歲。他的父親胡登崧曾代理天長（屬安徽）知縣，又在五河縣任知縣，死於任內，故與皖籍人物發生關係。胡政之先就讀安慶的安徽省高等學堂。1906 年，胡政之十七歲時到日本留學，就讀東京帝國大學，五年後回國。先後任翻譯、律師、法官、編輯，以幹練為人稱道。1915 年，安福系的重要人物王揖唐任吉林巡按使（即省長），延攬胡政之入幕，任秘書。次年，王任段祺瑞的內務總長（即部長），胡在該部任參事，這非他所願，不久後即進了《大公報》。

胡政之在王郅隆接辦的《大公報》工作三年，因安福系親日賣國，聲名狼藉，他也沒有作出什麼成績。1919 年，第一次世界大戰結束，從 1 月 18 日到 6 月 28 日，戰勝國在巴黎舉行和平會議。胡政之以記者身份去法國，採訪和會新聞，他不僅是到會的唯一的中國記者，也是中國新聞記者第一次採訪這樣重大的國際事件，由此顯名於世。巴黎和會後，他又遊歷英、德、意和瑞士等國，考察各國報業情況。他在 1920 年回國。

胡政之歸國後，時逢直皖戰爭，皖系主力敗北，段祺瑞逃進天津日租界，知遇胡政之的徐樹錚逃上海，紛作鳥獸散。胡政之沒有回《大公報》，進了在北京的林白水主辦的《新社會日報》任總編輯，兩人合作未久，胡即另謀他計。

1921 年，孫中山、段琪瑞、張作霖三個完全不同的人物，因反直系軍閥曹錕、吳佩孚而結成聯盟，在上海法租界古拔路設立代表辦事處。為著進行政治宣傳，在上海建立國聞通訊社，言明三方各出資一千元。皖系的徐樹錚自稱有十萬公款，無需三方負擔經費，但要以聘胡政之為總編輯作條件。那知胡到社後，徐竟一錢莫名，三千元不敷開支，社長鄧漢祥只好去商請王伯群每月接濟八百元，維持局面。[2]

胡政之任總編輯後，頗有雄心，不久後除上海總社外，又分別在漢口和北京成立分社。此後還建立瀋陽、哈爾濱分社，形成華東、華中、華北、東北的龐大通訊網。這在當時除國民政府的中央社有這樣的規模，就別無可以與國聞社相提並論。

在國聞社擴大規模的同年（1924），胡政之感到國聞社只能向各家日報供應新聞稿，而自己沒有發表言論的機會，於是又創辦《國聞周報》。不料創刊月余後，皖系軍閥盧永祥在江浙戰爭中被齊燮元打敗，一社一刊的經費面臨斷絕。正好天津鹽業銀行的總經理吳鼎昌南來，在上海建立四行儲蓄會，需要一個發表言論的地方。吳鼎昌與胡政之本是留日同學，雙方一拍即合，由吳每月給《國聞周報》四百元算是廣告費，再加上其他途徑，困難得以解決。

《國聞周報》是綜合性的時事周刊，內容有一周簡評、時事論文、外論介紹、一周國內外大事述要、一周大事日記、文藝、書評、新聞圖片、國際諷刺畫、時人彙評等專欄。以五十期為一卷，發行數最高曾達到一萬五千，在當時是出版時間最久，發行數最多的周刊。1924 年先在上海，1926 年，胡政之到天津辦《大公報》，周報隨同遷津，1936 年，《大公報》出滬版，又遷回上海。八一三抗戰爆發，一度出戰時增刊。1937 年底出至最後一期即停刊。後來胡政之在廣州、香港力圖復刊均未成功。

《國聞周報》是中國新聞史上有一定影響的周刊，問世期間，曾發過一些有史料意義的文章。如瞿秋白在長汀就義前寫的〈多餘的話〉，就發在該刊。

國聞社和《國聞周報》，辦這一社一刊就顯出胡政之的經營能力，迨至 1926 年，他和吳鼎昌、張季鸞接辦大公報，更顯出他的不凡身手。曾有人說新記大公報是吳鼎昌的資本，胡政之的經營組織能力，張季鸞手下的文章，三者相結合的產物，這話基本上是正確的。

曹世瑛從 1928 年進大公報當練習生起，就一直相隨胡政之左右，在他的回憶裏，這樣寫道：「胡經理是個矮胖子，五短身材，大近視眼，聲音洪亮，時常發出爽朗的笑聲。表情嚴肅，但不難接近。他是一位不尚空談的實幹家。任何問題都可以當機立斷，絕不模稜兩可，拖泥帶水。儘管夜間下班都在午夜以後，他還是每天早晨就到報社來。他先到經理部坐一坐，然後就上樓到編輯部。報架上有幾十種報紙……他都要翻看一遍。當時報社沒有星期日，也沒有輪休，只要他在天津，一年到頭都是如此。外出也要寫通訊。由於經理如此，別人也很積極。每天編輯工作結束時，要寫幾張大字的新聞提要，貼在臨街的窗子上，原由副刊編輯何心冷負責，後來由我執筆，寫完時總在早晨兩三點鐘。」[3]

根據自己的親眼所見，徐鑄成說到胡政之的敬業精神：他精力充沛，什麼事都管，真是無時不在，無地不在。清早他在經理部瞭解有關情況，如發行數、廣告收入、白報紙行情和庫存；下午，他詳細閱讀本市和外埠的各家報紙，和自家的報紙作比較，從而找出新聞線索，發電指示駐外記者。較小的地方報，他也要看，找出可改寫本報通信的素材，交給地方版編輯。4 時到 6 時，是各版編輯集中看報時間。有幾次，徐鑄成遲到了，看到他坐在他的座位上看報。他頗尷尬，站在背後幾分鐘，胡回頭看了他一眼，一聲不響地走了，這比申斥還難受。晚上，他和吳鼎昌、張季鸞輪流著寫社論，一直在編輯部轉到截稿，再回經理部處理有關問題。他的工作時間，每天總有十七、八小時。他有時去北平或其他地方，也必寫通信，重要的新聞就打電報。他能照相，也能譯電碼，無論經濟、文體以至副刊各個版面，他都能動手編。

　　對胡政之，徐鑄成還有一段精當的評價：「邵飄萍、黃遠生諸先生富有採訪經驗，文筆咨肆，而不長於經營；史量才、張竹平、汪漢溪諸先生功於籌計，擘劃精緻，而不以著述見長。在我所瞭解的新聞界前輩中，恐怕只有胡政之先生可稱多面手，『文武崑亂不擋』。後起的如成舍我輩，雖然也精力充沛，編輯、經營都有一套，但手面、魄力，似乎都不能與胡相比。」[4]

　　有人說，當年《大公報》不僅是一家報館，也是一所名至實歸的新聞學校，在採訪和編輯實踐中，培養了一批名記者。如朱啟平、陸詒、楊剛、李純青、范長江、孟秋江、徐盈、徐鑄成、蕭乾、彭子岡等等，可謂群星閃耀。哪一家報社都沒有培養出這麼多的名記者，而這所新聞學校的校長就是胡政之。這些人並不是在成名之後到《大公報》的，而是到報社後才成名。如果說，這些人是千里馬，胡政之該是「伯樂」。

　　胡政之通過各種途徑培養和識拔人才，如從來稿中發現，或從別的報刊中注意人才，認為合適的就約談，請他參加工作。有些當時還在大學讀書就給半工半讀的機會。如徐鑄成自己就是一個，范長江、馬季廉也都是。馬季廉在清華未畢業時，就先給《大公報》工作了，畢業後到職，當國際版編輯，翻譯並由《大公報》出版《遠東之危機》一書，原著者美國人史汀生，曾任美國國務卿。此書問世很受歡迎。

　　當然胡政之並非完人，瑜不掩瑕，同樣是「靡不有始，鮮克有終」。後來逐漸起了變化，背棄「不黨、不賣、不私、不盲」這《大公報》八字宗旨，向蔣介石要了二十萬美金的官價外匯（按黑市等於白送）；1948 年參加了國民黨片面召開的「國大」，這是政治的蛻化。晚年的胡政之與前相比，判若兩人。他的前妻病故，娶了顧維鈞的侄女，從此把主要精力放在家庭上，只圖逸樂。香港《大公報》抗戰勝利後復刊，他把社務全委之於金誠夫、徐鑄成兩人，自己閉門不出。上海解放前一個月（1949 年 4 月）病故上海。

首次採訪

　　胡政之識拔徐鑄成緣於徐的一次斗膽建議。

　　自徐鑄成進國聞社北平分社當抄寫員後，經歷舅父朱幼珊與主任金誠夫的一次風波，結果未受株連，依然任職，他益加勤奮工作。當時國民政府設首都於南京，由於政治中心的南移，北平的新聞來源越來越少，但這文化古城，大學和文化機關薈集，依然是全國文化中心，似應適應這變化把國聞社的新聞採訪重點轉移到文化方面，於是，他不顧職位低微與是否越位，給胡政之寫了一封信，說出上述心中所想。

　　沒有想到，僅只三天，胡政之從天津到北平，與徐鑄成作了一次長談。徐鑄成走進他的辦公室，心中忐忑不安，不知將會有怎樣的結果。胡政之要他坐下，面帶笑容說：「徐先生，你的建議很有見地，確實現在政治中心南移，應該作適當的轉變，這關係國聞社的前途，我也曾考慮及此，只是一時間無從著手，既缺這方面的經驗，又無適合的人選來作嘗試。」他又以試探的口吻，問徐鑄成北師大的情況，課務是否很緊，能否脫出身來，為國聞社多做些工作，作這方面的嘗試。徐鑄成作了肯定的回答。功課都可以選在上午，下午一般可不到校，即使缺課也可補起來。「這就好，這就好。」胡政之連連說。胡又把國聞社與《大公報》的關係作了說明，並強調了《大公報》的民間性是「文人論政」機構，不以營利為目的，希望有才華有抱負的青年共同參予，要求他在未畢業前，多抽一點時間去採訪。

　　胡政之慧眼識人，當下就說定，徐鑄成不再當抄寫員，而是成了《大公報》記者。時間大約在1927年秋天。

　　作為《大公報》記者，徐鑄成的首次採訪，按他的回憶，有兩種說法。1981年出版的《報海舊聞》說，首次採訪是北平市總工會，「主持人中有一個是我們師大的高班同學，去採訪較易入手。」他說這是「由易到難」。而在1987年寫成的回憶錄說，就在胡政之與他談話那天，胡政之提出「晏陽初在定縣搞的平民教育促進會很有成績。我想

請你去參觀一趟，為期三、五天，回來寫一報導，以作為你設想之嘗試。」由此徐鑄成去了定縣採訪平教會。這裏採取回憶錄的說法。

胡政之辦事講究效率，關照庶務曹鳳池，為徐鑄成即速辦好「大公報」記者的名片、介紹信、旅費等等。次日晨他即出發。

途中，他乘便去保定看望雙親。當時他母親已由家鄉遷來保定與父親團聚，雖短暫相聚，一家融融樂樂，父母為兒子的前途有望而高興。僅一宿，翌晨即乘便車去定縣。

晏陽初是中國鄉村建設運動的發軔者之一。當時「晏陽初」、「平教會」、「定縣」幾乎成為三者一體的同義詞。胡政之讓徐鑄成首次採訪這個題目，顯然也是一種考驗，好在徐鑄成平日讀報廣泛，知道晏陽初與「平教會」的有關背景。

晏陽初，四川巴中縣人，1890 年 10 月 30 日（清光緒十六年九月十七日），生在一個城市平民家庭。父親是著名中醫，通經史能詩文，受巴中縣福音堂禮聘任華文教師。晏陽初隨父出入教堂，由於他聰明好學，受西籍教士賞識，送進教會辦的華英學校讀書。十一歲成了童年基督徒。

1913 年，晏陽初時年二十三歲，進香港大學，學業成績得第一，應領英皇愛德華獎金，因是華人而不給獎，一氣之下他去了美國，進耶魯大學讀政治經濟系，1917 年畢業。當時正值第一次世界大戰，法國從中國招去大批華工，為軍需工業做苦工，晏陽初自告奮勇，由美到法，熱心為華工服務。他看到華工一字不識，又窮又多病。因而他認為「愚」、「貧」、「弱」、「私」是中國四大病源，中國之不強受列強欺侮根源就在此。找到這根源中國就可得救。在四大病源中，「愚」是根本，要治這四大病，應先從治「愚」入手。為此他在華工中，辦漢文識字班，編《千字課》，辦《中華日報》，這些啟蒙教育就是晏陽初平民教育的開始。用他自己的話說：「什麼是平民教育呢？平民教育就是開發民力的運動，也就是一種開腦礦的運動。」他又說：「我這種教育就是平等教育，有了這種平等教育，然後才能平天下之不平。」[5]

1921年，晏陽初回國，在國內推行以不識字青年為主要對象的平民教育活動，又在1923年8月，組織並建立中華平民教育促進會（簡稱平教會）於北平，陶行知、張伯苓、蔣夢麟等為理事，由此引起國人重視。接著，晏陽初把平教會推向農村。這時直隸（河北）省省長建議把定縣作為實驗區，而不附帶任何條件。晏陽初接受這建議，選定定縣的翟城村，作為試點之地，然後由村到區，由區到縣，一步一步形成一個以縣為單位的實驗區……

徐鑄成就是在這樣的背景下到定縣採訪。

讀過《三國演義》的人都知道劉備是漢中山靖王之後，這定縣就是中山靖王的封邑，元明清官商入京之必經之道，在徐鑄成的想像中必然繁華富庶，待他入得城來一看，竟是城廓蕭然，城內荒村茅店，田疇縱橫，與想像迥異。那天正值北方初雪，他搭乘一輛大車在風雪中趕行，約一小時許，方到「平教會」。

來得不巧，要採訪的主角晏陽初去了美國，由他的副手湯茂如、陳築山熱情接待，帶領著到各個場地參觀。晚上設宴招待，陪客中有熊佛西（戲劇家）及瞿世音，宴席的款設和桌椅和北平相似。

他在「平教會」參觀三天後，一個壓軸節目是到十多里外的窮山溝（都在城垣內，足見城之遼闊），訪問以土法進行村建的米迪剛昆仲，同儕十餘人群集招待，共議晚間用餃子待客，各家湊集白麵（平時都吃包穀雜糧），急切間找不到豬肉（每半月才殺一頭豬），正為難之際，忽聽到鄰村死一馬，即用馬肉作餡，用馬肉餃饗客，當時他深感北方的貧困。當天宿該村。

結束定縣之行，徐鑄成回到北平，趕寫〈定縣平教會參觀記〉，寄給胡政之（他在天津），胡收到後立即發在《大公報》上，分四、五天刊完，他還親自寫了篇社論，大意是中國的知識份子學成後，大多把目光放在城市，而中國的前途在農村，知識必需普及，知識份子應該把眼光放在農村云云。這篇參觀記和社論，又在1928年1月的《國聞周報》轉載。這是徐鑄成寫參觀報導的處女作。上世紀八十年

代，徐鑄成的研究生賀越明編成《徐鑄成通信遊記選》（福建人民出版社）一書，把這篇報導列為首篇。

是年徐鑄成二十歲。

寶刀新試

寶刀新試，出手不凡。

新聞貴在「新」與「真」。要「新」必須求其快，快有賴於記者的採訪能力及傳播手段的巧妙利用。而「真」必須瞭解新聞對象的背景資料及說服其同意接談，然後去蕪存精，整理成篇。所以說，記者採訪是一門學問。

對新聞採訪這門學問，徐鑄成幾乎是無師自通（他自己並未這樣說，這只是筆者私見），抑或是天賦。他本是一位在校的大學生，沒有採訪的經歷。定縣「平教會」採訪的成功，初步證明他的潛在能力。緊接著兩次體育新聞的採訪，似可說明筆者上述私見。

採訪體育新聞必須瞭解該地區當時的體育總體現狀。華北體育協進會，是當時華北地區各省市體育運動最高協議和領導機構。南開大學校長張伯苓是會長，馬約翰、董守義、袁敬禮等為委員。該會總幹事郝更生是北師大體育系教授，與徐鑄成有師生之誼。他採訪了郝更生就大體瞭解華北體育運動的總體情況。做到瞭解採訪對象的第一步。

1928 年 8、9 月間，在山西太原舉行華北地區籃球比賽，當時參加的球隊並不以地區而以學校為參加單位，參加的都是大學籃球隊。各大學當然都想最早知道比賽結果。

徐鑄成承擔採訪任務來到太原。山西的最高統治者閻錫山，多年來閉關自守（山西的鐵道用窄軌，就有不與外界交往之意），造成山西的閉塞。華北籃球賽的比賽會場，設在山西大學內，沒有看臺，觀眾站著圍觀，都是該校學生。

徐鑄成到太原後，並不是先到比賽現場，而是先到電報局，瞭解電報拍發情況，當時太原通外省只有一根電線。拍發新聞電報必須在

下午 5 時前，如在 5 時後當天不一定能到天津，發加急電報費用比普通的要貴三倍，也必須趕在下午 6 時前。按此情況，他當機立斷作了這樣的安排　要《大公報》山西記者站派一工友，騎自行車守在會場外，時刻準備著送電報稿到電報局。

當時華北各報競爭甚烈，都重視這次籃球賽的報導，爭取最早發出比賽結果。天津《益世報》和北平《晨報》都派了特派記者，以體育新聞見長的天津《庸報》更有有利條件，它的體育版編輯是南開大學籃球隊的領隊。誰將領先，實難預測。南開學生聽到該校球隊已獲得決賽權後十分興奮。在決賽那天分成三隊，分別守在《益世報》、《庸報》和《大公報》三家報館等候消息

早有安排的徐鑄成，在決賽場打完上半場後，立即把簡單結果擬了一份電報，交工友送電報局。比賽結果南開大學隊獲勝，得冠軍。這時已近 5 時半，他立即發了個簡要的加急電。回到宿舍後再發一個詳細的長電，詳述比賽經過。

深夜 12 時，《大公報》收到徐鑄成發的上半場比賽結果，《益世報》、《庸報》消息全無。清晨 1 時許，《大公報》的最後截稿時刻，又收到決賽結果的加急電，立刻用大字標題刊出。留守在報館的南開學生，買了五百份第一批印好的《大公報》，飛奔回校，又把同學們喊醒，齊集禮堂開會慶祝。留守在《益世報》、《庸報》的學生失望而歸。原訂閱《庸報》的由此退訂，改訂《大公報》。

有採訪經驗的記者與編輯，結果被初出茅廬的徐鑄成勝出，真是意外！

一年後（1929），華北運動會在瀋陽召開，《大公報》再派徐鑄成去採訪，這次還給他配備一個助手，是本市新聞編輯何心冷，他是新記《大公報》創辦時的老人，他頗有風度，甘當助手，而且他原要去南方結婚，為此推遲婚期，足見社方對此行的重視。

一到瀋陽，徐鑄成仍然先到電報局瞭解發電情況，瀋陽與天津間的線路更為緊張，下午發的新聞電報，很難在當天到達。幸好他又打

聽到瀋陽與天津間的長途電話已架好，在試運行階段，決定利用長途
電話。

　　接著，他又獨出心裁，到大會競賽組要了三份運動員的名單，給
全部運動員編上號碼（如某某人 1 號，某某人 2 號），一份寄天津《大
公報》，一份自留，一份交給何心冷。何接到徐鑄成的比賽結果，立
即查明號碼通過長途電話向天津報告。

　　當時沒有傳真照相的設備，他先瞭解各個運動員的競技情況，估
計那些運動員有勝出希望，先給他們拍照（按競賽姿勢），把底片寄
到天津沖洗備用。

　　經過徐鑄成這樣一番苦心安排，華北運動會的整個會期，《大公
報》每天都有一整版特刊，既有隔天全天的比賽結果，又配發優勝者
的照片。而別家報紙，只有隔日上午比賽結果，下午全缺，也沒有照
片。《庸報》本以體育新聞見長，這就相形見絀，氣壞了該報總編，
一怒之下要撤回前去採訪的記者，說：「用你的來電，不如轉載《大
公報》的了！」

　　……

　　褒獎與禮遇，等待著圓滿完成任務歸來的徐鑄成。歸途路經天津
站，站上早有人在等候。「胡先生請您下車，在天津住幾天！」接站
人說。

　　這是他第一次親到《大公報》館。胡政之親迎，更隆重介紹他與
總編輯張季鸞見面（由此一見，張成為他的恩師），又和館中同仁見
面。胡、張兩人都設家宴款待。

　　離津回北平那天，胡政之把他請進自己的辦公室，又說一番慰勉
話，拿出一個封袋，說：「給你添置些衣服吧。」

　　回程車上，他拆開封袋，裏面是二十張五元面值的交通票（交通
銀行鈔票），整整一百元。對一個窮學生來說，這是一筆不小的財富。
他用來還清公寓的舊欠添了衣服，買了北平的土產寄往保定，孝敬高
堂雙親。

兩次成功的採訪，他給《大公報》立下汗馬功勞，為他不久後正式進《大公報》奠了基。

得意力作

這是徐鑄成新聞採訪中最得意之作——三下太原解開馮玉祥行蹤之謎。

如今政治新聞由國家新聞通訊社統一發稿，無需記者獨自採訪。採訪政治新聞的甘苦艱難，年輕的記者難免有隔膜之感。而對從三、四十年代過來的記者來說，卻有切膚感受。

當年的記者都把採訪政治新聞視為畏途。採訪政治新聞之難就在於很難得到實情，空勞往返。久歷官場的政治人物處世圓滑，與你虛與委蛇，即使接觸到要害，或以「無可奉告」搪塞，或以「時機未到，礙難發表」來敷衍。一句話很難從這些人物嘴裏掏到實情。

這應該是異數了。初登報壇的徐鑄成，在 1929 年至 1930 年（其時他二十二歲），三下太原，探得一項獨得的政治新聞之秘。他說：「長期以來，我一直以為是得意之作，所以事隔半個世紀，我還能回憶出它的細節。」[6]

從 1925 年開始的國民革命軍北伐，到 1928 年北洋軍閥皖、直各系次第垮臺，北伐大軍抵定北京。形成表面統一局面的標誌是：四大軍事集團首腦蔣介石（第一集團軍）、馮玉祥（第二集團軍）、閻錫山（第三集團軍）、李宗仁（第四集團軍），在這年 7 月 6 日同赴北京西山碧雲寺給孫中山先生祭靈。其實這是表面的聯合統一，實質貌合神離。四大軍事集團中，馮部力量最大，閻部力量最弱。蔣介石採用「抑馮抬閻」政策，在利益分配（京津及華北全由晉軍佔據）與後來的「編遣」（淘汰刪減部隊）中，明顯表現出來。這就釀成後來的蔣、桂之戰，蔣、馮之戰。在蔣、馮之戰中，馮本有勝算，由於蔣的收買策動，馮部韓復榘、石友三陣前倒戈遭致大敗，馮宣佈下野。

閻、馮本是結盟兄弟，借此機會請馮到山西共商國是，馮這一去外界就失去他的消息……

就在這樣的背景下，徐鑄成受命去太原解開馮玉祥行蹤之謎。

這要從他第一次進太原說起。

徐鑄成從瀋陽採訪華北運動會回來，到北師大上課。一天，忽接胡政之電話，要他速到天津，去接受一項採訪政治新聞的任務。事不宜遲，他應命到津。胡政之當面稱他有才能，並很有新聞敏感，故派他去太原一次，開始採訪政治新聞，具體任務由總編來交代。午後，總編張季鸞交代此行任務前，先大體說明蔣、閻、馮之間的政治矛盾與當前政局現狀，馮自去山西後行蹤不明，交給他的任務是探明馮的行蹤，瞭解閻馮之間目前關係，是否形成反蔣格局等等。還囑咐他採訪中要注意的事項，並要隨機應變，最後又提供他可以採訪的人選，這有李書城（筱園）、劉治洲（定五）兩位，兩人都參予馮的內幕，對馮有影響，又交給他給李書城的介紹信。

說到李書城，徐鑄成知道他是辛亥革命元老，與黃興一起參加同盟會，辛亥革命時任黃的漢陽革命軍總司令部參謀長，親臨漢陽前線指揮。民國成立，黃興任參謀總長、陸軍總長，李書城任次長，一直是黃興的左右手。蔣介石當國，他始終處於反對地位，馮玉祥兩次反蔣，唐生智討蔣，李書城都在幕後策劃參預整個過程。在國民黨中他可算得反蔣最堅決的一個。張季鸞和他私交甚厚，所以交代徐鑄成一到太原就去拜訪他，自可答疑解惑。

徐鑄成見到李書城的第一印象是：這位日本士官學校出身的軍人，並非赳赳武夫之狀，說話口吃，不過他對政局形勢瞭若指掌，分析起來形象生動、深入淺出。他說馮到太原後行動就有限制，閻老西的用心是挾馮自重，以此向蔣要脅。這就像把老虎放在籠子裏，你不滿足我的要求，我就把老虎放出來。老蔣果然送槍送錢，對閻的部下封官許願，不過這樣的日子不會太長，就要起變化的。一番話使徐鑄成瞭解太原政局的要害和核心。告辭前，李書城又說，現在各個勢力

集團都有代表在太原，各懷鬼胎各有目的，你不妨和他們接觸接觸，也許對你有用。

果然如此，其時太原的政治空氣異常，各色人等全麇集。長駐太原的代表有四、五十人，這有李宗仁、白崇禧的桂系代表，有川軍劉湘、劉文輝、楊森的代表，湖南何鍵，東北張學良，甚至叛馮投蔣的韓復榘、石友三都派了代表，他們都在坐觀變化，然後決定拉閻或倚馮。徐鑄成一一走訪，有的接談，有的敷衍，有的閉口無言。

經過一番周折，他終於探明馮玉祥被「招待」在離太原百餘里外的風景區晉祠，外有警戒，外人不易接近。此行如不見馮就枉來太原。又經一番水磨功夫，他接近了馮的機要秘書雷嗣尚，雷曾在北師大讀書，有同學之誼，這就更為接近。終於有了機會，雷要去晉祠，他提出同車一游晉祠的要求，此情難卻。晉祠遊罷就去見馮，恰逢馮偕夫人準備外出散步，就在途中邊走邊談約一、二十分鐘。這就有了一篇〈晉祠訪馮記〉，隱約透露出太原的政治氣氛，先後還發出一些新聞和短訊。一周後，就收到張季鸞的專函：「自兄到并（即太原）後，所盼消息、電訊應有盡有，殊深佩慰，足見賢能。希繼續努力，並盼珍重。」

徐鑄成說：「我跑政治新聞第一炮是打響了！」

……

這年冬天，徐鑄成再到太原。時值隆冬時節，太原的政治空氣更處於冰封狀態。閻馮的關係更惡化，蔣與閻的關係更為熱絡。蔣把陸海空軍副總司令、省黨部主任委員兩個榮銜都送給閻。駐陝、甘的第二集團軍馮部的宋哲元、劉鬱芬，高舉反蔣旗幟，戰火已在潼關初燃。

冒著砭人肌骨的嚴寒，從火車下來，入住太原正大飯店，室內溫暖如春。當時徐鑄成曾盛讚晉煤之優，擦火就燃，方便不亞於開水汀。

他已到太原多次了（包括採訪華北藍球賽），人際關係更熟。甫抵太原，他先後拜訪李書城、劉治州、王鴻一、周玳、徐永昌及馮的秘書雷嗣尚。這些人或近閻或近馮，都可提供有關情況。綜合所知，

馮已不在晉祠，被軟禁在閻錫山的家鄉五臺縣河邊村附近的建安村。再次闖關又費周折。第三天，終於探得馮的私人醫生陳先生在太原採辦藥品後有車回建安村。得允許隨行，同車還有雷嗣尚。

動身那天，雪花漫捲，一片白色。途中，車走走停停，或因拋錨，或因鏟雪，天明動身到建安村時，已是傍晚。馮的住處孤懸村外，是一單獨院落。四周鐵絲網並加重重崗哨。好在他乘的車子非同一般未經檢查，順利通過。

當時馮玉祥正準備用晚飯，餐桌中央一個大火鍋，熱氣騰騰散發出海鮮的香味。馮玉祥看到他的到來，二次相見，立刻熱情招呼：「來得好！吃個便飯吧。」他上席。吃飯間，馮問：「你多大年紀？」徐答：「虛齡二十三。」馮說：「真了不起，一肚子墨水，懂得那麼多，我像你這樣年紀，還在清軍大營裏當大兵呢。」徐又乘機問：「潼關的戰況怎樣，有沒有捷報來？」馮哈哈大笑起來：「我這裏的消息，還沒有你記者知道得多。」他又指著火鍋說：「要說有消息，我是從這裏得來的。」他是指潼關的馮部進展順利，他的伙食就招待得好。

……

他回到太原，又有另一項收穫。山西的土皇帝閻錫山，從不接受記者採訪，不用說山西的記者沒有採訪過他，連日本某大報派高級記者來也無功而還。山西記者激將徐鑄成：「你最高明也見不到我們老總（指閻錫山）。」這一來倒激發了徐鑄成一見閻的決心。

他考慮如何衝破這禁區。事有湊巧，南京政府為進一步拉攏閻，又給他一個海陸空軍副司令的頭銜，還加上一個省黨部主委。報上公佈了某月某日他要到省黨部去履新。這正是見閻的絕好機會。

《大公報》一向不刊黨務消息，這次徐鑄成主動到省黨部去，表示將報導山西黨務工作，便中也就打聽了閻錫山到省黨部宣誓就職的日期。省黨部的官員自然樂意。表示將給他方便。這天上午，他提前一小時到省黨部，副主委李嗣璁親迎到客廳，全體委員陪坐。徐鑄成的採訪開始。那位副主委說得天花亂墜，他邊問邊記，問題一個接著一個，故意在拖延時間，正說著，外面報：「閻主委到了！」

眾星拱月似地把閻錫山迎了進來。他胖胖的五短身材，著上將軍裝，學蔣介石的樣子，披一件無袖黑絲絨大氅。他在主座上坐定。徐鑄成恰坐在他身旁，他以為是位年輕的委員，順便伸出手來握了一下。

徐鑄成立刻抓住這機會，遞上了記者的名片，李嗣璁湊上來說：「這位是《大公報》記者，特地趕來參加就職典禮並採訪黨部消息，我們已談了一陣。」閻聽是記者略有不快之狀，嘴裏嗯了一下。徐鑄成立刻提出一連串問題：「何時就職副司令？是否準備赴京？」他回答：「因山西公務忙不克赴京，中央已同意就在太原就職。」「中央將派那位大員來監誓？」「國務委員戴文。」「您曾邀請馮煥章將軍一同出洋，馮將軍有此同感否？」「煥章兄到太原後，過得很愉快，一時間還沒有提起這事。」說到這裏，閻怕他再問下去，忙問李嗣璁：「外面準備得怎樣了？」徐見目的已達並不再問，跟在閻的後面進了禮堂。山西的記者們見狀為之咋舌不止，真不知這位徐記者有何神通。

要說有神通，那就是他的新聞敏感，抓住時機，巧為安排才有此結果。不過那天對閻的採訪，徐鑄成沒有能發獨稿，那份統稿是閻的幕僚寫的官樣文章。

閻錫山不見記者的禁區，被年輕記者徐鑄成打破。山西記者認為是破天荒的創舉。

……

徐鑄成的第三次太原訪馮，是有聲有色的壓軸戲。

上場的主角是剛登報壇的徐鑄成，配角是他後來的恩師《大公報》總編張季鸞。

1930年暮春，徐鑄成已正式進入《大公報》（天津），擔任教育新聞版編輯。交遊甚廣、消息靈通的張季鸞，預感太原政局有重大變故，派徐鑄成再作太原行。

翌日清晨，徐鑄成匆匆登程。一到太原，形勢全非。數月前第二次訪馮，隆冬時節那時馮在五臺縣河邊附近的建安村，趕到原地撲了個空。多方打聽，才得知閻又把馮移到太原城內的傅公祠（紀念文學家傅青主），要訪問不得其門而入。

　　無奈之下，只能稍安毋躁。一天，去山西大飯店馮的留守處，房間裏，幾位秘書在作方城之戲，其中有熟人機要秘書雷嗣尚。他突然靈機一動，莫非馮又離太原移五臺建安村了？再一想，馮一向治軍甚嚴，他如在太原，部屬哪會有這樣清閒作方城戲的。他立刻趕到能參予馮的內幕的劉治洲（定五）府上。稍寒暄，徐鑄成不經意地問：「馮先生已離開太原了？」這只是一句試探性的問話，那知言者無意，聽者有心。他臉色大變：「你是怎麼知道的？」徐鑄成以自己是記者作回答。「你要知道這是千萬不能發表的。」看來從劉定五那裏不可能得到什麼，就轉而到李書城府上。在這位長者面前，他先說明已知道馮已離開太原，也知道此事目前不能發表，也絕不發表，只是想知道此中真相。「這好，這事確實萬分機密，昨晚馮走時，送行的只有閻百川、賈景德、劉定五、連我四人。消息封鎖極為嚴密。」李書城並不追問徐鑄成從何得知這消息，接著詳說馮脫身的始末與經過。

　　自馮玉祥被扣山西後，馮的部屬自然憤憤不平，南京方面對閻的要脅勒索，也有欲壑難填之感。去冬鹿瑞伯（鍾麟）到五臺建安村看了馮，談些什麼外人不知。嗣後，鹿鍾麟去了南京，蔣介石兩次召見，商定聯馮反閻。決定這樣的軍事部署：由馮的舊部出潼關過黃河進攻山西；另一路由劉峙率中央軍沿平漢路北進；隨後韓復榘、石友三兩部沿津浦路北進，這兩路會攻閻所控制的河北、北平、天津。三路大軍開始行動。

　　消息傳到太原，閻錫山手忙腳亂，急忙把馮玉祥請到太原城中。又是打躬作揖，又是賠理道歉。「二哥，蔣的為人，心狠手辣，今天收拾了我，明天也放不過您的。」閻錫山說。「這個我自然知道。反蔣我是吃了秤鉈鐵了心的。」閻聽馮這樣一說，心放了一半，忙說：「您看怎樣收拾現在的局面？」「那只有讓我自己出馬。我沒有別的條件，讓我帶五百萬元，還有軍械，一到潼關就下令和你一起討蔣。」馮這樣回答。於是就在昨晚，馮化裝離開了太原，看來現在已在潼關。

　　李書城又說下去：「看來蔣還做著聯馮反閻的夢。可能他已下令從平漢、津浦兩路北進。馮到潼關下動員令，就可能沿隴海路進軍河

南，把蔣軍分為兩段。這樣就先聲奪人，初戰獲勝。你想太原城中，蔣的耳目眾多，如果洩漏先機，這後果多麼嚴重。」

如此這般，徐鑄成當然不敢輕易發表。不過他想雖不發表，總得讓總編輯知道這事。下一步是如何發出去。到電報局一打聽，這幾天控制特別嚴，就是一般商業性電報，也得檢查官檢查蓋章方可。靈機一動，他想到，曾和電報局一位姓楊的報務員認過同鄉（其實姓楊的是無錫人）。於是請他到外面吃飯。席上，徐鑄成說：「有位親戚新遭喪事，要通知天津親屬，是否可發個商電？」他想了一下，表示可以，乘檢查官每一小時去抽鴉片時，就立即發出。於是，徐鑄成擬了電文：「天津四面鐘對面胡霖表兄鑒：「二舅真晚西逝，但請勿告外祖，以免過悲。壽。」所謂「四面鐘」對面是《大公報》的地名，胡霖，即胡政之的姓名，一般人不知道。二舅即是隱指第二集團軍首腦馮玉祥，「真」是十一日的韻目代號；西逝，即是西去。勿告外祖，是指不要公開表。這些張季鸞自然意會。

當時山西與中央各放新聞煙幕。山西方面，天天發佈新聞，說某日閻錫山訪馮，馮又於某日接見某代表云云。中央方面，每天由中央社發表太原電，說馮如何受監視，馮的舊部怎樣憤慨等等，這些新聞鋪天蓋地。「亂雲飛渡仍從容」，張季鸞胸有成竹，一概不聽。他收到徐鑄成的電報後，即在翌日《大公報》的要聞版上頭條新聞之旁，用五號字發了一條消息：「北平電話，據太原來人談，馮玉祥於十一日起不見客。」這是「錄此存照」的手法。一旦真相揭開，說明《大公報》早知其事，只是當時礙難發表。這就完全取得了主動。

這確實是一次成功的採訪！

張季鸞在處理這新聞後，即走訪第二集團軍駐津代表林叔言，問到馮已離太原的消息，林不信有此事。三天後，馮在潼關下了動員令，林才確信此事。林對張季鸞說：「你們的記者真是神通廣大啊！」

在中國近代史上，蔣閻馮這次中原大戰，戰況之烈、面積之廣為前所未見。開始時馮部獲勝，先鋒鄭大章部的騎兵，一度曾包圍並逼

近蔣介石指揮的鐵甲車，蔣以身免。　徐鑄成採訪這事的起因相當成功，他自己也認為是得意之作。時隔半個世紀，他還一字不漏地記得那份在太原發的電報。

　　這是徐鑄成初進《大公報》的獻禮。

註釋

註 1、4、6：徐鑄成，《報海舊聞》，上海人民出版社，第 96、136、154 頁。

註 2：鄧漢祥，〈關於國聞通訊社的補正〉，《文史資料選輯》第 30 輯，260 頁，
　　　中國文史出版社。

註 3：曹世英，《大公報與胡政之》，同上書 97 輯，100 頁。

註 4：晏升東、孫怒潮，《晏陽初與平民教育》，同前書 95 輯，144 頁。

第四章　天津・漢口・上海

雙喜臨門

舊時的章回小說，每說到一帆風順的人物，常用「時來風送滕王閣」這句話。這有一個典故。唐高祖之子滕王元嬰都督洪州（今南昌）時建滕王閣。後閻伯嶼為洪州牧，重修滕王閣，事竣，宴飲賓僚。初唐四傑之一的王勃，省親路經南昌，按行程本不能在閻氏宴飲時趕到因連日大風，船航極速，及時趕到參加宴會並當場寫出〈滕王閣序〉這千古名篇。「時來風送滕王閣」的由來即如此。

當時徐鑄成也經歷這樣的好運，而且雙喜臨門。

1928年秋，徐鑄成初任記者，正在太原採訪華北籃球賽，忽接胡政之電話，要他速回北平。國聞社北平分社主任曹谷冰，因母親亡故回崇明原籍奔喪，胡政之要他任代理主任。這是鄭重考慮後的決定，不能推辭。第二天，他採訪後回社，發現辦公室內空無一人，兩位編輯和三位記者不見人影。原來他們對「後來居上」的任命不滿，以辭職要脅。庶務曹鳳池正用電話向胡政之請示辦法。他一到，曹即把電話交給他。胡問：「今天的稿子發得出嗎？」「大概可以對付。」他答。他又說：「您還是另請一位代理吧，我資歷淺。」「我不問這個，只問你能否挑得起這擔子。」他作了肯定的回答。胡立即指示，要他擬出招收三名練習生的廣告，送《晨報》明天刊出，同時由他訓練，再從天津派一助理編輯來協助。他又問是否挽留走掉的編輯和記者，胡斬釘截鐵回答：「不！我不吃這一套。」電話就此掛斷。此後徐鑄成代理主任職務一個多月，直到曹谷冰回來。這中間胡政之沒有來查問過一次，信賴的程度於此可見。

接著的一喜是「洞房花燭夜。」他回故鄉宜興結婚。

　　這不是新式的戀愛。夫人朱嘉稑也是宜興人，徐鑄成的同窗好友朱景遠（小名百瑞）的二姐，宜興師範畢業，長他一歲有半。品貌端莊秀麗，在校時曾是一屆校花，性情溫淑賢良，他對她一見傾心。1926年冬，他被清華大學勸退後，接受朱百瑞的邀請到錦州（朱百瑞之叔為錦州火車站副站長）度春節。他曾託百瑞向他母親請示，表明愛慕嘉稑之忱。她母親因徐家家貧不同意。但她非他不嫁，兩人魚雁頻通。到 1929 年 9 月，她已二十五歲。這時徐鑄成已有體面的職位，她母親方同意，有情人終成眷屬。這年 10 月，他偕內弟朱百瑞回宜興結婚。婚禮中西合璧、新舊混合。新娘先坐轎到厚裕堂文明結婚。回到家又在紅毛氈上拜天地叩見長輩。一對新人舉行兩次婚禮，一時轟動全城，觀者如堵。後來數十年中他倆相敬相愛，從未口角或臉紅，相伴終身。1949 年後，運動頻仍。常有妻子檢舉丈夫，所謂反戈一擊。當 1957 年他戴上「右派」桂冠後，朱夫人仍敬愛丈夫如故，因她不相信丈夫會反黨、反社會主義。「文革」期間，她陪著丈夫在街道挨鬥、罰掃街。當時報社給徐鑄成每月生活費二十元，夫人十五元，她婚後從未工作，把生活費留給丈夫，自己遠赴北京和保定，在大兒子和小兒子處生活。後情況有所緩和，即趕回上海照顧丈夫。朱夫人生有三子一女（後夭）。舊式婚姻同樣有愛情佳話。徐鑄成晚年多次深有感觸說，妻子和子女都受我株連，但沒有一個做出傷害我的事，為此我感到欣慰和驕傲。北京的孫子曾寫信給祖父說：「六十年來經歷了風風雨雨，你們一直相敬如賓，相互體貼，相互照顧，爺爺取得的每一項成就，都有奶奶的一份。」（據朱嘉樹言）。朱嘉稑於 1993 年逝世，享年九十歲。這是後話。當時蜜月期一過，胡政之就來信催促他回北平，另有任命。

初進《大公報》

　　1929 年底，胡政之調徐鑄成到天津《大公報》任教育、體育版編輯。調職前，胡政之和他有一次推心置腹的懇切談話。胡政之說，他

有一個朋友叫張弧（岱山），曾歷任北洋政府鹽務署長、財政總長。一次，張岱山患重病時，胡政之去看他，張執胡手說：「我生平經手的錢財該有幾千萬，很懊悔在有錢的時候，沒有辦一家銀行，辦一個報館，現在，眼看是辦不起了，政之，希望你努力，辦一張報，這才是真正安身立命的基業。」[1] 胡政之講這個故事，顯然是勸勉他把畢生精力放在辦報上。

上個世紀八十年代，徐鑄成重游天津時，回憶當年初進《大公報》這樣說：「按年序排列，北京是我進大學、開始跨進新聞界大門的地方，應是第二故鄉。1929 年到天津《大公報》工作，安家落戶逾兩年半，跟張季鸞、胡政之學習，彷彿藝徒正式進科班，學採訪、編輯，學寫作評論，在這『富連成』中，生、旦、淨、末、丑，唱、做、念、打，文武場，都下了一點根底。又值那時正在『九一八』前後，中國開始國難深重，學生運動風起雲湧，國家正在萌發『否極泰來』的曙光。所以，天津雖是我的第三故鄉，但我對她的感情特別濃郁。」[2]

當時的《大公報》在天津日租界最主要的大街——旭街。詳細的地址：旭街四面鐘對過。（今和平路哈密道口）所謂四面鐘，顧名思義是一個四面可見的大鐘，也像上海海關的大鐘一樣，不過具體而微而已。久而久之人們就把它當作地名。

《大公報》館址是個曲尺形的門面房，樓下是門市部和經理部辦公室，樓上是編輯部。曲尺的頂端是編輯室，約有四十平方左右。靠窗臨旭街的一面，放著一張大的寫字臺，總編輯張季鸞沒有單獨的辦公室，他就在臨窗這面辦公。他的對面則坐著要聞和國際新聞編輯許宣伯和曹谷冰。中間有兩行共六張普通的辦公桌，靠裏邊的一行，對面分坐著翻譯主任楊歷樵和日文翻譯周先生（失其名），還有新聞編輯王芸生，最後就是徐鑄成與助編趙恩源。外面的一行，是本市新聞兼《小公園》編輯何心冷和記者們的座位。在一個角落裏放著一張單人桌，是經濟新聞編輯杜協民的座位。

「曲尺」臨松島街的一面——今哈密道的一面，有三間房子，各約二十平方米，第一間是會客室，第二間是夜班編采人員宿舍，最末一間是總經理室，胡政之在這裏寫稿、核帳、接見職工。

　　這是一個精幹的編輯部，全編輯部內外勤在內不足三十人，辦報經歷最長的不過五、六年，可說都是新手。同時也都年輕，最大的不過三十多歲，最小的二十歲。各人勤勤懇懇，各獻所長。這主要靠著張季鸞、胡政之兩人擘劃一切，用全副精力不斷革新。他們兩人辦事風格各有不同。胡政之態度嚴肅、處事一絲不苟，對人對己要求都很嚴。張季鸞則從大處落墨，不拘小節，看他白天拜客訪友，似甚悠閒，一到晚上，寫社論、審稿件、考慮版面、寫重要標題、看各版大樣，每一項都務求精當，但他都遊刃有餘，指揮若定，毫不見忙亂狀。

　　徐鑄成進《大公報》時，正當報紙蒸蒸日上的黃金時期。新記《大公報》創辦時除第一年（1926）入不敷出，第二年即收支平衡，創辦時投資五萬元，十年後已達五十萬元。[3]這是後話。

　　在報館內，大家都勤奮嚴肅工作。外面的環境卻是罪惡的淵藪。四面鐘旁邊的德義樓，旭街的中原公司後面，前者說是旅社，其實是雅片館與妓院，後者是毒品賣買與下等妓院麇集之地。曾有兩位同事，經不起誘惑染上毒癮，最終被摒棄。

　　徐鑄成的小家庭，先安在秋山街集體職工宿舍的樓上，小房三間，後來和一位同事在小松街合租了上下各四間的小樓庭院，他的家在樓上。那裏離報館並不遠，經過不到半里的一段馬路，每當他看完大樣回家，常會碰到這樣一幕：黑地裏竄出一、兩個日兵和便衣漢子，一邊一個硬梆梆的東西頂在你身後，一邊喊：「舉起手來」，把你全身抄了一遍，又消失了，這是我們自己的國土，使人氣憤。

　　更有甚者，1931年「九一八」事變後，11月的一個深夜，報社同仁正在緊張工作之際，忽然一陣密集的槍聲，緊接著嘈雜的人聲呼嘯而來，從窗口外望，日軍的卡車一輛輛在街上巡邏，與松島街交叉的十字路口，日軍架起了鐵絲電網，不准行人通過。樓下的職工開門，

日軍用槍逼著把大門關上。那天報紙雖全部印好，但因日租界對外封鎖，一張也發不出去。從這天起報紙停刊一周。第二天清晨，徐鑄成才被放行回家，家中人在惶恐中等了一夜。

報紙停刊一周後，經報館當局與日本總領事館交涉，所有設備陸續運出，在法租界三十號路（今哈爾濱道），繼續出報。到第四天，旭街背後馬路開了口子可以放人，徐鑄成匆忙回家帶領家屬僅帶少許衣物逃出虎口，投奔法租界的一位同學又是同鄉家中，原住處的所有家具、衣被、書籍，都成了侵略者的虜獲品。

報紙復刊後不久，徐鑄成有了新任命，被派往漢口當特派記者兼《大公報》駐漢辦事處主任。他把家屬先送到保定父母處。在天津東車站登車時，看到站前四周都是日本仁丹、胃活、中將湯、大學眼藥⋯⋯的廣告牌，漢字旁都加一行日文，一路所經之處，觸目所及都是如此。他說：這是民族災難將全面來到的預兆。

幸遇恩師

徐鑄成進《大公報》是胡政之所識拔，此後的成功是由於幸遇恩師張季鸞。

1929 年，徐鑄成在北平國聞社兼《大公報》記者，去瀋陽採訪華北運動會，取得極大成功後，回北平時路經天津，胡政之派人把他「截」下來，在津休息三天。到館後剛安置停當，胡政之即帶他去見張季鸞。到了張府，一位面目清癯、兩眼炯炯、留有小髭的中年長者，已在客廳迎候。他握著徐鑄成的手，端詳了一會：「你是鑄成吧，這次工作很出色，你很有新聞頭腦，年輕有為。」這是徐鑄成第一次見到張。

徐鑄成曾說過這樣一段發自肺腑的話：「我是從《大公報》跨進新聞界大門的，從學『場面』到生、旦、淨、末、醜，直至後來『挑大樑』，都是在他（筆者註：指張季鸞）和政之先生的細緻指導和嚴格要求下逐步學會的。而且，在他的晚年，肺病已發展到末期（當時

還沒有肺病特效藥），他每次從重慶到香港療養，一住幾個月，只要能抽空，必約我到他的旅舍對坐長談。從他的經歷到心得、經驗，從文字鍛煉到推理方法，無所不談。真是循循善誘，希望我儘快成熟起來。他的心情是可以理解的，他知道來日苦短，而事業要後繼有人，他顯然是希望王芸生兄和我能成為他的『傳人』──接班人的。」4

張季鸞（1888～1941）出生於山東鄒平，祖籍陝西榆林．父親張楚林考中進士，兩度任知縣，但為時短暫，後家境蕭條。張季鸞自幼聰明，十多歲就能為文，在三原宏道高等學堂讀兩年。1905 年，考取官費留學日本，就讀東京第一高等學校。留學期間，認識吳鼎昌和胡政之，故日後能與吳、胡兩人接辦新記《大公報》。

在日本時，張季鸞對政治發生興趣，卻標榜超黨派，未入同盟會。1908 年回國後，任教師兩年，去上海，助于右任辦《民立報》。1911年，辛亥革命成功，由于右任推薦任臨時政府秘書。翌年，孫中山辭臨時大總統職，張即回上海。此後一生不再從政，文章報國以報人終其身。先後辦北京《民立報》與參予《民信日報》、《中華新報》任總編輯。1926 年起，即和吳鼎昌、胡政之三人開創新記《大公報》，為該報三傑之一。

張季鸞富貴不淫、威武不屈，堪稱真正的報人，新聞界的鬥士，一生曾兩度入獄。1913 年，他在北京辦《民立報》時，袁世凱對南方用兵，秘密向英、法、美、日、俄五國銀行團接洽借兩千五百萬英磅，時稱大借款。張季鸞即在上海《民立報》發表這消息，全國為之震動。袁世凱勃然大怒，將張與曹成甫逮捕投入「死獄」。經李根源等友好竭力營救，繫獄三月得以釋出，曹成甫瘐死獄中。二次入獄，袁已死，段祺瑞執政，為擴充個人武力，段不惜出賣國家主權，以膠濟鐵路為抵押，向日本秘密借款。任《中華新報》總編的張季鸞，把這消息披露，因而再繫縲紲，歷半月餘，經國會抗議和張耀曾等多方營救，才恢復自由。舊社會時有這樣一句話「沒有坐過牢，不是好記者。」這是因為在那黑暗歲月，記者說真話就要遭不測的後果。

　　徐鑄成是深感張季鸞待人的寬厚，他說到一件親歷的事。他到天津的第二年（1930）春天，胡政之調他回北平，接任國聞社主任。這本是給他進一步發揮才能的機會。他卻因原主任未交接就回天津，其眷屬又搬遷無期，待了三天，未經胡政之同意就擅自回到天津。可能有些同事認為胡太寵他了，要煞一煞「驕」、「銳」之氣。胡三天不派他工作。張季鸞對他卻談笑如常。回津後他寫了篇〈北平圖書館新館參觀記〉，張季鸞把它編發在顯著地位，還故意在胡面前讚不絕口，又派他到太原去。待太原回來，張季鸞本不管人事，這時由他派徐鑄成為教育新聞版編輯。每次他審閱大樣，看到徐的版面有新的創造，不管是編排或標題，必當胡的面加以肯定。為此徐鑄成說：「兩位先生都是愛才的，而在用人之量和耐性上，顯然還有軒輊。」[5]

　　說到張季鸞的美德，徐鑄成有很多感受。于右任曾說張「恬淡文人，窮光記者，嘔出肝膽」。邵飄萍遇害後，當時張自己也相當拮据，他把邵妻祝文秀母女倆從北京接到天津，有三年之久每月饋贈生活費一百元。抗戰時，武漢舉行抗戰一周年獻金運動。張慷慨解囊，把他兒子過生日時親友饋贈的金銀首飾全部獻出，妻子要他留兩件作紀念，也被他勸阻。他確實是「時時念國仇。」這是後話。

　　「治大國如烹小鮮。」張季鸞掌這樣一張大報的筆政，真是輕鬆自如、舉重若輕。《大公報》記者徐盈，曾對徐鑄成說，1938年在漢口時，周恩來對人說：作總編輯要像張季鸞那樣，有悠哉遊哉的氣概，如騰龍飛虎，遊刃有餘。張這個特點，毛澤東也有評價。毛說：「張季鸞搖著鵝毛扇，到處作座上客。這種眼觀六路、耳聽八方觀察形勢的方法，卻是當總編輯應該學習的。」毛這番話是1958年對吳冷西說的。[6]

　　兩位偉人所說，徐鑄成有切身感受。一天中，張通常是下午2時到館，先看經濟行情，如公債漲落、外匯升降，側面反映政局變化；其次是看各種外文報和本國外地報。從三點鐘起直到晚餐前，都是接待來訪者。晚上9時許上班，這時第二、三張報的大、小樣和本、外

埠的稿件以及外國通訊社的電訊稿，都放在他桌上。他先把各稿分類交給有關編輯，並交代如何處理---按主次發稿付排。重要的由他裝標題。重要版面的大、小樣，他都仔細審閱，有時還要重裝標題。這時還不斷有電話來，他都自己接。通常吳鼎昌在這段時間來館，加上胡政之，三人交換對時局看法。事情多頭緒雜，從不見他慌亂。深夜 11 時了，他開始寫社論，或修改潤色吳、胡兩人所寫社論。他寫社論能按版面所留地位而可長可短，長時也不生拉硬扯，短時則句句精闢。有時社論正寫到一半，忽然來了重要事件，決定改題重寫。時間極緊他邊寫邊付排，寫完正好小樣上來，字數不多不少，恰到好處。這樣的功夫使人歎為觀止。

對徐鑄成，張季鸞總是言傳身教，他自己的經驗從不自秘。徐鑄成到晚年仍記得他講的一些「秘訣」。「寫報紙評論，千萬別用冷僻的字或典，太冷僻了，讀者面就縮小了。」「千萬勿寫過長的句子，如果一句話講不完，寧可拆開兩句，甚至用幾句來說明。」「在遣詞造句用成語的地方，凡別人已用濫了的，千萬勿抄襲，應另外找一相同或類似的字或句子。」對這一點，他特別告誡：「比如有一個朋友和你談話，老是那一套老生常談，即使是至理名言，也易使人多聞而生厭。」[7] 思想方法方面，「他說，對一件新發生的事，自己沒有把握，不要輕下斷語，說一定如何如何；寧可多說可能，指出在這件事上，哪一種可能性大一些。否則，自以為『十拿九穩』的事也往往在事實面前碰壁，使報紙在讀者的心目中喪失威信。」他還有形象的比喻：「凡根據現狀，無論如何看不透的問題，應該學學孫行者，跳到半空中向下鳥瞰，也許會看清楚，弄明白的。」當時他舉了個實例。蘇軍入侵波蘭，無人能想通，王芸生也不知如何下筆。他的辦法是，從罵畢蘇爾斯基入手（波蘭當時的執政者），說他如何壓迫群眾，又不起而抵抗納粹侵略，又拒不給蘇聯援軍過境，又不容許波蘭人民給援軍給養，蘇方無法接受英、法條件，轉而與納粹德國簽訂互不侵犯條約。在德軍越境入侵波蘭後，蘇方為了保護自己，也為了保護在波方的僑

民，不能不有此一舉。王芸生照此意見寫了篇社評，在讀者中反響不錯，本來想不通的想通了。據說蔣介石看了大公報，也解了他對此事的困惑，命令他的中宣部長按這精神擬宣傳大綱。[8] 張季鸞點點滴滴的教導，徐鑄成都鐫刻在記憶裏。

張季鸞不僅在新聞業務上給徐鑄成以影響，在生活小節和興趣愛好方面也影響著他。徐自己說：「那時有人說，張的不拘小節以及舊文人懶散的作風，我也亦步亦趨，刻意模仿了。」[9] 還有一例，張季鸞在公餘之暇，嗜愛「拍曲」，特別欣賞北崑的韓世昌、龐世奇的藝術，徐不止一次陪他看過。後來在上海淪為「孤島」時期，徐也迷過一陣崑曲，就是受張的感染。[10] 抗戰時期在桂林，徐又迷上京劇，一時成為「票友」。這是後話。

張季鸞的後來結局，可以提前在這裏說。上世紀四十年代初，他的肺病加劇。常從重慶到香港去療養。那時，徐鑄成在香港《大公報》，張到後不時約徐去吃小館子，多半是家河南館厚德福。張知道徐不吃魚腥，他只點一味瓦塊魚，其餘都讓徐自選，要他喜歡吃什麼儘管點不要怕貴，盡可能多吃，身體是最寶貴的本錢，要保養好。他說到自己，腦子還十分管用，就是力不從心了。最後一次到香港，有一天，他和徐長談後，氣喘吁吁地說：「我的身體實在不行了，希望能熬到勝利。」結果事與願違。此後纏綿床褥一病不起。

張季鸞是 1941 年 9 月 6 日在重慶病逝的。臨終遺囑有段話很感人：「……願我社同仁，痛感時會的艱難，責任之重大，本此方針，一致奮勉，務盡全功；尤宜隨時注重健康，以積極精神為國奮鬥。」他臨終縈懷只是國家、抗戰大業和《大公報》。

噩耗傳來，徐鑄成立即趕寫出〈張季鸞先生年表〉，刊於報端。一星期內不飲酒，不參加酬應，寄託哀思。

張季鸞死後哀榮。國共兩黨高層均致唁電。中共毛澤東、陳紹禹（王明）、秦邦憲（博古）、吳玉璋、林祖涵從延安發唁電：「季鸞先生在歷次參政會內，堅持團結抗戰，功在國家。驚聞逝世，悼念同深。

蕭電致悼，藉達哀忱。」周恩來、鄧穎超、董必武從重慶發唁電：「季鸞先生，文壇巨擘，報界宗師。謀國之忠，立言之達，尤為士林所矜式。不意積勞成疾，遽歸道山。音響已沉，謦欬不再，天才限於中壽，痛悼何堪。特馳致唁、敬乞節哀。」周恩來、鄧穎超的輓聯：「忠於所事，不屈不撓，三十年筆墨生涯，樹立起報人模範；病已及身，忽輕忽重，四五月杖鞋矢次，消磨了國士精神」。蔣中正的唁電：「《大公報》轉張夫人禮鑒：季鸞先生，一代論宗，精誠愛國，忘劬積瘁，致耗其軀。握手猶溫，遽聞殂謝。斯人不作，天下所悲。愴悼之懷，匪可言罄。特電致唁，惟望節哀。」國民政府也發了褒揚令（從略）。國共兩黨高層，對他作出如此高的評價，是「統一抗戰」這一大原則下的共識。

張季鸞去世後，作為他的兩個傳人，徐鑄成與王芸生，都有為他作傳之願。徐就所知所聞及親身感受，於八十年代寫成《報人張季鸞傳》問世。王未完成，他曾說：「我多次動念頭，多少次又都放棄了，季鸞兄瀟灑、儒雅、大度、寬厚，才思機敏。我自量沒有這個文采，恰當地還一個張季鸞告之世人。別說這麼一個歷史人物、時事的俊傑，還要再編排一些『帽子』給他戴上，這筆如何下？對季鸞兄於師於兄於友，我愧對他了……」據王芸生之子王芝琛說，在王芸生彌留之際，手裏拿著一張白紙，嘴裏喃喃地說：「寄給他（指張），寄給他，我的白卷……」雙眼已是黯然淚下。[11] 王芸生於 1980 年去世。

邂逅吳鼎昌

新記《大公報》三傑之一的吳鼎昌是社長，徐鑄成進《大公報》後雖曾見面，但從未交談，這因為他並不在社，經營他的金融事業。

一次偶然機會，徐鑄成無意中邂逅吳鼎昌。

1930 年春夏之交的一天下午，他正在編輯部安排當天晚上的準備工作，胡政之把他喊到身邊，輕輕地說：「你今晚不用上班了，由趙

恩源暫代你的工作，早些回去休息；有一項新任務要交給你，出一趟遠門，車票和路費已給你準備好，去會計科領取。」「去哪裡？」他問。「張先生此刻正會客，他來和你說明一切。」胡政之答道。

在胡政之的房間裏，張季鸞向徐鑄成交代了此行任務，原來是要他去一次廣東。廣東陳濟棠聯合李宗仁反蔣，醞釀組織政府，孫科也將去廣東，改組派的人物紛紛會合廣州，汪精衛也將從法國趕回來，下面將有一場好戲可看。張季鸞要他去探明事態的發展，即使不能發新聞，瞭解後也可作編輯部參考。張又囑咐他隨機應變，作出成績。

那時從天津到廣東，必須乘津浦（浦口）直通車，然後再經上海轉。第二天上午9點，報社的一位庶務先生，送他上了津浦特快的二等臥車，安放好了行李，等待火車開動，忽然這位庶務氣急敗壞又跑了回來，說：「吳社長也坐這趟車南下，希望和你坐同一車廂。」庶務幫他拿著行李，上了頭等的藍鋼皮車。坐在這樣豪華的車廂裏，真像「劉姥姥進大觀園」有受寵若驚之感，也不免有些拘謹。吳鼎昌要他不必介意，湊巧一路同行，正好談談可以消除旅途寂寞。

當時天津到浦口，需要兩個晝夜，除了吃飯和睡覺，其餘時間都是閒談。這位社長不惜紆尊降貴，對這位到職不久的年輕記者有問必答、暢所欲言。

他知道了這位社長的生平。吳鼎昌，字達詮，筆名前溪。原籍浙江吳興，1884年出生於四川華陽。父親吳贊廷為人幕賓十七年，積有資財，後定居成都。

吳鼎昌十七歲考中秀才後，更銳志讀書。1903年考取官費留學日本時，遠遊樂、勤讀書，雖曾參加同盟會，但極少參加政治活動，閉門練小楷、學作詩，準備回國考洋翰林。1908年回國後果然考中翰林。此後就在仕途效力，先投東三省總督錫良門下，再走大清銀行監督葉景葵的路子，任大清銀行稽核局局長。在任大清銀行江西分行總辦時，辛亥革命成功，上海成立大清銀行清理處，他憑藉同盟會會員關係，進謁剛自海外歸來的孫中山，委他接收大清銀行，又派他任新成立的中國銀行總經理。這一段春風得意史，他親口告訴徐鑄成。

　　吳鼎昌的仕途一直一帆風順。民國初年，先後與梁啟超（幣制局總裁），梁士詒（袁世凱總統府秘書長）拉上關係，任鹽業銀行總經理，兩度任天津造幣廠廠長。他大量積累財富即源於此。北洋政府時代流通的「袁大頭」（銀幣），即由天津造幣廠製造。名為七錢二分，規定可以夾幾成銅（純銀不能敲響），只一下，一年就可有額外收入一、二百萬元，就此他成了財閥。

　　此後他的宦海生涯雖幾經沉浮，但緊抓金融事業不放。1922 年，吳鼎昌發起由鹽業、金城、中南、大陸四家銀行在上海創辦四行儲蓄會與四行倉庫，並為中南銀行取得鈔票發行權，就此形成「北四行集團」。與江浙財團相頡頏。

　　吳鼎昌當時曾對人說：他要辦好三件事。第一，是辦一個儲蓄會，以抵制外國人辦的儲蓄會。四行儲蓄會辦成遂了願。這事辦得很成功。存款最多時逾一億元。把外國人辦的萬國儲蓄會、中法儲蓄會的業務全都擠垮。第二，辦一個報館。為此，他在 1926 年拿出五萬元，與胡政之、張季鸞三人接辦《大公報》。此事同樣成功，幾年後即有盈餘。而且他又以這張報作為他重登政壇的階梯。第三，開一個國際性的大旅社。他以四行儲蓄會的資金，在上海靜安寺路（今南京西路）跑馬廳（今人民公園）對面，離萬國儲蓄會咫尺處，建造了當時遠東最高的國際飯店。該店的設備與服務，蓋過當時上海外國人辦的華懋飯店。這三件事都辦成而且成功。日後，徐鑄成有這樣的評價：「平心而論，吳氏的三點理想，不管他個人動機如何，結果都大大有益於國家、民族，這也可說是『動機、效果統一論』之不合事理、不切實際的一個有力證據。」[12]

　　從最後談話中，徐鑄成才知道這位社長，以在野之身南下視察鹽業、中南、金城、大陸四家銀行與四行儲蓄會等的業務，是意外邂逅。
　　……
　　車到浦口，談話才告結束。當時南京尚無長江大橋，必須下車轉乘輪渡，到南京下關去換乘京滬線火車。車到浦口後，在蜂擁而上的

歡迎吳先生人群中，徐鑄成不告而別，獨自一人登上輪渡，正待開航之際，吳的隨員匆匆跑來，說：「總經理到處找您，您怎麼一個人先走了。」他跟著隨員上了專輪，吳鼎昌給他一一介紹那些歡迎的人，並說自己下午就去上海，仍可同行。在南京城中享用了一頓豐盛的午餐後，他又隨吳鼎昌上了京滬快車。吳對他真關心備至，怕他去廣州後人地生疏，要他下榻鹽業銀行廣州分行，分行經理將會照顧。第二天，在上海拿到了吳的介紹信。

雖是一次短暫的相遇，卻一直鑴刻在徐鑄城的記憶中。

熱衷於做官的吳鼎昌，此後從未放棄他的努力。1932 年 5 月，吳在上海策動商界與金融業四個團體，發起建立「廢止內戰大同盟」。以「安內對外」的口號，迎合蔣介石的「攘外必須安內」方針，由此他被延攬進了國防設計委員會。這年夏天，蔣介石請他上盧山，連續談了一周，從此跨上蔣政權的門檻。

1935 年 10 月，當時東北四省已淪陷，國難深重，吳鼎昌糾合平、津、滬、漢四地的金融工商界首腦人物，組織一個「赴日經濟考察團」，吳任團長。名義上是報聘日本的一個赴華經濟考察團，到日本去搞所謂「中日經濟提攜」。這時吳已儼然是金融工商界的領袖。考察月餘回國。甫抵上海，南京已發表他為實業部長，他和蔣政權的關係已登堂入室。

新記《大公報》創辦時有「四不主義」的宣言，即不黨、不賣、不私、不盲，吳鼎昌身為社長不能違反，做官後即辭去社長職，保留股東名義，遙控《大公報》。

以後吳鼎昌的官運亨通，1937 年，「七七」盧溝橋抗戰爆發後，首都遷重慶，吳鼎昌調任貴州省政府主席兼滇黔綏靖副主任。這是他做官最適意的時期，暇時在貴陽花溪飲酒賦詩，有時穿上將服向國民黨軍官和部隊訓話，顯得他文武兼備。1944 年，湘桂大撤退，桂林陷落，在桂林《大公報》任總編的徐鑄成，前往重慶途中，曾去貴陽拜見這位前社長。他不忘故舊，設宴款待，並贈他所著的《花溪隨筆》

一本，寫他歷年治黔心得，頗有文采。1945 年，他又調任國民政府文官處長，直接成為蔣介石的幕僚。當時徐鑄成在重慶主持《大公晚報》，有一次，吳鼎昌帶著夫人到李子壩《大公報》社視察，見到徐鑄成含笑致意。這是徐在重慶見到吳的僅有一面，想不到也是最後一面。

　　1945 年 8 月，抗戰勝利，旋即舉行國共和談，蔣介石電邀毛澤東到重慶共商國是。這是吳鼎昌的獻策，電文也是吳氏所擬。據徐鑄成回憶：「記得八月十五日正午將要截稿拼版之頃（筆者註：指《大公晚報》），渝館經理曹谷冰兄親自送上來交給我一個紙片，說：『這是吳先生派人送來的一條重要新聞，看來你們要重新拼版，改換頭條了。』我一看，原來是蔣電邀請毛先生來渝共商國是的消息；我說：『蔣主席府的新聞，大概不須要送新聞檢查所審查了罷。』新聞拼在顯著的地位，成為獨家新聞。晚報一出，轟動山城，增印了幾萬份報，也一搶而空。」[13] 這是徐鑄成四十年後（1985）的回憶，言之鑿鑿，似應可信。另有一種說法，與此完全相反。據王芸生、曹谷冰〈1926 至 1949 的舊大公報〉：「蔣介石採納了吳鼎昌這個計策，即令吳起草了一個「寒電」，於八月十四日拍往延安。吳於十五日晨把電稿交給大公報，要在當天的大公晚報上發表這個獨家的大新聞。稿子發排後。被新聞撿查所扣住了。該所請示侍從室，陳布雷說『絕無此事，是大公報造謠。』原來這樣的重要文電，向由陳布雷經手，而這次卻由吳鼎昌獻策並經手發出。結果這項新聞大公晚報未能搶先，而是由中央社統一發稿，十六日同見各報。」[14] 兩種說法完全相悖，誰對誰錯，姑且存疑。（筆者註：上海復旦大學的李光詒教授，其時任《大公晚報》記者。據他稱，此稿並未發出，是王芸生下達的命令。）

　　抗戰勝利後，1945 年 9 月，吳鼎昌一度兼任中央設計局秘書長（設計局籌畫勝利後之各項大計）。不幸內戰發生，1948 年，國民代表大會選蔣介石當總統，吳任總統府秘書長。淮海戰役蔣軍遭毀滅性打擊，在蔣政權土崩瓦解之際，蔣宣告「引退」，李宗仁代總統，吳鼎昌辭去總統府秘書長職。以後中共宣佈戰犯名單，吳列名第十七，他跑到香港當寓公。

1950 年夏天，徐鑄成因香港《文匯報》事在港小住兩月。其間，中共一位負責經濟工作的同志，對徐說起，「不妨看看吳鼎昌是否有意回大陸？如肯回去，還是有作用的。」正當他準備去作試探性訪問時，一天，路過一個花店門前，見一特大花圈，飄帶上款「達詮仁兄千古」，下款「弟吳鐵城敬輓」。原來吳鼎昌已於是年 8 月 22 日病故，享年六十六歲。

以上全都是後話。

開始獨當一面

1932 年初春，徐鑄成有新的任命。報社派他到漢口，擔任特派記者兼駐漢口辦事處主任。先去單身一人，安置妥當再接家眷。

調職的原因是這樣兩點。一是《大公報》的內外互調制度。《大公報》有個不成文的規定，擔任外勤記者數年後，調回報社當一般版面的編輯。經考察能勝任並有培養前途，就派到外面去當特派記者。再經一番歷練，調當要聞編輯或編輯部主任。此後徐鑄成就是按這樣的途徑升遷，最後當上總編輯。應該說這樣的制度，對培養能編能採全面的新聞人才是有益的。可惜民間報紙的這種寶貴經驗無人發掘。二是原來的駐漢口記者喻耕屑，可能因身體原因，或因薪酬問題，意在「撂挑子」，偏偏胡政之向例不吃這一套，就派徐鑄成去開創新局面。《大公報》已有南京、北平、上海三辦事處外，漢口是第四個辦事處。

徐鑄成把家屬送到保定父母處後，即匆匆到達漢口。前任喻耕屑已為他安排好住處，雖不大理想也足以安頓，從此開始，他在漢口整整四年，直到 1935 年底調去上海創辦《大公報》上海版。

初到漢口，徐鑄成看到一個奇怪現象，街道兩旁的高處，都有大字寫的路標：「船靠右行」（當時規定車行靠右，抗戰勝利才改為向左），初看疑惑不解，莫非湖北人是把車當船。後經當地朋友說明，

1930年，長江發了大水災，鄂、皖兩省淹死數百萬人。漢口被水淹了幾個月，馬路成了河道，交通全靠小船，人從二樓的窗口出入，牆壁有水浸的痕跡——水線。

雖說是辦事處，其實只是他一人單幹。採訪、寫稿、翻譯電碼，全是他一個人，只雇了一個雜役由他做些雜事兼燒飯。儘管如此，他工作熱情很高。當時漢口這特殊的環境，新聞都要經新聞檢查處檢查蓋章後才能發出。他經歷一次意外遭遇。一天，家中突然來了兩個全副武裝的軍人，說綏靖公署何主任（何成浚，漢口的最高權力者）請他去談話。在綏靖公署會客室等了一刻鐘，何成浚才同辦公廳主任陳光祖進來。何聲色俱厲地說，《大公報》近日登載的漢口消息，顯然是為匪張目。徐問：有何為證？陳光祖從皮包裏取出兩份《大公報》，指給他看。一是陶菊隱寫的特約通信，二是徐發的有關軍事電訊。他回答，通信有署名，可見並非本人所寄，至於電訊都經新聞檢查處檢查，如為匪張目怎能放行呢？何無詞以對，站起來怒氣衝衝地說：你好好和陳主任談談，這些消息哪裡來的？說完走了。陳光祖繼續對他盤問，他一一指出這些消息的出處，所謂為匪張目的電稿，是某通訊社（該社與當地駐軍有關）所發前線將領告急請援電文。他也無話可說，只好送他出門，一看手錶已被軟禁三小時。還有一次是和武漢警備司令葉蓬打口舌仗。葉蓬是個粗人，1932年末，葉非法逮捕了一個市黨部幹事說是「通匪有據」，待南京來電要他放人，他已把人槍斃。上海《新聞報》和《大公報》報導此事真相，葉暴跳如雷，指使他的御用通訊社發表他的談話，大罵《新聞報》駐漢記者劉斯達是「造謠惑眾」，當晚把各報駐漢記者請到他家中吃飯。席上，他又一再罵劉，並狠狠盯著徐鑄成說：「我這人喜歡交朋友，但有人對我不講交情，我也會翻臉不認人的。劉斯達這樣造我的謠，難道我沒有對付辦法？我可以把他抓起來，裝在麻袋裏丟進長江豈不省事。」「項莊舞劍，意在沛公」，這也是對徐的威脅，他鎮定自若地說：「看來你不太聰明，自己造成被動局面。」他問這怎講？徐道：「你已在報上公開罵劉斯

達，他的安全就有了保證。他有三長兩短，家屬和報館都可以向你要人，你推卸不了責任。」他無言以對。此事不了了之。葉蓬後來落水當了漢奸，勝利後被處死刑。

在武漢對報業這水土並不相宜的地方，奇怪的是當時卻有四、五十家報紙，通信社之多也在全國首屈一指。究其奧秘，原來這些報紙發行寥寥，上千份就算大報。有的每天只印幾十份，分送幾個機關。還有兩家報紙同在一室，報紙內容相同只是報名不同。謎底是，特稅處和特業公會，對所有報館和通信社，每月按等分送津貼，對記者按級分送車馬費。還有一些大小駐軍辦事處，也對報館、通信社和記者給變相的津貼。有個中央社記者除在這些地方領車馬費外，還在許多辦事處掛諮議頭銜，月收入超兩千，娶妾設多處公館，享用之奢令人咋舌。面對這污泥濁水，徐鑄成潔身自好。他在漢口四年堅持自已規定的三不主義：一、不跑機關；二、不參加任何招待會；三、不接受任何禮物。獨行其事單獨進行採訪。

這時（1934）徐鑄成的任務也愈來愈多，喻耕屑已經接辦《中西報》，《大公報》分館也辭職不幹，胡政之又把這擔子讓他挑，讓他接辦，正式成立湖北分館；業務擴充到湘鄂兩省，又成立書報代辦部，除銷售本館書報外，還代售上海書報雜誌。他又由金誠夫、李子寬兩人介紹，為京、滬兩家報紙發電訊。此前去年（1933）下半年，胡政之來信囑託，要他協助趙惜夢辦《大光報》。該報從籌備到出版，他一直以顧問名義盡力協助。出刊初期為他們寫社論（這是他寫報紙社論的練筆與開始）、編要聞，還給外勤記者提供採訪線索。報紙出來後，有些讀者反映，編排、文風都象天津《大公報》，這就因徐鑄成參與了編輯工作的關係。這一段工作，對他來說也有收益，他說：「取得了如何全面掌握報紙編輯的經驗，這對我以後創刊《文匯報》等，是極為有益的。」還有他交了一位朋友，即編《大光報》副刊的孔羅蓀，和他一直維持著友誼。

還值得稱道的是，當時他的家庭生活情況也頗為富裕。月收入有三百元（內一百元是給京滬兩報發電訊的報酬），加上湖北分館的津

貼年收入千餘元，當時物價不高，白米三元餘一石（一百五十市斤），雞蛋一元可買一、二十個，雖一家五、六口也富足有餘。[15]加上夫妻恩愛，全家和睦，身心都極愉快。唯有不足的是國事日非。1933 年10 月，是徐鑄成與朱嘉稑結婚四周年，兩人合攝一影以誌紀念。他在照片背後，題〈蝶戀花〉詞一首抒發當時情懷。詞云：「花事闌珊春又去，寂寞前程無計留春住。十年壯志空期負，衷心悲切知如許。烽煙何處桃源路，為卜苟安，只合江南住。斷目前塵流浪處，屐痕觸眼遍野樹。」

在此詞後，他又寫了這樣幾句：「廿二年五月為余二十七歲初度，與嘉稑合攝此影，兼紀念結婚四周年。歲月蹉跎，毫無建樹，而烽火遍眼投身無處，轉瞬已中年，悲不自勝，因填蝶戀花以誌之。鑄成。」

自徐鑄成到武漢後，在四年中，張季鸞先後給他十餘封信，或指導工作，或給他介紹信。當他工作有成績——如採得獨家新聞，或是有分量的通信，他必親筆來信表揚與鼓勵。說到獨家新聞，這階段中，最得意的有兩件，都和張學良有關。

第一件是，繼東三省淪陷後，1933 年熱河又淪陷，蔣介石決定再次把張學良當替罪羊，迫他下野出洋。徐鑄成首先報導。這和李書城有關。前章說到，徐鑄成去太原採訪馮玉祥行蹤，曾得李書城幫助。蔣閻馮中原大戰，李即離太原。時張群任湖北省主席，張與李有私交，李為省政府委員，雖在朝其實在野，閒居特一區一德路。徐鑄成時相過從，常能得到內幕新聞、時局形勢、人物的月旦。

有一天，徐鑄成獲悉，蔣介石在保定會晤張學良後到了漢口，下午即召見幕僚楊永泰、曹浩森與張群並有所商議。他驅車到李書城寓所。僕人相告：先生剛接楊永泰電話，聽完就走了。徐鑄成想，楊是蔣的智囊人物，估計會有重新聞，坐下耐心等待。晚上9 時，李回來了，見徐已等很久，忙致歉意。徐問：「蔣從北方來，不知對北方局勢有何安排？」李答：「聽說決定讓漢卿（即張學良）休息了。」「由誰接替？」「改稱北平行營或綏靖公署，由何應欽主持。」雖說李的

語氣不肯定，但他剛從楊永泰那裏來，估計十有八九已決定，徐立即趕回家連忙發了個新聞加急電。

這獨家新聞，第二天，《大公報》用七行字大標題刊出。張季鸞還加了個編者按，說明此事「昨晚才最後決定」，以表示《大公報》消息之快。立即引起轟動。胡政之為此發了個嘉獎電，不過收尾時，有這樣一句：「此殆吾兄到漢後之首次突出表現。」言外之意前些時表現平平，故徐鑄成認為胡用人不象張季鸞的寬厚。

中央社漢口分社主任看到這消息，埋怨徐鑄成道：「你真守口如瓶，這樣重要的新聞，水洩不漏。其實未經公佈的新聞，我們也不會發。不過，你早告訴我們一點，讓我們向總社發個內部消息，也不會被總社電責了。」

第二個「獨家新聞」仍和張學良有關。那是一周後，張學良既然「下野」準備出國，行前到漢口謁蔣。記者們群集機場採訪。蔣的副官長陳希曾宣佈禁令，張到漢口事關機密，不能公開發表，擅自發表將受處分。徐鑄成問，如果外埠報紙從別的渠道得知這消息，而又發表，何以處置？陳希曾不加思索就回答：只要不是你們發的，就和你們無關。歸途中，中央社漢口分社的主任以揶揄的口吻說，這一來你也束手無策了吧？徐鑄成不服氣。恰好這天上午，宋子文從上海乘飛機到漢口。他靈機一動，發了個電報：「宋子文等今晨分別到漢，謁蔣長談後，同至西商跑馬場打高爾夫球。」熟悉情況的人都知道，宋與張學良的關係極好，一向以蔣、張的居間人出現，宋與張又都喜歡打高爾夫球。這電報到津，張季鸞何等聰敏，即在宋子文上加張學良三字，大字標題：「張學良抵漢謁蔣。」副題是：「宋子文也由滬到漢。」報紙到漢，各報記者向陳希曾抗議，陳問徐，他坦然自若回答，電報經檢查員蓋章，並無張學良三字，這就與我何干。此事不了了之。應該說，這兩件獨家新聞的成功，和張季鸞的巧妙配合有關。

……

1935 年年底，徐鑄成奉調離漢口去上海，參加《大公報》上海版的籌備工作。

　　四年漢口生活，並沒有留下好的印象。他說：「那時的漢口，烏煙瘴氣，思想上也最沒有什麼可留戀的了。特別是它的熱，現在想起都有些餘怖。」那是三十五年後說的。不過平心而論，這四年獨當一面的工作，對他以後擔任《大公報》桂林版總編，創辦與主持《文匯報》，創造了條件與才幹。

《大公報》創辦上海版

　　《大公報》向南方發展，辦上海版，是關鍵性的決策。這個決策的實現，使原先立足北方的報紙，能問鼎東南，成為全國性的報紙。

　　這個重大決策是張季鸞與吳鼎昌、胡政之發生矛盾後的產物。

　　《大公報》自 1902 年創刊，1926 年由胡政之等人接辦，三十多年來都是以北方為根基，雖然發行面向全國。到 1935 年，由於日寇不斷入侵，華北形勢漸趨惡化，《塘沽協定》簽訂後，人心更為浮動，真所謂「華北之大，擺不下一張書桌了」。這樣的形勢深切觸動張季鸞。

　　1935 年 1 月出版的《國聞周報》，張季鸞寫了篇〈我們有什麼面子〉，沉痛自責：「這多年在天津做報，朋輩們都說是成功，報紙銷得也受重視，在社會各方庇護之下，何嘗不儼然是中國大報之一；但在『九一八』以後之中國，清夜自思，事前有何補救？事後有何挽回？可見現在四省沉淪，而大報館還是大報館，老記者還是老記者，依然照常的做所謂輿論的指導，要用《春秋》論斷，除恬不知恥四字而外，恐怕任何批評皆不適宜……北方有句俗話：不能混。國家現狀就是這樣，中國人不能混了……」基於這樣的心情，為此他有遷地為良的打算，把《大公報》遷上海出版，免得一旦有變，被敵軍卡住喉嚨，造成進退兩難的局面。應該說張季鸞有前瞻的目光，決策也是正確的。

　　然而張的意見，並沒有得到吳、胡兩人回應。胡政之認為，《大公報》在天津有地利與人和，上海是《申報》、《新聞報》的碼頭，《大公報》去上海，強龍鬥不過地頭蛇，他不主張輕舉妄動。而吳鼎昌的意見也傾向於在北方苟安。

張季鸞書生意氣，合則留不合則去，他決定另起爐灶。

1935 年 3 月，徐鑄成事先沒有得到通知，張季鸞忽然到了漢口。一年多不見（年前徐曾去天津述職），恩師又添幾許華髮，精神也不比已往。恩師到來，隆重招待。逗留半月，乘輪入川。原來張的入川，就為另起爐灶。找好友康心之（川康銀行總經理），要他籌資五萬元，辦張報紙。康一口答應，並立即行動，買地蓋屋，諸事進行中。

事情有了變化。是年 5 月，日方又挑起「河北事件」，強迫中國又簽訂「何梅協定」。中央軍被迫撤出河北。此後日寇得寸進尺，策動華北特殊化，成立冀察政務委員會（宋哲元任委員長）。《大公報》發社論，呼籲「必須保持國家統一，勿使國家分裂」。這觸怒了宋哲元，下令對《大公報》停止郵遞。這樣的局勢意味著，要在天津租界裏苟安，維持所謂獨立的民間報紙已不可能。此其一。

當時蔣介石組閣——任行政院長，網羅黨外賢達，組織所謂「人才內閣」。吳鼎昌在網羅之列，任實業部長。這樣吳有了政權依託。雖做官有背《大公報》的「四不主義」，但吳辭去社長職，仍可遙控該報。此其二。

這兩點情況，促使吳、胡兩人起了一百八十度的變化。接受張季鸞意見，決定《大公報》向南方發展，創辦上海版。天津版照常出，留下王芸生、曹谷冰，盡可能多維持些時間，便於經濟上支援上海版。

這一來使張季鸞處於兩難之境。他忙向康心之表明不能去川的苦衷。後來康在四川辦了張《國民公報》，《大公報》給予人力支持，派杜協民去任總編輯。這是後話。

1935 年 9 月，徐鑄成接胡政之通知，要他結束漢口工作，即去上海參加上海版籌備工作。他瞭解了這一重大舉措，是張季鸞所提出極為贊同，心想即日去滬無奈妻將分娩，延至 1936 年 1 月上旬才首途赴滬。

饒有資財的《大公報》，在上海的籌備工作進行得很順利。

館址與編輯部選定法租界愛多亞路 181 號（今延安東路黃埔區政協舊址），一幢三層樓的房子。營業部設在福州路。還在霞飛路（今

淮海路）亞爾培路（今陝西南路）口一個弄堂裏租了一所相當寬敞的房子，作為編輯部同仁的宿舍。徐鑄成家屬也住在這裏。

　　編輯部的班底是國聞社上海分社的一批人。胡政之又從天津《庸報》挖來張琴南（任編輯部主任）、許君遠（與徐鑄成同編三、四要聞版，同值深夜班）兩人，章丹楓任國際版助編，吳硯農編各地新聞，王文彬編本市新聞，體育新聞由嚴仁穎編，許君遠兼編《小公園》，蕭乾編文藝周刊。人才濟濟，分工明確。

　　滬版《大公報》於 1936 年 4 月 1 日創刊。創刊前幾天，張季鸞、胡政之親自臨陣帶全班人馬精心擘劃，務求不鳴則已，一鳴驚人。創刊那天，張季鸞親撰社論〈今後之大公報〉，首述「本報津滬兩地同刊之計劃，既非擴張事業，亦非避北就南，徒迫於時勢迫切之需要，欲更溝通南北新聞，便利全國讀者」。繼論當前時局，頗多警策之言：「當年中原重鎮，今日國防邊疆，長城在望，而形勢全非，渤海無波，而陸沉是懼。」接著詳細論述遷滬辦報之宗旨：「本報將繼續貫徹十年前在津續刊時聲明之主旨，使其事業永當為中國公民之獨立言論機關，忠於民國，盡其職分。同仁尊重中華民國開國者孫中山之教訓，而不隸屬政黨，除服從法律外，精神上不受任何拘束，本報經濟獨立，專賴合法營業之收入，不接受政府官廳或任何私人之津貼補助。同仁等亦不兼任政治上有給之職，本報言論記載不作交易，亦不挾成見，在法令所許範圍力求公正。苟有錯誤，願隨時糾正之。以上為本報自立之本。」還詳述對內對外的基本方針與立場。徐鑄成認為，「社評處處以感情扣動廣大讀者的心弦，而廣求同情」，而其中警句「多是催人落淚的精心之筆」。第二天，張又發社論〈改善取締新聞之建議〉，觸及言論自由問題，結論說：「報紙地位宜為一切人之喉舌，官民各方，孰有冤抑，皆得自由發表於報紙，能如此，則人心翕然矣。」

　　除張季鸞的拿手好戲──社論外，開頭幾天，新聞內容也力求豐滿，版面力求新穎。反饋的資訊是報攤要求加報，本以為是好事。可讀者不斷來電話，根本看不到報紙，經瞭解原來報紙都被《申》、《新》兩報全部收去，不讓讀者看到，把新生的嬰兒扼死在搖籃裏。

　　胡政之通過關係請到杜月笙，由杜出面宴請各大報首腦，杜派人向報販、廣告商打了招呼，一天風雲就此吹散。從此《大公報》在報攤上與讀者見面，發行逐步上升，半年後就在上海站穩了腳，發行五萬成了屈指可數的暢銷報。

　　《大公報》在這樣競爭劇烈的生存環境中，與別報相比自身條件又差。他們只有一部舊的印報機。每小時印兩萬張，而申、新兩報有幾套捲筒機，每小時可印十幾萬份。為此每個編輯都努力工作。而徐鑄成備嘗此中甘苦。通宵工作就在這時開始。每天最後一張大樣都由他簽發。這時已是清晨，他還不能回家。要等送報的汽車回來說趕上班車了，一天的工作才算結束。在等的這段時間裏，他編寫《國聞周報》的一周大事述評與一周大事記。清晨回家時，兒子背著書包上學了。他列過一張作息時間表：早晨上床，下午1時起身，4時要趕到報社，看各報和新到的書刊，兩小時匆匆過去，趕回家吃完晚飯，8時就要上班，先做些準備工作，然後開始發稿，直到深夜。周而復始，每天如此。有一回，他患慢性闌尾炎，本要手術，他怕影響工作改為吃藥，此後綿延多年，深受其苦。這些說明徐鑄成當時的精神面貌與當時怎樣為《大公報》獻身的。

　　這一階段《大公報》發生兩件大事。

　　一是短評風波。1936年10月19日，魯迅先生逝世。上海《大公報》對這報導似乎還是重視的（蕭乾語）。佔了二十日要聞（第四）版的大半篇幅。然而就在同一天同一版的左下角，出現了一篇題為〈悼魯迅先生〉的短評。全文如下：

> 文藝界鉅子魯迅（周樹人）先生昨晨病故於上海，這是中國文藝界的一個重大損失。
>
> 他已是世界文壇上的有數人物，對於中國文藝界影響尤大。自《吶喊》出版，他的作風曾風靡一時。他那不妥協的倔強性和那嫉惡如仇的革命精神，確足代表一代大匠的風度。他那尖酸

刻薄的筆調，給中國文壇劃了一個時代，同時也給不少青年不良的影響。

無疑的，他是中國文壇最有希望的領袖之一，可惜在他晚年，把許多力量浪費了，而沒有用到中國文藝的建設上。與他接近的人們，不知應該怎樣愛護這樣一個人，給他許多不必要的刺激和興奮，慫恿一個需要休息的人，用很大的精神，打無謂的筆墨官司，把一個稀有的作家的生命消耗了。這是我們所萬分悼惜的。

報紙一出版，立刻引起軒然大波。上海文藝界群情憤慨。在《大公報》編《文藝》周刊的蕭乾，認為是對魯迅的惡毒攻擊，也攻擊了進步的文藝界。他除了感到憤怒之外，還感到被人背後捅了一刀。他放下報紙就去找老闆胡政之，表示這個文藝版編不下去要求辭職。胡要他冷靜一下，容他去調查。下午，胡又找蕭談話，承認短評寫得不對，但不肯透露誰執筆，只說是凌晨看大樣的人，根據當日新聞臨時湊的，還說追究既往，於事無補，辭職也不是辦法，還是考慮彌補的辦法為好。蕭表示應在報紙顯著的地位刊登道歉啟事，胡認為不好措辭。最後就在《文藝》版上刊登一篇不署名的——即也是帶有社論性質——悼念文章，解決這一難題。[16]

　　這篇短評的執筆者究竟是誰？

　　徐鑄成是最先被人懷疑的。其次就是記者張蓬舟。當時徐鑄成正是第四版的編輯，按理他最有可能。上世紀八十年代，新加坡某華文報紙登一署名文章，追敘這一段歷史，說按年月，這一短評可能是徐鑄成執筆的。蕭乾是知道真正的執筆者的，看到這文章，忙致函徐，要他去更正。

　　對這事，八十年代徐鑄成有一段回憶：「那天我下午三時去報社看報，得知這噩耗（筆者註：即指魯迅逝世），十分悲痛，連忙搜集一些材料和圖片，以便晚上安排這一新聞。到發稿時剛和琴南兄對調

由津館來的編輯主任，寫了一則短評，先交譯電的發到津館，以便兩館同時刊出。我把這電稿一看，文中帶有諷刺，說魯迅文每帶些尖酸刻薄的用語。我對這位作者說：『這樣措詞有些不妥吧。』他笑笑說：『不要緊，我們該發表不同的觀點。』第二天下午我到報館，則抗議叫罵的電話，已一個個打來。聽津館來電說，北平、天津讀者更是氣憤填膺，抗議的電訊如雪片飛來。以後幾天，津滬兩館繼續收到讀者抗議信。那幾天，季鸞先生正好赴南京去了。」[17]

宅心仁厚的徐鑄成並沒有指出短評的執筆者是誰，只是說剛由天津調來的編輯主任。他在另處說，「張、胡兩先生認為張琴南兄編的題目、版面太「花梢」，而上海是重心所在，因此把琴南調津，把這位先生調來了。」[18]調來的是王芸生。

直到五十四年後（1990年），才由張蓬舟公開宣佈那短評執筆者是王芸生。

張蓬舟說：「這篇短評是總編輯王芸生寫的（筆者註：當時王不是總編是編輯部主任，作者有誤）。總的精神還是頌揚魯迅的，但後半段對青年所受的影響，雜文的作用，以及人際關係的觀點、論點都是錯誤的，當時曾引起很大反響，並成為無限風波，在報館內，蕭乾為此鬧到要辭職，在文壇上，因其出言傷眾，用魯迅的話說：『招致廣大的惶怒』，靳以曾對四川美豐銀行上海分行康經理說過：『這還不是張蓬舟那小子搞的。』真是活天冤枉！解放後，王芸生還因此挨過幾次『批』，他自己曾幾次對我說起，並喪示過後悔。」[19]

經歷這樣長的時間才宣佈，宣佈方式也怪，是放在張這篇文章的備註3中。

長時間不說，大概有所顧忌。

那麼，王芸生為什麼寫這短評呢？

據王芸生之子（王芝琛）說，那是因為魯迅對梅蘭芳太不恭了。「據知，一次王芸生與子女談往事時，曾提起『短評』事，他稱之為一生『敗走麥城』一大憾事。當追問為何如此寫時，他很不情願地說

了句：『你看魯迅先生對梅先生實在太『不恭』了！』」[19] 王芸生的兒子還說，父親是個「戲迷」，他不僅喜愛京劇，還常誇獎梅蘭芳的為人及正派嚴謹的臺風。魯迅正相反，不僅不喜歡京劇，以至到「討厭」的程度，尤其對男旦藝術已「嗤之以鼻」。接著列舉魯迅全集中，諷刺京劇與梅蘭芳的篇章。這有散文體小說〈社戲〉，雜文〈論照相之類〉、以及兩篇〈略論梅蘭芳及其他〉。而後兩篇「對梅蘭芳先生的『諷刺』，實在有點太『刻薄』了」。「這可能是王芸生在『短評』所指的『他那尖酸刻薄的筆調，給中國文壇劃了一個時代，同時也給青年不少不良影響。』下面繼續申論，說到 1931 年 5 月 22 日《大公報》發行一萬號時，梅蘭芳寫過紀念文章，說他最愛看《大公報》。「可能也有這點因素，更增進了王芸生對梅蘭芳『窘境』的同情，因而寫下了這篇錯誤而又不合時宜的短評。」答案就是這樣。

尊重梅蘭芳就必須貶損魯迅，此中是非自有後人評說。

王芸生於 1980 年去世。去世前一年，曾手裏拿著《新文學史料》，結結巴巴地說：「我是否應對短評事，寫一篇公開檢查，登在《人民日報》上，不要再冤枉其他好人。」他兒子說：「但終因身體關係未能如願。其實，沒寫也有好處，倘若引起更大範圍的『共誅之』，他哪裡『吃得消』？」[20] 看來他兒子是不贊成他寫檢查的。

……

第二件大事，是《大公報》應對「西安事變」。

1936 年 12 月 12 日，張學良、楊虎城兩將軍發動「兵諫」，扣留蔣介石於西安華清池。

消息傳來，震驚中外。內戰在即，國家危亡。

南京政府在一片混亂中形成兩派。以親日份子何應欽（軍政部長）為首的一派，力主明令討伐，派飛機轟炸西安，同時命令中央軍向潼關進發。這一派的目的是想趁火打劫，借此篡奪大權。這個派的另一重要人物汪精衛，本在歐州，聞訊後匆忙趕回國來。另一派是以蔣的親屬宋美齡、宋子文為首的親英美派，主張克制以救蔣為重。

　　輿論界也幾乎是一片殺伐聲，這以《中央日報》為首。

　　「亂雲飛渡仍從容」。在陰霾重重，看不清政局發展前景下，輿論界就身負重責應冷靜應對，以指點讀者於迷津，上焉者更能影響政局。以張季鸞為首，《大公報》在「西安事變」中是表現出色的。

　　據徐鑄成回憶：1936 年 12 月 13 日晚上，他為發《國聞周報》的稿子提早到編輯部。只見張季鸞已坐在中間的座位上，他從來沒有這樣早到過。看他非常緊張，時而抓頭皮，時而不斷走動，似有重要心事。待他坐定後，徐鑄成上前輕輕問：「張先生是否有什麼事？大概還沒有吃飯吧？」他輕輕歎口氣說：「你大概還不知道，有消息稱，蔣先生在西安被扣留了。張學良、楊虎城昨晚發動兵諫，要蔣答應與共產黨聯合一致抗日，我準備莊嚴地說幾句話，千萬勿破壞團結，讓敵人乘機入侵，各個擊破。」說罷，他就回自己的小房去寫社論。中間，不時出來看是否有外電的新消息。這天，直到深晚他僅以一碗麵充饑。

　　第二天，這篇社論出來，題目竟是〈西安事變之善後〉。事變剛發生，他就提善後，足見他有遠見，設想事變的最終結局。全篇的基本觀點是以恢復蔣的自由為「第一義」，是「解決時局，避免分崩」的要旨。接著闡明：「陝事主動者倘拒絕此意，使政府領袖不能行使職權，甚或加以不測之危害，是則須負甘心禍國之責任。不論其所持理由如何，凡中國良知純潔之國民應一致反對之。」又說：「夫國家必須統一，統一必須領袖，而中國今日統一之底定及領袖之形成豈易事哉！十年來國家以無量犧牲，無量代價，僅換得此局面，倘再逆退，將至自亡。艱難困苦之中國，今才見彼岸，而又遭逆風之打擊，主其事者，撫躬自省，果為何來乎？故吾人以為公私各方應迅速努力於恢復蔣委員長之自由，倘其有濟，則勸政府必須寬大處理，一概不咎，國家問題，從長計議……」如何善後，說得明明白白，觀點鮮明毫不含糊。

　　也許可以這樣說，在「西安事變」中，張季鸞寫的第三篇社論〈給西安軍界的公開信〉（1936 年 12 月 18 日），是文人論政的成功之作，起了文章報國的作用。後來事態的發展雖沒有如社論所說「期待三天

以內就要有喜訊」，僅多了四天——12月25日蔣回南京。社論開頭說：「陝變不是一個人的事，張學良也是主動，也是被動，西安市充塞了乖戾幼稚不平的空氣，醞釀著，鼓動著，差不多一年多時間才形成這種陰謀。」這說明他對事變的內幕了然於胸。繼而指出「主動及附和此次事變」，「錯誤的要亡國家亡自己，現在所幸尚可挽回。」又從東北軍的遭遇，表明「大家特別同情」。再提出四項具體意見，如讓蔣出來，「切莫索要保證要條件。」社論還說「我盼望飛機把我們這一封公開的信快帶到西安，請西安大家看看，快快化乖戾之氣而為祥和。」最後以三天為期，「立等著給全國同胞報喜」。果然刊發這社論的報紙，宋美齡主持的航委會，當天派出飛機，帶了這張報四十萬張，在西安上空散發，這是我國報業史上的第一次。最後，在中共的參預與斡旋下，「西安事變」得到和平解決。在未索要保證的情況下，蔣接受六項條件：主要是改組國民黨與國民政府；驅逐親日派，容納抗日份子；釋放一切政治犯，保證人民自由的各項權利；聯合紅軍抗日；召集各黨各派各界各軍的救國會議，決定抗日救亡方針；與同情中國抗日的國家建立合作關係等。一觸即發的內戰煙消雲散。

　　蔣介石回京之日，「全國各大小城市歡聲雷動，爆竹齊鳴」。此事意義非同尋常。它促進了抗日民族統一戰線的形成（國共第二次合作），成為由國內革命戰爭走向抗日民族戰爭（八年抗戰）的轉捩點。此後張學良被扣，張季鸞要求蔣釋放，云「千軍易得，一將難求。」未被蔣接受。

　　……

　　從此上海《大公報》聲名日隆，一年中淨贏利五萬元。翌年（1937）4月，胡政之約徐鑄成與李子寬，去看一塊空地，計劃建造六層大樓的新館址。詎料四個月後，戰火就燒到上海，計劃告吹。

　　「八一三」上海抗戰發生，我軍奮勇抵抗，犧牲慘重，血染浦江。11月間，上海失守，淪為「孤島」。敵人佔領上海後，當年12月12日，滬上各報接到公共租界工部局的通告，自16日起，所有華商報

紙應一律接受日方的新聞檢查。各報負責人緊急磋商，《申報》、《大公報》、《時事新報》、《民報》、《立報》均定於 14 日起自動停刊。僅有《新聞報》、《時報》，接受檢查繼續出版。

　　《大公報》停刊次日，在滬館頗有盈利與尚有津、漢兩館的情況下，總經理胡政之宣佈，除留下工廠工人與李子寬及少數人員外，其餘一律遣散。徐鑄成、許君遠、楊歷樵、王文彬、蕭乾等都在遣散之列。

　　胡政之的話（要徐鑄成把《大公報》當作終身事業），言猶在耳，想不到他就被一腳踢出來了！胡政之全不考慮這是有用之才。多年的幻想隨之破滅，他第一次嘗到失業的痛苦。

註釋

註 1：徐鑄成，《報海舊聞》，上海人民出版社，第 78 頁。
註 2、4、5、7、8、9、10、17、18：徐鑄成，《報人張季鸞先生傳》，三聯書店，第 2、
　　　　　　　　　　　　　　　　96、173、174、4、65、131、132 頁。
註 3、14：《文史資料選輯》，中國文史出版社，第 25 輯，第 39、13 頁。
註 6、11、19、20：王芝琛，《百年滄桑》，中國工人出版社，第 70、75、237、239 頁。
註 12、13：徐鑄成，《錦繡河山》，湖南人民出版社，第 341、348 頁。
註 15：據上世紀三十年代《申報》所載物價核算。
註 16：蕭乾，〈魚餌‧論壇‧陣地〉，1979 年《新文學史料》第 2 輯，第 133 頁。

第五章　心血澆灌《文匯報》

嚴寶禮與新新俱樂部

　　《文匯報》這民間報紙的奇葩，問世於水土不宜的「孤島」，在烽火硝煙中誕生。栽種這奇葩的是嚴寶禮，和他的一些同事和朋友。徐鑄成澆灌這奇葩使它成活、發展、成長。他自己說：「《文匯報》這朵新花，我是一個主要灌溉人。」[1] 同時徐鑄成三個字也是隨著《文匯報》三個字起來而起來的。真像拜倫的故事一樣：「我一覺醒來，發覺我已名聞天下了。」徐鑄成三字發了亮就是在《文匯報》創刊的時候。

　　《文匯報》——徐鑄成，兩個名字已緊緊捆綁在一起。說到《文匯報》誰都不應忘掉徐鑄成，他是在刀光劍影、血雨腥風中最初主持這張報紙，幾乎為之付出生命。在中國報業史上，這兩個名字應佔重要的一頁。

　　1936 年「八一三」上海燃起抗戰烽火，經三個月的浴血抗戰，中國軍隊從上海撤守。日寇立即佔領南市、閘北等華界，緊緊包圍了租界。正如《大公報》一篇社論所形容，租界就像一個「孤島」。「孤島」這名字就此留在歷史的記憶裏。

　　「孤島」內外形成兩個世界。一邊是車水馬龍，人滿為患；一邊是碎瓦殘礫，十室九空；一邊是燈紅酒綠，輕歌曼舞；一邊是愁雲慘霧，鬼哭神嚎；一邊是市面興旺，金錢如流水的天堂路；一邊是磨刀霍霍，朝不保夕的地獄門。生與死，存與亡，地獄與天堂，往往只有一牆之隔、一橋之阻、一步之遙，人間與鬼蜮如此鮮明的對立著。

　　人心沒有死，中國不會亡。租界內《大公報》、《申報》等不接受日方檢查自動停刊，然而還有正義的聲音。報人朱惺公，在《大美晚

報》編副刊，他天天指名道姓怒斥漢奸，宣揚民族大義。敵偽一再寫信恐嚇，最後還附子彈，他卻在報上公開答覆：「我宣傳抗戰是準備付出生命的，你們隨時來好了，我絕不屈服。」朱惺公求仁得仁，敵人暗殺了他。

一個人倒下去，千萬人站起來。正如一位哲人所言，暗殺可以使奴才屈膝，但不會使真理低頭。租界內的同胞，渴望瞭解抗戰形勢，需要一張宣傳抗日鬥爭的報紙，《文匯報》就在這樣的環境中應運而生。

當年上海南京路上，有四大百貨公司，新新公司是其中之一。該公司附設新新旅館的 313 號房間，有個新新俱樂部，它的成員是嚴寶禮和他的同事與朋友。這些人大都是京（南京）滬與滬杭兩鐵路局的職員，還有幾個人從事過或正在做新聞工作。

嚴寶禮是江蘇吳江人，就讀過南洋公學（交通大學前身），原是兩路局會計處的稽核。他曾辦過一個交通廣告公司，經營路牌廣告，兼營報紙廣告。所以他和新聞界有些人熟悉並交了朋友。如《新聞報》的嚴獨鶴、徐恥痕，還有《社會日報》的胡雄飛。

當上海華界被敵人佔領後，路局就為敵人控制。嚴寶禮和幾個朋友激於民族義憤，寧可失業也不願和敵人合作，領了遣散費離開路局。為維持生計，他們原計劃販賣大米，也籌了近萬元款，正要著手進行時，敵人下了糧食禁運令，這就放棄了原來的打算。新聞界的徐恥痕、胡雄飛建議：現在許多報紙停刊了，雖有個別洋商辦的晚報，但篇幅有限，不能滿足人們關心抗戰的需要，如果用這筆錢來辦一張大型的日報，多發抗戰消息，並有評論和副刊，預計一定有銷路，廣告收入也會增加，這準能賺錢。這主意得到大部份人贊同，當下決定以集股方式經營，每股五百元，由各人自認。當時這五百元也並非小數，大部份人認一股，少數認兩股，只有嚴寶禮認了四股，集資總數是七千元。這就是《文匯報》起步的資金。

進入具體籌備階段時，產生一個問題。這就是如果報紙辦起來，怎樣能避免日方檢查。如果接受日方檢查，那就喪失民族氣節，開始就不會受到讀者歡迎。

掛上英商的牌子

要避免日方檢查，必須掛洋商的牌子。有人提出這樣的主意，並有例可援。

1937年12月16日，日方對租界華文報紙進行檢查的首日，美商《大美晚報》刊登該報社長兼發行人史蒂爾（starr, c.v.）的一則啟事，說《大美晚報》英文版與華文版同屬一家，編輯方針完全相同，「皆服膺報紙言論自由之精義，敢作無畏及切實之評論，及登載不參成見、純重事實之新聞。」他宣告：「兩報不受任何方面之檢查。」

還有原已停刊的《譯報》，雇了一個叫斐士（sanders, bates）的英國人當發行人兼總編輯，把報名改為《每日譯報》，也就不接受檢查並出版。

按這兩例說明，華文報紙只要用洋商作照牌，就可抗拒檢查。嚴寶禮也準備這樣做。恰好俱樂部成員中，有個叫方伯奮的認識跑馬廳的英國人克明（h.m.cumine），他願去試探，看克明是否同意。結果一說即成。

克明是蘇格蘭人，二十多歲就到上海，過「冒險家」生涯，粗通中文，當時五十多歲，曾擔任過英文《文匯報》（themecury）的記者。該報停刊，他把報名出賣給某外文報。接著做地產投機，結果失敗，無奈之下在跑馬廳租了間房子，靠養馬、騙賭為生，是個典型的「冒險家」。正當他窮極無聊，有人找上門來，那有不同意之理。他開的條件是，獨攬董事長和總主筆兩職，每月薪金三百元，還有他的兒子小克明要當董事會秘書，月薪一百元。他還提出要成立董事會，中英董事各五名，英方五名由克明推薦，英方董事每月送車馬費百元。條件苛刻也只能接受。

當下決定就用「文匯」兩字作報名，成立英商文匯公司與董事會。中方董事五名：嚴寶禮、胡雄飛、沈彬翰、徐恥痕、方伯奮（他並非股東，因他介紹克明有功）。英方董事有：克明、勞合·喬冶、薩門、

小克明等。註冊登記時，按英國公司法規定，英商企業要有百分之五十一的股份是英國人的，嚴寶禮把萬元股金的五千一百元劃到克明、喬治名下，再由這幾個英國人過戶給真正的股東，這才註冊成功，那錢也沒有落到英國人的腰包。

在烽火硝煙中問世

《文匯報》的籌辦工作在密鑼緊鼓中進行。編輯部的組成、館址的尋覓、找代印工廠，都費了嚴寶禮一番心血。嚴寶禮身負總經理的重任。

嚴寶禮有經營才能，對編輯工作素未涉獵，他把物色編輯部人選的任務，委託中方股東中熟悉新聞業務的董事。這樣陸陸續續請來下列人選：儲玉坤編國際新聞（曾任職《新聞報》），吳農花負責本市新聞（吳曾編過小型報《社會日報》），邵伯南（紅葉）任記者。嚴寶禮親自登門請到知名作家柯靈（高季琳）編副刊《文會》。可是總編輯一職，還是懸著，物色不到適當人選。幾經周折，後來想到了胡惠生。他曾在鐵路局任文牘員，在《民國日報》任過短期編輯，把這位舊同事請來當總編並編要聞版。

編輯人選解決了，印刷和辦公用房還是難題。自辦印刷廠的資金、設備、技工、廠房都不能一蹴而成的。打聽到當時《大公報》雖已停刊，印刷廠和工人都是完整保留著的，辦公用房也還閒置著。嚴寶禮和《大公報》留滬的負責人李子寬協商成功，接受了代排代印《文匯報》的業務。愛多亞路（今延安東路）大同坊廠房樓上，租給《文匯報》作編輯部。福州路436號原《大公報》營業部，也被借作《文匯報》館址。所有問題全都解決。

中國第二張民間報（大公報為第一張）《文匯報》，於 1938 年 1 月 25 日在上海創刊。創刊時是對開一大張，共四版。第一版要聞；第二版國際新聞；第三版本市新聞；第四版副刊《文會》。售價二分五厘（《新聞報》日出四、五張為三分六厘）。

　　《文匯報》報頭三字，由名書法家譚澤闓所寫。報紙注明是英商，報頭下注明發行人兼總主筆是克明。第一版發表克明署名（由別人撰寫）的〈為本報創刊告讀者〉。文中強調中英合作外，還明確指出：「本報本著言論自由的最高原則，絕不受任何方面有形與無形的控制。」「報紙是人民的精神食糧，其所負的使命，一則為灌輸現代知識，另則為報導消息，是以報紙的生命，在其獨立的報格，不偏不倚，消息力求其正確詳實，言論更須求其大公無私，揭穿黑幕，消除謠言，打破有聞必錄之傳統觀念。所以本報同仁必須遵行此記者紀律，始終不渝，以建樹本報高尚之報格。」「最後，有不得不鄭重聲明者，即本報刊行，絕非為投機取利，而實為應環境需要而產生，故必竭本報同仁之力，為社會服務，凡若有利於社會公眾之事業，無不欲先後興辦，以謀大眾之幸福，而副讀者之期望也！」這裏旗幟鮮明地說明，它是一張拒絕日本侵略者檢查的報紙，也是決心和敵人較量的報紙。

　　創刊那天的報紙，頭條新聞就是以特大標題報導津浦線上發生激烈戰鬥，山東濟寧日軍被我軍兩路包圍的消息。當天第一版，還在顯著地位刊登原山東省主席韓復榘違令擅自退卻，因而被槍斃的新聞。這大大打擊了侵略者的氣焰，鼓舞了孤島人民的愛國熱情，一萬份報紙被搶購一空。

加盟《文匯報》經過

　　失業的況味並不好受，何況十年勞績，主事者又一再承諾，這是終身職業。詎料一旦有變，諾言全拋九霄雲外，遭致遣散，棄如敝屣。這是 1937 年 12 月 15 日，徐鑄成的親身經歷。

　　《大公報》不接受日方新聞檢查，於 12 月 14 日自動停刊。停刊次日，胡政之即宣佈，工廠繼續維持，其餘職工除留李子寬等少數人辦理善後外，一概遣散，發遣散費三個月。

　　按胡政之當時估計，戰事不會太長，如戰事結束，要重裝機器和排字設備需要時間，就將影響復刊。而重組經理、編輯兩部人員是比較容易的。再說解雇工人也比較棘手。

徐鑄成在遣散之列，這無異迎頭一擊。家中並無積蓄，數口之家嗷嗷待哺。

和徐鑄成有同樣遭遇的還有蕭乾。那時蕭編副刊《文藝》還主持著《書評》周刊。蕭被叫到胡政之辦公室。胡先對他的工作大力肯定一番，然後以長者口吻，說從愛護青年出發，勸他儘早去後方，以便保存實力。接著又用歉疚的口吻補上一句：「報社現正處於朝不保夕的狀況，遣散費嘛，只能是三個月。」這使蕭乾啼笑皆非。

正當徐鑄成咄咄書空、彷徨無計時，接到《大公報》舊日同事，時任重慶《國民公報》總編杜協民來信，聘他擔任駐上海記者，每月酬金四十元。這是雪中送炭，他有了半個職業。

這時李子寬除辦善後事務外，還給漢口版《大公報》發新聞，為著交換消息，徐鑄成不時去報館和他晤面。

有一天，徐和李正在聊天。有兩個人來找李子寬，兩人一高一矮，矮的四十開外穿西裝（後來知道是嚴寶禮），高的曾是《大公報》的廣告員。李帶著他們去參觀機器和排字房，客人走後，徐問：「他們所為何來？」李說：「他們要辦一張報紙，想請我們代印。還有他們還缺總編輯，請我介紹，老兄有意一試嗎？」辦報而沒有總編豈非笑談，徐鑄成一笑置之，沒有當一回事。

尚未山窮水盡，幸來柳暗花明。

過了幾天，1月20日左右（另說是1月25日《文匯報》創刊當天），徐家來了一位客人，宜興同鄉儲玉坤。政大新聞系畢業，曾到《大公報》實習，因而相識。儲本在《新聞報》工作，反對該報接受日方檢查而辭職。儲說，他已在《文匯報》任國際版編輯，受報社委託，擬請徐寫社論。徐問：「每月寫幾篇？言論有沒有限制？」儲答：「每天一篇，題目和內容都由你定，保證不加刪改。」接著，談了報酬。目前每篇四元，待營業情況發展後每篇十元。現下他們內部職工的工資也是按四折發的。英雄無用武之地，有甲冑生蟣之感的徐鑄成接受邀請，問明創刊日期與取稿方式，當下作別。

　　說到寫社論，徐鑄成已有過一段歷練。1933 年，他在漢口任特派記者。那時他年輕、精神旺盛，如饑似渴地讀書、練筆。這一年，一位姓李的同業辦了一張《大中報》，萬枚子當總編輯，大家都是朋友，他每周為他們「客串」一、兩篇社論，年餘後該報停刊。翌年（1934），國聞社舊人趙惜夢在漢口辦《大光報》，胡政之囑他盡力協助。他曾參加要聞版編輯也寫過幾篇社論。此後到上海，參加滬版《大公報》工作，任要聞編輯外，還為《國聞周報》寫時事性的專論。1937 年初起，胡政之、張季鸞偶然出題目並口授大意，要他試寫社論，經修改刊出，還給稿酬每篇二十元以鼓勵。[2] 有這一番實踐，所以他一口答應儲玉坤，接下寫社論的重任。不過他考慮每天一篇，似太緊張，缺少思考餘地，他和同遭遣散的楊歷樵情商，請他每月寫十篇國際問題的社論。這樣，他每寫兩天就可以休息和思考一天。同時有了八十元稿酬，加上《國民公報》的四十元，一家生活可維持也就擺脫了窘境。

　　「不鳴則已，一鳴驚人。」畢竟十年科班，一旦脫穎即顯不凡。徐鑄成為《文匯報》寫的第一篇社論是〈淞滬之役六周（年）紀念〉，發於一月二十八日。內容大意是緬懷十九路軍的英勇抗戰，希望讀者學習他們的愛國精神，共救國家於危亡。2 月 1 日、8 日先後發社論〈上海並非孤島〉與〈告若干上海人〉。前篇正告上海人：上海並非孤島，「你們應該時時刻刻緊緊把握住你們的靈魂，應該時時刻刻記住你們所處的地位；為了你們自己，不應該再這樣苟安逸墮；為了你們的子孫，更應該時時有所警惕。」後篇針對當時上海，有些民族敗類正蠢蠢欲動籌建偽組織，社論作嚴正警告。徐鑄成的勇敢筆鋒，帶給黑暗中的上海人不可名狀的鼓舞與安慰。

　　這觸動了黑暗中的獸類。第三天（2 月 10 日），正在家中的徐鑄成，忽聽馬路上的報童一疊聲的喊：「《文匯報》被炸了！」買來《大美晚報》一看，方知當天上午，幾個暴徒向報館投擲手榴彈，造成一人遇難，兩人受傷的慘劇（詳情見下節）。放下報紙，徐鑄成立即打電話給儲玉坤，問社論是否還寫，如要改變調子就不準備再寫。儲請

示嚴寶禮後回覆：社論照寫，不改變調子，想怎麼寫就怎麼寫，一定照登。他的社論依然寫下去。

徐鑄成的社論，又驚動了另外一個人，那就是尚未離滬的《大公報》經理胡政之。就在發生被炸慘劇的當天下午，胡府與徐寓僅百步之遙，兩家同住辣斐德路（今復興中路），胡派汽車接徐去談話。當時徐有受寵若驚之感。

到了胡府，一番寒暄後，胡政之問：「我看了這幾天《文匯報》的社論，它的風格、筆調都很像《大公報》，你知道是誰寫的嗎？」幾天前胡政之就曾讓李子寬問楊歷樵同樣的問題，楊未回答。

徐鑄成坦然的回答：「這是我寫的，胡先生看還可以嗎？」

「很好，流暢得很，只是措辭激烈些，怕會出事。」胡政之說。

「已經出事了，今天上午報館已被投了炸彈。」徐鑄成連忙說。

胡政之沉默半晌，若有所思的說：「鑄成，你看他們是否會就此改變態度？」

「看來他們不會改變態度，會這樣堅持下去的。」接著徐鑄成把上午和儲玉坤通話的情況說了一遍。

「這就好，這就好！」胡政之亮出底牌：「我想向《文匯報》投資一萬元，條件是你去主持編輯部並負責言論，王文彬去任採訪部主任兼編本市新聞。經理部不派人，因為我們的目的不在營利，只要它的言論態度不變就行。」稍停後，他又說：「如果你同意，我就讓子寬去和他們談。」

……

《文匯報》正面臨經濟困難，創辦之初說資本一萬元，其實收足只有七千元。出版十多天以來，排印費分文未付，白報紙也都由《大公報》借墊。如果不增資，就勢難維持下去。在這樣的當口，李子寬來談，也就意外順利。有徐鑄成這樣的人才參加，還帶來《大公報》一些熟手，正是求之不得，嚴寶禮只有一項條件，要把原有的資本作為原始股，由一萬元升值為兩萬元，佔總資本的三分之二，《大公報》的一萬元只佔三分之一，這樣不公平的條件胡政之竟也同意。

　　《文匯報》創刊不到一個月，2 月 20 日左右，徐鑄成「履新」。嚴寶禮設宴歡迎，儲玉坤作陪。席上，嚴寶禮談到徐鑄成的報酬問題。月薪四百元，只是目前因經濟困難，所有員工都按四折實發，一百六十元實在委屈，寫社論仍按每篇計酬。以後如發行數超過五千，廣告收入也月達五千，即五折發薪，兩項都超過一萬，即十足發薪。嚴寶禮既有誠意，又如此開誠佈公，徐鑄成一口答應。

　　徐鑄成到職後，名義為主筆，實為編輯部負責人，主持言論（社論和短評），還編要聞版，其他版面他也過目，實質包羅萬象，總其大成。王文彬調來不久，由許君遠代替。他還從《大公報》調來程玉西，充當編輯部的總務，兼編短欄新聞。

　　徐鑄成說：「想不到從此以後，我和《文匯報》結了『牢不可破』的關係斷續達二十年。」[3] 還有由此他和嚴寶禮訂交，相濡以沫，互相關懷，友誼維持終生。

　　再還有在徐鑄成進《文匯報》兩個月後，終於瞭解到胡政之所以接受不公平條件的原因。在上海《大公報》停刊後，蔣介石在漢口交給張季鸞兩萬元，囑轉交胡政之，在上海辦張法商報紙，定名《正報》。法租界公董局膽小（怕得罪日本人），不敢同意。這時恰好看到徐鑄成為《文匯報》寫的社論，故決定與《文匯報》合作，這就可向蔣介石交帳。那投資的一萬元，也並未付出，是在代印費和紙張中扣除的。那兩萬元，胡政之後來帶到香港，辦了港版《大公報》。

三寸毛錐敵膽寒

　　「筆落驚風雨，墨到泣鬼神。」徐鑄成的三寸毛錐顯了神威。他寫的社論〈正告上海人〉，發表後第三天，也是《文匯報》誕生第十七天就挨了炸。

　　《文匯報》的營業部、廣告部在福州路 436 號的底層。一進大門，就是一長排拒臺，裏面是四張雙人寫字臺。貼近櫃檯的是搞發行的陳桐軒，其後就是搞廣告的蕭岫卿、畢志奮。畢離櫃檯更遠些。

　　據畢志奮回憶，這天傍晚 6 時後，三人正在聚精會神工作。突然，門外竄進一個年約三十左右，一身藍布短衫褲的人闖進來，同時擲出手中的木柄手榴彈，立刻往外面跑。大家知道情況不妙，想要躲避已來不及。只聽得「轟！」的一聲，頓時室內煙霧彌滿，硫磺氣直沖鼻子，眼前模糊一片，什麼也看不見。待畢志奮清醒過來，只見室內一片狼藉，滿地碎玻璃，天花板、吊燈全落在地上。陳桐軒倒臥在血泊中，身邊一灘鮮血；蕭岫卿也趴在地上呻吟著。畢志奮當時覺得還好，後來醫生從他左腋下、雙腿與臀部取出不少碎彈片，醫治數月方癒。蕭岫卿也送醫院治療。陳桐軒傷勢最重，右腳被炸碎，鋸腿後仍不見好轉，終於醫治無效而亡。臨死前，見到報館裏的人，第一句就問：「報紙銷路怎麼樣？」他對妻子說：「我知道我的日子不多了，不必悲傷，總算我沒有白死，為了報紙，也為了國家是值得的。」事情發生前，有人曾對他說：「你的辦公桌過於靠近大門，倘使有人投擲炸彈，你就第一個遭殃。」他一笑置之，坦然回答道：「大丈夫視死如歸，前方作戰的軍人，天天都有為國犧牲的，抗戰的責任我們也有份。如果真有這樣一天，我為盡職而流血，那也不算一回事。」

　　陳桐軒求仁得仁，在 2 月 21 日去世。他實現了自己的諾言，成為孤島時期新聞戰線上的殉難者。殉難時他才四十五歲。[4]

　　被炸這天，還有一位親身經歷者。那就是副刊編輯柯靈先生。那天傍晚，大約 5 時半左右，他去編輯部發稿，走進大門，三位廣告發行員都向他微笑致意。到三樓編輯部坐下看稿，看著，看著，忽聽一聲巨響，宛如驚天動地，震得他從座位上跳起來。冒著危險下樓去看，剛和他親切微笑的三位，都倒在地上掙扎著。眾人忙著槍救送醫院。柯靈回到樓上，強迫自己冷靜下來，拿起筆不斷顫抖，終於在紙上寫下這幾行字：「手榴彈，在近一、二個月來，曾經完成過不少大快人心之舉。可是現在，連那些卑污的手也使用著它了。但這時對被擊者只有光榮。只可惜聖潔的手榴彈被他們所褻瀆了。」

　　這篇短文就發在副刊《世紀風》上。他對這短文並不滿意，覺得還不能表達憤怒之情，第二天又以陳浮的筆名，寫了〈暴力的背後〉，

更有力的抨擊敵人：「炸彈可以使奴才屈膝，但不能使真理低首。暴力的施行，在被壓迫者是反抗，在統治者卻往往是權力失敗的最後一著棋」[5]

　　無恥的敵人，居然再投來恐嚇信：「味道如何？要不要再來個五百磅……」。報社同仁更為憤恨。2月12日，發表題為〈本報遭暴徒襲擊之後〉的社論，文中嚴正回答：「前日暴徒向本報投一巨彈，就是黑暗勢力向吾人進攻的第一聲。吾人對此，不獨不稍存氣餒之心，反而勇氣百倍，加緊努力，以與黑暗勢力相周旋。」「我們願為正義而流血，並願為維護言論自由而奮鬥到底。」

　　大約3月初，徐鑄成已正式進了《文匯報》。一天，報館收到一個用永安公司包裝紙的熱水瓶匣子，上面寫著「文匯報主筆先生親收」，送的人把它放在營業部的櫃檯上就溜走了。拆開一看，裏面裝的竟是一個血淋淋的手臂。還附了一張紙條：「主筆先生，如不改你的毒筆，有如此手！」敵人這樣卑劣，更激起徐鑄成的憤怒。既然敵人害怕這支筆，那就更要用筆來鞭撻敵人。

　　當時梁鴻志、溫宗堯之流，在醞釀組織偽維新政府，不僅自己甘當敵人爪牙，而且到處拖人下水。3月8日，原國民黨雜牌軍將領、後被國民黨政府通緝的周鳳歧（「四一二」蔣介石發動反革命政變時，充當劊子手，在上海屠殺革命群眾），在他的寓所被暗殺，據說他已決心投敵，內定出任「華中政府」的「軍政部」長。3月9日，徐鑄成寫了社論〈周鳳歧之死〉。文中寫道：

　　近一、二個月來，上海的氣壓日低，窒息令人不耐。恐怖的暗影，在空中交織著；刀光劍影，加減乘除；手槍，炸彈，人頭，人手，層出不窮，由不同的來源，加於不同的對象；使人亦疑，亦懼，亦喜，亦悲。周鳳歧之被殺，在這一大串恐怖案中，只是平淡的一幕……
　　過去多年的內亂，使中國許多舊式軍人和官僚，失去了把握自己的力量，環境使他們動搖腐敗，高度的私生活，使他們不能安於沉寂……
　　現在中國正在施行大手術的過程中，強度的X光，射入體內，

　　纖毫畢露；每一個細胞，都無法隱藏它的本質，是強壯的或是脆弱的，是健康的或是腐敗的。

　　大家要自強不息，努力更生，成一個健康強壯的細胞，為全體增加生力，否則終有被排除拋棄的一天。

　　卑鄙的敵人，再用血腥手段妄想征服《文匯報》。

　　3月22日深夜11時左右，一輛黑色小轎車駛到報館門前。車中跳下三個暴徒，開槍打傷門口的警衛，然後向館內投擲兩顆手榴彈。底層的發行部、廣告部被炸毀，所幸的當時辦公的人都已下班，無人受傷。只是一個無辜的過路人被炸傷。這次武裝襲擊，與2月10日這次相比，性質更嚴重。從此報館門前看門的員警增為兩人。

　　徐鑄成與《文匯報》的全體職工並沒有被嚇倒，依然用筆橫掃敵人。

　　3月28日，梁鴻志為首的偽組織──維新政府粉墨登場。29日，《文匯報》發表社論〈無題〉，指出他們是敵人刺刀下扶植起來的工具，像僵屍一樣，假借「中國政府」的屍體」，白晝現形迷害好人。結論說：「一切自暴自棄的廢物，讓它們去曝屍露體，供人玩弄，受人唾棄罷。所有有靈魂的人，都應足踏實地，奮發自雄，為未來的光輝世界增加光輝。」

　　這一下更加刺痛敵人，接著發生這樣一幕：社論發後的第二天，下午3點多鐘，爵祿飯店（另說是一品香旅館）一名姓徐的茶房（即服務員），受開房間的客人──兩個日本特務，一個漢奸的支使，拿著三只花籃送到編輯部的收發室。花籃裏分別是蜜桔、蘋果和柚子。還附有給編輯部和報館主筆的英文信，大意說：「貴報在此環境中，本愛國思想，勇敢發言，至堪欽佩。爰特奉上水果三筐，聊表敬意，並希哂納，繼續努力」。文末是外國人的洋文簽名。這時已經加強防範，當即把這人扣下，連同水果一起送到老閘巡捕房。經化驗，每只水果都有致命的毒液。

　　一次次的恐怖事件被挫敗後，報館方也加強了防衛措施，四馬路的經理部裝上鐵柵門。愛多亞路（今延安東路）的編輯部本從後門的

小弄堂出入，弄堂內僅有三戶人家，就在弄堂口和編輯部後門，各裝上一道鐵門。兩處都有員警看管，來客都經仔細盤問。整個編輯部像個鐵籠子。夜班編輯用汽車接送，汽車停放地點經常更換。編輯們為防止路上遇到不測，就睡在編輯部的擱樓上，擱樓很低抬不起頭，都不以為苦，一心一意為著抗戰。

說起來徐鑄成更是敵人的目標，他在寧紹保險公司保了五千元的人身險，減輕後顧之憂。社方又在附近的大方飯店秘密開了一個房間。這裏有兩大間，原是老闆自己住的，電梯直通底層，樓梯是獨用的，全部包租下來，徐鑄成在這裏寫稿、開會，就住在這裏。富有生活情趣的他，有時還偷偷溜出去，到附近的一家小書場，去聽蘇州評彈——如夏荷生的《描金鳳》和沈儉安、薛筱卿的《珍珠塔》。他估計這些小書場是不會引起敵探注意的。附帶說一下，就在這樣的環境下，由於他的心境坦然，還有如編輯周福寬所說的情況：「鑄成兄最善於說笑話，一、兩個小故事，往往把大家逗得捧腹大笑，而他自己仍然一本正經，不露聲色。」周編輯所說的情況，都是在每晚 12 時後，一般稿件都已編好，「這時刻，確實是大家最輕鬆和愉快的。」周編輯這樣說。

日暮途窮的敵人，看《文匯報》館方面無隙可乘，轉向代印報紙的原《大公報》機器房，買通了一個姓張的工人，把一顆小型炸彈偷偷帶進機器房。這個工人大概從來沒有碰過這類武器，沒有把它放好就炸開了。結果只炸壞印報機的一角，這個人自己卻炸傷了眼睛和手臂，也就帶到巡捕房。機器經過搶修，並沒有影響出報。

……

血雨腥風、刀光劍影，中國報人（具體說是徐鑄成和《文匯報》同仁這個集體）為著申張民族正氣，打擊敵人，把生命置之度外，他們何等壯烈，他們的事蹟應彪炳史冊，與日月同輝，與山河共在。

夏衍在抗戰時期寫過一個劇本《心防》，就是以「孤島」時新聞工作者對敵鬥爭的事蹟為題材，徐鑄成說「他看到這個劇本時，特別感到親切而逼真」。

「起飛」與挫折

《文匯報》可說是異軍蒼頭突起。

《文匯報》創刊時唯一的一個記者邵伯南，回憶創刊時期的往事時，說了這樣一段話：「《文匯報》發行一月，經濟發生困難。《大公報》的胡政之，即以李子寬等人的名義，向《文匯報》投資一萬元，並派徐鑄成任《文匯報》主筆，成為實際的編輯部負責人。徐鑄成有才華，出手快，作品多。每晚他主編要聞版時，頭條消息的標題還沒有發下，當天的社論他已寫出或安排好了；頭條標題發下後，幾篇短評，他一揮而就。鑄成同志還善於團結人，沒有架子，每晚 12 點過後，他和編輯、記者們放下筆桿，團團圍坐一桌，共進「夜宵」。香噴噴的大米稀粥，還有松花蛋、炸花生等。大家一面喝粥，一面隨便說笑，既休息了腦子，又促進了團結。」[6]

這以生動的實例說明徐鑄成的才華和領導作風。

當時《文匯報》人員少（二十多人）、工作重（出日報和晚報）、待遇低（教育與體育版編輯周福寬每月薪水三十元，剛夠抽高檔香煙），但大家不以為苦，工作勁頭很足。周福寬說：「大家只知有報，不知有個人。」[7]

尤為重要的是當當時編輯的基本方針，就是堅持民族大義，宣傳抗戰救國。

他們衝破了「洋商」報中立的界線，熱情地歌頌抗戰，反對投降賣國。這完全符合「孤島」人民的心願。這帶來了報紙的飛躍發展。

徐鑄成認為「起飛」這個詞比「飛躍」更為形象。

真是「出乎意表之外」，他到《文匯報》接手主筆不到一個半月——1938 年 2 月底，報紙的發行數就突破一萬大關，且漲勢有增無已。廣告也劇增，甚至經常發生排隊。到了 5 月底，發行數到了五萬大關，而且漸漸接近六萬，這就超出冠於上海各報的《新聞報》（它因接受敵方檢查，為愛國同胞所鄙棄，發行跌到五萬多）。有一天，嚴獨鶴

先生對徐鑄成說：「這幾天汪伯奇、仲葦兄弟很傷腦筋，你們《文匯報》的銷路已超過《新聞報》，這是幾十年來從未有過的事。」不過他們並不滿足，認為「孤島」有三百萬人民，發行數還大可增加。

一天清晨，徐鑄成工畢回家，到霞飛路、呂班路口時，就下車讓汽車回去，自己步行，到當時的法國公園去走一圈。只見樹蔭下，水池邊靠椅上都坐著人，不少人都埋著頭在看報，走近一看，十之八九看的都是《文匯報》。眼淚潤濕了他的眼睛，他暗暗發誓：我一定要盡力辦好這張報紙，跟敵偽鬥爭，不辜負讀者的鼓勵和期望。

發行數增加了，廣告源源而來，原來的版面不夠了，只有擴大篇幅，最多時增至日出五、六張，平時也保留四張以上。

這樣樂觀的形勢，如徐鑄成自己所說：「我自己也開始有些不謹慎了。」這就遭了一次挫折。

徐鑄成初掌握編輯部的一段時間，他幾乎是事必躬親，各版的大樣都要仔細看過，除副刊由柯靈負責外，各新聞版面、各條新聞都親自過目後才發到排字房；要聞的安排都由他決定：要聞版的主要標題都由他標寫；除他自己寫的社論外，別人寫的都要細心刪改、潤色。這時他看到一切都已上了軌道，形勢又那麼好，也就有些放鬆了。

這天是他父親生日，請了幾個客人吃麵，多喝了幾杯酒有些醉意，那天在座的嚴寶禮說，你就休息一天吧，打個電話去關照一下。該由他寫的社論，他請寫經濟問題的魏友棐寫，電話打去，魏編好經濟版已回家了，只好改請社論委員、國際新聞版的負責人，請他就歐洲問題寫一篇。沒有想到第二天一早，嚴寶禮就來了電話：「今天的社論闖了禍了，讀者紛紛來電話質問，電話一直沒有斷過。」這篇題為〈一個建議〉的社論，發於 1938 年 6 月 21 日二版。文中有這樣一段：「經過中國一年來的英勇抗戰，予打擊者以嚴重打擊，粉碎了日本武力侵略中國的迷夢；同時日本軍人對於武力萬能主義的信念，也開始動搖了。無論從日本的財政及軍事上去觀察，日本已到了精疲力盡，不勝支持的程度。人民厭惡侵略戰爭的心理，也日漸深刻化。如

果列強，尤其是英美法蘇等愛好和平的國家，能夠趁此良機，挺身而出，採取一致的行動，制止日本的侵略暴行，以縮短遠東戰禍，而重造和平的局勢，自必事半功倍，馬到成功。是故吾人敢向英美法蘇諸國建議，趁此時機，迅速召集世界和平大會，以和平國家的合力，制止日本的侵略，以收拾殘局，而重造遠東的均勢。」這明明違反了《文匯報》一貫的言論方針。這時恰好汪精衛逃離重慶，在河內發出豔電主張與日談和。這個「建議」何異間接附和？無怪讀者紛紛來電質問甚至痛罵了。這裏還有一點，深知內幕的讀者知道張季鸞與政學系有牽連，而政學系的政客大都是「親日派」，張季鸞還參加過汪精衛、胡適等人的低調俱樂部，徐鑄成又是《大公報》出身，種種因素綜合起來推論，就有可能受了某種指示而寫了這樣的社論。雖看起來，筆調不像是徐鑄成寫的，也定必是經他看過得他同意才能發出。（在三十年後的「文革」中，仍有人說是徐鑄成所寫。惲逸群日記中清楚寫著：《文匯報》〈一個建議〉的社論，確非該報主編自撰或授意，係該報編輯儲某所寫）這樣推斷也完全有理由。雖然徐鑄成與張、胡兩《大公報》首腦沒有聯繫，思想感情上也已割斷，如此種種怎能說清⋯⋯。

　　讀者心如明鏡，自有是非判斷，報紙一下跌了六千份。徐鑄成說：「真是『一言喪報』，慘重的教訓啊！」

　　據徐鑄成說，當天就由費彝民重寫一篇社論加以彌補，又在以後的社論和短評中重申報紙的立場。而據《文匯報史略》稱：「報社內部有些失措，未能在第二天立即進行補救。到第四天，即 6 月 25 日，刊出了一篇題為〈重申我們的信念〉的社論，才對〈一個建議〉向讀者作了解釋。」這篇社論說：「自本報誕生以來，雖然不過五個月的短短時光，但是深受社會各界的愛護。我們在這五個月中，無日不主張團結抗日，無日不呼籲中國國民應盡其職」，這是有目共睹的事實。我們相信只有抗戰，才是中國唯一的出路；我們相信只要持久，中國必勝，日本必敗。在詳細分析日本國情後，「越發堅強我

們『中國必勝』的信念。但是，不幸得很，在我們這樣大聲疾呼的時候，竟有人懷疑我們的態度，還有人說我們『斷言中國會亡』，這種誤解，似乎已超出了可以想像的範圍。」社論辯解說：「我們主張召集會議，是要求各國會商實施經濟制裁方法，而絕對不是希望他們調停。我們不是希望中國『求和』，而是希望日本受到不可抗的壓力，以加速其潰敗。有人說我們這種建議，有點像回應宇垣外相的談話，難道宇垣也要日軍速敗嗎？」社論最後解釋關於「重造遠東均勢」，「不是邀請各國來『伸張勢力』，而是重新確定中國應該佔有的大國地位。」

經過這樣一番解釋，又透過各個渠道的努力，同時讀者又看《文匯報》的一貫表現，才逐漸恢復對它的信任，發行數才逐步回升。

教訓是深刻的，上世紀八十年代出版的《文匯報史略》探討失誤的原因：「直接原因在於這篇社論的撰稿人當年限於政治思想水平，對有些重大問題認識不足。同時也反映了那時候《文匯報》編輯部的鬆散，除節日、紀念日外，社論沒有詳細認真的選題計劃，通常由各執筆人自定題目，自由發揮。而當編輯部主要負責人徐鑄成沒有上班的日子，社論往往由撰寫者自行發排刊登，缺乏起碼的內部審稿制度。這些都是嚴重的教訓。」[8]

在今天這事對我們仍有啟發：一、社論是報紙的靈魂，報紙的聲音，報紙個性與報格的體現，讀者常從社論來衡定一張報紙。《大公報》的成功就在於張季鸞的社論。可惜今天的報紙，極少有自己的社論，只有由新華社發的或轉載《人民日報》的社論，看不出報紙的鮮明個性；二、當年孤島人民的愛國熱情如此高漲，他們以愛國這一標準與是否提倡抗戰來監督報紙，從而決定報紙的取捨，民氣如此高漲，至今仍令人鼓舞，抗戰所以取得最後勝利的原因即在此。我們既要輿論監督也要監督輿論；三、新聞工作者必須有高度的敬業精神，全神貫注、字斟句酌，絲毫不應懈怠，今後報紙日益趨於競爭高度化，這尤應重視。「一言喪報」三複徐鑄成所言，今日猶感親切。

與「洋保鏢」較量

　　《文匯報》在社論事件後，經過全體同仁一段時間的努力，發行數字重又上升。經滙豐銀行會計師核算，每股股票實值七百八十元。不勞而獲每月拿著四百元乾薪的那位「洋保鏢」克明，又提出新要求，要把薪水從三百元提高到一千元，作為他秘書的兒子也由一百元改為四百元。這就是說要一下提高到一千元，而一位編輯僅有三十元，相差如此懸殊。為著報紙掛上英商招牌可以避免日方檢查，也就忍痛犧牲，嚴寶禮答應他的要求。

　　克明──這位「冒險家」，他有不可告人的目的，加薪是試探嚴寶禮的態度。達到目的後，他又得寸進尺，提出新的要求。他又提出要到編輯部辦公。嚴寶禮不敢冒然答應，回來和徐鑄成一說，遭到大家拒絕。

　　一計不成，又生一計。一天克明托嚴寶禮邀請徐鑄成到他家裏作客，這是愚園路的一幢花園洋房，陳設極其豪奢。周旋一番後，對徐鑄成大肆恭維，接著話歸本題。說什麼「你的社論寫得很好，如果能事先給我看看，商酌商酌豈不更好。」又說「我們英國人最講誠實，那些不可靠的打仗新聞，千萬不能登，最好在發出前，我們先商量商量。」原來他的意圖是要審查社論和有關抗戰的新聞報導，這是有關《文匯報》根本的關鍵問題，豈能讓步。徐鑄成找了種種理由擋了回去。成了僵持局面後，嚴寶禮忙和稀泥，待以後商量。克明看徐鑄成針插不進、水潑不進的，也就作罷。

　　一計不成，又生一計，克明又從別處下手。

　　邵伯南（紅葉）是位出色的記者，滿懷愛國熱情和正義感。寫了不少好的新聞特寫。如〈民生簡便食堂訪問記〉（1938 年 1 月 31 日）、〈哭陳桐軒先生〉（1938 年 2 月 23 日）以及〈從南京逃到上海── 一個難民的口述〉等等都得到讀者的歡迎。1938 年 3 月 10 日，《文匯報》發表了他的特寫〈吃人的魔窟〉，揭露日本特務和漢奸以某公司招聘

女職員後的名義，誘騙青年女子到滬東某地供日本侵略軍蹂躪。接著3月25日，邵伯南又發表他的〈東戰場一角〉，反映遊擊隊的鬥爭。這完全沒有想到這會引起克明的無名火。

克明終於暴露了他的猙獰面目。他動用了工部局（警察局）。嚴寶禮陪著邵伯南走進工部局，一個大辦公室裏，坐著一位英國高級警官，擺著傳訊的樣子，透過翻譯一再追問，這篇揭發日寇暴行的報導的來源和背景，用許多甜言蜜語進行誘供。邵伯南堅決拒絕回答。英國警官的翻譯惱羞成怒，大聲恫嚇，並用流氓口吻說：「看來你不要命了，你小心點！」最後由嚴寶禮講了幾句好話才得離開。

邵伯南並沒有屈服，同年6月11日，他又發特寫，報導愛國人士於10日開槍狙擊漢奸尤菊蓀的詳情。這更引起日本侵略者、漢奸、租界當局以及克明的極大震動。他們動用了撒手鐧！工部局到他宿舍搜查，揚言要捕人，克明出面壓迫報社將他解雇。為著避免發生意外，嚴寶禮、徐鑄成按照邵伯南原先提出的願望，派他到內地去採訪。工資照發以及所有費用都陸續匯去。邵伯南離開上海去香港。到香港後，經廣州、桂林、貴陽、昆明等地，去了重慶，為報紙寫了長篇通訊〈西南之行〉，陸續刊登在1938年8月24日至10月27日的《文匯報》上。此後，邵伯南又由董必武同志介紹去八路軍總部，參加了革命。1949年後，任《天津日報》總編輯。上世紀五十年代，中國新聞工作者代表團訪蘇，徐鑄成任團長，與邵伯南編在一個小組，相處五十天，戰友重逢，倍感親切。這是後話。

克明迫走邵伯南，是殺雞儆猴，然而團結的編輯部並不懼怕他。接著又發生了徐鑄成與克明的正面較量。

「八一三」周年的前夕，在未徵得徐鑄成同意的情況下，克明要看社論的小樣。當晚徐鑄成先把社論寫好，關照了排字房，未經我同意，誰都不能改動。他進了大方飯店的那個房間，等待事態發展。深夜1時半，編輯部來了電話，說嚴寶禮和克明已來過，克明把社論和頭條新聞改了。他回編輯部一看，完全不通，仍照原樣登出。第二天

下午，克明到編輯部尋釁。見到徐鑄成說他獨斷專行，闖出禍來，他的腦袋要搬家。徐鑄成回答：誰都知道《文匯報》只是掛洋商招牌，實際是中國人辦的，炸彈不是炸的中國人嗎？克明詞窮，大聲說那麼我們就無法合作了。徐鑄成說，這也好，我辭職讓你來幹。克明逼著嚴寶禮回答，有徐沒有我，你決定吧！嚴寶禮面有難色，大家好好商量不要動火氣嘛！《文匯報》沒有徐這怎行呢。克明氣得連聲說好、好，快快地走了。

過了幾天，克明看到形勢對他著實不利，請人出來轉彎，說是誤會。徐鑄成回答，沒有什麼誤會，要麼讓他來封信，取消「有徐就沒有我」這句話，並保證以後不再干涉編輯部。克明見已無可挽回，只好辭去董事長兼總主筆，只保留一個董事的名義。董事長和發行人由另一個英方董事勞合‧喬治擔任。

克明與徐鑄成第一回合的較量，以克明的失敗而告終。

寧為玉碎，毋為瓦全

《文匯報》這份抗戰中成長起來的優秀民間報，真險厄叢生。日本人和漢奸必欲去之而後快，租界的英國人又多方挑剔、橫加阻撓。接著國民黨方面又想收買。

先是 CC 想來收買《文匯報》。出面的那個人物叫吳則中，曾任陳果夫的秘書。說是為《文匯報》著想，沒有印刷設備不是長策，中宣部擬把上海《晨報》的一臺轉筒機撥給《文匯報》，不過該機已抵押出去必須拿五萬元去贖。明明是個幌子，當時買臺國產的也僅只兩萬多元。過後又說，五萬元不要可作為《晨報》投資，《晨報》為 CC 健將潘公展所辦，再一點，當時《文匯報》總資金為三萬元，入股五萬豈不操縱了《文匯報》。堅決回絕。

接著來插手的是孔祥熙，出面的是胡鄂公，此人是個縱橫捭闔、呼風喚雨的政客，私下裏和嚴寶禮洽談，條件是投資二十萬元，要派

人參加編輯、經理兩部。這大魚吃小魚的賣買，嚴寶禮心知肚明，自然不幹。同樣回絕。

第三個插手的來得更兇狠，那是宋子文。出面交談的是《大美晚報》中文版的主持人張似旭（此人後為敵偽暗殺）。開的條件是投資千萬元，可以儘量滿足買白報紙所需官價外匯，還可在中國、交通兩銀行貸款。要求是：改組董事會，派一些高級職員進來，如協理、編輯主任、會計主任等，表面上還尊重嚴、徐兩人對經理、編輯兩部的領導，經一番考慮，結果會被操縱，大權旁落，也同樣拒絕。

拒絕的結果卻很嚴峻。從此結不到官價外匯，買白報紙所需外匯，要到黑市去套購。其時法幣開始貶值，這就增加報紙的成本。

排除了種種干擾，《文匯報》仍傲然屹立在「孤島」。

然而一場重大的陰謀活動正在黑暗裏悄悄進行著。

1939 年 5 月 16 日，《文匯報》刊登重慶來電：蔣介石在生產建設會議上的演講詞，蔣介石說要加緊經濟建設、整軍生產同時並進，完成抗戰建國任務。報紙同時配發了社論。5 月 18 日，忽然接到英國駐滬領事館的通知，以言論激烈的罪名，罰令《文匯報》（包括《文匯報晚刊》）停刊兩周。另又得知，同一天，工部局情報處發表公報，吊銷美商華文報紙《大美晚報》與《中美日報》的登記證。

這就是敵偽陰謀的第一步，他們要扼殺幾份抗日報紙，《文匯報》就是其中之一。

《文匯報》停刊引起社會極大反響。每天都有讀者來到編輯部，關注報紙的情況。外地讀者發來慰問函電，給他們極大的慰藉與鼓舞，他們考慮下一步的計劃

事後查明，克明從中充當了可恥的角色。嚴寶禮養癰遺患，他為克明的假像所迷惑，讓他恢復了董事長名義。他尋找機會出賣《文匯報》。

華北偽政權中有一名大漢奸董康，他的侄兒董俞，在上海當律師，叔侄狼狼為奸，幹著叛賣祖國的勾當，他們替汪精衛策劃，收買

《文匯報》。1939 年 5 月 12 日，《文匯報》發了一則題為〈汪派份子白日做夢〉的新聞。新聞說，10 日夜間，「忽有某君偕其友人前來訪問本報當局，據稱係代表汪精衛方面前來致意，言汪每月擬致送本報數千元，並稱如能接受此款，不特毫無問題，且可保證安全云云。本報當局聞言，當即嚴詞拒絕……」

董俞的妄想遭到挫敗後，就收買克明，給十五萬收買費，先付五萬，《文匯報》轉向成功再付十萬。克明積極行動起來。

在資金周轉失靈的情況下，嚴寶禮開過空頭支票，待兌付前把錢補上。這本是企業中常有的事，如最終兌現並不失誠信，而結果未能兌現。克明借此事，逼嚴寶禮辭去總經理職，其目的先控制經理部，掌握財權，再進一步控制編輯部，最終達到他的目的。

5 月 20 日（停刊後第二天），徐鑄成被幾個中方董事請到新新旅社，一看，嚴寶禮並不在座，空氣異常。言歸正傳，一位董事歷述嚴寶禮開空頭支票、帳目不清、制度混亂等等過錯，為此克明把他撤職，自己兼任總經理。徐鑄成表示驚訝，然後說，克明有言在先，有他沒有我，既然他來，我只有走開。另一位董事忙加勸慰，說前番克明和你衝突已很後悔，今後編輯部還要全權借重老兄負責，對「全權」兩字還加重語氣。徐鑄成坦然拒絕後，離開新新旅社。

克明的意圖已很清楚，嚴寶禮、徐鑄成、李子寬三人商議對策。徐鑄成認為，必須爭取主動，先由他和嚴以經、編兩部名義刊登啟事，重申本報立場，並隱約點出克明出賣的陰謀，準備查明。嚴寶禮猶存姑息之意，深怕此事弄僵，嚴最後提出開股東大會再作商量。意見呈現分歧。

1939 年 5 月 31 日，停刊兩周期滿前夜，徐鑄成召集編輯部全體人員會議，說明情況緊急，一致決定首先揭露克明陰謀，公推徐鑄成起草啟事，送別報刊出，最後一致通過〈文匯報編輯部全體同仁緊急啟事〉。全文是：「同仁等服務《文匯報》一年有半，立場堅定，向為社會人士所深悉，茲因報館內部發生變動，嚴經理去職，特向本報當

局提出要求，保證不變原來編輯方針，庶得保持本報一貫立場，在未獲得滿意答覆以前，同仁等暫不參與編輯工作，一俟交涉獲有結果，自當另行聲明。」編輯部全體二十六人，明知報停下來就是失業，當時找個工作並不容易，大家不考慮這些，一心只為國家，簽上自己的名字，簽名的是：徐鑄成、李秋生、儲玉坤、張寄涯、朱雲光、程玉西、余鴻翔、魏友棐、高季琳（柯靈）、嚴蔭武、周福寬等全體人員。啟事於 6 月 1 日在《新聞報》、《申報》等各報刊出。

敵人也進行反撲，克明也在報上刊登廣告，宣佈推遲十天復刊，以後又一再延遲。在《大公報》宣佈停止代印後，他們進不了原來的編輯部和印刷廠，就霸佔了福州路 436 號的報館經理部，掛起文匯有限公司的牌子。他們還醞釀組織編輯班子，內定彭年主持編輯部。後來這人在汪偽組織的一個部當次長，實足的一個漢奸。他們也訂購了機器和印刷設備。形勢顯得嚴峻起來，必須粉碎敵人的陰謀。

為著保持《文匯報》三個字的純潔，不讓敵人玷污，必須使報紙就此停下來，不再復刊。按照英國公司法的規定，如有三分之一的股權持有者不同意經營，就不得繼續經營。這就必須趕快集中股權。當時嚴寶禮與《大公報》方面持有的股份加起來不到三分之一，乘有些股東看到報紙停刊失去信心，急於把持有的股票脫手，加速吃進。很快就掌握了三分之一以上的股權。立即向英國駐滬總領事館申請，提出不再出版的要求。

真是天賜良機，徐鑄成的友人、曾是《大公報》的同事（編《大公俱樂部》副刊）的馬季良（又名唐納），陪著英國大使寇爾從重慶到上海，徐鑄成立刻請他把申請停刊書送交寇爾，寇爾瞭解情況後，批交上海英國領事館，吊銷《文匯報》的執照。

1938 年 5 月 18 日，就成了抗戰期間《文匯報》的最後一天。

《文匯報》從 1938 年 1 月誕生，到翌年 5 月被扼殺，生存了十七個月，而這短暫的日子，卻是中國近代報業史中光輝的一頁。徐鑄成說：「它也真像經天的慧星一樣，曾有聲有色，閃亮在孤島上空，而剎時就熄滅了！」

　　再一點，鬥爭的結局雖以愛國報人的勝利而告終，但鬥爭的餘波卻一直延續到抗戰勝利的前夕。1941 年 12 月，日本發動太平洋戰爭後，租界全被佔領，孤島不復存在，留在上海的愛國人士，普遍受到迫害。1945 年初夏，原《文匯報》總經理嚴寶禮、副刊負責人柯靈、社論委員費彝民、國際新聞版編輯儲玉坤、會計袁洪慶，先後被日本憲兵隊逮捕。原因就在於日本人還記恨《文匯報》，又怕《文匯報》再度向世。這五位同志，在獄中飽受酷刑（坐老虎凳、灌辣椒水），都堅貞不屈，顯示高度的民族氣節。後來經過營救，得慶生還。這是後話。

註釋

註 1、4、6、7：《從風雨中走來》，文匯出版社 1993 年版，第 17、43、46、51 頁。
註 2：《徐鑄成新聞評論選》，武漢大學出版社 1985 年版，第 8 頁。
註 3：徐鑄成：《舊聞雜憶》，遼寧教育出版社，2000 年版，第 276 頁。
註 5：姚芳藻，《柯靈傳》，上海教育出版社，2001 年版，第 117 頁。
註 8：《文匯報史略》，文匯出版社 1988 年版，第 33 頁。

第六章　去香港──重回《大公報》

匆匆滬港間

1939 年 5 月，徐鑄成與《文匯報》同仁和克明的鬥爭，勝敗未見分曉之際，胡政之函電交馳，請徐鑄成去香港，重回《大公報》，主持港版編輯工作。這大致是他在《文匯報》一年半中創造了輝煌業績，使胡政之重估他的價值，再或是胡年餘前對他的「遣散」作補過。

當時他未置可否，等待事態發展。《文匯報》被迫停刊後，胡政之又來一電，辭意更為懇切，大意是「弟及季鸞先生，日夜盼速來港，主持編務。」

這雖可使他免再遭失業之苦，但一時仍難決斷。一是他對那次「遣散」，猶有餘怨，宜興有句俗話：「回籠饅頭不香」，何必去做「回籠饅頭」。二是對曾在這裏冒險鬥爭的上海，感情上一時難以割捨。三是停刊後，雖有些同事已有新工作，但還有些同事尚未就業，自己就此而去，道義上說不過去。四是對家庭也要作安排。

他給胡政之作了答覆，請稍緩行期。

很久沒有這樣輕鬆與閒暇了，天倫之樂也似乎久違，乘這時刻他與父母妻兒逛公園、看電影，還看了兩場話劇。其中一場是宜興同鄉于伶編的劇本《葛嫩娘》，在浦東同鄉會演出。劇本宣揚民族氣節，提倡再接再厲的戰鬥精神，給孤島人民以鼓舞，給他留下極深印象。回來時遇狂風暴雨，他與夫人朱嘉稑全身淋成落湯雞，仍說值得。

《文匯報》的善後清理工作結束，家事也妥貼安置後，於 8 月中旬動身，乘荷印郵輪「芝沙達尼」號，經三天半船到香港。船停海中，胡政之派庶務徐國振雇小船來迎，順利到達報館。

真所謂「士別三日，便當刮目相看」，胡政之、張季鸞對他極表歡迎，除由報館正式宴請洗塵外，又設家宴招待。

徐鑄成終於又回到工作過十年的《大公報》，並被聘任為香港版的編輯部主任。

當時港版《大公報》人員精幹，編輯、經理兩部，包括廣告人員在內，只有三十七人，每天出三、四張報，報紙的影響也頗大，翌年，獲美國密蘇里獎章。他未到前，言論由胡政之抓，編務則由經理金誠夫兼管。徐到香港後第三天，金誠夫即把編務交給他，胡政之又讓他寫社論，開始時胡還看一遍，以後就完全不看，甚至是別人寫的也歸他潤色。這樣他不僅管編輯也管言論，甚至社裏一些對外交涉的重要事務也由他代表，實際成為變相的總負責人。張季鸞口口聲聲說託付得人。

香港版《大公報》是 1938 年 8 月 13 日創刊的，徐鑄成到香港時，剛過創刊一周年紀念。他翻看「八一三」兩周年那天的報紙，頭條新聞是報導港九同胞為抗戰獻金的盛況，標題是〈可歌可泣「八一三」，人山人海獻金臺〉，這十四個字鏗鏘有力。原來是那晚張季鸞恰到報館（他在重慶主持渝版，偶來港小住、治療肺結核），看到原標題不夠簡潔有力，信手改了這樣的標題。他對此事印象極深，多年後還記著。

徐鑄成初到港館時，館址在皇后大道中商務分館的隔壁二樓，辦公地點有二百平方米的面積，還算寬敞，他獨用一個辦公桌。更值得一說的是，在上海時整天在鐵籠裏，且隨時會有炸彈的威脅，這時已沒有這樣的顧慮，可以自由活動。

編輯部濟濟多士，可說座中都是豪英。編國際新聞兼翻譯的是蔣蔭恩，要聞版編輯李俠文，本地版編輯是曹世瑛，體育新聞編輯章繩治，副刊編輯為蕭乾（蕭後任特派記者去英國，由楊剛代），英文翻譯有梁寬（厚甫）、馬廷棟、梁邦彥等，外勤記者有麥雋曾、戚長城、張覺可等人。還有管資料的張蓬舟。領導這樣一個班子並不費力，因為每個人都工作出色。

他自己當時只有三十二歲，正當年富力強，精力旺盛。和在上海《文匯報》時一樣，分發稿件，看各版小樣、大樣；帶一位助手，主編要聞版。除寫社論外，每天還要寫兩至三篇短評，毫不感累。

這時他的生活方式有所改變。一般，中午用餐後，看書一小時，然後步行下山。宿舍最初在堅道，後遷至半山的羅便臣道。那是一條分界線，山之上住的都是洋人，只有少數華人豪紳，也住在其中。山之下與海隅都住著一般平民。羅便臣道一帶的房子比較高級，住的大都是有錢的華人。所以那時香港人稱高等華人是「半山人」。他到報館後就翻看各種報紙，並佈置一些工作。然後應朋友之約，去咖啡館坐一小時，有時還要轉幾個地方，喝咖啡、談時局。戰時，內地人去香港的很多，咖啡館中常能聽到上海口音，偶然也能碰到一、二熟人，他鄉遇故知，頗得其樂。

在一切順利中，也有不足。報紙所受的壓制、刪檢，比上海租界更嚴厲。當時報紙上不准出現「抗日」字樣；更不許寫「抗敵」。這是英國殖民當局所謂的保持「中立」。更不能批評英國的政策，連「帝國主義」四字都不許出現。在社論中常有成串成串的天窗，甚至還有全文被扣。這對英國人標榜的言論自由實在是諷刺。……

大約一、兩個月後，他的工作已經順手，忽然接到嚴寶禮的連續兩封電報，說「《文匯報》復刊有望，請即返滬主持」。這使他為難，該怎樣向胡、張兩人啟齒？最後還是硬著頭皮說了自己的困衷。胡政之不贊成他去，認為與嚴寶禮合作不理想，張季鸞則相反，權衡之下，去上海意義更大，最後胡也同意了。臨行時，胡政之頻頻囑咐，如果在上海不順心，歡迎你立刻回來。

回上海途中，徐鑄成享受了特別待遇，胡政之關照庶務，給他買了一張美國「柯立治總統號」大郵輪上的二等艙。他說真是開了「洋葷」。那郵輪真像一個水上行宮。兩人一間舒適的臥室，有衛生間。電梯上下，球場、游泳池、圖書室、理髮室、彈子房，應有盡有。餐廳像大舞場，吃飯時著禮服，中、晚兩餐都有樂隊奏樂。食品、水果、

飲料，隨叫隨到，全都免費（已納入票價）。更值得一說的是，這船也像火車一樣，四十八小時準時到了上海。

到上海後，與李子寬、嚴寶禮見了面，一談之下，大失所望。其實並不是《文匯報》復刊，而是由重慶當局投資五萬元，用原編輯部的人馬辦一張新的報紙。在談到具體進行的意見時，他和嚴、李兩人在兩點意見上發生歧見。一是掛外商招牌的問題，有前車之鑒，徐主張請美商，嚴、李主張還是找英國人；二是嚴寶禮拿出的新報組織法，採用經理負責制，編輯部要聽經理的指揮，徐認為不妥，如總編輯不能獨立行使指揮，就辦不好報紙，特別是在這「非常時期」。

當時重慶方面駐上海的負責人是鄭異（中央委員），對外由鄧友德代表。鄭和鄧都認同徐鑄成的意見，原編輯部的同仁，也支持徐的意見。以 CC 骨幹自居、說能代表二陳（陳立夫、陳果夫）的律師江一平，竭力慫恿嚴寶禮堅持己見。

雙方相持不下，意見不能統一。

徐鑄成把這情況，函告香港胡政之。胡要他壯士斷腕、當機立斷，速回香港。

徐鑄成以原編輯部尚有同仁未就業為慮，難以遽然離開。這得到鄧友德一定妥善安置的保證（後鄧果然踐諾，創辦平民通信社容納未就業的原編輯部人員），徐鑄成終於決定仍回香港。

香港—上海，匆匆半月，又要踏上征途。離滬前，適逢中秋，天上月圓，與家人過了一個難得的團圓節，翌日即乘輪去香港。

與金仲華締交

海外的香港，這時成了中國文化活動的中心。各黨各派以及敵人、漢奸都在這裏做製造輿論的工作。

當時香港有多家報紙：老牌的《華字日報》（創刊比《申報》還早）、《循環日報》、《華僑日報》，還有何東爵士主辦的《工商日報》、

汪精衛派的《南華日報》，以及出版最早、發行最廣的《成報》。這些
都是原來就在香港出版的「老報」。

抗戰後在香港出版的報紙，有以賣虎標「萬金油」起家的永安堂
老闆主辦的《星島日報》，有國民黨機關報《國民日報》，有桂系主辦
的《珠江日報》，再就是成舍我辦的《立報》和《大公報》，此外還有
中央社和國新社兩個新聞通訊社。

這些新興的報紙有個聯誼性的機構，兩周舉行一次聚餐會，各參
加單位輪流作東，每次兩席。會上交換時局看法，或商量應付新聞檢
查的共同辦法，再或裁決報價與廣告費問題。經常出席的有國新社的
惲逸群，中央社的盧祺新、梁士純，《星島日報》的正副總編輯金仲
華、邵宗漢，《國民日報》的陶百川、陳訓畲、王新命，《珠江日報》
的黎蒙，《立報》的成舍我、薩空了、吳範寰，《大公報》就由徐鑄成
與金誠夫參加，胡政之則偶然參加。

徐鑄成與金仲華締交，成為相互支持的朋友就在這時開始的。

關於金仲華，手頭恰有他一段生平介紹：

金仲華（1907～1968）現代國際問題專家和社會活動家。浙江
桐鄉人。

1927年之江大學畢業。早年致力於新文化運動。三十年代初，
與胡愈之等人創辦《世界知識》雜誌，任主編。曾協助鄒韜奮
編《大眾生活》、《生活日報》，並創辦《永生》雜誌。抗日戰
爭期間，加入上海文化界救國會和宋慶齡主持的「保衛中國同
盟」，積極從事抗日救亡的對外宣傳工作。後赴香港參與國際
新聞社的領導工作，並主編《星島日報》。建國後，歷任《新
聞日報》、《文匯報》、《中國新聞》和《中國建設》等社社長，
華東軍政委員會副部長，上海市副市長，中華全國新聞工作者
協會副主席，上海社會科學院國際問題研究所所長等職。曾多
次率領或參加代表團出席國際會議。是第一、二、三屆全國人

民代表大會代表，第一屆全國政協委員，第一、二、三、四屆
上海市政協副主席。文化大革命中，遭受林彪、「四人幫」一
夥誣陷迫害，不幸逝世。(《社會科學人物辭典》，上海辭書出
版社，第 362 頁)

「人之相知，貴相知心」。徐鑄成所以能和金仲華締交，從這生平介
紹中，可以看出金仲華早就是一位追求進步的新聞戰士。

從政治態度而言，《大公報》中間偏右，《星島日報》則態度進步，
受到青年讀者的歡迎。在辦報的認真態度上，如採訪、標題、編排等
方面，兩報都極認真，精益求精。無形中兩報之間形成競爭。讀者常
會把兩報放在一起作比較、評議，看誰家的標題寫得好更醒目；兩報
編輯部的人員也是一上班，就閱讀兩家的報紙，比較兩報各自的優劣
短長。業務上兩家是競爭對手，共同目標是抗日，因此並不妨礙他倆
彼此的交往與協作。

說到徐鑄成與金仲華在業務上的相互支持與協作，徐鑄成有一段回
憶：「我和仲華同年，當時都年富力強，精力十分旺盛，事無巨細，都親
自過問，常常忙到夜裏很晚。那時路透社、中央社已停止發稿，只能由
各報自己設電臺抄收電訊，但收聽不清，經常會有脫落、漏字或錯抄。
為此，或是他打來，或是我打去，每天晚上，都要通兩三次電話，問
問對方某電訊共多少字、因聽不清而漏掉的內容是什麼內容，等等。
不管誰問，只要自己知道，總是及時查出詳告，讓對方一一補全。」[1]

這段回憶說明，處在競爭中的報紙，也可以發揚「費厄潑賴」的
精神，從而增進友誼，不必爭個「你死我活」。當時港版《大公報》
與徐鑄成就是這樣。有時《星島日報》出現幾個好的標題，他們擊節
讚賞，還去當面祝賀。張季鸞也很讚賞《星島日報》，有一次，他對
徐鑄成說：「我看《星島日報》的社論，儘管有點偏，但偏而不漏，
材料很豐富，內容有深度，你要注意一下。《大公報》的社評要力求
寫得深一些，不能單憑激情，單憑文章寫得漂亮」。徐鑄成牢記著張
季鸞的話。

徐鑄成與金仲華在工作中是相互讚賞與相互支持的，就在日常生活中，也相處無間。一般情況下，清晨，雙方看完大樣，相約到香港開市最早的高升茶樓去飲早茶，吃點叉燒包子、蝦肉燒賣之類的點心。徐鑄成和夜班編輯蔣蔭恩、馬廷棟等一起去，金仲華常常和邵宗漢與軍事評論員羊棗同去。他們並不僅僅是吃早點，還互相詢問今天有些什麼新聞，寫什麼社論等等。

有時白天雙方都沒有別的約會，徐鑄成和金仲華相約到一家叫「wiseman」的咖啡館喝下午茶，交換時局消息和各自的看法。那時他們都無黨無派，彼此能暢所欲言。金仲華很能團結人，他和胡文虎和胡的義子胡好以及經理林靄民，關係搞得很好，因此消息的渠道很多。

可惜的是，這樣的情況後來有了變化。國民黨和胡文虎秘密達成交易，允許永安堂的萬金油和毒品進入內地銷售，條件是把金仲華、邵宗漢與羊棗等人排擠出《星島日報》。這麼一來，《星島日報》就變了。國民黨派程滄波任總編輯，吳頌皋為副總編輯。從此，徐鑄成和他們就不再來往。

程滄波等人也並不是真正辦報的，拿著高薪整天燈紅酒綠、紙醉金迷，由此報紙一落千丈。當時香港流傳一則政治笑話：「胡文虎為什麼化這麼多錢辦這張《星島日報》？」答曰：「讓讀者看了頭痛，可以買他的頭痛粉和萬金油。」諷刺意味強烈，令人忍俊不禁。

金仲華離開《星島日報》後，辦了個國際知識的刊物。徐鑄成和他一直保持著深厚的友誼，不時應邀去他的寓所吃飯，有一次還遇見從重慶逃到香港的鄒韜奮。

1949 年新中國成立前，徐鑄成與金仲華應邀自香港去北京途中，兩人還共同討論待復刊的《文匯報》的人事安排。巧的是，1958 年金仲華以上海市副市長兼任《文匯報》社社長，直到他逝世為止。只是這時的徐鑄成已加冕「右派」，不再待在《文匯報》了。

金仲華在「文革」中含冤去世。宋慶齡高度評價他的一生。她說：「他一直是我非常尊敬的人，在過去愛國和進步的事業中，他參加保

衛中國同盟，為了支援解放區物資，為打破國民黨封鎖，竭盡全力，千方百計把國外援助的物資送到解放區。」

金仲華逝世後，徐鑄成在一篇回憶文章中寫到：「某次，席間敘報年齒，我與仲華、訓畬、宗漢為同庚（均 1907 年生），齊舉杯為賀。而世事滄桑，仲華、訓佘均已成為古人。回憶前塵，不勝淒然淚下。」[2]

披露「日汪密約」

1940 年 1 月 21 日下午，寓居香港堅道的兩位《大公報》首腦人物張季鸞、胡政之，急著尋找徐鑄成。當時他並不在宿舍裏。

他去了哪裡呢？

徐鑄成這個人富有生活情趣。在武漢時他喜歡打乒乓球，1938 年在上海辦《文匯報》時，血雨腥風、刀光劍影，生命處於威脅中，他悄悄地到附近的小書場去聽書。來香港後，開始忙碌於緊張的工作之中，稍有閒暇，除與金仲華等去咖啡館外，休閒娛樂一概全無。後來工作已經駕輕就熟，同仁也配合得很好，也就有較多的餘裕。張、胡兩人那天找不到他，原來他正在一對中共黨員夫婦的府上學跳舞。

徐鑄成說，他學跳舞，動機倒並不是學時髦。原來香港的交際社會，常有舞宴，事前都會先問參加者有無舞伴。如無，主人必多請一位女士參加。宴會開始，音樂聲中，雙雙對對，翩翩起舞，他這不舞之客，即使有女客伴坐，也極尷尬。就這樣，他才決心學跳舞。香港有許多速成跳舞學校，繳費五元，一個月學成。他去嘗試，原來伴舞的都是「過氣」舞女，教的只是簡單的「蓬擦擦」（狐步），或兩步的華爾滋，幾天後便意興索然。一天，他的清華同學梁邦彥對他說，你如決心學跳舞，我的姐夫曹亮和姐姐梁淑德（均畢業於燕京大學），都精於舞，我可介紹你去學。

就這樣，他和曹氏夫婦成了朋友。曹氏夫婦都是中共黨員，派到香港任經濟工作。這兩位教師告訴他，學跳舞先要能欣賞音樂、懂得

節奏，跳舞就是各種步子的音樂節奏化，循此途徑，你會逐步登堂入室的。曹家有不少音樂唱片，夫婦倆把著手教他跳舞，果然沒有多少時候，每支音樂他都應付自如了。……

張季鸞、胡政之找他時，他正在曹府。因留有地址，很快就找到了他。

徐鑄成趕到張季鸞府上，金誠夫已先他而到。

張、胡兩人急於找他，是因為有關中國抗戰史上一個具重大影響的事件就將披露，這就是所謂的「高陶事件」。

高宗武、陶希聖兩人在中國歷史的緊要關頭幡然悔悟，毅然脫離汪精衛集團，將汪精衛集團與日本政府秘密簽訂的賣國條約《日支新關係調整要綱》，首先在《大公報》公佈，揭露日本帝國主義的誘降陰謀，給汪精衛集團以沉重打擊。

高宗武畢業於日本帝國大學，歸國後先在南京中央大學任政治學教授，因在《中央日報》發表分析日本問題的文章，因見解不凡引起國民黨高層的注意，蔣介石特予延見長談，後擬委任侍從室上校秘書，高未就。1933年，汪精衛為行政院長，並自兼外交部長。翌年（1934）初，高以日本問題專家的身份進入外交部，先為亞洲司科長，一月後升兼亞洲司幫辦（副司長），1935年又晉升司長，成為汪手下的得力幹將。後來高奉派去香港，主持對日情報的聯絡工作。1937年，盧溝橋事變，中日戰爭全面爆發。一向親日的汪精衛，認為中國抗戰必敗，倡「低調俱樂部」，高是中心人員之一，贊同汪精衛的對日和談主張。1938年7月，高宗武秘密抵達日本東京，本意或許是進行和平試探，實際上是為汪精衛的「和平運動」牽線搭橋。同年11月20日，高宗武、梅思平在上海與日本軍方簽訂《日華協定記錄》，為汪精衛的投敵賣國活動當了開路先鋒。以後，汪精衛從重慶出逃，到南京組織偽政府，正式走上叛國之路。1939年5月，高宗武隨同汪精衛、周佛海訪日。以後高又多次參與汪日談判活動。因此重慶當局下令通緝的名單中就有他。

　　陶希聖抗戰前是北大教授，七七事變後，應邀到盧山參加蔣介石召集的「牯嶺茶話會」，之後加入委員長侍從室工作，又被選為國民參政員，從此棄教從政，進入政壇。抗戰初期，陶希聖對抗戰前途憂心忡忡，甚為悲觀，參加「低調俱樂部」，追隨汪精衛搞「和平運動」，鞍前馬後非常賣力。汪精衛出逃，陶希聖同行。汪在河內發表「豔電」，公開回應日本首相近衛的第三次聲明，走上投降賣國之路。陶希聖在香港《南華日報》撰文為汪辯護，稱「主和無罪」。此後從香港去上海，參與汪日談判。

　　高宗武、陶希聖在上海參加汪日談判中，逐步認識所謂「求和」，其實是投降。當他們看到日本方面提出的《日支新關係調整要綱》以及《關於日支新關係調整的基本原則》、《關於日支新關係調整的具體原則》、《秘密諒解事項》等八份文件，真是驚出一身冷汗。其中所提條件之苛、欲望之奢無與倫比，中國將喪失一切主權，如簽訂這樣的條約，必將成為中華民族的千古罪人。高、陶勸汪精衛不要簽字，退出和談、離開上海、出國隱居，汪不從，鐵了心要充當賣國賊。1939年 12 月 30 日，汪逆簽訂賣國條約這天，高、陶兩人都藉口說生病，拒絕參加簽字儀式。這引起汪精衛、周佛海等人的疑心。高、陶處於「七十六號」的特務監視中。1940 年 1 月 2 日，高宗武去陶寓與陶商定，立即秘密離滬。1 月 3 日，高、陶兩人在杜月笙、萬墨林的救援下，悄悄上了由滬去香港的「胡佛號」輪船，翌日順利到達香港，脫離虎口。

　　高、陶到香港後，由杜月笙妥加保護。經過二周的考慮，決定公佈日汪密約。[3] 杜月笙與《大公報》關係密切，這就到了張季鸞手中。張隨即通知了徐鑄成。

　　且說徐鑄成到了張府。胡政之在座。胡政之遞給他一卷紙，說：「陶希聖、高宗武秘密到了香港，這是他們帶出的汪精衛和日方訂的密約，希望你仔細看看，就在這裏立即寫一篇社評。」張季鸞又補充說：「他們兩人現由杜月笙保護著，這是我從杜那裏借來的。你看好

後，讓誠夫馬上複寫兩份，一份航寄渝報，一份留港發表。在晚飯前，我一定要還給杜月笙，他準備派專人今晚帶去重慶交給蔣介石。」（為怕日機攔截，當時港渝客機都是夜航）。

紙墨筆硯早已準備好，徐鑄成匆匆看了一遍，摘下要點即交給金誠夫抄錄，他根據「密約」各款，逐一揭露和斥責敵人的野心與汪逆的賣國罪行。他把社評寫好後，經張、胡兩人細細看了一遍，並未修改。這時金誠夫也已抄好，張季鸞帶著原件過海去交給杜月笙。

當晚，張季鸞又派人送來一稿，是高宗武、陶希聖寫的〈給《大公報》的一封公開信〉，囑咐翌日同時發表。內容是他們逃出魔掌的經過。

1940 年 1 月 22 日香港《大公報》的頭條新聞是：

> 高宗武陶希聖攜港發表
> 汪兆銘賣國條件全文
> 集日閥多年夢想之大成！
> 極中外歷史賣國之罪惡！
> 從現在賣到將來從物資賣到思想

重慶《大公報》1 月 22 日的頭條新聞則是：

> 高宗武陶希聖在港揭發
> 汪偽賣國密約
> 將密攝照片呈送國府
> 另函交本報港版發表

《大公報》發表了篇獨家新聞，第三天中央社才全文公佈這項密約，極大地震撼了日本和汪偽集團。

陶希聖留香港期間，徐鑄成和他見過兩次面，談吐間眉宇飛揚，彷彿變成反日英雄了。以後由杜月笙、張季鸞力保，陶希聖去了重慶，

進侍從室為蔣介石効力，蔣那本《中國之命運》就是由陶希聖執筆的。1949年後，隨蔣去臺灣，直到七十歲才離開政治權力中心，專心從事著述，直到1988年逝世，享年九十歲。

高宗武未被重慶接受，旋即去美國。二十七年後（1967）去過一次臺灣，見到昔日老上司張群曾傾心交談，張群並讓兒媳杜芬陪同遊覽臺北名勝。高本擬面見蔣介石而未果，後仍回美國，於1994年9月在美國離世。這是後話。

在香港圍城中

山雨欲來風滿樓，戰神的腳步已臨近。

1941年12月8日，早晨8時，香港。遠處傳來飛機的轟鳴聲，接著淒厲的警報聲四起。連日香港本已在緊張的戰爭氣氛中，不斷的進行防空演習，但在傳統的大英帝國不可侵犯的傲氣氛圍裏，香港居民幾乎沒有人相信，日本真的會侵襲香港。就連一些研究國際問題的人也不相信。徐鑄成也是這樣。12月7日深夜，他看完一張大樣後，還給某雜誌寫了一篇文章，他分析了日本的軍力、財力，認為它一時還不敢放手南進。

尚在朦朧入睡中的徐鑄成，被一位工友推醒，工友氣急敗壞地說：「徐先生快起來，發生戰爭了！」「不會吧，大概又是駐軍在試炮。」他揉著眼睛，不大相信。「你快起來看，這次不是演習，是日軍進攻了！」

《大公報》的宿舍是租用一位南洋華僑建造的四層樓，面對九龍，從陽臺上遠眺，可以看到對海的遠處。他趕忙起身來到陽臺上，聽到時斷時續的炮聲，遠眺新界的方向，升起了一陣陣的濃煙。俯身下望，羅便臣道上的行人，個個匆忙地趕路著。真沒想到，戰爭真的來臨了！

他到了報社，四處打聽消息，就在昨日凌晨1時30分，日軍偷襲珍珠港，美軍損失慘重。太平洋戰爭爆發！當日晚上，日軍輕易地

佔領了新界（從九龍擴大的租借地），為迫使英國當局投降，不斷地向香港炮擊。

徐鑄成安排了工作後，連忙去堅道看胡政之。胡政之本已在桂林，籌辦《大公報》桂林版。自本年6月，張季鸞去世後，胡繼任國民參政員。12月初，參政會閉幕後，為購置印刷器材，胡政之來到香港，也就趕上了這劫難。兩人見面後，胡政之問目前出報是否有困難，要他堅持出版。徐鑄成說：「我們當然要堅持到最後一天！」

12月9日，重慶派了最後一架飛機到香港，由蔣介石親擬名單，接羈留香港的重要人物去重慶。胡政之名列在內，卻未接到通知，王雲五也是如此。方振武聞訊趕到機場，因不在名單之內而被拒絕。10日，飛機降落重慶珊瑚壩機場，該到的人未到，下機的是孔二小姐、老媽子、箱籠、浴缸、幾條吃牛奶的洋狗……《大公報》女記者子岡寫了篇很好的特寫被扣。《新民報》的浦熙修以花絮形式，發表了題為〈佇候天外機來——喝牛奶的洋狗增多七、八頭〉，輿論譁然，昆明大學生遊行，這就是「飛機、洋狗事件」。

港版《大公報》還繼續出版著，徐鑄成和郭根、趙恩源、章繩治、沈頌芳等幾位編輯把生死置之度外，在黑夜裏摸黑下山去發稿。有一天，黎明回宿舍，只聽見頭上一陣嗖嗖聲，一顆炮彈就在前面兩、三丈外爆炸。大概敵人的目的，只是製造恐怖，威脅港英當局投降，所以發射的炮彈殺傷力不大，他們才倖免於難。

胡政之和金城銀行的經理周作民關係密切，他被招待住在金城銀行的地下室裏。徐鑄成上班前常去看他。有一天，看到胡的隔室住著一位老夫婦，經胡介紹，方知就是慕名已久的中國化學工業之父，擁有天津、南京的久大與永利等化工廠的范旭東先生。他和范老談得很投契，在危難中，范老提供了許多有益的意見。

12月12日，日軍攻佔了九龍。彈丸之地的香港立刻變成一個小小的孤丘。排炮和炸彈向這海中的孤丘集中發射，香港陷入極度恐怖的深淵。《大公報》的出版遇到了極大的困難，它的紙在九龍倉庫裏

無法運到。香港各報經過互相協議，一致決定停刊。13 日出了最後一期。徐鑄成說：「我在《大公報》的終刊號上寫了一篇〈暫別讀者〉的社評。」[4]

社論說：「九龍昨已淪陷，本報存紙用盡，不得不暫時停刊，明日起將與讀者小別矣！這一別，也許十天半月，也許數月半年，但我們相信，這期間絕不會很久遠。因為我們自始至終對大局抱樂觀，每一個有常識的人，也必認為太平洋的暗流，終將澄清，黎明絕不在遠。」

社論又說：「我們這四年半來，由北而南，便是堅持抗戰到底的決策，以爭取最後勝利，並呼籲反侵略陣線之組成強國，消滅一切侵略國。現在，我們一時不能出版，但因為我們一貫主張，已一一實現，衷心毋寧深感快慰。」

社論最後說：「在此小別之際，我們願鄭重對讀者諸君寄數語，我們在任何環境下，都要嚴肅保持我大中華民族的精神，尤其在明暗不清生死關頭，我們民族的傳統精神，就是不屈不撓、我們儘管身處危境，但丹心長在，正氣永存，在艱難困苦深重危機的環境下，最能磨煉試驗每一個人每一個民族的氣骨，我們過去四年的英勇抗戰中，已充分表現我民族的堅強英勇！……我們想到國內戰士的流血抗戰，想到後方同胞頑強支撐，想到淪陷區民眾，數年來不屈奮鬥，我們惟有咬定牙根，善保清白，『留取丹心照汗青』，這是我們此時此地永應銘記心肺的……」

（筆者註：王芝琛、劉自立所編《1949 年以前的大公報》收入此篇。稱該社論作者為胡政之，恐有誤。徐鑄成是當事人，說這是他所寫的，且胡政之當時已在桂林，把重擔全交給徐鑄成挑，偶來香港羈留，為躲避炮火，身處地下室，怎能寫社論？）

就在《大公報》停刊的那晚，日軍的炮火特別密集，德輔道、干諾道挨的炮火特別多。在羅便臣道半山的《大公報》宿舍，頂樓中了一枚不大的炮彈，幸未傷人，只是把玻璃全都震碎。

清晨，徐鑄成冒著頭頂時有飛駛而過的炮彈，下山去慰問胡政之和范旭東夫婦。金城大廈上遍佈彈痕，足見昨晚這裏挨炮甚多。進入地下室，看到胡、范兩人似都一夜未安睡。范旭東握著徐鑄成的手說：「看到你昨天寫的社論很得體，很有中國人的氣概。」又說他昨夜一夜未睡，聽了一夜炮聲，聽出日軍炮彈的爆炸力很有限，可見他們的炸藥製造並不怎麼先進，只要努一把力，就可以超過它。徐鑄成聽了不由產生敬意，這位化工專家，在炮火紛飛中不是考慮個人的安危，而是想著怎樣發展中國的化學工業。接著這位老專家又說到處於當今時代，國家要置身於強國之林，不受人欺侮，必須使科教文化各方面打下現代化的堅實基礎。在國家命運生死未卜之際，愛國的工業家就考慮國家的前途，真是可敬、可愛。

後來，胡政之離開地下室，寄住在銅鑼灣的同鄉家裏，不久後又化裝僱了一條小船冒險逃出香港，間道廣州灣（今湛江市）到桂林。范旭東夫婦在香港淪陷後，還住在那裏，日本人沒有發現這乾瘦的老人，是中國化工界的重要人物，得以倖免實屬萬幸。月餘後，范氏夫婦逃離香港，經東江輾轉到了重慶。他發展民營化學工業的計劃，受到國民黨官僚資本的重重阻礙，他憤急成病。1945 年底，抗戰勝利了，這位為中國化學工業奠定基礎的愛國工業家，卻飲恨離開人間，享年僅六十一歲。這是後話。

說到當時的徐鑄成，在報紙停刊後，大部份員工都躲進地下室，飲食、行廁都不敢走到地面之上，而徐鑄成卻能鎮定應付，以輕快的心情，帶著一部份年輕的同仁，仍然過著正常的生活日程。跟隨徐鑄成的編輯郭根，對他這段生活，有這樣一段回憶：「在炮火包圍之下給大家說說笑笑，並且每日按時「說書」，他的記憶力特強，口才尤佳，他能把幾部完完整整的彈詞如《描金鳳》、《玉蜻蜓》以及《楊乃武與小白菜》等等繪影繪形地講出來，使人聽了如醉如癡把一切眼前的恐怖和危險都忘得乾乾淨淨。他每日經常地從山坡上的宿舍，冒著炮火到市區與新聞界取得聯繫，有兩次曾經被對岸的日本炮手發現了當做目標，炮彈立刻在身邊炸開來，幸而吉人天相，平安無恙。」[5]

這時的徐鑄成真有泰山崩於前而色不變的氣概。後來的情況卻更惡化。

香港脫險

1941 年 12 月 25 日，香港總督馬克‧揚爵士宣佈投降。炮火停了，日軍湧進香港，就此淪陷。

一夜之間，香港就變了樣。

徐鑄成這樣寫道：「死城重新沸騰，但卻變成了爛仔的世界。德輔道和大道中那些鬧市，到處是賭攤和搶劫來的百貨、衣物。我曾親眼看到我們宿舍附近一家商店被劫的全過程，先是大群爛仔破門擁進去，像螞蟻啃食一個蟲體一樣，把一包包、一箱箱東西運走，最後是煙火升起，連殘骸也燒光了。最觸目驚心的是有些同業，其中也有激昂慷慨寫過抗戰文章的，忽然，都纏上了日軍報導部的臂章，公然出現了！」[6] 當地的幾家老牌報紙次第出刊，汪偽的《南華日報》更是大肆宣傳「大東亞新秩序」與「大東亞共榮圈」了。真是「舉目有山河之異。」

這是徐鑄成所不願看到的，然而預想到的更壞的情況又出現在他的面前。

那天晚上，像往常一樣，同事的家屬們都齊集在他的房間裏，開始聽他說書。正說到興頭上，忽然聽見樓下有急促的敲門聲，眾人趕忙各自回到自己的房間。說時遲，那時快，四個揞著槍的日軍衝了進來，後面跟著持短槍與棍棒的便衣，在各個房間裏巡查了一遍，沒有查出什麼，又問哪個是房主，金誠夫說，這是《大公報》宿舍。

第二天，上午 8 時許，又來了兩位尉官模樣的日軍，還帶著翻譯，說是駐屯軍報導部多田部長召見。不由分說，徐鑄成和金誠夫被押上了車。車到報導部，立刻「召見」。原來是日本人要《大公報》復刊。徐鑄成先以按《大公報》的一貫態度，與目前香港已有幾家報紙出版

為由，表示不再復刊。多田卻說《大公報》的過去態度可不追究，只要今後和我們合作，支持「大東亞新秩序」，我們可以成為朋友。徐、金兩人再以職工已被遣散、九龍倉的存紙已被燒光、資金又已用光等等困難，表示無法復刊。日本人連忙說，紙及一切器材和資金，全都可以解決，甚至連當時香港奇缺的白米也可供應，最後給三天期限，限時答覆。還說你們已在我們的監視當中，不要有其他妄想，並說這次談話是秘密的，不許洩漏。

這是生死的考驗，更是人格、報格與民族榮譽的考驗，金誠夫一籌莫展，徐鑄成一夜輾轉反側，也沒想出妥善的脫離危險的辦法。

次日清晨，徐鑄成一早來到范旭東的住處，問過早安後坐定。范旭東看他心神不寧的樣子，趕忙問道：「你好像有心事？」他說：「日本報導部找到我們，威脅我們出報，我們當然不能出，可是想不出應付辦法。您是政之先生的朋友，也是我敬重的前輩，所以冒險來向您請教。」

范旭東凝神思索，然後說：「首先，你該有自信，一定能戰勝困難。現在香港那些日本官員，最多是三、四流角色，而他們面對的是中國第一流人才，我相信你們一定能運用自己的聰明才智戰勝他們。其次，他們威脅你們出報，你們怕出報，他們掌握了主動權，你們處處被動。你們應該多想想，想出幾個要他們解決的問題，這就被動變成主動。爭取了時間。三十六計，走為上計。我相信你們一定能戰勝困難。我們也正在找門路想法離開。」

「范老，您這番話使我茅塞頓開，謝謝您！」徐鑄成高興地握著范旭東的手。

回到住處，徐鑄成把范老的話，告訴了金誠夫，他也增加了信心。

這時又傳來消息，日本人為緩解香港糧食困難的情況，每天都在向廣州遣散難民。徐鑄成心想，正好乘這機會逃向廣州。他託人瞭解必需的手續，暗地裏做著準備。

三天的期限到了，徐鑄成和金誠夫又被請到了報導部，還是那個多田，一臉獰笑，問道：「考慮得怎麼樣了？」

徐鑄成回答：「我們本來是民營報紙，自然是出刊為好。不過嘛，人都遣散了，很難湊齊一個班子。」

多田一聽，事情有了轉機，臉色舒緩開來，連忙說：「這好辦，你要什麼人，我們立刻給你找來。」

「我們是讓《大公報》復刊，要恢復《大公報》的老樣子，必須要原來的一些人手，不僅他們駕輕就熟，而且幹起來也一定是原有的風格。」徐鑄成說。

「你們可以一一去找，不好找的開個名單來，讓我們幫你們去找。」

看到敵人已落入自己的套子，他裝作為難地說：「當初實在是不該遣散的，人都走了，又不知他們的下落，你們能給我們四處找找嗎？」

多田回答：「你現在就開個名單。」

他要了張紙，苦苦思索的樣子，還不時問金誠夫，寫出的名字，估計人都離開香港了。交的時候，還裝作迫切狀：「你估計要多少時間，可以把這些人找齊？」

多田答：「沒有問題，我就命令部下去找，大約一星期可以給你們答覆。」

第二天，1942年的2月初，一個淒風苦雨的早晨，一行四人：徐鑄成和金誠夫，還有編輯郭根、廣東籍外勤記者黃致華，都穿一身「唐裝」──短衫、短褲，來到油麻地碼頭，混進難民的隊伍，登上開往廣州的小火輪。

別了，香港！這是冒險的行動。四個人中，有三個人既聽不懂廣州話，更不會說一字一句，那是硬著頭皮衝去的。

像沙丁魚似地擠著，又餓了一天，傍晚到了廣州。珠江碼頭上又是一番驚險。當事人之一的郭根，多年後說：「我迄今猶在心中感謝珠江碼頭上的那位紅衣女郎，她是一個翻譯，憑她幾句話，把我們從日本憲兵的留難中解救出來。她說：他們是多年在外的廣東人，所以連本鄉話都不會說了，現在因為皇軍解放了他們的故鄉，才趕了回來。」[7]

總算漏出了敵兵的檢查網，在長堤上走著，沿堤的房屋大都是殘垣頹壁，江邊是密密的鐵絲網，路上橫著木柵，只有敵人的軍用車載著兵士往返。

　　會講廣東話的黃致華，找了一家相熟的小客棧容身。安置好後，徐鑄成懷著好奇的心情，往西堤、海珠橋、太平路、一德路、惠愛路一帶作了一番巡禮。每經過一個十字路口，敵軍偽警就要搜索一次。路上稀稀落落走著的人，大半都是老人和小孩。敵軍侵佔廣州三年了，依然蕭條冷落。惠愛路上稍稍熱鬧些，商店大都是日本人開的。街上來往的除敵軍外，便是三三兩兩著紅紅綠綠衣裳、拖著木屐的日本女人。

　　路上搭起一些牌坊，懸掛著「慶祝新加坡陷落」的橫幅。殘暴的敵寇正在南洋肆虐。那偽政府的門楣上，還貼有大幅標語，是四句汪逆兆銘最近說的話：「政治獨立，軍事同盟，文化交流，經濟提攜。」

　　說到文化交流，報攤上有幾份報紙。徐鑄成翻看了一下，那份最大的報紙，是「興亞機關」的《廣東迅報》。首頁是一大堆同盟社電訊，無非是誇耀皇軍武功。有兩、三個副刊，登的是〈煙花的生活〉、〈敗柳殘花記〉、〈老千的秘密〉一類的小說，另外還有醫藥問答，都不出性病的範圍。其次就是偽黨部的《中山日報》，再就是《粵南日報》、《民聲報》等等，大大小小七、八種。也有幾份《新東亞》、《東亞書刊》這類的雜誌，不用看就知道都是宣揚「東亞共存共榮」的。

　　當然也有熱鬧的地方，那就是售吸所，出出進進的都是些鵠形鳩面的人，這裏公開出售毒品。還有妓院、慰安所，也都人來人往。

　　第二天清早，用過早餐，徐鑄成跟著黃致華去沙面附近訪問一個熟識的老人。經過西堤二馬路一帶，那是他十一年前熟悉的繁華地段，舊地重遊已經面目全非。原來規模很大的大新公司只剩軀殼，下面是野狗出沒之窟。由這向北，就是一片瓦礫場，連一間臨時搭蓋的房子也沒有。從這位老人口中，知道了淪陷區人民的生活，他說：「在香港、廣州未淪陷前，也曾聽到有些人說，日本鬼打來，總不能叫我們老百姓沒有飯吃，現在我們都明瞭，這簡直是夢想。除非你開煙館，開賭坊，休想有一家安寧，他們絕不讓你安心吃一碗飯。就是那些漢奸們，也何嘗不提心吊膽，刻刻怕鬼子們翻臉不認人。」最後老人說，他是遲早要走的，就是想喝一口久未沾唇的自由的白水。

在廣州這死城裏，打聽了三天，終於打聽到敵人發放難民的路，從廣州乘車到三水。離開廣州那天，真是驚險，從長堤到黃沙渡頭，經過七次嚴密的搜查，幸而徐鑄成的廣東話已能勉強應付，最後渡江到了廣三車站。在西南鎮，被趕出封鎖線，急急如喪家之犬，快步走過約十里的無人地帶，到達蘆苞，雇了一條小船，當天到清遠，總算呼吸到自由的空氣。風趣的徐鑄成不禁哼了一句唱詞：「蹈龍潭，闖虎穴，逃出羅網！」

在廣州的這番驚險經歷，後來徐鑄成寫了篇通信〈廣州探險記〉，發表在桂林《大公報》上。讀者反響強烈。有幾位讀者來信，說他們輾轉看到這篇通信，才下了決心，從淪陷區回到後方。這是後話。

那天，他們到清遠後，次日清晨，乘上去韶關的班船。此行是經韶關去桂林。

這是一條平底的大木船，可乘二十多人。一個統艙用木條隔成許多小塊，每一塊寬二尺、長四尺，這就是艙位。很幸運的是，徐鑄成分到的艙位正靠著船邊，白天可以欣賞兩岸的景色，也可清楚地看到船工的操作。

北江水淺流急，很多地方都是捨搖櫓而用撐篙或拉縴。到英德縣境，兩岸群山高聳，水流更淺，江中又多亂石，全體乘客得上岸，步行在三里外才能登船。而船過險灘又要三小時。途中路經一小鎮，正逢趕集之期，徐鑄成與郭根在食攤上，吃了一頓原本平常而現在看作珍饈的美味，嗜酒的徐鑄成，還沽了一小瓶雙蒸（酒名）自飲自酌。他說這是意外奇遇。經四天四夜船到韶關。

註釋

註1、4：徐鑄成，《新聞叢談》，第14、5頁。

註2、5、7：《徐鑄成回憶錄》，第87、151、152頁。

註3：高、陶是1月4日到港，日汪密約公佈則是1月22日，徐的回憶中說兩人是21日到港，是有誤的。

註6：徐鑄成，《舊聞雜憶》，第236頁。

第七章　桂林歲月

初到桂林

桂林，這山水甲天下的名城，深深鐫刻在徐鑄成的記憶中。

徐鑄成曾這樣說：「1941年底，太平洋大戰爆發，翌年初，我化裝逃離香港，直到1944年秋桂林淪陷，我曾在這個山水甲天下的名城工作、生活了近三年。那裏的一山一水、一人一事、一草一木，迄今還像一幅長長的畫卷，不時浮現在我的記憶中。」[1]

徐鑄成與金誠夫、郭根一行四人，於1942年1月下旬經韶關到達桂林。

這應歸功於總經理胡政之的遠見，早在1940年初，香港《大公報》創辦甫年餘，他就感到香港「梁園雖好，終非久留之地」，他斷定日寇南侵，香港就將不保。為未雨綢繆，他獨自來到桂林，籌辦桂林版，作為港版萬一停辦時的退路。

胡政之和桂系首腦本有交往。1933年前後，當時《大公報》總館在天津。胡政之遊歷到廣西，先後寫過讚揚廣西當局的通訊。對李宗仁、白崇禧、黃紹竑鼓吹的「三自政策」頗有好評，加上廣西的民政廳長邱昌渭又是胡的舊識，雙方留有好的印象。胡政之去籌辦《大公報》桂林版，自然很順利。

在桂林覓地造屋，用香港館積餘的資金買了六、七架平版印報機及鉛鋅鑄字機、銅模等必要器材，陸續運到桂林，又經過一段緊張的籌備，桂林《大公報》於1941年3月15日創利。胡政之在創刊號上〈敬告讀者〉的社評中寫道：「多寫文章盡報國職責。」當時《大公報》的另一巨頭張季鸞已病入膏肓，在病榻上他還力疾為桂林版每天

起草專電稿。這些重慶專電生動流暢，別具風格。張的一息尚存，工作不停的精神，足為後人楷模。

徐鑄成他們到桂林時，桂林版創刊已近一年，一切已上正軌。只是人手不夠，生力軍一到，大大充實了力量。

胡政之選定的館址，是在七星岩左側，原是一塊荒地——大都是無主的墳堆，經過平整後，就在這塊地上蓋起了一些竹木結構的房子。又選定周邊的幾個山洞，大的做機器間，小的做職工防空洞。

徐鑄成是初去的，報社給他造的宿舍位在七星岩的左側。環境倒是非常優美，就是偏僻了些，去編輯部有一段距離，全是羊腸小徑，那路是在荒墳中走出來的。深夜看完大樣回家，常常聽到狼嚎聲，時近時遠，每天上班總要帶一根粗硬的木棍防身。當地的朋友，不無幽默地對徐鑄成說：「你們住的都是二層樓。」他不明就裏，趕忙辯道：「不，全是木結構的平房。」這朋友哈哈大笑，「你的房子的下面，還有房東呢！」他領會過來了，原來是指下面的無主孤骨，自己也笑了起來。

儘管周圍的環境是這樣，他初到桂林的印象還是極好：「我初到桂林，就像置身阿麗斯所漫遊的奇境之中。清澈見底、卵石可數的灕江，四周千姿百態的峰巒，從任何一個角度看去，都像是一幅名家揮筆的山水畫。那時只有將軍橋有兩家資源委員會的工廠，市區絲毫沒有污染，空氣清新，氣候宜人，工作無論怎樣緊張，一覺醒來，又神清氣爽，渾身是勁了。」[2]

七星岩與陽朔夜遊

徐鑄成與郭根等初到桂林不久，蔣蔭恩是編輯部主任，徐鑄成較閒。職工們宴請為他們洗塵。在桂林飯店，吃的是本地菜餚。餐後由桂籍同事帶他們遊七星岩和月牙山。

說起岩洞，徐鑄成的故鄉宜興，就有聞名江南的善卷洞和張公洞（又名庚桑洞），他讀小學時就幾次去「遠足」。宜興兩洞與七星岩相

比，各有特色。從洞的幽深奇幻而言，七星岩使他歎為觀止（當時還沒有發現蘆笛岩）。

七星岩洞裏沒有裝電燈，其實即使裝了，當時桂林的電力也微弱得可憐，燈光就像螢火蟲。嚮導用火把照著解說，同事用電棒照著途徑行走。各種各樣的岩石，幻化成奇形怪獸與花果葡萄，都妙在似與不似之間。走著走著，遠處看到一似鱉狀的奇石，頭高高地翹著。嚮導解說，這是烏龜抬頭看。這時眾人也正抬頭看著，聽嚮導一語雙關的解說，不禁都笑了起來。

從後洞出來，登上月牙山，曲折崎嶇的小徑，上得山來，俯瞰灕江如一條碧玉條，屏風山與象鼻山聳立於左右。山川之美，天造地設。

山頂有一小廟，賣有名的月牙豆腐，品嘗後真是名不虛傳，入口鮮美，那豆腐咬開後如蜂巢狀，頗似凍過的，用的佐料其實不過是蘑菇竹筍，卻這樣鮮甜而可口。徐鑄成一連吃了兩碗，還給了高於當時市價一倍的錢，那似僧似道的主人合十道謝不置。

歸途中有一座廊橋，徐鑄成生平第一次看到，建築牢固、彩繪富麗，他驚歎少數民族同胞的智慧和創造力。

那次一日遊，使他對甲天下的桂林山水有初步實感。

這年的中秋之夜，徐鑄成把編務妥貼安排後，邀請總經理胡政之夫婦、副經理王文彬，作了一次想慕已久的陽朔夜遊。那晚月光特別皎潔，映照在灕江上，泛起一片閃爍的銀鱗。登上事先雇好的小舟，欸乃聲中，小舟徐徐前進。兩岸樹叢中，時有夜鳥驚飛而起。迎面而來的山峰愈來愈怪，有時山峰倒影像向人壓來，使人屏聲息氣，更有那千仞削壁被月光照得幻影重重，真是鬼斧神工，歎為觀止。

已經半夜了，胡政之等三位遊伴，在飽食宵夜後，已擁毯昏昏了。徐鑄成是習慣熬夜的，一小瓶「三花」自飲自酌。微醺中面對浩茫的月光，哼起京戲「八月十五月光明」（《武家坡》唱詞），藉此抒發心中的歡暢。

到陽朔時，已日上三竿，離船登岸。那時陽朔還不過是個小鎮，清靜而並不喧鬧。下午三時許，乘汽車回桂林。晚上工作時，心頭還充滿著對昨晚的甜甜回憶。

勤懇敬業成績不凡

1942 年 2 月，自總編輯張季鸞去世後，總編輯職務久懸，這時《大公報》總管理處作出決定：重慶與桂林兩館分設總編輯──重慶版由王芸生為總編輯，經理為曹谷冰；桂林版由徐鑄成為總編輯，經理為金誠夫。

徐鑄成領導的編輯部非常精幹，全部工作人員包括校對在內，只有三十人上下。五位記者都是當地招聘的，都能幹稱職。後來（指上世紀七、八十年代）香港《大公報》、《新晚報》的骨幹，如李俠文、馬廷棟、陳凡以及香港《文匯報》的副總編曾敏之，都是當年桂林《大公報》的記者、編輯。

徐鑄成非常敬業，全部身心都投注在辦報上。每天的工作日程是：中午 12 時起床，飯後翻閱報紙（本地和外埠的）、讀新出的書刊，初步構思當晚擬寫的社論。晚飯後小睡片刻，21 時上班，先審閱各版要刊登的稿件，每條都看過才發下去。23 時後才動手寫社論。翌日清晨 0 點 30 分，要總編定標題的重要新聞的小樣送來。接著，副刊、本市新聞、國際版的大樣先後送到，社論的小樣也送來，他逐篇審閱一遍。清晨 2 點，要聞版截稿，他簽發最後一版大樣，一天的工作才算完成，這時已是清晨 4 時。

自徐鑄成主持桂版《大公報》後，總經理胡政之就完全放手，過起寓公生活，一切由徐鑄成當家。

桂林當時是桂系首領李（宗仁）、白（崇禧）、黃（紹竑）的「封邑」，還保持著獨立的政治體系。蔣介石的特務勢力在桂林不能為所欲為，還有當時西南最高軍事首腦李濟深（軍委會辦公廳主任），在

舊軍人中以忠厚見稱，傾向開明，能夠接近並暗中保護一些進步文化人。所以許多在重慶待不住的文化人與進步文化企業都到桂林來。徐鑄成根據這一特點，定了「力爭自由民主」的辦報方針。政治上與重慶版保持距離（重慶版保守），一般不轉載重慶版社論，保持獨立思考。社論除徐鑄成自寫外，還請著名文化人如千家駒、張錫昌、夏衍等人執筆。重慶版女記者彭子岡寫的內幕新聞與通訊，重慶發不出，徐鑄成照發，幾乎每周一篇。甚至重慶館幾次關照不要登，他照發不誤。因此他的社論和子岡的通訊成為桂林版的兩大特色。特別是他的社論，郭根稱譽「賽過幾師雄兵」。

徐鑄成的領導作風也被人稱頌。郭根說，《大公報》的成功在於中層幹部的健全，內勤與外勤，都有許多高素質的中堅份子。不過也有遺憾，由於歷史既久，無形中上層之間有一種官僚主義作風的形成，因此中上層之間的隔膜愈來愈深，兩層之間少有談話，更談不上感情交流。於是中間份子全憑自己暗中摸索道路，走不走得通就靠個人運氣。但是在桂林，由於徐鑄成個人性格的影響，中上以至下層之間竟打破了這種人為的牆壁，整個報館好像生活在一個大的廳堂裏，上自經理、總編輯，下至工廠的工人學徒，都可自由自在地共同工作談話以及玩耍。整個報館的空氣是那樣的融洽無間。

特殊的環境和徐鑄成的領導才能，產生了報紙的騰飛。當時桂林連《大公報》在內，共有四份日報。其他三份分別是：桂系的機關報《廣西日報》（黎蒙主持）、《力報》（馮英子主持筆政）及軍方的《掃蕩報》。桂林《大公報》的發行總數達到六萬份，是桂林其他各報的總和，不僅在桂、湘、粵等地暢銷，而且距離較遠的雲南、貴州也都是桂林《大公報》的市場。

當時桂林有文化城之稱。這個文化城的造成，建築師應該是香港內移的文化人，而報人又是其中重要的主力，那個時候桂林新聞界的蓬勃，雖不敢說是絕後，但確已是空前，領導群倫的是《大公報》，主持《大公報》桂版筆政的就是徐鑄成。

敢作敢為敢說敢言

　　當時桂林的政治環境雖說比較寬鬆，但也有新聞檢查處。那是重慶中宣部設在桂林的，處長都是 CC（即二陳兄弟，陳立夫與陳果夫）的爪牙。新聞檢查處規定，各報的稿件都要以小樣送檢，蓋上「檢訖」的章後，方可付印。徐鑄成幾乎每天都要和新聞檢查處打交道，他運用種種巧妙的手法來對付。稿件送檢，照例白天都是送那些預發的稿，如副刊稿與一些通訊稿，是由一位副處長審查，這人比較開明，也就鬆一些，有時就夾帶一些可能會有「問題」的稿。晚上送檢的稿都由處長看，此人姓譚。雖口頭說不給新聞界朋友為難，實際非常嚴格苛細，送審的社論，幾乎都被他用紅筆勾去幾行或一整段。徐鑄成非常氣憤，有時乾脆不理他，第二天照原樣登出，姓譚的也沒有辦法，因為在桂林用軍事壓力並不容易、當然這種「違檢」也是偶一為之，一般情況下，還是要尊重檢查條例的。

　　徐鑄成這個人敢作敢為，也敢說敢言。他寫的社論順應民心，關心民瘼。1943 年秋，徐鑄成有鑒於桂林地方政府的官吏貪污枉法嚴重，他要外勤記者采寫揭露貪污的新聞，他配發社論。他先以重慶的貪污案為火力目標。社論〈論貪污案〉（1942 年 8 月 20 日）慨乎言之：「及抗戰軍興，政府各級官員，能奉公守法者，固然甚多，而憑藉職位權勢，經營非法賣買，大發國難財者，亦所在皆是，尤其是辦理統制運輸稅收檢查等部門的人員，在貪婪環境內，耳濡目染，苟非潔身自愛，廉介自持，即易流入貪婪的一途。迄於今日，已有積重難返，舉世滔滔之感，我們盱衡全局，認為此種惡習，倘不能集全國上下之力，從事撲滅，勢將影響及於抗建大業，我們如骨鯁在喉，必須大聲疾呼，以警戒國人。」接著又從掩飾蒙蔽之風盛行，機構不健全、組織欠嚴密，監察機關行使不力等三方面，提出改革之道。此篇是敲山震虎。一年後，又針對桂林情況揭露和鞭撻，社論〈論養廉〉一文中指出：「現在為世詬病的是各地方的稅務官吏，以及若干行政機關的

員司，需索商旅，肆行榨取，嘗聽見某省某稅務機關負責人，半年內獲資千餘萬元，又有某偏僻地方稅務機關，如何勒索等情事。」社論接著指出：「抑近年各地機關人員，貪污案件所以層出不窮，其中也不免夾有經濟問題的因素在內。或者待遇低，生活高，不足以仰事俯畜，或者經費過少，上級機關不予增加……」接著以湘省為例，「為鼓勵守法奉公之風尚起見，特設法抽提各項盈餘二千萬元，撥作全省公務員養廉獎勵金。」社論表示「洵堪寄予同情」。（1943年8月21日）

這些新聞與社論登出後，受到有關方面千方百計的威脅與恫嚇。某當局數度親臨《大公報》，指名要抓人，但都經徐鑄成抵擋過去。他說那些文章就是本人寫的，如果要抓，就請抓他。結果對方不敢下手。

亦師亦友李濟深

徐鑄成當時之所以有恃無恐，除當時有較寬鬆的政治環境（新桂系統治）外，還有很好的人際關係。

他生平最喜好結識一些開明進步、德高望重的師友。

李濟深將軍就是徐鑄成在桂林結識的師友。1942年春，徐鑄成初到桂林，拜訪地方領袖時與李濟深首次見面。雙方洽談中，他發現李濟深是位藹然長者，完全不像赳赳武夫，更沒有那種軍閥氣味，他的談吐風雅也有趣。李說話相當坦率，並不掩飾對國民黨的不滿心情。從那次訪談後，凡遇到時局有什麼風雲變幻，徐鑄成總去找李將軍問個究竟。李將軍對他知無不言。有時，李還主動約他去聊天，從而建立相互信任的友誼。

在徐鑄成的記憶中，有一次李談到白崇禧，有一段很風趣的比喻。1943年初，有消息說，白崇禧到了桂林，並說將定居桂林，重起山頭，對蔣鬧「獨立」。為了瞭解真相，徐去訪問李將軍。李的第一句話就是：「健生（即白崇禧）哪有這膽量，今天已飛回重慶了。」接著他又說：「他和蔣鬧彆扭是真的。原因是蔣去參加開羅會議，健

生認為一定會帶他這個參謀總長去，結果是帶了何應欽去。他為此不痛快，藉故飛回桂林。蔣回渝後即來電，又許了些願，他就欣然回去了。」徐鑄成道：「這可以看出這個人的骨頭。」李濟深忽忍俊不禁，問徐說：「你知道過去北京有一種『上炕老媽子』嗎？」徐答：「我在北京聽說過。」李又說：「健生這個人，其實連一個妾侍都不如，撒了一陣嬌，被主子拉拉袖子，就乖乖地上『炕』了。」兩人相視而笑。李濟深對白崇禧鄙視的妙喻，徐鑄成數十年後都沒有忘記。

李濟深將軍當時擔任軍委會桂林辦公廳主任，是西南最高的軍事長官，他開明進步，對蔣不滿，而蔣又能容忍，這有歷史的原因。李將軍是北伐時期第四軍的老軍長。當時南方幾個戰區的司令長官，如駐長沙的薛岳、韶關的余漢謀、柳州的張發奎，全是老四軍出身的。在蔣看來，他們都是雜牌軍，要暫時利用他們，又不能對他們任意指揮，特別像張發奎這樣動輒使性，蔣奈何不得。他之所以派李濟深長駐桂林，就是想透過李，對這些悍將起橋樑、潤滑的作用。李又是廣西人，能和桂系沾邊。1928年蔣桂戰爭時，李還被視為桂系頭目，在湯山關了幾年。李濟深多年來一直持反蔣立場。

值得稱道的是，由此李將軍與徐鑄成相互信任的友誼一直貫徹始終。1947年徐鑄成辦香港《文匯報》，李濟深賣掉桂林的房子，作經濟支持。甚至1957年，徐鑄成被戴了「右派」的桂冠，徐無顏與李濟深通音信，身居高位的他，讓機要秘書不只一次向徐致意：李任公（李濟深又名任潮，人稱任公）很想念你，還說「徐鑄成是老實人，有才有識，一向對人民事業忠誠，我不相信他會對黨有所不滿……給我捎個口信給他，照常來往。」[3]言為心聲，實在令人感動。

徐鑄成有這樣一種工作習慣：每到一地，總喜歡結識一、兩位超然物外，而又對政局內幕瞭若指掌的人物，作為隨時請益的師友。如太原時的李書城、王鴻一，漢口時的李書城、韓達哉（向宸）。在桂林時結識了白擎天先生。他在北京讀大學時就仰慕白先生之名。當時白就是北京國立八大大學之一的法政大學校長。白是廣西人，抗戰起

後，年逾花甲的他，退居桂林，僅在省參議會掛個名譽職，甘於寂寞，過著清靜的生活。1942 年初，徐鑄成初到桂林，即去拜訪白先生。幾間舊屋，陳設十分簡單，幾張竹椅、幾架圖書。相談之下，頗為投契，從此成為忘年之交。每對局勢不明時就去請益。白先生是月旦人物的高手。他對廣西的李、白洞徹入微，分析他們的個性、利害關係與矛盾有根有據；對蔣與重慶政府的要人，也常無情剖析。有一次，李宗仁從陝南前線回桂，白笑著對徐說，他們的家長回來了，又要大斗分金了。他說白健生，在桂系中只是一個高級幕僚，所謂「小諸葛」，其實虛有其表。日軍發動湘桂戰役，方先覺大張旗鼓，高喊保衛衡陽。白擎天有先見之明，他說，國民黨已魚臭肉爛，再也無力組織認真抵抗了。方先覺必定投降，衡陽陷落後，日軍必長驅直下，張向華（即張發奎，廣西戰區司令長官）只是光桿司令，又萎靡不振，桂林終將不保。後來事態的發展果然如此。桂林陷落前，徐曾去白府，未遇，不知白先生已避難何處，此後未再見面。

　　當時桂林有個文化供應社，是桂林文化出版的中心，出了不少進步書刊。門市部裏常有違禁書出售，很受讀者歡迎。文化供應社的主持人陳劭先、負責編輯工作的宋雲彬，都是徐鑄成的好友。

　　陳劭先是江西人，老同盟會會員，早年曾在孫中山的大元帥府任職，也曾隨江西的李烈鈞參加革命。光復江西和湖口之役，他都曾參加。蔣介石的南京政府成立後，他沒有做過官，一直反蔣。陳劭先和陳此生、楊東蓴等都是李濟深身邊的智囊團，幫助李濟深進步，也保護了不少進步文化人士。當時陳劭先五十多歲，談吐誠懇質樸，真是知無不言，言無不盡。使徐鑄成受益不少。抗戰勝利後，文化供應社遷至香港。1948 年初，徐鑄成在香港創辦《文匯報》，又得到陳劭先的大力支持。創刊前後，經常去九龍就商於陳劭先。陳夫人好客，燒一手江西佳餚，常留餐，餐必飲酒，飲則盡醉，使徐鑄成久久難忘。

　　宋雲彬博學多才，大革命時曾在廣州擔任周恩來的秘書。大革命失敗後，宋退居上海與葉聖陶、王伯祥、傅彬然諸先生，創辦並任職

於開明書店。徐、宋兩人一見如故，非常投緣，難得的是兩人都喜歡
「一杯在手」（指酒）。解放後，宋雲彬在出版總署工作。徐鑄成每次
去京，必去拜訪他。1957年，宋雲彬也在劫難逃，與徐鑄成同一命運。
他後來參加中華書局編輯所的工作，他主持註釋的《後漢書》，是二
十四史註釋本中最出色的一部，他費了極大的心血。「文革」期間，
備受摧殘，過重的勞動使他得了難治之症。在病入膏肓時，才被恩准
回到北京，以後纏綿床榻多年，總算看到四人幫覆滅，在得到平反、
恢復名譽之後，才撒手人間。

　　徐鑄成在桂林期間，還有一次意外之遇，即與蔣經國的交往，這
在下節詳述。

東南之行

　　1943年的新年剛過，徐鑄成奉胡政之命，去重慶暫代王芸生主持
渝館筆政。王芸生名列中國新聞代表團去美國訪問。徐將桂館編務託
付金誠夫後，即乘中航班機匆匆就道。這是他生平第一次乘飛機。歷
五小時到重慶，即乘接機的小車前往李子壩（大公報館址）。

　　到重慶後，情況有了變化。蔣介石親自審核新聞代表團名單，把
王芸生的名字勾掉，王既不成行，也就不需代職。徐急忙快函去桂，
請示胡政之今後行止。胡覆函云：既來之則安之，可多多瞭解陪都情
況，拜訪有關人士，這對主持桂版不無裨益。他遵胡命，在重慶過了
春節。

　　邵力子是新聞界的前輩，那時剛從駐蘇聯大使任內回國不久，徐
鑄成去參政會首先拜訪他。邵先生為人謙和，又知道徐是新聞界的後
起之秀，接待甚殷，談一時許，並在次日設宴寬待，由王世杰、王雲
五作陪。

　　陳布雷同樣是新聞界的前輩，供職侍從室，居要津地位。陳與張
季鸞是多年至交。當年（二十年代初）陳在上海《商報》寫社論，張

在《中華新報》主筆政，兩人的文章都風靡中外，有「一時瑜亮」之稱。張季鸞生前常在陳布雷處談及，徐鑄成與王芸生是他得意之傳人。徐鑄成訪問邵力子後，就由鄧友德、陳訓畬（徐與他倆相識於上海「孤島」時期，在香港時又為新聞同業，相處得不錯）兩人引導拜候陳布雷。陳對徐既早有印象，這次見面更非常企重。勸徐參加國民黨，並願破例作介紹人。徐鑄成以對政治不感興趣為由，婉言謝過。陳布雷並不相強，一笑了之。

此外，徐鑄成還訪問了戴季陶與董顯光（當時是中宣部長），僅虛應故事、禮貌貌而已。

徐鑄成對中共領袖周恩來仰慕已久，這次乘這機會想面謁。他託了《大公報》的同事──記者徐盈，已約了日期，哪知緣慳一面。徐盈臨時通知，周因與國民黨代表有要公商談，改請別位同志接待。他到了上清寺中共辦事處，接待的是那位「文革」時貴為「副統帥」，當時只是八路軍的一個師長的林彪。兩人談了兩個半小時。

在重慶時，徐鑄成與鄧友德時相過從，無意中談到，鄧友德有去東南的計劃，在淪陷區的邊界，接從上海來的未婚妻到重慶。這和徐鑄成不謀而合。自1939年秋，他從滬至香港，與妻子相別已有數年，頗為想念，想把妻與孩子接去桂林，同時接運《大公報》尚羈留上海的家屬。兩人約定6月間，鄧去桂林，然後從桂林出發，同作東南之行。

春節一過，徐鑄成就返程，決定經貴陽回桂林。在貴陽時，拜訪了前社長、時為貴州省主席的吳鼎昌，還有清華的老校友周貽春（建設廳長）以及省府秘書長嚴慎予。他不忍拂逆主人雅意，在貴陽留了三天，賓主盡歡。之後，乘黔桂、湘桂路火車回到桂林。

轉眼間，就到了6月。鄧友德依約從重慶到桂林，徐鑄成在摒檔公私事務後，即和鄧友德匆匆登程。

首站到了韶關。次日找到一輛郵車（燒酒精的，比一般木炭車要快），逕赴贛州，當晚到達。找了個乾淨的旅館，吃了晚飯稍稍瀏覽市容後，即回旅館休息。因連日旅途勞頓，著床就睡，一宿醒來，已

日上三竿。洗漱時，茶房說：「蔣專員來看您了，已在門外等了一個多小時。」徐鑄成忙說：「你怎麼不早一點喊醒我。」「是蔣專員囑咐，不要把您吵醒，讓您多睡些。」徐鑄成連忙出迎。

　　這位蔣專員，就是蔣經國。

　　徐鑄成和蔣經國在桂林相識。1942年下半年的某天下午，徐鑄成接到一個陌生人的電話，說他路過桂林，準備來館拜訪。通名之後，方知是蔣經國。報館離城遠，又地處偏僻，不通車，只有一條從墳堆裏走出的小路。徐鑄成回說，還是我進城方便。兩人終於見面。那時蔣經國三十多歲，矮矮胖胖，身體壯碩，待人和藹。一番寒暄後，蔣取出一份文稿，是紀念他的亡友王后安的，想在《大公報》登載。王后安是贛南地區的南康縣縣長，因公勞瘁病死在任上。蔣經國是贛南地區的行政特派專員。徐鑄成看了文稿，覺得事蹟很感人，文筆也不錯。贛南有《正氣日報》且係蔣經國所辦，他卻送到《大公報》，自然是看重之意，因此一口答應刊登。蔣經國又誠摯邀請徐去贛南參觀，並說：「我年輕，沒有經驗，希望朋友們去看看，多加指教。」徐因工作忙，不能抽身而婉謝。沒有想到，這次他竟自己親來旅館，使徐鑄成惶恐而又感激。

　　且說，徐鑄成出門相迎。見面後表示歉意：「只是路過，不敢驚動。」蔣經國含笑說：「不行。這裏有規矩，客人要住一周才可以放行。」盛情之下，徐鑄成留了三天。

　　三天裏，都是蔣經國親自陪著，看贛州城郊的水利設施，遊覽名勝八景臺，還去看了他為培養青年幹部而辦的「虎崗營」新村。一路上，他和過往行人不斷點頭打招呼。市面上清潔有秩序，看來遠比韶關、桂林這些城市要好。徐還看到蔣定期接見市民的場面。被接見的市民並不顯得拘束。

　　三天中的走馬看花，給徐鑄成留下很好的印象：他年輕，想有所作為、有所表現；他很討厭那些官僚和黨棍，想培養年輕幹部，並予重用；他有愛國心，尊崇民族英雄，他所辦的報紙和其他事業，

都以正氣命名，紀念文天祥，提倡民族正氣；還有他能勤政愛民、禮賢下士。

在三天裏，蔣經國也都陪著吃飯，徐鑄成看他酒量甚豪，徐雖也善飲，一經較量就敗下陣來。問他何以如此海量，他說那是在西伯利亞幾年中逼出來的，工廠裏每天每人發一升伏特加，酒性甚烈，不喝下去，怎能擋得住徹骨嚴寒？

……

徐鑄成回程時再過贛州，蔣經國又盛情款待。以後就有《大公報》記者徐盈與楊剛寫的幾篇報導贛南新政的通訊見報。徐盈寫的《贛南行腳》（1943 年 9 月 12 日，桂林《大公報》），歷敘贛南的變革，肯定蔣經國的成績。此後，徐鑄成離開桂林去重慶時，還和蔣經國有過一次面晤。那是後話。

離開贛州後，徐鑄成一行，從江西公路局（時在雩都東北之銀坑）借得一輛酒精車，終點為屯溪。一路都是崇山峻嶺，極為驚險。路經上饒時，參觀了馬樹禮主辦的《前線日報》，有耳目一新之感，同時結識該報總編宦鄉（鑫毅），後來成了《文匯報》的同事。

終於到達皖南屯溪，這是當時通往淪陷區的一個要隘，也是戰時皖南的政治中心。什麼安徽省政府、省黨部、三青團、中宣部東南特派員專員公署、江蘇監察使署，還有許多軍事和稅收機關。真是三步一個衙門，五步一個機關。市面非常熱鬧，有「小上海」之稱。屯溪有《中央日報》，社長馮有真與鄧友德、徐鑄成都是好友，招待極為周到。該報總主筆李秋生、總編輯程玉西及採訪主任沈壬生，原都是《文匯報》的同事，把酒話舊，快若平生。

在屯溪駐足三天。鄧友德不再前行，就在屯溪等待他的未婚妻。鄧和徐就此分手。前面不再通公路，所借汽車暫留屯溪，等待回程。《中央日報》的職員為徐鑄成安排了轎子，過了績溪就需步行。

與眾人話別後，徐鑄成開始了他單獨的冒險旅行。先乘車經歙縣，到了績溪。這是胡適的故鄉，小城在山坡上，遠看樹木蔥籠，風

光秀美。為了要趕路，無緣去遊覽。過了績溪，就靠雙足走路。有時走在山間的崎嶇小徑上，有時是走在參天的竹木林中。每天6時起身，估計了晚上的投宿處，多則一天走七十里，少則五十里。他不習慣坐轎，總是步行約十里，才坐一程轎子，所帶行李也不多，轎夫感到很輕鬆，路上邊走邊談，頗不寂寞。徐鑄成又相當平民化，晚上到住宿處，買了菜餚與酒和轎夫共用，轎夫們都十分盛讚這位斯文先生。

五天中，歷經楊溪、甲路、河瀝溪、廣德、流洞橋，第六天到了宜興張渚鎮。這是徐鑄成的故鄉。他初次聽到久違了的鄉音時，曾從轎子裏跑出來，雙手捧起一把故鄉土，在額上親了親，雙眼流下了熱淚。這在本書第一章中已有述及。他曾說：「我在十五年前，已往北方讀書和工作，而全家也在1927年遠離了宜興，但鄉情卻愈久愈濃啊！」4

「金張渚，銀湖㳇」，這是宜興民間流傳的一句話。（筆者當年也曾聽聞）。竹木山貨集散地的張渚本極興旺，這時又成了自由區通向淪陷區的一個口子，市面極為鬧忙。在這裏，徐鑄成碰到了從宜興城中流亡出來的親友，在親友的勸說和安排下，作了一次冒險的行動。他去了童年時曾在那裏讀書的湖㳇鎮與蜀山鎮（敵偽佔領區）。

經過簡單的化裝，憑一張良民證，在嚮導帶領下，徐鑄成到了湖㳇鎮。卡子上有七、八個偽軍警把守，嚮導應付一下之後，進了「鬼門關」。接著就到了現在稱為「陶都」的蜀山鎮。被安置在東坡小學。那校長原是他在無錫第三師範時的同學。談了別後的情況，又說到這裏只是偽軍把守，與張渚的國軍相安無事。

當晚宿於蜀山。次日晨乘輪船到和橋，路經東氿時，看到他的出生地宜興城，蕩漾在波光湖影中，心裏有說不盡的惆悵。經和橋乘汽車到常州，再轉火車，傍晚到上海。

真像從天外飛來，半年沒有音信的徐鑄成，在家人面前出現時，如同夢中。

他在上海僅留了四天，其間曾與前《文匯報》總經理嚴寶禮相晤，談起抗戰勝利後，如《文匯報》復刊，請徐脫離《大公報》回來主持筆

政。四天後由嚴寶禮護送（名義上嚴是經商，常在淪陷區與自由區出入，實際上他為國民黨中宣部東南專員處工作），徐鑄成攜同妻子兒女，以及同事中留滬的部份家屬，仍從原路回到張渚，再到屯溪乘原車回到桂林。

歷時二月餘，穿越桂、贛、閩、浙、皖、蘇六省，行程數千里，徐鑄成回到桂林時已是初秋。

與梁漱溟筆戰

在桂林，徐鑄成和梁漱溟有過一次筆戰。

梁先生是中國文化精英，民主鬥士，一生錚錚傲骨，令人崇敬。解放後一直受到批評。徐鑄成本也不願重提舊事，深怕有損梁先生形象。一位熟知往事的朋友和他說：「尺有所長，寸有所短」，人無完人。何況此事只反映個人的性格和個性，至多是白圭之玷，無損於大節。這樣他才重提舊事。

1942年春，香港陷落後，梁漱溟脫險，從香港到桂林定居。一位記者去採訪他，請他談脫險的經過。他說到乘小舟離香港時，恰逢日軍追緝偷渡者，槍彈密集射擊，同船的人驚慌失色，而他泰然自若。他自信絕不會就此犧牲。理由有二：一是「目前的中國政治勢力，各走極端，能斟酌國情，加以調處，使中國走上一條和平民主富強的道路，責在區區。」「除非天決心亡我中華，自信絕不會死。」二是中國的文化，每個朝代都有代表人物，加以繼續發揚。「目前這任務落在區區頭上。除非天一定要毀滅中國文化，自信絕不會死。」這番話一見報，外界輿論譁然，都認為梁先生太狂妄自傲。徐鑄成寫了篇短文提出商榷。文中還講了另一件事，即梁先生續弦與某女士結婚時，說自己本心如止水，是對方的「進攻」才予接納，這樣說未免太不近人情。

當時桂林有兩位姓秦的雜文家，一是秦牧，另一是秦似，兩人所寫之雜文筆鋒犀利，頗有讀者群。繼徐鑄成後，兩人都寫雜文，提出

尖銳批評。梁先生寫了篇〈答徐鑄成、秦牧兩位先生的公開信〉，予以回應、辯解。此事在桂林轟動達數月之久。1980 年，徐鑄成去香港旅遊，適逢秦牧也帶了一個文學代表團到港，席上，談起往事，秦牧說：「我們曾同榜遭到反擊。」當時雙方都感到不應擴大，「勿為仇者所快」，也就自動停息。此後梁先生並不介懷。徐鑄成妻子到桂林後，佈置新居，牆上所掛三副對聯，其中一副就是梁先生所贈。

當時桂林還發生一件轟動一時的新聞，《大公報》曾登載多天。

事情發生在兩位名人之間：一是電影明星胡蝶，另一位是楊惠敏。前者眾人皆知，後者得略作介紹。「八一三」上海抗戰，堅持三個月後失利，上海淪為「孤島」，有八百壯士困守在四行倉庫內。楊惠敏作為女童子軍代表，泅渡蘇州河，進入四行倉庫，向八百壯士獻旗，大大鼓舞了上海人，由此她成了英雄。以後她參加廣東遊擊隊，進行抗戰。當胡蝶與丈夫潘有聲從香港回內地時，楊惠敏承擔了護送胡蝶夫婦與全部財物的任務。後胡蝶夫婦平安到達桂林，財物運到時，少了一隻藏有金銀珠寶的鐵皮箱。戰亂中難免有意外損失，主人並未追究，就此了事。那知過不多久，潘有聲在一家新開的拍賣行裏發現一套西服，竟是他自己的，領口繡著「潘有聲」的英文名字。追究結果，那西服裏還有一些首飾，都是楊惠敏所賣出。於是潘有聲訴訟，楊惠敏被囚禁。後來因楊有大力者撐腰，有人出來說和、調處，楊被釋，事情也就不了了之。

學戲與養雞

徐鑄成進入耄耋之年時，回憶當年在桂林時，雖然工作極緊張，但職工們的業餘生活是豐富多彩的。他說：「桂林館職工的業餘生活比重慶館正常、嚴肅，從來沒有人以打牌等為消遣。天晴的日子，多半打板羽球，或去附近遊覽山水。經理部的部份職員，則多喜歡唱京戲。」

　　說到自己的業餘生活，他有一段文筆非常優美的回憶。他很少為別人寫序，曾應黃裳之請，為黃著《舊戲新談》寫了篇序，其中就談到桂林時期的業餘生活。他說：「我自從離開學校後，經常總保持著一種運動及一種娛樂，以調劑身心；二十年的記者生活沒有毀掉我的健康，主要就是靠這個習慣。娛樂方面，最初是玩留聲機、收音機，拍崑曲，最後是浸沉於平劇（筆者註：即京劇）；那是因為抗戰這幾年，什麼都玩不起了，而偶然又遇著一個在北平很有名的『老票友』，吸引了我的興趣。那裏知道，這玩意兒，竟像吃鴨片做舊詩一樣，一靠近就被它吸住脫不了身。我曾花了整整一年的功夫，去研究平劇的基本組織如音韻、格律、鑼鼓等等；後來學唱、學做，更費了很大的精神。這位正宗『譚派』的票友，教起來一絲不苟，一字一腔，都要你學得絲毫不變，而且要考究神態和境界。我那時也深悔搞這無聊的玩意兒，但既經犯了癮，簡直就迷下去了。要不是湘桂大撤退這一幕驚濤駭浪，衝破我苟安的環境，我也許竟變成『票友』了。受了這個教訓，『復員』回到上海以後，就再也不敢提這撈什子。」[5]

　　當時他從學的那位「票友」是莫敬一，這裏說他是「譚派」，有時又說是「余派」，不過唱的是鬚生，是肯定的。他確實是學會了幾齣戲，如《打漁殺家》、《投軍別窯》等等，有些場合曾經唱過。

　　沉湎於京劇的徐鑄成，當時也曾對桂劇發生興趣。1942年，他到桂林不久，友人對他說到桂劇名演員小金鳳的表演藝術。為他惋惜的是，小金鳳已退出舞臺，不能再看到。幾天後，意外地在一次宴會上，結識一名桂劇演員，正是接替小金鳳的臺柱。當天他就去看桂劇演出，看後覺得無論唱腔、念白、舞姿都有特色，並不遜於京劇或漢劇。讓他印象最深的一齣《啞子背瘋》，劇情簡單：一對住在荒島的貧苦夫妻，夫又駝、又瞎、又啞，妻花容月貌卻癱瘓在床。一日，所住茅屋忽發大火。啞子背著妻子逃出荒島。兩個角色，一人扮演，邊走、邊唱、邊表演許多驚險動作。上身是婀娜多姿的妻，下身是笨拙的醜漢，表演時看不出「一身兩任」的痕跡。最驚險的是，妻從水中看到

自己的真容，忘乎所以，使瞎子的丈夫，幾乎失足落水。舞蹈驚險曼妙。解放後，戴愛蓮曾把這齣戲移植為舞劇。多年後，徐鑄成對桂劇仍緬想不已。

這時，徐鑄成在愛好戲劇之餘，還喜歡養雞。先是買來孵出不久的幾隻小雞，毛絨絨地很可愛，不料幾天後，都被老鷹叼走。經人指點，郊區養雞必須養整窩的，雛雞需老雞保護。前《京報》的湯修慧女士（新聞界前輩邵飄萍夫人），當時也寄居桂林，聽說他喜養雞，特將她心愛的一窩純白毛雞贈送給他。兩隻老雞善盡撫育、保護之責，在它們的羽翼保護下，從此未失一隻小雞，也慢慢地長大。牠們似乎能體會他的鍾愛，每當他從編輯部回家（徐妻已到桂林），雞群就跟在他身後，一直送他到家，群集在窗外，等他餵米。那些母雛相依的小精靈，使他領悟到愛也存在小動物身上。這些雞也給他回報，每天都能拾到十餘個蛋，裝滿一整碗。沒有想到他心愛的二十餘隻雞，最後在桂林棄守前夕，被前來守城的湯恩伯軍隊，全部飽於口福。

湘桂大潰　桂林陷落

1944秋，抗戰已經第七個年頭，都說曙光在望，勝利可期。誰能想到先是4月間，日軍進攻河南，連失十餘城。接著日寇發動湘桂戰役，先侵佔長沙，後直逼衡陽，一路如入無人之境。衡陽上演一場醜劇：守城的將領方先覺，先誇下海口，說要「與城共存亡」，曾幾何時成了降將，到南京與汪精衛一起舉杯祝捷了。

衡陽一失，桂林門戶洞開，成了危城。李濟深將軍和參議會長李任仁等發起「國旗大獻金運動」，號召軍民舉行國旗獻金，誓死保衛大桂林。田漢、洪深等文化人立即回應。徐鑄成也應田漢之邀，到劇宣隊去做時事分析的演講。桂林版《大公報》也連發社論，號召抵抗到底。如9月9日的社論〈安人心，穩戰局〉，文中大聲疾呼：「今日的要著，在如何穩定危局，確保桂柳，這個應急處的工作，我們認為，

第一要安定人心，振奮士氣……要安定人心，首先應該供給民眾正確的消息……與戰鬥無關的民眾，自應早日遷往後方，其次要考慮有些人走不了……此外，並應呼籲各機關盡力救助難民，解除其實際痛苦。」社論最後說：「總之，人心應安定，士氣應振作，此為目前應變急務，切望當局嚴加注意。」沒有想到，重慶當局卻制止李濟深發動的「國旗獻金」，並把組織中的民眾保護隊伍解散。調來的援軍是在河南失地千里、大吃敗仗的湯恩伯部。湯的先頭部隊一到桂林，就和桂系軍隊劃分「防區」，嚴令「堅壁清野」，並強迫居民火速逃難。接著就以「掃清視野」為名，大肆搶掠財物，然後一把火燒光。

這樣的大撤退，徐鑄成概括為「潰」和「搶」兩個字。前方是潰，一退千里地潰；後方是搶，明火執仗地搶。

報紙再也撐不下去了，1944 年 9 月 13 日，桂林《大公報》停刊。在 12 日所刊〈敬告讀者〉社論中，徐鑄成沉痛地寫道：「我們抗戰七年餘，當此世界大局一片光明之際，我們還抵抗不住敵寇的進攻，甚至如桂柳那樣重要的後方，還不得不疏散，不得不作焦土的準備。這樣的局面，絕非一朝一夕所致，而政治的原因，更多於軍事。我們認為不僅政府要負責，所有社會各階層負領導責任的，都應痛愧平日努力的不夠。」接著筆鋒一轉，表面上用內疚之詞，其實為指責當局：「我們站在宣傳輿論的崗位上，假使在過去能對貪污作更無情的斥責，對兵役、士兵給養等等問題，能作更率直的建議，雖然文網嚴密，也許會對國家略多補益。」不過，徐鑄成並沒有忘記用他的筆鼓舞和激勵廣大軍民的戰鬥信心，社論又指出：「我們相信，八桂健兒，必能努力保持她的聖潔。廣西表裏山河，四面足以拒敵；二十八年敵人曾侵至南寧一帶，終經我軍民合力之苦戰，使敵寇不得不狼狽撤退。這個光榮的歷史，我們相信必能永久保持……」。這樣的社論足資後人效法。

在家屬先撤柳州後，徐鑄成於報紙停刊的翌日清晨，步行十華里到將軍橋，擠上電工廠（當時國內唯一能製造電子管的工廠）疏散職

工的交通車,離開這個工作與生活近三年、行將陷落的八桂名城,前往柳州,然後長途跋涉月餘,方由貴州去重慶,開始他新的生活歷程。

桂林——中國文化名城,於五天後(1944 年 9 月 18 日)陷落。

註釋

註 1、2:徐鑄成,《新聞叢談》,浙江人民出版社,第 16 頁、22 頁。
註 3:徐鑄成,《風雨故人》,浙江人民出版社,第 45 頁。
註 4:徐鑄成,《錦繡河山》,湖南人民出版社,第 120 頁。
註 5:黃裳,《舊戲新談》,開明出版社,第 2 頁。

第八章　勝利前後

慘不忍憶話當年

有道是：「寧為太平犬，勿作亂離人。」1944 年秋，那次湘桂大撤退，是八年抗戰中的一次大劫難。逃亡的人民有死於敵機轟炸、掃射的；有饑渴至倒斃於溝壑的；更有途經荒僻山村遭人搶劫而被殺害的……。

當年的混亂局面，身經目接的人，至今都不願回憶。

上世紀八十年代，徐鑄成寫回憶錄時，說了幾件實不忍言的事。

桂林最後逃出的人，親眼所見，在所謂「堅壁清野」後，有些士兵紛紛換了便衣逃離隊伍。有被捉回的，他們雙手都套了戒指或手鐲，因虜獲已豐，就想回家，不願作戰。

滿載逃亡的新聞同業的火車，行駛到柳州車站，後面的一列火車忽然猛烈地撞了上來，頓時血肉橫飛。《掃蕩報》總編輯鍾期森全家無一生還。《大公報》有位同事何毓昌，沒有跟隨自己報館的撤退車，也在這列車上。他坐在行李堆裏，撞車時把他震醒，全身是血，他其實並未受傷，是同車人的血濺了他一身。

金城江是黔桂鐵路的樞紐站，當時十分繁榮，來往行人極多。整個街市的房子都是竹木結構，正當大撤退時，有一天夜晚，忽發大火，葬身火窟的有數千人，慘不忍睹，街市化為灰燼。

……

說來徐鑄成還算僥倖。離開桂林那天，從七星岩到將軍橋，走了十華里，擠上電工廠疏散職工的車子，逃離已是融融大火的桂林，深夜時到了柳州。

他原先指望跟這車子去獨山，哪知第二天這車又要回桂林，去接第二批疏散的職工，又需等待三天。正當他心急如焚時，碰到在湘桂

鐵路工作的一位醫生，是報館同事編輯楊歷樵之子，他們有一列疏散職工的火車即將開行，可以帶他。

哪知這又不順利，每到一個小站要停幾小時，這車是湘桂路的，過柳州後即屬黔桂路，每站都要付賣錢，而且煤燒完後，火車頭必須折回柳州去裝煤。第二天，車停在距離南丹車站不遠的一個小站，乾脆駛入岔道，熄火不走了。

他不願坐等，把箱子託付給那位楊醫生，隨著同車廂的幾個年輕人步行到南丹車站，準備坐「黃魚車」（司機私帶乘客的車子）去獨山。到南丹站後，方知離公路還有數華里。幾個年輕人急急走了，他來到南丹車站，找到站長，自我介紹是《大公報》的總編輯，問有無便車把箱子取回。那位王姓站長回答，沒有南去的車子，無法辦到。他正進退兩難之際，忽見內室走出一位中年婦女，她說：「您從桂林來，是《大公報》的總編輯，請問現在桂林的情況怎樣了？」徐鑄成如實回答她的問題，她很滿意，同時又知道徐鑄成將去獨山，她果斷地說：「拿回您的箱子完全沒有問題，請寫張條子，說明是哪個車廂，從哪位先生手裏拿，我派輛手搖車去，順便把我一個親戚接來。」她三言兩語就把問題完全解決。難得的是，她又說今天天色已不早，不能上路，不妨就在舍下的客房休息一宿，明天再趕路也不遲。徐鑄成趕忙謝過，問訊後，方知這位女士是站長夫人，姓黃，她原是桂系三巨頭之一黃紹竑的妹妹，無怪吐辭文雅，又有這樣的氣派。

當晚，這站長和夫人，又設宴招待徐鑄成，頗為豐盛。席上有一位少女，明眸皓齒，風度大方。站長夫人介紹說，是她的表侄女，上海人，在桂林銀行工作，她要去獨山，請徐先生一路照應。已雇好挑夫，明天一早就送兩位去公路車站。徐鑄成自然一口允諾。

翌日清晨，主人送他們上路，挑夫兼作嚮導。這少女並不靦腆，路上有說有笑，不知不覺間，就到了公路車站。站上已擠滿了人。北行的車輛雖多，但都滿載，不肯再增新客。等到中午，還是沒有一線希望，正徬徨無計時，忽然一輛車開來，停在站上，乘客下車休息。

突然有人喊：「這不是徐先生嗎？怎麼你還在這裏？」說來真巧，這輛車就是電工廠的，運送第一批職工去獨山，再次在這裏碰上。工廠的領隊瞭解徐鑄成這幾天的遭遇後，說：「既然這樣，徐先生還是坐我們的車走吧。」他介紹身邊的少女，要求一起乘車。「可以，大家擠一下。」那領隊說。幾位年輕的職工看著這位少女，低頭議論著，似乎說這徐先生怎麼在逃難途中，還找到了女朋友。那少女泰然自若，他也不便解釋。

現代柳下惠

　　從南丹到獨山有兩百里路程，這輛燒酒精的汽車，當天到達本應沒有問題，但車開到六寨就拋錨了。司機說，一時修不好，要在這裏過夜。

　　同車的人各自去找住處，沒有人理會他們。徐鑄成與少女提著行李，一家家旅社挨著問，都被捷足者先登了。直到村邊的最後一家農戶，似不像旅舍，一位老人笑著回答：「有一間空房，你們兩位正合適。」徐鑄成心想，這老人準是誤會了，一間房怎能住得。

　　他正準備繼續往前走，去找兩間房時，那少女已隨老人走進房去。那房裏很簡陋，只有一張床、一個破椅子、一個擱几，几上放著一個臉盆。他還在猶疑不決時，這旅伴卻連聲說，可以，就在這裏了。一邊拿著臉盆打了一盆清水來。她對他說：「您把汗衫脫下來，給我洗洗，一個晚上就會乾的，明天就好穿著上路。」「這怎麼行呢？」徐鑄成心想，這一天下來，是出了不少汗，一路灰沙，內衣乾了又濕，濕了又乾，但麻煩這位女士總覺不妥。她又發話了：「出門的人應該互相照應，用不著客氣的。再說，我也該換洗一下了。」她先走出去，讓他換了衣服。他走出門去，看看四周情況，一會兒，暝色四合，天已將晚，走進房去，她已把兩人的衣服洗好，晾在繩子上。

　　他和她在就近的飯店裏，吃了一頓簡單的晚餐，再回到這農家去。

進了房，她拿了一床毯子，鋪在床上，泰然自若地睡下去。徐鑄成坐在破椅子上就著燈光看書。他準備這晚就在這椅子上打盹。稍停，她坐起來微微一笑，說道：「您也快睡吧，明天還要趕路呢。您把我當小妹妹，不必那麼多顧慮。」說罷，她自己往床裏一側睡了下去。

　　他只得和衣躺在外側，由於困乏，說了幾句話就酣然入睡。

　　酣睡中，她把他推醒，指著床下，低聲說：「我害怕。」

　　他下床後向床下一看，發現有一個圓形的洞口，下面燈火通明，並有「呵，呵」之聲。他心想，這糟了，莫非碰上舊小說中所寫的「黑店」，待夜深人靜時來下手。他忐忑不安，再仔細看了看，原來這房子下面還有一層土屋，是養牲畜的地方。那房東老人和一個後生，正呵呵地趕著牛馬歸欄，一邊又散著飼草。兩人相視一笑，原來只是虛驚一場。

　　一宿無話。翌日清晨，在鎮上匆匆吃了點早餐後，兩人就趕到停車的地方。車已修好，同車人陸續到來，車順利開出，當天中午，就到達此行的目的地——獨山。

　　徐鑄成先伴著她去找中央銀行獨山辦事處，她再三道謝。然後他自己獨自尋找《大公報》的物資轉運站。

　　這位女旅伴，此後再也沒有見面。多少年後回憶這事時，再也想不起她的姓名。那好心相助的南丹站王站長及夫人，他在後來見到黃紹竑時，曾請他轉致感謝之情。

　　昔人有言：野地拾金，黑夜遇單身美女，最能考驗一個人的人品。在這件事上，徐鑄成的答案是完美的。

　　這件生活史中的小事，多少年後，徐鑄成能公之於眾，正因為他坦蕩無私，堪稱現代柳下惠。

從貴陽到重慶

　　他到了獨山，找到《大公報》的物資轉運站，即請站裏安排去貴陽的汽車。他只住一宿，第二天即動身去貴陽，於當天深夜到達。

桂林《大公報》的經理金誠夫已先到貴陽，他已給職工家屬租了一大間房子。那原是一家工廠的廢址。這樣一到貴陽，就有了落腳點。

那間房子住了四戶，徐鑄成及其家屬就是一戶，用蘆席隔開。房子破敗，四壁脫落，泥土地，在當時的情況下能避風雨就不錯了，也就安頓了下來。

徐鑄成是該去重慶的，貴陽本是中途，卻在這裏留了八、九天，有許多應酬，這是沾了金誠夫的光。

金誠夫是《大公報》的元老，胡政之倚之為左右手。1926 年，新記《大公報》創辦時，金就是首都（先北京後南京）辦事處主任。後來吳鼎昌任實業部長，金誠夫被「借」去當機要秘書。抗戰發生後，吳鼎昌調任貴州省主席，金也跟著到了貴州。

到貴州後，金誠夫一身兩任。他任《貴州日報》社社長，兼省政府機要秘書。這任期沒有多長，《大公報》創辦香港版，胡政之就把他「要」回來，當經理。徐鑄成去香港後，一個任編輯部主任，一個任經理，配合無間。徐和金從香港到桂林後，金還是經理，徐升了總編輯，仍然合作共事，前後達六年，徐說堪稱「將相和」。

這次金誠夫一到貴陽，就像回了老家，省政府的各個廳長、委員都是老同事，《貴州日報》的許多主要編輯和記者，也都是他聘請的。老同事、老上司來了，也就對他隆重招待。這就使徐鑄成沾了光。團體請，個人請，歡宴無虛夕。吳鼎昌也幾次約談和邀宴。徐鑄成說，他在貴陽的八、九天中，沒有在家吃過一頓飯。

這又該用「梁園雖好，非久戀之家」這句話了。他們的目的地是重慶。貴陽起程，包了一輛大汽車，把幾家的家屬全部裝上——只留下徐鑄成的大兒子，在貴陽國立中學讀書。（徐鑄成的回憶錄中是另一種說法，他的長子白侖，因貴陽國立臨中管理馬虎，伙食不潔，白侖患痢疾，久治不癒。母親讓他退學，同去重慶。）

五天後到達重慶。

　　到重慶後有消息傳來，徐鑄成從南丹到獨山途中，曾宿一宵的六寨鎮，在他們路過三天後，遭飛機轟炸成了廢墟。可悲的是，竟是美軍飛機轟炸，美機誤認為六寨已被日軍佔領，軍民死亡枕籍。

　　緊接而來的是更令人沮喪的消息。日寇在進攻廣西的同時，又用一部份兵力挺進到獨山，進逼四川。重慶為之震動。政府中的高級官員互相指責。有的出售衣物，變賣家產為逃亡做準備；有的出入英、美使館，為其家屬逃往國外而奔走；而有些官員則暗中下了決心，寧死而不走。更有消息說，中央政府將遷往西康。

　　這時蔣介石急令湯恩伯部，趕去獨山堵截。遠在陝西的湯部不能趕到，11 月 8 日，湯恩伯隻身來到貴陽，20 日到達獨山佈防，指揮 79 軍，和後來趕到的 98 軍及 29 軍，才算保住了獨山。

　　日寇方面因打通大陸交通線的目的已經實現，且由於戰線拉得過長，兵力不敷使用，從獨山撤離。重慶的危機這才解除。

　　至此，徐鑄成對國民黨僅存的一份幻想，在事實的教育下，也如肥皂泡般完全破滅了！

委屈的日子

　　徐鑄成和桂林館的職工分批到了重慶。這次沒有重蹈 1938 年的覆轍，再次被遣散，還有接納之處。該說勝於前次。

　　重慶館已經被桂林館的職工租借三江村（李子壩報社的對面）為宿舍，竹片外塗黃泥為牆，面向嘉陵江，房屋有七層，門面也堂皇，山城工匠的手藝確實精巧。

　　自「八一三」抗戰後，《大公報》先後創辦了漢口版、重慶版，都是由張季鸞所主持的。香港版和桂林版，則由胡政之主持。在張季鸞生前，無形中就分了彼此，用徐鑄成的話說，一塊招牌，兩種形式。1941 年張季鸞去世後，胡政之從桂林遷居到重慶，住在金城銀行建造的紅岩新村裏，不久又被補選為國民參政員，逐步進入政治舞臺。他

對館中業務很少插手。現在，《大公報》各處的人馬都退到了重慶，粥少僧多，不協調的現象逐步呈現，中上層之間的牆壁日益加厚，甚至在上層之間也隔著許多夾板。對此，胡政之似乎無能為力。

　　為安置桂林館的人員，重慶館辦了張《大公晚報》，定徐鑄成為主編，在他未到之前，由曹谷冰代理，桂林版則由先到重慶的郭根擔任要聞版編輯。

　　徐鑄成與金誠夫到重慶的第二天，胡政之就邀兩人去作了一次敞開心扉的談話。他說：「重慶、桂林兩館，好比同根連枝，現在桂林館以兵災而停業，這正像傾家蕩產了的二房，要來依靠長房，就要『以小事大』，什麼事都要忍讓，還要忍氣吞聲。」他這樣說，實在是慨乎言之了。又深一步說：「他們兩位是很有心機的（筆者註：當時渝館由王芸生任總編，曹谷冰任總經理），比如谷冰有事來見我，我雖滿腹心事，必整容含笑接談，以免引起多心。此意，望你們兩位，好好體會。」[1]

　　話說到這份上，徐、金兩人怎能不體諒胡政之的苦衷，安分守己的過著寄人籬下的生活。

　　那段日子，徐鑄成有時說是「生平最閒散的生活」，有時又說是「半凍結的日子」。總之，心頭是不甚舒暢的。

　　雖他是晚報的主編，也只主「編」而已。規定他不寫評論，連短評也不要寫。每天只要花兩、三小時，看完大樣就可完事。回到三江村的集體宿舍，埋頭讀古籍以消磨時光，倦了，就倚窗看看嘉陵江的景色、數數江上的小舟。

　　就是這樣還動輒得咎。有時標題尖銳了些，副刊登了一些諷刺小品，就引起報館當局的不滿。

　　愈是不想有事，卻還是有事發生。要聞版編輯郭根，看到他擬的題目被改，仔細看了看，發現改得有些文不對題，又「擅自」改了回來，這就被視作大逆不道，立即以「不服從上級命令」為由，予以開除。郭根無奈去了湘西，主持某報編務。不久後，原桂林館的廣告部

主任戚家祥與戚家柱，都因「撤退時利用職務私做生意」的罪名，連同重慶館廣告主任李孝元一併開除，而這三人都是金誠夫的親戚。這顯然是「殺雞儆猴」。

平心而論，除「二戚」「私做生意」有過錯外，如郭根只因對標題有自己的觀點，就被「開革」，這也未免太過分。而徐鑄成雖內心同情，竟愛莫能助，這大致因處於「寄人籬下」的地位，即使置詞也不起作用。後來郭根與「二戚」均進了《文匯報》，郭還被重用，擔任副總編輯。

當時郭根走後，他的要聞編輯位置，由原渝館採訪部主任徐盈接任，晚報的副刊由羅承勳編。徐鑄成與他們彼此能心領神會，工作是愉快的。晚報的記者是陸詒，日報記者子岡、曾敏之也不時為晚報寫特寫，晚報辦得很有特色。

說來奇怪，徐鑄成雖主編《大公晚報》，規定他不須寫社論，卻要他每周給日報寫一篇社論。這也許因為日報非他主編，他寫的社論可以修改，顯然是對他不放心。他初到重慶時，曾寫過幾篇論戰局的社論，主要是寫桂林逃難中的感受，略舒憤懣。至於還寫過什麼，已完全淡出他的記憶。這乃因社論並不署名，時間一長，也就忘了。只有一篇他記得特別深，那就是1944年12月19日發表在《大公報》的社論〈為國家求饒〉，他說這是「揭露一些文恬武嬉的現象，每一段的結句，是『你們這些權力在手的人，饒饒國家吧。』總之，基調還不離『小罵』的範疇。所以，這一時期所奉命寫的，事後自己也不再重讀，只宜覆甕的了。」[2]

徐鑄成這樣言之鑿鑿，說是他所寫，應該不會錯，然而由王芝琛、劉自立所編《1949年以前的大公報》一書（山東畫報出版社），在「社評選登」一欄中所收錄之〈為國家求饒〉，署名是王芸生。王芝琛在〈大公報史略〉一文中還這樣寫著：「《大公報》發表了王芸生撰寫〈為國家求饒〉的社評，三籲那些官僚，（發）國難（財）的商人們，『請你們饒了國家吧！』字字聲聲，如泣如訴。」這位王芝琛，是王芸生

之子，這可能是他想當然而推論的結果。大概他認為王芸生既是《大公報》的總編，所有社論均為他所寫。殊不知還有特例。王芝琛 1937年生，1944 年時不過七歲，這就造成張冠李戴之誤。附帶說明這樁公案。

關於這篇社論，還可插敘一點，那就是刊出後外界的反響。葉聖陶先生是徐鑄成的好友，當然他並不知道這是徐鑄成所寫。那時葉老在成都，看到這篇社論後，葉老寫了篇〈談求饒的效果〉，批駁這篇社論。葉聖陶的批語說：「放下口誅筆伐，改用乞恕求饒，可憐已極。」接著又指出：「發黴的東西要在適於發霉的環境裏才會發黴……我們中國原是個適於發黴的環境。……歷代的官僚政治就為官僚佈置了一個適於發黴的環境。什麼是官僚政治？實際上是幫助統治階級壓榨老百姓，形式上是上行下效，等因奉此，叫他不『混』又能怎樣？名為『民國』，而官僚會大量發黴，其故就在於此。真正的民主必須由老百姓當主人，官僚還是要的，可是必須站在老百姓一邊，所作所為完全為老百姓服務。從掛名的『民國』到真正的民國，頭緒當然很多，而剷除官僚政治是最緊要的頭緒。……民主政治實現了，官僚就不會發黴到如今模樣，輿論又何至於向發黴的官僚求饒」。[3] 葉聖陶這篇文章有否回應，已無可考。

插敘既完，言歸正傳。在這段日子裏，徐鑄成基本上「息交絕遊」。有空閒也很少進城。鄧友德（重慶新聞檢查處副處長）、陳訓畲（《中央日報》總編輯），都是很熟的朋友，這時很少來往。直到那年（1944）年底，才進了兩次城。一次應鄧友德之約，到他的集體宿舍便餐；另一次是和夫人朱嘉稑觀賞話劇《孔雀膽》（郭沫若新作），該劇主演路明贈了戲票。路明和她的姐姐徐琴芳、姐夫陳鏗然，都是徐鑄成在桂林時的好友，三人和他同時從莫敬一學京劇，笑稱他為大師兄。那次觀劇，還有一意外之遇。前座有一位女士，不少人和她打招呼，經人介紹，方知就是有名的女記者浦熙修（供職於《新民報》），想不到以後共事二十餘年，又一同跌入「陽謀」陷阱，她死於十年浩劫中。

天外飛來勝利喜訊

1945 年 8 月 10 日，日色西斜，黃昏將到。徐鑄成正在金誠夫的客房裏，和一位李姓同鄉談著從淪陷區傳來的消息。忽然，電訊房的一個職員一邊急匆匆地跑來，一邊說：「剛才收到東京電訊，日本天皇宣佈無條件投降了！」

消息來得太突然，幾乎使人難以置信。那職員肯定的說：「這不會錯，日本電臺正反覆播送天皇的投降詔書。」徐鑄成說：「我們立刻發行號外。」

山城一片沸騰！李子壩的《大公報》社立刻響起鞭炮聲，上清寺、牛角坨的鞭炮如熱鍋爆豆也響了起來。人們都湧上街頭，人山人海，到處都是鑼鼓、鞭炮和遊行隊伍。參政會的遊行隊伍有黃炎培、左舜生、傅斯年和李璜這些民主人士，他們列隊步行到國府，去向蔣主席報喜。

一年前豫湘桂大潰敗的壓抑空氣，終於一掃而空；苦熬八年終於迎來了曙光，戰爭結束了，人們奔相走告。

這是歡慶勝利聲中一個有趣的小插曲。

兩天後，在國府大禮堂舉行慶祝晚會。主要節目是京戲，大軸是《群英會》，由重慶的名票友協助演出。這齣戲上場時，正巧侍衛簇擁著蔣主席進入特座。臺上的周瑜正傳令下去：「有請蔣先生！」簾子開處，一個白鼻子的蔣先生（蔣幹），在「推，推，推」的小鑼聲中，一步一步走向臺口。滿堂笑聲。那蔣主席忽然一臉怒氣，拂然而去。這是總提調的不慎安排，使蔣先生有這不愉快。

慶祝高潮過去，接著就是受降活動。

《大公報》早就派了兩個隨軍記者，一個是朱啟平，隨美國太平洋艦隊尼米茲總部活動；另一位是黎秀石，隨麥克亞瑟總部採訪。9 月 3 日，在美國密蘇里軍艦上，舉行了正式的受降典禮。時在密蘇里艦上的朱啟平，寫了《落日》這篇膾炙人口的新聞特寫。

中國戰區的受降典禮，於 9 月 6 日在南京舉行。《大公報》記者張鴻增已去芷江，將隨先遣人員到南京。李子寬、陸詒、楊歷樵去了柳州，準備隨湯恩伯部隊的軍用運輸機去上海。

這時，徐鑄成接到了意外的任命。

1945 年 4 月 25 日，聯合國大會在美國三藩市開幕。中國代表團以代行政院長宋子文為首席代表，共十人，胡霖（政之）是其中之一。日本投降的消息傳出時，胡政之還在美國。他立即發電報到國內，要《大公報》董監會作出決定，派徐鑄成、李子寬去上海籌備上海版的復刊，任命徐為總編輯，李子寬為經理。

「『勝利』把徐鑄成解放了」（郭根語）。那委屈的日子終於結束。

一時間卻沒有去東南的飛機，幸好沒有等幾天，就有消息說，國民黨中宣部將派一架飛機，送各報記者去南京參加中國戰區的受降典禮，各報可派一人（徐鑄成代表《大公報》）。

9 月 4 日晚上，徐鑄成接到起行的通知，匆匆收拾了隨身攜帶的衣物。終於要走了，關於離開重慶時的心境，他說了一番風趣幽默的話：「真有些像京戲唱詞中所常引用的『套話』：『踏破鐵籠飛翠鳳，掙開金鎖走蛟龍』。」

第二天，晨曦剛露就趕到九龍坡機場。一看，可說是新聞界的群英會。這有：《世界日報》成舍我，《中央日報》陳訓畬、卜少夫，中央社曹蔭稚，《時事新報》張萬里，《商務日報》陳落，受《新民報》委託去籌辦滬版復刊的趙敏恒，《新華日報》徐邁進，中宣部派去上海的專員詹文滸，連同徐鑄成一共十人。

飛機遲遲不見起飛，原來要和南京機場聯繫，當時南京機場還在日軍控制之下。清晨 5 時就用早餐的徐鑄成，這時餓得難受，在機場販賣部以十元法幣，買了一個廣式月餅。10 時才通知登機，駛入藍天。

這是一架美國軍用運輸機，面對面兩排硬座，可坐十三、四人，中間一塊地方放著各人的行李。機務人員全是美國人。當時算是新式的運輸機，兩個渦輪發動機，時速約三百公里。

　　同機都是熟人，又是同行，相聚暢談，好像在開茶話會，不時傳出哄然笑聲。

　　飛機飛到三峽上空，神女峰傲然挺立，瞿塘峽江水奔騰，均歷歷在目。中午時到武漢，飛機特低飛盤旋一周，這是徐鑄成十年前的舊遊之地，殘破不易辨認，只有黃鵠磯和江漢關大樓依然矗立在江邊。

　　接著是一場空中驚魂。

　　飛臨鄱陽湖上空時，馬達聲忽然減輕，機身開始傾斜，機務人員來通知，說一個發動機壞了，要大家繫好安全帶，並準備隨時跳落。氣氛驟然緊張起來。1998 年 12 月 12 日，筆者在上海銀河賓館見到《中央日報》的卜少夫先生，他當年就和徐老同在這架飛機上，他說，當時有的人已嚇得變了臉色，徐鑄成卻談笑風生，使同機者不覺芫爾。

　　飛機繼續飛行，挨到下午 5 時左右，機身緩緩下沉，鍾山在望，石城現目，南京到了，大家終於鬆了一口氣，飛機降落明故宮機場。

　　下機後看到機場上還是日軍守衛著，眾人心頭有說不出的滋味。由芷江先到南京的《大公報》記者張鴻增，前來迎接。出了機場，轎車直駛國民大會堂（今人民大會堂），這裏是臨時招待所。這才看到守衛的國軍。

　　已在飛機上餓了一天的徐鑄成，安頓了行李，就由張鴻增領著到新街口一家廣東餐廳吃飯。這是間高級的飯店，有樂隊伴奏。當時法幣與偽幣的比率，是一比二百五十（即一元法幣換二百五十元偽幣）。他利用這巨大的比差，吃了一頓從未吃過的豪奢的晚餐。先要了兩盤點心（先充饑），吃下後，再要了一瓶法國三星白蘭地，開了一聽英國香煙三炮臺，然後點了雞魚鴨肉五菜一湯，這都是他離開香港後未曾品嘗的佳餚。結帳時，連同小費在內，共計偽幣一千多元，法幣才五元多，在重慶還不夠買一塊廣式月餅。

　　據張鴻增說，因某些細節尚未談妥，受降的日子要延後數天。徐鑄成考慮，有張鴻增在南京採訪，他沒有必要留在這裏，決定乘夜車去上海。立即驅車到下關火車站去訂當晚開出的快車票。

他又作了一次豪舉。頭等的包廂偽幣八百多，合法幣三元多。他訂了一個包廂。大概原先只有敵偽高官才坐這頭等包廂，他上車時，車廂上下的敵軍都舉槍致敬，他昂然而過。

「白日放歌須縱酒，青春作伴好還鄉。」由於興奮，他一夜未能睡好，朦朧中已是黎明，火車到上海。出站後，一輛人力三輪車把他送到萬福坊的家中。時隔兩年（1943年，他曾冒險回滬接妻兒們去桂林），重見父母和留在上海的兒子福侖，其時家中之家用即將斷絕，家人皆對他的歸來額手稱慶。

當晚，友人陳厚仁（原《大公報》廣告員）設宴於南京路新雅酒家，為他接風，他帶福兒赴宴。看到南京路上許多熱鬧地區，都搭起「還我河山」、「光復日月」的五彩牌樓，公司、商店門前高掛蔣介石的肖像，光復區人民滿懷勝利的喜悅由此可見。

他到上海的第三天，湯恩伯以軍事接收大員的身份從芷江飛到上海，舉行盛大的歡迎儀式。隊伍經過時，徐鑄成正在路邊，他看到這位「常敗將軍」湯恩伯與他的隨從人員，都以勝利者的姿態睨視群眾。當天他寫了篇文章〈明黑白，辨順逆〉，作為社論，發在剛復刊的《文匯報》上。大意是：自1937年11月上海淪陷後，上海人民在敵人的蹂躪之下受盡艱苦，絕大多數都能恪守民族大義，堅貞不絕。我希望歡迎者及受歡迎者撫躬自省，都能問心無愧。

永遠告別《大公報》

人生恆變，世路多歧。1945年9月，徐鑄成銜命由重慶到上海，是為復刊上海《大公報》。經過月餘的努力，於11月1日正式復刊。豈料幾個月後，正當上海《大公報》蒸蒸日上之時，徐鑄成一怒之下，向胡政之提出辭呈，從此和他一直當作安身立業的「家」永遠告別。

這有他的無奈與苦衷。

　　9月初，他剛到上海，《文匯報》甫復刊。嚴寶禮按1943年在上海與徐鑄成的約定，請他來主持。他重任在身（復刊《大公報》），怎能擺脫，只允兼為照看，無疑，嚴認為他違諾。

　　回了這頭，又來一頭。1932年，他在漢口認識的吳紹澍（雨生），這時是中央接收大員，有多項職務在身：上海市副市長、國民黨上海市黨部主任委員、三青團上海市主委，還是中央軍事專員，是紅透半邊天的人物。吳紹澍登門拜訪，請徐鑄成去全力主持他辦的《正言報》。他同樣婉謝。反過來，還請吳紹澍幫他解決兩大難題。

　　比徐鑄成先到上海的經理李子寬，為找復刊的館址與白報紙，一時間毫無眉目，乘吳紹澍找上門來，徐鑄成即請他幫忙。這吳紹澍並不以他不去《正言報》為忤，當即答應撥給南京路江西路口的一幢房子（原為日商所開的大可樂咖啡館），作為館址。當時白報紙一律封存，非經特許不得搬動，吳紹澍同樣答應由上海市政府發一張通行證，這就可以自由起用白報紙。出於徐鑄成意想之外，兩大難題迎刃而解。

　　第二天，李子寬就去辦理房子的交接手續。房子是三開間，後部很深。共有三層，每層有兩百平方米。在寸土寸金的上海，又處於最繁華的地段南京路，這樣的房子非黃金幾百兩不可。而吳紹澍沒有索取任何費用，他這樣慷慨，完全是因為和徐鑄成的友誼。吳紹澍和《大公報》素無淵源，也從來沒有和張季鸞、胡政之有過交往。再值得一說的是，吳本先問徐，要不要自己住的房子，徐以自己有房而謝過，為公務著想，要了《大公報》的辦公用房，也可見徐的一心為公。要說吳和徐的關係由來，說來簡單。上世紀三十年代，吳是漢口市市黨部主任委員，徐是《大公報》漢口特派記者，在打乒乓球時偶然相識，抗戰初期又在香港重逢。主要的一點是，吳對徐的才華與人品很敬重。據吳的夫人說，吳每次見到徐，回到家總是笑容滿面的說：「今天又見到鑄成兄了！」1949年後，吳留在大陸未去臺灣，還曾起義、立功。[4]

　　復刊在緊鑼密鼓中進行，不久，編輯部也租定民國路（今人民路）一處的房子，編輯部人員初步組成。徐鑄成自己主持編輯和言論；由楊歷樵擔任翻譯主任兼編國際新聞，並寫國際問題之社論；原隨軍（美軍尼米茲總部）記者朱啓平適回國述職，路經上海，徐鑄成把他截留下來，請他擔任要聞版編輯；請原《大公報》留滬同事季崇威擔任經濟記者；原在《文匯報》的周福寬、魏友棐，請周編本市新聞，魏編經濟版兼寫經濟問題之社論；副刊《文藝》由李子寬推薦他的親友蔣天佐（左翼作家）擔任。當時從渝、桂等內地來上海的新聞從業人員，大都在牛莊路的中國飯店，徐鑄成專程去了幾次，物色到王玶（原《廣西日報》記者）、周雨（重慶《益世報》記者，曾著《大公報史》）兩人來任記者。不足二十人的編輯部頗為精幹，多為一人兩用。

　　在印刷機器裝運費時，又急待復刊的情況下，請《新聞報》代印。

　　復刊後的編輯方針，在未來上海尚在重慶時，徐鑄成就已初定。到上海後，徐鑄成與柯靈、馬敘倫、夏丏尊、傅雷等先生幾次相聚交談，獲益甚多，終於形成以鮮明的態度反內戰，爭取民主自由，堅持政協路線為編輯方針。

　　籌備完竣，上海版《大公報》於 1945 年 11 月 1 日復刊。當日發表了由徐鑄成寫的社論〈重來上海〉：

　　　　上海是《大公報》的第二故鄉。今天我們在上海復刊，自然有
　　　　說不盡的欣慰，同時也有訴不盡的感喟。……
　　　　這八年中，我們無時不關切上海和東南的同胞，我們相信上海
　　　　和東南的同胞也一定關切我們。當我們告別時，上海已成孤
　　　　島，我們曾殷殷期望不得已陷身這孤島的同胞，大家學持漢
　　　　節、吞冷雪的蘇武，以待祖國的勝利復興。八年來，上海同胞
　　　　受盡了磨折苦難，而大家都咬牙苦守，堅貞自持；失節墮落的
　　　　只是極少數，其他絕大多數的同胞，都不斷對敵偽作積極和消
　　　　極的苦鬥……

我們抗戰必勝的目標，終於貫徹了。建國能不能完成呢？這個信念絕對不許動搖，但過程之艱苦磨折，必更甚於抗戰之時……只要我們把握住幾個原則，去推動建國的巨輪，相信眼前的磨折障礙，都不難克服，不難粉碎。

第一，建國必須團結，而鞏固團結之道，首在政治的進步與民主。團結的反面是分裂是割據。國際的大勢、國民的要求，都不容許再有分裂割據。今日在朝在野各黨派，都有實現團結的願望，而多年背道而馳的事實，一時不易糾正……

第二，經濟建設是我們立國、建國的根本。我們這國家，能不能衝破存亡榮辱的關頭，就看我們會不會在二、三十年內實現工業化、現代化。時機極促，而工作則千頭萬緒。我們一點都不容鬆弛，不許浪費……

第三，外交方面，我們的外交政策非常簡單，就是全力擁護聯合國，創建永久和平的國際秩序。……

最後，我們特別要強調的，是建國風氣的建立。現在大家都要求團結，要求民主進步，至少希望不再有內亂。而如何達成此願望，則一切寄託於政府及政黨。……今後的世界大勢是民主潮、人民世紀。一切違反這主潮的國家，都要遭時代的無情淘汰。但民主的基礎在民而不在政府…

上海版今日首先復刊，我們今後當一本過去不畏強權、不媚時尚的傳統，繼續為國家服務，為社會服務。對於言論記載當力求翔實，以副國內外的熱望。我們希望全國同胞，上海各界賢達，象過去一樣，隨時愛護我們，鞭撻我們。更願大家充分利用我們這張報紙，宣達民隱，誅惡揚善，以培養建國的風尚，奠定民主的基礎。……

社論正體現團結進步、爭取民主自由的編輯方針，深合光復區的民心民意。加上各個版面都以新的面貌出現，大受讀者歡迎。訂報者在發

行部的櫃檯前排成長龍，這在《大公報》的歷史上從未有過，數月後發行量就高達十萬。

一張報紙的成功與失敗，完全決定於這報是什麼人辦，辦怎樣的報。徐鑄成復刊上海《大公報》的成功，完全說明了這一點。恰好形成對比的，是復刊後的《文匯報》。當時兩張報紙都需要他主持，他必須在兩處上班，但一人精力畢竟有限，他不能兼顧，所以《文匯報》在復刊之初顯得沒精打采，這顆重來的慧星並沒有懾人的亮光。甚至一度因主持《文匯報》的筆政者有親國民黨的色彩，發表了一些錯誤的言論，使報紙的光榮傳統受到嚴重損害，造成發行數急劇下跌。嚴寶禮急忙和徐鑄成商量，請來宦鄉與其他人主持並立即更新內容、改革版面，才扭轉危局。[5]

接著，在發表一件轟動中外的獨家新聞後，上海《大公報》更為眾人矚目。

12月2日，徐鑄成正在構思社論時，工友通報外面來了一位不速之客，指名要見他。他出迎，來客是位二十多歲的青年，著美軍制服，見面即問：「你是徐鑄成先生？」他點點頭。這人當即從懷中掏出一卷紙頭，一邊激動地說：「昨晚，昆明發生了大血案。各校學生在西南聯大集會，突來大批軍警、憲特包圍校園，竟對無辜的教師學生開槍，死傷師生于再等十餘人。血案發生後，封鎖新聞，中斷對外交通郵電。我是《和平日報》的特派記者，經特准乘美軍飛機來上海，剛到即來見先生。這一卷是學生的傳單宣言，還有我昨晚寫的現場情況的真實報導。我相信先生敢於發表，特冒昧求見。」徐鑄成問他姓名。他說：「我是出於中國人的良心才這麼做的，不為什麼名，說出姓名，對你對我都無必要，就此再見。」握了握手，逕自掉頭而去。

這樣的新聞本應核對，但當時無從核實，徐鑄成大膽地（也該說有些冒險）把來人所交之材料整理成一篇頭條新聞，用了十分憤慨又醒目的標題：〈昆明發生屠殺慘案〉。來不及寫社論，配了一篇短評。新聞發表，震驚一時。在此前後，外國通訊社也無隻字報導。報紙到

了重慶，重慶《大公報》不敢轉載，直到第三天，中央社才發表了歪曲事實的報導。

那位神龍見首不見尾，冒著生命危險、衝破禁網送來真實新聞的青年，此後徐鑄成一直想再見其人，終不能如願。1949年後，曾在《和平日報》工作的謝蔚明，經浦熙修介紹，參加了《文匯報》北京辦事處的工作。徐鑄成以為謝就是那無名青年，因為個子、外貌都相似。有一次閒談時，徐直率地問他。謝的回答是：「不是我，那時我沒有去過昆明。」這就成為徐鑄成心中未解的謎。他設想，這位青年如後來去了臺灣，按他的性格，恐也命途多舛。要是留在大陸，他的歷史包袱在一場場運動中也夠他經受。徐鑄成說，將來如修新聞史，不要忘記這位「無名人士」。那是後話。

話再歸本題。翌年，重慶又先後發生滄白堂、較場口兩大破壞和平、撕毀政協決議的事件，重慶《大公報》記者子岡、徐盈、曾敏之、高集所寫之揭露事件真相的報導與通訊，重慶版一概不發表，寄到上海，徐鑄成照發，並配上社論強烈抗議。同一系統的報紙，主筆政者態度之迥異，值得人深思。

上海《大公報》的進步傾向，終於引起官方的極大反響。這驚動了蔣介石，蔣在巡視各地後，到上海小住。他看了幾天上海《大公報》，竟大怒，一旁的張道藩──國民黨文化委員會主任委員，進言說：「上海《大公報》的總編是徐鑄成，總裁是否要他來談談？」「不！我回重慶去找胡政之算帳。」蔣這樣回答。

蔣和胡政之要算什麼帳呢？原來他們之間有一段交易。胡政之曾以復員、添購機器為藉口，向蔣申請了二十萬美金的官價外匯（當時美金的黑市是二千法幣換一美元，官價是二十法幣換一美元，官價外匯等於是白送）。蔣的慷慨相贈，自然是要左右《大公報》的言論態度，所以他要找胡算帳。

當時南京有張《救國日報》，主持人是龔德柏，他是新聞界有名的大炮。在他剛復刊的報紙上，連日所謂「揭露」徐鑄成，說他當過中共中央的秘書，無非是借刀殺人。

......

有誰會想到正當徐鑄成苦心經營上海《大公報》，面對眾多「外患」時，「內憂」也來了。雖說大公報當局讓他獨當一面，卻也不是「將在外，君命有所不受」，胡政之終於自己出來干預。

1946 年 2 月，胡政之剛從美國回到上海。征塵甫卸即找徐鑄成長談。

胡政之面帶笑容說：「重慶方面，有你的朋友，也有芸生的朋友；芸生的朋友都說你有政治野心，一面拉著《文匯報》不放手，一面極力推著《大公報》向左轉。他們說這是你有政治企圖的證明。」

徐鑄成氣憤地回答：「別人的風言風語我不管，你胡先生對我有什麼看法？」

胡政之遲疑了一會兒，說：「我對你自然是相信的，但覺得你的言論態度太激烈些。要知道，我們有職工四百多人（筆者註：另一處說三百多人），一旦把當局逼急了，把報館封了，幾百職工的生活問題如何解決？」

徐鑄成說：「以《大公報》的聲望，我諒當局不敢出此下策。他不能沒有顧忌。再說，我主持上海版的言論態度，並沒有超出民間報的範圍。我來到上海，體會到曾是淪陷區的廣大人民，都對後方回來復刊的報紙，作再認識的辨認。看哪一家是真民間報，哪一家是假民間報？我們回滬復刊後，發行數迅速突破十萬，排著隊訂報，而《時事新報》原是上海老報，復刊後門庭冷落，聽說銷數不過數千。此中消長，難道不值得深思嗎？」

胡聽了之後還是說：「萬一被封門，幾百職工的生活怎麼辦？你想過沒有？」

徐鑄成真氣急了，沒有考慮措詞，說：「辦報只為吃飯，如果這樣，賣油條、大餅不也可吃飯嗎？」

胡政之默然，最後說：「等芸生來了，我們一起研究研究。」

......

3月間，王芸生到了上海（他本在重慶），徐鑄成即寫辭職函致胡政之。大意云：「《大公報》是你們三位（筆者註：指吳鼎昌、胡政之、張季鸞）艱辛所創，我無權冒險嘗試。《文匯報》是我一支筆寫出來的，如遭不測，則我成我毀，於心亦安。請放手讓我去試試……」

　　信到後，胡政之派李子寬來懇切挽留，無果，又請徐到胡府懇談三小時。

　　徐鑄成說到自己對辦民間報的理想和主張，並反問胡政之道：「五年以後《大公報》如何立足，先生想過這根本問題沒有？」胡並未回答。片刻後，胡又說：「你另起爐灶，不如現成的爐灶方便。再說，嚴寶禮這人投機性很強，你能和他合作到底嗎？」徐去意已堅，難以動搖。胡政之最後說：「我准你請假半年，可去一試，《大公報》是你的老家，隨時歡迎你回來。」[6]

　　徐鑄成終於離開了經營十八年的《大公報》。此後，他多次說到決裂的原因。

　　他說：「我之所以毅然脫離《大公報》，主要因為胡政之接受了二十萬美金的官價外匯……」[7]

　　他還說到1938年在上海的那次被「遣散」，「自問總是勤勤懇懇，盡力而為的」，「想不到一覺醒來，就被鐵面的老闆一腳踢出了『家』的大門。」「政之先生後來雖竭力想彌補這一失著，但這一傷痕終究是難以徹底平復的。1946年我終於最後辭別《大公報》，這是一個主要的原因。」[8]

　　還有一個原因，非他本人所說。「徐鑄成昔為《大公報》臺柱，所撰社論犀利無匹，其後忽與王芸生有所扞格，遂拂袖而去，《大公報》當局乃嘖有煩言，以是借題難之，要亦不為無因。」[9]這雖是第三者所推想，但印證了1947年《文匯報》被封時，《大公報》落井下石的態度，似可說「不為無因」。

　　另外還有一個原因，是徐鑄成與嚴寶禮的關係。有人說徐和嚴的關係是「管鮑遺風」。抗戰幾年，徐鑄成獨自一人在後方，留在上海

的家，一直由嚴寶禮照管，柴米無缺，安度長長的黑暗歲月，所以徐決心脫離《大公報》而「冒險」與嚴寶禮合作，這也未嘗不是有力的因素。（據郭根語）

　　徐鑄成走了，旋即進《文匯報》。

　　《文匯報》開始了第二個黃金時代。

註釋

註1、6、7：《徐鑄成回憶錄》，三聯書店，1998年版，第115、127、141頁。

註2：《徐鑄成新聞評論選》，武漢大學出版社，第15頁。

註3：葉至善，《父親長長的一生》，江蘇教育出版社，第245頁。葉至善在此文中並未說明葉聖陶這篇文章發表於何報刊上。

註4：徐鑄成，《報海舊聞》，上海人民出版社，第210-214頁。

註5：《文匯報史略》，文匯出版社，第81、83頁。

註8：徐鑄成，《舊聞雜憶》，遼寧教育出版社，2000年版，第270頁。

註9：《徐鑄成封筆》，（原無作者署名），上海《鐵報》1946年7月30日。

第九章　人生的巔峰

第一個黃金時代

「會當凌絕頂，一覽眾山小。」人生如爬坡，在執著的登臨信念下，步步攀登，最終就可登上人生的巔峰。

徐鑄成就是這樣。他自 1927 年躋身報壇，從記者、特派記者、編輯、編輯部主任、總編輯，在《文匯報》與《大公報》兩次挑大樑，已有近二十年的從報經歷。1946 年再回《文匯報》時，也就如登上了人生的巔峰。

人的一生可能很長，但把幼稚的少年與衰老的老年時期除掉，而最能有作為的不過一、二十年，其中最能體現才華的精彩歲月更短。徐鑄成在《八十自述》中說，他全神貫注的黃金時代有三：一是抗日戰爭勝利後的《文匯報》，二是創刊初期的香港《文匯報》，三是 1956 年復刊後的《文匯報》。這是徐鑄成在中國新聞史上探索並取得成功的三個黃金時代。

1946 年 5 月，徐鑄成永遠告別《大公報》，進入《文匯報》，就是他的第一個黃金時代。

這必須從頭說起。

1943 年初春，徐鑄成從桂林出發，千里迢迢、長途跋涉，作東南之行，冒險進入淪陷區，最終目的地是上海。(此行是接他的妻子和部份職工家屬去桂林。)

他在上海逗留的一個星期裏，和過去的戰友、《文匯報》總經理嚴寶禮有幾次接觸，這時嚴以商人的身份出現，暗中有復刊《文匯報》的打算。

這一天，嚴和徐兩人在八仙橋附近邊走邊談，話題還是圍繞著《文匯報》的復刊問題。當時正是魑魅橫行、烏雲壓頂，勝利尚不可期的

時刻，兩人就作復刊《文匯報》的打算，目光真可謂前瞻。徐鑄成最後問道：「你究竟有沒有復刊《文匯報》的決心和把握？」

嚴寶禮毅然而又果斷地說：「如果你回來主持編輯部，我就有此決心。否則，我就死了這條心了。」

老友信託之重，徐鑄成不由心頭一熱，也極誠懇地答覆說：「《大公報》自然不肯放我，但《文匯報》是我們共同奠定的事業，好比自己身上落下的肉，當然更加關心，我一定回來，但希望你答應兩個條件：一、勝利後復刊，自然不用掛英商招牌了，希望重起爐灶，和那些舊董事們一刀兩斷，我們吃這些人的苦太多了；二、要給我編輯的全權，編輯方針和人員聘用，希望你不加掣肘。」

嚴寶禮幾乎是不加考慮的回答：「就按你說的辦。」

有了這樣的約定，徐鑄成開始物色人才。從上海回桂林的途中，路經上饒，他去參觀了宦鄉主持的《前線日報》，晤談之下，他為宦鄉的學識和魄力所傾倒，他們的報紙在內容和編排上也非常出色。

回桂林後，有一次，胡政之與徐鑄成談起抗戰勝利後，《大公報》的發展遠景，胡有在渝、津、滬、香港四地出報的雄心，感到困難的是難覓優秀的採編人才。徐順口談到宦鄉，極言宦鄉「學識豐富，辦事認真，中英文都好，而且精力充沛。」胡頗驚訝，口氣中說徐有誇張之嫌。

次年，宦鄉去重慶途中，路經桂林，曾去《大公報》訪問。徐鑄成介紹宦鄉與胡政之晤見。接談之下，胡方知徐鑄成對宦的評價不虛。不過，胡政之不免「葉公好龍」，在抗戰勝利後，宦鄉辭去《前線日報》之職，徐鑄成正式推薦宦鄉時，胡不能破格任用，最後還是由徐鑄成介紹到《文匯報》，在《文匯報》第一個黃金時代中起了重大作用。

話題再回到嚴寶禮與徐鑄成的約定問題上。

「在抗戰中誕生」的《文匯報》，要「在勝利中復刊」了。嚴寶禮急電還在重慶的徐鑄成來「再度合作」。1945 年 9 月 5 日，徐鑄成

到上海，身膺復刊《大公報》的重任，無法實踐當年與嚴寶禮約定之諾。嚴寶禮這才請曾在《文匯報》擔任國際版編輯的儲玉坤擔任總主筆，另由朱雲光擔任總編輯，主持編輯部的工作。這是急於復刊的權宜之計。

儲玉坤也是宜興人，與徐鑄成是同鄉。中央政治大學新聞系畢業，1938 年時就在《文匯報》。朱雲光的情況不詳，只知道他是嚴寶禮的同鄉。

徐鑄成自己雖不能到《文匯報》，當然還是關心它的，在和嚴寶禮的一次長談中，商定《文匯報》復刊後的編輯方針：「我們決定要辦一張絕對獨立的民間報，不僅要恢復過去的光榮，而且要為中國新聞事業開闢一條新路，在民主建國大路上，盡一點責任。」[1] 然而復刊之初，卻並沒有貫徹這編輯方針。

儲玉坤曾自己說：「我和朱雲光長期留在孤島，脫離政治，脫離實際，對整個抗日戰爭缺少認識，對國內政治、經濟、文化、外交，特別是國共之間的關係，更不瞭解。故由我們兩人分別主持《文匯報》的言論和新聞，並不適宜。」他還說「在沒有適當人選的情況下，也只好出此下策了。」[2]

復刊後的《文匯報》，日銷只有五千份，雖然副刊很受歡迎，言論和新聞卻遠離「獨立的民間報」的宗旨，而且和國民黨官方報紙是同一模式。

《文匯報》一度大力揄揚國民黨上海市的黨政顯要人物，曾有兩天用要聞版頭條的位置報導吳紹澍的活動。所謂「宣佈市府施政方針，力謀安定社會及解除民眾痛苦。」

9 月 4 日，杜月笙回到上海。《文匯報》發表〈迎杜月笙先生〉的社論，說：「上海市民引領等待杜月笙先生來滬主持地方事業，有如大旱之望雲霓。」「對於杜先生過去的貢獻，沒有一個不加倍感激。」還以諛詞稱杜月笙「為勞苦功高的領袖」、「俠義熱情的地方領袖」。

　　《文匯報》既是民間報，在國共之間，自不應處於偏「國」的立場。10月24日的社論〈江南善後〉：「傳新四軍已由江南撤退，每一個流亡上海的江南人，都鬆了一口氣。」接著指責「新四軍一月餘來，濫用抗幣，強徵糧食，民眾倒懸，村市成墟。過去一般貧農大眾，對新四軍或不乏好感，經此浩劫，所有的同情都喪失了。」11月1日，又有〈請問毛澤東先生〉的社論：「毛澤東先生在重慶與政府當局會談」，「臨別的寄語是『和為貴』」，「自毛氏返延安後」，「華北各地的磨擦衝突，不僅未見消弛，而且日見表面化激烈化」。「一面盡力製造內亂的事實，而口口聲聲說政府調兵遣將，發動內戰。這種言行的矛盾，實在令人惶惑難解。」……

　　這樣實在走得太遠了，嚴寶禮每向徐鑄成感歎所託非人，而徐又一時無法離開《大公報》。正好這時宦鄉離開了《前線日報》，徐向《大公報》推薦，胡政之不能破格任用，就介紹宦鄉去《文匯報》擔任副總主筆（徐自己任總主筆），先把言論抓起來。宦鄉又推薦陳虞孫（曾任《浙江日報》副總編輯）、張若達（曾在《前線日報》），還推薦孟秋江擔任記者。這得到嚴寶禮的完全同意。

　　這麼一來，情況有了改善，言論方面讀者有耳目一新之感，然而新的怪現象也產生了。一是社論和新聞互相矛盾。同一件事，社論與新聞的態度往往相背。社論批評、抨擊，新聞的基調與標題卻是擁護與讚揚；相反的，社論所支持的，新聞卻諷刺、斥責。二是新聞版面與副刊「打架」。孟秋江也向徐鑄成陳訴，記者寫的稿子不是被編輯改得面目全非，就是處理成立意完全相背。

　　幸好就在這種情況急需改變的時刻，1946年3月，徐鑄成脫離了《大公報》，進入了《文匯報》。儲玉坤到法國新聞社擔任編譯了，總編輯朱雲光也在這時離開《文匯報》，轉到教育界。徐鑄成著手進行大改組。人手方面添了許多生力軍，有張錫昌、秦柳方、壽進文、楊培新、欽本立等；還有從《大公報》轉來的郭根、王坪、金慎夫、李肇基；副刊方面由柯靈推薦了唐弢、以群、黃裳、梅朵、陳欽源等，

一時間真是人才濟濟，群賢畢至。人力大大充實了，整個編輯部約有六十人，其中共產黨員有十六、七人（解放後才知道）。

接著又進行版面的改革與內容的充實，特別強調新的編輯方針是反內戰、爭民主，反對依違兩可的假中立，堅持明辨是非黑白的獨立立場。

1946 年 5 月 1 日，報紙以全新的面貌出現，徐鑄成親寫社論〈我們的自勉〉，文中說：「復刊以來，艱苦支撐，而兢兢業業，牢牢守住民間報的立場；我們的新聞記載不夠充實，說話也不免幼稚，但我們的態度是透明的，每一個讀者都看得清清楚楚，我們要求民主，擁護經濟建設，扶植民族工業，反對一切獨裁、壟斷、剝削及違反自由、民主的現象……今後，我們將追隨全國同業之後，加緊努力，為民眾的喉舌，作民眾的前驅，在這建國的大時代中，盡我們應盡的責任。」

徐鑄成曾這樣說：「從 1946 年 5 月 1 日改版，到 1947 年 5 月下旬被國民黨封閉，前後只一年多，而這一階段的《文匯報》，可以說是我們的一個『黃金時代』。陣容整齊，團結一致，確實形成了一個堅強的戰鬥集體，得到進步民主人士的熱情支援和廣大讀者的關懷愛護。」[3]

《文匯報》的改觀，引起胡政之的注意，據胡的秘書梅煥藻向徐鑄成透露，胡每天到報館，必先索取《文匯報》，從頭到尾細看，然後讀《大公報》及其他各報。這位報壇宿將也被《文匯報》的新變化所吸引。

被迫停刊一周

《文匯報》以嶄新的面貌出現，在很短的時間內就得到讀者的信任和支援，成了國民黨統治區的一面進步旗幟。這也就引起國民黨當局的害怕與痛恨。

《文匯報》剛改版，就得到一項消息：上海市警察局準備從 1946 年 6 月 1 日開始，推行所謂的「警員警管區制」。每一個員警管八十到一百二十戶，或四百到六百人，員警可以在任何時間隨意進入管區

內的私人住宅或商店，作定期或不定期的「訪問、察看和搜查」，說這是「使警民打成一片」。

徐鑄成憤火中燒，立即寫了篇社論〈反對所謂「警員警管區制」〉（1946年5月9日），社論毫不容情地指出：「這實在是一個非常奇怪而且荒謬的決定，它使我們很容易聯想到歷史上元朝蒙古人統治中國的一套老把戲。」「在人民世紀的今天，在號稱『三民主義新中國』的國度裏，居然有這種蹂躪人權的決定，這應該不僅只令人感到奇怪，而且會惹起全體人民的憤怒！」又接著指出：「最令我們感到奇怪的是，上海這麼許多報紙雜誌，除了本報和另一家同業之外，竟然大家都噤若寒蟬，沒有說過一句話，哼個半個字。上海市參議會和人民自由保障委員會也同樣不聲不響！我們不禁要問，難道正義感在上海不存在麼！上海輿論界和民意機關的正義感到哪裡去了？」再進一步指向要害：「政治學家把人民的自由權利分成三大類：一是人身自由；二是社會生活的自由；三是精神生活的自由。這三種自由都是神聖不可侵犯的，非依法律不得侵犯，居住自由實在是人身自由的一種。在任何一個文明國家裏，非依法律不得侵入人民的住所，甚至檢查戶口、檢查衛生……都要先行出示委任狀或書面命令。毫無疑問，『警員警管區制』的實行，事實上等於破壞、侵犯人民居住的自由權。這，我們人民是不能答應的，是要大家反抗的。」

當時《文匯報》有個專刊〈讀者的話〉，有時一整版，一般情況下是半版，由柯靈主編。刊頭有這樣四句話：「有話大家來說，有事大家商量，不論男女老少，人人可以投稿。」這專刊很受讀者歡迎，認為它敢於控訴，喊出人們心底的聲音，同時也給困厄的人以幫助。反對警管區制的聲音，首先就是在〈讀者園地〉中出現的。5月7日，〈讀者的話〉中有個欄目〈街頭人語〉，以尖銳潑辣的語言指出：

> 聽說上海方面，為要使員警「深入民間」，「警民打成一片」，要實行「警員分區管理制」。──對於這樣的好消息實在令人不寒而慄！

> 老百姓記著！根據這個辦法，以後員警可以堂堂皇皇，隨意闖入民家，升堂入室，舉行「訪問」了！也就是說，以後老百姓變成「宵小匪徒」的機會多了！

此後還有類似的文章發表。上海警察局長宣鐵吾和他的官僚看了報紙的社論與副刊文章，立即召開記者招待會，宣鐵吾在會上說，「警管區制度」勢在必行。他否認「挨戶訪問」，一面又來勢洶洶地說：「人民住所，依照法律，可以侵入、搜索、封鎖，豈僅訪問而已。」還說：「只要是良民，都沒有反對餘地。現在表示反對的人，他們都是有作用的。」

宣鐵吾的談話一公佈，編者立即給以回擊，又在〈街頭人語〉進行有力駁斥：「……我們不懂的是一點，是人民犯了法，警察局才『有權』侵入、搜索、封鎖、訪問人民住所呢？還是警察局隨時『有權』侵入、搜索、封鎖、訪問，以偵查人民的是否犯法？如果回答屬於前者，那麼依照法律，警察局還是『無權』訪問人民住所，遑論侵入、搜索、封鎖！如果回答屬於後者，那麼全上海的市民，你們請隨時恭候宣局長屬下的警員光臨，實行侵入、搜索、封鎖、訪問，聽候偵查是否『宵小之徒』吧！」

讀者的反映更為強烈，反對的信陸續寄到，先是每天發表二、三封，後來整版刊出。如：在總題〈一片反對聲！〉裏刊登的幾封信是：〈洋場餘痛今猶在，擾民德政又翻新〉、〈民之所好惡之，民之所惡好之〉、〈警察局德政無窮，百姓眠食不寧〉、〈早知今日如此這般，悔不當初慶祝歡迎〉、〈承襲法西衣缽，何以如此敏捷！〉，單從這些標題就可看出內容的尖銳程度了。

警察局自然不甘心失敗，他們在窺探時機，企圖進行直接迫害。

7 月 12 日，〈讀者的話〉的版面上，刊登了兩封上海員警的來信。一封題為〈員警的沉痛呼聲：吃飯不要忘記種田人，拿出良心來對待老百姓〉，寫信人署名是「員警」。信中說：「我們是一群被社會人士所憎恨的員警，……但這鄙視的造成，倒不是我們本身，而是別人拿

我們做工具去壓迫奄奄一息的饑餓良民，乃使社會對我們發生反感。」接著具體說到如捉攤頭、取締小販，還有人民代表馬敘倫等赴京請願，制止內戰，在車站被一群「蘇北難民」圍打，我們竟若無其事，「怎麼對得起人民，這是我們員警的莫大恥辱」……另一封信的題目是：〈員警巡官要求夏季制服免費〉，署名「本市一巡官」。內容是：警察局要扣員警官佐夏季制服費五、六萬，這使窮苦的員警官佐無法生活，希望免費發給。

兩封信一發表，警察局長宣鐵吾看了，拍案大怒。當天，就派了兩個專人到報社，要求交出原信，這自然遭到拒絕。第二天，又派人來聲言非交出原信和編輯的名字不可，否則絕不甘休。徐鑄成親自接待，他義正辭嚴地回答：「報社有義務為作者保密、為工作人員保密，這是報社的規矩，也是報人的道德，如要追究責任，由我總主筆負責。」

警察局沒有達到目的，惱羞成怒，竟以「捏造警員名義，離間上下感情，淆惑社會視聽，意圖破壞公共秩序」的罪名，勒令《文匯報》從 1946 年 7 月 18 日起停刊一周，作為懲罰。還要徐鑄成具結，他當場拒絕，並說我不承認有錯，故不具結。

中央社在發佈這個消息時，透露了此事的背景。中央社稱：《文匯報》「平時屢刊攻擊治安機關之文字」，這就說明，這次被「懲罰」，和前兩個半月的反對「警管區制」有聯繫。還有一個深層背景：當時昆明發生了李公樸、聞一多兩人被特務暗殺的駭人聽聞的事件，消息在報上發表，輿論是一片譴責聲。國民黨藉故罰《文匯報》停刊，也是一種扼殺輿論的手法。

《文匯報》被迫停刊，外界反響強烈。

19 日，郭沫若親自寫信給徐鑄成，信說：「此次《文匯報》因小故被勒令停刊七日，其政治作用甚為明顯。貴報乃全國性之人民喉舌，際茲李（公樸）聞（一多）二公連續遇刺，反動者作賊心虛，畏人多言，致不得不狂施暴力，扼殺輿論，並以增加其恐怖政策之效果。然此實心勞日拙之舉，適足以提高貴報之聲響，而促進人民之決心耳。」4

一向謙遜平和的前輩作家葉聖陶（紹鈞）也寫信給〈讀者的話〉編者柯靈，信中建議「文匯報停刊期滿之日，弟以為宜出一特刊，至少兩版，專載讀者投函，表明讀者需要此報紙，與此報紙有片刻不能相離之情感，亦使反動家知所警懼。報紙後面原來有如此大力之支持。」[5]

正如葉聖陶所預料，讀者的抗議、慰問信如雪片飛來。7月25日，報紙復刊。徐鑄成接受葉聖陶的建議，〈讀者的話〉整版摘發了讀者的來信，其中除郭沫若、葉聖陶、千家駒等著名人士外，都是來自新聞、文化、教育各界與文藝團體以及各行各業的熱心讀者。當天第七版還發了個專刊，大字標題是〈真理在哪一面？〉，摘登了中外新聞單位對《文匯報》被迫停刊的報導和評論，都讚揚《文匯報》堅持和宣傳真理，譴責當局違反民意的不法行為。這些新聞單位是：重慶《新華日報》、上海《聯合晚報》、《時代日報》、《新聞報》、英文《密勒士評論報》、英文《大美晚報》、《大陸報》、《周報》、《錫報》（無錫）、《大華報》（蘇州），還有一些外國的通訊社，如塔斯社、合眾社、聯合社等，足見得道多助。

復刊的當天，徐鑄成仍以如椽之筆親寫社論，表達報紙的嚴正立場和決心：

> 《文匯報》是一張民間報，所謂民間報絕不是中立的，而是獨立的報紙，有一貫的主張，而決無私見偏見。我們當然難免有無心的錯誤，但絕不許昧著良心，不分黑白，不辨是非，一味歌功崇（頌）德，或者嘩眾取寵。今後，我們或者還會遭遇困難挫折，但這一點基本的立場，我們絕對牢牢守住，絕不改變。（〈向讀者道歉〉，七月二十五日）

這裏插說一點並非題外的話。勒令《文匯報》停刊一周的上海警察局長宣鐵吾（又是上海警備司令），翌年，在一個意外場合，徐鑄成和

他見了面。這被徐鑄成稱之為「鴻門宴」。事先設好圈套，請徐鑄成赴宴，在座的是 CC 首腦陳立夫、上海參議會議長潘公展（也是 CC 人物），上海市長吳國楨和警備司令宣鐵吾，還有《文匯報》的股東虞順懋，以及主人江一平（這圈套的主要策劃者）。席上，突然提出由政府投資十億，《文匯報》由此改變立場。徐鑄成沉著鎮定，當場頂了回去。討這沒趣後，陳立夫等未等終席拂袖而去，唯獨宣鐵吾留了下來。這起起武夫翹起大拇指著實讚揚了徐鑄成一番。詳情當在後節敘述。

下關事件

　　《文匯報》從抗戰勝利後復刊到 1947 年 5 月下旬被查封，前後短短一年多，徐鑄成說：「我們打了一個又一個的『硬仗』。首先是堅決反對國民黨在上海的警管區制（變相的保甲制度），為此我們被停刊一星期。接著是宣傳反內戰，支持各民主團體赴京請願（南京國民黨發言人，曾公開在記者招待會上說，下關事件是《文匯報》一手鼓動起來的）。當年在下關遭特務毆打的雷潔瓊先生，在最近發表的〈血濺金陵憶當年〉一文中，也說：『解放區的輿論和國統區的公正輿論，都支持我們，站在我們一邊。在國統區的報紙中，重慶《新華日報》和上海《文匯報》的態度最為鮮明。』」[6] 這正是貫徹復刊前，徐鑄成所定的編輯方針。

　　抗戰勝利後，全國人民要求和平，極盼休養生息。1946 年夏天，內戰危機一觸即發。上海人民團體聯合會發起上海各界知名人士馬敘倫、陶行知、馬寅初等一百六十四人，聯名上書蔣介石，呼籲和平，反對內戰。同時，上海的學生也成立爭取和平聯合會，發表宣言、發動簽名，要求停止內戰，實現永久和平。

　　6 月，上海人民團體聯合會、上海學生和平聯合會，幾經醞釀，聯合組織上海和平請願團，推選馬敘倫、吳耀宗、簣廷芳、盛丕華、

閻寶航、張絅伯、包達三、雷潔瓊等和學生代表陳震中、陳立復一起，於 6 月 23 日赴首都南京向政府請願，要求和平。行前，五萬人在上海北站舉行歡送會，並進行示威遊行。

徐鑄成以電話通知《文匯報》駐南京特派記者黃立文，務必跟隨代表團，進行全程採訪，力求詳盡。

23 日下午，黃立文到達下關火車站。先後看到中共代表團發言人范長江、南京《新民報》採訪部主任浦熙修、《大公報》駐南京記者高集、《武漢時報》記者畢群。本應在下午 2 點半到站的火車晚點，記者們在候車廳的茶室邊喝茶等待。只見陸續進來許多人，都探頭探腦，其狀不正。等到 4 時 3 刻有一列車到站，代表團不在車上。據車站的工作人員說，代表團所乘車在蘇州、鎮江一路受阻，被一些自稱「蘇北難民」的人糾纏不休。列車誤點五小時，傍晚 7 時許才到站。

記者們在站臺上與代表們正談著話，突然來了兩人，自稱蘇北流亡青年、臨時大學學生，堅持要馬敘倫接見。老人因旅途疲憊，在車廂休息。由代表團秘書胡子嬰女士代為接見。兩人劈頭就問胡子嬰：「你們到南京來是什麼目的？你們瞭解蘇北的情況嗎？內戰的責任由誰負責？你們不要偏袒共產黨！」胡子嬰委婉地回答代表團，此行目的只在呼籲和平，別無其他。一人悄悄溜走，一人還跟著糾纏不休。

運行李的車來了，代表們跟著準備出站。正走著，忽聽有人一聲號令，突然湧出二百多人，擋住了去路。接著口號聲四起。「打倒共產黨！」「打倒周恩來！」「要馬敘倫保證我們回蘇北！」馬敘倫雖已極困頓，但仍勉強振作回答：「我沒有資格保證你們，但可以把你們的意見轉達給政府和有關方面。」「不要聽他的！」又有人狂喊：「打倒共產黨的代表！」隨之有人喊：「打！打！」暴徒們由堵截變成包圍，由推搡變成毆打。代表們退入茶室。暴徒們追了進來，門口的憲兵、員警卻放任不管。雷潔瓊、閻寶航被亂拳毆打。特務們用拳頭，用汽水瓶砸馬敘倫，他倒在沙發上，動彈不得。閻寶航上前保護，十二個暴徒打得他渾身是血。陳震中頭部遭到重擊，暈倒在水泥地上，

暴徒還用腳亂踢。被打最慘重的還有兩位記者，《大公報》記者高集，左眼被打到流血，肩背與手臂及大腿都挨了揍；《新民報》女記者浦熙修挨了許多拳腳，她的頭髮也被特務扯得稀疏。他們兩人不僅被打，還和雷潔瓊一樣，許多東西都被搶去，如手提包、手錶、墨水筆都成為特務們的「戰利品」。民盟的幹部葉篤義是來接車的，也被當作代表打倒在地，站起來又被踢倒。有位姓陸的女青年，是陪羅叔章來接車的，特務們一邊打她，一邊撕掉她的全部衣褲，赤身裸體使她蒙受羞辱。學生代表陳立復挨打後，逃到一個憲兵身邊，向他求援，他說：「沒有得到上級的命令，我們無法維持秩序。」

　　在混亂中，中共代表團的范長江和《文匯報》記者黃立文，幸而逃出重圍，分別去梅園（中共代表團所在）、藍家莊（民盟總部所在）報告情況，設法營救。

　　記者黃立文回到住處，於凌晨 1 時半發出加急專電，報導「下關事件」的經過。《文匯報》在 24 日第一版以〈上海人民代表到京，竟在下關車站被打，陳震中等受傷最重，迄今晨一時尚在被困重圍中〉為題，加邊框、突出地刊出這則專電。徐鑄成聞訊，義憤填膺，於 25 日親寫社論〈對南京暴行的抗議〉，社論指出：「這種暗無天日的暴行，竟然發生在憲警林立的首都，竟然演出了六、七小時（從 7 時到翌晨 2 時）之久。這些情形，使我們在上海的中外人士感到深刻的悲憤。」「這次行動是有組織、有計劃，事先深思熟慮，準備得非常周到，『完全重複過去兩年中重慶、北平、成都、昆明等地類似的事例』。不過，有一點是這裏應該加以補充的：過去的每次暴行，都沒有這次卑鄙而下流，……這次是打人之外更搶東西。這一點證明打手的素質越來越低下了，指揮操縱的也越來越無法控制打手的行動了。」「自然，中國人民絕不會因為這種令人髮指的暴行，而放棄對於民主與和平的爭取。不，這只有使我們更加堅定為和平民主而鬥爭的勇氣和信心。今天離我們最後目標的實現，還有許多曲折的路要走，但我們的目標一定會實現。」

在上海，多數的大型日報都採用歪曲事實的中央社電訊，《大公報》女記者高汾，因為自己的報紙沒有準確地報導，氣憤得落淚，而《文匯報》則連續多天在不同版面上，以各種形式進一步揭露事件真相，慰問和支持人民代表的正義行動。如 26 日在頭條新聞的位置發表記者黃立文的〈下關事件目擊記〉，詳細報導事件真相，還附有代表和記者的傷情明細表，粉碎敵人的謊言。27 日發表學生代表陳立復的〈旅京兩日記〉，用日記形式詳盡記錄 23、24 日兩天的親身經歷，揭露國民黨軍警袖手旁觀、聽任特務施暴的罪行。《文匯報》各個副刊也先後發表譴責暴行的文章。《世紀風》連續三天用整版的篇幅刊登茅盾、葉聖陶、鄭振鐸、夏衍等人的文章，對國民黨當局嚴厲駁斥與抨擊，對人民群眾進行有力的鼓舞與動員。〈讀者的話〉連續一周以整版或大部份篇幅，發表讀者的抗議和聲援的來信、來稿。在讀者倡導下，發動捐款作為受傷代表的醫藥費（後改為和平獻金）。短短二十天，收得一千餘萬元（當時米價每擔七萬元左右）。後馬敘倫、雷潔瓊、閻寶航聯名來信，向各界人民致謝，並將贈款移作社會公益事業，以廣仁風。

在「下關事件」中，《文匯報》充分顯示了進步輿論的作用，而領導這個戰鬥集體的，是徐鑄成。

卒然臨之而不驚

「疾風知勁草，板蕩識忠臣。」經歷幾次重大事件，《文匯報》已深得讀者的信任。從而其發行數扶搖直上，已躍居上海各報的第四位（前三位是《申報》、《新聞報》、《大公報》）。對此，總經理嚴寶禮既喜又憂。喜的自然是打開了銷路，憂的則是經濟周轉的困境。當時當局對各報用紙進行配售（報紙的官價與黑市價相差甚巨，黑市價大於官價一、兩倍），能順從當局的報紙放寬配給額，唯獨對《文匯報》僅給少量配額，因此大部份用紙要購自黑市，由於成本的提高而報

價卻因同業的議定不能提高，這就造成了發行數愈增，虧累卻愈大的反差。

1946 年下半年，《文匯報》面臨捉襟見肘的困境。銀行貸不到款，周轉資金告缺。職工薪水本就低於其他大報，加上常常拖欠，而物價一日數漲，工資到手實已大打折扣。職工憑藉著愛報的精神支撐工作。

曾經有可以改變困境的機會。李濟深（任潮）先生，是徐鑄成在桂林時的舊交。10 月間，任潮先生到滬，著人通知，要與徐鑄成見面。徐應邀到愚園路 1125 號（近江蘇路口）李府。見面後略寒暄，任公即盛讚《文匯報》辦得好，為老百姓說話。李又說到，抗戰勝利前，曾和馮玉祥、龍雲商定，戰後要反獨裁、爭民主，必須籌辦一張報紙。現在看來《文匯報》符合我們的宿願，實無須另起爐灶。李還含笑說：「也找不到像你這樣的辦報內行呀！」

聽話聽音，徐鑄成已揣摩出李任潮有投資的意圖。徐鑄成委婉地表示，《文匯報》現時確實面臨極大的困難，全體同仁決心與困難作鬥爭。當初曾與嚴寶禮約定，絕不接受任何政治方面的資助，即使變相資助，如低息貸款或營業以外的贈予，均一概謝絕。因為如開這缺口，當局就會乘虛而入，且無理由拒絕。他並鄭重地說，這會影響到一張民間報紙的純潔性。

接著徐鑄成說到擬議中的向社會公開招股增資的計劃。每股股額極小，避免政治性投資與股權的集中。

任公並不相強，說：「這也好。那就待你們公開招股後，如不能足額，未完成部份就由雲南興文銀行上海分行協助解決。」李還說到龍雲對徐鑄成的欽佩，龍雲的幼子，其時正在美國密蘇里大學學新聞，待學成歸國，「即到你門下，拜你為師」，去《文匯報》歷練。徐鑄成忙說不敢。

李、徐這次談話後，果然興文銀行滬分行經理李澄魚（龍雲親戚）與嚴寶禮見面，相約待他去香港（三、五天）回來後即作具體協商。後李澄魚所乘飛機失事，機毀人亡，此事沒有結果。

　　《文匯報》向社會公開增資招股，是 1946 年 12 月間的事。據 1939
年曾在《文匯報》擔任編輯的周福寬（當時在 ABC 糖果廠擔任副經
理）回憶，1946 年 12 月初，《文匯報》連續刊登啟事，向社會公開集
資招股。有一天，徐鑄成與嚴寶禮兩人找到周福寬和糖果廠經理馮百
鏞，聚談中談到招股一事。徐鑄成直截了當地說：「我們想擴充設備、
添購機器，但經濟上遇到困難，因此想公開增資招股，希望你們鼎力
相助！」

　　周福寬說：「《文匯報》公開招股，這在以往上海新聞史上是從未
有過的新鮮事。它體現了群策群力的辦報精神。報紙有困難，向群眾
交底，取得群眾的諒解和支持。它在刊登招股啟事的同時，也把報紙
性質（純粹私人集資經營的企業）、資本數額（五億元）、經營狀況（筆
者註：銷數在本市佔第三位──另說為第四位）、增資金額（十億元）、
招股辦法（強調避免股權集中，避免任何政治性的變相投資）等等，
一一披露，公之於眾，可說坦率之極。」[7]

　　當時《文匯報》還發表了篇社論〈我們熱烈攜手！〉，向讀者說
明公開招股的目的，不僅是為了添購機器設備，還因為「我們是人民
的報紙，我們不僅要使這張報紙始終為人民所用。換句話說，凡是本
報的讀者，都應該有權監督這張報、管理這張報。」

　　外界的回應極好。報紙刊登了讀者踴躍認購的動人情景。有個小
學徒，用省下的零用錢搶先來認購；五個窮學生湊成五萬元送到報
館；有的軍人節約微薄的軍餉來認股；一對夫妻讀者拿出所有儲蓄入
股；還有一位尚無固定職業的讀者，傾其袋中所有……有的讀者建議
開展一人一股運動，提出：「一人出一股，萬人出萬股，一人一滴汗，
可以成大海。」「大家的報，大家出力！一人一股，打牢基礎。」動
人的事例，出自肺腑的語言舉不勝舉。

　　……

　　與此同時，徐鑄成還曾設想另一種解困途徑。這見於他和周恩來
的談話中。

　　《文匯報》的進步傾向為周恩來所注意，1946 年冬，有一天，范長江持請帖來邀請徐鑄成。他說：「周副主席明天中午在馬思南路請客，被邀的是兩家進步報紙的負責人。周副主席想單獨找你談談，希望你提早一小時去。」翌日，徐鑄成於上午 11 時準時提前到達。范長江引進客廳。接待他的除周恩來外，陪同的有鄧穎超、陸定一、李維漢、華崗。周與徐同坐一張沙發上。周先問《文匯報》的歷史、內部人事情況，以及他如何脫離《大公報》的經過。徐扼要回答，周不時含笑點頭。周再問國民黨如何壓迫《文匯報》，報紙目前的經濟情況。徐鑄成滔滔地說開了，他說：「國民黨除政治壓迫威脅外，還在白報紙配給和銀行周轉等方面，給我們種種歧視和限制，想困死我們。」接著，他又加重語氣，說道：「但我們有廣大讀者的支持。我們公開徵募讀者股，得到出乎意外的回應，短期內就收足了預定額的三分之二以上，大都是一股、兩股的零碎戶，相信我們能支撐過去的。」周很滿意地說：「對，只要緊緊地依靠群眾，什麼困難都是不難克服的。」

　　據徐鑄成後來回憶，在和周恩來的繼續談話中，他提了一個「現在看來十分荒謬的問題」（他心中設想的另一解困之道）：「《文匯報》在解放區能不能進一步推廣？」他說周「理解我的幼稚心情」含笑作了回答：「《文匯報》在解放區是受歡迎的，特別是知識份子出身的幹部，很愛看《文匯報》。但是，解放區的環境，和這裏大不相同，人民享受充分的民主，忙於土改、戰鬥和支援前線，解放區的一般群眾，喜愛當地報紙，因為它們主要刊載有關這些方面的消息和經驗，使他們感到親切。至於外地的報紙，無論多麼進步，所刊載的東西，一般群眾會感到新奇而非切身有關，所以，要普遍推廣有困難；解放區報紙和國民黨統治區的進步報紙，任務不同、對象不同，這也是自然的分工嘛。」徐鑄成說：「這一番親切的談話，把我的思想疙瘩完全解開了。」[8] 當時這是實情，不過，他在 1949 年後，曾一度設想除香港《文匯報》外，還要在北平、上海、重慶、武漢等地辦《文匯報》（據崔景泰言），後來方知不合時宜。這是後話。

　　轉眼到了 1947 年初，有一筆送上門的巨額投資，為徐鑄成所堅決拒絕。這就是前面提到的、被徐鑄成稱為「鴻門宴」的聚會。

　　這裏先交代幾個有關的人物。虞順懋是上海灘聞人虞洽卿之子，當時是三北輪船公司經理，他和嚴寶禮是南洋公學時的同班好友。嚴遇到經濟周轉失靈時，向虞順懋商借，總是有求必應。因而虞成了《文匯報》勝利復刊後的第二位大股東。（第一位是任傳榜，北洋時代任滬寧、滬杭兩路局局長，投資兩百兩黃金）。江一平是虞府之婿，與虞洽卿的大女兒虞澹涵結婚（女方比江大十多歲），他早年畢業於東吳大學法學院，憑著裙帶關係成了上海的名律師。此人與 CC 勾搭，出賣風雲雷電。他未對《文匯報》投注過分文，卻憑藉虞順懋的關係，以《文匯報》名義對外招搖。還有吳則中。他曾在陳果夫任組織部長時擔任秘書，又在吳紹澍江蘇監察使署當過秘書長。他常以嚴寶禮的知友自居，並常以透露機密來嚇唬嚴寶禮。和江一平沆瀣一氣、狼狽為奸。

　　在介紹過登場人物後，徐鑄成打開記憶的閘門，再現新「鴻門宴」的故事與場景。

　　時間：1947 年初春的一天下午；地點：上海高乃依路，一幢花園洋房，江一平律師府上。

　　徐鑄成乘坐嚴寶禮的轎車，與嚴應邀到江一平府上赴宴。車進江府內院，只見停了多輛嶄新的汽車。侍役引進客廳。赫然見到 CC 首腦陳立夫、上海的 CC 頭子潘公展、上海市長吳國楨、警備司令（兼公安局長）宣鐵吾，還有《文匯報》第二大股東虞順懋、主人江一平。眾人都笑臉相迎這兩位後到之客。徐鑄成心中一怔，看來這是一個不尋常的飯局。

　　進入餐廳，主賓入座。酒過三巡，主人江一平即席發言。先是一番通常的客套話，接著進入本題：「《文匯報》是我們老舅（指虞順懋）和我一起開辦的，寶禮經營得法。鑄成先生煞費苦心，辦得有聲有色。前些日子我事忙很少過問，報上多有不符黨國方針的言論，引起各方

誤會，我深表歉意。現在《文匯報》銷路很好，聲光有超《大公報》的勢頭。今後我決定自己來管。今天，『立公』、吳市長、宣司令、公展先生都光臨，請不吝指教。說句老實話，《文匯報》規模簡陋，目前面臨經濟困難。我自己沒有錢，請政府投資十億，擴充設備、提高職工待遇，注入新的力量後，一定能為黨國宣傳效勞，發揮它的作用。」言畢歸座，一番洋洋自得的樣子。

這突如其來的襲擊，來勢不小。「看來這骯髒交易已經完成，佈好圈套，逼我當場就範。」徐鑄成心裏這樣想著。

宋蘇軾（東坡）有言：「天下有大勇者，卒然臨之而不驚，無故加之而不怒；此其所挾持者甚大，而其志甚遠也。」（〈留侯論〉）當時徐鑄成正是這樣。他心中早就有底。他和嚴寶禮有約定，編輯、言論方針和編輯部的人事調度、進退，都由他決定，經理部無權干涉。為防萬一，他在報頭下，刊出「總主筆：徐鑄成」六個字，一旦報紙改變態度，他就辭職，這六個字也就不見，讀者也就明白此中底細。眼前他靜觀下面的戲怎樣演出。

陳立夫開口了，他以為這筆交易已經成功，以諒解的口氣說：「過去的事情就不說了，也不能怪《文匯報》，是我們對不起它，這樣一張對抗戰有功的報紙，連個館址也被人搶走（吳紹澍搶佔四馬路原《文匯報》館址，辦了《正言報》），鑄成先生的道德文章，我們一向敬佩，希望今後多為國家出力。」

接著吳國楨、潘公展分別講了幾句幫腔的話。

一旁的虞順懋開始講話，一口寧波腔，他說自己沒有話要說，嚴寶禮不會講話，還是請鑄成兄談談。

既然點了名，徐鑄成也就當仁不讓，他說：「各位想必知道，《文匯報》是寶禮兄苦心經營，順懋兄不時在經濟上大力支持，才有今天的局面。」他這樣說是把江一平撇開。接著說：「至於我，該說是個奶媽，《文匯報》是用我的墨汁灌大的。我和寶禮兄曾約定，不接受任何方面的津貼和政治投資。各位也知道，我是《大公報》出身的。

之所以毅然離開該報，就因為胡政之接受政府二十萬美金的官價外匯。我不能讓《文匯報》比它更不乾淨。《文匯報》之所以得到讀者信任，就是因為明辨是非，不顛倒黑白，敢說真話。當然有時因不明真相，犯了無心的錯誤是有的。今天有幸會見各位有關當局，請今後多給我們一些真實消息，使我們減少錯誤，萬分感謝。」

一番軟中帶硬的話說完，在座的一副尷尬臉色。未等終席，先是陳立夫退席，接著吳國楨、潘公展告辭。唯獨那宣鐵吾留了下來。虞、江、嚴都去送客了。在座只有宣與徐。宣鐵吾翹著拇指對徐說：「了不起，了不起，你能頂住今天這場面。我本以為你是共產黨，看來你是個血性男子漢。過去宣某封你七天門，今後你再罵我，我要是動手就不是人養的。」徐鑄成說：「言重了，我只是憑良心辦報。」

宣鐵吾這樣說，其實是派系思想在作怪，他是軍統的，看著 CC 失敗，心中高興，他並不是真正同情徐鑄成。

……

事情並沒有就此了結，還有尾聲與餘波。一周後，嚴寶禮說去蘇州休息數天。又過了幾天，他回來了，一臉無奈的對徐鑄成說了一番使人震驚的經過。原來他被吳則中拉到南京。中央黨部秘書長吳鐵城，派秘書張壽賢出面談判。提出兩個條件：一是政府投資二十億元；二是他們派人來當副編輯主任。逼著要他簽字，他竟簽了。「這等於自殺！反正我不會同意的。報我照原樣辦下去。」徐鑄成嚴肅地回答他。「那總得有個善後辦法。」嚴寶禮急了。徐鑄成告訴他：「這很簡單，你寫信給張壽賢就說我不同意，完全不承認這些條件。他們再使什麼手段，由我頂著。」

又過了十餘天後，《文匯報》的董事長張國淦請徐、嚴兩人去談話。說陳布雷曾登門拜訪他，他拿出一張中央銀行的空白支票，「他要我轉交給你們，數目由你們自己填」。張當時表示，自己只是個掛名的董事長，作不了主，「他們也不會聽我的話。好在你和鑄成是熟人，不妨直接找他。」

　　此後，陳布雷並沒有找徐鑄成。再此後，報紙被封門，永久休刊。

　　戲就此演完。當時國民黨當局為什麼一而再、再而三，處心積慮地要收買《文匯報》呢？事情的背景是：為著擴大內戰，消滅中共的武裝力量，他們準備結束「和談」，逼走中共代表團停止民主黨派活動，召開國民代表大會。令他們感到頭痛的問題是輿論尚未一律，《文匯報》就是最大的障礙。收買就是軟硬兩手中的一手。

　　還有一點續聞。

　　整整十年後，那該是 1957 年。鋪天蓋地的大字報已把徐鑄成「刷」了出來。接著《文匯報》登出一篇「傑作」，是針對徐鑄成的。徐鑄成又宅心仁厚，不說明作者是誰，只說是「一個該負責任的人」。而張國淦也說是「某某人」。那篇東西指鹿為馬，把徐鑄成三次頂住收買，說成是三度企圖出賣《文匯報》。看了那天的報紙，徐鑄成氣得發抖，於是寫了封信給《人民日報》的鄧拓。大意是說：「在運動中，什麼樣的污水潑在我頭上，我不在意，相信黨總會搞清楚的。這件事確太顛倒黑白了。」接著他簡單敘述當時的經過。最後說：「請你按常理想一下，我要出賣《文匯報》，有什麼好處？錢都落在別人口袋裏，而我當時僅只擁有『徐鑄成』三個字，我為什麼要去玷污它呢？即使最自私的人，也不會做這種蠢事吧！」信寄出後，沒有收到回信。

　　大約過了三、四天，《人民日報》赫然登出一則啟事，啟事署名張國淦，內容大體是：「閱某日《文匯報》，某某人對徐鑄成的揭發，深為駭異。當時我忝為《文匯報》董事長，據我所知，事實恰恰相反。」

　　張國淦這時是科學院近代史研究所特約研究員。由於當時徐鑄成未與他見面，不久他又下世，他這則啟事究竟是鄧拓訪問他的結果，還是完全出於個人義憤，無法作定論。不過不管是出自何種原因，張國淦的挺身而出，在那謊言滿天飛、假話成真理的當口，他仗義辯誣，這種精神何等可貴！再說那時《人民日報》從不刊登個人啟事，何況在那風狂浪急的時候，要冒多大的風險？這自然是透過鄧拓的。這麼說來，鄧拓也同樣可敬可佩！我想，這也就是書生意氣，文人惺惺相惜吧！

「第二條戰線」的鼓動者

上世紀三、四十年代，《大公報》與《文匯報》都是以民間報自居的。人們的通常看法是，《大公報》的言論態度是中間偏右，而《文匯報》則是中間偏左，後者較為激進。

還有一個值得注意的情況是，兩家報紙都有共產黨員。《大公報》中的楊剛、李純青、范長江、吳硯農都是中共黨員，而《文匯報》中的黨員更多於前者。六十多名採編人員，據徐鑄成說，就有黨員十六、七人。黨員之一的唐海說：「（孟）秋江是採訪部主任，他是中共中央南方局派到報社來工作的。」[9] 高層領導的陳虞孫、宦鄉都是中共黨員。黨員自然要按照黨的任務發揮作用。

《文匯報》記者唐海曾這樣說：「在日本投降後，蔣介石為了保持他的腐朽統治，在美帝國主義的支援下，發動內戰，妄圖用武力消滅中國共產黨和他所領導的革命軍隊。革命群眾運動的目的，是為了反對國民黨挑起的內戰，推翻蔣家王朝的統治。鬥爭浪潮一個接著一個。在解放大軍於全國各個主要戰場上取得不斷勝利的同時，上海出現了反對蔣介石政府的第二條戰線。這條戰線的開闢，加速了蔣家王朝的徹底崩潰。在這裏，《文匯報》起了很大的鼓動作用。」[10]

具體說來，第二條戰線就是工人運動和學生運動的推動。這包括有「攤販事件」、「勸工大樓慘案」、「交大與復旦等大學的學生運動」。

攤販事件

1946 年秋天，國民黨上海市政府認為攤販營業有礙市容，下令在黃浦、老閘兩區內禁止攤販營業。這些攤販其實大部份是失業工人。為著維持生計，便批點美軍的剩餘物資在馬路邊擺攤。國民黨政府不從根本上去解決工人的失業和失業救濟問題（當時統計有三十萬人失業），反要堵塞這些失業者的求生之道。官逼民反，這自然要遭到強烈反抗。攤販想盡方法對付，像捉迷藏，這邊取締，就擺到那邊。到

了 11 月，警察局動用大批便衣員警，見攤販就抓，見到貨物就沒收。一天中就抓了上千人。天寒地凍，被捕者衣衫單薄，呼饑嚎寒。11月 30 日，數以千計的攤販及其家屬上街了，有的聚集在河南路黃浦分局門前，要求放人並發還貨物；有的在路上攔住官員的小車請願，有的大公司被砸，馬路上一片混亂。警察局如臨大敵，架起了機關槍，把攤販們裏外幾層包圍起來，後來竟開了槍，多名攤販受傷……

《文匯報》非常重視這事件，採訪部主任孟秋江，估計第二天事件將進入高潮，集中全部記者分配任務。有的派到攤販活動的地方；有的訪問有關管理攤販的官員：有的到有代表性的各界人物那裏，請他們發表意見；有的派到攤販與員警對峙著的黃浦分局；還有的派到黃浦公園──警備司令部指揮鎮壓的中心。

記者唐海被派到黃浦分局，他說這是一次「特別」的採訪。說它「特別」，是因為採訪對象不是被迫害的攤販，而是被群眾包圍的手持武器的員警們。當時黃浦分局之所以允許記者進去，是要新聞界作有利政府的報導。中央社、《中央日報》和那些國民黨的報紙是起了這樣的作用。而唐海的同情自然是在攤販這一邊，但他卻和被他們包圍的員警在一起，也成了面對面鬥爭的「對象」。這一天裏，他看到赤手空拳、衣衫襤褸的攤販們，一聲聲的高喊著「放人！」、「放人！」他們面對步槍、機關槍的掃射毫不畏懼，但卻沒有提防就在自己的隊伍裏混有便衣員警，槍聲常常從人叢中響起，倒下的就是攤販隊伍中最活躍的人物。有人倒地，隊伍就引起一陣騷亂，受傷者送去醫院，隊伍重新集結在一起。唐海把一天中之所見，寫了篇〈黃浦分局一日記〉。

另一位記者陳霞飛，被派到黃浦公園。警備司宣鐵吾坐鎮在那裏，指揮鎮壓行動。陳霞飛從人群中擠進去，直面宣鐵吾，問他對這事件有什麼看法、有什麼感想，結局將會怎樣？他並不回答，卻無緣無故地對朝他迎面走來的小勤務兵，連抽了兩個重重的耳光，不知他是什麼用意，是「殺雞儆猴」還是有意把問題引開？陳霞飛不理他這

一套，依然追問，最終他是回答了，只是周圍人聲喧鬧，他的話一句都沒有聽到，採訪沒有結果。

《文匯報》在第一天（12月1日）即報導事件發生的經過。在頭版頭條的位置，用斗大的字作標題：〈黃浦區昨空前騷動　數千小販昨集體請願　分局竟日被包圍群情憤激　大新公司等商號亦遭波及〉。同日又在二版發表社評〈昨天的事件〉。社評說：「這不僅是勝利以來上海空前的慘事，也可說是五卅慘案以來上海少見的大事。」接著又指出攤販的由來，「是因為戰禍彌漫，農村破產，許多人都擠到上海來謀生，而上海的生產停滯，美貨氾濫，社會經濟萎縮，因此造成了大批的失業群，為了生活的掙扎，才出現這大量的攤販。在這樣的情勢下，取締當然不是一個合理救治的辦法。」

12月2日，頭版頭條的新聞標題是〈攤販風潮遍及全市　商店停業市景淒涼　黃浦區警戒特嚴槍聲四起〉，報導攤販事件所引起的影響。其他版面也積極配合，如〈讀者的話〉發表了〈血淚滿紙話攤販〉、〈一個小販的話〉等來信。記者們採寫的文章也陸續發表，如唐海寫的〈黃浦分局一日記〉等。

就在攤販們的堅持鬥爭和強大的輿論壓力之下（《文匯報》厥功尤偉），「攤販事件」以攤販的勝利告終。政府允許攤販在熱鬧的馬路上設攤，釋放全部被關的攤販，沒收的貨物一律發還，並免去黃浦分局局長杜醇的職務。

勸工大樓慘案

1947年2月9日上午9時，上海三區百貨業工會在南京路勸工大樓（勸工銀行三樓），舉行「愛用國貨，抵制美貨」籌備會成立大會。出席人數達五百多人，郭沫若、鄧初民應邀在會上作報告。

會場氣氛熱烈，不斷響起激昂的歌聲。郭沫若、鄧初民登上主席臺，演講正要開始。突然一批身份不明的人物，不聽維持會場秩序的糾察隊員勸阻，強行闖進會場，領頭的兩人拔出手槍，踢翻簽名桌，

大聲嚎叫：「打！」後面百餘名打手一擁而上，有的手持鐵尺，有的手拿木榔頭，拖住身無寸鐵的店員就打。挨打的大都頭破血流，不支倒地。兇手們正要衝上主席臺行兇，守衛在臺前的店員，手挽手築成人牆，擋住兇手。兇手們對他們毒打，沒有人鬆手，昂然站立著。主席臺上的工會領導人急忙保護著郭沫若等從主席臺的後窗門離開會場。永安公司西鞋部的店員梁仁達，雖已被兇手打得遍體鱗傷，仍不畏強暴，怒斥兇手：「我們提倡國貨有什麼錯？你們為什麼要打人？」失去人性的兇手，反而更殘暴地打他，他全身是血，昏倒在地，穿著皮鞋的兇手在他身上亂踢、亂踩。後因傷勢過重，經仁濟醫院搶救無效而死亡。會場被砸得一片狼藉，店員們身上的財物，手錶、眼鏡、現款都被兇手們搶走。部份與會人員退到街上，又被埋伏在街邊的兇手毒打，馬路上的員警視而不見。兇手們足足打了四十多分鐘才呼嘯而去。這時員警卻來了，反把因負傷尚未走掉的店員十九人拘捕……

《文匯報》記者崔景泰聞訊，火速趕到慘案現場，會場已人去樓空，只見滿地都是被砸壞的桌椅與門窗、碎玻璃等雜物，到處都血跡斑斑。聽了店員們的控訴，崔景泰禁不住心頭的怒火，帶著悲憤回到報社。當日下午又去採訪一些慘案的目擊者。那時報館的條件極差，所謂的採訪部只有十平方的一間房子，哪放得下十二個記者的桌子？記者寫稿要到處「打游擊」（即找有空的地方）。而恰好在深夜之前，正副總主筆的房間是空著的。

晚上，崔景泰走進主筆的房間，在一張桌子前坐定，展開稿紙寫道：「去年2月10日，較場口歷史慘劇、醜劇，同『五九』、『五卅』……那些國恥紀念一樣，在人們心裏烙上深印，今天是一周年誰能忘了？但是，今天記者又要報導一件可恥的血案給讀者。提起筆，手有些顫抖，眼裏滾動著熱淚！這是中國人民的羞恥！」他正在埋頭寫稿時，不知什麼時候，總主筆徐鑄成走了進來。接著徐鑄成桌上的電話鈴響了，他對著話筒說：「我們有記者去採訪，會根據事實報導。」他放下話筒，看到崔景泰正看著他，帶著不屑的神情說：「電話是吳國楨

（市長）打來的，他要我們只登中央社發表的勸工大樓事件新聞，自己不要寫。給我頂回去了！」總主筆的話，給了崔景泰極大的鼓舞，決心詳細報導這件慘案。

2月10日，《文匯報》在頭條新聞的位置刊出慘案經過的報導，大字標題〈較場口事件重演！呼籲愛用國貨有罪　暴徒開打勸工大樓參加職員被毆傷者百餘人　梁仁達君受重傷慘烈犧牲〉。新聞上方還刊登梁仁達遺體的頭部照片，並有梁仁達生前英俊瀟灑的半身照。徐鑄成連續兩天親寫社論〈悼梁仁達君〉（11日）、〈人民不應該問政治嗎？〉（13日）。後一篇針對官方的謬論「把此次召集會議的負責人找出來，在法律上道義上要他負梁仁達死的責任，說此次集會『顯係別有用心』、『含有政治作用。』」徐鑄成憤怒地指出：「要想借用『政治作用』四個大字，輕輕把打人殺人的滔天罪行，一筆抹殺。這未免太欺人了，太不把人民放在眼睛裏了！」「只有少數別有用心的人，想一手把『政治』據為己有，充分發揮他們的『政治作用』，玩弄他們的『政治手腕』，『把國家當作慘酷屠場，以人民受罪為得意，以民族遭難為享樂。』……於是愛國有罪，和平有罪，民主有罪，愛用國貨有罪。這究竟是什麼邏輯？」在〈編者的話〉裏，又連續發表題為〈徹查凶案〉、〈騙不了人〉、〈變本加厲〉、〈不戢自焚〉四篇短評，一一痛斥當局的讕言。

當局不甘心就此失敗，市長吳國楨親自策劃、唆使黨羽組成什麼「梁仁達先生治喪委員會」，又用巨額金錢想收買梁烈士的家屬，企圖在社會上混淆視聽，結果這些陰謀都被《文匯報》暴露於光天化日之下。

在《文匯報》連續的新聞報導和強大的輿論鞭笞下，上海市民瞭解了事實真相，分清了是非，抗議信紛紛送到報社，還自動為梁烈士家屬募捐，一周內就交《文匯報》轉送二千六百多萬元（法幣），這在當時不是一筆小數目。捐款的都是工人、大中學生、家庭婦女、公教人員、攤販……可見支持面之廣。

支持學潮

1947年春天，在國民黨統治區是多事之秋，物價狂漲，工人罷工，原來平靜的校園也學潮迭起。在上海，先是上海法學院學生因貼標語和員警發生衝突；接著高中學生反對會考；4月，滬江大學因壓制學生課外活動，不許學生自由進出校門，還無故開除學生，激起學生罷課。繼滬江學生罷課後，交通大學、同濟大學、暨南大學、復旦大學的學生運動，此起彼伏，或互相呼應，或同時發生。這對原本動盪不安的人心，更增加了新的刺激。

進入5月，學運高潮更是一個接著一個。交大學生罷課赴京請願的鬥爭，取得勝利不到一周，「五二○慘案」又發生了。5月20日，南京、上海、杭州、蘇州四個城市的大專院校學生代表約六千人，齊集南京舉行聯合大遊行，高喊「反饑餓、反內戰、反迫害」的口號，向國民黨政府請願，他們要求增加學生公費和教育經費，提高教職員工待遇。遊行隊伍到達珠江路時，遭到軍警的毒打，造成震驚全國的慘案。同一天，上海四十所大中學校一致罷課，七千名大中學生也上街遊行，高喊同樣的口號，與南京的聯合大遊行相呼應。

學潮初起，徐鑄成就撰寫社論〈善處當前的學潮〉（《文匯報》，5月10日），坦誠提出善處之道：「為政者最忌犯『悖』與『愎』的毛病。每一設施必求合乎情理，有所未合，便貿然施行，便是悖。既行之後，發覺行不通，還偏要硬幹，便是愎。既悖且愎，無有不債事的。而況現在是什麼時候？物價如氾濫的洪水，米風潮如燎原的野火，正使人民惶惶不安。然而當政者唯恐場面不熱鬧，還要多弄些事情出來……」。然而這樣平和有益的言論聽不進去，18日南京當局公佈維持社會秩序臨時辦法，蔣介石又發表「整飭學風，維護法紀」的談話，預示著鎮壓的決心。《文匯報》以〈愛國情緒不應壓制　暴力更難解決問題〉的標題報導蔣介石的談話，表明報紙的態度。

「五二○慘案」發生後，21日《文匯報》作出強烈反應。新聞的大字標題是〈首都學生遊行被阻　珠江路口發生慘案　學生受傷者逾二十人〉。同時又配發言論。

另一張民間報──《大公報》的態度卻完全不同。當時儲安平主編的《觀察》雜誌曾有評議：

> 在這次學潮中，大公報所表現的態度，實在不孚眾望。英大事件和交大事件都是局部問題，姑且不說，就是十五、十六兩日南京中大金大兩次饑餓遊行的新聞，不編在第二版要聞版中，亦還勉強說得過去。可是五月二十日南京發生了這樣的壯烈的慘案，這樣震動全國而有強烈的政治意義的新聞，大公報還不肯編在第二版要聞版中，這是什麼編輯態度？……同時，像南京五二〇慘案這樣一個嚴重的新聞，大公報竟用「首都一不幸事件」這樣一個輕描淡寫的標題，這是什麼編輯技術？至於說到評論，該報五月二十一日的短評論南京慘案說：「不幸執行禁令者在方法上未能充分體會在上者愛護青年的本心，卒至演出慘劇。」全國青年聽著：你們同意大公報的話，承認今日在上者還有一點愛護你們這批青年的一點意思嗎？你們承認當有人用木棍鐵棍向你們頭上劈下來，這就是愛護你們的表現嗎？在五日十九日的社評中，大公報視學生的請願為「暴力的革命」，五月二十二日的社評中認為「學生近來的行動」「太天真幼稚了」，認為「青年人太簡單了」，認為學生在請願中「充分表現其行動的兒戲性」，而且認為今日之學潮，直為「小孩玩火」。我讀大公報前後十幾年，實在從來沒有看到有過這樣違反民心的評論。……

應該說，上面引用的儲安平對《大公報》的議論是持平之論。有比較才有鑒別，同樣標榜民間性的兩張報紙，《文匯報》才是民間的、站在學生這一邊的。

事情仍在發展。5月23日，《文匯報》採訪部主任孟秋江接到電話，復旦大學發生情況，他當即通知女記者麥少楣（她原本負責採訪文教新聞）前去採訪，記者李肇基陪同。

　　到復旦大學門前，方知學生們抗議「五二〇慘案」，遭軍警包圍並有學生被捕。只見校門緊閉，牆頭上蹲著幾個獐頭鼠目的人。看到麥、李兩人前來，有人大聲問：「你們是誰？」麥少楣回答：「我們是《文匯報》記者」。她的話音未落，幾個人狂喊：「打你們《文匯報》！」一下衝出十幾個人，拳頭木棍就向他們打來。混亂中兩人都被打傷且傷情嚴重。手無寸鐵的記者採訪新聞竟被毆打，帶著滿腔怒火，兩人在復旦附近找到了市長吳國楨，向他提出抗議，要求懲辦兇手。吳國楨竟說：「我正要找《文匯報》，這次學潮《文匯報》要負責任。」李肇基當場予以嚴正駁斥。

　　兩人回到報社，忍痛含憤寫了〈復旦門前被毆記〉。是否要發表這篇控訴性的文章，編輯部存在發表與不發表兩種意見。主張發表的，認為真理在自己這邊，用不著怕，寧為玉碎，毋為瓦全。不主張發表的，深怕得罪當局，報紙遭封門。總主筆徐鑄成支持前者，與宦鄉等商量後決定發表。5月24日文章見報，同時在〈編者的話〉專欄中徐鑄成又親寫兩篇文章。一為〈我們的抗議〉：「……在政府已一再明令，保障新聞自由之後，在這樣的大都市裏，公然嘯聚數十暴徒，圍毆手無寸鐵的記者，這實在是國家的恥辱。尤其是對中央和地方當局一再公佈的緊急措施的大諷刺。對於這一暴行，我們除保留一切法律權益外，要鄭重向當局提出幾點要求：（一）切實保障新聞採訪自由。（二）嚴懲兇手。（三）保證以後不再發生類似事件。」另一篇是〈誰應該負責〉，針對吳國楨所說「這次學潮，《文匯報》要負責任」予以駁斥。文中指出，學潮不是憑空發生，也非想它平息就會平息，即使報紙對學潮不提一字，也不可能平息，從而天下太平。「不要說是中國的報紙，就是世界上任何有權威的報紙，恐怕也絕無此力量。自從這次學潮發生後，我們對於處理新聞、發表言論，都特別謹慎，為的就是希望這動亂狀態，能夠真正安定下來；但報紙畢竟是報紙，既發生了新聞，我們不能不登，登載亦不能不根據事實，我們既不能無中生有，也無權化有為無，更應該遵守新聞的道德，不許指黑為白，

文過飾非。我們既無權處理風潮，也無力化除這些風潮，請問，我們有什麼責任？」同一天，其他版面也都有一定的篇幅登載學運消息。

意料中的結局，就在 5 月 24 日下午終於發生。

封門前後

1947 年 5 月 24 日，《文匯報》發行編號 1086 號，這天下午，當局採用突然襲擊的手段，以淞滬警備司令部的名義，送來勒令《文匯報》的停刊命令：

> 查該報連續登載妨害軍事之消息，及意圖顛覆政府破壞公共秩序之言論與新聞。本市為戒嚴地區，應予取締。依照戒嚴法規定，著令該報於明日起停刊，毋得違誤。此令。

同一天，同時被勒令停刊的還有《聯合晚報》和《新民晚報》。

這是有計劃的預謀，5 月 24 日出版的《文匯報》不過是導火索罷了。

三報同時停刊有其內幕。5 月 25 日上海的《鐵報》（與國民黨有淵源的一張小報）透露，此次文匯、聯合、新民三報停刊，係奉蔣主席核准執行。這一下捅了馬蜂窩，淞滬警備司令部從速發表聲明：「鐵報所載係奉蔣主席核准執行云云，完全不確……」這塊遮羞布畢竟掩蓋不了事實真相。

1949 年新中國成立後，從國民黨遺留下來的檔案中發現，國民黨內務部早就作出《文匯報》永久停刊的決定。原來蓄謀已久，只是時間早晚而已。

另外，南京與上海的步調並不一致。5 月 23 日，南京國防部新聞局開了個「鴻門宴」式的茶話會。被邀請的有《大公報》、《文匯報》、《新民報》、《聯合晚報》、《南京人報》共五家。主人是藍衣社頭腦之一的劉健群、三青團骨幹李俊龍、老蔣的智囊黃少谷。據代表《文匯

報》出席的駐南京特派記者鄭永欣回憶，劉健群講了一番顯係威脅的話後，要五家報紙維護國民政府重心──蔣委員長的威信，任何軍政大員可以根據事實進行批評，唯有蔣不在允許範圍之內。這確是意外，南京方面剛向五家報紙提出「不許非議蔣介石的要求」，僅一天之隔，就讓五報中的上海三報停刊，如此之快，足可說明兩地的步調不一致。[11]

在查封《文匯報》的同時，幾天後的一個深夜，特務分別闖進李肇基和麥少楣的家，非法逮捕兩人。《聯合晚報》的女記者姚芳藻也被捕。經報社的積極營救，麥少楣由中央社女記者陳香梅保釋（她們兩人都信仰基督教），李肇基也被釋。麥少楣與李肇基後結為伉儷。解放後，李肇基在外交部工作，1955 年，以我國代表團工作人員身份，赴印尼參加萬隆會議，因所乘喀什米爾公主號飛機被國民黨特務破壞，中途炸毀，他不幸犧牲。這是後話。

話題再回到《文匯報》被封的場面，5 月 25 日還有驚險的一幕。

5 月 24 日下午查封時，採訪部已經被搜查洗劫，因時間關係，當時總編室尚未搜查，只是派特務在看守著。總編馬季良（唐納）辦公的寫字臺大抽屜內，有一份學生運動各校負責人的簽名紙，那是兩天前學生遊行時，送到報社向國民黨當局的抗議書。由於事起倉促，還未收藏，萬一被搜去，後果之嚴重，不言而喻。

25 日上午，總經理嚴寶禮與編輯任嘉堯同到報社，準備設法取出。進社一看，六張大寫字臺旁坐著六個便衣特務，正在待命。任嘉堯靈機一動，打了個電話，請美國《時代》、《生活》、《展望》上海辦事處的中國記者崔宗瑋馬上來現場採訪，並帶了一個美國攝影記者一起來。崔宗瑋素和《文匯報》關係極好，約七、八分鐘後，崔就帶著美國攝影記者考夫曼來了。任嘉堯陪同他們看了各部門被洗劫的現場，崔看了大搖其頭，考夫曼忍不住罵道：「God Damn!」（該死！）考夫曼把一片狼藉的場面都拍了下來，待在總編室的時間尤久。那些特務看是洋人，不敢得罪，只好看著他們，又不能動手搜查。崔宗瑋

等走後，時間已是中午 11 時，經嚴寶禮同意，叫來一桌和菜（大眾化的筵席），設在編輯部對面的一個房間裏。面對筵席，那幾個特務哪肯放棄，乘他們大快朵頤時，任嘉堯悄悄打開馬季良的大抽屜，把那份名單拿了出來，避免了一場災難。待特務們酒醉飯飽，動手搜查時，也就一無所獲。

……

文匯、新民、聯合三報同時被封後，以民間的、獨立的報紙自稱的《大公報》的態度，實在令人吃驚。5 月 25 日，《大公報》第四版只用三號字標題，平平淡淡地刊出三報停刊的消息。正如主持《觀察》周刊的儲安平所說：「《大公報》的編輯先生，大概對於電影明星及歌唱明星都是非常發生興趣的。」「在一個城市中同一天封了三家報紙這樣一個消息，其重要性還不如一個電影明星的私人軼事。《大公報》對於文匯等三報的被封，始終未發一言，以示同情。」儲安平責問道：「5 月 25 日是星期，該報照例刊『星期論文』，但為什麼不寫一篇短評呢？25 日不寫短評，為什麼 26 日不寫一篇社評呢？」兩問後，儲安平繼續申論：「至少站在同業的立場上，《大公報》也應當寫點文字，向當局抗議一下。」「《大公報》所以默無一言，還是認為文匯等三報應該被封呢？還是嚇得不敢說話呢？還是幸災樂禍，坐視不救呢？」儲的結論是「上述三因，必居其一。」[12]

後來，《大公報》還是說了話。刊出一個短評，題為〈請保障正當輿論〉。徐鑄成加註：「聽說是該報總編某君親自執筆的。」自張季鸞後，該報曾有兩總編，其一是徐鑄成，已經走了，那該是王芸生吧？短評大意說：「三家報紙已被封閉了，今後希望政府切實保障正當輿論……」對這，徐鑄成說：「這是一支冷箭，射向手腳已被縛住的對手，很明顯它是影射這三家報紙是不正當的輿論。明白說，是『為匪張目』的報紙。」接著更義憤填膺：「這是《大公報》歷史上罕見的卑鄙評論，我看了真是又傷心，又痛心。」[13]對昔日同仁竟如此，夫復何言？

當時起而仗義執言的，是一家外人辦的《密勒士評論報》。該報說：「中國今天只有兩張真正的民間報，一張是中間偏左的《文匯報》，一張是中間偏右的《大公報》。應該彼此扶持支援，而不應該冷眼旁觀，更不應該落井下石！」

　　繼而嚴正抗議的，就是《觀察》的儲安平，他批評《大公報》的「措置顯然失態」。他還說了一段語氣雙關、頗使人玩味的話：「我們今日從政也好，論政也好，必須把私人的感情丟開！這就是今日我們需要鍛煉自己的地方。當此一日查封三報，警備車的怪聲馳騁於十里洋場之日，我們仍舊不避危險，挺身發言，實亦因為今日國家僅有的一點正氣，都寄託在我們的肩上，雖然刀槍環繞，亦不能不冒死為之；大義當前，我們實亦不暇顧及一己的吉凶安危了。」這一番話可圈可點，體現了儲安平的人格魅力。

　　如果說私人感情和私人的恩怨，在《大公報》裏有六人是《觀察》的撰稿人，儲安平毅然予以批評。他和徐鑄成卻有一點不愉快的經歷。儲安平與徐鑄成誼屬同鄉（宜興），《觀察》初創，儲安平曾兩次致函徐鑄成，請他擔任特約撰稿，「但是徐先生為人傲慢，吝賜一覆。」對此，徐鑄成在晚年曾表示歉疚：「我那時可是有點左傾幼稚病，認為他搞第三條道路，實際上幫國民黨的忙，最後終會走上反共、反人民的道路，就沒有回他的信。當時就是那麼一種邏輯，後來三報被封，《大公報》落井下石，只有兩個人站出來說話，一是《密勒氏評論報》的 John Powell，一是《觀察》的儲安平。」[14] 應該說，徐鑄成這種勇於反思的精神是可貴的。還有，當年徐鑄成沒有能做《觀察》的撰稿人，兩人未能合作，可是後來卻殊途同歸。1957 年夏天，儲安平由於放言「黨天下」，最終結束了自己作為知識份子的生涯。而徐鑄成由於所謂「拆牆問題」，也成為右派。不過兩人後來的命運有所不同，儲安平失蹤，生死存亡兩不知，徐鑄成幸能度過劫難，有一個安好的晚年。這是後話。

鐵骨錚錚報人風範

二度復活的《文匯報》，抗戰勝利後再次被扼殺。它的命運真像一顆彗星，生命只是一閃。

《文匯報》被迫停刊後，在生存威脅下，一些地下黨員和傾向進步的記者、編輯，有的亡命香港，如孟秋江、馬季良、柯靈、梁純夫、陳朗、梅朵、劉火子、唐海等人；也有直接去了華北解放區的，如楊重野、程光銳、李夢蓮。由於反動派有所顧忌，對徐鑄成、嚴寶禮、宦鄉、陳虞孫四人不敢下手（深怕引起國際反響，進行暗中監視），他們依然留在上海，等待著復刊的機會。

一個變相復刊的機會來了。國民黨元老葉楚傖之子葉元，原計劃創辦一張《國民午報》，已領登記證，因種種原因，報紙未能問世。聽到文匯被封，葉元親自登門，與徐、嚴兩人面談，表示合作的意願。葉元的意見是，編輯、經理兩部門分別由徐、嚴兩人負責，也請宦鄉參予編輯工作的領導。徐、嚴認為，為麻痺敵人，總編一職最好另請別人在名義上擔任。嚴寶禮推薦了勝利後復刊之初，一度擔任總編的朱雲光，對此葉元無異議。為此，徐鑄成與葉元冒暑到周莊朱府，登門敦請。得朱雲光慨允，即到滬參加籌備工作。

緊張籌備中的《國民午報》就要問世了。詎料由國民黨控制的一張小報，發表了一則花邊新聞，大意是說，上海將出現一張進步報紙，聞名的報人徐鑄成將在幕後主持。是告密，還是有意放風？第二天，上海市長吳國楨親下手令，吊銷《國民午報》的登記證。將在翌日問世的《國民午報》胎死腹中。

變相復刊不成，嚴寶禮從吳則中（此人在前節「鴻門宴」中曾提到）處得到消息，說南京當局有准予《文匯報》復刊之意，力勸徐鑄成去南京「活動」。徐鑄成認為「這也是綁架後企圖迫令屈服，沒有條件是不會讓你復刊的。」「明知如此，你也該走一趟。」嚴寶禮這樣說。

　　到南京後，徐鑄成即去鄧友德府上，鄧殷勤招待，頗盡友情私誼。然而在公的一面，鄧從國民黨立場，並不讓步。稍作寒暄，鄧友德提出復刊條件：一、政府出資讓宦鄉出國，政府只派一人到《文匯報》擔任副編輯主任；二、政府加股若干億，並派一會計主任。徐鑄成的答覆擲地有聲：「復刊應該是無條件的，有條件絕不復刊！」真是錚錚鐵骨，報人風範！

　　復刊無望，徐鑄成決定返程。鄧友德相勸，去見陳布雷一面。陳是張季鸞故交，也是報界前輩，見一面也屬應當。以下是兩人談話：

　　「鑄成兄，你已決定不復刊了。」陳布雷說。

　　「您是報界前輩，設身處地，這有條件的復刊如何復得？」徐鑄成徑直回答。

　　陳布雷忽問：「閣下今年幾歲了？」

　　「虛度四十一歲。」

　　這位蔣介石的文膽又道：「我們國民黨人對自己的黨也有所不滿，但國民黨即使再腐敗，看來二十年天下還能維持。二十年後，閣下想必雙鬢斑白了，你就這樣等下去嗎？」陳布雷雖有預感國民黨根基動搖、大廈將傾，但怎能想到，二十年竟成二年，1949年大陸政權就易手，他一片愚忠，最後飲藥自盡。

　　徐鑄成坦率地回答：「只願此後有太平歲月，作一個太平之民，閉門讀書。」

　　當晚，徐鑄成去下關車站乘回上海的特快夜車。登車時發生一件意外之事。與此事有關的謝蔚明先生（當時他在軍方的《和平日報》工作，後來進了《文匯報》），回憶這事說：「我認識徐老，是1947年6月初旬的一個夜晚。《大公報》駐南京記者高汾、高集獲悉他們夫婦上了特務的黑名單，高集躲進黃苗子家，高汾由我護送到上海親戚家避難，在下關車站登上了京（寧）滬特快列車一節車廂。升火待發的列車，上來最後一批旅客，其中三人走進我那節車廂，我認識的一位是《新民報》經理鄧季惺先生，當即寒暄了一番。鄧先生謙恭有禮，

正要給我介紹同行的兩位，被前來驗票的車守岔開了，和鄧先生同行
的一位出示的車票，卻對不上日期，車票作廢。當時南京政治空氣緊
張，頭等臥車還派來憲兵值勤，憲兵就要他下車。情急之中，他就自
報家門，說他是上海《文匯報》總主筆徐鑄成，這次是應『中宣部』
邀請來南京商談報紙復刊問題的。我聽到徐鑄成的大名，心儀已久，
不覺為之一震。看他不過四十上下年紀，眉宇之間英氣勃勃，比我想
像中的歲數年輕了許多。當晚在列車上邂逅相逢，實是三生有幸。他
拿的不是當天的車票，我又愛莫能助，真不知如何是好。正在這時，
列車長跨進車廂，說是還有幾張餘票，但因要臥鋪的人多，要用抽籤
的辦法分配。徐鑄成手運好，中了籤。列車長說還要出示身份證件才
能給車票。徐拿不出證件。列車長說，旅客中有人擔保也行。我一聽，
立即挺身向前，出示官方報紙記者證，憲兵接過一看，點頭認可，這
才沒讓徐鑄成被趕下這趟列車。」[15]

上世紀八十年代，鑄成先生寫《報海舊聞》時，曾說確有此事。
「夜快車是 12 點後開出的，車票要算第二天的日期，辦事處給我訂
的臥鋪車票是當天的，檢票時說是過期作廢了。」他還說：「感謝當
時還是一位不相識的青年同業，搶著給我擔保，才度過了這一關。這
位青年同業，就是解放後參加《文匯報》的謝蔚明兄。」[16]

當時鑄成先生不知道，其實謝蔚明和《文匯報》是有緣的。他早
已是《文匯報》的「地下特約記者」。當時是《文匯報》駐南京的特
派記者鄭永欣，曾解此密：「身任《和平日報》駐徐州戰地記者的謝
蔚明同志，自 1947 年 4 月 22 日至《文匯報》被封的一個月中，曾秘
密為《文匯報》提供過不少有價值的戰訊。當時為了保密，鑄成先生
和編輯部也不明底蘊。……謝蔚明同志從前線直接與我每晚電話聯
繫，提供當天戰訊，我轉發上海，以徐州專電的電頭發表。時間雖短，
卻發了不少獨家新聞，如〈共軍佔領泰安〉、〈徐州郊外焚毀四座軍火
庫〉、〈陳誠多次前往徐州、兗州督戰〉等消息，都是國民黨報紙掩蓋
猶恐不及而《文匯報》見於報端的大事。……謝蔚明這個月的『地下

勞動」未得到《文匯報》任何報酬，連為數不少的長途電話費，也是混水摸魚由《和平日報》代付了。」[17]插說這段寶貴的新聞史料說明，那個年代情況之複雜，絕不是那些頭腦簡單的「左視家」所想像，在敵人的報紙中，也有為人民在工作的新聞從業人員。

……

徐鑄成回到上海後，即與嚴寶禮、宦鄉、陳虞孫詳述此行經過。

這年秋天，徐鑄成的叔祖逸樵公八十大壽，他有故鄉之行，筆者識荊鑄成先生即於此時（詳情見本書序章）。時光淹忽匆匆六十年，緬懷鑄成先生當年風儀，真不禁感慨繫之。其時故鄉父老對《文匯報》被封，為之歎息，並盛讚鑄成先生傲岸不屈，頂住逆流，譽為「硬骨頭」。

註釋

註1、4：《文匯報史略》，文匯出版社，第 79 頁、121 頁。

註2、5、7、9、10、11、17：《從風雨中走來》，文匯出版社，395、80、83、204、204-205、182、175 頁。

註3、6、8：徐鑄成，《新聞叢談》，浙江人民出版社，第 69、70、74 頁。

註12：《追尋儲安平》，廣州出版社，第 291 頁。

註13：《徐鑄成回憶錄》，三聯書店，第 145 頁。

註14：《儲安平王實味梁漱溟》，江蘇文藝出版社，第 168 頁。

註15：謝蔚明，《歲月的風鈴》，天津教育出版社，第 131 頁。

註16：徐鑄成《報海舊聞》，上海人民出版社，第 34 頁。

第十章　出走香港

衝出軟禁的牢籠

1947 年 5 月，《文匯報》被封閉，徐鑄成留在上海。

次日，意外地接到了從未通過款曲的軍統頭目王新衡的電話。王問：「徐先生你是否準備去香港？」徐答：「我沒有這樣的打算。」王又說：「這就好。你留在上海是安全的。」看來特務怕他去香港。

此後，隔三差五有人打電話來，問他是否在家。原來他已被變相軟禁。

人間有些事出乎常理，在國民黨中居高位的吳紹澍，與追求民主進步的徐鑄成卻締結了友誼，並不因立場不同而妨礙彼此交往。他倆初識於漢口。當時吳擔任漢口市黨部書記長。抗戰勝利後，吳紹澍到上海，又任上海市黨部書記長。徐鑄成到上海復刊《大公報》時，吳曾代為解決辦公用房。《文匯報》被封後，吳紹澍親到徐府，備加安慰，並請徐鑄成到他主持的《正言報》擔任總主筆。徐鑄成婉謝，並將自己比作新喪的寡婦，就勸改嫁未免不近人情。吳置之一笑，並不相強，但說：「雖然如此，請不要否認我來敦請的事，這樣，三青團方面就不會加害於你。」事後《鐵報》刊載其事。果然三青團方面對徐鑄成未有動作。這可以看出吳紹澍用心良苦。

歲月匆匆，徐鑄成在蟄居中度過 1947 年，抑鬱苦悶自不待言。進入 1948 年，大局日漸明朗。解放軍已從防禦轉為進攻。到了偉大的轉捩點。延安收復、洛陽攻克、襄陽解放……戰神的腳步，離上海越來越近了。此時此刻徐鑄成正像籠中之鳥，多麼企盼能自由遨翔。

2 月間，吳紹澍邀請徐鑄成作臺灣之遊。徐鑄成問明此遊性質抑公或私。吳回答純係私人旅遊，徐鑄成這才應允。三日後，兩人乘中

航機到寶島臺灣。匆匆數天中，遍游臺島名勝日月潭、鄭成功遺跡、北投溫泉、阿里山神木，並作環島遊。在臺期間，徐鑄成曾到《大公報》臺北辦事處，訪舊日同仁呂德潤、嚴慶澍（唐人），把酒話舊。

離臺前夕的晚上，吳紹澍與徐鑄成同室而眠，作了一次推心置腹的談話。

吳紹澍動情地說：「我們就要回上海了。我對你作最後一次懇請，你還是到《正言報》主筆政吧。」

徐鑄成並沒有直接回答，而是另起話題：「你看國民黨這個局面還能維持多久？」

吳搔首為難：「五年總可維持吧？」

徐鑄成坦率地說：「我看，未必有五年吧，即使五年也一瞬而過，何必拉我這個不相干的朋友來就這殘席？還有老兄有沒有為自己想過，五年後將何以自處？」

這話觸及吳的心靈深處，他長歎一聲道：「我何嘗沒有想過，只是自己頭上頂著國民黨三個字，又是接收大員，有誰要我？」

說到這份上，徐鑄成以中共「不咎既往」的政策相勸，要他好自為之。

吳紹澍也就此說出曾與民主人士馬夷初（序倫）有過聯繫，也曾多次支援譚平山，史良是上海法學院的同學，此三人想都可以為他與中共搭線，只是都去了香港。

既然吳紹澍能以如此隱秘相告，徐鑄成也就許以如有機會可為他通消息。

經過這番談話後，兩人關係更深了一層。此後兩人各自為對方做力所能及的事。後來吳紹澍也果然從香港北上，投向新中國。這是後話。
……

臺島歸滬不久，當局並不死心，又對徐鑄成籠絡。此仍是陳布雷之意，由陳訓悆（陳布雷之弟）轉致。請他去擔任《申報》總主筆，並稱如他願就，《申報》的言論可以放寬。徐鑄成不加考慮，斷然回絕，好在陳訓悆是舊相識，不會以他言重而怪罪。

徐鑄成雖戰勝了一次次的威脅利誘，但仍身處牢籠，無法擺脫。

說來真是意表之外，馬季良（唐納，原《文匯報》總編）從香港來到上海。他帶來使人驚喜的消息。以何香凝、李濟深等國民黨中的左派人士，在香港組成國民黨革命委員會，並擬出一張報紙的意向。李濟深屬意由徐鑄成來主持。這樣的消息使人振奮。徐鑄成考慮的是自己從未參加過任何黨派，也沒有辦過機關報，有恐辜負任潮先生的美意。馬季良又搬出潘漢年（中共地下黨），說到潘也認為你去最合適。次日，徐鑄成即和嚴寶禮、宦鄉、陳虞孫商量，三人一致同意可與任潮先生合作，共同出資，創辦香港《文匯報》，要徐鑄成即去香港和李公面談。

尚在監視中的徐鑄成得以順利成行，這就得力於吳紹澍。徐鑄成先後兩次往返於港滬。特別是第二次頗為驚險。上海某一小報忽然發表一則花邊新聞（該報有當局背景），大意云：「徐鑄成是有名的民主報人，當局聞其近曾赴港，已密切注意其行動，並已通知機場、碼頭，一經發現相機扣留。」這樣的消息，雖然是威脅警告，但一旦觸犯，就不能成行。所以能成行，是由於吳紹澍幫忙化名買了機票，再擺脫監視，親自駕車送到飛機場之故。[1]

徐鑄成終於衝出了軟禁的牢籠。

創辦香港《文匯報》

《文匯報》香港版於 1948 年 9 月 9 日創刊。

從 1948 年 3 月籌備，9 月創刊，歷時半年。其間徐鑄成兩度冒險往返港滬，蓽路藍縷，玉汝以成。如果說，1938 年《文匯報》在上海最初問世，是由嚴寶禮經營創辦，而香港《文匯報》由徐鑄成一人獨挑重擔，耗盡他的心血，這才成功。

這是徐鑄成辦報史上的第二個黃金時代。

是年（1948）3 月，馬季良從港到滬，帶來李濟深擬請徐鑄成辦報之意向，當即與嚴寶禮等商定：「如願合作，即共同出資，創辦香港《文匯報》。」由此，他於 3 月底銜命，首次冒險赴港。

徐鑄成到香港後，第一個見到的是夏衍。夏公對《文匯報》到香港出版極表歡迎。當時夏公是中共在香港的文化工作領導人，親自主持著中共機關報《華商報》。根據他辦報中遇到的困難，他懇切地囑咐徐鑄成，不能把報紙的色彩辦得太紅，最好是中間偏左，以爭取更多讀者。夏公還說，《華商報》的命運未卜，很有可能會被港府封掉，你們如辦得《華商報》一樣，就將同歸於盡。後來徐鑄成接受夏公的意見，減少了許多麻煩。

與潘漢年相晤，是在第二天。潘漢年籍貫宜興，與徐鑄成誼屬同鄉。徐初任記者，就知道潘是創造社的一位文化鬥士。抗戰發生後，《大公報》當局的胡、張兩人，透過范長江和在「地下」的潘漢年多次見面。這時徐鑄成才知道潘漢年當時負責國統區的部份地下工作。這是首次見面，第一印象很好。潘善於傾聽和分析對方的意見。徐向他陳述《文匯報》的創刊計劃，並說明嚴寶禮不能來港的原因，及今後由他兼任經理部的工作。在談到與「民革」合作一事，潘漢年說：「任潮先生對你很推重，讚賞你的辦報能力，你們辦《文匯報》的建議，我相信他會同意的。今後有陳劭先、陳此生、梅龔彬三位的協助，你一定會把報紙辦好。」他還表示一定全力支持。

徐鑄成這位不速之客，出現在半山羅便臣道李濟深府上，這位李任公大為驚喜。當知道他專為報事而來，更極表歡迎。果不出潘漢年所料，徐鑄成提出創辦香港《文匯報》，由雙方各出資十萬元，作為開辦費，李濟深一口贊同。李濟深還說到，民革成員陳樹渠（陳濟棠胞兄陳維周之子），在荷李活道有一幢四層樓房，並有平版印刷機一架，都可給報館應用。當下設午宴為徐鑄成接風。飯後，陳劭先、陳此生、梅龔彬三人先後來到。除梅為初見，劭先與此生本為桂林時之舊識。對於創辦《文匯報》的計劃，他們異口同聲，一致表示贊同，約定由徐鑄成與二陳及梅四人全權籌備。待徐回上海後與嚴寶禮商定，進入籌備工作。

徐鑄成在港期間，還參加了兩次宴會。一是上海《文匯報》封閉後陸續到香港的同仁，有孟秋江、唐海、劉火子、陳朗等。他們得知

徐鑄成南來，並有辦港版《文匯報》的計劃，席設羅斯他酒店以表歡迎。席上，他們都表示，一旦港版籌備有期，就辭去現有的工作，回到《文匯報》。和這歡聚正相反的是，《大公報》同仁的宴敘。當時港版《大公報》已復刊，由胡政之主持、費彝民任經理。編輯、記者大都是當年徐鑄成在桂林時的同事。然而報風大變，一改舊日傳統的中間立場，如稱共軍為「匪軍」，中共為「匪黨」。這使徐鑄成不僅駭異也感憮然。雖費彝民邀請，胡政之親臨，還有楊歷樵、李俠文、陳凡、羅孚等舊友在場，總覺氣氛有異。席上，胡政之問及辦文匯港版一事，徐鑄成對這舊領導卻故作狡獪，否認有這計劃。平生不作誑語的他，實迫於無奈。

在行期短促、諸事倥傯中，他沒有忘記受吳紹澍之託，在見到馬夷初和譚平山時，即將吳傾向民主的心願相告，兩老都答應將向中共轉告吳的意願。

4月初，徐鑄成回到上海。立即投入籌備，可是瞭解嚴寶禮籌措的資金情況並不樂觀，嚴只有一萬港元存於香港。原《文匯報》股東虞順懋，聽到李濟深襄贊其事，也樂於支援，願提供部份股金，兩下相加，距離十萬之數仍遠。自《文匯報》封閉後，印刷機和排字房一直完整保持，嚴寶禮打算，有朝一日，上海解放，報紙就可復刊。嚴寶禮仍然不準備動用這些設備。可以送到香港的只有一套新的鉛字和排字房器材，其餘一切設備都要在香港籌措。工作人員除工人由上海調去外，經、編兩部人員盡都用已在香港的人，不足再於當地聘用。徐鑄成建議請宦鄉去擔任經理，並共同負責編輯部。得到宦鄉同意。商議妥貼，徐鑄成等待第二次去香港。

在首次去香港已驚動上海當局的情況下，增加了第二次去的難度。5月初，徐鑄成經過化裝，由吳紹澍親自駕車送到機場並送上飛機，這才最後擺脫牢籠，順利到達香港。

徐鑄成到香港後，行裝甫卸即積極從事籌備工作。但是因先天不足（指經費而言），困難頗多。據當年曾是香港《文匯報》編輯的黃

立文回憶：「香港《文匯報》的開辦費究竟有多少，我不瞭解，只知道其中部份是上海提供的，另一部份在香港由李濟深等提供的，總的數目有限得很。」[2] 實際的情況是，嚴寶禮撥來的一萬元，已訂購三十噸白報紙，李任公只交來幾千元。當時民革初成立，需錢甚殷，認股只在紙上。後蔡廷鍇交股三千元。李濟深看到認股者遲遲不交款，他賣掉桂林的房子，湊了港幣一萬元，率先交股。即使如此，民革應交的股款十萬元，在《文匯報》創刊三、五個月後，仍只交不足三萬元；上海方面承諾的十萬元，也只收到現金二、三萬元。徐鑄成說：「在開始創辦起，我就天天像過大年三十夜，職工的生活──開門七件事，必須維持，而機器的『糧食』白報紙及油墨等等，尤感捉襟見肘。」常有這樣的情況，勞累一天，他剛睡下（每天只睡四、五小時），就被喊醒，因為無紙印報，借來高利貸才有紙印報。窘迫之狀由此可見。

　　向香港政府辦理登記出報手續，因當時港府對進步報紙持敵視態度，5月初開始申請，遲遲不批，直到8月初才發出。

　　組織人選，經和夏衍、潘漢年與李濟深等的反覆磋商，決定董事會對外不公開。由李濟深、蔡廷鍇、虞順懋（上海方面股東）、嚴寶禮、徐鑄成五人任董事。又組織社務委員會，由陳劭先、陳此生、梅龔彬、馬季良為委員。徐鑄成擔任總主筆，嚴寶禮為總經理，未到港前由徐鑄成代理，楊培新為副總經理。馬季良為總編輯，柯靈為副總編輯。

　　由於經濟的拮据，買不起印刷機，也租不起像樣的房子，只能租用荷李活道30號一幢四層樓的房子，連同一部老爺印刷機一起租來。這房子小得實在不成樣子。每層不到六十平方米，頂層住深夜班的職工，還闢出一點地方作飯廳；底層是發行部門與機印車間；第二層是排字房；第三層編輯部和經理部合用，採用「二部制」，經理部人員下班了，晚上就由編採人員用辦公桌。

　　到6月以後，上海的排印器材和工人、編輯人員戚家柱、梅朵、陳欽源、崔景泰，分成四、五批乘海輪經臺灣海峽到達香港。由於採

編人員的不足，以後又陸續聘請了原在上海工作、逃亡到香港的蔣文傑、石方禹、鄭拾風、溫崇實、唐君放、姚芳藻、方亢、金慎夫等一批新聞界人士。此外，還聘請了熟悉香港情況的青年如劉士偉、簡捷等人當記者。加上辭去別報工作回來的唐海、陳朗、胡星原，這樣一來，編輯部人員就和原上海《文匯報》不相上下了。

　接著又商定日出兩大張，各個版面的安排是：第一版要聞，第二版國際新聞，第三版體育新聞，第四版港九新聞，第五版經濟新聞，第六版各地通訊，第七版上半部約佔五分之三的篇幅是每天不同的各種周刊，另五分之二的篇幅是「社會大學」，第八版是文學藝術性副刊「彩色版」。當時上海和各地文化界的精英，因各種原因都逃亡到香港，徐鑄成登門拜訪，請他們主持周刊。由千家駒主編星期一的「經濟」周刊；星期二，孫起孟主編「教育」周刊；星期三，郭沫若和侯外廬主編哲學周刊「新思潮」；星期四，茅盾主編「文藝」周刊；星期五，翦伯贊主編「史地」周刊；星期六，曾昭掄主編「科學」周刊；星期日，宋雲彬主編「青年」周刊。這些周刊爭放異彩、各具特色，報紙問世後，深為讀者喜愛。

　創刊的日子臨近了，在香港的民主黨派領袖如沈鈞儒、譚平山、彭澤民、蔡廷鍇等，先後送來題詞和祝詩，光耀報紙篇幅。馬敘倫還送來親寫的「文匯報」三字，讓他們更換報頭，使報紙面目一新。這使徐鑄成為難了，如果換了，無異給報紙塗上一層紅的色彩，要是不換，又怎麼對得起這位民主老人。他趕忙去請教潘漢年。潘斷然說：「你的考慮是對的，千萬不能換新的，我來代你們向馬老解釋，我相信他會願諒的。」

　創刊前，還舉行了不同的招待會和茶話會，以造聲勢。

　在香港、九龍三十七個進步工會的支持下，借灣仔區一幢房子的屋頂平臺上，開了一次場面非常奇特的招待會。當時香港灣仔地區都是四層樓房，高度一致，各幢的屋頂平臺都互相連接，成了很大的場地。招待會就在這裏舉行。沒有桌椅，一個方凳上放了個「麥克風」，

客人（百多位青年）都隨意地蹲著、站著或席地而坐。他們都是進步
工會中的青年積極份子，和一些從廣東逃來香港的青年，他們願意義
務擔任香港《文匯報》的推銷員。招待會由黃立文用廣東話介紹《文
匯報》在 1938 年創刊以來的鬥爭史，又簡要介紹港版《文匯報》的
辦報方針：團結港澳同胞和海外僑胞，爭取祖國的民主進步。會場簡陋，
又愧無招待，但與會者精神飽滿，紛紛表示一定做好義務推銷的工作。

　　在皇后大道一家花錢不多的餐室，還舉行了一次茶話會，由徐鑄
成、馬季良、柯靈三人出面邀請二十多位文化學術界的著名人士。出
席的有郭沫若、茅盾、夏衍、侯外廬、杜守素等。與會的大都是《文
匯報》的朋友，給報紙寫過稿或編過周刊。茶話會請郭老主持，他在
講話中把《文匯報》當作解放戰爭中文化戰線的一支部隊，號召一切
進步力量都來支持香港《文匯報》，他也勉勵報社同仁高舉民主主義
的旗幟，奮勇前進。這個茶話會包括後來徐鑄成的個別登門拜訪，果
然起了作用。如茅盾先生把他剛完成的長篇小說《鍛煉》交給報紙連
載，金仲華、劉思慕、莫洒群、聶紺弩後來都在不同的時間先後進《文
匯報》的工作。

　　……

　　在人員、房屋、機器設備、紙張、版面計劃、宣傳推廣工作先後
落實和進行後，報紙在 1948 年 9 月 9 日出了創刊號。（關於香港《文
匯報》的創刊日期，徐鑄成在回憶錄中說是 9 月 3 日──抗戰勝利紀
念日。然而據黃立文〈香港文匯報創刊的前前後後〉，說是在 9 月 8
日編好報紙，看過大樣，9 月 9 日創刊。另外徐鑄成親自撰寫的創刊
號社論〈敬告讀者〉，收編於《徐鑄成新聞評論選》中時，篇末註明
是 9 月 9 日。這就說明了 9 月 9 日是正確的。鑄成先生撰寫回憶錄時
已屆耄耋之年，對日期和一些數字出現在不同地方時，常有出入。時
過境遷，難免記憶失誤。）

　　香港《文匯報》創刊號的社論〈敬告讀者〉，由徐鑄成親自撰寫。
社論首先回顧自 1938 年創刊十年來的歷史：「十年歲月，實際只有三

年生命，而三年也無時不在風風雨雨中，受誘脅、受迫害。所餘一身傲骨，遍體鱗傷，民間報遭遇之慘烈，《文匯報》可說是一個典型。」接著筆鋒一轉，說道：「這樣的遭遇，也正是『咎由自取』。因為今日的時代，只許有宣傳，不許有輿論；只許說假話，不許說真話。這情形，遠在抗戰前就已如此，抗戰時和勝利後，並沒有多大改變。我們並不是不認識環境，橫逆之來，也並非不能趨避。」而之所以不趨避，是感到自身職責之重大。「報紙既是人民的喉舌，社會的公器，就不容許投機取巧、看風使舵。中國之有現代報業，雖僅七、八十年，但一貫的傳統是明是非、辨黑白，刀鋸在前，斧鉞在後，絕不歪曲事實，改變一字的褒貶。我們雖是中國報業的後起，但絕不敢妄自菲薄，隨波逐流，而願始終守住新聞界應守的崗位，對真理無愧怍，對歷史有交代，成敗利鈍，在所不計。」接著又坦陳報紙的基本立場，在滬版復刊時曾公開宣示：「一、我們是獨立而不是中立的報紙。所謂獨立，就是對問題有一貫的看法，對新聞有一貫的尺度，絕不與政治發生任何任何關係，也不在黨派中間作偽裝中立的鄉愿。二、我們是向下看而不是向上看的報紙。作為一張民間報，就應該誠心誠意代人民說話，為人民服務。因此我們絕不考慮權力者對於我們是什麼態度，黨派對於我們有什麼反響。我們只問所說的話，是不是老百姓所要說的？有沒有偏見？對一般社會的影響又怎樣？三、我們是一張說真話而不是說假話的報紙。在是非之間，我們絕不含糊，在真理面前我們絕不固執主觀。」最後說到辦報目的：「只是想辦一張平凡而樸實的報紙，把握中國報業固有的傳統，遵循現代先進國新聞自由的信條，不騖高遠，不炫新奇，希望在平淡的努力中，為中國民間報摸索出一條應走的道路。」……[3]

　　報紙問世，反響極好，創刊初即發行一萬多份，以後逐步上升，年底就達到二萬五千份，超過《大公報》（一萬三千份）、《華商報》（萬餘份）。

道路並不平坦

　　成功並不是輕易得到的，從 1948 年 5 月進行香港《文匯報》的創刊籌備，到 1949 年 2 月底，離開香港到北京，整整十個月，徐鑄成經歷了平生從未遭遇的困難。

　　香港《文匯報》問世的第一天，報紙幾乎發不出去。當時香港報紙的發行，一部份是直接訂戶，由報館發行部門組織力量投送，還有一部份是零售，由報販投送，而報販由代理商控制。《文匯報》委託的代理商共受兩家報紙委託，那家報紙突然使了個損招——降價。兩家報紙都日出兩大張，《文匯報》給代理商的價格是港幣五分錢一份（一毫港幣兩份）；那家報紙在 9 日凌晨，突然向代理商宣佈，他們降價為每毫港幣三份，這麼一來，代理商和報販都搶著賣他們的報紙，撇下剛出版的《文匯報》。新生之嬰大有死在襁褓中的危險。徐鑄成當機立斷，起而應戰，也降價為每毫三份，這才打破僵局。雙方堅持幾天後，對方終於罷手，《文匯報》終於站住腳。

　　隨著發行數的直線上升，原來租用的那架印報機，老牛破車，創刊不久，就無法應付。而《文匯報》與《華商報》，都是被港英當局視為危險的報紙，沒有一家印刷廠敢於承印。徐鑄成終於找到《新生晚報》的黎蒙先生。黎氏在太平洋大戰前，原為香港《珠江日報》社長，與徐鑄成有一定的友誼。經和他協商，請他們代印兩萬份。立即得到俞允，而且印費極低，難題終於解決。

　　正如前面所說，香港《文匯報》是先天不足（股款未籌齊），後天又失調。徐鑄成說：「我從來沒有搞過經理工作，不知道此中甘苦。」他兼代總經理後，卻面對一系列的困難。報上刊發的廣告不少，廣告費被拖欠，每天收不到多少錢。原來決定上海、香港各籌開辦資金十萬港元。結果上海方面，除了付來港工人的旅費、排字設備的運費，還扣除工人安家費等等，只收到一萬多元現款。香港方面，開辦時僅交萬餘元，他訂白報紙三十噸，就把這錢用光了。每天一百多職工的

伙食費及其他開支，逼得他幾乎天天像過「大年三十夜」。那些日子，他晚上編報，白天張羅經費，應付「開門八件事」，主要是白報紙。由於睡眠太少，有時晚上寫社論，忽然一陣睏倦，就迷糊了，靠在背後的保險箱打幾分鐘盹，再重新執筆。

意外的事情又發生了。總經理嚴寶禮，僅在創刊初來港主持了三、五天工作，就回上海，一去未歸，日常工作由副經理丁君匋頂著。那位丁副經理，看到報社面臨的經濟窘狀，意志消沉。徐鑄成察覺後，多次勸說他：「天塌下來，由我來頂，不會壓到你的。《文匯報》朋友很多，有困難，他們不會坐視，再說還有廣大讀者的支持。」聽者唯唯，並未真正想通。一天清晨，徐鑄成剛回宿舍，睡下。朦朧中，發行科長戚家柱把他推醒：「快起來，白報紙斷檔了。」他坐起，邊說：「那你還不雇車到九龍倉庫裏去提？」戚家柱發急了：「拿什麼去提？丁君匋不告而別，回上海去了。行前，他把幾十噸紙的棧單押給了別人！」徐鑄成大感驚異，他們的說話聲，也驚醒了同室剛睡不久的馬季良。

徐鑄成急忙趕到報館，看到丁的辦公桌玻璃板下壓著一張紙條：「鑄成先生：弟有事須趕速回滬，不及辭別，所經手從世界書局移用之二千元，已用棧單交其作抵，請即往贖取。」原來丁君匋看到困難，深怕連累他，先滑腳溜了，臨走還撒了一泡爛污。徐鑄成趕緊從速補救，他和馬季良分頭外出借貸。以大一分的利息（每元每月交息一角），他借到一千五百元。馬季良也借到千元。這才把棧單贖了回來，暫時度過難關。

後來，經濟困難的緩解，還是得到潘漢年的關心與指路。每當經濟困難，瀕臨山窮水盡之際，徐鑄成就去找潘漢年，都能有解難之路。如創刊不久，經濟就周轉失靈了。潘漢年叫馬季良陪徐鑄成去拜訪李一平，李原是雲南的省參議會副會長，與龍雲一起被迫下臺，這時客居香港。李一平同情《文匯報》，聞聽之下，由他介紹龍雲在港的經理人，立即投股兩萬，以後又陸續增加，達到四、五萬元。徐鑄成說，

這是《文匯報》的「續命湯」。還有一次，時近年關，許多開支接踵而來，特別是購白報紙不能容緩。徐鑄成又遇上難題。潘漢年知道後，即請梅龔彬連夜趕到澳門，向梅文鼎（後為香港《文匯報》董事長）徵股一萬元，困難得以解決。另外，李濟深在 1949 年初，也介紹張稚琴加股五萬元，由張繼任總經理，改善了《文匯報》當時的經濟窘狀。後來方知這五萬元，是上海中共組織策動某錢莊支援《文匯報》的。

和國民黨所控制的上海相比，香港似乎「自由」得多。新華社在香港可設分社，中共的《華商報》在香港可公開出版，但也不是沒有限制的「自由」。那時英國和國民黨政府有外交關係，港英當局常把他們認為的「赤化份子」或所謂「嫌疑份子」遞解出境──深圳，也就是交給國民黨。為此，徐鑄成常告誡同仁要謹慎小心，免得引起麻煩。

當時，國民黨在香港的特務相當猖狂，常常進行暗殺、凶毆、綁架等罪惡勾當。楊杰是國民黨中的進步開明人士，被北京選為人民政協代表，還未起程就被特務暗殺在他家門前。香港《文匯報》從創刊起，特務就揚言要搗毀報館，故不得不加強防範。報館在荷里活道 30 號，雖離中環員警署僅百步之遙，不管白天與黑夜，報館的鐵門總是關閉著，還派人值崗。所有臨街的窗子都裝上鐵絲網，防止特務拋擲手榴彈。沒有想到，雖這樣加強防範，特務卻混到了報社內部。一天，編輯任嘉堯發現一個軍統特務在廣告部參加會議。這個特務，曾長期在英皇道一所房子的底層，盯梢住在樓上的新華社香港分社的喬冠華、龔澎等人。經任嘉堯發現後，不動聲色，經理部把這名姓黃的特務請走，由此也引起了大家的警惕。

香港《文匯報》創刊後，主要的新聞來源，來自內地各主要城市的記者、特約記者和特約通訊員。本來上海《文匯報》有完善的通訊網，外地記者和通訊員來稿不斷。報紙被封門後，這才中斷。《文匯報》在香港復刊的消息傳到內地，留在各地的記者和通訊員，又透過各種渠道，重新接上關係。北平、天津、武漢、廣州、重慶等城市都有稿件寄來，甚至在美國與歐洲的浦壽昌、李肇基、陶大鏞也都恢復

了聯繫。這其中供稿最多、力量最強的，當推欽本立與浦熙修組成的上海—南京地下記者組。他（她）們不避危險地寄來許多令人矚目的稿件。創刊這天，報紙就在二版的顯著位置，刊登浦熙修署名「駐南京特派員青函」寫的通訊〈改革幣制的內幕〉。浦熙修探得中央銀行的金銀外匯儲備統計，從中證明國民黨是唱「空城計」，沒有什麼黃金外匯儲備就發行金元券，還強迫工商界交出外匯、黃金、白銀。戰費支出越來越大，金元券越來越多。由此推算，這「空城計」只能唱一個月，多則兩個月。這樣詳實的內容引起工商界的注意，由此發行量大增，那些為金元券幫腔的報刊，發行量一落千丈。後來果然一月未到，「限價」就崩潰，出現搶購狂潮。據侯外廬回憶：「《文匯報》的新聞來得既快又準，它針對行將就木的南京政府一系列最後政策的社論、評論，篇篇擲地有聲，其中有的可說到了神機妙卜的地步」。[4]

當時，香港《文匯報》還大量採用新華社的稿件，這是內地報紙所不敢為的。再加上浙江、廣東、廣西、福建等地許多新聞界的進步人士，不斷秘密投寄一些新聞通訊。多方面、多渠道的來稿，不同凡響的內容，幾乎每天都在報上看到，由此《文匯報》在港澳、在海外贏得了廣大的讀者。

這也就使國民黨政權恨如切骨，把《文匯報》看作眼中釘。特務們知道許多稿件都從內地寄來，他們就加強在各地郵局的信件檢查，凡寄《文匯報》的信一律扣留，查到寄信人地址的，就跟蹤迫害。有一時期，幾乎內地沒有來稿。報社察覺後，就通知內地的寄稿人，改寄別的地址，變為私人信件。香港許多進步的工人、店員、職員、醫生、教師和工程技術人員，他們都和《文匯報》有良好的關係，樂於冒險為報社轉寄稿件。這一來特務又無法掐斷稿源。他們當然不甘心失敗，又生一計，派一個特務應聘到報社經理部當職員，恰好派他收發信件。他乘機偷抄寄信人的姓名、地址，他這卑劣的行徑，幸被發現，終於把這特務轟走。

　　這重重的困難，總算都被克服了。原說好要來香港的嚴寶禮、宦鄉，嚴來港，不到一周，回上海後就沒有再來，而宦鄉始終沒有來香港。這千斤重擔就落在徐鑄成身上。開始的一個階段，馬季良也曾為他分擔一些責任，後來馬季良出國，那重責由徐鑄成獨挑。

　　另外值得一提的是，徐鑄成面對困難時的樂觀主義值得稱道。記者崔景泰，畢業於上海中國新聞專科學校，曾是徐鑄成的學生。當時徐是上海《大公報》的總編輯，在中國新專兼課，為該校研究班講授《社論寫作》。後來崔景泰進入《文匯報》，直接在徐鑄成領導下工作。香港《文匯報》誕生後，崔景泰又從上海到香港，追隨徐鑄成左右。崔景泰回憶在香港那一階段的生活時說：「記得 1948 年底至 1949 年初，文匯報在香港出版，當時報社的經濟條件困難極了，有時甚至連伙食也供應不上，靠在香港的中共地下組織和民革中央的大力接濟，才度過難關。編輯部大都是青年小夥子，有一股樂觀主義精神，這也感染了徐師。那時，我們這些在香港沒有家的人，都住在一間統樓裏，地點在雲咸街的山坡上。這是一間民宅，我們住在三層樓。晚上，大家睡得很遲，有的看書，有的寫作，有的談心。大家感到雖然身在異鄉，卻並不寂寞。深夜，當徐師看完報紙大樣回宿舍時（當時徐師和馬季良同志睡在裏屋），總要到大房間來和大家談笑一些時間。徐師有時講笑話，有時唱一段京戲，有時和幾個小青年開開玩笑，大家無拘無束，顯得挺親熱。遇到有重大新聞時，他的話題，當然是以此為主了。」[5]

　　崔景泰說，青年們的樂觀主義精神感染了徐鑄成，其實這是互動的，同樣可以說是徐鑄成的樂觀主義感染了青年們。如果一個人嚴肅有餘，整天憂心忡忡，又怎能感染上樂觀主義？而徐鑄成之所以能克服一個個的難關，也正是憑藉著這樂觀主義精神。

轟動一時的「獨家新聞」

　　「獨家新聞」在新聞一統、毫無競爭的時代，很難體現它的價值。然而在報紙眾多，紛紛以內容的獨特、時間的快速爭一日短長的年

月，有「獨家新聞」就非同小可。當年的記者們每以能採得「獨家新聞」為榮。

「獨家新聞」往往得來不易，即使有新聞天賦的徐鑄成，當年採訪馮玉祥的秘密行蹤，也三下太原，並有李書城這樣的前輩指引，再運用自己的新聞智慧，才艱難地取得。

不過，事情又不能一概而論，也有「得來全不費功夫」的特殊機緣。

這有例可證。

香港《文匯報》創刊不久，曾發表過一篇頗為轟動的「獨家新聞」：「龍雲昨脫險抵港」，這就是徐鑄成輕易取得的。

雲南王龍雲（志舟），本在雲南一統天下。蔣介石先調走他的主力盧漢所部去越南受降，再命杜聿明部包圍雲南省府，最後迫使龍雲去重慶擔任軍事參議院院長的虛職，從此龍雲在囚禁中生活。

徐鑄成與龍雲本無瓜葛，只是龍志舟對《文匯報》和徐鑄成頗為敬佩，龍有一個兒子，在美國密蘇里大學學新聞，他有意讓兒子回國，拜徐鑄成為師。他也曾透過李濟深表達願意投資認股之意。後因龍的代理人李澄魚（上海興業銀行經理），在馬尼拉飛機失事而遇難，事未進行。

這一投資願望的實現，是在 1948 年，徐鑄成辦了香港《文匯報》，中間遇到經濟困難時，由潘漢年指路，馬季良陪同徐鑄成去謁見雲南省參議會副議長李一平。李是龍雲的人，由李的介紹，龍在香港的代理人，先後入股四、五萬元，成為《文匯報》的「續命湯」。這在前面已說到。

也正因為這樣的關係，徐鑄成與李一平締交，兩人時相過從。

一天晚上，徐鑄成正在荷里活道 30 號那窄小的辦公室裏，伏案構思一篇社論。電話鈴聲響了，是李一平打來的。

「你能出來一次麼？有一位你的好友遠道而來，急於想見你；你快到淺水灣來！我已派車子去接了。」李一平的話裏充滿喜悅。

徐鑄成連忙問道：「是誰來了？」

「你來了就知道了。」李一平回答。

徐鑄成意識到事情的重要性，匆匆把社論寫完，又關照要聞版的編輯金慎夫：在要聞版的上半部留三欄高約兩千字的位置，並等他回來再截稿。

「有什麼重要新聞？」一位同事問道。

「等我回來就知道了。」說完，他就出門登車而去。

車急速駛向淺水灣，他一路狐疑，到底是誰要見我呢？還在猜想中，車就已經到達了目的地。

車子開進一幢相當寬敞豪華的別墅，臺階前，李一平和一位黝黑而清癯的老人已在迎候。

李一平向前走了一步，為徐鑄成介紹說：「這是龍志舟先生，晚飯前才到香港，他急於想見到你，我才起動大駕。」

徐鑄成表示久仰之意。一同走進客廳，略事寒暄後，龍雲就開始講他從南京脫險到香港的經過。

龍雲從重慶移住到南京後，仍被幽禁著。雖有軍事參議院院長之名，實際上是個囚犯。住處的周圍，特務密佈，甚至還在龍宅的對面造了幢高樓，特務居高臨下，整天窺伺他的動靜。他有時外出，就有兩輛汽車尾隨跟蹤。有客來訪，都要嚴格盤查。

徐鑄成為著趕上截稿，趕忙打斷龍雲的話，問道：「您是怎樣脫離虎口的呀？」

龍雲仍然不慌不忙地說了下去。

前兩個月，龍雲有個部屬去看他，說到在昆明時就和陳納德相識，並有相當的交情，今日之下，只要陳納德幫忙，就有出走的可能。龍雲就讓這部屬和陳納德談這筆交易。經過一段磋商後，決定了具體的細節。今天早晨，兩個美國人駕車來訪。龍雲在客廳接待。故意門窗洞開，撤去窗帷。一個部下扮作龍雲，和美國人談話。另一個美國人，在內室裏給龍雲化裝，穿上西服，扮成美國人，一同登車，直駛而出。門崗看到是美國人的車子，便未阻攔。汽車直駛明故宮機場。

一架運輸機已開動發動機在等待著，立即登機，衝天而起。下午1時
到達廣州白雲機場，下機後再乘美國人的小車，登上到香港的專輪，
終於平安到達香港。說到這裏，龍雲還笑著說：「此時此刻，南京的
特務一定還在監視著我的房子吧。」

徐鑄成問：「你花了多少代價，買通美國『朋友』的？」

「不多不少，五萬美金！」龍雲回答。

「這就是有錢能使鬼推磨。」徐鑄成說罷，三人相視大笑。

一看時間不早，徐鑄成連忙告辭，趕回報社，立即動手寫這獨得
之秘的新聞。寫好第一張，同事們傳觀：「原來是這個特大新聞！」
有人喊出聲來。

第二天，轟動香港，報紙不斷重印。

徐鑄成說，這篇獨家新聞「得來全不費功夫。」

唐納去國

唐納是香港《文匯報》總編輯馬季良的藝名。

馬季良早年畢業於聖約翰大學，中英文運用自如，又長於交際。
先進入電影界，是「電通」的名演員。在螢幕上英俊瀟灑，他和那位
後來成為「紅都女皇」的藍蘋（即江青）陷入熱戀，三對影星（其中
有趙丹）在西湖雷峰塔下集體結婚，然後拍攝《王老五》等電影，接
著藍蘋另有新戀，悄然出走，唐納追到濟南，在旅舍企圖自殺。這些
都是當時報紙的熱門社會新聞。當時唐納是「影報雙棲」，一面在電
影界，同時又跨足報界，參加上海《大公報》本市增刊的副刊工作。
到三十年代末期，他就以馬季良的本名，正式投身新聞事業。

徐鑄成與馬季良相識、訂交，即在上海《大公報》期間。

1938年上海淪為孤島後，馬季良進入英國新聞處工作，也和英國
駐滬使館有來往。這時徐鑄成進了《文匯報》。1939年，當《文匯報》
掛名董事長的英國人克明要出賣《文匯報》時，徐鑄成就透過馬季良
給英國大使寇爾遞了一份「說帖」，才粉碎克明的陰謀。

　　這之後，馬季良在抗戰勝利後進了孔祥熙的《時事新報》擔任總編輯。為時不久，就被孔辭退，說他把報紙辦得太紅。於是，徐鑄成把他請到《文匯報》擔任總編輯。徐鑄成擔任總主筆，宦鄉、陳虞孫擔任副總主筆，四個人組成一個戰鬥集體，把《文匯報》辦得有聲有色，直到 1947 年 5 月被封門為止。

　　《文匯報》被封後，馬季良逃亡到香港。一度回上海，力促徐鑄成辦香港《文匯報》。港版《文匯報》創刊後，馬季良擔任總編輯。兩人相處甚洽，形同手足。徐鑄成說：「他那時是我第一個得力助手，是香港《文匯報》最出力的奠基人之一。」

　　事隔四十年後（上世紀八十年代），徐鑄成仍然難忘在香港時，他與馬季良的兩件往事。

　　香港《文匯報》初創，經費短缺，籌備處設在荷李活道，那座小樓的二樓，兩張桌子、幾把條椅，設備僅此而已。入晚，無家可歸、香港又無親友的同事就睡在那裏。同事們尊重徐、馬兩位，兩張桌子讓作兩人的臥床。眾人鋪席睡在地上。屋裏沒有沖涼的地方，只有陽臺上有一個齊腰的「水喉」。等到夜深人靜，熄了室內的燈光，才輪流伏在水喉下面，沖去一天的汗水。通常沖涼後，徐鑄成納頭便睡，著枕即入夢鄉。而馬季良沖涼後，還要埋頭寫情書，那時他正和在巴黎的陳安娜（中文名潤瓊）女士熱戀，陳小姐是北洋時代有名的外交家陳籙的小女兒。再說馬季良是過慣高級生活的，對這樣的生活處之泰然，整天笑口常開。

　　第二件事是報紙創刊後，由於股款沒有收齊，發行數位直線上升後，經濟窟窿卻愈來愈大，左支右絀，使徐鑄成焦頭爛額。馬季良本不承擔經濟責任，但他愛這張報紙，尤看重與徐鑄成的友情，常常自動去籌款（借貸），多次解決了難題。

　　1948 年年底，《文匯報》的經濟情況大有好轉，初步打下根基。國內的政治、軍事形勢也起了巨大變化。遼瀋戰役勝利結束，平、津也先後解放，上海的解放也指日可待。正當眾人（特別是從上海來港

的同仁）都準備「青青結伴好還鄉」時，突然馬季良向徐鑄成提出辭呈，說他要去美國，先是在華僑辦的《華僑日報》工作一年半載，然後去了法國。

這使徐鑄成感到意外，檢查自己莫非有開罪馬季良之處，然而左思右想，確實沒有。他問馬季良說：「在這樣的情況下，大家都考慮著回國，國家也正需要我們。況且你是革命有功之臣，怎麼反要到國外去亡命？」

馬季良苦笑道：「解放勝利確實是我們企盼的，現在也確實盼來了。你們都可以回去，唯獨我不能回去。」

這把徐鑄成弄得更糊塗了，但他既不願講，也就不好追根究底。

解開這謎題的，是一位年輕的同事。他悄悄告訴徐鑄成：「馬先生說過，要是他回去，準沒命。」徐鑄成這才恍然大悟，也依稀想起，在閒談中，馬季良說到，這位現今中共最高層的貴夫人，抗戰時曾秘密到重慶治牙，曾打電話要馬季良與她見面，被他斷然拒絕。馬季良認為早已一了百了，哪有見面的必要。（馬未見這位夫人。在張治中的陪同下，1945 年 10 月，曾見過來重慶談判的毛澤東。）

徐鑄成這才同意馬季良辭職，還派他擔任《文匯報》駐美國的記者。

馬季良派往美國工作的消息，在報館內傳開，大家依依不捨。行前先由報館設宴歡送，集體留影紀念，再由劉火子與夫人金端苓在家裏設晚宴歡送，徐鑄成在座。當時的集體留影，徐鑄成一直珍藏著，直到「文革」，所謂「破四舊」大洗劫開始前夕，徐鑄成感到勢難保留，就和另外三張照片（一張是《大公報》記者黎秀石送他的、在密蘇里軍艦上受降的現場攝影，另一張是重慶談判時毛澤東與蔣介石的合影，還有一張是軍事調停時，杜聿明與林彪在東北時的合影）一起焚毀，未留痕跡。

去美國後，馬季良還關心《文匯報》的情況，不時寫信給徐鑄成和其他同仁。數年後，馬季良到法國與陳安娜結婚，伉儷甚篤。在巴黎經營一家中國菜館，取名「天橋飯店」，佈置淡雅，幾幅中國古畫，若干古玩，寄託不忘故國之思。

馬季良與《文匯報》友人的聯繫於「文革」中中斷。當年他確實料事如神，有先見之明。三十年代，所有與江青有一點瓜葛的人，無不被這一度權勢通天的女人，整得七死八活。如趙丹就被囚獄多年，直到「四人幫」垮臺，他才重見天日。

　　上世紀八十年代，徐鑄成結束「雪藏」生活，到了香港。重溫三十年前的舊夢，眷念當年開闢草萊的好友，寫了篇情文並茂的〈憶唐納〉，在港報發表。恰好有友人藍真去法國，徐鑄成託他帶去一本徐著《舊聞雜憶》，並向唐納致眷念之情。藍真回港，帶回唐納致徐鑄成函。內容如下：

> 鑄成吾兄：臺函敬悉，並蒙惠賜近作，遠荷關垂，曷勝感激。欣聞劫後餘生，得能健康如恆，欣慰不已。啟平兄（按即在港的老報人好友朱啟平兄——徐鑄成原注）轉來念弟大文，隆情雲誼，永志寸心。惟過承獎譽，愧悚莫名。弟長期濫竽此間，捫心自問，飽擊滋慚，以視吾兄飽經風雨磨折，猶願為四化盡力，不啻判若天淵。惟盼不久將來，得能促膝暢敘別後。茲請藍兄帶奉土酒一樽，千里鵝毛，聊表寸心耳。匆此，即請旅安。弟季良拜上。十月三日。[6]

　　歲月催人，這時唐納去國已三十多年，他也年近古稀，好在身體還硬朗，依稀當年風貌。平日在家披覽古今書籍，尤留意祖國新出的書刊。當年《文匯報》的那段生活令他緬想不已。希望香港《文匯報》在歐洲廣為發行、上海《文匯報》辦得更好。徐鑄成在給他的信中，說到趙丹已臥病在床，他極為懸念。他來信時，還不知道趙丹已去世的噩耗，知道後將更傷痛。

　　老天不仁，馬季良與徐鑄成巴山話舊、促膝談心、回歸祖國之願終未能實現，1988年8月23日，馬季良病逝於巴黎。

　　噩耗傳來，徐鑄成遙望海天，撰文懷念。在馬季良逝世一周年之際，上海舉行馬季良追思會，他的夫人陳潤瓊女士（即陳安娜）與女

兒馬憶華應邀參加。追思會上，舊日文匯同仁，對兩度（上海與香港）擔任總編輯的馬季良，紛紛表達思慕之情。他們都說：馬季良是一個熱愛祖國、光明磊落、追求真理的人。他的一生無愧於祖國，也無愧於《文匯報》。這自然都是後話。

又一個「最」

從中國報業史來看，《文匯報》稱得上幾個「最」字。比如它創刊、停刊、復刊、再停刊、再復刊、改刊、又復刊，任何一個報刊都沒有如此之頻。

還有人員的流動，《文匯報》又可稱之為「最」。

這就開始於香港《文匯報》。編輯黃立文說：「國家政治和軍事形勢的巨變，引起香港《文匯報》人員極大的流動，報社編輯部負責人更換的迅速，恐怕也是我國新聞界所罕見的。」[7]

馬季良開人員流動的先河。他的去國（在大好形勢下），甘願背井離鄉，那是為身家性命所考慮。

沒有想到時隔不久，在香港辛苦經營了十個月的徐鑄成，也要離港回大陸。1948 年年底，中共底定平、津，即將開國，請在港的民主人士分批北上。第一批是李任潮、沈鈞儒、郭沫若、彭澤民等。第二批馬夷初、茅盾、侯外廬、翦伯贊也已在 1 月底成行。得潘漢年通知，內定徐鑄成為第三批，約在 1949 年 2 月起程。

當時，李濟深已推介張稚琴到館擔任總經理。徐鑄成走後，總主筆之職懸空，缺人接替。為此，陳劭先問誰可擔任總主筆？徐鑄成答以金仲華。他是辦報長才，陳劭先並無異議，但金也可能要走，金走後誰可接替，陳劭先又問。徐答可請劉思慕。如果劉思慕也走了，即請莫迺群繼任。陳劭先再問下去，徐鑄成不禁笑起來：「這像諸葛亮安排後事了。」兩人相與大笑。

　　後來果然如此。徐鑄成走了，第二任總主筆金仲華，接著第三任劉思慕走了，莫廼群在廣州解放後也離任。金、劉、莫三人先後到了北京。在無人接替總主筆的情況下，暫由司馬文森負責。編輯部由張稚琴負責。哪知素來團結的集體，出現了徐鑄成「感慨繫之」的局面。他在 1949 年 9 月 19 日的日記中寫道：「編輯中有野心人物，與之積不相能，糾紛時起。回顧去年今日，團結艱苦開創事業，不禁感慨繫之。」[8]

　　此後，上海解放，原由上海來香港的編輯，也踏上歸程。香港《文匯報》成了流動的驛站，這對報紙的影響不言而喻。

註釋

註 1：《徐鑄成回憶錄》，三聯版，第 164 頁。

註 2、5、7：《從風雨中走來》，文匯出版社，第 96、382-383、103 頁。

註 3：《徐鑄成新聞評論選》，武漢大學出版社，第 247-248 頁。

註 4：侯外廬，《韌的追求》，三聯書店，第 204 頁。

註 6：徐鑄成，《舊聞雜憶》，遼寧教育出版社，第 368 頁。

註 8：徐鑄成，《新聞叢談》，浙江人民出版社，第 101 頁。

第十一章　1949：走上一條「之」字路

北上與南行

　　1949 年之後，徐鑄成走上了一條迴環曲折的「之」字路。真是「欲說還休」。

　　1949 年春 2 月，徐鑄成應中共之邀，秘密從香港乘輪北上。他不像王芸生這樣，寫下〈和平無望〉並開始左轉。他是早就左轉了的，從他和身邊那些中共黨員，如宦鄉、陳虞孫、欽本立等，工作中相處無間，而且步調一致，就足以說明。因此，一旦中共召喚，他毅然捨去經之營之剛有規模的香港《文匯報》，而去了他早就嚮往的北方新天地。

　　諸事摒擋就緒，也接受了同仁的幾次送別宴請，因需翌日清晨登輪，27 日傍晚，他住進碼頭附近的一家小旅社。他按通知規定，換了「唐裝」（中式短衫褲），又檢查所帶行李有無與自己身份不相稱的東西──此行所乘為貨輪，乘客均扮作船上的工作人員。一宿在興奮中度過。當年曾是徐鑄成的學生、編輯崔景泰，說到那天的情景：「那天，徐師把我和戚家柱叫去，要我們替他買套中式衣褲和一些日用品，深夜送到海邊的一家小旅館去。這是為了防備反動派搗亂，因為這次行動對外是保密的，離港的同志需要化裝。那天晚上，徐師很興奮，他說，全國解放後，除了香港《文匯報》外，他還要在北平、上海、重慶、武漢等地辦《文匯報》。他將輪流到這些地方去處理報社的各項工作。他笑著說，那時候，自己可能忙得不得了。」[1] 這是徐鑄成當時心情的真實寫照。事業心之強烈、理想之美，可惜的是⋯⋯

　　第二天（28 日）早晨登輪，船名「華中號」（掛葡萄牙的國旗），僅二千噸的小貨輪。真是「群賢畢至，少長咸集」，都是國內知名人

士。有柳亞子、馬寅初、包達三、陳叔通、葉聖陶、鄭振鐸、宋雲彬、傅炳然、張炯伯、張志讓、鄧裕志、曹禺、沈體蘭、馮光灌、郭秀瑩等，並有幾位夫人（胡墨林、鄭佩宜、方瑞）與小姐（鄭振鐸的女兒鄭小箴、包達的三女兒包啟亞），還有幾位報業同行，劉尊棋、王芸生、趙超構以及徐鑄成自己。全部人員約二十餘人（另說是二十七人）。各人都已換了「唐裝」並各有司職，相視之下，不禁失笑。

船起航時，經海關檢查，雖略有紕漏，好在「有錢能使鬼推磨」，終平安啟錨。船行途中，風浪顛簸，經臺灣海峽時，又怕突然被襲擊，但每人都因理想在望、心中振奮，把這些全置之度外，反而興奮異常。難得的是，徐鑄成又有酒友。葉聖陶、宋雲彬、鄭振鐸、徐鑄成四人每餐必飲，被柳亞子稱為「四大酒仙」。柳亞子還贈詩一首，中有「更有一事心最喜，次公已有後來人」。沈穎若字次公，是徐鑄成讀無錫師範時的老師，也是柳亞子的同鄉與總角之交，南社最早的發起人之一。柳亞子看到好友的門生已出類拔萃，故贈詩並記心中之喜悅。

海行七、八日，旅途生活並不寂寞，每晚都有妙趣橫生的晚會，笑聲與海浪交響。陳叔通講古，宋雲彬、葉聖陶唱崑曲，鄧女士唱民歌及崑曲，鄭小姐和包小姐唱西洋歌，王芸生講宋子文的笑話，描摹洋奴醜態，徐鑄成更大獻身手，先唱京劇《洪羊洞》、《打漁殺家》，自感嗓子高揚並有韻味，他又講豆皮笑話，柳亞子說「有趣之至」。

還值得一記的是 3 月 1 日這天，葉聖陶出了個謎語，謎面是「我們一批人乘此輪船趕路」，謎底是「《莊子》篇名之一」。給宋雲彬猜中了，是「知北遊」，「知」是知識份子的簡稱。宋雲彬要葉聖陶作一詩，以作為獎品，並請柳亞子和作。葉聖陶凝神深思，寫成七律一首：

> 南運經時又北遊，最欣同氣與同舟。
> 翻身民眾開新史，立國規模俟共謀。
> 簣土為山寧肯後！涓泉歸海復何求？
> 不賢識小原其分，言志奚須故自羞。

這詩前半首是實話實說，說明這回北遊只為了討論「立國規模」。五、六兩句抒發當時的心情：這樣「為山千仞」的大事業，誰都願意挑上一筐土，自己怎肯落於後。自己像小溪流一樣流歸大海，成為「翻身民眾」的一份子了，還有什麼個人的要求呢？最後是葉聖陶的自謙語。（據葉至善，《父親長長的一生》）詩成，大家傳觀，紛紛讚賞。

航行中其實一路平安，平靜無事。不知為何，香港訛傳王芸生途中遭遇不測，夫人馮玉文求卦，卜者說她有剋夫運，因為她的鼻子塌陷，她毅然去做了墊鼻的美容術（據 2006 年 5 月 12 日，央視「東方時空」）。而此時王芸生正在訕笑宋子文。

3 月 5 日，船到煙臺，登岸。受到中共華東局秘書長郭子化及宣傳部長匡亞明的歡迎與歡宴，菜餚豐盛，並有煙臺美酒，賓主盡歡。

下午逛街時，徐鑄成在一家書鋪看到東北出版的《毛澤東選集》，「紅布面，一厚冊，如見異品，即購買一本，暇時詳讀，如獲至寶。」後來到北平，在六國飯店受招待時，又受贈皮面精印的《毛澤東選集》一套。可以想像他當時「如獲至寶」的虔敬心情。

之後的兩、三天，香港回來的全部人員，移住萊陽西部農村，與農民同吃同住。徐鑄成看到農民生活的艱苦，全年以山芋乾片為糧食，難得能吃到一次麵粉。

幾天中身經目接，徐鑄成已「意識到我們已由舊世界、舊時代開始走進一新天地、新社會」。

途中，還有一次特殊的參觀——在山東青州參觀解放軍官團。所謂解放軍官團，其實就是俘虜軍官團。這裏關押的是，文官廳長或國民黨主委以上、武官少將以上。大門上懸掛一幅由廖耀湘撰寫的對聯，上聯云：「早解放，遲解放，遲早要解放，遲解放不如早解放」。下聯徐鑄成未能記住。這位在印緬戰場上建立功勳，國民黨王牌軍首腦的廖耀湘，他的「不如早解放」之說，是應景之作呢？還是由衷之言，實在難以臆測。

俘虜軍官列隊歡迎，為首的是前山東省主席王耀武，依次為廖耀湘、陳金城、牟中珩。說到王耀武，他與徐鑄成本是舊識。王沒有想

到會在這裏相見，加上那天徐鑄成穿了一件舊棉袍。當主人舒同依次介紹到徐鑄成時，王耀武這才抬頭並頷首致意。王、徐相識於桂林。當時王率部駐防湘西常德一帶，他在桂林有豪華的公館，常回桂度假。他和《大公報》桂館副經理王文彬是舊識，願相交擔任總編輯的徐鑄成。經王文彬介紹，在王公館設宴，室內陳設與菜餚豐盛，當時堪稱桂林之最。今日相見，不僅是意外，也別有一番滋味。

第二天下午，他們又見到在淮海戰役中被俘的杜聿明。被俘後，杜曾企圖自殺，頭上尚纏白布，並有腳鐐、手銬。參觀團的柳亞老、張炯老上前嚴詞責問，為什麼在戰場上施放毒氣，又為什麼殺害杜斌丞？他回答，放毒氣是奉命所為。杜斌丞本是民盟西安方面的負責人，杜聿明說，斌丞是他疏房叔侄，還教過他書，被捕後曾設法營救，只是沒有成功。

……

從 3 月 5 日船到煙臺，經過十三天的艱難行程，終於 18 日到達北平，招待在六國飯店二樓，徐鑄成與劉尊棋同室。

這位劉尊棋是位不同尋常的人物。他是國際問題專家，寫一手詩樣的政論文。他有一些傳奇故事。上世紀三十年代，胡適代表中國人權保障同盟調查當時北平的政治犯監獄。胡適用英語和一位政治犯對話，那個講英語的政治犯，就是劉尊棋。陪胡適去的王卓然，當時正在為張學良搜羅各方精英。視察回去後，王卓然就要了張學良的一張手令，去獄中把劉尊棋帶了出來。劉尊棋是中共地下黨員，獄中的中共支部不知事情真相，倉促中就開除了劉尊棋。新中國成立後，劉尊棋曾主持新聞總署國際新聞局（喬冠華是正職）。不久後，審查劉尊棋的歷史，幸而有王卓然在病榻上的遺書，詳述劉出獄的經過，否則將冤沉海底，永難翻身。不過後來還是送北大荒改造，直到四十五年後才得平反，恢復他 1931 年入黨的黨籍。這是後話，徐鑄成當時並不知道。

到北平不久，為《文匯報》復刊一事，中共中央統戰部長李維漢兩次邀請徐鑄成談話；當時負責新聞出版和廣播電臺接管工作的范長

江，也邀徐談了一次。他們都熟悉《文匯報》，熱情肯定《文匯報》過去在國統區的進步作用，對徐鑄成說：「復刊是沒有問題的」。他們還表示，《文匯報》的老人，黨可以幫助爭取回到報社。有了這樣的許諾，他自然是高興的。

在北平讀書、工作了五、六年，新聞生涯又在這裏開始的徐鑄成，得到《文匯報》復刊的許諾後，因閒暇無事，就想尋訪舊蹤，到處走走。有時是單獨一人，有時與宋雲彬偕行，先後去了前門外及硫璃廠、香爐營當年他寓居之地，還遊覽了天橋、天壇，物是人非，殘破勝如往昔。

一天，他偶然到珠市口散步，路邊張貼戲報：杜近雲、杜近芳姐妹在開明大戲院演出。她倆是京劇界的新人。抱著試看的心理，他看了一場日場。他感到杜氏姐妹的扮相、嗓音、韻味都不錯，準備向別人推薦。

李濟深、蔡廷鍇等是第一批到北平的，住在北京飯店。徐鑄成去看望李濟深，閒聊中，他說起這幾天的行蹤，特別講到了對杜近芳的印象，這使李濟深羨慕不止。李濟深說：「你究竟是老北京，可以到處玩玩。那像我來北平已有月餘，整天悶在飯店裏。有機會你能帶我出去走走嗎？」他幾乎沒有考慮什麼就一口答應。他說到做到，第二天，在大柵欄厚德福河南菜館訂了一席，又在開明戲院訂了個包廂。應他之請的有李濟深、蔡廷鍇、陳劭先、龔彬與呂方子。先吃飯，飯罷看戲。無論吃飯與看戲，受邀者都極為滿意。哪知他卻闖了個「禍」。

負責接待工作的人埋怨徐鑄成說：「徐先生，你給我們開的玩笑也太大了。你知道任公這樣一個人物，去館子和戲院，要佈置多少人暗中保護？目前北平城多麼不平靜，要出點漏子怎麼交代？」他是個書生，後悔自己孟浪，沒有想那麼多。

這只是個小插曲，接待方不會過分介意。

不過，接下來的一件事，使他非常介意。

從香港來北平之前，他有一番雄圖（他自己說「雄才大略」），是想大幹一場。他和崔景泰說起，他打算除香港外，還要在北平、上海、

重慶、武漢等地都辦《文匯報》。一到北平，就急切地把這個願望向宦鄉說了。宦鄉和他相處多年，又一起辦《文匯報》，並非一般泛泛之交。當時宦鄉雖沒有官居要津，但他是資深的中共地下黨員，不久後就要到新政權的外交部去擔任司長。宦鄉坦率地告訴他，這個願望不可能實現。[2] 早在他問宦鄉之前，北上的民主人士之一的宋雲彬路過濟南時，在一次座談會上，問過黨內的報人惲逸群：「在此情況下能容許私人辦報紙否？」惲逸群的回答很明確：「目前私人辦報，事實上甚為困難云云。」[3] 估計宋與惲之間的一問一答，徐鑄成應該在場，可能是他沒有在意。這一回，宦鄉這樣一說，他不能不介意了。近年有人說：「這些話他連日記都沒有寫入，可見埋藏得很深，很深」。[4] 揣情度理，他當時沒有寫入日記，也許因當時新政權尚未上正軌，許多政策尚待頒佈，宦鄉之說畢竟是私人間的談話，他有所等待。視辦報為自己生命的他，後來坦然說是「灰心」，在上世紀八十年代，香港一家刊物的總編採訪他時，也涉及這個問題，他並不隱諱，這樣說道：「我到了北京就涼了半截。當時我有『雄心壯志』，本打算在北京也辦一個《文匯報》，這樣上海、北京、香港都有《文匯報》了。我估計《大公報》、《新民報》等，群眾不一定歡迎，我們的報紙作為民間報紙，大概沒有問題。到北京一看，管得很嚴，於是北京出版的計劃就放棄了。這樣我就到了上海。」[5] 與此類似的還有王芸生，他本想恢復《大公報》，看到既定方針不可移，也打消此念。

　　應該說，當時共產黨對《文匯報》還是支持的。除許諾復刊外，還有一事可說明。徐鑄成到北平不久，就有一次天津之行。香港《文匯報》的總經理張稚琴電告徐鑄成，有一批鋼纜準備在解放區出售，用所得利潤補貼報紙的虧損，要他去一次天津。他到天津後，《大公報》的同事徐盈（當時在《進步日報》），介紹一位熟人來談價格，結果沒有成功。回北平後，他即向李濟深報告，李當即和華北人民政府的負責人董必武聯絡。第二天，董必武就約徐等去瞭解情況，然後囑咐姚依林：「這批電纜由我們全部收購下來，不要講價還價，他們要

多少就給多少，他們是為維持香港《文匯報》而籌畫經費啊！」[6]後來鋼纜全部賣掉，獲利港幣兩萬元，足可維持香港《文匯報》兩個多月。

……

時光匆匆到了 4 月，消息傳來，百萬雄師過了長江，南京政府已鳥獸散。「青春結伴好還鄉」的日子真正到了。

5 月初，上海解放在即，香港歸來的報人們，得到隨軍南下的允諾，徐鑄成更是興奮不已。

行前，周恩來設宴居仁堂，歡送南下的報人們。同席有王芸生、楊剛、李純青、徐鑄成等人。席上，周恩來先談到「西安事變」，說張漢卿是竇爾敦送黃天霸，卻被黃天霸關押到今天。又說到《大公報》，回憶曾勸阻胡政之參加偽「國大」的經過。其時胡政之剛在半月前逝世於上海。（胡逝世於 1949 年 4 月，結局悲涼）。周恩來說：「舊《大公報》的主持人雖然立場站錯，卻培養出不少人才。」說到這裏，周恩來含笑對徐鑄成說：「鑄成同志，你不也是《大公報》出身的麼？」[7]

除徐鑄成、王芸生、楊剛、李純青、趙超構等報人南下外，同行者還有俞寰澄、季方、邵力子夫人傅學文等共二十餘人。路局特為貴賓掛了兩個軟臥車廂。行行復行行，一路艱難，經兩晝夜始到蚌埠。再換乘大汽車，顛簸更甚，午夜 12 時到達浦口。江上漆黑一片，南京軍管會早派人在江邊迎候，以電筒指引，乘小輪過江，到達南京。

第二天，南京的報紙就發出消息：「民主人士俞寰澄、徐鑄成等由平抵寧。」許多報紙都把徐鑄成的名字放在俞寰澄前面。徐鑄成認為，過去一段長時間內，《文匯報》與南京新聞界及廣大讀者有血肉感情，愛屋及烏，他們看重徐鑄成。

這天，徐鑄成還應邀到中央大學演講，題目是「解放區見聞」，他如實講了所見所聞，中大學生不時鼓掌作為回報。

在南京勾留一周，徐鑄成一行人跟隨部隊到了丹陽。準備進上海接收的人員全部齊集在這裏。徐鑄成在這裏見到了金仲華，到上海後，金將接管《新聞報》而創辦《新聞日報》。金還問到：「《文匯報》

復刊後，你怎麼不歡迎宦鄉回去？」徐鑄成答：「這怎可能不歡迎呢？我是求之不得。只是我聽說周恩來要重用他。」金仲華這才知道是個誤會。後來宦鄉先參加人民政協的籌備工作，後進入外交部，終未再進《文匯報》。

5月23日晚上，第三野戰軍總部發佈消息，解放軍已進入上海市區，蘇州河南已經解放，潘漢年及接管人員連夜已趕去上海。

徐鑄成在丹陽多留了一天，24日深夜出發，車到南翔站，因前面的路軌尚未修好，改乘人力三輪車。一路緩緩行來，見市區少數地方餘火未熄，終在25日日落西山時，回到久別的愚園路家中。

當晚，《文匯報》總經理嚴寶禮設宴於南京路新雅酒店。對面是著名的新新公司，門前懸掛著大幅標語：「解放全中國，活捉蔣介石」。回想四年前，抗戰勝利，徐鑄成從重慶到上海，嚴寶禮也設宴於此。其時新新公司從三樓到四樓，懸掛著蔣介石的巨幅畫象，四周綴以五彩電燈，並有大幅標語：「歡迎勞苦功高的蔣委員長」。僅僅四年，河山易手，如此變化，徐鑄成說：「誠可慨也。」

面臨困境

新時代來臨，上海解放後第二十五天，1949年6月21日，《文匯報》再次復刊。復刊這天，報紙的編號是1087號，和兩年前被國民黨淞滬警備司令部勒令停刊這天的編號相銜接。

總主筆徐鑄成親自撰寫當天的社論〈今後的文匯報〉，鮮明地表述報紙的立場和宗旨。社論說：「上海解放了，全國的解放也近在眼前了，我們的文匯報今天在上海復刊，讓我們歡呼，向中國共產黨歡呼！向全體人民解放軍歡呼！沒有他們正確的領導，沒有他們堅決的奮鬥，哪有今天！」社論在歷數國民黨政府的反動罪行後說：「我們今天歡呼，不僅是為了舊帳的清結，更重要的是中國三千年來的封建歷史，在這次人民的勝利中，都要一掃而空。在這勝利的基礎上，中

國將遵循著毛澤東主席的領導方向，透過新民主主義的建設，逐步邁進獨立、統一、民主、進步、富強的光明境地。」社論表示：我們要「堅持站定人民的立場」，「真正和人民結合起來，把握住新民主主義建國的總方向，向前進步；而在新聞及言論方面，將力求客觀的真實，追隨進步的同業之後，為新民主主義的文化建設，盡其綿力。」

徐鑄成當時的心情「無比開朗」，他後來回憶說：「報紙復刊這天，我的心情無比歡快。停刊兩年，形勢變化如此之速，誠可感慨。這天我寫的社論〈今後的文匯報〉，完全出於自己的心聲。」[8]

和上海其他同業相比，《文匯報》復刊是滯後一些。中共華東局兼上海市委的機關報──《解放日報》，於 5 月 28 日就和上海人民見面。《解放日報》由范長江與惲逸群主持，接管了原來的《申報》而出版。民營的《大公報》和《新民晚報》，原本沒有停刊，繼續出版，只有金仲華接管《新聞報》而創刊的《新聞日報》，遲《文匯報》一周，於 6 月 29 日發行。

《文匯報》復刊後的情況如何呢？

資深的女記者、曾在《文匯報》工作多年的姚芳藻有這樣的回答：

> 徐鑄成和柯靈辦報經驗豐富，曾經創出了一番事業，可以稱得上辦報能手了吧，現在本應是他們大獻身手的時候，但是他們萬萬沒有想到，在自己追求的理想的新社會裏，辦報卻是如此的棘手，新聞轉軌真是難於上青天。他們對自己的本行變得一籌莫展了。
>
> 《文匯報》一向以自己是一張高舉愛國民主大旗的民間報紙而自傲，可是這項「民間報」的桂冠，一復刊就被打落在地。「關於民營這一觀點，在國民黨反動派統治時期，有些私營的文化出版事業單位，是曾經在不同程度上代表人民，是應該稱民營或屬於民間的。」上海市文管會副主任范長江在解放後第一次新聞出版座談會上針對徐鑄成說：「但是在人民政權下，

　　政權的本身是代表人民的，這裏只有公營和私營之分，不再是
官方與民間的區別。」
　　可不，《文匯報》是嚴寶禮他們幾個集資創辦的，當然是私營
的，但私營意味著什麼呢？在公有制社會裏，私營不就意味著
改造和消亡嗎！
　　面對《文匯報》這一性質的變化，徐鑄成和柯靈心裏當然不是
滋味，不過，他們都很坦然，以為自己本來就是追隨黨的腳步
走過來的，一切問題都是可以解決的。他們信心百倍地投入工
作。……」[9]

　　姚芳藻正是從這個時期過來的，當時又在《文匯報》工作，她和徐鑄
成和柯靈都相處很久，瞭解他們的內心活動。她在寫《柯靈傳》時寫
了上述這段話（其中范長江的話，她採自《文匯報史略》），應該是可
信的。

　　如同前面所說，復刊之初，徐鑄成的心情是開朗的、歡快的，因
他深知復刊之不易。當時申請登記的私營報紙有四十三家，經審查核
准的僅十二家，其中中文大報是《文匯報》、《大公報》、《新聞日報》、
《新民報》晚刊。

　　然而在復刊後面臨的是「事事捉襟見肘，處處步履維艱」。

　　先從經營方面說起。《文匯報》復刊遲於黨報的《解放日報》、私
營的《大公報》和《新民晚報》，從當時戰火剛熄的民間財力來看，
讀者訂過別家報紙後，很難再訂《文匯報》。因此發行數上不來，徘
徊在兩萬份左右，落後於《解放日報》、《新聞日報》、《大公報》。開
國大典期間，一度上升到六萬份，旋即步步下降，跌到兩萬份以內。
當時廣告收入也不景氣，因為工商業還沒有恢復，僅只少數文娛戲目
類廣告，收入極低。因而報紙月月虧損。復刊之初就資金短缺（原有
資金一部份投資香港《文匯報》，一部份分散化費），嚴寶禮多方籌措

無著。先天既不足，後天又失調。職工工資打七折還發不出，常拖欠一、兩個月。

再看工廠的機器設備都非常簡陋。僅有一臺印報機是解放前的舊物，一小時僅印七千份左右，早應更換。排字、澆鑄設備也殘缺不全，大部份靠手工操作，有時還要臨時添置部件才能出報。辦公用房更是擁擠不堪，斗室中幾個部門合併一起辦公，辦公桌高度發揮效能，日夜輪番使用。《文匯報》同當時上海的《解放日報》、《新聞日報》、《大公報》的資產、印刷設備和辦公用房相比，真判若天壤。

當時還面臨人員的不足的問題，領導幹部和業務骨幹遠不適應工作。解放前的許多領導幹部，如宦鄉、陳虞孫、孟秋江都是報社運轉的大軸，這時都沒有回來。經多方努力才勉強搭起班子。當時的領導成員是：總主筆徐鑄成、副總主筆柯靈、總編輯婁立齋、副總編輯郭根（後增加劉火子）；總經理嚴寶禮。數月後，婁立齋就離去，由柯靈擔任總編輯。總主筆和副總主筆負編輯部領導的責任，總編輯和副總編輯則只負組織新聞和版面的責任。除編輯部主任金慎夫、採訪部主任唐海、北京辦事處主任浦熙修外，另有主筆室，成員有李平心、唐弢、壽進文等。1951 年春才成立編委會，成員是：徐鑄成、柯靈、劉火子、唐弢、郭根、唐海、浦熙修。還有一點必須一說的是，《文匯報》解放前原有十五名中共黨員，解放後都撤走了，只剩下一個解放前是候補黨員的鄭心永。徐鑄成說：「那時共產黨在群眾中威信很高，沒有共產黨支持，就無法生存下去。」[10]

……

《文匯報》面臨這些困難無法解決時，幸而有徐鑄成的兩位舊交出面幫忙，他們以《文匯報》是進步報紙，原是被國民黨查禁的為由，既有困難就應幫助，他們是市委宣傳部部長夏衍、副部長姚溱。他倆讓新聞出版處，指令《解放日報》先借撥大量紙張、油墨，並協助解決房屋、機器方面的困難。後來上海市政府批准《文匯報》向國外訂購一千噸白報紙，用出售進口紙購買國產紙賺取差價的方式，維持了報館的日常開支。

　　經營方面的困難雖得暫時解決，但辦報素有經驗的徐鑄成，卻又碰到了許多新問題。追求辦報自由和自由辦報已深入骨髓的他，解放之初，他感到格格不入，無從著手。

　　按照徐鑄成的思路，他設想「保持和發展報紙特色，以取得讀者信任」，可是遇到阻力。他說：「無奈解放後一些套套，每使人瞠目束手。舉例言之，在長沙解放之日，我們已在無線電中收到確訊，而翌日刊出，即被指為搶新聞，是資產階級辦報作風，因新華社尚未正式公告也。再如〈論人民民主專政〉發佈之日。要聞編輯鄭心永按所列問題，作分題以醒眉目，亦被指為離經叛道。如此重要文件，只能作經典鄭重排版，安可自由處理！總之，老區方式，蘇聯套套，只能老老實實學習，不問宣傳效果，此為當時必經之『改革』。」11

　　不問時間效果還有這樣一例。1949年11月9日，《文匯報》刊登了從無線電中收聽到確實的恩施解放的香港專電，違反了規定，被視作「偽消息」，總編輯裴立齋在各報負責人會議上對此作了檢討。由於應付不了這樣的局面，不久後，裴立齋就拂袖而去，辭職他就。

　　曾有這樣一件事，幾乎使《文匯報》遭滅頂之災。副總編輯郭根，秉性耿直，還停留在舊軌道上。某夜，報紙版面已拼，大樣也已看過，正準備付印，郭根也已呼呼大睡。忽然上面傳來命令，某稿不得刊用。副總主筆兼總編輯的柯靈得到這個指示，立即去叫郭根速來換稿。這時郭根睡意正濃，聽了以後，認為該稿根本不成問題，不用不合情理，斷然回答三個字：「開天窗！」柯靈聽了十分吃驚，這個「開天窗」，在舊社會是新聞界常用來對抗反動政府新聞檢查的手段，現在怎麼可以用這種手段對付自己的政府呢？郭根既然不肯前來更換稿件，柯靈只好自己動手，在已丟棄的稿件裏，尋找合適的補上，解決了問題，才使《文匯報》避免了一場禍事。（據姚芳藻，《柯靈傳》）。

　　社論的寫作，本是徐鑄成擅長的，而這時卻使他縮手為難。上世紀八十年代，他先後有兩段話，說明當時的困境：「……以後什麼也不能發揮了。『三反』起來了，就寫擁護『三反』的文章。要『鎮反』

了，就寫擁護的文章。我最不會寫歌功頌德的文章。我過去跟張季鸞學，他有一個『要訣』，就是不要說人家常說的話，不要用人家常用的句子，不是標新立異，要有新意，使人看了感到新鮮。人家說什麼，你也跟著說，讀者就厭煩了。現在口氣都要按《人民日報》社論，文章章法都是一致的，那我就很難寫。」[12]「⋯⋯因此，我對社論也艱以執筆，因數十年記者經驗，從不慣於人云亦云，思想未通，即先歌頌，每以此為苦。老友李平心兄諒我苦心，輒陪我熬夜，我舒紙半日，尚未能下筆，輒請平心代勞。總計復刊一兩年屈指可數之社論，以平心所撰者為多。」[13]

應該說，徐鑄成當時所遇到的困難，許多報人（原在國統區的）同樣經歷，如果善於應付、隨波逐流，也就是另外的結果。對此，他有自知之明。他在 1949 年 9 月 29 日的日記中曾有涉及。這天日記先寫到他和儲安平的一番談話。儲安平說到《觀察》即將復刊，但群眾思想難捉摸，如何辦好，毫無把握。還說到近月在東北旅行，寫了二十五萬字的觀感，請胡喬木審閱。又說到他出發前和回來後，都與領導同志商談和反覆請教。接著徐鑄成寫下自己的內心獨白：「甚矣，做事之難，《文匯報》之被歧視，殆即余之不善應付歟！余如遇事諾諾，唯唯聽命，《文匯報》亦不會有今日。而本性難移，要我俯首就範，盲目聽從指揮，寧死也不甘也。」[14]

獨立蒼茫、傲岸不屈，徐鑄成這樣的性格，主流怎能接受？即使當時上海主管宣傳的夏衍、姚溱能對他諒解，但囿於當時的制度和規定，夏、姚也無能為力。如對言論寫作、對私營報紙有這樣的規定：「對於國際新聞和評論，對全國、全市重大的政法新聞，均須以新華社的稿件為準」，「不得解釋中共及政府的法令政策」。[15] 按這樣的規定，也就只能重複新華社的稿件或《人民日報》講過的東西。

這樣的困境，徐鑄成實在無法突破。

參加「開國盛典」

徐鑄成正陷入窘境時，第一屆全國政協在北平召開，同時舉行「開國盛典」，徐鑄成奉命出席，在領略新氣象中，他的心境將有所改變。

徐鑄成是以新聞界代表的身份去參加新政協的。這份代表名單是：金仲華、惲逸群、胡喬木、陳克寒、鄧拓、楊剛、邵宗漢、徐鑄成、王芸生、趙超構、劉尊棋、儲安平、徐邁進、張磐石共十四人，其中正式代表十二人，候補代表二人。

這份名單說明兩點情況：一、徐鑄成、王芸生、趙超構、儲安平是作為民間報刊的代表，其餘多是共產黨人；二、據宋雲彬稱：「徐鑄成名列後補，殊為委屈。」（據宋著《紅塵冷眼── 一個文化名人筆下的中國三十年》）另一後補代表為何人，可惜宋雲彬未予說明。這就無從懸猜徐鑄成何以是候補代表的原因。

徐鑄成此次赴京，自 9 月 4 日起程至 10 月 15 日返滬，凡四十二天，逐日有日記。

他自己說：「幾十年來，只有在鬥爭激烈時，或參加重要會議，或出國旅行，才每天記有日記。這些日記，1957 年被抄去一部份，文化大革命中，不僅『一網打盡』，連平時參加會議、聽報告的記錄本，也一股腦兒抄走了，片紙不遺。」幸在落實政策後發還。從 1949 年 9 月到 10 月的那部份日記，徐鑄成自己說，從中「可以約略窺見開國之初的民主氣氛以及像我這樣的知識份子的精神面貌」。

徐鑄成這次北上，與金仲華、王芸生、趙超構同一車廂。同年 2 月從香港秘密北上時，新聞界同仁也是四人，柳亞子戲稱為「四大金剛」。此番只是劉尊棋換了金仲華。旅途並不寂寞。

9 月 4 日從上海出發，「沿途所見，農村情況尚好，車站大半修復」，「交通之改進殊足驚人」，經兩晝夜，於 6 日到京，中共統戰部副部長徐冰，黃任老（炎培）、楊衛玉、俞寰澄等在車站迎接。

從籌備會到正式會議開始，徐鑄成參加了政協的召開與「開國大典」的整個過程。在討論「共同綱領」時，對綱領中不提社會主義的情況，多數與會者都有疑問。周恩來解釋：「毛主席一再說，社會主義是遙遠將來的事，今天應集中力量發展新民主主義建設，發展包括民族資本主義在內的四種經濟成分，如過早寫出社會主義，易在國內外引起誤會。」言猶在耳，可惜的是毛澤東在幾年後（1958年）就要跨進共產主義天堂，在大煉鋼鐵、全民大躍進之下，極大傷害國家經濟的元氣，導致六十年代初的大饑荒。這是後話。

首屆全國政協，於1949年9月21日開幕。執行主席朱德，宣佈大會開幕。毛澤東致開幕詞中，最令人感動的話是：「我們民族從此列入愛好和平、自由的世界大家庭的行列，以勇敢而勤勞的姿態工作著，創造自己的文明和幸福。我們的民族再也不是個被人侮辱的民族。我們宣佈中華人民共和國的成立，我們從此站起來了。」他的每一句話幾乎都被掌聲所淹沒。徐鑄成作為在場的目睹者，記下了這天的氣象，先是雷電交加，大雨如注，散會後就是滿天星斗，這就預示了新中國在不平凡中的誕生。

親歷「開國大典」盛況的徐鑄成，多少年後回憶當時的情景，仍歷歷如繪。

他說，這是他「最難忘的一天，中華人民共和國開國，中央人民政府今天成立」。人滿如潮，紅旗似海，聲震大地的禮炮，毛主席親自升旗，旋宣佈中華人民共和國正式成立，並大聲高呼：「中國人民從此站起來了！」全場一片歡騰，恭逢盛典的他「感極淚下」。當時徐鑄成和郭春濤一起站在天安門城樓上，在當日（10月1日）的日記中他寫道：「回憶二十一年前，國民黨軍『底定』京津，亦在天安門舉行慶祝大會，群眾不過數千人，政分會主任張繼任主席，吳稚暉代表中央致詞，憶有『你不好，打倒你，我來幹，不要來而不幹』之精語。時春濤為二集團軍政治部主任，代表馮玉祥發言。余當時初當新聞記者，親自參加採訪，余提及此舊事，春濤謂亦記憶猶新。問有何

感想？春濤沉吟有頃，說：『如蔣不如此倒行逆施，今日亦當為主角歟？』余則謂歷史人物，往往如此：拚命抓權，排除異己，最後兩手空空，成為孤家寡人，殆即所謂歷史的辯證法歟？」

徐鑄成在同天的日記中還寫到一位故交：二十年前，先後在太原、漢口過從並多次請益的李書城先生。是日在天安門城樓重敘，談到當年的蔣閻馮內戰，很像一齣短劇。他神采奕奕，不像六十八歲的老人。

在京期間，徐鑄成與吳紹澍相晤。吳在徐鑄成影響與動員之下，在上海解放前夕起義，並策動兩旅反正，因此蘇州河南得以和平解放，未受損失，故吳自認為有功，但他不是政協代表，僅是旁聽。兩人晤談中，吳對此甚為不滿，徐鑄成只能加以寬慰。然而黨內中、下級幹部，看到有些國民黨人士及保守人員成了政協代表很有反感，他們這樣說：「早革命不如遲革命，遲革命不如不革命，不革命不如反革命。」這番話是徐鑄成的無錫第三師範老同學管文蔚談到的。管文蔚是中共高級將領（抗戰時即為新四軍支隊司令員，與陳毅並稱），也是政協代表，9月29日散會後，與徐鑄成同車到六國飯店。「文蔚性爽直，又是老同學，故談話極坦率。」管說：「大會甚成功，可以慶慰」。中、下級幹部對代表名單卻有微言，這就是上述「早革命不如遲革命」之說。管文蔚當時是蘇南行署主任，徐鑄成家鄉宜興，正在管的轄屬以內，不久蘇南行署就將與蘇北行署合併，恢復江蘇省的建制。

徐鑄成身在北京，心繫上海，時時念著《文匯報》。有幸的是，好消息接踵而至。他分別記於日記之中。9月11日：「接寶禮兄及郭根（時為《文匯報》總編）函，知報已漲至二萬八千，甚慰。」9月16日：「任嘉堯由滬來，聞報已漲過三萬六，甚喜。」9月22日：「接寶禮兄函，報已漲過四萬。」10月1日：「郭根兄來函，說報的訂數仍在續增，但因紙荒，不敢放手發行，否則當可越過六萬矣。」10

月 9 日：「熙修電話，說報館有電給余，報告報已漲至六萬，同仁咸甚興奮，亟盼余早日返滬。」

徐鑄成一身兩任，作為政協代表參政、議政，又作為新聞記者捕捉新聞，利用會議的間歇給報館寫信、寫稿，還協助《文匯報》駐京辦事處解決難題，同時也比較《文匯報》與滬上別報之間的優劣。9月 15 日「終日下雨，故宮招待代表參觀，余未往，在寓所寫了三封信並一短稿。」9 月 24 日「上午無會，寄報館信附稿。」25 日「看到 22、23 日本報，開幕日專電均當天登出，而《大公報》、《解放日報》則未見，可見熙修之努力和工作深有經驗，余亦先有佈置，囑把握時間。又 22 日社論，想為平心兄執筆，大意都按我信中開列的幾點，比其他各報有內容有新意。」28 日「今日大會休會，寫寄家書，並函報館。」10 月 1 日，參加「開國盛典」的當晚，他還「抽暇為報趕寫一通訊」。徐鑄成去京開會時，「北辦」尚在籌備中。據 9 月 10日之日記：「午後，浦熙修來，同往燈市口朝陽胡同三號看房子，有大小八間，擬賃作駐平辦事處址。交浦六萬元，作為籌備急用，餘由滬匯來。」14 日「訪熙修，談今後工作之部署」。9 月 28 日「至辦事處已粉刷一新，家具則尚未購置，熙修擬雇兩信差、一廚師、一女傭，另聘一記者、一文書，徵余意見。囑全權辦理，並請留心物色記者人選。」10 月 7 日「下午兩時，與浦熙修、唐海等在辦事處商談今後工作重點。」10 月 10 日「晚，在辦事處與浦、潘兩位懇談，勸通力合作，靜遠允回辦事處工作。嗣對辦事處預算及人員的安排，作了具體的決定……」徐鑄成真可謂用心良苦。

酷愛京劇的徐鑄成，此次在京大大滿足所嗜。這也是會程倥傯中的休息。到京後的第二天（9 月 8 日），即和王芸生到長安戲院看京劇。此後每次觀劇，他都寫入日記。9 月 13 日受呂方子約，觀看梆子戲《蝴蝶杯》。這戲幼年時曾在家鄉看過，印象彷彿如昨。主演李桂雲是河北梆子祭酒，音調、做工均為上乘，扮相亦富麗。洪深對李極為欣賞，曾大量購票請人觀看。17 日晚，在中南海懷仁堂舉行京劇晚會。懷仁

堂在李宗仁時代是大會議室，擴展修建後的座位，恰與代表數相符，列席和旁聽者安排在後面的休息室內。會場外不遠處，即當年曹錕被馮玉祥囚禁的延慶樓。當晚的演出節目，有程硯秋的《紅拂傳》，李少春、袁世海的《野豬林》，徐鑄成說都很精彩，他坐在第三排。22日，開會至下午7時始散，代表都回招待所吃晚飯，只有徐鑄成單獨一人去東安市場吃便餐，餐後就去吉祥戲院看小翠花的《坐樓殺惜》，他說：「真是難得的好戲」。25日晚，他又和王芸生去吉祥戲院看戲。陳少霖演《捉放曹》，學余派，無韻味。荀慧生的《香羅帶》亦不精彩，王芸生說：「不堪入目」。徐的意見是：「荀年近花甲，豔妝妖態極不自然，然嗓音甜脆，唱腔亦有特色」。兩人旋同歸。翌日（26日）晚，應吳紹澍約在厚德福吃飯，飯後到開明（現改稱民主劇場）看戲，大軸是小翠花、裘盛戎的《戰宛城》，不可多得的好戲。28日，又偕吳紹澍在清香園沐浴後，飯於沙鍋居。飯後在西單看杜近芸、杜近芳的戲，兩人均能唱能作，可惜配角太差。10月3日晚上，至西單長安戲院看程硯秋的《鎖麟囊》，票價比一般貴一倍，而座無虛席，足見程的號召力。劇情平平，只看程一人表演，身段雖已臃腫，水袖功夫極好，嗓音依然低迴婉轉，高低裕如。在四大名旦中，只有他能保持原來的唱功。據悉程平時喜豪飲，淪陷時歸田學圃，本無意再登臺，居然嗓音不敗，可稱奇蹟。10月4日晚，參加懷仁堂晚會，有譚富英的《定軍山》和梅蘭芳的《宇宙鋒》。梅的作功、扮相，依然當年，嗓音稍差，幸有王幼卿的胡琴托得好。8日晚，在東安市場吉祥戲院看白雲生、韓世昌主演《奇雙會》，白與韓在二十年代即已聞名，此時雖已遲暮，唱作功夫尚在。最後大軸為尚和玉客串《四平山》，尚當年與楊小樓齊名，同為武生行祭酒，時七十七歲，雖風燭殘年，功架仍極好，殊為難得。11日晚，又約吳紹澍在華樂園看楊寶森演《托兆碰碑》。當年在桂林，票友（余派正宗）莫敬一先生，曾以此戲親授徐鑄成，費時近半年。《大公報》桂、渝兩館的慶祝會上，徐鑄成曾登臺演出，贏得不少掌聲。楊寶森當晚所演，嗓音甚好，但韻味不

夠醇厚，做功也沒有恰到好處。六年前他在桂林看莫敬一演此戲，楊寶森與莫相比，相去甚遠。劇情也有改動，改得與情理不合，他認為有些從事戲改的同志並不完全瞭解京劇。12日，本定翌日離京，他去吉祥戲院看蕭長華演出。蕭共演《普球山》、《打面缸》、《會稽會》三齣，無一不佳，且滑稽中帶雋永，不流俗氣。蕭年已七十，舞臺生活已屈指可數，能親自觀賞，意義非常。徐鑄成深有感慨地說：「此次來京，看了不少京戲（筆者註：四十二天中，看戲十一次，平均不到四天即一次），我認為最難得者，不在梅、程、荀等，而在蕭及尚和玉，兩人均年逾古稀，老輩典型，令人有『看一回，少一回』之感。」

徐鑄成於10月14日離京，15日早晨9時到滬，嚴寶禮與新聞界友人在車站迎接。

上世紀八十年代，徐鑄成在回憶錄中寫到此番在京四十餘天的感受。他說：「解放之初，民主生活是相當充分的；各界上層人士，都熱烈擁護黨的領導，而決心於自我改造主觀世界。他們的私人生活是自由的、舒暢的。可惜好景不長；不久便因勝而驕，一連寫出批《清宮秘史》、批武訓、批俞平伯、批胡適等宏文，旗角開始向左飄轉。等到第一個五年計劃勝利完成，國民經濟由好轉開始大幅發展，三大改造完成，即開始不斷搞政治運動，忘了『社會主義還是遙遠將來的事』的英明預斷，即想揚起『三面紅旗』，短期內即想搞共產主義，『畢其功於一役』。康生、江青、林彪之流，乃投其所好，幹他們反革命之陰謀，國家幾陷於浩劫不復。重溫開國之初這一段歷史，不禁重有所感。」說真話的報人風範於此可見。

參加民盟

這該說是徐鑄成一生中的一件大事。

從他的人生哲學與辦報理念而言，他無意參加黨派。當年在《大公報》時，他就讚賞《大公報》「四不」方針中的「不黨」。

1950 年某月某日，周恩來總理來到上海。

有關方面通知，周總理在上海馬思南路周公館，召見並宴請黨外的知名人士，徐鑄成也在邀請之列。

徐鑄成與周恩來同席，兩人都善飲，酬酢之間氣氛熱烈且歡暢。

又是乾杯後，周總理說話了：「鑄成先生，你可以參加我們共產黨。」

這話很突然，一時間徐鑄成不知怎樣回答，但又非答不可，略一思忖，他回答道：「如果我們都參加中共，中國豈不就沒有民主人士了嗎？」

貴為執政黨的總理，紆尊降貴來邀請入黨，這本是人生的大榮幸，多少人求之不得，而徐鑄成有自己的獨立思考，巧妙地作了這樣的回答。

大度的周總理莞爾一笑：「這也好，您說得有道理」。

主客盡歡而散。伴徐鑄成走出周公館的是黃炎培，這位身為民主人士的耆宿與徐鑄成一向熟稔，他對徐鑄成的回答，期期以為不可。

徐鑄成說：「剛才周總理不是表揚我說得有道理嗎？」

黃炎培默然，後說：「事情恐怕不是這樣，總理的城府很深啊！」

此事說過就了，徐鑄成並沒有放在心上。

1950 年 6 月，美國侵略朝鮮的戰爭爆發。

1951 年 3 月，徐鑄成參加中國人民第一次赴朝鮮慰問團。總團下設華北、中南、華東、西北四個分團。徐鑄成隸屬華東分團（稱第三分團）。團長陳巳生、王若望為秘書長。徐鑄成為團委。來回共約兩月餘，5 月 8 日回國。回國後，他與王若望兩人成一小組，到蘇南各地作傳達報告，介紹中朝兩國人民的英雄事蹟。輾轉於蘇南各城鎮，連續有一個多月。首站是無錫，這是他年青時讀書的地方（無錫第三師範）。到無錫的翌晨，他就去惠山下、公園旁，尋訪舊蹤跡。到故鄉宜興作報告，他的興致更高。隨團採訪的《文匯報》記者崔景泰回憶當時的情景：「他在家鄉做報告時，面對靜靜地坐在廣場上的上千

位聽眾，他先不作報告，而是滿懷激情地一遍又一遍的唱著中朝兩國人民喜愛的愛國歌曲。徐師完全用宜興鄉音唱的，廣場上的群眾也用宜興鄉音跟著唱。此情此景，至今還清楚地留在我的腦海裏。」

這充分說明，徐鑄成熱愛共產黨，和黨水乳交融。黨交下的任務，他都出色地完成。

正因如此，同年抗美援朝華東分會成立，黨派民盟的沈志遠擔任分會的宣傳部長，徐鑄成擔任副部長。從此，他和沈志遠接觸頻繁。

沈志遠在工作之餘，多次勸說徐鑄成，請他參加民盟，徐鑄成多次婉言拒絕。沈志遠不厭其煩地做工作。但還是沒有效果。

沈志遠終於攤牌：「這不是我個人的意見，而是周總理的意見。」

沈志遠這樣說，讓徐鑄成為難了：接受沈的意見，就有違自己的人生哲學與辦報理念，如不接受又感到已薄過周總理一次面子，而總理還關心著自己，實在有愧，最後出於對周總理的崇敬和感激，同意參加民盟。

然而沒有想到的是，這將讓他陷入改變一生命運的政治陷阱中，同時也由於他的影響，《文匯報》與新聞界一大批有才華的報人也都參加民盟。這些人中有的在 1957 年，被誣為向黨猖狂進攻、以徐鑄成為首的《文匯報》民盟支部為核心的資產階級司令部的骨幹。世事滄桑，經過二十二年的右派改正後，這些人大都來看望徐鑄成，他們沒有責怪之意，而徐鑄成則感到歉疚不已。

據徐復侖先生說：「父親參加民盟的時間，應是 1953 年。介紹人是千家駒（民盟中央常委）和沈志遠（民盟上海市委主任委員）。」（本節取材徐復侖致筆者函）。（又按：1957 年反右時，徐鑄成在長篇檢查中說到他參加民盟是由蘇延賓、彭文應介紹，據徐復侖說，經查檔案，「彭文應、蘇延賓只是他入盟時的支部負責人。當時《文匯報》尚無民盟支部」。徐復侖又說：「我想，父親在寫檢討時，把介紹人寫成彭、蘇，可能是不想連累千、沈，因為當時千、沈尚在位上，而彭、蘇早於父親挨鬥了。」——據 2006 年 7 月 22 日函）。

徐鑄成參加民盟後，歷任民盟中央委員、民盟參議會常務委員、民盟上海市委委員、常委兼宣傳部長、民盟上海市委顧問等職。

三次改版與「救報運動」

有光輝聲譽的《文匯報》，怎料會在 1949 年復刊後面臨困境。

雖在第一屆人民政協開幕和「開國大典」的報導中，由於徐鑄成既是政協代表，又作為新聞記者採集新聞、拍發專電（如徐親撰寫的〈八十三歲老代表張元濟，深幸親睹新中國誕生〉的專電，獲讀者好評），加上北辦主任浦熙修指揮有方，與由滬赴京的採訪主任唐海共同努力，會議期間的報紙辦得有聲有色，發行數一度上升到六萬。然而高潮一過，發行又步步下降，跌到兩萬份以內。

報紙依靠讀者。《文匯報》從 1938 年創刊，抗戰勝利（1945）後復刊，都得到讀者的廣泛支援。報紙登高一呼，讀者群起回應。然而，現在變了。

讀者反映：「報紙沒有看頭。每天從頭看到尾，要發現幾條所謂『新聞』是不易的。」言論也越來越少，越來越空泛。

讀者批評說：「《文匯報》的評論絕少發表具體的建議和批評，大部份是宣傳政策的文字，比起新華社和《人民日報》的社論來，也如電燈下的燭光，不能發生時時細讀的興趣。」副刊很受讀者歡迎，但讀者仍覺得內容不能滿足他們的需要，有的說「文章太深了」，有的說「落在客觀形勢的後面」。

為數不少的讀者指出：時代變啦，可《文匯報》的變化跟不上去。過去受反動派迫害，《文匯報》說幾句公道話可以得到大家的愛戴；今天自由解放了，你說的這幾句話大家都能說，又何必來看你《文匯報》呢？

有的讀者更直截了當地說：「前進的朋友看了《文匯報》不過癮，看黨報了；落後的則去看別的報紙。」……[16]

　　讀者的意見是苦口良藥，謙沖為懷的徐鑄成怎會不接受呢？再說他面對報紙面臨的種種困境：職工經打折後的工資，也不能按時發，年終雙薪無著落，編輯部夜點僅供蘿蔔乾、稀飯，其他毫無福利⋯⋯他心急如焚，急謀改進之道。

　　徐鑄成在探索一條既適合於主流辦報思想，又能發揮《文匯報》傳統特色的路子。多次絕處逢生的《文匯報》，他相信這次一定也能戰勝困難。

　　這時出現了新情況。

　　1950 年 3 月 29 日至 4 月 16 日，中央人民政府新聞總署與中共中央宣傳部，在北京共同召開全國新聞工作會議，徐鑄成代表《文匯報》出席。會上討論的議題：如何辦好報紙，這正是困惑著他的問題。會議認為許多報紙遇到困難，在於缺乏群眾觀念，不能適應群眾的需要，報上登載的東西與群眾沒有關聯。根據上述精神，胡喬木在講話中提出從「聯繫實際」、「聯繫群眾」、「開展批評與自我批評」三個方面來改進報紙工作。根據胡喬木的講話精神，與會者反覆討論了一周，將一些重要原則確定下來，如：不得刊載社會新聞，不得發表抒發個人感情及黃色、迷信的報導和作品；反對「資產階級辦報思想」，報紙要為宣傳黨的政策服務；新聞「寧可慢些」，但要「真實」等等。這些，徐鑄成並不完全認同。他說：「一大套蘇聯模式的清規戒律確定下來了。」

　　陳伯達曾在會上作報告，他的一口閩南話無人能懂。那個翻譯講的也不是純粹的國語，徐鑄成只聽懂三、四成。本國人演講要用翻譯，這是聞所未聞的。

　　還有，那個後來顯赫一時、禍延神州、自稱「老娘」的江青，會議主席也曾請她演講，不知何種原因，她推辭未講。

　　給徐鑄成留下了極好印象的，是朱老總。會議組織徐鑄成、金仲華等少數人，由范長江領隊去中南海黨中央參觀。一位老者在埋頭下棋。范長江上前介紹道：「朱老總，給您介紹幾位上海新聞界的朋友！」

朱老總放下棋子，連忙站起身來，和眾人一一握手。那慈祥和藹的態度，使徐鑄成久久難忘。

當時上海有《解放日報》、《新聞日報》、《大公報》、《文匯報》四家大報，如何分工尚不明確。這次會上作出決定：《解放日報》面向政府和黨的幹部，《新聞日報》面向工商界，《大公報》偏重商界和高級知識份子，《文匯報》則面向青年知識份子。本來報紙在競爭中發展，分工無疑是分疆劃界，在劃定的範圍內作出自己的努力。既是會上的決定，徐鑄成的接受也是理所當然。

《文匯報》既以青年知識份子為對象，而共青團員大都是青年知識份子，當時團中央有創辦團報的擬議。新聞總署署長胡喬木找徐鑄成談話，要他去團中央商談。他去了，廖承志、榮高棠明確表示與《文匯報》合作辦團報的意願。但在商談報名的問題上擱淺了。徐鑄成的意思，是要保留「文匯」兩個字。那是他曾以生命和心血澆灌的兩個字呀！比如可以叫《青年文匯報》。這可以體現出雙方的合作。大致廖、高要的是一份純粹的團報，「文匯」要溶化於其中，這就沒能做出結論。第二年（1951），抗美援朝之戰開始了，徐鑄成參加赴朝慰問團，總團長是廖承志，廖又重提合作辦團報的事，大致是徐鑄成仍然沒有放棄這「文匯」兩個字，結論還是沒有形成。後來團中央利用原開明書店這個班底，辦了《中國青年報》。這也是後話。

這已經是全國新聞工作會議以後了。面對《文匯報》眼前的情況：發行數下降，外出採訪因是私營報紙不被重視並有障礙，許多工作人員都有思想情緒的波動。一向關心《文匯報》的中共上海市委宣傳部長夏衍，親自到報社來做思想工作。他講的自然是原則。他說《文匯報》的方向，全國新聞工作會議已經確定，今後注意在普及中提高。要面向廣大青年群眾，多談青年本身的問題，還要照顧到後進的讀者，這方面要向鄒韜奮學習。他還說到，根據報紙的對象作重點報導，不要面面俱到，否則面面不討好。

徐鑄成傳達了全國新聞工作會議的精神後，又結合周恩來給《文匯報》的 1950 年元旦題辭（「努力為人民服務」），還有夏衍的講話，

編輯們聯繫前一階段的工作，一併進行深入討論、檢查缺點，確定改正方向。

決心大，動作也大。第一步，廣開言路，首先徵求讀者的意見。1950 年 6 月初，在報上刊登徵求讀者意見的表格，列出了十三個問題。十多天中就收到來自全國二十多個省、一千多件的讀者來信，反響快，反響面也大，每一封信都體現讀者關注報紙的感情。

接著是一年中三次改版，動作不可說不大。

第一次改版是 1950 年 6 月 21 日。改版原則是明確以青年知識份子為讀者對象，加強有關青年問題的報導，副刊、專刊的內容都向青年知識份子傾斜。

第二次改版是從當年 10 月 16 日開始，這次是調整一些版面（副刊與周刊），恢復《文匯報》的傳統特色：長篇連載，增強報紙的可讀性。說起連載，計劃推出四、五個，包含師陀的《歷史無情》、郭沫若的《抗戰回憶錄》、梅蘭芳的《舞臺生活四十年》、張治中的《和談回憶錄》、茅盾的電影文學劇本《腐蝕》。另外還有張樂平的連環畫《二娃子》。不過後來有些中途腰斬。貫徹始終的是梅蘭芳的《舞臺生活四十年》。

關於《舞臺生活四十年》，尚有一起文字公案有詳述的必要。請梅寫回憶錄這個主意，是柯靈想出來的。1943 年，上海孤島時期，柯靈主編的《萬象》雜誌，推出一期「戲劇專號」，約請許多京劇名角寫稿，其中有梅蘭芳。其他九人寫了，只有梅婉言謝絕。這並沒有影響柯靈對梅的尊敬。梅在祖國危難中，堅定地捍衛民族氣節和藝術尊嚴，柯靈認為難能可貴。抗戰勝利，山河重光。柯靈在百事叢集中，立即抽出時間訪梅，寫成長篇訪問記，在《文匯報》（1945 年 9 月 7 日始）連載三天，表彰梅的愛國精神。1950 年梅劇團到上海演出，柯靈在家中設宴請梅，並請于伶、夏衍作陪。後梅又在思南路梅府回請，陪客也是于、夏兩人。由此柯靈與梅蘭芳締結友誼，柯靈提出請梅寫回憶錄，考慮到「梅知名度高，號召力強，敘述梨園舊事，雅俗共賞，

也比較穩妥而少風險」。柯靈的擬議一提出，立即得到徐鑄成與嚴寶禮的贊同。

　　徐鑄成與柯靈、黃裳設宴於上海國際飯店十四樓中餐部（京菜）宴請梅蘭芳，另一貴賓是馮耿光（初字幼偉，又字又微），晚清時任軍諮府第二廳廳長，民國為中國銀行董事長，一生支持梅蘭芳的藝術事業，梅也尊之如師，百事聽從。還有兩位陪客──許姬傳（梅的秘書）與許源來（許姬傳之弟），主人是徐鑄成。不久前《文匯報》副刊「浮世繪」曾發表黃裳寫的〈餞梅蘭芳〉，以梅「垂老賣藝」，「嗓子的竭蹶」與身段「少嫌臃腫」，不如「從此『絕跡歌壇』」。柯靈心中惴惴不安，以為梅會介意此文，心存芥蒂。結果梅如光風霽月，未以此事為懷。徐鑄成提出請梅寫出從藝過程與心得體會，得到梅先生一口贊同。當下商定這樣的方式：梅回北方後，由他口述，秘書許姬傳執筆寫成初稿，寄到上海由許源來及黃裳補充整理，再交由報紙發表。這就是《文匯報》在 1950 年農曆 9 月初 5 開始見報的《舞臺生活四十年》，逐日刊登一年後才告結束。

　　《舞臺生活四十年》──中國第一部由演員撰寫的自傳體著作問世後，大受讀者歡迎。周恩來曾對梅先生說：「你在《文匯報》寫的《舞臺生活四十年》很有意思，我因事忙，每天晚上由鄧穎超同志讀給我聽。」（見文匯報社編，《文匯報五十年》）。在連載幾十天後，徐鑄成收到了書法名家、教授潘伯鷹的信：「近頃從貴報拜讀許姬傳先生所著梅蘭芳君之自敘傳，此乃近日罕見之佳著，不僅以資料之名貴見長，不僅以多載梨園故實見長，其佈置之用心與措辭之方雅，皆足見經營之妙。且其敘次之中，尤富教育意味……前後四十年中人事變遷，在今日追敘，自不免有甚難下筆之處，而許君措語，深得含茹之妙，遂能履險如夷，因難見巧，尤不可及也……」（見《許姬傳先生七十年見聞錄》）四十三年後，柯靈先生重憶往事時坦言道：「《舞臺生活四十年》的內容，和我預想的很不相同。我期待的是記述梅蘭芳藝海浮沉，兼及世態人情的變幻，廊廟江湖的滄桑，映帶出一位大戲

劇家身受的甜酸苦辣，經歷的社會和時代風貌；而不是側重於表演藝術的推敲。前者的讀者範圍比後者會寬廣得多，也會更有趣味、更有意義。」不過柯靈先生又說：「這種設想，看來未免過於主觀，以梅的處境和地位、梅的性格，這顯然是很難做到的。」[17]他希望有一部足以傳世的《梅蘭芳傳》。

還有一點餘波。1993 年是梅蘭芳誕辰百年紀念，柯靈先生著〈想起梅蘭芳〉以懷念（《讀書》1994 年 6 期）。文中重提黃裳那篇〈餞梅蘭芳〉。「這本來是四十年前的陳跡，時移世易，早已被人淡忘，最近作者舊事重提，卻闡明他寫〈餞梅〉的動機，是因為「其時南京在開什麼大會，要他（指梅）去作慶祝演出，使他非常為難，文章的意思就是希望他藉口謝絕這一『邀請』」。經柯靈查明當時南京的「國大」已開過，梅已應邀參加京劇晚會。柯靈還在附記裏寫道：「藝術家有自己的政治傾向和是非觀念，當然是很可貴的，但強使京劇藝術家捲入政黨鬥爭，卻未免強人所難，黨對梅的諒解是明智的（筆者註：據中共梅益說，梅在杜月笙敦請下情不可卻，這才參加南京演出）。內戰和外戰的性質不同，諷示梅蘭芳在內戰中再度蓄鬚，只有那『左』得可愛的人才想得出來。」[18]柯文一出，黃裳先生立即回應。黃說：內戰如火如荼，國共談判破裂，「國大」召開，「是否參加『國大』，就成為進步和反動政黨分明的分界線，在這當口，參加國民黨政府的內戰『祝捷』演出，是怎樣的一種政治姿態，是明若觀火的。京劇藝術家不必捲入『政黨鬥爭』，但政治卻不肯輕輕放過藝術家。這是歷史，不是誰要『強使』的問題……至今我還弄不懂『內戰和外戰性質不同』的奇妙邏輯。」（見《黃裳散文》浙江文藝版）。柯靈與黃裳都是《文匯報》同仁，即使爭辯也平和婉轉，徐徐道來，堪為後人法式。

……

除梅著《舞臺生活四十年》外，另外幾個連載有的中途腰斬（師陀的《歷史無情》，上面來令，不宜發表。郭沫若的《抗戰回憶錄》，也和師陀作品的命運一樣）；張治中的《和談回憶錄》完成後因故沒有交稿。

第三次改版是 1951 年 8 月 1 日，具體措施是使整張報紙更協調，副頁趨向雜誌化。

　　費盡心血的三次改版，效果如何呢？

　　用徐鑄成的話回答：「業務一直沒有起色。」「我也很少寫文章，有無可奈何之感。」[19]

　　政府並沒有坐視不管，這之前——1950 年 9 月，上海新聞出版處曾給予援手，一次撥給補助費八萬元，並商請銀行貸款十萬元，要求《文匯報》爭取在 1951 年 2 月底前做到自給自足。

　　接受了政府的援助，事實上報紙已改變了性質——不再是私營，而是私營公助。

　　在得到扶助後，又經過全社同仁多方面的努力，一度情況有所好轉。1951 年初，發行數有所回升，突破兩萬，收支達到平衡。如果這樣好的態勢再發展下去，這當然是大家希望的。然而事與願違，接著又有「救報運動」。

　　卓有聲譽並深受讀者歡迎的《文匯報》，怎麼到了需要人「救」的境地？

　　這是一位當事者的回憶：「可是事物的發展往往一波三折。在當時抗美援朝和鎮反、三反、五反等政治運動一個接一個的大氣候中，文匯報雖一再改版，並將副頁改成四開小張，力圖取得讀者的歡迎，但終因讀者對象遊移不定，內容一般，銷路再度逐月回跌，一千，一千五……1951 年年底一個月就跌去三千多份，僅發行一萬二、三千份，到了最低點，虧損累計達到七十四萬元。報社一些骨幹成員又陸續離去，傳聞也特別多。這些因素綜合在一起，人心浮動，大家有些惶惶然，很多人擔心文匯報辦不下去，要完成歷史任務了。報紙出現了最大的危機。」[20]

　　「救報」就是要使報紙「起死回生」。其時報社沒有單獨的黨支部。工會主席鄭心永是黨員，他和徐鑄成、嚴寶禮一起研究，決定從開源（增產）與節流（節約）兩方面入手，以扭轉危局。

徐鑄成、嚴寶禮在全社大會上講了話，請大家共體時艱，奮發努力。

要提高發行數，推銷報紙是第一要務。全報社都動員起來，不論編輯、記者，還是工人、職員，兩人組成一小組，深入到工廠、商店、學校，宣傳與推銷報紙。這時報紙也實行正張與副張分開發行的辦法。結果發行數有所上升。十二天中，就增加了三千份。

另一方面，在各個環節上，都找出節約的措施，總的目標是節省開支、節約原料。

《文匯報》也放下對開大報的架子，進行縮版，改成四開兩張，一邊進行減價。

同時經過詳細的調查摸底，確定讀者群是教師為主的知識份子，報紙轉向專業化（教育與教學）、雜誌化（副頁都是專刊）的方向發展。

正當救報運動積極開展時，1952 年 8 月，上海新聞界開展了思想改造學習運動。上海市委宣傳部長谷牧在動員報告中特別強調：「思想改造學習運動，不但是全國人民，特別是知識份子當前的重要任務，而且對於新聞工作者說來，更有其特殊重大的意義。」為什麼對新聞工作者更有特殊重大意義呢？報告沒有回答，這大概是新聞工作掌管著輿論，立足在思想陣地的緣故吧。

思想改造學習運動，在《文匯報》開展得很熱烈。每天三小時的學習，雷打不動，很少有人遲到、早退或請假。夜班人員在通宵工作後，仍然參加學習。還有人放棄休息。這樣的情況，在《文匯報》的歷史上從未有過。

更值得一說的是，學習時出現了動人的場面。有一位同志的發言中，引用了毛澤東一段話：「無數革命先烈為了人民的利益犧牲了他們的生命，使我們每個活著的人想起他們就心裏難過，難道我們還有什麼個人利益不能犧牲，還有什麼錯誤不能拋棄嗎？」讀到這裏，他情不自禁失聲痛哭，在場的人也哭成一片。哭聲驚動了鄰室，過來看的人也哭了起來。

　　學習的效果真立竿見影。許多人都檢查自己的錯誤辦報思想，和資產階級的新聞觀點，如強調報紙的「獨立性」、強調「報人的超然地位」，追求形式、不注意思想內容的形式主義；還有「有聞必錄」，搶先搶快、片面追求獨家新聞等等錯誤觀點。

　　作為報社領導人的徐鑄成也引火焚身，作了深刻的檢查。他說：「在解放前，我在《文匯報》標榜『獨立』的報紙……在反動統治下這樣標榜是可以的，但我的思想上也一直認為超然獨立是清高的、應該的，認為辦報不能有政治目的」，他還說到當初從香港回大陸時，本「抱著一肚皮『雄才大略』，想在北京搞一個《文匯報》，以後至少在全國有三個《文匯報》，我就可以成為新聞界的巨頭……到北京後和宦鄉同志見面，知道這個計劃不可能實現，就灰心。回到上海，另辦報紙的希望也沒有實現，於是就工作得不起勁。」[21]

　　本已開展著的「救報運動」，又在思想改造運動的推波助瀾下，再經過這一番群策群力，終於出現新氣象。1952 年 11 月盈餘四千元，12 月報紙發行七萬五千份。[22] 到第二年元旦，《文匯報》實行公私合營，私股僅有 7%，已不再是私營的、民間的報紙。

無奈的轉向

　　有光輝戰鬥歷史的綜合性日報《文匯報》，轉為以教師為對象的專業性報紙，這樣的大起大落，對於徐鑄成來說，委實無奈。

　　透過「救報運動」與「思想改造運動」，縮版減張並以教師為讀者對象，《文匯報》已有起色。發行數字由二萬份增加到十八萬份（正、副張一起訂閱的九萬，單訂副頁的也是九萬）。[22]

　　1953 年 1 月 1 日，中共上海市委發出了〈市委關於上海新聞界思想改造後加強領導問題的通知〉，對上海各報作了進一步的明確分工，其中說到「《文匯報》應進一步明確以中小學教師、高中學生與一部份大學生為主要對象，並著重提高內容的質量。」通知還指出：

「我們不少部門與業務機關必須與報紙加強聯繫，使其明確領導上的意圖，便於及時地反映與解決問題。為此，……根據各報分工情況，各有關業務機關應各指派負責幹部參加各報編輯委員會」，「文匯報由教育局、團市委、市學聯及教育工會各指派負責幹部一人為編委」。

根據此份通知的精神，上海市教育局局長戴白韜、市團委孫軼青、青年團華東工委陳向平等，參加了《文匯報》的編委會。組織部又調市教育工會宣傳部長張樹人到《文匯報》擔任副總編輯，隨後再調《新教育》雜誌的編輯葉夫來擔任教育組組長並參加編委會。

新人的調進，隨之就是舊人的退出。從《文匯報》誕生就進入報社並以如椽之筆為報紙增光的柯靈、郭根還有唐弢都相繼退出。既是專業報，英雄已無用武地。

從這時（1953年2月）開始，報紙上都是教育新聞。「教學工作」的專刊，每周二次，後來改成「學校教育」，就天天見報。當時執行「一邊倒」的外交政策，即倒向蘇聯，教育也就必須學習蘇聯。蘇聯凱洛夫的《教育學》是報紙宣傳的主要內容和基本建設。徐鑄成說：「號召學習『凱洛夫教育法』，我理應帶頭，亦刻苦鑽研。」他是為帶頭而學習的，並非心中所願。

《文匯報》既側重於教育界後，而中小學又為數眾多，相應地它的影響日益擴大，因而發行數直線上升。1954年6、7月，一度升到三十萬。

這美好的發展前景，引起中央教育部的重視。為適應教育事業的發展，同時也是向蘇聯學習，教育部準備模仿蘇聯，出版一張全國性的專業報紙──《教師報》，以中小學教師和教育行政幹部為主要對象，指導全國的普通教育工作。

中央教育部內部就有了與《文匯報》合作辦報的擬議。1954年9、10月間，徐鑄成到北京參加全國人民代表大會第一次會議，他當時的日記，就記有教育部領導和他談及辦報之事。9月16日：「休息時晤及林礪儒（時為教育部副部長），談教育部與《文匯報》合作事，尚

未作最後決定。」10月3日：「今晚有機會晤見教育部董純才、林勵儒、韋愨三位副部長，談報館遷京的事，約定明天下午到教育部再談。」10月4日：「下午2時在燈市口乘電車至西單商場下車，轉乘三輪至教育部，副部長柳湜出面會談，談與《文匯報》合作問題。據談主要問題在基建。此次為初步交換意見。」當時雖未作最後決定，但接觸之頻繁，說明此事已列入重要議程。

翌年（1955）開春，教育部就派《人民教育》雜誌主編劉松濤，由上海市委介紹，到《文匯報》瞭解人員和設備情況，參觀了各個部門，結果是滿意的。當時上海市委第一書記正認為上海的報紙太多，不便於領導，有縮減之意。既然教育部有這考慮，落得把《文匯報》推出去，因此竭力促成此事。

接著，教育部就邀請社長兼總編徐鑄成、副社長兼管理部主任嚴寶禮、副總編輯張樹人、黨支部書記孫葵君等四人赴京商談。《文匯報》方面，主談是徐鑄成、嚴寶禮，教育部方面主談是副部長柳湜，劉松濤參加。柳湜在抗戰前就是進步文化人，曾與鄒韜奮辦過生活書店，對新聞出版的情況極為熟稔，所以商談非常順利，達成了幾項共識：一、《文匯報》和北京的《小學教師》、《教工通訊》合併，定名為《教師報》；二、任命徐鑄成為社長兼總編輯，嚴寶禮、張樹人都為領導成員；三、《文匯報》編輯部、工廠部的人員都參加《教師報》的工作；四、《文匯報》按《教師報》的編輯方針立即進行籌備。

這還有重大的審批手續。中宣部雖已批覆同意，還需周恩來總理進行最後審批。畢竟周總理胸懷全局，考慮到《文匯報》的光輝歷史，和在國內外的重大影響，他遲遲未批。接著教育部又呈送辦《教師報》的補充材料，周總理這才批准。

進入實質性籌備的階段，先把《文匯報》改為對開一大張，進行試刊。旋不久（1955年10月1日）又把日報改為周雙刊──一周出兩次，即周三和周六，仍是對開一大張。這時雖報名仍為《文匯報》，然而從內容到形式（版面編排、標題製作、新聞採訪、言論寫作到副

刊設置），全都模仿蘇聯《教師報》，《文匯報》已名存實亡。報紙模仿蘇聯，當時蔚然成風，有的學《真理報》，有的學《消息報》，《文匯報》既要改成《教師報》，仿照蘇聯《教師報》自然不足為怪。

在試刊的同時，《文匯報》開展了內部「肅反」運動，以清查所謂「胡風反革命集團份子」為由，提出「要進一步肅清各種暗藏的反革命份子」，同時清查不宜去北京參加《教師報》的人。這下子，風聲鶴唳、草木皆兵，弄得人人自危，被懷疑的對象有六、七人。大會轟、小會攻，背靠背揭發、面對面鬥爭，氣氛之緊張，自不殆言。尤可駭怪者，是批鬥會竟一次也不讓徐鑄成參加，此中原因無人說明。那些被懷疑的記者、編輯們，最後查明都是無辜被冤枉的，最後不了了之。

北京方面的基建工作進行得很快，選了北京德勝門外學士路的一塊空地，建築五千餘平方的四層大樓房，作《教師報》編輯、辦公之用，並建有機器房（安裝從民主德國進口的新式印報機）、排字房與鑄字房。還造了職工宿舍。周圍廣植花木，環境非常幽靜。

教育部領導任命徐鑄成為《教師報》總編輯，給他安排極好的居住條件，為他購入東四十條一幢四合院作為住宅，第一進就是汽車間與傳達室，接著就是花園、迴廊，東西側各有房若干間，天井之後又有很大的臥室。安排極為周到。他平生第一次有這樣的享受。

1956 年 3 月底，基建工作已經完成，徐鑄成至北京籌備《教師報》。《文匯報》周雙刊辦到 4 月 28 日停刊。周雙刊從 1955 年 10 月 1 日開始，至 1956 年 4 月 28 日結束，共出版七個月，出刊 61 期。結束這天，發表了終刊詞：「《教師報》決定 5 月 1 日創刊，《文匯報》出版到這一期為止。親愛的讀者們！從今以後，我們要在《教師報》見面了！」

這是《文匯報》第三次停刊。4 月 28 日的報紙是 3404 號。

《文匯報》從解放後復刊到這天，總計六年十個月，又停刊了。

對於這次報紙的停刊、改向，徐鑄成說：「我的心情是平靜的，以為不論從事業的前途，還是從個人的前途看，這是『社會主義改造』的必然結果。」[23] 這確實是實情，《文匯報》已經公私合營，完全融入社會主義，只是早晚的事。但是改成專業性的《教師報》，畢竟是無奈。

實事求是地說，《文匯報》改成《教師報》，這就否定了一張有傳統特色和廣泛影響的綜合性日報，無從發揮文匯報人的辦報經驗和傳統優勢，這無疑是一大損失。

曾經是《文匯報》副總編輯的張樹人，也曾這樣說：「從一張綜合性報紙向專業報紙過渡，從一張非機關報向政府和工會的機關報過渡，從一張日報向每周二期過渡。這個過渡越徹底，文匯報的傳統優勢就越難發揮。」[24]

五個月後，《文匯報》又在上海第三次復刊，說明這個「之」字路，真是夠曲折的了。

註釋

註 1、2、20、21、22、23、25：《從風雨中走來》，文匯出版社，第 383、118、112、115、124、145 頁。

註 3：宋雲彬，《紅塵冷眼——一個文化名人筆下的中國三十年》，山西人民出版社，第 112 頁。

註 4：傅國湧，〈祖國的變化真大——徐鑄成在 1949 年〉，《隨筆》2005 年第 1 期。

註 5、10、12：《九十年代》，1980 年 12 月號。

註 6、11、13、19、24：《徐鑄成回憶錄》，三聯書店，第 187、190、190、212、156 頁。

註 7、14：徐鑄成，《新聞叢談》，浙江人民出版社，第 75、108 頁。

註 8、15、16：《文匯報史略——1949 年 6 月至 1966 年 5 月》，文匯出版社，第 4、22、23 頁。

註 9：姚芳藻，《柯靈傳》，上海教育出版社，第 308 頁。

註 10：柯靈，《燕居閒話》，學林出版社，第 12-13 頁。

第十二章　最為風光時

難得悠閒

徐鑄成一生真像交了驛馬命，總是在倥傯忙碌中，晨昏倒置，矻矻窮年。自《文匯報》停刊，遷北京改為《教師報》後，竟沒想到他會有一段悠閒舒徐的日子。

如前章所述，他的心境這時是平靜的。《文匯報》停了，他來接掌《教師報》。當時的教育部長張奚若，副部長董純才、葉聖陶、柳湜都對他尊重與信任。

記得《教師報》出刊前夕，教育部設宴款待原《文匯報》的編輯人員，四位正副部長都親臨，還把吳玉章（兼任中國教育工作者協會主席）請來主持宴會。尊徐鑄成於首座。吳老親自把盞斟酒，以報事相託。「這種平易近人、禮賢下士的態度，使我終生難忘。」徐鑄成曾把這感受，寫於他的回憶錄中。

教育部分管報紙工作的副部長是柳湜，對徐鑄成的工作全力支持。這可舉一例來說明。從《文匯報》調來的一位副總編輯，把他寫的稿子直接送交柳湜副部長審閱。柳湜退回稿件並親自批示：「《教師報》的所有稿件，一律由徐總編決定。除徐總編閱轉的稿件，一律退還。」

教育部部長張奚若、常務副部長董純才，也同樣對徐鑄成信任，每次部務會議都請他列席。

從整天忙得連軸轉的《文匯報》來到清閒的《教師報》，徐鑄成的輕鬆感不言而喻。他的日常工作，是每周主持兩次編前會議，重要社論通常由葉聖陶副部長執筆，他撰稿前常和徐鑄成商酌，另外就是看稿、審稿。全部工作加起來，每周只要四天。還有很重要的發行問

題，也完全不用他操心。既是專業報，全國那麼多中小學，出刊不久就是五十萬份以上。

有道是「偷得浮生半日閒」，那時他的閒暇豈止半日，工作四天外，其餘都是閒暇。家中住房寬敞，又有花園迴廊，林木蓊鬱，平日在家讀書、賞花、飲酒，既有車代步，又常去四郊名勝遊覽，平生酷嗜的京劇，更是經常去觀賞。

他所處的小環境是這樣，而當時的大環境，張弛之間趨於弛。第一個五年計劃已經完成，一系列的運動暫停，更有許多令人鼓舞的消息陸續傳來。1月間，中共中央召開關於知識份子問題的會議。周恩來在會上指出：「知識份子已成為我們國家的各方面生活中的重要因素」，要「最充分地動員和發揮知識份子的力量」，他代表中共中央宣佈：知識份子已成為工人階級的一部份。毛澤東在4月25日、28日，這日期相近的兩次中央政治局會議上，先作〈論十大關係的報告〉，以蘇聯經驗為借鑒，總結中國的經驗。貫穿報告的中心思想是：要把國內外的一切積極因素調動起來，為社會主義事業服務。28日，毛澤東又在中央政治局會議上提出「雙百」方針（藝術問題的百花齊放、學術問題的百家爭鳴），以此作為中國發展科學、繁榮文學藝術的總方針。原本心如止水的徐鑄成面對這新形勢，雖心中不免有所動，但旋即平靜，既來之則安之，還是稍安毋躁為好。

傳來意外消息

一池春水又泛起漣漪。

1956年6月初（《教師報》甫創刊一月），一位徐鑄成引為知己，並心悅誠服的朋友，即姚溱，來到徐鑄成的辦公室。

徐與姚相識於1946年，白色恐怖嚴重的上海。斯時姚甫二十五歲，已是有勇有謀並成熟的中共地下幹部。一度風靡一時的刊物《文萃》，即為姚參加編務。他那些文筆犀利，投槍、匕首般的文章，深

為讀者喜愛，讀者中就包括了徐鑄成。1949 年上海解放，《文匯報》復刊，當時是上海市市委宣傳部新聞出版處處長的姚溱，曾幫助《文匯報》解決不少難題，徐鑄成說：「當時，我對人民報紙的一套『模式』，感到很不能適應，他和夏衍同志耐心地幫助，絕不用教條或以勢壓人，而像知心朋友一樣，推心置腹，因勢利導，像我這樣桀驁不馴的人，能對比我小十幾歲的人心悅誠服，還能坦率陳述心底的苦悶和意見，是不容易的。」[1]

徐鑄成心想，這時擔任中宣部國際宣傳處處長的姚溱大駕光臨，一定有什麼重要的事。先是一番寒喧，接著兩人對話。

姚：「你近來心情如何？」

徐：「心情很好，安居樂業，辦好《教師報》就是我下半輩子的工作。」

姚：（笑聲）「你這話我不完全相信。搞慣日報的你，在每周出兩張的專業報裏泡著，能安得下心嗎？」

徐鑄成為難地沉默不語。

姚以嚴肅的神情說：「為貫徹長期共存的精神，黨中央決定把《光明日報》還給民盟去辦，原來擔任總編的黨員常芝青，中央決定撤出來。考慮結果由章伯鈞擔任社長，請你去擔任總編。讓我先來徵求你的意見。」

徐鑄成連忙搖頭說：「你知道這一臺戲不好唱。辦報好比組一個戲班，我現在的『班底』都在《教師報》，我不能一個人去唱獨腳戲呀！如果讓我挑選，我還是在《教師報》為好。」[2]

姚溱沒有再說，談了些別的就告辭。

這意外的消息自然不是空穴來風，它的背景另有一種版本。

據章伯鈞之女章詒和稱：1956 年 6 月的一天，中共中央統戰部長李維漢，把章伯鈞、羅隆基、王芸生等人請到中央統戰部開會，告訴

他們：中共打算重新考慮大公、光明、文匯三報的歸屬問題，請他們就三報重返民間的問題進行研究和座談。會上，李維漢說：「既然要恢復文匯，那就把《教師報》改過來吧。」章伯鈞不贊成，說：「如果恢復，就恢復文匯的本來面目。」興奮的羅隆基在會下讓徐鑄成、浦熙修主動出擊，中止教育部有意拖延文匯復刊的打算。就在羅隆基和徐鑄成、浦熙修籌畫復刊《文匯報》的同時，上面傳出消息，大意是說：《光明日報》既為一個民主黨派的機關報，除社長章伯鈞掛名外，負責具體報務工作的總編輯也應由民主人士擔任。

章詒和又稱：幾天後，章伯鈞設家宴，宴請徐鑄成、儲安平、蕭乾三人。三人雖無官職，章伯鈞視為貴客。一份菜單，掂量再三，改了又改，並叮囑廚師一定要亮出看家本領。席上，章伯鈞告訴這三位資深報人，中共極有可能恢復大公、文匯、光明的民營性質，把大公還給王芸生，將光明、文匯作為民主黨派的報紙，交給民盟去辦。章伯鈞又興高彩烈地說：「社會主義建設是要靠知識份子的。現在知識份子有些牢騷，《文匯報》要好好地搞百家爭鳴，《光明日報》今後也要改組，這兩家報紙在新聞界放出一朵花來。」又說：「非黨報紙應該有自己的見解，在國際方面多登一些資本主義國家的新聞，在國內方面，也不要和黨報一樣。」章的這番話，給了徐鑄成極深的印象；蕭乾對滿桌的飯菜讚不絕口；而儲安平則向徐鑄成詳細詢問了《文匯報》編輯部的組織情況，外派了多少記者，還打聽了上海關於電影討論的種種情況，徐一一作答。

仍據章詒和說，那次晚宴後，客人告辭，蕭乾、徐鑄成走在前面，章伯鈞與儲安平行於後。章輕聲地對儲安平說：「老儲，我向你透露一個消息。如果請你來辦《光明日報》，能從九三過來嗎？」（儲的工作關係在九三學社）。³

……

章詒和所述，時間是 6 月的一天，中共統戰部的座談會上，即有恢復《文匯報》的擬議，稍後徐鑄成和浦熙修就籌畫《文匯報》的復

刊。而《光明日報》總編一職，章伯鈞屬意由儲安平擔任。徐鑄成的回憶錄中說，姚溱來訪是在 6 月初，姚僅提《光明日報》總編一事，並未提及恢復《文匯報》，同時回憶錄中對章伯鈞邀宴一事，也未見任何記載。按此推論，如姚已知《文匯報》要復刊，就不可能請徐鑄成去《光明日報》，兩者分歧，實夠疑猜。後來可以證實的是，1957 年 4 月 1 日，《光明日報》黨組撤銷，儲安平就任總編輯。而《文匯報》早在七個月前（1956 年 10 月）就在上海復刊了。

按徐鑄成所說，在姚溱到訪數天後（約為 6 月中旬），全國人大一屆三次會議召開，徐鑄成到前門飯店採訪一位香港來的政協委員，上樓之際，與《人民日報》總編鄧拓不期而遇。鄧拓問：「鑄成同志，您何日到京？」徐笑答：「我已在北京安家了。」鄧拓恍有所悟道：「對，您是在主持《教師報》了。」鄧走上樓梯數級後，又回頭說：「我總覺得《文匯報》不應停刊，它有別報不能代替的一些特點。」

鄧拓寥寥數語，吹皺了徐鑄成心田的一池春水，難得這位黨內的報人對《文匯報》情有獨鍾，只是他自己實在想不出《文匯報》有哪些特點，不過他相信鄧拓絕不是浮泛的應酬話。

那一段日子真是喜訊頻傳。

人大會開過，徐鑄成在中南海，聽了中宣部長陸定一闡發「雙百方針」的報告，內容令人鼓舞。報告中還對一些過火的批評作回顧，對因紅樓夢研究而受批的俞平伯表示歉意。

接著，徐鑄成又在《教師報》編委會上，聽到劉少奇在新華社兩次關於改進新聞工作的講話。劉少奇強調報紙要重視新聞的傳播，不要生搬硬套蘇聯經驗，資產階級通訊社記者的報導技巧也不妨學習；辦報要獨立思考，提倡競爭、競賽，新華社也可辦張報紙，和《人民日報》競爭。

正當春風勁吹之際，《人民日報》改版了，貫徹「雙百方針」，一改過去版面的沉悶狀態。副刊上出現了雜文、諷刺小品與喜劇，聘蕭乾當了副刊的顧問。原《文匯報》副總編欽本立，當時在《人民日報》

國際部工作，他和徐鑄成正毗鄰而居，下班後，常到徐府閒談。有時浦熙修也來參加，話題都是《人民日報》的一些新變化。徐鑄成聽了眉飛色舞，他也同樣企盼實現自己的辦報新設想。

徐鑄成這顆平靜的心躁動起來了，真也是心想事成，好消息不期而至。在波蘭大使館的國慶酒會上，徐鑄成與《光明日報》總編常芝青偶遇。常不經意（他以為徐鑄成已經知道）地說到中央已決定讓《文匯報》復刊。對這天外飛來的佳音，徐鑄成立刻通報浦熙修、欽本立和嚴寶禮，和他們共享喜悅。人脈頗廣的浦熙修，在重慶時期和陸定一就有工作聯繫，她打電話給陸定一求證這個消息。陸定一回答：「中央已決定讓《文匯報》復刊，待時機成熟，張際春副部長（分管新聞工作）就會通知你們。」

朝思暮想的終於要來了！

第二個「黃金時期」

徐鑄成曾說過這樣一番話：「我自己回顧，在我主持《文匯報》工作的三十餘年中，認為有兩個『黃金時期』令人難忘，一個是抗戰勝利後，從 1946 年到翌年《文匯報》被封的這一段時期，另一個便是第三次復刊直至反右風暴匝地起為止。這兩個時期都是我全神貫注的時期。」[4]

徐鑄成對第三次復刊確實是非常重視並全神貫注，對這一階段的《文匯報》即便在二十餘年後（上世紀八十年代），他還這樣自豪地說：「那時《文匯報》陣容比較整齊，復刊以後的面目，我可以狂妄一點講，是解放以後全國報紙中最生動活潑的一份。像一份現代報紙的，就是那一段時間的《文匯報》，還有鄧拓主持的《人民日報》。」[5]

當時《文匯報》的成功，究其因是「適逢時會」。「過了這個村也就沒有這家店」。總之，這是為了貫徹「雙百」方針。《文匯報》與知識份子有歷史的聯繫，所以它的第三次復刊是應有之義，也是箭在弦上。

話還是從頭說起。

在徐鑄成、浦熙修急切打聽《文匯報》復刊消息的數天後，果然張際春的電話到了，約徐、浦兩人翌晨 9 時到中宣部（在中南海）辦公室面談。兩人如約而至。在座的還有一位新聞局局長。

這既是已定之局，一開始就切入話題。

張際春說：「中央已決定讓《文匯報》復刊。你們從速搞出兩個方案。一是復刊後的編輯方針；二是復刊的計劃，包括房屋、機器設備、職工搬遷費用全都列出。中央希望你們早日復刊，速把兩個方案送來，待中央審批。」

接著雙方又商討，復刊後的《文匯報》應辦成怎樣的報紙的議題。共同的意見，應該是一張側重於知識份子、以文化教育為中心的綜合性日報。

張際春又問，還有什麼要求，可以一併提出。

辦好一張報紙固然因素很多，但最主要的還是用人問題。原來《文匯報》之所以出色，就在於有出色的編輯和記者。徐鑄成提出，希望中宣部幫我們爭取一些老同志回來，以加強力量，保持《文匯報》的特點。張際春要徐鑄成把這附加在編輯方針裏。

報紙的經營管理，嚴寶禮可算得能手。他承擔擬訂復刊計劃，找來原管理部的幾位科長，經幾次商議就拿出了方案。

徐鑄成擬訂編輯方針，卻犯了難。他曾找浦熙修、欽本立一起商議，雖各自都提出一些設想，但缺少通盤的如何貫徹與宣傳「雙百方針」的總體方案。寫社論一揮而就的徐鑄成，陷入了苦思冥想中。欽本立建議道：「鄧拓同志一向關心《文匯報》，何不向他請教？」徐、浦兩人讚賞欽本立的好主意，也就請他向鄧拓致意，約定登門造訪的時間。

徐鑄成與鄧拓 1949 年後才相識，那是在這年 9 月，全國政協全體會議上，此前並未深談過。不過欽本立曾和鄧拓談過兩、三次有關《文匯報》的歷史、報紙風格，和徐鑄成的為人。鄧對徐鑄成這個老

報人的辦報風格很欣賞，對徐的辦報思想也很贊成，因此神交已久。[6]
第二天，欽本立就帶來歡迎兩位光臨的消息，並說鄧明晚專門留出時
間，在家等待，可以詳談。

當時鄧拓住在王府井金魚胡同的《人民日報》宿舍。徐鑄成偕浦
熙修如約前往。鄧府的陳設簡潔雅緻，客廳張掛書畫，和一般領導幹
部的家迥然不同。鄧拓熱情接待兩位來客，賓主各自坐下。徐鑄成就
談起《文匯報》復刊後的打算，說到編輯方針只有一些抽象的想法，
尚未具體化，總的是貫徹與宣傳「雙百方針」，今天是為求教而來。

鄧拓滔滔不絕地談了起來，他說：「我有一個總的設想，復刊後
的《文匯報》要充滿書卷氣，是一張讀書人看的報紙。」

接著他又條分縷析地講起來。

「中央希望《文匯報》及早復刊，自然期望能大力宣傳『雙百』
方針，鼓勵知識界大膽鳴放。《文匯報》一向和知識界有著密切的聯
繫，在知識份子中有特殊的影響，因此更有利於說服他們拋開顧慮，
暢所欲言。廣大知識份子思想上的障礙消除了，才能盡其所長，為社
會主義建設盡其力量。我看，這應是復刊後的主要編輯方針。」

「其次，我們被帝國主義封鎖，也自己封閉了多年，你們應多介
紹國際上科技、文化發展的新成就、新動向，以擴大知識份子的眼界，
以利於他們研究提高水準。」

「也要關心知識份子的物質和精神生活。他們有什麼困難，你們
可以反映；他們的業餘愛好，你們也可以顧及。比如，室內外環境應
如何合理佈置？如何種花、養鳥等等。你們不妨辦一個副刊，給知識
份子介紹一些知識，談談這些問題。」

「社會主義改造完成後，廣大農村將不可避免地出現文化的新高
潮。你們應放眼到各地農村，注意農村的文教事業。舊《大公報》所
載的旅行通訊，這種形式很受讀者歡迎，似可借鑒。你們不妨派一部
份記者，深入到各地農村採訪，不必一定要層層寫介紹信下去，這樣，
所得的材料往往是『報喜不報憂』，只說好的，不談問題。可以直接
深入合作社去瞭解真實的基層情況，組織報導。」

「最後一點，我認為《文匯報》也應注意國際宣傳。目前《人民日報》的影響，還只能限於蘇聯及東歐國家，《文匯報》和《大公報》因歷史的關係，更可以影響到日本、東南亞及西歐。在這方面，《文匯報》有不少有利條件，可以作點努力，多組織報導。」[7]

聽了鄧拓這些坦誠直率的話，徐鑄成有「聽君一席話，勝讀十年書」之感。

徐鑄成對鄧拓深表謝意，告別時向他提出兩項要求，一是請他以後隨時給《文匯報》批評和幫助；二是請讓欽本立同志重回《文匯報》。鄧拓一口應承，盡力辦到。

根據鄧拓提供的意見，加上徐鑄成自己的發揮，只花了半天時間，編輯方針就擬訂好了，連同嚴寶禮擬訂的復刊計劃送到中宣部。張際春贊同這兩個方案，要他們不要等中央審批，就可先按這計劃籌備。

鄧拓千金一諾，將欽本立調回《文匯報》一事，他全力支持，倒是欽本立自己有些勉強。因他當時擔任《人民日報》國際部的美洲組組長，是研究美國經濟的，調回《文匯報》而丟掉原本的專業很可惜。另外，對丟掉《人民日報》這塊牌子也有些惋惜。他自己提出借調三個月，本想幾個月後就回去，後來卻未能如願。他在《文匯報》已有些時間了，見到中宣部長陸定一時，欽向陸說：「還是讓我早點回去吧，在《文匯報》這地方，我總要犯錯誤的。」1957 年時果然應了他的話。這是後話。

柯靈是《文匯報》的「開國元勳」，1938 年創刊時就主持副刊。當時柯靈在上海電影局負責劇本創作處，他自然在徐鑄成要回的人員名單中。幸好沒有阻力，柯靈本人也同意回來。

還有一位郭根，是徐鑄成在上海、香港、桂林、重慶《大公報》的同事，後又到《文匯報》負責夜班編輯的工作，在改組為《教師報》時才離去，在山西執教。聽到《文匯報》復刊的消息，他寫信給浦熙修，表示「歸隊」之意，這自然在歡迎之列。

就這樣徐鑄成要調回的人，逐一落實。復刊後的領導層與編輯部就有了一份完整的名單：社長徐鑄成，副社長嚴寶禮、柯靈。總編輯

徐鑄成（兼任），副總編輯欽本立（協助徐鑄成掌握全局）、柯靈（兼任，負責副刊）、劉火子、郭根（兩人負責要聞與國際版）、浦熙修（主持北京辦事處）、唐海（負責採訪各組）、黃裳（編委）。

這就是徐鑄成曾引以自豪的「陣容整齊」的一個班子。

接著的就是復刊的地址問題，要在北京還是遷回上海？按徐鑄成的心願，自然選擇北京。北京的優勢自不必說，還有器材、設備與大部份職工都在北京，就地覓址，好處自不待言。還有上海那位有名的「一言堂」的「一貫正確」的領導，徐鑄成深為忌憚。如果重回他的治下，以後必有許多困難。徐鑄成想到今後報紙既然以文化人（知識份子）為中心，就與文化部領導沈雁冰、錢俊瑞兩人聯繫，詢問是否可歸屬文化部，沈、錢考慮，茲事體大，需請示中央，無法遽然回答。徐鑄成還把這意思，和張際春說了，也同樣是不能考慮的回答。

正當徐鑄成仍在舉棋不定時，上海市委宣傳部長石西民到京，一向關心《文匯報》的姚溱邀約石西民與徐鑄成、浦熙修，作了一次懇切的交談。

姚溱的意見是：上海是《文匯報》的發祥地，立足上海同樣可以面向全國，還是回上海為好。石西民則表示：「過去對《文匯報》關心不夠，今後有事可直接找我，如我不在找副部長白彥，當盡力解決。」

那天的談話地點是在原《文匯報》北京辦事處，浦熙修還準備了精美的菜餚。四人邊吃邊談，心情舒暢。就這一席談，徐鑄成放棄了留京的打算，決定重回上海。

接著，就開始進行《文匯報》復刊的籌備工作。徐鑄成與嚴寶禮作了分工。由嚴寶禮先回上海，進行找館址、遷設備、安排職工回滬等具體工作。徐鑄成則暫留北京，進行一些未了的工作，又分別開了一系列座談會，邀請京中各界知名人士座談，包含：邵力子、陳劭先、張奚若、章乃器、翦伯贊、侯外廬、吳晗、張錫昌等等，徵求復刊的意見和希望，獲益非淺。

……

7月間，創辦《教師報》僅兩個多月的徐鑄成與原《文匯報》的同仁們，就要離京回上海了，教育部領導設宴歡送。席上，徐鑄成對他與同仁們未能善始善終，辜負柳、葉及其他幾位部長的期望，深表歉疚之意。柳湜、葉聖陶部長表示可以理解。此後，徐鑄成與葉聖陶仍保持著珍貴的友誼。即使在三年多後（1960年），徐鑄成已跌入「陽謀」，戴上「右派」桂冠，葉聖陶與宋雲彬去福建視察工作，歸途路經上海小住，葉對徐依然如老朋友般親切。徐鑄成曾深有感慨說：「他對朋友，從不看氣候而溫涼相待。」（〈壽葉聖陶先生〉）。這是另話。

正當徐鑄成要離京回滬時，中共中央對《文匯報》的復刊批示也下來了，是「照准」兩個字，還有一句附文：「要讓徐鑄成同志有職有權。」徐鑄成說：「我看了真是感激涕零，衷心感謝黨對我的信任。」

百花園中的一朵花

「百花園中的一朵花」，是鄧拓對第三次復刊後的《文匯報》的讚語。

這次復刊，徐鑄成確實煞費苦心，以全身精力培育這朵奇葩。籌備期間，他親自登門或派專人去訪問許多文化名人，徵求意見，如走訪錢學森、老舍、梅蘭芳、傅鷹等；還走訪中宣部、文化部的領導，以及文化、知識界的知名人士。

報社印發大量徵求讀者意見書，廣泛徵求讀者意見。回信如潮湧來。到復刊前一天，就收到七千多封，來自大江南北、邊陲內地。每封信都體現著讀者的熱情支持與殷切期望。

他們先後進行四次試版。每次試版都認真研究、品頭論足，務求精益求精。在9月底進行最後一次試版後，徐鑄成在全體職工會議上做了小結，認為版面已大體滿意，可以「拿得出去了」，當然還不能自滿，要繼續提升。

　　1956 年 10 月 1 日，停刊五個月後的《文匯報》，以全新的面貌第三次復刊。

　　復刊這天的社論〈敬告讀者〉，由徐鑄成親自撰寫。社論開宗明義指出：「《文匯報》作為一張社會主義的人民的報紙、知識份子的報紙，主要應該以事實說話，以每天發生的新聞反映現實、宣揚真理。」社論接著闡明下列各點：「第一，將翔實地報導國內外的重大新聞，特別著重報導文化、科學、教育各方面的新聞。第二，將以一定的篇幅作為『百家爭鳴』的論壇，並組織報導，反映各方面爭論的問題，推動『百家爭鳴』，以繁榮我國的學術，加速向科學進軍。第三，有「筆會」、「彩色版」、「社會大學」、「教育生活」、「新聞窗」等副刊，有各種專欄，將從各方面滿足讀者的要求。第四，將繼續學習各方優點，保持自己的風格，內容力求豐富多采，形式力求活潑大方。」社論還闡明辦報的目的在於：「努力發揮知識份子的作用，以根本改變我國知識、技術方面的落後狀態。」

　　真正的報人一諾千金是講誠信的，1956 年 10 月至 1957 年初春，復刊後的《文匯報》的確體現了上述社論所昭示的各點。

　　新聞版面「以事實說話，以每天發生的新聞反映現實、宣揚真理」，不再全是「一統天下」的社訊，而是精心採寫的獨家新聞，發揚《文匯報》的傳統特色。

　　徐鑄成有這樣的主張：採訪新聞要做到「人棄我取，人取我棄」。希望記者把注意力放在人家不注意的地方。所謂人棄，並不是人家不要或無足輕重的東西，而是很有特色，別人卻未注意或採訪不及的東西。即使是同一題材的新聞，也要有新視角與新的處理方法。他有這樣一句生動的話：「要多生產北京信遠齋的酸梅湯，不要生產大路貨的一般汽水。」當時的記者、編輯們就這樣做的。

　　復刊的最初兩天，正逢越劇名演員袁雪芬結婚，《文匯報》用醒目的標題在要聞版刊出這一喜訊。如今，明星們咳一聲嗽都是新聞，自然並不足奇，而在當時許多新聞同業都視為「離經叛道」。在北京

的夏衍卻有自己的看法：「《文匯報》敢於打破框框，這樣處理新聞，說明《文匯報》的創造精神。」

復刊之初，也正逢青年團召開中央全會，通常這是頭條新聞，《文匯報》的編輯認為，有關青年的新聞與報紙關係不大，安排在次要地位登出。那天的頭條新聞，刊發了與知識份子有密切關係的專訪。後來這兩條新聞，被「棍子」與「文革四孽」的姚文元寫了篇〈錄此存照〉，認為是《文匯報》反社會主義的鐵證。當然歷史最後判明了是非。

復刊這天，正是國慶佳節，又值印尼總統蘇加諾到京。《文匯報》駐京辦事處女記者姚芳藻，為採寫好這則專電，她買來《蘇加諾文集》，仔細閱讀，從而想出足以概括蘇加諾一生與中國印尼關係的、富有文藝氣息的四個排比句，寫入專電，使這消息增色不少。要聞編輯更獨出心裁，在這專電旁（一版右上角），配發了艾青的長詩〈鮮花和美酒〉，詩人用飽滿的熱情，祝賀祖國的盛大節日，又歡迎國際貴賓光臨，兩相兼顧。長詩題目和作者簽名都用手寫體，全詩用雙線條加框，既醒目又突出，也美化了版面。專電配詩，詩文相融，詩上一版，這都是獨闢蹊徑與創新精神。這對墨守成規者是不能想像的。

記得當時《文匯報》發表過一篇有關「蛇島」的獨家新聞，引人入勝，廣泛引起讀者的興趣。蛇島是旅順口外的一個無人小島，面積僅四平方公里，這「蕞爾小島」長久以來為神秘氣氛所籠罩。大連的特約記者顧雪雍，隨大連麻瘋病療養所的醫務人員上了這小島（他們每年都上島捕毒蛇製藥，治療麻瘋病）。他以親眼所見，生動逼真地寫出，密佈全島且善於偽裝的蛇群，以及蛇與鷹、蛇與老鼠之間如何猛烈搏鬥的情景，還有蝮蛇的生態環境、習性，捕蛇隊捕捉蝮蛇的過程等等。繼《文匯報》之後，中央電視臺還上島攝錄並播放，引起全國轟動。

曾有這樣一個統計，復刊後的第一個月（1956年10月），《文匯報》在一、二兩版共發各類新聞四百三十五條，其中本報訊一百一十條，本報專電一百六十六條，本報專訊三十九條，新華社電訊一百二

十條（內含《要聞簡報》等專欄短訊）。《文匯報》自己組織和採寫的新聞佔了全部新聞的 72.4%，新華社的稿件佔 27.6%[9]。這就說明，當時《文匯報》確實是精心採寫獨家新聞的。

這時的《文匯報》不遺餘力地宣傳和貫徹「雙百方針」。以轟動一時的「電影鑼鼓」（即「好的國產片」為什麼只有如此少的討論）為發端，以馬寅初的「新人口論」為高潮，還有尊師重道的問題、麻雀的問題等等，都先後在《文匯報》展開討論，給知識界吹來了一股新鮮活潑的爭鳴之風。與此相繼，兩年內在《文匯報》學術版上發表的爭鳴文章就達七百五十萬字，討論的學術內容涉及各個領域。一些全國關注的重大問題，如按勞分配的問題、生產力性質的問題、道德繼承的問題，對曹操、曹雪芹和《紅樓夢》的評價問題，摩爾根學派和米丘林學派的評價問題，對喜劇、悲劇、鬼戲、歷史劇、輕音樂的問題討論等等，影響之大，遍及全國，這自然對調動廣大知識份子的積極性有所助益，促進社會主義科學文化的繁榮。中共中央曾專發文件表揚。

「筆會」原是《文匯報》極具影響的一個傳統副刊，由柯靈取名，創刊於 1946 年 7 月，在讀者中享有極大聲譽，1949 年後一度中斷，這次復刊，徐鑄成作出這樣的設想：「力避局限性，做到時不論古今，地不分中外，文不計新舊，都兼收並蓄。」柯靈重回報社，在他的關心下，「筆會」不僅重展風采，而且更燦爛多姿。以文學品種而言，有雜文、隨筆、散文、新詩、舊體詩、兒童文學、民間文學、回憶錄、文藝評論、畫、歌詞等等，真是應有盡有。如雜文，一度被冷落，大力貫徹雙百方針後，人們漸次重視這一文學形式，感到雜文可以扶正祛邪、激濁揚清，報紙副刊開始見到雜文了，但都不像這時的《文匯報》，幾乎每期都有，而又出自名家手筆。傅雷寫了〈自報公議及其他〉，批評文藝界以「走群眾路線為名」，實質是搞形式主義和平均主義。魏金枝的〈這樣的制度〉，批評了那種以不合理的規章制度為擋箭牌，而不按實際情況辦事的主觀主義。又以隨筆與文史小品而言，

許多資深的前輩作家都群獻身手。北京的枝巢老人夏仁虎，為清光緒間舉人，1949 年後受聘為中央文史館館員，他博學通識，在《文匯報》發表「茶餘談往」，為近世筆記上乘之作。葉恭綽（遐庵），又字譽虎，清末活躍於政治舞臺，供職於郵傳部，民國以後擔任交通次長、總長，能詩並擅書畫名於時，並精於收藏及文物鑒定，1950 年從香港回北京，擔任全國政協常委、中央文史館副館長，此時也應《文匯報》之請，以所著《遐庵談藝錄》在「筆會」發表。豐子愷的《緣緣堂隨筆》也見於「筆會」，一時間佳作紛呈，美不勝收。

「彩色版」是《文匯報》復刊後推出的一個新副刊，是根據鄧拓的建議而創辦的。所謂的「彩色版」，顧名思義，是給讀者增加生活的色彩。柯靈請解放前編過《西風》雜誌的黃嘉音擔任主編，容正昌協助。容正昌說：「徐鑄老在復刊前的幾次編輯部會議上都談到了它，而且完全放手。」容又說：「在我的印象中，徐鑄老、欽本立、劉火子同志都是對這個版面傾注了心血的。」[10]

1956 年 10 月 7 日，推出第一期「彩色版」，其中有提供攝影技巧的〈秋季郊遊談攝影〉，還有談攝影之樂樂無窮的文章，還有波蘭的攝影名作，有張樂平的「三毛」連環畫，有介紹圍棋的漫談，還有一篇圖文結合的〈一個安靜的角落〉，畫面是檯燈、茶几和一把安樂椅，配了一段簡短文字：這是人們生活中很普遍的追求，屬於個人的家庭生活佈置。後續各期又有談滑冰、游泳、划船、打獵、乒乓等技術，還有談放風箏、踢毽子、跳舞的文章。園藝飼養方面，有：養花、盆栽的趣味（老舍寫〈養花〉，周瘦鵑寫〈秋菊有佳色〉），插花的藝術，怎樣欣賞山水盆景，金魚樂、金絲雀飼養；生活方面，有食品的調製，品茶，名膳、名廚、名菜的介紹，縫紉、服裝設計，婦女頭髮裝飾。其他還有世界珍聞、科學小品、遊記、掌故、雕刻、工藝美術、集郵、書法、家具等等。真是應有盡有，包羅萬象，寓知識性、趣味性、娛樂性於一爐。在當時的全國報紙中，沒有一家報紙以這樣的規模，發表「彩色版」上的這些內容。這可說是具有獨創性的。

　　長篇連載，也是當時《文匯報》的一大特色。這本是該報的一個傳統欄目，1938 年創刊時，「世紀風」副刊就連載由中共地下文委負責人之一──梅益（筆名美懿）翻譯的美國女作家史沫特萊的長篇報告文學《中國紅軍行進》，曾贏得好評。以後連載不斷。1949 年後，又曾連載梅蘭芳的《舞臺生活四十年》、郭沫若的《抗戰回憶錄》。這次復刊，先推出王蒙的處女作長篇小說《青春萬歲》，由於題材新穎，寫作風格獨特，發表後引起讀者們和文藝界的重視。十九歲的王蒙也由此為世人矚目。1956 年年底，副總編欽本立去北京，一是瞭解該報北京辦事處同志們的工作情況和要求；二是向在北京的編委、領導機關彙報工作並徵求意見。這中間，欽本立曾去看過在《大公報》與國新社工作多年、並對辦報素有研究的范長江。當時范在國家科技部門當領導，也關心著《文匯報》。他讚揚《文匯報》復刊後突出並優異的表現。范長江特地送他一本斯特朗的《史達林時代》，說：「把它翻譯出來，《文匯報》可以刊登」。欽本立把書帶回上海，由精通英語的蔣定本譯出。全書共十章，選譯其中三章，節譯七章，從 1957 年 2 月下旬至 3 月中旬，共連載二十八天。這個連載，披露了蘇聯肅反擴大化的許多內幕秘聞，有很強的可讀性，在讀者中引起廣大的興趣。此後還陸續刊出《銀色的貓》（美國遊記，作者阿朱依是赫魯雪夫的女婿）、《匈牙利事件》、《我們的師表》等連載，都得到讀者好評。

　　復刊後的《文匯報》，不僅在內容方面以全新面貌出現，而且在編排上有突破創新，敢於標新立異。當時，報紙的編排格式，全盤仿效「蘇式」，每個版面都是「三分天下」，一律分成橫題橫文，一統到底，極少變化。傳統的多行題，變成清一色的一行題。有時頂部的三則標題，常常平起平坐，互相碰撞又呆板難看。副總編輯劉火子，決心改變這種可憎的面目，突破框框。他從一份法國《人道報》受到啟發，設計出八欄橫排的基本格式。每個版面分成八欄，以短欄為基本欄。這樣題目與欄數可以多變，每條消息之間用細黑線隔開。標題製作也把一行題改變成中國的主、肩、副三行題，俗稱「樓梯式」的標

題。這樣一改，版面煥然一新。在這基礎上，又探索創新，利用漢字的特點，再吸取中國直排報紙的優點，在橫排報紙中使用直標題，還插進直文直題，加框，對角題，五分四、三分二之類的破欄編排格式，進一步完善了橫排報紙的八欄編排法。一張《文匯報》在手，版面變化多端，錯落有致，眉清目秀，又解決了頂部標題碰頂撞的弊病。這是中國報紙改成橫排後，在編排形式上的一次突破，意義非同尋常。

就這樣，從裏到外，從內容到形式，第三次復刊後的《文匯報》，以全新面貌呈現在世人之前。

部長夜訪與一片叫好

行得春風有夏雨，一分耕耘一分收穫。

1956 年 10 月 1 日這天，《文匯報》駐北京辦事處主任浦熙修辦公桌上的電話鈴聲響了。是上海打來的報喜電話：「頭一炮打響了，當天報紙的銷路突破十萬份大關！」

十萬份穩居上海各報的榜首。幾天之後就達到十三萬份，這數字在上世紀五十年代的中國，是很驚人的。

更難能可貴的是來自各方面的叫好聲。

積極支持《文匯報》復刊並力主創新的鄧拓，給徐鑄成與欽本立先後寄來三封信，有一封信中稱讚《文匯報》是「百花園中的一朵花」。即使在最高層批《人民日報》是「死人辦報」，他自己處於艱難的情況下，還寫一封信來讚揚《文匯報》。這些信給徐鑄成、欽本立很大的鼓舞，為了激勵士氣、與同仁們分享這份喜悅，他們把信貼在公告欄裏。

不僅鄧拓稱讚，金仲華、范長江都是辦報行家，他們都讚揚《文匯報》的改革，站在同行們的前列，為新聞界創造出一種新風格。

文化知識界的許多著名人士，夏衍、周谷城、舒新城、孔羅蓀、周煦良、唐弢、臧克家、傅雷、沈志遠、戴白韜、熊佛西、賴少其、羅竹風、袁翰青、邵宗漢等，在編輯部召開的座談會上，都交口稱譽

《文匯報》，認為《文匯報》「別具風格，有創造性」，「內容和形式多樣化，有新鮮感」，「版面清新、活潑、典雅、多彩」，「團結作家和學者的面向比較廣泛」，「發表了一些內行人看來很有分量的文章，提出了問題」。

1957年年初，欽本立在北京，范長江、鄧拓都告訴他，毛澤東說「《文匯報》辦得好」。這雖然是傳言，沒想到後來還有更大的殊榮。4月間，欽本立已在上海，一天，上海市委辦公室通知他，說毛主席要來《文匯報》社，要他不要外出，還要注意保密。欽本立很興奮，立即派人把報社打掃了一番。毛澤東要親自到《文匯報》，自然是對報紙的高度肯定。雖然此行未成事實，但後來毛在北京親自召見徐鑄成，眉開眼笑地當面獎勉（詳見下章），此前還派了一個重要人物夜訪《文匯報》。

這重要人物是中央政治局候補委員、中宣部部長陸定一，對他的夜訪，欽本立有一段生動的描述：「那是1957年4月的一天晚上10點多鐘。當時鳴放已經開始，陸部長是來鼓勵鳴放的。他來時由我接待，一見面他就說：『你們的報紙辦得好，有特色。』事後知道，他還稱讚《文匯報》的同志『有生氣、有情況、有主意、有辦法』。記得那天他走進辦公室後，就往徐鑄成的椅子上一坐，問我：『這個位子誰坐的？』我說是徐鑄成坐的。他風趣地說：『我來當總編輯好不好？』接著他問我多大年紀，我說是『少壯派』。說完，他也笑，我也笑。他又問我：『怕不怕？』我說：『不怕。』那時我才三十多歲，膽子可大啊！」

按欽本立的推想，這次陸定一的夜訪，和上次毛澤東擬來而未成有關。欽本立說：「當時我還聽說，毛主席準備在經過上海時，順便來《文匯報》看看。是不是毛主席因為自己來不了，才特意派陸部長來的，這就不知道了。」[11]

從這段描述可見，這次《文匯報》復刊，確實是成功的，連陸定一都想當《文匯報》總編。也正因為有如此眾多的讚譽，才有後來徐

鑄成自稱狂妄的話：這次復刊後的《文匯報》「是解放以後全國報紙中最生動活潑的一份。」[12]

　　這裏作一點插敘。這位「膽子可大」的欽本立，膽大的行事此後仍然不少。上世紀八十年代初，中國剛邁開改革開放的步子，報壇上曾有一份像彗星閃耀瞬即熄滅的報紙，那就是欽本立主辦的《世界經濟導報》。

　　1982年，欽本立在北京與宦鄉、許滌新、錢俊瑞一起商量，要辦一張反映世界經濟發展趨向和分析借鑒西方經濟中成功經驗的報紙，定名為《世界經濟導報》。他的創意，立即得到三位行家贊同。然而欽本立兩手空空，既無錢又無人。他來到上海，把這困衷向當時的《文匯報》總編馬達說了，馬達也同樣欣賞他的主張，當即表示：從該報倉庫撥紙三十令，又調已退休的經理劉光華去當導報的經理。幾位退休的編輯、記者也欣然來幫欽本立辦報。

　　時值改革開放之初，廣大讀者迫切需要瞭解世界，瞭解世界經濟發展的動態和走勢，瞭解在市場經濟運行中的新思維、新體制和新事物。導報應運而生，大受讀者歡迎。導報每周一期，八到十二版，訊息量很大，有從國外報刊摘錄的論點，可以瞭解世界經濟發展的新理念、新觀點；也有國內經濟專家的論述，對經濟體制改革獻計獻策。於是導報聲譽鵲起，發行猛升，一時洛陽紙貴。可是一貫膽大的欽本立，那步子跨得太大了，報紙常見「西方化」、「私有化」那樣的詞語，更有一些現在看來並不足奇、當時卻還犯禁的觀點，終於《世界經濟導報》半途夭折。這就應了《文匯報》人辦報，都是短壽的民間說法。

　　導報停刊，癌症又來索欽本立的命。在他遠行的前一天，馬達到華東醫院去看望他。他的身體已極度虛弱。馬達拉著他的手，深情地看著他，想說點安慰的話，可是要說些什麼呢？突然，欽本立長長歎了口氣，對馬達說：「我們辦報辦了一輩子了，辦報怎麼就這樣難啊……」，說完，欽本立閉上眼睛。馬達默然、含淚走出病房。[13]

　　「辦報為什麼這樣難？」這是欽本立期待解答的問題，留給了後世的人們。

註釋

註1：徐鑄成，《報人六十年》，學林出版社，第46頁。

註2：《徐鑄成回憶錄》，三聯書店版，第255頁。

註3：章詒和，《往事並不如煙》，人民文學出版社，第34頁。

註4、7、8、9：《在風雨中行進》，文匯出版社，第165、160、170-171、198-199頁。

註5、11：《九十年代》，1980年12月號。

註6、10：《從風雨中走來》，文匯出版社，第136、138頁。

註12：《馬達自述》，文匯出版社，第345頁。

第十三章　跌進「陽謀」

「引蛇出洞」的前奏

人生本不平靜，泰極否來、否極泰來，禍兮福伏、福兮禍系，充滿變數。然而誰都不會像徐鑄成這樣，大起大落，先在九天上，後貶九地下；先為座上客，後為階下囚。蒼黃變易，可算驚人。

這要先從 1957 年春天，那次不同凡響的會議說起。（這年 3 月，中共中央召開了全國宣傳工作會議。）

為什麼說是「不同凡響」呢？手邊恰有同是與會者的蕭乾的一段話：

> 1957 年春天，我就是穿了那身嶄新體面制服去參加有名的全國宣傳工作會議的。怎樣去評價那次不同凡響的會議，是未來歷史學家的事，就效果來說，那是一次使兢兢業業、最知檢點的人也會冒失起來的會，去的時候，我感到深受信任，無上光榮。然而那以後多年來，它使我對任何『內部』字樣的報告或文件都失掉了興趣，也體會到最安全還是當個置身局外的老百姓」。（《蕭乾回憶錄》）

蕭乾這番沉痛的話是經過慘痛經歷後說的，當時誰都沒有先見之明。所有與會者如徐鑄成、傅雷都如同沐浴在春風裏，只有「興奮、舒暢」。

那次赴會極為匆促。

1957 年 3 月上旬的一天，徐鑄成忽然接到上海市委宣傳部的電話，要他即刻到科學會堂（另說是錦江飯店）開會。他匆匆趕去。一看，赴會的都是文化、教育、藝術、新聞、出版界的知名人士。宣傳

部長石西民講話，話極簡捷，中央即將召開全國宣傳工作會議，邀請黨外人士參加，今日赴會的都在邀請之列：「我們昨天才收到中央電告，為此時間非常緊迫，今晚就要動身。請各位立即回去料理公私事務、準備行裝，晚間在車站集合、登車。」

徐鑄成回到報社，作過一番交代後就回家準備行裝，當晚 7 時上了火車。同車有三十餘人。新聞界是金仲華、趙超構、陸詒、楊永直、徐鑄成；教育界是陳望道、廖世承等；文藝界有巴金、孔羅蓀、傅雷等；影劇界是石揮、吳永剛、吳茵等；出版界是舒新城、孔另境等。還有一個宣傳部隨行的幹部，此人就是後來的「四人幫」之一的姚文元。

第三天早晨，到達北京。住阜城門外百萬莊招待所（又說西郊萬壽路招待所）。下午就到政協禮堂，聽毛主席 2 月 27 日在第十一次最高國務（擴大）會議上所作的〈關於正確處理人民內部矛盾問題〉的講話錄音。

毛主席以極其開放的口吻，至少是建國七年多以來到那時為止，沒有聽說過的開放的口吻，甚至極為風趣的口吻，要大家幫助黨整風，鼓勵大家學哥白尼、布魯諾做「志士仁人」。毛說到整風時，說這不是狂風暴雨也不是中雨，是小雨，他比擬作毛毛雨下個不停。聽著毛的講話，不時引起哄堂大笑。錄音中，還不時聽到劉少奇的插話，和馬寅初、邵力子的「旁白」。真是輕鬆愉快、談笑風生。散場時每個人都感到興奮、舒暢、愉快。

著名翻譯家、上海作協書記處書記傅雷，是《文匯報》的社外編委，他個性孤傲，本不大隨眾，喜獨立思考。解放戰爭時期，傅獲得一本揭露「蘇聯內幕」的書，其中有一段序言，以事實說明，在史達林領導下，並不是那麼自由。經傅翻譯後，在《文匯報》發表。以當時的邏輯，說蘇聯有任何一點缺點，就是反蘇，而反蘇就是反共，於是進步人士群起而攻之。1948 年，傅為避風頭，由上海遷居昆明。1949年後從香港遷回上海。……這次他親聽毛澤東的講話錄音，大為感動。會後與徐鑄成在中山公園喝茶、聊天，傅雷說到自己的感受：「聽

了毛的講話錄音，感到全身熱呼呼的。」他又說：「共產主義者遍天下，毛主席真是千古一人！」當時兩人相約回上海後，各自為發展上海文化事業而努力。這使人想起「聞雞起舞」與「擊楫中流」的典故。

緊接著，在徐鑄成得到毛澤東當面獎譽（在下節敘述）後二天，即 3 月 12 日，中共全國宣傳工作會議召開了。這次，與會者親聆毛澤東的講話。講話的內容更加開放，提出「不要圍剿王蒙」，「中央就沒有官僚主義了嗎？」「魯迅不但反右而且也反左。」他特別鼓勵人們消除各種顧慮，幫助中共整風，要敢於「放」：「不要怕向我們共產黨人提批評建議。『捨得一身剮，敢把皇帝拉下馬』，我們在為社主義共產主義而鬥爭的時候，必須有這種大無畏的精神，在共產黨人方面，我們要給這些合作者創造有利的條件……放，就是放手讓大家講意見，使人們敢於說話，敢於批評，敢於爭論……我們主張放的方針，現在還是放得不夠，不是放得過多……」[1]

對已獲得毛主席當面獎譽殊榮的徐鑄成來說，聽了這次講話更加深印象，思想大為解放。而傅雷更為積極振奮。據樓適夷說：「我發現他（筆者註：指傅雷）全身心投入會議的日程，認真學習會議的報告和講話，研究文件、思考問題、積極發言，已一點也找不出與集體生活格格不入的孤傲的影子了」。[2]

不過，徐鑄成與傅雷，他們都是黨外人士，只聽了毛澤東 2 月 27、3 月 12 日的講話，沒有聽到毛澤東在 1 月 18 日、27 日〈在省市自治區黨委書記會議上的講話〉。這兩萬字的講話，可圈可點之處極多，充分說明了鳴放的意圖：「對民主人士，我們要讓他們唱對臺戲，放手讓他們批評。……不錯的可以補足我們的短處；錯的要反駁。至於梁漱溟、彭一湖、章乃器那一類人，他們有屁就讓他們放，放出來有利，讓大家聞一聞，是香的還是臭的，經過討論，爭取多數，使他們孤立起來。他們要鬧，就讓他們鬧夠。多行不義必自斃。他們講的話越錯越好，犯的錯誤越大越好，這樣他們就越孤立，就越能從反面教育人民。我們對待民主人士，要又團結又鬥爭，分別情況，有一些要主動採取措施，有一些要讓他暴露，後發制人，不要先發制人。」[3]

　　就在這篇講話的上下文，毛主席還說：「地主、富農、資產階級、民主黨派……他們老於世故，許多人他們現在隱藏著。……一般說來，反革命的言論自然不讓放。但是，它不用反革命的面貌出現，而用革命的面貌出現，那就只好讓它放，這樣才有利於對它進行鑒別和鬥爭。……黨內黨外那些捧波、匈事件的人捧得好呀！開口波茲南，閉口匈牙利。這一下就露出頭來了，螞蟻出洞了。烏龜王八都出來了。他們隨著哥莫爾卡的棍子轉，哥莫爾卡說大民主，他們也說大民主。……如果有人用什麼大民主來反對社會主義制度，推翻共產黨的領導，我們就對他實行無產階級專政。」

　　……

　　原來如此。

　　引蛇出洞的戰略部署得清清楚楚。

　　不過這與勸人鳴放的、不同的聲音，是夾在鼓勵人們「解放思想」、「敢於講話」的言論和指示中間，有些人忽略及此，有些人根本沒有聽到，這就有五百五十萬人（絕大多數是知識份子的精英）如燈蛾撲火──撲向「鳴放」，中了「陽謀」，陷於羅網。徐鑄成與傅雷就在這其中。鐵骨錚錚的傅雷，在「史無前例」中受殘酷迫害，夫妻雙雙被迫自盡。徐鑄成曾說：「我深感『我雖不殺伯仁，伯仁因我而死』，我終生負疚！」[4] 這是徐鑄成的無心之過。詳情將在後面敘述。究其實傅雷的獲「右」另有原因，並非責在徐鑄成。這是後話。

毛澤東的手和我緊緊握著

　　徐鑄成沒有想到，會有這樣的殊榮降到他身上。

　　1956 年 3 月 10 日下午 1 時許，徐鑄成在燈市口《文匯報》駐京辦事處附近的飯店用過午餐，一邊散步，一邊走回辦事處。

　　辦事處已在望，遙見大門口有人向他招手。一看，這是《解放日報》的總編楊永直。

「你到哪裏去了？找你找得好苦。接到中南海通知，毛主席接見上海新聞界代表，他們已先走了，我們是最後的了。趕快上車！」楊永直急忙說。

徐鑄成謝過，上車，直駛中南海。一顆心撲通撲通地跳著。

多年後他追憶，毛主席住處的院落，並非是 1983 年的故居。院牆陳舊，似未粉刷。客廳前，不惜紆尊降貴，毛主席和康生已站在門口迎候。康生一一介紹，「這是徐鑄成」。老人家伸出大手，緊緊握著他的手說：「你就是徐鑄成同志？」慈祥的目光又看著他：「你們的《文匯報》辦得好，琴棋書畫、梅蘭竹菊、花鳥蟲魚，應有盡有，真是辦得好！我下午起身，必先找你們的報紙看，然後看《人民日報》，有工夫再多翻翻其他報紙。」這一句句御音天籟，徐鑄成是完全聽清了的，當時他「心中湧起感激的熱淚，感到無比的溫暖和幸福。」

這是當面的獎譽，在另外的場合，毛主席也給了《文匯報》好評。這是月餘後，4 月 16 日，毛澤東在南苑機場，歡迎蘇聯最高蘇維埃主席團主席伏羅希洛夫，在歡迎的行列中，有著名學者葉公綽，毛和葉寒暄，說：「你在《文匯報》上發表的詩文，我都拜讀了，寫得很好，」毛並在葉的面前讚揚《文匯報》辦得不錯，有看頭。[5]

然而「成也蕭何，敗也蕭何」，誰會想到三個多月後，又是老人家的兩篇宏文，使《文匯報》成了眾矢之的、罪惡淵藪……不過，這是後話。

當時，徐鑄成走進了客廳，目所視處，只有一張長桌，四周是普通的椅子。徐鑄成又一次感歎：「功高任重的偉大領袖，生活如此簡樸，使我驚訝不止。」這是徐鑄成的由衷之言。

徐鑄成被安排坐在毛主席身邊，中間只隔著一個金仲華。鄧拓、王芸生、趙超構坐在對面。

陪同接見的就只有康生一人，劉少奇、周恩來都不在，連中宣部長陸定一、周揚也都未到。

座談要開始了，又是一個有趣的小插曲。

文化部副部長錢俊瑞匆匆趕來了。他已是最後一個。

毛主席笑著說：「錢武肅王[6]的後人來了。」原來領袖並不只有威嚴，還有像普通人一樣的風趣、幽默。這使徐鑄成又增一分崇敬。

康生作開場白：「今天，毛主席邀請新聞出版界的朋友來談談，各位有什麼問題要請主席回答，就請提出來。」

大概與會者都不知從何說起。冷場，數分鐘後。鄧拓目視徐鑄成：「鑄成同志，請你開個頭。」

點名點到他，不好推辭，徐鑄成說：「我們都是舊社會過來的人，馬列主義水平很低，對在報紙上開展『雙百』方針的宣傳，覺得心中無數難以掌握。怕抓緊了，會犯教條主義的錯誤；抓鬆了，又會犯修正主義的錯誤。請問主席我們該怎麼掌握？」

毛主席的回答，徐鑄成在相關的幾篇回憶中，大致相同但有小異，而與官方的記錄稿又有區別。如鑄老在〈『陽謀』親歷記〉中，寫到主席有一句話，「使我出乎意外」。毛主席說：「不要怕片面性，片面性總是難免的嘛！多學一點馬列主義，剛學會學不進去，會吐出來，這叫條件反射嘛，多學了會慢慢學進去，像瓶子裝油，倒出來，總會漏一點，慢慢就學懂了。魯迅學馬列主義，是創造社、郭沫若逼出來的嘛，他原是相信進化論的嘛，早期的雜文，很多片面性，後來學習馬列主義，片面性就很少了。我看，任何人都難免有片面性，年輕人也有，李希凡有片面性，王蒙也有片面性，在青年作家中，我看姚文元的片面性比較少。」令徐鑄成感到意外的，就是對姚文元的論斷，明明姚寫的文章，「常常揪住人家一句話不放，怎麼會受到他老人家的賞識，認為他的片面性較少呢？」

官方的記錄（中央檔案保存的記錄）是：

> 你們說自己的馬克思主義水平低，在社會主義社會辦報心中無數。現在心中無數，慢慢就會有數。一切事情開頭的時候總是心中無數的。打遊擊戰，打以前，我們就連想也沒有想過，後

來逼上梁山，非打不可，只好硬著頭皮打下去。當然，打仗這件事情不是好玩的，但是打下去，慢慢就熟悉了。對於新出現的問題，誰人心中有數呢？我也心中無數。就拿朝鮮戰爭來說吧，打美帝國主義就和打日本帝國主義不相同，最初也是心中無數的，打了一兩仗，心中有數了。現在我們要處理人民內部矛盾問題，不像過去搞階級鬥爭（當然也夾雜一些階級鬥爭），心中無數是很自然的。無數並不要緊，我們可以把問題好好研究一下。談社會主義的書出了那麼多，教人們怎樣去具體地搞社會主義的書，在俄國社會主義革命的時候還沒有；也有些書把社會主義社會的東西什麼都寫出來，但那是空想的社會主義，不是科學的社會主義。有些事情還沒有出現，雖然可以預料到，卻不等於能夠具體地提出解決的方針和辦法。

說到馬克思主義修養不足，這是普遍的問題，解決這個問題，只有好好地學。當然，學是要自願的。聽說有些文學家十分不喜歡馬克思主義這個東西，說有了它，小說就不好寫了。我看這也是「條件反射」。什麼東西都是舊的習慣了，新的就鑽不進去，因為舊的把新的壓住了。說學了馬克思主義，小說不好寫，大概是因為馬克思主義跟他們的舊思想有抵觸，所以寫不出東西來。

在知識份子當中提倡學習馬克思主義是很有必要的，要提倡大家學它十年、八年，馬克思主義學得多了，就會把舊思想推了出去。但是學習馬克思主義也要形成風氣，沒有風氣是不會學得好的。

目前思想偏向有兩種：一種是教條主義，一種是右傾機會主義。右傾機會主義的特點是否定一切，教條主義則把凡有懷疑的都一棒子打回去，肯定一切。教條主義和右傾機會主義都是片面性，都是用形而上學的思想方法去片面地孤立地觀察問題和瞭解問題。當然，要完全避免片面性也很難。思想方法上的

片面性，和沒有好好學習馬克思主義有關係。我們要用十年八年的時間來努力學習馬克思主義，逐步拋棄形而上學的思想方法。那樣，我們的思想面貌就可能有很大的不同。[7]

毛主席又問：「你們在開展『雙百』方針的宣傳中，還有什麼具體困難沒有？」

這一問，徐鑄成立即想到，最近《文匯報》因討論電影問題，遭到上海市委宣傳部文藝處長張春橋組織的圍攻。他直言不諱地說：「我們的報紙在開展電影問題的討論，剛發表了幾篇文章，就受到了猛烈的圍攻。我理解『雙百』方針在政治上的意義是高價徵求批評，讓人暢所欲言。現在一圍攻，別人就把話題縮回去了。有正面或反面的意見，也不敢盡量發表了。」

毛主席的回答記錄稿是：「這次對電影的批評很有益，但是電影局開門不夠，他們的文章有肯定一切的傾向，人家一批評，又把門關得死死的。我看大多數批評文章提出的問題，對於改革我們的電影是很有益的。現在的電影我就不喜歡看，當然也有好的，不要否定一切。批評凡是合乎事實的，電影局必須接受，否則電影工作不能改進。你們報上發表的文章，第一個時期批評的多，第二個時期肯定的多，現在可以組織文章把它們統一起來，好的肯定，不好的批評。電影局不理是不對的。這次爭論暴露了問題，對電影局和寫文章的人都有益處。」[8]

按徐鑄成的回憶，毛主席肯定了這次電影問題的討論後，還說：「我請周揚同志給你們寫個小結，這樣，批評、反批評、小結。正、反、合，這就是辯證法嘛。你的意見怎樣？」完全贊成主席的意見，是徐鑄成回答的應有之義。

從中央檔案館保存的記錄稿來看，毛澤東的如下一段話，也是針對《文匯報》的。說：「你們的報紙搞得活潑，登些琴棋書畫之類，

我也愛看。青年不愛看，可以不看，各有各的『條件反射』。一種東西，不一定所有的人都愛看。」

緊接著徐鑄成發問的是金仲華，他提出的是報紙（印報用紙）的配額問題，他認為控制太緊，開展「雙百」方針宣傳後，發行數勢必增加，用紙困難，將更突出。毛澤東當場責成文化部副部長錢俊瑞辦理，錢接受了任務。

記錄稿裏還有毛澤東的一大段話，涉及《新民晚報》趙超構所提出的辦報方針，還有「魯迅現在活著會怎樣的問題。」

毛澤東說：「社會主義國家的報紙總比資本主義的報紙好。香港的一些報紙雖然沒有我們說的思想性，但也沒有什麼意思，說的話不真實，好誇大，傳播毒素。我們的報紙毒少，對人民有益。報上的文章『短些，短些，再短些』是對的，『軟些，軟些，再軟些』要考慮一下（筆者註：短些與軟些的口號是趙超構所提出）。不要太硬，太硬了人家不愛看，可以把軟和硬兩個東西統一起來，文章寫得通俗、親切，由小講到大，由近講到遠，引人入勝，這就很好。你們贊成不贊成魯迅？魯迅的雜文就不太軟，但也不太硬，不難看。有人說雜文難寫，難就難在這裏。有人問，魯迅現在活著會怎麼樣？我看魯迅活著，他敢寫也不敢寫。在不正常的空氣下面，他也會不寫的，但更多的可能是會寫。俗話說得好：『捨得一身剮，敢把皇帝拉下馬。』魯迅是真正的馬克思主義者，是徹底的唯物論者。真正的馬克思主義者，徹底的唯物論者是無所畏懼的，所以他會寫。現在有些作家不敢寫，有兩種情況：一種情況是我們沒有為他們創造敢寫的環境，他們怕挨整；還有一種情況，就是他們本身唯物論未學通。是徹底的唯物論者就敢寫。魯迅的時代挨整就是坐監獄和殺頭，但是魯迅也不怕。現在的雜文怎樣寫，還沒有經驗，我看把魯迅搬出來，大家向他學習，好好研究一下。……」

接見大約兩個小時，眾人提出的問題，毛澤東一一回答。散會時，毛澤東又和大家一一握手告別。

離開中南海，徐鑄成即赴燈市口駐京辦事處，向北辦全體人員詳述接見情況，讓大家和他一起分享這喜悅。女記者姚芳藻詳細作了記錄。經徐鑄成審閱後，航空寄送上海《文匯報》本部。信件一到上海，上海本部也轟動起來，連鎖反應也在外單位展開，許多單位來借記錄去傳達，復旦大學的周谷城教授就親至報社借閱。

　　徐鑄成陶醉在喜悅中。

　　（按：大陸最近有人認為：毛澤東評價《文匯報》辦得好，實際上帶有客氣話，示以大度的味道，並不是由衷之言。不然3月間剛讚揚，5月18日政治局常委會上就指出新聞界有三條路線，一條是教條主義，一條是修正主義，一條是馬克思主義。現在教條主義吃不開，修正主義神氣起來，馬克思主義還沒有真正確立領導地位。許多人不懂得馬克思主義新聞學。顯然毛把《文匯報》是列入修正主義的。而在三天前（5月15日），毛就寫了〈事情正在起變化〉的文章，強調報紙的黨性與階級性……這些才是毛的真實想法。在吳冷西的〈憶毛主席：我親身經歷的若干重大事件片斷〉，有很完整的披露。這位評論者感歎：「可惜，徐鑄成先生當時哪能體會得到？」由此也說明毛的莫測高深與瞬息萬變，善良如徐鑄成怎不跌下「陽謀」的陷阱！）

錦上添花——率團訪蘇

　　全國宣傳工作會議正在召開，會中的情況並不如預想的那麼熱烈，發言者並不踴躍。有的說了些場面上的話以應付。有的甚至表示：要我鳴放，給我「鐵券」（保證文書）。一向幽默的演員石揮說，大膽鳴放，好比《甘露寺》埋伏一箱準備殺劉備的那位——賈化（假話）。詎料石揮當日的戲言，反右一來就是罪證。何以解脫，只有投入清流，跳入東海，最後陳屍海灘。那是後話。至於會場的冷場，經過打通思想，發言的人多了起來。

　　徐鑄成並沒有先見之明，金人三緘口，只是他覺得沒有可以鳴放的意見，以後做好工作就是了。大會、小會裏他都沒有講話。

接著更大的喜事悄然而到。

真是錦上添花，如花著錦。

鄧拓突然通知他，中央決定，由他擔任副團長，率中國新聞工作者代表團訪問蘇聯。

受寵若驚的他，自忖自己是黨外人士，怎能受此重任。方懇辭之際，竟又升了一格，要他擔任正團長。這有一段內情。原來欽本立聽到這消息，為提高《文匯報》聲望，立即致函鄧拓，建議改任徐鑄成為團長。鄧拓從善如流，報請中央讓徐鑄成擔任團長。中央原定由中蘇友協總幹事林朗（黨員）擔任團長。鄧拓提徐鑄成後，毛主席說話了：為什麼一定要黨員當團長？徐鑄成是黨外人士，我看他當團長就好嘛！」最高的這一句話，讓榮譽就降臨到他的身上。[9]

最後敲定的中國新聞工作者代表團的名單是：團長：徐鑄成；副團長：盧競如（俄文《友好報》副總編）、徐晃（前中南軍政委員會公安部副部長）。（原定的團長林朗已決定不去，林是俄文《友好報》總編輯）；臨時黨組組長：徐晃；團員：陳泉璧（《人民日報》）、唐平濤（《解放軍報》）、丁九（新華社）、邵燕祥（中央人民廣播電臺）、劉克林（《大公報》）、邵紅葉（《天津日報》）等。另有俄語翻譯王器等二人。

徐鑄成看到名單已定，無從推辭，而又即將啟程。他要求准假三天，回上海安排公私事務，將準時回京。

行程倥傯，他在上海僅逗留兩天。《文匯報》編務交欽本立全權處理，社長行政事務則由嚴寶禮主持。家事也作了適當安排。第三天上午，又乘飛機於當日（3月24日）下午到京。

此次中國新聞工作者代表組團訪蘇，是應蘇聯外交部新聞司和蘇聯對外友協共同邀請。我方主持單位的負責人，是外交部新聞司司長龔澎和中國記協主席鄧拓。

徐鑄成先走訪龔澎。重慶時期，他就與龔澎相識，並知道她博學多才、性格開朗。果然，接談之下，龔澎認為他此行一定能完成任務。

她請徐鑄成代向蘇外交部部務委員兼新聞司司長伊利切夫問好，並帶去禮品。

鄧拓說話開門見山，他說：此行主要參觀蘇聯各地的情況，以加強兩國人民的友誼。至於學習辦報的經驗，前年第一屆訪蘇代表團，已在《真理報》學過相當時日，這次就無需再重複了。徐鑄成點頭稱是。

準備工作密鑼緊鼓地進行著。圖 140 客機三天後才有。乘這段等待的時間，入境問俗，團裏請來了俄文翻譯家戈寶權，請他介紹風土人情以及幾句最普通的俄語。

這其間，鄧拓把臨時黨組組長徐晃找去，特別囑咐：訪蘇期間黨組開會時，除討論純屬黨內問題外，要請徐鑄成團長列席。聽到此事，徐鑄成說：「我聽後真是感激涕零，衷心感激黨如此信任」，他還說：「我那一段時期的心情，也彷彿如傅雷同志在『家書』中所表達的，對黨和毛主席的熱愛、崇敬，達到了最高峰。」

1957 年 3 月 27 日，終於成行了，不過並沒有乘上圖 140，而是一架螺旋槳的小飛機。二十四個座位，他們十四人，像是他們的包機。早晨 6 時起飛，途經烏蘭巴托、伊爾庫斯克等站，歷經二十五小時，28 日上午 8 時（蘇聯時間凌晨 0 時許）到達莫斯科。受到盛大歡迎自不必說。

這次訪蘇，從 3 月 27 日開始，至 5 月 9 日回到北京。歷經四十四天。這中間，4 月 5 日起，全團分成二小組：徐鑄成與副團長盧競如率一組去蘇聯的歐洲區域各國參觀，歷經愛沙尼亞、拉脫維亞、白俄羅斯、烏克蘭等十個加盟共和國；另一組則由副團長徐晃率領參觀中亞細亞及蘇聯的亞洲部份。各自參觀完後相約在列寧格勒會合。按主方意見，本要他們再多留一周，再去克里米亞、雅爾達等勝地，但因國內整風運動全面展開，大鳴大放進入高潮，深怕錯過這千載難逢的機會，婉言謝過後，匆匆趕了回來。

在蘇四十多天，徐鑄成這位非黨員的團長，得到所有團員的尊重。據統計，先後在不同的場合，徐鑄成的講話與答詞（約有八次），

除一、二次曾與盧競如商量外，大部份都由他定稿。這說明黨對他的
信任。

訪蘇期間，兩件事給徐鑄成留下極深的印象。

3月28日，訪蘇團到達莫斯科的當天，恰好是匈牙利事變後新上
臺的首領卡達爾到蘇訪問。蘇共中央設盛大酒會歡迎，而訪蘇團也在
被邀請之列。主席臺上，蘇共領導人挨次而坐，有：赫魯雪夫、莫洛
托夫、馬林科夫、卡岡諾維奇、伏羅希洛夫、布林加寧、米高揚等，
當時個個神采奕奕、笑容滿面，一派和睦氣象。殊未料及，訪蘇團回
國不久，蘇聯即發生所謂的「五月會議」，當時主席臺上的要員們，
大部份被赫魯雪夫指為反黨份子而趕下臺，或被降職，或被貶居。如
莫洛託夫下臺後，靠養老金過著悠閒歲月。這和當年史達林對所有政
敵一概殺戮，畢竟有所不同。上世紀八十年代，回憶此事時徐鑄成深
有感慨地說：「比之我們國家主席劉少奇同志，以及許多開國元勳都
一一受冤蒙難，被迫慘死，可見青出於藍了。」[10]

第二件事就是赫魯雪夫的會見。和赫魯雪夫會見，本是計劃中的
重要一項。但到臨走的前一天（5月8日），還是沒有音信。為此大家
已感絕望，乘這最後一天，有的團員離團外出，上街購買一些紀念品，
副團長盧競如就屬購物的一員。哪知到下午7時，蘇聯外交部新聞司
司長伊利切夫特來通知：「赫魯雪夫同志立刻接見你們。」已不能再
等外出的同志回來，匆匆趕到了蘇共中央辦公大廈。接見地點就在赫
魯雪夫的辦公室。室中陳設非常簡單，會客桌上只擺了一架飛機模
型。按規定，由團長徐鑄成提問。好在要提的問題，早已和我國駐蘇
大使館文化參贊商妥。分賓主坐下後，赫魯雪夫先致歡迎之意。接著，
徐鑄成提了三個問題：一是改組後蘇聯工業將出現什麼新面貌？二是
國際局勢的展望。三是今後如何進一步發展中蘇友誼。赫魯雪夫一一
詳細回答。在談話中，他還饒有風趣地說：「毛澤東同志上次來蘇，
只在莫斯科停留。這一回（即將召開的各國共產黨會議），我們要『報
復』一下（指伏羅希洛夫這時正在華訪問，受到熱烈歡迎），請他到

蘇聯多參觀幾個地方。」赫魯雪夫又說：「你們大概很關心我們開墾荒地的情況吧？」隨後就滔滔不絕地講述，他在中亞細亞開墾生、熟荒地的計劃和已有的成就。談這方面時，頗有自得之色。當時在座的，蘇方是伊利切夫和撒切可夫，我方還有《人民日報》的李何與新華社的李楠。會談後，就在這辦公室合影留念。合影時赫魯雪夫挽著徐鑄成的手站在中間，其餘的人分立兩旁。這張照片，在訪蘇團回國登機時才分送每人一張。當時也沒有想到，這照片竟也會給徐鑄成帶來災難。在文革中，落入造反派之手，指為反動「罪證」。大會批、小會鬥，折磨達三年之久。1978 年後，徐鑄成曾把這段歷史陳跡（即與赫魯雪夫會見）寫成一篇短文。鑄公去世後，這些記人的文章，曾由徐復侖先生整理，編成《報人六十年》一書。寫赫魯雪夫這篇連同另一篇寫林希翎的都沒被選入。看來編者仍心有餘悸。這是後話。

　　……

　　徐鑄成於 5 月 9 日回北京後，僅隔一天，即和徐晃、盧競如兩位副團長同訪鄧拓，彙報訪蘇經過。鄧拓完全肯定這次出訪，加強兩國人民的友好，任務完成得很出色。接著就談起出國期間的《文匯報》，鄧拓也備加讚揚，貫徹「雙百」方針與幫助黨整風都極為成功。鄧拓說：「聽說你們的發行數已接近二十萬了，這就說明受到讀者的歡迎。」徐鑄成謝過鄧拓的讚揚後說：「我覺得這一階段我們報紙的標題太火，有些不放心。」鄧拓認為這只是小毛病，並無大礙。接著說到自己的《人民日報》有計劃提高一步，卻因處處設卡而不能如願，他還悲憤地說：「有時我真想辭去《人民日報》的職務，去另辦一張報紙。」這使徐鑄成無從置詞。

　　在京中只留二天，徐鑄成不等浦熙修回來（她參加全國政協東北考察團，在東北考察），5 月 13 日，他匆匆趕回上海，去乘鳴放的最後一班車。這也就有了他後半生的坎坷命運。

羅網張開了

白雲蒼狗，波詭雲譎。

4月27日，中共中央發出〈關於整風運動的指示〉。

4月30日，毛主席在天安門城樓懇切地請民主黨派幫助共產黨整風。

5月1日，整風開始。

「言者無罪」、「暢所欲言」、「大鳴大放」，正在全國上下、大小單位熱烈展開。

陳叔通老先生接待記者時說，現在的爭鳴氣候好像是「春眠不覺曉，處處聞啼鳥」，他又續上兩句：「一片整風聲，三害除多少（筆者註：三害即官僚主義、宗派主義、主觀主義）。」

還陶醉在一連串榮耀中（毛澤東表揚、作為團長率新聞工作者代表團訪蘇）的徐鑄成，5月13日回到上海，感受到鳴放的熱烈氣氛。不過他有重任在身，正用全部精力撰寫〈訪蘇見聞〉，每天一篇先在《文匯報》發表，又和中國青年出版社簽約再結集成書。他還無暇去管鳴放的事。

事情卻在悄悄變化，整風僅只半月，一連串的文件表明，鳴放只是手段，不是目的。

5月14日，〈中共中央關於報導黨外人士對黨政各方面工作的批評的指示〉指出：「我們黨員對於黨外人士的錯誤批評，特別是對於右傾份子的言論，目前不要反駁，以便使他們暢所欲言。我們各地的報紙應該繼續充分報導黨外人士的言論，特別是對於右傾份子、反共份子的言論，必須原樣地不加粉飾地報導出來，使群眾明瞭他們的面目。」

5月15日，毛澤東寫了一篇發給黨內高級幹部閱讀的文章——〈事情正在起變化〉。這篇文章首次提出「反右派」的概念。文中說：「最近這個時期，在民主黨派中和高等學校中，右派表現得最堅決、最猖

狂。」「他們不顧一切地想要在中國這塊土地上颳起一陣害禾稼、毀房屋的七級以上的颱風。」「現在右派的進攻還沒有達到頂點，他們正在興高采烈。」「我們還要讓他們猖狂一個時期，讓他們走到頂點。他們越猖狂，對我們越有益。人們說：怕釣魚，或者說：誘敵深入，聚而殲之。現在大批的魚浮到水面上來了，並不要釣。」

5月16日，毛澤東起草的〈中央關於對待當前黨外人士批評的指示〉中說：「最近一些天以來，社會上有少數帶有反共情緒的人躍躍欲試，發表一些帶有煽動性的言論，企圖將正確解決人民內部矛盾、鞏固人民民主專政、以利社會主義建設的正確方向引導到錯誤方向去，此點請你們注意，放手讓他們發表，並且暫時（幾個星期內）不要批駁，使右翼份子在人民面前暴露其反動面目。」

5月20日，〈中共中央關於加強對當前運動的領導的指示〉中說：「現在的情況是，在上海、北京等運動已經展開的地方，右翼份子的言論頗為猖狂，但有些人的反動面目還沒有暴露或者暴露的不夠」，「左翼份子前一時期不宜多講話，共產黨員則採取暫不講的方針」，「在一個短期內，黨員仍以暫不發言為好。」

一周內連發四個文件，可見來勢之急。其中很清楚地表明，整風已開始轉向反右派鬥爭，也即是羅網張開了、釣鉤安好了，等君入網或者說上鉤。這些黨內文件現在是已經公開的出版物，當時黨外人士卻無人知道，甚至像徐鑄成作為一家報紙的總編輯，和社內的編輯記者也全都一無所知，這結果由此可想。

徐鑄成終於墜入羅網。

大概是5月中旬的一天（可能為5月17日），上海華山路枕流公寓六樓的徐鑄成府上的大門，被人敲響了。正伏案構思的他，趕緊去開門。來客是市委宣傳部副部長白彥。

敬茶、入座，白彥說明來意：「上海宣傳工作會議即將閉幕，仿照全國宣傳工作會議的做法，吸收黨外代表性人士參加，幫助黨整風，請您出席」。

　　徐鑄成為難地說：「我正在趕寫〈訪蘇見聞〉，再說《文匯報》內非黨同志和黨員的關係融洽，合作得很好，我哪有什麼意見可提呢？」這就婉言謝絕。

　　第二天，白彥再度登門，仍是昨天的來意，說得更懇切：「會開得很熱鬧，你一定得去聽聽，因為會議就將結束，不發出席證給你了，你拿我的出席證去。今天下午就請你一定去！」說罷，他掏出了出席證放在桌上。

　　盛情難卻，當天下午徐鑄成應邀去了。會場確實非常熱鬧，發言爭先恐後，內容都圍繞著消除黨群之間的隔閡，即「拆牆問題」打轉。這一問題本有來歷。中共上海市委第一書記柯慶施，在市委舉行的中小學校、職工業餘學校與體育界知識份子座談會上說，黨員與群眾之間，正如周總理所說，不能隔了一道牆。如果有牆，就應該把這座牆推掉；如果有溝，就應該把溝填平！（《文匯報》，1957年4月27日）就這樣，「拆牆」與「填溝」成為當時人們的熱門話題。《文匯報》也已經發表過有關「拆牆」問題的文章。

　　徐鑄成到會時，一位大專院長在講話，他說自己毫無實權，一切由黨委書記說了算，他還舉了一個生動的例子：有一次，這個黨委書記兼副校長因公赴京，他貼出一張佈告，說在他離職期間，校務由校長代理。

　　這個荒唐的事例，觸發了徐鑄成要作不平之「鳴」，他要求在第二天上午發言。

　　第二天，徐鑄成講話的大意是：「牆」是很容易「拆」掉的，只要彼此尊重，有共同語言，黨員與黨外人士就可以水乳交融。他現身說法，說自己和欽本立等同志（都是黨員），現在就合作得很好，遇事坦誠相商，因此《文匯報》就不存在「牆」的問題。由此可見，領導在調派黨員幹部時，「應該注意是否恰當，最好委派的同志能夠對這個事業有感情、有聯繫的，至少也該對這一行有起碼知識的，否則就沒有法子工作，更不用說領導了」。

他回到報社，欽本立問他這發言是否要見報？徐鑄成回答：「當然可以見報。」他認為自己問心無愧，出於好心，想用《文匯報》黨內黨外坦誠合作的事例，來平息大會上「牆」能不能「拆」的爭論。

他的發言全文刊登在 1957 年 5 月 19 日的《文匯報》上。

豈料這一來犯了天譴，被指為「反黨經驗」的大毒草。後來他成了大右派，這是「罪證」之一。

他是自投羅網！

艱難的「劃右」過程

溫崇實「崇實」反劃右

把徐鑄成劃成右派，這頗有一番曲折。這不僅是因他的聲望、地位，還要能「服眾」──使人信服。

徐鑄成生前，曾對他的第三個兒子徐復侖道及此事真相，而筆者又從復侖先生處獲得這獨家之秘。

1957 年 6 月 8 日，《人民日報》突然發表了社論〈這是為什麼？〉，同日，毛澤東在共產黨內部發出指示──〈組織力量反擊右派份子的猖狂進攻〉。

開始僅只月餘的「鳴放」頓時夭折，反右運動的序幕由此揭開。

徐鑄成萬萬沒有想到，反右鬥爭的熊熊烈火已向他撲來。他已身處危境仍未覺察，自認為復刊的編輯方針是中央審定的。鳴放期間他又在蘇聯，自己又有什麼過錯。

殘酷的現實並不如他所想。

6 月 9 日晚間和 10 日上午，上海市委書記柯慶施兩次召見《文匯報》黨組書記、副總編欽本立，命令他把徐鑄成批倒、批臭，還安排了具體的作戰方案。10 日晚間 6 時，又召集《文匯報》全體黨組成員，到海格大樓市委辦公廳舉行黨組擴大會議，專題討論徐鑄成的劃右問題。

　　參加會議的是欽本立、唐海、劉火子、溫崇實、周天國、殷克、韓才英，還有幾個不是黨組成員的人。市委宣傳部副部長陳冰主持會議，記錄是宣傳部新聞出版處負責幹部工作的蔣文傑，還有一位市文化局局長陳虞孫。陳虞孫曾是解放前《文匯報》的副總主筆，此時和《文匯報》並沒有關係。他是負有使命的。事後知道他就要來接替徐鑄成，擔任《文匯報》的總編輯，並領導《文匯報》的反右運動。這說明，徐鑄成即將被撤換的命運已定。

　　這本是走過場，討論只是形式，結果自然是一致通過，定徐鑄成為右派。哪知事有不然，出了個意外。一個不識時務的人出來反對：「徐鑄成不應該劃右派！」

金響玉振，擲地有聲

　　他是誰？此人是並不起眼的一個編委會秘書，叫溫崇實，1956年10月剛和欽本立一起調到《文匯報》，此前和徐鑄成並無關係。

　　既有反對意見，相像中必然會有一場爭論。敢說反對意見者也必然要被群起而攻。但事實不是這樣。溫崇實沒有被圍攻，展開爭論者只是一對一，溫崇實對主持會議的陳冰。

　　何以故？欽本立的內心深處並不贊成劃徐鑄成為右派，唐海也是如此。推究起來，鳴放的盛期，徐鑄成在蘇聯訪問，欽和唐作為副總編輯，責任無可推卸，怎能諉罪於徐鑄成呢？自然保持緘默。其他人也因各種原因，以不說為佳。

　　陳冰認為劃徐鑄成為右派，罪證確鑿。第一，他在上海宣傳工作會議上的發言〈牆是可以拆掉的〉，宣揚他的拆牆經驗是調離黨員領導幹部，無庸置疑，這是反黨大毒草；第二，《文匯報》在鳴放期間發表那麼多反黨文章，他罪責難逃；第三，從歷史上來看，徐鑄成在解放前就表現不佳，本來就是右派。

　　溫崇實真是名副其實——崇尚真實，針對這三條，他一一反駁。第一，《文匯報》兩個黨員領導幹部的調離，是黨組織的決定，徐鑄成無此權力。徐鑄成把這作為拆牆經驗，最多是認識錯誤，豈能拔高

為政治問題？第二，《文匯報》這段時期確實發了很多鳴放文章，我作為編委會秘書，知道這些文章都曾送你們審查，你們批「可發」，我才交給編輯去發。你們批『不發』，我們就不會發。《文匯報》發了那麼多反黨文章，難道是徐鑄成的責任？你們沒有責任？那段時間他人不在上海，這些稿件他連看都沒有看到，怎麼能要他負責呢？第三，說到徐鑄成歷史上的問題，溫崇實認為他最有發言權。因為當時他是地下黨領導人姚溱聯繫《文匯報》的信使，對《文匯報》人事方面、宣傳方面，以及黨與非黨之間的矛盾瞭解得一清二楚，他舉出許多實例，然後說：「徐鑄成是有錯，但當時地下黨忽左忽右，也有錯，怎能說徐鑄成當時就是右派呢？」

針鋒相對，一毫不讓。看來劃徐鑄成為右派就因為溫崇實的反對，得不到一致通過。

正僵持不下時，市委宣傳部長石西民走了進來，他剛坐下，陳冰想了個解決辦法，他說：「我們舉手表決吧。」要舉手表決，結果當然可想而知。雖然溫崇實依然倔強地說：「我保留我的意見。」

石西民的目光掃視了全場，眾人都沉默不語，他又看了一下手錶，已經是凌晨 1 時了，這會已整整開了七小時。他站起來說：「都什麼時候了，還在開會。」他宣佈：「散會！」

石西民這一聲「散會」，使徐鑄成的劃右沒有通過。雖然徐鑄成後來還是被戴上右派的帽子，那是另外一回事。這個溫崇實包庇右派份子，當然要給予處分。那處分是：降級降薪，撤銷黨內外的一切職務，攆到資料室，去當一個普通資料員。但降級降薪被石西民一筆勾銷，並未兌現。溫崇實未受經濟壓迫之苦。

石西民保護知識份子的良苦用心，就表現在這一聲「散會」與勾銷對溫崇實降級降薪的處分上。那是二十三年後，改正右派份子的中央 55 號文件下達了，溫崇實又為徐鑄成的改正問題奔走，他去找石西民，石西民說：「你忘了我那天不是說散會嗎？我們沒有對徐鑄成劃右問題進行表決，徐鑄成的右派不是我們定的。」[11]

欽本立救報救人

徐鑄成的劃右沒有通過，合了欽本立的心意。為著救報救人，他決定去找柯慶施，說明他的意見。

欽本立說：「1957 年反右鬥爭剛開始時，上海市委第一書記柯慶施曾和我談話好多次，有段時間差不多每天都見面。當時柯慶施給我的印象還是不錯的，我的話他都聽得進，我也敢於跟他談。」

欽本立舉了個例子。那時右派點名都是北京點的，有時點到上海的人，情況不符，柯慶施很惱火，他給欽本立規定了一條，凡是新華社點到上海新的名字，有什麼看法，可以直接打電話給他。有一天，收到一篇新華社的電訊稿，點到《文匯報》副社長嚴寶禮的名，說嚴是右派，這不符實際情況，當時已是半夜 1 點多鐘，欽本立就給柯慶施打了個電話。柯接到電話，要他不登這篇稿子，後來他就按柯的意思處理了這篇稿件。

正因為有例可援，欽本立就來找柯慶施。一見面，他就坦率地說開了，他說：「《文匯報》復刊初期，我同徐鑄成合作得很好，因為我們有共同的辦報思想。在徐鑄成 3 月至 5 月訪蘇的一個半月中，報社的實際工作是我在負責，如果《文匯報》這個時期有問題，應由我負責，不能歸咎於他。他訪蘇回來後，到市裏開會，在發言中講『拆牆』經驗，也是我們動員他去講的，不是他自己提出來的。所以我們不應該劃他為右派。」欽本立一口氣講完，如釋重負。

柯慶施問：「你說完了嗎？」欽本立點了點頭。柯接著說：「我現在回答你，我的三條意見。第一，徐鑄成的問題作為認識問題，不作為政治問題；第二，他還是當總編輯；第三，他還是有職有權。」

欽本立所希望的就是這幾點。他回到報社，馬上開會宣佈了這三條，他以為救報救人可以就此告一段落。

6 月 14 日，《人民日報》又發表了那篇舉世矚目的編輯部文章——〈《文匯報》在一個時期內的資產階級方向〉，點了《文匯報》和《光明日報》的名。文中指出：

「上海文匯報和北京光明日報在過去一個時間內，登了大量的好報導和好文章。但是，這兩個報紙的基本政治方向，卻在一個短時期內，變成了資產階級報紙的方向。這兩個報紙在一個時間內利用『百家爭鳴』這個口號和共產黨的整風運動，發表了大量表現資產階級觀點而並不準備批判的文章和帶煽動性的報導，這是有報可查的。這兩個報紙的一部份人對於報紙的觀點犯了一個大錯誤。他們混淆資本主義國家的報紙和社會主義國家的報紙的原則區別……」

頓時，全國反右派鬥爭的矛頭指向了《文匯報》和《光明日報》。

鄧拓十分關心《文匯報》和徐鑄成，在《人民日報》這篇編輯部文章發表前，他就電告欽本立，希望爭取主動，作自我檢查。鄧拓自然是善意，可徐鑄成思想實在難通，下筆為難，延至深夜才勉強湊成一篇社論，趕在第二天同《人民日報》的編輯部文章同時刊出，盡快表示悔過的決心。結果並未奏效，反遭到更嚴厲的批評（這見於毛主席親寫的「七·一」社論）。

6月14日，徐鑄成在《文匯報》全體職工大會上作了自我檢查。這是從嚴於責己的角度出發的，其實何錯之有。他表示：「要接受教訓，很好地把立場觀點端正起來，按照黨的意圖辦報。」「受表揚和犯錯誤，都是一場考驗，經得起考驗，才能辦好報紙。」他還說到自己心情沉重，不過能挺得過來。

徐鑄成隨同欽本立去見石西民，澄清了一些事情。石西民是瞭解他的，他說自己作不了主，要請示柯老（指柯慶施）。

在和柯慶施見面中，徐鑄成恭聽了這位柯老的一番妙論。

「這事不能由你一人負責。我已對欽本立說過：『你的一隻腳早踹進右傾泥坑裏了』。」這是柯慶施見到徐鑄成的第一句話，話裏的第一個你是指徐鑄成，第二個你是指欽本立。

接著，他又對徐鑄成說：「你自己從思想上挖挖，我想辦法搭一架梯子，好讓你下樓。」原來上樓與下樓都操縱在他手裏。

柯慶施又說：「中國的知識份子有兩個字可以概括。一是懶，平時不肯自我檢查，還常常會翹尾巴。二是賤，三天不打屁股，就以為了不起了。」

這使恭聽的徐鑄成驚心動魄，「原來他是這樣看待知識份子的，真對毛澤東思想深通三昧，不愧後來稱為好學生了。」徐鑄成這樣想著。

徐鑄成當時的處境，也正是自我檢查，等著挨打屁股。

「右派」桂冠是怎樣戴上的

雖然上海市委早已內定徐鑄成為右派，但畢竟這頂帽子太沉重了，一直沒有最終定下來。6 月 14 日，矛頭直指《文匯報》的第一篇宏文發表，揭出了羅隆基──浦熙修──《文匯報》這樣的「民盟右派系統」。

正當此時，全國人民代表大會，在京舉行第四次會議。徐鑄成赴京出席。

到北京後，相交多年的幾位老友：葉聖陶、鄭振鐸、宋雲彬見面了，按往例，四位「酒仙」每入京必聚飲一次，這次也不例外。不過此時此刻，心情卻都沉重。

一杯在手的宋雲彬歎氣說：「我在杭州已被批過幾次，這次恐怕在劫難逃了！」

徐鑄成忙安慰他道：「可能真正有人想反黨，你是人所共知的黨的老朋友，如果我們也被打成右派，豈不令人寒心？萬一有事，誰還敢挺身擁護黨？」

宋雲彬慘然一笑，說：「天下已定，以後不會有什麼萬一了。」

葉聖陶、鄭振鐸同聲說：「這時局真有些使人看不透，真不知要發展到怎樣的地步。」

「何以解憂，唯有杜康。」這時的酒似乎是添憂。

酒敘後的一天，據說是康生授意，《光明日報》發表了一條署名的新聞，說徐鑄成去年在民盟的新聞小組說過，《文匯報》復刊後，將一切聽羅隆基的指揮。徐鑄成嗤之以鼻，真是白日見鬼，他心中罵道。「新聞界的人，都知道我生性倔強，從來不盲目接受別人指使，更不會那麼笨，會在眾人之面說出心裏的打算（聽羅隆基指揮）。」

這是一個信號，一場大風雨就要來了！

1957 年 7 月 1 日，《人民日報》又發表了毛主席親寫的社論，即〈《文匯報》的資產階級方向應當批判〉。社論的鋒芒直指「章羅聯盟」：

> 嚴重的是文匯報編輯部，這個編輯部是該報鬧資產階級方向期間掛帥的，包袱沉重不易解脫。帥上有帥，攻之者說有，辯之者說無；並且指名道姓，說是章羅聯盟中的羅隆基。兩帥之間還有一帥，就是文匯報駐京辦事處負責人浦熙修，是一位能幹的女將。人們說：羅隆基──浦熙修──文匯報編輯部，就是文匯報的這樣一個民盟右派系統。
>
> 民盟在百家爭鳴過程和整風過程中所起的作用特別惡劣。有組織、有計劃、有綱領、有路線，都是自外於人民的，是反共反社會主義的。還有農工民主黨，一模一樣。這兩個黨在這次驚濤駭浪中特別突出。風浪就是章羅聯盟造起來的。……

這篇社論還毫不隱諱地地說，前一階段的大鳴大放，不是「陰謀」，而是「陽謀」！

徐鑄成既是民盟成員，又負責《文匯報》，自然罪責難逃，成了批判、鬥爭的對象和目標。

當時批鬥徐鑄成的戰場主要有兩個：一是人大的廣州小組（他是廣東所選出的代表）；二是新聞記者協會召集的會議。於是大會鬥、小會批，備受折磨。

　　從徐鑄成的一則日記（1957年7月5日），可以看到當年他挨批判鬥爭的情景：

　　從來京後，反右鬥爭步步深入，無論什麼會場，都是反右鬥爭的戰場。三星期來，我的體會一天比一天深刻，對自己的認識也一天比一天提高。我初來京時，還沒有深刻認識自己錯誤的嚴重性，後來經過不斷鬥爭、檢查、分析，才開始認識了，搞得滿身大汗。黨對我還是採取幫助和保護的態度（作者原註：當時正在《北京日報》大禮堂舉行全國政協反右鬥爭大會，每天開一次會，主要是批鬥我和浦熙修同志，提法是「批判浦熙修的反黨罪行！」對我則為「批判徐鑄成的錯誤言行，」顯然有區別。大概我還是「火燒」階段，浦熙修同志早已列入「打倒」對象了）。一方面幫助我真正認識錯誤，從這裏汲取應有的教訓，一方面儘量保留餘地，給我交代改悔的機會。李維漢同志親自啟發我，柯慶施同志和石西民同志也經常關心我的問題。（作者原註：劉述周同志，上海統戰部工作人員）說：他們經常有電話問起我的近況）劉述周同志更一次一次幫助我分析問題，還自己到辦事處找我，幫助我。黨對我的愛護，真可說是無微不至了。毛主席說要我放下包袱，可是，我還解不開包袱，不是沒有決心，也不是有顧慮，而是不知從何解起。因此迂迴曲折了一個時期，多挨鬥了幾次，特別是昨天，受到的教育更深刻些（作者原註：會場的火力更猛。）幾天來，皮膚下面刻刻在發火，心往下沉，半月來幾乎沒有好好睡過（那時天天晚上要寫檢查，以備第二天交代，而冥思苦想，常常寫不出一個字，每晚要抽兩包煙，到深夜，只能自己胡亂上綱，湊寫成篇，倒睡在床上，翻覆難眠，每晚必出幾身冷汗，汗衫透濕，入睡至多只有兩小時。）嘴裏發膩，吃不下東西，飯菜到喉頭就卡住了。陶陶（指現在已病死的我的長媳，那時她和我

的大兒子常來看望我）說我瘦多了……今天的檢查，我是什麼都抖出來了，相信我已認識自己的錯誤，同志們的意見不多，是否算是通過了，我不知道[12]

從這則日記可以看出當時徐鑄成心情的複雜，既有原罪感，認為自己確有錯誤；又自我寬慰，認為畢竟與浦熙修有區別，只是在「火燒」階段。其實即使是「火燒」，也是鬥爭的策略。在反右派的大目標下，有何軒輊。而所受批鬥之痛苦，今天猶不忍讀之。

日記中說到中央統戰部長李維漢對他啟發、關懷，然而在一次面對面的關愛中，竟會有如下這樣的情節：

徐鑄成隨上海統戰部幹部劉述周，到中央統戰部見李維漢。

談話開始，李維漢問：「你檢查得怎樣了？」

徐鑄成回答：「我苦苦思索，實在是什麼都倒出來了，但還得不到同志們的諒解，還是說沒有交代清楚和章羅聯盟的關係。」

李維漢說：「我知道你和章羅沒有什麼特殊交情，我也瞭解你對黨是有感情的，然而你為什麼要把報引到這條道路上去？受了什麼人的鼓勵才這麼做的？你應該講清楚。」

「我這個人脾氣很頑固，向來沒有什麼人，會誘導我走邪路。《文匯報》如果辦的方針不對頭，一切責任在我。」徐鑄成這樣回答誘供式的問話。

「你的思想不要太偏狹，想想你的上下左右，和什麼人接觸過？有意無意受到什麼影響？」顯然範圍更擴大，李維漢又進一步逼問。

徐鑄成思忖：《文匯報》的復刊方針、計劃是中央審批的，鄧拓、夏衍、姚溱三人都出過主意，這萬萬不能講，面對這逼問，他只得說：「我平素最欽佩的是傅雷、宋雲彬兩位，關於文藝學術問題我知識不夠時，有時向他們請教，主意是自己定的。」

徐鑄成本認為這只是私人的談話，室內也只有李維漢、劉述周和自己三個人。在講完這句話時，瞥見旁邊的一間小屋裏，有兩個人在

記錄。[13] 這萬萬沒有想到。然而一言既出，駟馬難追。後來他曾內疚地說：「宋雲彬同志先我陷入羅網，而傅雷同志則因我這一句話，可能要受牽連了。」

細考傅雷被戴上「右派」的帽子，是在 1958 年的「反右補課」中。傅雷夫人朱梅馥在傅雷挨批時，曾寫信給兒子傅聰說：「爸爸做人，一向心直口快，從來不知『提防』二字，而且大小事情一律認真對付，不怕暴露思想，這次教訓可太大、太深了。」批傅雷時所列的一些罪名，只是「堅持資產階級民主，反對社會主義民主」、醜化某單位官僚主義、「一貫反對蘇聯」等等，無一與徐鑄成和《文匯報》有關係。傅雷認為人格比任何東西可貴，他不作廉價檢討。他寧可站著死，不願跪著生。最後在「文革」中夫妻雙雙自殺。所以這和徐鑄成的失言並沒有關係。

……

對徐鑄成的批判持續月餘，於 7 月底結束。值得注意的是，「記協」主席鄧拓，一次也沒有參加。此中原因，不說自明。7 月 31 日他乘車回上海時，鄧拓還特別關照同回上海的唐海，一路盡心照護徐鑄成，這也許是怕他有輕生之念。

違心與自污的「檢查」

上海早已厲兵秣馬、擺好戰場，等待著徐鑄成。他在 8 月 1 日傍晚回到上海，未隔幾天，批鬥就開始。批鬥大會前後開了四次，採用疲勞戰術，輪番上陣。三次都未過關，主持者認為他沒有觸及政治問題，沒有老實交代。直到第四次，他把所提的批判和暗示都寫了上去，大概算「老實」了，不再窮追猛打。

應該說這是自污。徐鑄成和章、羅毫無關係。後來徐鑄成說：「我與羅只是個朋友，他投稿我經常退稿，有兩年工夫沒有講過話，我覺得他是個政客，不大願意接近他。」（與《九十年代》記者談話）。在

當時無奈的情況下，屈打成招，他違心地寫了長篇檢查〈我的反黨罪行〉（發表於《文匯報》，1957 年 8 月 22 日）。筆者認為他是帶著無限痛楚寫的。全文約一萬兩千字，摘錄如下：

一、「檢查」承認：「接受章伯鈞、羅隆基指示，訂出反黨宣傳綱領」，如「盡量少登新華社消息，基本上不轉載《人民日報》社論，多登資本主義國家的消息，多反映知識份子具體工作中的問題，新聞採訪根據『人棄我取』的原則……儲安平的『黨天下』謬論發表後，我認為他在光明日報這樣唱反調，將是《文匯報》的勁敵，因此緊急召開編委會，提出了四點言論編輯方針。1、不做《人民日報》的應聲蟲；2、不寫應時文章；3、不登經驗總結；4、不登地方性的文告指示。要把《文匯報》拉到更反動的方向去，和儲安平的光明日報競賽」。

二、檢查又說，「在上海宣傳工作會議發表的『牆是可以拆掉的』這篇發言，也充分暴露我的反黨反社會主義思想，說明我對黨是展開了如何惡毒的進攻。……尤其嚴重的，1、全部否定了人民報紙八年來的巨大成就，我表面上只是譭謗過去的文匯報，實際是以一項教條主義的帽子，罵盡了所有的黨報和其他人民報紙……2、我排擠了張樹人、孫葵君把這種反黨行為當作『拆牆經驗』到處推廣。黨派孫葵君、張樹人同志參加文匯報，把文匯報救活，而且對我政治上經常進行政治幫助……我這樣昧著良心反對他們排擠他們，實際上就是反對黨的領導，我要在報社獨立為王，要放手撒開我的一套反動的資產階級新聞觀點……」

三、檢查又從八個方面說自己抗拒市委指示排擠黨團員和進步同志。1、抗拒市委的領導。他說到上海宣傳工作會議後，柯慶施和他談話，「詳細解釋為什麼整風要從上到下有步驟進行的道理，分析當前形勢，希望《文匯報》注意，多做些工作……

石部長也和我懇切地談過。我對市委領導同志這些意見，不僅不尊重，反而誣衊市委在『收』……2，抗拒黨委黨組的領導，排擠黨團員……這次復刊後，黨委從各方面照顧我，尊重我的意見，但我還常常不接受黨委的指示，5月中旬回上海後，態度更粗暴專橫，時常干涉欽本立同志和唐海同志的工作，後來更進一步削弱他們的職權，要欽本立同志只管二版。3、挑撥黨群關係，最嚴重的例子是在群眾中散佈謠言，說肅反時黨委錯捕了人而不肯認錯，還說我自己在思想改造中根本沒有受到教育……4、利用民盟組織。自從文匯報盟小組成立後，我經常在盟內把行政上的工作計劃透露並討論，造成以盟代政的局面……復刊以後更抓緊盟支部，並企圖進一步發展盟員與黨組對抗，並公開在盟支部會上提出要獨立思考、不接受黨的領導。5、堅決主張到處點火，在北京時要辦事處的同志到教育部去點火，回上海後，要派記者到各處去點火，還親自對容正昌等面授機宜，到浙江去點火，要宦本顯去四川繼續點火……6、在編委會上一意孤行，對大多數編委的正確意見不接受，粗暴干涉編輯的發稿，報上登了正面的文章和平穩的標題我就提出批評和指責。7、在文匯報已經走到反黨反社會主義道路的危險時刻，我不僅不聽黨組和其他編委同志的勸告，公開宣稱我絕不檢查認錯。反而召開兩次編委會，一次編管兩部聯席會議，提出所謂今後的做法問題，就是要把文匯報拉到更右更反動的道路上去。……8、人民日報8日的社論發表後，我思想上還抗拒，在編輯部公開發表謬論，說人民日報這樣將妨害知識份子繼續鳴放，說文匯報不要象蛇尾巴一樣跟著轉彎。……」「以上是交代我最嚴重的罪行，其他錯誤的言行當然還有不少。這些罪行，有些我已在北京交代，而且大部份已經編輯部揭發，我今天交代，是向黨、向人民請罪。這些罪行，說明文匯報這次走上資產階級方向，我的罪行是十分嚴重的，

我有綱領有計劃地貫徹我的資產階級辦報方針，把文匯報變成反黨、反社會主義的工具……」以上是第一部份。

四、第二部份，他檢查了反動思想的歷史根源。「我解放前在大公報工作十八年，在大公報時，就和國民黨反動派有勾結，就是右派。」「我在香港大公報寫了不少反動的社論。同時我和國民黨在香港的反動頭目，交往甚密，特別是鄧友德，幾乎天天在一起、那時，香港進步力量和反動派的鬥爭很尖銳，我堅決站在反動派一邊，用筆名在大公報發表『所謂張學良問題』的文章，在《國民日報》發表『論新漢奸的謬論』……我沒有參加國民黨，並不是思想上和國民黨有距離，而是自己還要保持所謂無黨無派的假面具，思想上是早已參加國民黨了。……我那時雖然口頭上也反蔣，實際思想上還是站在國民黨一邊，幻想國民黨民主一點，不要那麼獨裁。對黨，我完全沒有認識，從來沒有認真閱讀黨的文件。我那時的政治路線，是中間偏右路線，也就是資產階級右派路線……解放以前的長期歷史，證明我過去不僅沒有做一件好事，反而頑強地站在資產階級反動的立場，霸持《文匯報》，幹反黨反人民的勾當，我就以這樣齷齪的面目，進入解放區，而且無恥地以『進步人士』自居，向黨爭地位、鬧情緒。」

五、第三部份檢查了「和章羅及其他民盟右派份子的關係」。「我和羅隆基是 48 年在上海認識的，和章伯鈞是到香港籌備《文匯報》才第一次交往。」「因為我有一貫的右傾思想和根深蒂固的資產階級辦報思想，他們就乘機灌輸給我一套反黨反社會主義綱領。」「我向羅隆基發牢騷，說我有職無權，羅隆基就對我說，黨員的水平不一定高。要自己把職權抓起來；我說，像《文匯報》這樣一張全國性的報紙在上海不好辦；他就說，『中央到地方的政策就變樣了，不要聽黨組的話，有事到北京來反映，我們是經常和中央負責同志見面的』。我在章伯鈞面

前批評解放後的報紙一般化，教條主義，章伯鈞就說，黨外報紙應該多登資本主義國家的消息，可以自己多採訪黨報不登的消息，而且說，今後幾家非黨報紙應該保持聯繫，對發行和配紙問題採取一致態度……章羅都指示我，《文匯報》要在知識份子中打開銷路，必須多反映知識份子的具體工作中的問題，他們還建議，像文字改革這樣的問題，知識份子最感興趣，可以首先提出來討論……我後來就根據他們那些指示，訂出了我在報社的反黨、反社會主義綱領……」在這部份檢查中，徐鑄成還說到，他勾結民盟市委的頭目向三家黨外報紙（《新聞日報》、《文匯報》、《新民晚報》）進攻。他又交代和宋雲彬怎樣沆瀣一氣，借龍泉塔事件大做文章，「我們思想上有共同點，我們都對自己工作中的黨的領導不滿，都妄自尊大，以為自己有一套，都輕視勞動人民出身的基層幹部，都喜歡誇大黨在某些工作中的缺點，這些都是極其嚴重的反黨情緒。」他還交代了和傅雷的關係。「解放以前，認識傅雷後，我的思想右傾，其中有許多就是受傅雷的影響。當時的《文匯報》上曾刊登過傅雷反蘇的文章，他總是要我走中間路線……在我這次回上海後，傅雷主動和我的聯繫特別密切，談的大部份是各學校三大主義如何嚴重等等，而且在我回上海以前，他就到處為我們拉所謂拆牆填溝的稿子，因為我有右傾思想所以和傅雷這樣投機」。

最後，徐鑄成說：「我檢查這次我犯的反黨罪行檢查我幾十年來一貫的反動歷史，看到我的滿身瘡疤，看到我靈魂的醜惡。我痛恨自己，尤其痛恨過去我還冒充進步，賣弄我有老經驗，是老報人。」「我認識到自己罪行的嚴重，請求黨給我處分，我決心徹底悔改，重新做人，從此永遠老老實實跟著黨走。……」

他就這樣給自己潑了一身髒水。

上世紀八十年代，已屆耄耋之年的徐鑄成說：「一個真正做賊偷了人家的東西的被抓起來，也沒有什麼，明明知道自己素來潔身自愛，而且東西被別人偷走了，反而要抓起來，還要掛大牌子示眾，那是很難受的。」（與《九十年代》記者談話）。這是埋藏心底多少年的錐心瀝血之言。

　　「右派」的桂冠，就此戴在徐鑄成的頭上。

　　消息傳到海外，臺北某刊報導其事，稱：「左派報人徐鑄成成為右派」，語含揶揄。揆諸實情，徐鑄成一直站在中共一方，另一民間報《大公報》對中共常有微詞。該報總編王芸生說：「1957年我很幸運，毛主席保我過關。後來那個『反蘇』型右派，給『雲南王』龍雲戴上了。」（見《口述歷史》第一輯）「趙孟能貴，趙孟能賤」，徐鑄成受最高面譽，卻不能優容，高層的喜怒愛憎實神秘莫測。

石西民說真相

　　柯慶施本已對徐鑄成說過：「這事不能由你一人負責」，他又說：「我想辦法搭一架梯子，好讓你下樓」。言猶在耳，怎麼還是把右派帽子給徐鑄成戴上了呢？

　　一年前，筆者有幸與徐鑄成的幼子徐復侖先生晤面，交談中他說到，他聽父親說過被劃為右派的真相。一諾千金的復侖先生，後來又給筆者寄來了揭露此事真相的、極為寶貴的手寫稿。

　　按徐復侖的原件，照錄如下：

　　　1981年，父親被增補為全國政協委員，出席全國政協第五屆第四次會議，被安排在特邀小組。同組有在文革期間，飽受四人幫迫害的石西民同志。

　　　父親與石西民上世紀四十年代就是老熟人、好朋友。解放以後，石任中共上海市委宣傳部長，是父親的頂頭上司。1957

年，父親被錯劃為右派份子以後，二十多年來，兩人從未有過交往。這對相識四十多年的老朋友，在各自飽經磨難之後，再次在全國政協同一小組意外重逢，心情格外激動，相互之間只談情情，沒有套話和官腔，知心的話說個沒完。石西民專門邀請父親到政協住宿的京豐賓館小餐廳吃飯，為 1957 年參與將父親打成右派一事，當面道歉，並說出如下事實經過：

1957 年某月（石西民沒有講具體時間），中共上海市委得知由毛澤東親自撰寫的《人民日報》社論〈《文匯報》的資產階級方向應當批判〉即將發表（筆者註：發表於 1957 年 7 月 1 日），社論點名《文匯報》編輯部是該報鬧資產階級方向期間掛帥的，帥上有帥，就是章羅聯盟中的羅隆基。兩帥之間還有一帥，就是《文匯報》駐京辦事處負責人浦熙修，是一位能幹的女將。人們說，羅隆基──浦熙修──《文匯報》編輯部，就是《文匯報》這樣一個民盟右派系統。

某日，石西民同時任中共上海市委宣傳部副部長的張春橋到中共上海市委第一書記柯慶施處，去商定《文匯報》編輯部的帥。途中，張問石：「你看此帥應該是誰？」當時浦熙修是《文匯報》的副總編輯。浦的領導只有總編輯徐鑄成和黨委書記兼副總編輯欽本立兩人。石西民答道：「徐鑄成在 3 月 27 日就出國訪蘇了，這幾個月，《文匯報》由欽本立主持工作。徐出國前，毛主席曾親自接見，並對徐和《文匯報》工作給了很高的評價，這個鬧資產階級方向的帥，應該是欽本立。」張春橋說：「你說得不錯，但是老人家（指毛澤東）的心思誰也吃不透，那天他又要揪欽本立的後臺，豈不揪到你我身上來了嗎？還是定徐鑄成，再要揪徐鑄成的後臺，往章羅聯盟身上一掛不就了事了嗎！」張、石兩人途中所談，對柯慶施說了。（此句係筆者為語意完整而增加，復命先生的原文無）。隨後柯慶施同意了張春橋的意見。這樣徐鑄成的右派帽子未經群眾揭發批判之前，早就內

> 定下來了。為了說明中共《文匯報》黨委在中共上海市委正確
> 領導下，與堅持資產階級方向的以徐鑄成為首的民盟支部作堅
> 決鬥爭，《文匯報》社中要多定民盟盟員為右派份子，中共黨
> 員一個不定。連原已內定為右派份子的欽本立和唐海，都成了
> 反右英雄了。溫崇實當然也就倖免於難了。
> 父親接受了石西民的誠摯道歉，從此兩位老朋友，盡釋前嫌，
> 重歸於好。會後父親回到上海家中與家人談起此事時還感歎不
> 已。(又見《炎黃春秋》2006 年 11 期)

原來徐鑄成是骯髒的政治謀略的犧牲品，是替罪羊。悲夫！真相原是
這樣。

徐鑄成被劃為右派，《文匯報》社長和總編的職務換成了別人，
同時降級降薪，從行政八級降為十四級，也從此離開了《文匯報》。
正在連載的〈訪蘇見聞〉被腰斬。他曾說：「我認為我一輩子搞新聞
事業，只寫了半篇文章，後面半篇被人把筆奪走了！」[14]

《文匯報》受了重創，共有二十一人被錯劃為右派份子，其中除
社長兼總編的徐鑄成、副總編輯兼北京辦事處主任浦熙修外，另有編
委、編輯、記者十七人，校對一人，管理部秘書一人。而北京辦事處
幾乎是全軍覆沒。十名記者，就有七人被打成右派份子。七人中有四
人被判刑或勞動教養（四人都是男性）：楊重野判刑十五年，在遼寧
勞動農場改造；謝蔚明判刑十年，在北大荒農場改造，身染肺病，生
命垂危，後幸生還；梅朵先在清河勞改，後又流放山西；劉光華在北
疆農場當牧馬人，一度工傷中造成粉碎性骨折，幾乎殘廢。還有，《文
匯報》聘請的十五名特約記者，就有十一名受《文匯報》牽連，被錯
劃為右派份子，蒙受不白之冤。社外編委中，沈志遠、傅雷、王中、
袁翰青、徐盈、彭子岡等全都成為右派。

梅煥藻壯烈跳樓

前面說到溫崇實反對將徐鑄成劃為右派，無獨有偶，可與溫相媲美的，還有一位梅煥藻，更以跳樓殞身抗議將徐鑄成劃右。

梅煥藻本是《大公報》駐印度記者，中英文均很流暢，徐鑄成在《大公報》時兩人雖為同事，謀面不多，不過彼此心儀。

抗戰勝利後，梅煥藻回國，擔任《大公報》總經理胡政之的秘書。他追求進步，人雖在《大公報》，卻對徐鑄成主持的《文匯報》非常讚賞。當《文匯報》因經濟困難招募讀者股時，他是《大公報》內少數積極應募者之一。

1949年後，《大公報》北遷，梅煥藻未隨行，自願留在上海。《文匯報》1956年復刊時，徐鑄成三次到梅府，請梅擔任《文匯報》社長辦公室秘書。梅煥藻工作認真、負責，給徐鑄成分勞。但從不參與編輯事務。他心直口快，有時對他原先任職的《大公報》的要員，有不滿的表示。

反右風暴襲來，有位原《大公報》要員調《文匯報》擔任總編輯，他找梅煥藻去談話，問他對反右運動有什麼看法？梅不是人云亦云，也不作違心之論，他只說了一句：「徐鑄成成為右派，我思想有些不通。」這就惹了大禍，立即受到圍攻，要他交代與徐鑄成的關係，他一言未發，走出會場，跑上屋頂，縱身一跳，殞身以抗議！

徐鑄成稱：「他是《文匯報》第一個壯烈犧牲者。」他又說：「最使我終生負疚！」

悲哉，梅煥藻！

《文匯報》在反右期間，除梅煥藻跳樓壯烈犧牲外，還有一位江顯良也跳樓自盡，不過他與徐鑄成沒有關係。江顯良在1956年從復旦大學新聞系畢業，分配到《文匯報》編輯部教育組工作。曾去《文匯報》北京辦事處實習。江顯良很有才氣，工作認真負責。他不是中共黨員，也不是民盟盟員，可能家庭出身比較好，因而敢於說話。反

右高潮時，同組有人揭發他說過：「《文匯報》的肅反成果等於零。」這就遭到圍攻、批鬥，江顯良不服，憤而跳樓自殺。[15]

註釋

註 1、3：毛澤東選集第五卷，第 441、444、446、355 頁。

註 2：樓適夷，〈傅雷的性格〉，見金聖華編，《傅雷與他的世界》，三聯版，第 11 頁。

註 4、10、12、13：徐鑄成，《親歷一九五七》，湖北人民出版社，第 19、27、37、
　　　　　　　　　　38 頁。

註 5：謝蔚明：〈反右風暴中的「北辦」〉，見《在曲折中行進》，第 293 頁。

註 6：錢武肅王，即錢鏐（852-932），五代十國時，吳越國的建立者有政聲。

註 7、8：徐鑄成，《風雨故人》，浙江人民出版社，第 7、8、9 頁。

註 9：《從風雨中走來》，文匯出版社，第 137 頁。

註 11：姚芳藻，〈徐鑄成劃右派問題的爭論〉，《炎黃春秋》2004 年 10 期

註 14：見《九十年代》月刊。

註 15：據徐復侖先生 2006 年 7 月 18 日致筆者函。

第十四章　屈辱的二十二年

屈辱開始

魯迅說：「有誰從小康人家而墜入困頓的麼，我以為在這途路中，大概可以看見世人的真面目。」（見《吶喊》）然而魯迅所說，只是世人欺貧愛富的世態炎涼。他不會知道在二十世紀的中國人，一旦有人被擯棄在人民的行列之外，那遭際與況味。

曾記得戲劇家吳祖光說過，解放前有人被國民黨迫害，周圍的人們會同情你、尊敬你，而人民的政府把你定為敵人，儘管你是冤屈的，也無人相信，因為人民政府不會冤枉一個好人，只能以敵人來對待你（大意）。

徐鑄成打成右派後，也就難逃這樣的遭遇。二十二年後，他在接待記者訪問時，憶述當時的情況：「住在上海里弄裏，居民知道我是《文匯報》的總主筆，見到我也好像肅然起敬。解放後辦報紙，明明想為人民做點宣傳工作，結果一頂帽子一戴，朋友見了面也趕快走開，不躲不行啊！他給你打個招呼，他單位裏有人給他打個報告就很麻煩。里弄裏的人也不敢和你接近，戶籍警隔一兩個月也要來看看你，儘管摘了帽也還來。家庭裏除了我的老愛人跟我照樣友愛之外，其他的人，包括兒子，不同程度的對我另眼相看。我還算好的，沒有一個兒子去登報聲明說要和我脫離父子關係。這種精神上的凌辱，開始時一想起來就是一身冷汗。想想自己，一輩子憑良心做事情，總還是愛國的吧，一下打成反動派，說是反黨反社會主義，過去我還是跟著你走的，你忽然說我反對共產黨，就怎麼也想不通。後來也就算了，特別是文化革命起來後，連劉少奇也說是反黨，也就無所謂了。」[1]

鑄成先生這番話，說的完全是實情，他是愛國的，而且言傳身教，教育他的子女。徐復侖先生曾和筆者這樣談到：「家父有三個兒子，

大哥徐白侖，1930 年出生，二哥徐福侖，1935 年出生。他們兩位都是 1950 年參加新民主主義青年團，二哥並於當年參加了中國人民解放軍軍事幹校。我是老三，1938 年出生，也於 1952 年剛滿十四歲就加入了青年團。我們兄弟三人，要求進步，一心一意跟共產黨走，主要是受父親的思想影響。與我們同住在愚園路 749 弄 15 號的嚴寶禮先生（《文匯報》總經理），有三個兒子，四個女兒。老大、老二這兩個兒子，解放前夕就送到美國去讀書了，子女中只有小兒子和二女兒有進步傾向也沒有入團。嚴伯伯曾建議家父把大哥送到美國或香港去讀大學，都未被接受。可見家父當時雖然對在共產黨領導下辦民間報紙已經信心不足，但對共產黨能夠救中國仍然是深信不疑的。」[2]

復侖先生還說起，在鑄老打成右派後，工資銳減，嚴、徐兩家生活之差異就大相懸殊。後來文革期間，停發鑄老工資，僅發生活費。那時嚴寶禮雖已去世，嚴妻沒有工作，卻因嚴家大兒子每月寄來美金，生活完全無虞。……

這些自然是另話。我們還是敘述徐鑄成打成右派後的情況吧。

徐鑄成 1957 年 8 月，被戴上右派帽子的。9 月就發配到農村（上海縣磚橋鄉），同時進行「三查」。即查「認識根源」、「階級根源」和「思想根源」。對農業勞動，徐鑄成從未幹過，一一從頭學起。集中在這裏的右派共有五十餘人。原都是文化、教育、藝術各界的名人。這有：沈志遠、王造時、彭文應、許杰、徐中玉、程應鏐、勾適生、毛嘯岑、陸詒、楊蔭瀏、陳仁炳、李小峰等。

第二年（1958），轉到嘉定縣外岡鄉上海社會主義學院學習。這個所謂學院，其實是思想改造之處。共有九個班。八個班中都是各民主黨派和黨外人士，另設一個班，那就是徐鑄成和他五十多位「同學」。還是半天學習（上午），半天體力勞動。過慣了「破帽遮顏過鬧市」的孤立生活，這五十多人，一旦放在一般群眾裏面真還有些不適應。不過既然安在這裏，也就只能好好學習與努力勞動，爭取早日摘帽。

徐鑄成雖然從未勞動過，但畢竟只是體膚的折磨，幹起來並不是什麼難事。很快就學會了鋤草、種菜、挑水、擔糞的勞動。也不再想別的了，終生與農民為伍，長為農民以沒世矣。

這年（1958）是共和國歷史上的大躍進之年，三面紅旗高高掛起，要跑步入共產主義。沒有想到待罪之身的徐鑄成，竟會奉命參加上海市政協組織的赴江蘇大躍進參觀團，另一人是陳仁炳（右派改正時，陳在僅有幾個不改正的右派之列。）上面說，這是接受三面紅旗的現實教育，有利於加緊自我改造。

誰會想到這竟是一系列的謊言與欺騙。

首站是到蘇州，看畝產兩千斤的驗收。其實是從甲田割下，插到乙田的。乙田的產量是虛假的。農民洩漏了這消息。

在蘇州，徐鑄成還看到了以小高爐大煉鋼鐵。砍了山上的林木，搜盡老百姓家中的鐵器（鐵門、鐵柵、鐵鍋之類），勞民傷財燒出一些鐵渣渣，老百姓稱為「狗糞鐵」。

接著再去蘇北，從鎮江過江到揚州，揚州參觀兩天。再沿運河到淮安、淮陰、泗陽等地。這時的口號喊得更響了，那目標更出乎人的相像。農田畝產已不是一千、兩千斤，而竟是一萬、兩萬了，這措施是把土地深翻一丈，再一層肥料一層土，這像打千層糕。這「偉大」計劃無人敢懷疑。不過眼前的事實是，徐鑄成在泗陽看到，農民多半住在露出地面一半的土坑裏，幾乎每家門前，都躺著浮腫病患者，伸出那粗如麻袋的大腿，嚮導說，這是血吸蟲病患者……

相較於那些因於牢獄，或在農場勞教、輾轉於溝壑的右派，徐鑄成該是天大的幸運了。1959 年 9 月（獲右後整二年），他從社會主義學院結業。從嘉定回到上海。

摘帽還是「右派」

徐鑄成回到上海後，怎樣安排呢？調回《文匯報》已沒有可能，作了徹底的告別。

把他放在出版局審讀處，分工審讀歷史和教育方面的書刊。

他的命運已不由自己掌握，放在任何一個地方都只有接受。好在出版局從領導到同事，都沒有以別樣的眼光看待他。

代局長羅竹風，剛從德國萊比錫參加圖書博覽會回來。在全局會議上作報告，先講在萊比錫的所見所聞，又講到途經蘇聯，在蘇聯只有三天的短暫逗留。說到此，羅竹風說道：「我在蘇聯的時間太短，所知道的當然不及在座的徐鑄成同志。」

「同志」這兩個字已久違兩年，又和徐鑄成聯在一起，此情此景難以言宣，先是疑，後聽是真，心中湧起一股熱流。羅竹風雖置身於黨，卻仍是文人，惺惺相惜，所以並不以異類看待徐鑄成。三年後（1962），羅竹風就因為寫了一篇反映編輯甘苦的雜文〈雜家──一個編輯同志的想法〉，發表在《文匯報》上，竟引來禍端，遭到文痞姚文元的「棍子」。一到「文革」，更是被惡鬥，並且撤職。這是後話。

可說是上行下效，局長羅竹風這樣對待徐鑄成，審讀處的同事們，處長許銘，副處長張景選及同事夏畫、王知伊等，全都尊重徐鑄成，左一徐老，右一鑄公，使他精神備感寬慰，他有「樂不思蜀」之想。

就在他「樂不思蜀」時，可說是意外。10月的一天，出版局黨委開會，宣讀中央文件，宣佈第一批「已經改造好了的右派份子」摘去「帽子」。徐鑄成在其中，當場被稱為同志。

給右派份子摘帽，也許是為了某種需要。事實是「摘掉右派份子帽子，不等於不是右派了」，同是右派的汪曾祺，就這樣說過。他說：「一直到 1979 年，給全國絕大多數右派份子平反，我才算跟右派的影子告別。」[3]

徐鑄成的切身經歷也是這樣。

他在戴帽時，降職降薪，待遇相差懸殊。家中每月開支，左支右絀，常出售舊衣物以補貼。摘帽後，他滿以為可以有所調整。一天，市委統戰部找他「交心」，他說：「摘帽後別無所求，但望薪水略加恢復，因為實際生活有困難。」結果待遇如故，政治上的歧視也未變，

路遇原來的舊相識，相見時仍視同陌路。有人說「脫帽」而「帽痕」仍在。當時上海有位馬列主義專家，曾告誡摘帽右派：帽子要除根，只有老實學孫行者。孫行者歷盡九九八十一難，決心修煉成佛，等到到了西天，帽痕自然除去，唐僧的緊箍咒也就不起作用。好在徐鑄成仍韜光養晦，謹言慎行沒有額外之想，倒還相安無事。

徐鑄成的好友，原民盟上海主委沈志遠，就未免過分天真。「帽子」剛下，統戰部找他「交心」，要他彙報真實的思想。他就直率地說：「我有兩點想不通。一是為什麼天安門一定要掛史達林像，使中蘇關係多了個疙瘩；二是目前農業生產還容許保留自由地，為什麼分配上不容許有自由市場的流通渠道？」禍從口出，這兩點都是對內對外的要害問題，豈能容你妄加評議，那個「一言堂」──柯慶施，就假借別的罪名，對沈志遠狠批了半年之久。沈志遠不堪凌辱，在文革前一年，服藥自盡。

這裏補敘一點，徐鑄成要求調整待遇，解決家庭經濟的困難，雖沒有成功，卻由石西民特批，允許他給香港報刊投稿，以稿費收入彌補不足。顯然這樣的決定，當時冒著風險，石西民毅然為之，難能可貴，顯示石西民的卓異不凡。

石西民還有可圈可點之處。

1960 年，徐鑄成一身兩任，半天在市政協文史資料辦公室擔任副主任，半天仍在出版局工作。翌年（1961），石西民親自執掌《辭海》的重新修訂工作。重修《辭海》，是毛澤東交給出版家舒新城的任務，為此，中華書局特設《辭海》編輯所，所址設於外白渡橋堍的浦江飯店。徵調上海、南京、杭州、合肥等地的學者，分組討論詞目的確定和釋文的撰寫。出版局羅竹風局長調去負責綜合編輯。石西民又指定徐鑄成到《辭海》，參加近現代史組工作。他和陶菊隱分別擔任北洋軍閥時代及國民黨統治時代的詞條編寫。石西民敢於用人，由此可見。

有人說，當時的《辭海》，「確實是一個貨真價實的海」，各類知識份子在這個海裏俯仰浮沉，聽憑命運安排。據當時同在《辭海》的

老報人馮英子回憶：「徐先生和我，初時都有點半靠邊的狀態，後來掛了一個編審的名義。」[4] 馮先生所說是一個情況，而徐鑄成認為在《辭海》，至少有兩個優點是別處不會有的。一是伙食特別好。那年正是所謂三年自然災害的頂峰，豬肉已是稀有物，老百姓憑票供應每月戔戔數兩。而在浦江飯店仍是每桌四菜一湯，大盤的雞魚鴨肉。由此可以推想，在全民饑饉的年代，那些在高層的人，與饑餓無緣。二是市委特許，凡在《辭海》工作的，可以不參加任何政治學習。徐鑄成說：「這無疑是一大解放。」

如果說，徐鑄成在屈辱的年月裏，還有高興事的話，那就是1962年的次子徐福崙結婚，1963年，他的著作《新金陵春夢》在香港出版，長孫女時雯出生，他有了第三代。

徐福崙是徐鑄成的次子。據他的幼子徐復崙說：「二哥徐福崙是我們三兄弟中最優秀的，也是受父親株連最深的。」（徐復崙2006年6月26日致筆者函）。徐福崙1935年出生，1950年上高中三年級時，參加軍事幹校，是我國第一批防化兵。參加過解放大陳島、一江山島的戰鬥，立過三等功。1954年授中尉軍銜。在第二炮兵司令部任參謀。1957年，徐鑄成被打成右派，受父親牽累（株連），從部隊下放到福建，參加三明鋼鐵廠的基建。

後主動要求去西藏，參加對印度的自衛反擊戰、平叛剿匪戰鬥，再次榮立三等功。就是這樣一位有文化、有戰功的優秀軍官，入黨問題始終得不到解決。再那時已年近三十，個人的婚姻問題也沒有解決。一直到1962年，才和西安的馬瑞蘭結婚。聞訊之後，徐鑄成自然極為高興。

前已述及，徐鑄成因經濟困窘，在石西民特批下，向香港報刊投稿。文章大多發表在香港《大公報》上。經香港友人搜集、整理，交由出版社出單行本，取書名為《新金陵春夢》。取得一本樣書，後被人借去而不歸還。這同樣是高興事。

「文革」大劫難

從 1957 年到 1965 年，整整八年過去了。也許因為徐鑄成原有的聲望與地位，在一定程度上受到黨的統戰政策的照顧，比起一般右派，相對地說，這痛苦與磨難，顯然要好得多。

這是從事後知道的。

1965 年 11 月 13 日，中共中央曾批轉一份〈中央統戰部關於召開各省、市、自治區黨委統戰部長座談會情況的報告〉，提出了「關於對黨外人士『鬆一鬆』的策略方針」。「鬆一鬆」就是不要總是把弦拉得那麼緊。當年，有關統戰部門記錄了此時高級知識份子的生存狀態：「……近年來，由於社會主義革命和階級鬥爭不斷深入發展，城鄉『四清』運動、備戰，特別是文化戰線上的教育革命、文化革命、學術思想批判，以及知識份子革命化、勞動化等許多方面彙在一起，對他們的資產階級世界觀形成了強大的衝擊力量，高級知識份子感到形勢逼人，不跟不行，但又感到跟不上，思想緊張，壓力很大。……高級知識份子們徬徨更甚，苦悶更甚，不能適應形勢，認為比 58 年的教改，來得『更狠』。整個狀態是緊張、徬徨！」[5]

這是一份在當年沒有引起太多漣漪的中央批轉有關方面的報告。其中對極左思潮所表現的憂慮是那麼微弱，更主要的是，「鬆一鬆」的方針還沒有貫徹落實，而知識份子更大的劫難就來臨了！

如果說，1957 年的「反右」是中國的大逆轉，而從 1966 年起長達十年的「文化大革命」，更是把中國引向崩潰的邊緣。

誰也沒有想到，中國大地一夜間就正邪倒置、人獸換位、混沌一片！

「文革」爆發，導火索是被史學家吳晗的一齣京戲《海瑞罷官》所點燃。1965 年 11 月 10 日，《文匯報》發表姚文元〈評新編歷史劇《海瑞罷官》〉，文章震撼中國學術界。本如驚弓之鳥的這些高級知識份子，委實太天真了，他們以學術研討為名義，舉行各類座談會進行

討論。只知學術良心的一群學人，大多數對姚文元的牽強附會、閹割歷史、斷章取義的做法頗為反感。「歌頌海瑞為什麼不好，連清官都不能歌頌，難道要歌頌明代多如牛毛的貪官？」這是大多數學人的共同聲音。

在上海，《文匯報》出面，邀請若干學人座談，討論歷史上有無清官，又是故伎重演──撒網釣魚。果然，時隔不久，《文匯報》就公開點出周予同、周谷城、賀綠汀、李平心、李俊民、羅竹風、周信芳等八人的名字，稱他們為「學術權威」。各機關的討論中，凡認為清官是歷史的客觀存在，清官總比貪官好者，一概被指為立場反動。而認為清官比貪官更壞，則被指為擁有真理的一方。

黨內也有頭腦清醒的人，他們認為在學術討論中，這種「左」的偏向應該加以適當限制。這就是 1966 年 2 月 7 日，以彭真為組長的「文化革命五人小組」，向中共中央提出的〈關於當前學術討論的彙報提綱〉。這提綱甫一提出，毛澤東立即反對，就學術批判的問題，他在 3 月 20 日發表了講話：「我們解放以後，對知識份子實行包下來的政策，有利也有弊。現在學術界和教育界是知識份子掌握實權。社會主義越深入，他們就越抵抗，就越暴露他們的反黨、反社會主義的面目。吳晗和翦伯贊等人是共產黨員，也反共，實際上是國民黨。現在許多地方對這個問題認識還很差。學術批判還沒有開展起來。各地都要注意學校、報紙、刊物、出版社掌握在什麼人手裏，要對資產階級的學術權威進行切實的批判……」[6] 很顯然，講話裏把知識份子看作敵人。雖然吳晗已在二個多月前作了自我批評，他說在《海瑞罷官》中「一點時代的氣息也聞不到了，我不但落伍，並且是後退了。一句話，我忘記了階級鬥爭。」（吳晗，〈關於《海瑞罷官》的自我批評〉，《人民日報》，1965 年 12 月 30 日）。而翦伯在被迫自殺時寫的絕命書，猶高喊「毛主席萬歲，萬萬歲！」這些並不起作用，吳、翦仍被毛澤東嚴厲指責，並稱兩人是「學閥」。（在杭州談話）

嗅覺特靈的姚文元，緊接著又拋出〈評「三家村」──《燕山夜話》、《三家村札記》的反動實質〉，鄧拓、廖沫沙又遭到滅頂之災。

緊接著〈五一六通知〉發表，彭真領導的文化革命五人小組被撤銷，重新建立「中央文化革命小組」，陳伯達（組長）、江青（第一副組長）、張春橋（副組長）、姚文元（以下為組員）、戚本禹、王力、關鋒等粉墨登場。通知指出：「高舉無產階級文化革命的大旗，徹底揭露那批反黨、反社會主義的所謂『學術權威』的資產階級反動立場，徹底批判學術界、教育界、新聞界、文藝界、出版界的資產階級反動思想，奪取在這些文化領域中的領導權。」僅這一段話，就已決定了中國文人的悲慘命運。

5月25日，北京大學校園貼出了所謂「巴黎公社以來最革命的大字報」。同一天，《人民日報》發表〈橫掃一切牛鬼蛇神〉的社論。實質是中國文化大浩劫的文化大革命就這樣開始了！

早在兩年前（1964），徐鑄成就已調出上海出版局，去新成立的「上海出版文獻資料編輯所」工作。徐鑄成說，文獻編輯所實質是各出版社被認為有問題的人的「收容所」。當時籌備影印《申報》，指定徐鑄成編索引，他自嘲是「廢物利用」。

文化大革命初起，上海出版局領導就暗示徐鑄成，要在運動中接受教育，積極參加運動。工作組進文獻所後，並沒有觸動他。他也謹言慎行，平日研究四卷雄文，準時上、下班。也許因為他已是過時的「死老虎」，革命群眾把他放在一邊，不去碰他。

1967年1月3日，《文匯報》裏的「造反派」突然出來奪權，這是全上海奪權行動的始作俑者，被毛主席和中央文革小組肯定，認為是最革命的行動，稱為「一月革命」，或「一月革命風暴」。從此《文匯報》淪為林彪、「四人幫」的輿論工具，長達十年之久。也由此起，上海各機關的「造反派」紛紛效法，起來奪權。

社會上已經一片混亂。那些身穿綠軍裝、臂纏紅袖章的學生們，號稱「紅衛兵」，一手舉著紅寶書，一手揮舞皮腰帶，殺氣騰騰，奔

向社會，闖進千家萬戶。珍貴的文化典籍或撕毀或付之一炬，金銀財物進了腰包，被稱為「破四舊」。昨天還是「紅衛兵」的老師，或遐邇聞名的文化人，今天遭毆打、遭凌辱，喝紅墨水，在地上爬行……

一向受人尊敬的文人，哪堪受此等凌辱，就選擇了以死抗爭之路。徐鑄成所住的華山路枕流公寓裏，文革一起，就有三個人被迫自盡。一是公用局有名的電機工程師，是精於電機的專家。第二個是有名的篆刻家吳某，他是篆刻大師王福盦的高徒。還有一位是和徐鑄成有交往的文藝理論家葉以群。徐鑄成目睹了他跳樓自盡。那天清晨，徐鑄成匆匆去上班，看到葉以群在六樓的走廊上徘徊（他的家住在二樓），雖本相識，但這時都不敢相互問候。正要下樓，徐鑄成忽想到有一要帶之物放在家裏，回家去拿。再次走出來時，鄰居的一個小孩驚嚇地告訴他，有人從樓梯間的窗戶跳下去了！他趴在視窗上往下看，馬路上一屍橫陳，鮮血四濺，原來就是剛才相遇的葉以群。他想，葉以群一定遭受了重大的人格侮辱，才採取這樣的決絕手段。他詛咒這些披著人皮的獸類。

神州大地已經沒有一處避難所，近一年裏，徐鑄成只是短暫的苟安。禍從天降，1967 年 12 月 8 日清晨，幾個造反派闖進徐鑄成家中，不由分說，就把徐鑄成從床上拉起，要他立刻跟著走。他剛穿好衣服，還光著腳，就被兩個人架著往門外走，徐夫人急忙喊道：「他還沒有穿鞋呢！」一邊到門外，幫他穿上鞋。

來者何方人馬？是上海出版系統造反司令部的幾個頭頭。後來知道是「版聯」（全稱上海造反司令部出版系統聯絡社）想奪「版司」的權，謊報上海革命委員會，說徐鑄成是文獻所造反派背後的軍師（搖鵝毛扇者之一）。

他被押上了一輛大卡車，一路寒風勁吹，冷得直發抖。到了「版司」，關在一個小房間裏，無人問他，當天下午，他們又把徐鑄成送到《文匯報》。《文匯報》造反派立即宣佈，從今天起開始隔離審查，不交代清楚，就不得釋放。

他在事後知道，張春橋得知徐鑄成已經被關，在報上發表談話，說造反派內部混進了壞人，並已報請中央文革小組開始清理階級隊伍（簡稱「清隊」），從此「清隊」就在全國逐步推行。

關押徐鑄成的地方，是一個窄而小的洗澡間，在浴缸上加一塊木板就是床鋪。窗是用報紙糊的，已被風吹破。一到夜間，寒風砭人肌骨，冷得他直打哆嗦。造反派給他這樣的境遇，使我們想到另外一個人。那是「落水文人」周作人。也是在 1967 年，遭紅衛兵小將鞭打後，也把他關在一個洗澡間裏，浴缸上鋪塊木板就是床鋪。紅衛兵不准他家中的女傭送飯，只能偷偷送些，那時周已是八十餘的老人，經不起如此折磨，在 1967 年 5 月，就死在這洗澡間裏。即使周作人是漢奸文人，可以以法處冶，這樣的對待也不人道，而徐鑄成是愛國報人，痛苦掙扎於寒風中，可見這些人何等喪心病狂。

關押期間，徐鑄成一共被批鬥四次。每次都是「坐噴氣式」，背後兩人架著他反背著的手，把頭向下撳，稍一抬頭，就被強力按下。

徐鑄成被關押，下落不明，妻子急得茶飯不進。幸而報社的食堂同志念舊，悄悄傳話：「他每天二兩半飯，一隻菜全部吃光。」妻子這才放心。

一天深夜裏，徐鑄成被人叫醒，勒令他套上寫了「大右派」三字的紙枷。十幾個手持鐵棍、鐵棒的造反派，把他押上一輛敞蓬大卡車。這時，路燈未滅，月色猶明。徐鑄成心想，將要被帶向何處。車行中，漸次他已看清，是駛向華山路的方向，大概是到他家裏去。果然，車停在枕流公寓門口。時在深夜，大門緊閉。敲了一陣門，門開了，十幾個人架著徐鑄成直登六樓，撞開了徐家大門。徐妻朱嘉棣倒還鎮靜，心想又是抄家來了，這已是第四次抄家了。《文匯報》造反派、文獻所還有里弄的革命派，都來抄過一次，反正已沒有什麼東西好抄的了。徐鑄成的母親年邁多病，嚇得失了神。造反派命令徐鑄成帶著枷，站在他母親床前。「英雄」們翻箱倒櫃，D 篦似地抄了一夜，天光大亮才停手。他們抄完，徐鑄成才鬆了口氣。前不久，里弄派人來抄家，也

把徐鑄成從報社提來。徐鑄成的孫兒不足三歲，喜收藏毛澤東像，有時就在毛的像邊，寫上「毛主席萬歲」的字樣。那天就抄出一張。里弄革命派硬說是大人教他塗抹的，有辱寶像的尊嚴，罰徐鑄成夫婦在壁角跪了半小時以請罪。這次沒有抄出什麼，徐鑄成暗地慶幸著。臨走時，「造反英雄」的頭頭寫了兩份清單，要他畫押，他簽了，沒有想到兩份全被帶走。徐鑄成又被帶走，關在隔離室（小小洗澡間）裏。

關於這四次抄家，有一點值得插敘。那已是 1983 年，徐鑄成已改正，當年被抄的東西陸續發還，損失慘重。徐鑄成夫婦不勝傷感。徐復侖安慰老人說：「在如此浩劫中，兩老沒死沒傷可算萬幸。東西都是身外物，並不足惜。」在清理殘物時，在一隻塞舊棉胎的柳條箱墊底的油紙夾層中，徐復侖意外發現兩張香港《文匯報》的股票（共兩千股，每股港幣十元，計港幣兩萬元。股票上有董事長梅文鼎和總經理余鴻翔的簽章，時間是 1951 年 11 日 27 日），還有三張英商文匯有限公司的股票（三張分別是六股、八股、十二股，共二十六股。按股票說明，公司總股本為五萬元，分成兩千股，每股二十五元。這二十六股就是六百五十元。佔有 13% 的股份，認購時間是 1938 年 4 月和 7月）。當初原是夫人朱嘉棣放的，時間久了，她也忘了。沒有想到竟還原璧歸趙。徐復侖說：「由此看來，當時父親不僅是全身心投入《文匯報》的創辦和發展，在經濟上也是竭盡全力支持《文匯報》的。」[7]

插敘已完，仍回本題。隔離審查中的徐鑄成，除寫交代外，每天上下午要清洗廁所一次，有一次，有一位靠邊被審查者自動來幫他清洗廁所，被革命群眾發現，批鬥了一次。原來審查對象是不應同情的，否則就是互相串聯。

在隔離審查中，徐鑄成迎來了 1968 年的新年。到了春節，他被釋放，共囚禁五十五天。

釋放後，他仍然是牛鬼蛇神，每天要到文獻所去接受批鬥。文獻所有一百多人，靠邊審查的有 60% 以上。張春橋給文獻所的評語是：「廟小鬼神大，池淺王八多」。

正因為這樣，他們也得不到人的待遇。文獻所的牛鬼蛇神，白天都擠在一個沒有窗戶的垃圾間裏。不准看別的書，只准學雄文四卷。每天還要勞動兩次。徐鑄成仍操舊業——清洗廁所。

有時還要到社外勞動。夏天到二十公里外的農村，幫助夏收，一個多月後才被放回。去曹家渡幫修馬路，去橋樑工廠拉鋼筋。一邊勞動，一邊還得接受批鬥。幫農村夏收時就開了十次批鬥會，每次都有一個主要的批鬥對象，其餘的都陪批。陪批的也要低頭認罪。使徐鑄成困惑不解的是，監督他們勞動有時還主持批鬥會的，竟是一個效忠汪精衛、當過「和平軍」的人，他以「無產階級革命義憤」進行揭發批判。

母親病亡　掃地出門

1969 年，「文革」已經進入第四個年頭。隨著新一年的到來，徐鑄成面臨新的災難，可說是雪上加霜。

「文革」的大舞臺，更換著一齣齣戲目。本來掌權的這個或那個造反派司令，忽然被新組織起來的「工宣隊」（全稱「工人階級毛澤東思想宣傳隊」）所代替。開進上海新聞出版系統的工宣隊，掌握了各個出版社的實權。

辭海出版社、中華書局上海編輯所、科技出版社和文獻所四社的牛鬼蛇神，全集中到科技辦公大樓的一個地窖裏。這裏陰暗潮濕，白天也要開燈。牆上滲出水來，一滴一滴往下落，像是下小雨。一切都推倒重來，原來做過的交代、寫過的彙報、談過的認識全都不算數，都要重新寫、重新做。這裏沒有足夠的長凳，牛鬼們都坐在水缸邊，就著昏黃的燈光，寫那無休止的交代。還不時指名被押解到二樓，接受革命群眾的批鬥。

又有許多新花樣出來。門外的廣場上，豎立起一個大的寶像。革命群眾要早請示、晚彙報。牛鬼們必須低頭向紅太陽請罪，還要朗讀

〈南京政府向何處去？〉、〈敦促杜聿明等投降書〉等最高指示。緊接著又搞起忠字室和跳忠字舞。忠字室一般都是這樣佈置：房間正中是一幅寶像，上方金紙描剪出「偉大領袖」、「偉大導師」、「偉大統帥」、「偉大舵手」四行金字。正中放一盆用紅紙束好的萬年青。四壁貼著五顏六色的標語和紙串。各單位的忠字室相互攀比豪華的程度，使人咋舌。佈置忠字室的所有搭梯、爬高等勞動，全都由囚犯們幹。忠字舞是忠字室衍生的，每天早請示和晚彙報時跳著怪模怪樣的舞，以表示忠心。

　　去年（1968）秋天，徐鑄成的母親忽然中風，接著癱瘓。送醫院救治，因是牛鬼蛇神的家屬而被拒收，請醫生上門診治，也同樣被拒。禍延母親，徐鑄成痛徹心肺。無奈之下，請來一位朝鮮醫生，一周上門打兩次梅花針，而當時他的工資已停發，每月只有五十元生活費，變賣舊衣物抵補不足。母親臥床一年餘，得不到妥善醫治，病體日見沉重。老人又目睹兒子一次次被凌辱，痛楚鬱結於心。到本年（1969）10月，老人拒絕醫治，最後絕食而逝世。這年老人八十四歲。徐鑄成嚎啕大哭，跪拜於床前。在草草成殮後，送到龍華火葬場。平日家中賓客盈門，這時沒有一個親友敢來弔喪。「我母勤勞一生，遭此亂世，病不能治，齎恨以歿，哀哉！」徐鑄成曾這樣寫道。

　　母親去世不久，詎料又有新的災禍臨頭。

　　《文匯報》造反派看中了徐鑄成華山路枕流公寓六樓的兩間住房。這房子是1956年，《文匯報》第三次復刊時，他從北京回上海時租下來的，房間寬敞，交通也方便。

　　在《文匯報》社址的大樓裏，有一層是分配給報社的電臺所用，那時住了兩家電臺的高級職員。造反派為著一統天下，想把這兩家搬出，請准了市革委會，另撥一、兩間房子，

　　勒令徐鑄成搬出枕流公寓，讓電臺職員住進去，徐家住進另撥的房子裏。執行這換房命令的是一個姓王的造反派的小頭頭，他起了歹心，用偷天換日的掉包手法，把自己的家搬到那撥給徐鑄成的房子

裏，再用掃地出門的手段，強迫徐鑄成搬出枕流公寓，搬到延安中路873弄一間不到十平方米的灶披間（即廚房）去。這個假三層的陋屋，疊床架屋，住了七、八戶人家。尤有甚者，這姓王的還鼓動四鄰對徐鑄成進行監督。

當時徐鑄成不明真相，處於這樣的境況下，也只能逆來順受，從此就在這夏天如蒸籠、冬天像冰窖的斗室裏生活。

接著更是雪上加霜，日子愈來愈艱難。「文革」一起就停發工資，每月發五十元生活費。這時又改變了，按人口計發生活費，他每月領生活費二十元，妻朱嘉稑領十五元，又比原來少了十五元，當時還有一位孫子和他們一起生活，這日子無法過下去。為度過難關，朱嘉稑送孫兒去保定（孩子的父親處），她就留在北京大兒子那裏。從此，年過花甲的徐鑄成，形單影隻，生活倍感淒涼。

依然在煉獄裏

長夜漫漫，何時達旦。

徐鑄成又被趕到農村。從1969年6月起到1973年秋天回上海為止，整整有四年。

開始趕上大卡車的時候，徐鑄成還不知道是要去什麼地方，既然命運不是自己掌握的，也只能聽之任之。到了目的地——奉賢縣新橋公社四大隊，才知道這次不是短暫的支農，而要作長久的打算。根據最高指示，知識份子應全部下農村（不論革命群眾還是黑七類），接受貧下中農再教育，進行鬥批改。上海出版系統組成一隊到奉賢。

農村的四大隊幹部騰出幾間原來堆放農具和稻穀的房子，安置他們。房子是泥土地，鋪上一些草，席地而臥，晚上一個個緊挨著，擠得像沙丁魚。經過分組，每組的監督人（工宣隊員）講話，宣佈紀律後，勞動就開始了。

那年徐鑄成已六十二歲，無論鋤草、插秧、挑糞，每一項勞動，他都首當其衝。不單是勞動，隔一、二天，還要開批鬥會。每次都有

一個批鬥的活靶子，多次輪到徐鑄成。批鬥最烈的一次，是劉少奇開除出黨那一回。工宣隊召開大會，宣讀最高指示，傳達中央文革的文件，歷數「叛徒、工賊、內奸」的「罪行」後，大會主席宣佈：現在揪出與蘇聯赫魯雪夫有勾結，又為劉少奇最欣賞的報紙的主持人徐鑄成。於是一個個爭先恐後、義憤填膺上來狠批徐鑄成的罪狀。徐鑄成心裏明白，很多人都是奉命行事，由工宣隊指定的。正如錢鍾書所說，這有兩種人：一種人是糊塗蟲，沒看清「假案」、「錯案」，一味兒隨著大夥兒去糟蹋一些好人；「也有一種人，他們明知道這是一團亂蓬蓬的葛藤帳，但依然充當旗手、鼓手、打手，去大判『葫蘆案』」[8]

　　在徐鑄成的記憶裏，有一次鬥爭會使他哭笑不得。那次他並不是活靶子，只是因為他有講真話的習慣，引火上了身。原因是開鬥爭會時中途休息，有一位革命群眾，向工宣隊員大講京劇《法門寺》裏賈桂的故事，還學著蕭長華如何念狀，他聽得不順耳，插嘴說毛主席之所以引用這出戲，是說太監賈桂見了縣太爺都不敢坐，說是「站慣了的」，這說明有些中國人見了帝國主義者，也「站慣了」，不敢與之平起平坐，是「賈桂思想」。這樣一來就惹禍了。大字報上了牆，批鬥會立即召開，說是有意放毒。

　　轉眼到了 1970 年的新年。奉賢的茫茫海灘上，在建立上海新聞出版「五七幹校」。徐鑄成這一隊併到「五七幹校」去。幹校是軍管，按部隊建制，他們那隊稱為第十連。連長是個女的，階級立場堅定，對「黑七類」從不假以辭色。

　　新聞出版五七幹校約有兩千人，由空四軍一個姓韓的團級幹部擔任政委，他是幹校的太上皇，有至高無上的權力。除了他之外，工宣隊的頭頭就是二皇帝。

　　幹校成立時，正開展「一打三反」的運動，大概一時還沒有找到「一打三反」的對象，就把徐鑄成這「死老虎」拿來批鬥一番，顯示革命的聲勢。他們到幹校的第一晚，就開了一次對徐鑄成的大批判會。大會在領讀最高指示後，工宣隊代表先上臺批判，接著是當地生

產大隊代表，最後是軍宣隊代表，先工後農再兵，次序井然。每個人的發言都上綱上線，大有滅此朝食的氣概。代表工宣隊批判的，就是第十連的女連長。她的批判稿是文獻所一個「紅筆桿」捉刀的。批判稿有這樣的警句：徐鑄成是「沒有國民黨黨籍的國民黨份子」，沒有黨籍也能算黨的一份子，可稱一大發明。然而「人為刀俎，我為魚肉」，無法聲辯。

五七幹校正處於建校階段，首要任務是搞基建，計劃要蓋一大片房子。先要在海灘上平整土地，浩大的工程、沉重的勞動，都壓在「黑七類」身上（革命群眾是半天勞動，半天學習）。徐鑄成雖年過花甲了，還當作全勞力使喚。就以搬運磚石來說，卸磚用的夾子，一夾是四塊，排成長隊，挨次遞下去。年輕力壯的從容不迫，而徐鑄成就難免氣喘吁吁了，但這是不能說的。有時運磚木材料的車半夜才到，連長站在門外，逐個喊名字。一天勞動下來，徐鑄成早已累得不成樣子，起身慢一些，還被訓斥，說是抗拒改造。

房子造起來了，又要圍堤造田。海灘是鹽鹼地，又蘆葦叢生，平整、開墾這樣的土地，艱難可以想像。徐鑄成掄著鐮刀割蘆葦，手上滿是血泡，手都握不攏了，只能咬著牙幹。

土地平整了，還要開挖一條人工河，從三里外引來淡水，再挖小溝，引人工河的水沖刷灘塗地，以便來年種上農作物。這挖土、挑土的任務，徐鑄成是不能倖免的。他又是深度近視眼，挑著擔子，搖搖晃晃，深一腳、淺一腳，有一天，眼睛一發黑，人就倒下去了，跌在水溝裏，昏昏沉沉，人事不知，後來經過搶救，人活過來了。第二天，還是照樣得幹。

不是嘛，階級敵人是不能憐憫的，對敵人仁慈，就是對自己的殘酷。

竟沒有想到人心有這樣卑劣，後來女連長指示，不再要徐鑄成挑土，改為兩人抬，可她又指使後面的人把土筐往前推，壓得徐鑄成舉步維艱。

……

「九一三」後的變化

　　1971年9月，五七幹校瀰漫著一股不正常的空氣。召開一連串的會議，先是工、軍宣隊開會，接著是黨、團員開會，最後一般革命群眾也聽了報告。田間勞動只有牛鬼蛇神在幹著。會開過後，這些人都竊竊私議，說話很輕，不知說些什麼。徐鑄成暗暗尋思，這恐怕不是好兆頭，恐怕又有一場新的風暴要來了。

　　這時幹校有了例假制度，每月可以回家休息四天。例假中，徐鑄成回到上海。夫人朱嘉稑，已在5月初從保定回到上海。到家後，他照例先到里弄委員會去報到並遞交「思想彙報」。晚上睡覺前，朱嘉稑在他耳邊輕聲說：「林彪在外逃中已經死了，想必你在幹校已經知道了？」徐鑄成連忙搖手示意，要她不要亂講。他說：「這不會吧，前幾個月，幹校還執行『林副統帥一號令』，各個連隊進行拉練活動，弄得大家疲累不堪。」他又囑咐她：千萬不要亂說，傳謠也會有罪的。朱嘉稑說：「這不會是謠言，里弄幹部已傳達過，只關照不要對外國人講。林彪一夥人是外逃叛國投敵，在飛機上被打死的」。她言之鑿鑿，徐鑄成卻將信將疑。

　　徐鑄成不敢輕信，在他住處的弄堂外，是上海音樂廳。第二天，他上街去察看情況。音樂廳門口的櫥窗裏，還陳列著刊有林彪照片的那張《人民畫報》，同時還陳列著林彪幾個親信──黃永勝、吳法憲、葉群、李作鵬、邱會作等人的活動照片，使他對這個消息更充滿了懷疑。

　　第四天下午，他回幹校前，又囑咐妻子一番，要她保持緘默，免得遭禍。

　　回到幹校，情況了無變異，這更證實他的懷疑是對的。何況他依然是幹著沉重的勞役，沒有半點輕鬆。

　　然而沒有多久，變化開始了。那位幹校的太上皇軍宣隊的韓政委忽然不見了，他的職務由一位姓王的工宣隊團長和一位姓沈的工宣隊政委共同代替。相隔幾天，幹校的學員也開始減少，沒有「政歷」問

題的與問題不大的都調回原單位工作。幹校原有學員兩千多人，一下銳減到三、四百人。本來是十六個連，縮編成三個連。新聞系統的編入第四連，出版系統為第三連，還有一個第一連，戴反革命帽子的，右派份子沒有摘帽的，以及各式各樣被認為是壞份子的人，都編進這個連。所有繁重的勞動，都由第一連的人幹。意想不到的是，徐鑄成編進出版系統的第三連，而且可以和革命群眾一起「天天讀」（語錄），一起「天天唱」（樣板戲）。他自己想，這可能是自己名氣雖大，究屬「死老虎」，又是「沒有黨證的國民黨員」，所以有這「恩典」。

　　在這些變化下，林彪的真相終究封鎖不住了，由所屬連長報告林彪一夥的反革命事件，與「折戟沉沙」在溫都爾汗的全過程。稱為「九一三事件」。聽過報告後就分組討論。徐鑄成這組只有五、六人，討論相當敞開，一致認為林彪推行的極左路線禍國殃民。

　　然而僅隔幾天，上面又發下文件，立即傳達，說林彪路線不是「極左」，實質是「右」。林彪連偉大統帥都要謀害，豈非右到極點。右乎？左乎？一般人也實在弄不明白。上面規定由批「左」繼續深入批右。這一百八十度的大變化，使參加討論的人從此又少說為佳，那些「死老虎」更是鴉雀無聲了。

　　不過，他眼前的境遇繼續變化著。

　　新任的三連連長，顧念這個「老山東」（諧音，已在幹校三個寒冬）已經年邁，可以不去田間勞動，專管工具間。具體工作是收發鐮刀、鐵鍬、糞桶、水桶等，晚間交還時再洗刷乾淨。其間，一度調到老虎灶幫助燒開水，因為他是深度近視眼，水蒸氣一衝上來，眼鏡就模糊一片，有一次給各連灌水瓶，燙傷了手。連長仍調他回工具間，只是多了一個任務——每天去收發室取報，然後分發到各個小組。

　　這樣一來，他就有了閒暇時間。那時人少房間多，闢了幾間圖書室。從各出版社取來多餘的圖書，其中不乏新書。如郭沫若媚時的大著《李白與杜甫》也有。利用閒暇，在幾個月裏，徐鑄成居然讀了前

四史（史記及前、後漢書與三國志）以及《莊子》、《列子》等古籍，精神上有了寄託。

真沒有想到，給徐鑄成的生活費，從二十元變為一百元，家用也就寬裕了許多。原來他抽八分錢一包的「生產牌」香煙，這時改抽二角二分一包的「勞動牌」香煙，偶然還買包「前門牌」來嘗新了。

這時稍感缺憾的是，他妻子朱嘉稑，因北京的大兒子眼睛工傷，她到北京代長媳照看孫子。徐鑄成每次放假回家，又是一人獨坐陋室，頗感寂寞，有時他就去親友家消磨長日。

轉眼就到了 1973 年秋天，又有一批人調回出版社，徐鑄成也在其列，他從此離開了曾在這裏生活四年的「五七幹校」。

噩夢終場前後

從五七幹校調回上海，由於原來的文獻所已撤銷，徐鑄成被安排到《辭海》編輯所，分配在該所資料室。他自嘲是「廢物回收利用」。

其實廢物不廢，利用他的廣博知識，要他從古籍中找語詞，做成卡片，準備作修改《辭海·未定稿》的參考。

這未必是壞事。他正好藉這機會埋頭讀古書。即使在家裏，大部份時間也在昏黃的燈光下，讀《資治通鑒》與《續資治通鑒》，以及王船山的《讀通鑒論》、《宋論》，一邊摘抄做卡片。

雖然林彪死了，「四人幫」卻更加猖狂。1973 與 1975 這三年，又掀起一陣陣腥風惡浪。從「批林批孔」到「批周公」、「批現代大儒」、「批宋江」，後來又是「反對經驗主義」、「限制資產階級法權」，最後發展到「反擊右傾翻案風」，總之是人無寧日、國無寧日。

批林批孔中，盛傳偉大領袖有這樣一首詩：「勸君莫罵秦始皇，焚書之事待商量。祖龍雖死魂猶在，孔丘名高實秕糠。百代數行秦政制，十批不是好文章。熟讀唐人封建論，莫將子厚返文王」。詩中指為「不是好文章」的「十批」，就是郭沫若的《十批判書》。

郭沫若這就慌了，也就寫詩明志，以詩一首「呈毛主席」。詩云：「讀書卅載探龍穴，雲水茫茫未得珠。知有神方醫俗骨，難排蠱毒困窮隅。豈甘樗棟悲神墨，願竭駑駘效策驅。猶幸春雷驚大地，寸心初覺祝歸趨」。

有人說，這位郭老受不了周圍那空氣的壓迫，是投「降表」。一般的看法，他究竟和現代的馮道是有區別的。而五代時自稱「長樂老」的馮道，「後世因其歷事五姓，每加非議」。

在「亂雲飛渡」中，徐鑄成保持清醒的頭腦。反擊右傾翻案風時，由工宣隊鼓動，貼出一批大字報。工宣隊又擬定一個批判大綱，著令「辭海園」裏的「廢物」（指所謂的「控制對象」）們，限期寫出大字報。到期時，徐鑄成沒有交。他向工宣隊請示：反擊右傾翻案風，應該是左派的事，讓我這大右派寫大字報，豈不是給運動抹黑？工宣隊認為他說得有理，讓他免寫。他說：「我用了一點狡獪，免於受良心的譴責。」

1973 年的 7 月及其後的一些日子，有幾件事使徐鑄成難忘。由於「落實政策」，他搬出了延安路 873 弄這灶披間，搬到重慶北路重北新村，有了兩間住房。雖然沒有回到枕流公寓去，他自我安慰說：「經過多年勞動改造以後，總算可以有一個安居的家，可與老伴朝夕聚首了。」夫人朱嘉稑，這時也從北京回到上海。這之後，又按十四級的待遇，恢復了他成為「右派」時的工資。（反右前他是八級）。有一點要說清楚的是，他還是個摘帽右派，沒有絲毫改變。

在驚濤駭浪中度過三年後，這就到了 1976 年。這是歷史大轉折的一年。中國三位老一輩的革命家──周恩來、朱德、毛澤東的先後去世，全國人民正處於悲痛之中。

這是 1976 年 10 月的一天。中午休息時間，徐鑄成並不午睡，總是在南京西路的「凱歌」茶室，花一角錢買一杯咖啡，以消磨午休的幾小時。這天也是如此。那時都是自我服務，他買了票，在櫃檯上端回一杯咖啡，找個空位坐下，開始慢慢品嘗帶著苦味的咖啡。只見四

座的人都交頭接耳，似乎在議論什麼事。他分明聽得有人低聲說：「如果是真的就好了。這些人也早該這樣了！」

「這些人在說什麼呢？」他在想，又不便問。鄰座看他一臉茫然的樣子，用手指著對面牆上，他跟著看去，是兩張白紙寫的大標語。一張上面寫著：「打倒江青、王洪文、張春橋、姚文元！」另一張寫著：「江、王、張、姚『四人幫』被捕了！」一下子有幾個人走去看，看了之後默默地走開。接著來了幾個員警，撕下標語，轟走圍觀的人。

徐鑄成回到《辭海》編輯所，也有人在議論著。顯然剛才「凱歌」茶室門前的一幕，並不僅是他一人知道。可笑的是，當天下午，《辭海》領導小組還在全體職工大會上作了「此地無銀三百兩」的闢謠。接著，第二天上海百萬人上街遊行，並持續三天三夜，人們歡慶「四人幫」的徹底垮臺。

歷史記載著：1976 年 10 月，一場瘋狂的血腥惡夢結束。女希特勒江青以及她的希姆萊、戈培爾都關進鐵籠。烏雲散盡，大地復甦。

這年，徐鑄成虛齡七十，「特宴客一席，歡宴至親」，既「慶祝七十初度，並共慶十年動亂之收場」。

註釋

註 1：《九十年代》月刊，1980 年 12 月號。
註 2、7：徐復侖致作者函，2005 年 8 月 17 日、2006 年 2 月 6 日。
註 3、4：《荊棘路》，經濟日報出版社，第 146-147、285 頁。
註 5：廣東省檔案館館藏檔案。
註 6：轉引自《徐鑄成回憶錄》，第 307 頁。
註 8：楊絳，《幹校六記》小引，第 2 頁。

第十五章　劫後餘生　最後歲月

終於改正

多大的災難也總會有個盡頭。

徐鑄成曾說：「我自己也確實不存奢望，會在有生之年看到天氣晴朗，可以自由呼吸，昂首做人」。[1]

1980 年，這已經不是奢望，而是現實。

1977 至 1978 年間，到處流傳在煙臺或在青島正舉行會議的消息，說右派要改正了。這確實並非空穴來風。1978 年 5 月間的煙臺會議就曾拿出方案，但方案欠完善，真正貫徹還需時日。1978 年 9 月 17 日，中共中央向全黨發出 55 號文件，全名是〈貫徹中央關於全部摘掉右派份子帽子決定的實施方案〉。平反冤假錯案終於起動。一位親歷者有這樣的回憶：「這個方案，與五個月前轉發的煙臺會議方案相比，有了明顯的不同：它不但對摘了『右派』帽子的人在安置使用等方面作了進一步的規定，同時作出了『提職、提級、調資、獎勵、授與職稱等問題上與其他職工一樣對待』的明確規定，而且特別增加了『關於改正問題』的一段話：『凡不應劃右派而被錯劃了的，應實事求是地予以改正』，『經批准予以改正的人，恢復政治名譽，由改正的單位負責分配適當的工作，恢復原來的工資待遇』，『生活有困難的，給予必要的補助』，『原是共產黨員，沒有發現新的重大問題的人，應予恢復黨籍。原是共青團員的，應予撤銷開除團籍的處分』。」

消息傳出，全國人心為之大振。緊接著在耀邦同志的直接統籌建議下，新華社發佈了〈全國全部摘掉右派份子帽子〉的消息，《人民日報》配發了〈一項重大的無產階級政策〉的社論。

　　未幾，以右派改正為中心議題，《人民日報》發表了題為〈共產黨人應有的品質與氣概〉的評論員文章，新華社與《人民日報》同時還發表了〈公安部錯劃右派全部改正〉的消息，隨之，中央黨校和最高人民法院等單位錯劃「右派」被全部改正的消息，也紛紛見諸報端。

　　有些省市負責人似乎感到太突然，紛紛給《人民日報》打電話探問這是怎麼回事。胡績偉一一回答說：「專政機關和中央黨校的『右派』都平了，別處的『右派』更該平。」因此，《人民日報》的評論員文章曾特別強調：「中央黨校、公安部和最高人民法院等單位的改正工作之所以進展較快，是由於他們對這項工作有正確認識，有較強的黨性和政策觀點，對那些負屈二十多年的同志有深厚的無產階級感情。但有些地區的有關部門，面對這項重要工作猶猶豫豫，搖搖晃晃，至今不敢切實抓起來。這樣的精神狀態同當前的大好形勢是不適應的。要辦的事情很多，一定要珍惜每一個人力、每一分時間，盡可能在較短的時間內把這項工作做好，從而調動一切積極因素，把主要精力集中到四個現代化的建設事業上去。」

　　無疑地，這不啻於快馬加鞭。全國迅即形成一股股改正「右派」的強大旋風。據過去中央有關部門在全國公職人員中的統計，「揭發出右派」大約四十五萬人，而此刻經認真查實，被改正的「右派」很快就突破了五十五萬大關。

　　有人有點慌了：「這怎麼辦？太多了！」胡耀邦說：「當年抓『右派』時怎麼不嫌多？」

　　又有人說：「有些人是毛主席點了名的。」胡耀邦說：「毛主席說錯了的也得平反，不然啥叫實事求是？」

　　一個工業部的政治部，非要把一位錯劃為「右派」的總工程師留作「樣版」不可。楊士傑聞訊，批評這個政治部的負責人說：「難道你們也想唱一臺樣板戲？」

　　如此，這位總工程師才得以被解教出來。

　　這一次大解放，使數百萬人脫離了苦海。[2]

從這一段引文不難看出，中央對改正右派的態度是堅決的，舉措也是具體而切實的，貫徹中也有過阻力，但最終還是使許許多多無辜者重享人的尊嚴和恢復公民身份。不過，徐鑄成的右派改正稍有曲折。

自「四凶」擒捕、天日重光後，徐鑄成身心極為愉快。素不作詩填詞的他，曾填一首〈好事近〉：「雨過風光好，四下陰霾盡掃。天朗氣清雲淡，旭日當空照。燕舞鶯啁春意鬧，真好繁花笑。策馬陽關大道，心紅人不老。」他說：「詞雖不工，聊舒滿腔興奮耳。」

1978 年 12 月中共十一屆三中全會開過後，右派改正的步子加快。到 1979 年春節前，全國許多右派已經從冤獄中超渡出來，獲得政治的新生。可是徐鑄成的右派改正還不見動靜。在他自己認為，這是遲早的事情，該來的總會來。

他的朋友倒是為他著急。徐鑄成劃右時曾竭力反對的溫崇實，就非常熱心的為他奔走。溫就找過石西民，石說：「我並沒有將徐鑄成劃右」，筆者在前文就曾述及。

當時有一種說法，因為徐鑄成的聲望不一般，加上毛澤東親批了《文匯報》，可能中央要另案處理。

也就等待著。又是一年過去。真是該來的總要來的。

1980 年 8 月，中共中央 60 號文件下達，即〈中共中央批轉中央統戰部「關於愛國人士中右派復查問題的請示報告」的通知〉。8 月的一天，已經恢復工作的上海市政協通知徐鑄成開會。會場氣氛似頗隆重。上海市委統戰部長張承宗宣讀中共中央 60 號文件，並當場宣佈：二十二位在國內外較有影響的愛國民主人士的右派問題，屬於錯劃，應予改正。徐鑄成就在這名單中。這還有：章乃器、陳銘樞、黃紹竑、龍雲、曾昭掄、吳景超、浦熙修、沈志遠、黃琪翔、王造時、費孝通、錢偉長、黃藥眠、陶大鏞等。同時還宣佈：章伯鈞、羅隆基、儲安平、彭文應、陳仁炳等五人仍「維持原案，不予改正」。

二十二年的「雪藏」生活就此結束。徐鑄成說：「三中全會的春風，終於吹去了壓在頭頂上的一片烏雲」。

照例是發言表態。

有一位在發言中，勗勉這些「犯」過「錯誤」的人，以後應緊記兩條：一、不忘九個指頭與一個指頭的區別；二、勿忘「西安」和「延安」的區別。

該徐鑄成發言了，他先表示對黨的有錯必糾、實事求是的態度由衷地感激。說著說著，他激動起來，說出肺腑之言：「含冤二十年，人生有幾個二十年歲月白白流失？我們這二十二人中，有三分之二已經不堪折磨，離開人間，我是倖存者之一，今後為報答黨和國家，將更加實事求是、努力工作，力戒少說空話、大話、套話，以赤忱作出貢獻。至於九個指頭、一個指頭之分，有時也難以區別。請問像文革十年所犯之失誤，是一個指頭還是四個、五個指頭？同樣，當時號稱兩個司令部，究竟哪一個司令部是『延安』，事先誰有識力敢於區別？」[3]

二十二年風刀雨箭、超常折磨，並未改變他說真話的一貫態度。季羨林先生說得好：「敢講真話是需要極大的勇氣，有時甚至需要極硬的『骨氣』。」（人世文叢《草堂懷舊》序）。這就是徐鑄成的書生本色。

有比較才有鑒別。1957年，在反右鬥爭中，也曾參予動員徐鑄成交代的中央統戰部部長李維漢，卻是磊磊落落，承擔自己的責任，說了坦率而又沉痛的話：

> 我當時擔任中央統戰部部長，對反右是積極的，錯誤多大，我都有一份重要責任。對於一切被誤傷的同志和朋友，我至今仍然感到深深的歉意。
>
> 這場反右派鬥爭的後果很嚴重，把一大批知識份子、愛國人士和黨的幹部錯劃為右派份子，使他們和家屬長期遭受委屈和打擊，不能為國家社會主義建設事業發揮他們的聰明才智。這不僅是他們本人的不幸，也是國家和民族的不幸。據統計，全國共劃右派份子五十五萬餘人。其中，相當多的人是學有專長的

知識份子和有經營管理經驗的工商業者。全國五十五萬餘被劃
為右派份子的人半數以上失去了公職，相當多數被送勞動教養
或監督勞動，有些人流離失所，家破人亡。少數在原單位留用
的，也大多用非所長。……（《回憶與研究》）

李維漢作了沉痛的反思，承認他「錯誤多大」，而有人仍然堅持著「一
個指頭」與「九個指頭」、「延安」與「西安」的區別，這無怪徐鑄成
要給以針鋒相對的回答。

　　其實徐鑄成豁達大度、襟懷高尚，不以往昔遭際縈懷，平反改正
後就說出自己今後的心願：「從此，我立下了『三不主義』：一、不計
較過去；國家有了光明的前途，一切個人遭際、冤屈、苦難，算得了
什麼！都該付諸汪洋大海。二、不服老。我雖年近八十，但體力尚健，
記憶力還未嚴重衰退，應在「來日苦短」之年，把認為值得留下的東
西──諸如史料、佚聞以及經驗教訓，凡可以為四化建設有用的殘磚
片瓦，盡量多留些下來，供後人參考。三、不自量力。盡可能多為新
聞界─大眾傳播事業作育些人才。已進入新技術革命的資訊社會時
代，對電腦等新的傳播工具以及相適應的傳播技能、藝術，我自己還
要從頭學起，只能不揣愚妄，不自量力，多搭些橋、鋪些路，為後來
者指引正道。如此，為無限美好的國家前途──振興中華，發揮一些
餘熱。」[4]

　　一位八十老人，遭遇如此磨難之後，沒有半點為自己著想，仍然
要為國家作貢獻，怎不令人肅然起敬！

　　當時徐鑄成的右派改正，遲遲難決，近據徐鑄成之子徐復侖提供
材料，有如下一番隱情：

大約是 1978 年某日，我（徐復侖自稱）的一位在河北保定市
某局任局長的朋友告訴我，中央有文件要為「右派份子」平反
了，我隨即把這消息告訴父親。

事後知道，父親即向老朋友夏衍打聽，夏說確有其事。要父親寫一個申訴書，由他轉交黨中央。父親說：在申訴書中，他記述 1957 年毛主席接見時的情景，和毛對《文匯報》及他本人的評價，最後說他被錯劃為右派不是毛的意見，是「四人幫」和上海「一言堂」柯慶施搞的。事隔一月後，夏衍告訴父親，已將申訴書親手交給胡耀邦。不久前中共中央辦公廳的經辦人告訴夏衍：「經查證情況屬實」。

這時上海《文匯報》按照中央文件的精神，集黨委書記、社長、總編輯於一身的馬達先生，親自主持不同層面的六次座談會，討論徐鑄成等「右派份子」的改正問題。有與會者偷偷告訴父親，六次座談會的與會人員，一致認為徐鑄成的「右派份子」不應改正。連父親的的老同事、老部下欽本立、唐海、柯靈、劉火子和戚家柱等人都態度鮮明（筆者註：贊成不改正）。只有「不識事務」的溫崇實先生又跳出來持反對意見說：「二十年前，我就認為徐鑄成不應劃為『右派份子』，現在更應該改正。」《文匯報》黨委上報的意見應屬於不改正的「右派份子」之列。沒想到對上述情況，父親很平靜，持寬容態度，絲毫沒有責怪眾人的意思。父親認為馬達是新四軍根據地培養出來的新聞工作者，長期受「報紙是階級鬥爭的工具」論的影響，報紙是黨的喉舌、是黨教育人民的工具的觀念根深蒂固。對父親的「報紙應反映人民心聲，報紙要做讀者的知心朋友」的民間辦報理念，一貫視為資產階級的東西，馬達認為父親是實足的資產階級右派，不應改正，是不足為怪的。建國以來無休止的運動，無限擴大、株連九族，使人人都成了謹小慎微的君子，說違心話也成了流行的自我保護方式，父親認為老同事們說違心話是可以諒解的。事後這些人都是徐府的常客。

1980 年，中共中央終於下達文件，為包括父親在內的二十二位錯劃為「右派份子」的愛國人士予以改正。看來父親當年被

錯劃為右派，是中共中央的決定，現在改正與否仍要由中共中央來定。《文匯報》的意見是無足輕重的。《文匯報》的領導班子自作聰明，瞎折騰了好一陣子，上報了一個不符合中共中央意圖的意見，落了個自討沒趣。

又據徐復侖稱：徐鑄成的右派問題雖得改正後，各項政策對他的落實卻極為緩慢。工資先從十四級提升到九級，其他政策卻不見落實。他仍在上海辭書出版社擔任編審，仍住在重慶北路 216 弄 36 號 3 樓一間約二十多平方米的朝北堂屋內。當時他們老夫婦均已年過七十，身邊無子女照顧，困難也無人過問。《文匯報》態度不積極，固然是原因之一，這還和當時上海市委的主要領導胡立教的態度冷漠不無關係。

復侖先生又說：

相比之下，我所在的河北保定市情況就大不相同。父親改正不久，保定人事局就下調令調我回市勞動局擔任副科長。市領導親自找我談話，關心我的家庭，並表示父親若有意遷來保定居住，市府負責安排住房，並可申請河北省委給父親在省政協安排適當職位（政協副主席）。我藉出差的機會回滬探親，把這些情況告訴父母。父親很感動，並告訴親友去保定安度晚年，也是他的一個選項。

言者無意，聽者有心。父親的老同事，時任《經濟導報》總編輯的陳朗來訪時，也聽到父親這番講話，回香港後即寫了篇評論，大意是非議中共落實知識份子政策。知名老報人徐鑄成在左的時代尚能在上海的斗室中苟且偷生。現在落實政策了，徐老竟在上海生活不下去，要去中小城市保定市去投靠他的小兒子了。徐老的居室比我（指陳朗自己）香港寓所吃飯的地方還小。這篇評論不知被那位編輯摘錄後編進「內部參考」，送到胡耀邦等中央領導同志的案頭。後來據《文匯報》的同志告訴

我，是胡耀邦同志親自批示，限期解決徐鑄成的職務、住房和調子女回上海照顧等三大問題，這才出現以後的大改觀。（上述內容係徐復侖先生於 2008 年 8 月 15 日提供）

白頭宮女話天寶

徐鑄成曾說，老記者如老而不記（寫），就只是老者了。

他並不服老，有把時間搶回來的雄心和氣概。但畢竟年逾古稀，心有餘而力不逮。一生中最寶的二十年，是無法搶回的了。怎麼辦呢？他說：「只能拿起塵封多年的禿筆，把記憶裏殘存的東西，過去的親身經歷、印象較深的見聞都寫出來。像擺舊貨攤一樣，把破鏡子、斷木梳都傾箱倒篋翻出來，讓有心的顧客來挑選，看有什麼還可利用、還可回爐的。」他又說：「我自己水平有限，但自以為一直是『清清白白做人、勤勤懇懇辦報』的職業報人。現在雖然被迫退伍多年，似乎也有些經歷可資借鑒。」[5]

他自稱為「白頭宮女話天寶」。

早在徐鑄成擺脫「右派」的一年多前──1978 年，時值香港《文匯報》創刊三十周年，當年徐鑄成是創辦人，報社派姚宗鼎，吳羊璧兩人到上海，請他寫紀念文章，他義不容辭，欣然命筆。寫成〈三十年前〉寄去，他被迫中止了二十一年的筆，首次啟封。從此，他就經常為香港《文匯報》寫《舊聞雜憶》的短篇連載。文章都是寫三十多年報人生涯中的人和事。這三十年，跨越四個歷史時期，他親身經歷不少重大的歷史回目，也接觸了各式各樣的歷史人物。說到他接觸過的人，政界人物中，毛主席接見過他一次，周總理和他曾三次親切交談，聽過惲代英的演說，就是沒有見過孫中山。學界人物中，魯迅本在北師大教課，徐鑄成進北師大時，魯迅已去廈門，故失去授業機會，只聽過他在師大風雨操場上的一次講話。國際領袖方面，見過金日成

和胡志明；也見過莫洛托夫、馬林科夫、卡岡諾維奇，和赫魯雪夫曾談話與合影。至於國民黨方面，從蔣介石父子到二陳（陳立夫與陳果夫）、孔祥熙、宋子文等都曾見過，接觸面廣，見到的人很多。所以這些文章一問世，他的許多朋友紛紛來信讚譽他，在這樣的年齡，記憶力還這麼強。他後來說出此中秘密，在他奉命寫檢查時，曾偷偷把畢生經歷、回憶記錄下來，寫有十餘萬字。當時寫這些的目的，也並不是想「翻案」，也根本沒有想到會有天日重光的一天，只是想如實地向子孫交代，讓子孫細細檢查他的一生。沒有想到無心插柳柳成蔭，成了他寫《舊聞雜憶》的素材。1982 年，《舊聞雜憶》由香港三聯書店結集出版，香港《文匯報》總經理余鴻翔作序。1986 年又出了《舊聞雜憶》的續編和補編。初編時為六十篇，待三編合為一本時（2000 年由遼寧教育出版社出版），已是一百三十三篇，達四十二萬字。《舊聞雜憶》出版後，曾引起海內外的廣泛關注，還被譯成英、日兩種文字，在國外出版。

　　1980 年年初，上海人民出版社歷史編輯室的葉、朱（金元）兩位編輯，來到徐鑄成府上，請他就近代新聞史料、掌故及個人經歷寫一本書，定名為《報海舊聞》。他欣然應命。從春初開筆，經酷暑炎夏，在斗室中趴在小飯桌上邊揮汗邊寫作，一直到秋初，整整十個月，完成交稿。他自稱這本書是一種「野史」。他在「前言」中有如下的說明：

> 　　我們研究歷史，除正史外，也要搜尋、研究各種野史，才能看
> 到當時的全貌。即使是正史，如開明的君主李世民親自主編的
> 《晉書》，以及魏收的《魏書》等，也在「左史記言、右史記
> 事」的官方記錄以外，旁采民間傳說和私人記載，成為比較接
> 近於真實的官書。
> 　　我想，以我所處的時代和經歷，寫出的東西，比之前人，可信
> 的程度應該更高些吧。
> 　　在香港已出版的《舊聞雜憶》，我在〈自序〉中曾說：「對人、

對事，都力求其真實。對己，既不妄加油彩，也不妄塗白粉。」上海人民出版社的同志約我寫這本書時，我也牢牢守住這個信條。自然也如那篇〈自序〉中所說的：「由於年深日久，記憶不免有遺忘或失真之處，加上水平有限，寫作不生動，詞不達意，剪裁評議，只憑一孔之見，所有這些缺點，不僅在所難免，而且肯定是不少的。」好在老同事和親身經歷過和迄今健在的同志還不少，我誠懇地希望不吝賜教，補充、指正，以便將來加以修訂。

我初當新聞記者時，看到同鄉前輩徐凌霄、徐一士兩先生所寫的《凌霄一士隨筆》等回憶錄式的著作，旁徵博引，考核詳實，覺得對於記述往事、保存史實，極有價值。後來，陶菊隱先生在從事新聞工作之餘，寫出不少情文並茂的隨筆；解放後，還出版有系統的《北洋軍閥統治時期史話》。這些著作，肯定都會長傳後世，作為修編正史的必要參考。

歲月催人，我也到了這樣的年齡，可以追蹤前賢了。……[6]

《報海舊聞》計二十五萬二千字，有五十五篇，內容約可分四大類：一、從一至十七篇，敘述報紙和報人的歷史。被介紹的報紙有《蘇報》、《申報》、《民國日報》、《商報》、《新聞報》、《晨報》、《時事新報》、《益世報》、《晶報》、《大公報》等，民國的著名報紙全都包含在內。寫到的報人有：章太炎、狄平子與張平子、邵力子、陳布雷、汪漢溪、邵飄萍與湯修慧夫婦、徐凌霄與徐一士兄弟、《大公報》三巨頭：吳鼎昌、張季鸞、胡政之，民國的著名報人都寫入篇幅。其中他寫胡政之與張季鸞，胡識拔他進入《大公報》，張是他的恩師，更有獨到的見解。二、從十八至三十九篇，敘述徐鑄成的生平與辦報經歷，其中寫到當年他在太原的一次成功的政治新聞採訪，真堪擊節稱歎。三、從四十至四十六篇，主要介紹他的辦報經驗，關於新聞標題的製作，更是他一生辦報經驗的獨得之秘。四、從四十七至五十五篇，

寫《文匯報》1938 年創刊至停刊，當年在血雨腥風中和敵人鬥爭的報史。

《報海舊聞》是徐鑄成恢復人的尊嚴之後，在大陸出版的第一部著作，1981 年 2 月問世。當時正值知識大饑荒後不久，初版十萬冊，立即搶購一空。這樣的數字確實驚人！筆者猶記當年南京的排隊長龍，購得一本時的喜悅至今難忘。該書還傳到日本，由東京第一書屋翻譯出版了日文版兩冊。

面對這樣的盛況，他自己說：「蒙廣大讀者的厚愛，這就像看了多年的『樣板戲』，『換換耳音』，重新聽聽老腔老調，反而感到新鮮。而更重要的，是黨的三中全會以後，撥亂反正，講求實事求是，國家興旺發達，百廢俱興的新氣象，給了我極大的鼓舞。」[7]

《報海舊聞》和後來出版的《徐鑄成回憶錄》，可以說是姊妹篇，也是徐鑄成的新聞回憶錄，晚年，徐鑄成修訂本書時，在書的扉頁上寫道：「這是我的代表作」。

卅年後重遊香港

1980 年 8 月中旬，徐鑄成忽接香港《文匯報》正、副社長李子誦、余鴻翔來函、來電，邀請他和夫人朱嘉稑去香港遊覽，並參加三十二年報慶。

自 1949 年春，徐鑄成離開香港、北上參加開國政協，1950 年一度來香港之後，睽違已三十年。既盛情邀請，只有應邀，哪有其他？不過那時大陸與香港之間國門緊閉，出關不易。幸得上海統戰部的支持，取得有關證件，得以成行。9 月 1 日，徐鑄成夫婦先乘飛機到廣州，9 月 3 日抵達香港火車站，《文匯報》副社長余鴻翔、副總編王家禎、記者曾敏之已在站內迎候，賓主見面皆大歡喜。

三十年後重來，香港的變化真恍如隔世。猶記三十年前，座落中環的中國銀行，樓高十六層，已「鶴立雞群」，現在則是巨人中的侏

儒。郊區的筲箕灣、香港仔以及九龍的沙田等處，都已是幾十層高的大廈。現在中環及九龍尖沙嘴一帶已找不到十層以下的建築，整個港、九地區二十層以上的大廈有兩千多幢，最高達六十多層。當年在荷李活道的《文匯報》報館僅只四層，捉襟見肘，宿舍要輪流睡覺，現今遷到灣仔，自建十三層大廈，設備皆已電腦化。

香港的巨大變化，引發徐鑄成的一番感慨：「過去三十年，國家之命運也如我個人命運一樣，光陰白白流失！不僅流失而已，且關門夜郎自大，自己神化自己，天天搞階級鬥爭，以至國民生產，破壞至『崩潰邊緣』，而恰在這一段時期，世界已進入電腦、人造衛星時代，正如歷史上歷次技術浪潮一樣，大大推進了生產力之發展。」[8] 他依然實話實說，毫不諱言。

當時香港變化如此之大，無怪徐鑄成會吃驚。1950 年他離香港時，香港的面貌與上海相彷彿，而此時香港已成為世界第三大金融中心，經濟之繁榮，與新加坡、韓國、臺灣同稱亞洲四小龍。

既然到了香港，免不了觀光遊覽。在友人的帶領下，先後看了三處名勝。

先去了宋城。這是參照《清明上河圖》和《東京夢華錄》建造而成的人工「古」跡。在狹小的地塊上，有小橋流水，街市、城堞，熙來攘往的人群均著宋時服裝。垂柳拂岸的河道裏有具體而微的官船，船上吹彈歌唱……這裏還有個蠟像館，館中陳列了兩百多個蠟人。從傳說中的黃帝軒轅氏，堯、舜、禹、湯、文、武……孫中山、蔣介石，直到毛澤東、周恩來，全都在其中。每個蠟像周圍還佈置了一個特定的環境，如越王勾踐「臥薪嚐膽」，人躺在草上，面前掛著一顆「膽」；岳飛跪在地上，他母親在他背上刺了「精忠報國」四字。又如梁紅玉在擂鼓，這是「擊鼓戰金山」。徐鑄成以為，凡到此遊覽的，民族感情就會油然而生。

接著又去海洋公園。港府投資五億港幣，把相隔一、兩千米的山坡和一個海角禿嶺，用纜車連結起來，建造出這個以展出水生動物為

主的公園。纜車極為別致。車索上滾滾而下的是五色圓球。球是塑膠外殼，每輛可坐四人，乘客可自由組合乘坐。在球滑到起「飛」點上後，即騰空而起。只見五色繽紛的大「氣球」，奔向藍天，蔚為壯觀。海洋公園的山下公園部份，有海豚表演館，每隔一小時即出場表演。

徐鑄成夫婦遊太空館，是該館開幕的第一天。先在展覽館裏看各種介紹，有圖表、模型、放映設備。從天體如何形成、地球的歷史、人類起源及最早的天文學家、最早的探空設備，直到載人火箭、人造衛星如何發射，無不詳盡介紹。然後進入主館。在可以俯仰輪轉的軟椅上坐定後，展覽開始。一聲轟響，似坐上火箭，遨遊太空。四周被群星包圍，水星、金星、火星、天王星、海王星，一閃而過。先在銀河系穿行，一回兒又衝向別的星系，太陽似的星球舉目皆是。有彗星曳光而過，更有兩星碰撞，發出火花。真如莊周所說，大鵬展翅，搏擊九萬里，沖霄遨遊九天。接著又環遊全球。先是一片荒漠，遍地三葉蟲。然後滿山滿谷，汪洋大海。各式各樣的恐龍，張牙舞爪地撲面而來，使人緊張得透不過氣來。他們還看到非洲的野生動物園，獅虎野獸彷彿擇人而噬。介紹火山爆發的情景時，通紅的大石塊，像從頭上傾瀉而下一般，夫人朱嘉稑幾乎喊出聲來。

旅港期間，徐鑄成還參觀了香港中文大學，主要看的是新聞傳播系。在系主任及傳播中心主任余也魯的導引下，看了美術教育室、廣播教育實驗室及拍攝電視和放映的設備，還看了電腦排版和印刷設備，資料存儲和傳播體系。這使他大開眼界。余也魯主任還為徐鑄成召開座談會，與該系師生交換發展大陸、香港和臺灣傳播事業及新聞教育的意見。

雖然徐鑄成被迫離開報紙多年，作為報人，他自然關心著香港各報的發展情況。他在大量的酬應之際，著重瞭解香港左派報紙的發展現狀。當時香港的左派報紙有四家。即：《文匯報》、《大公報》、《新晚報》、《商報》。四家報紙的發行數合起來不到二十萬份。而香港報紙的總銷是七十至八十萬份；有些態度屬中間偏右的報紙的發行量，

超過總銷量的百分之五十。1948年,香港《文匯報》初辦時,不到半年,銷量就接近三萬,而三十年後,還是三、四萬份,「文革」時甚至一度跌到一萬份以內。[9]

這引起徐鑄成的深思:「祖國的每一次進步,每一方面的變化,海外同胞都非常關心。按理,我們的進步報紙能最快反映國內情況,應該最受歡迎,為什麼實際上銷路卻停滯不前呢?」他苦苦思索,最終想出了這樣的意見:「應該說,我們的報紙,思想內容一般是好的,但就像餐館一樣,原料是精選上等的,但由於沒有講究烹調,即沒有講究新聞藝術,做出來的菜就使人敗胃──上海人說『倒胃口』。海外有各式各樣的報紙,好似鬧市中比比皆是的餐館,讀者可以自由選擇,各取所需,各選所愛。我們的儘管是正宗京菜,原料很好,營養豐富,但是,由於一味加辣,烹調不善,也弄得人家不願光顧了。」[10]

香港《文匯報》的現狀使他痛心,先後作了七、八次講話,想出種種改進的辦法。這些想法,後來不斷補充完善,上升成為理論──「新聞烹調學」。這將在後面述及。

這年10月1日,是香港《新晚報》創刊三十周年的日子。這張報紙的血緣,源於1944年在重慶創辦的《大公晚報》。當時徐鑄成曾主持《大公晚報》。《新晚報》的總編羅承勳(羅孚)就曾供職於《大公晚報》。羅聽到徐鑄成到香港即盛筵宴請,席上,請徐鑄成在該報闢一專欄。徐義不容辭,在他停筆多年之後,一旦有重新執筆的機會,當然不願放過,立即應允。雙方言定,專欄定名為「海角寄語」,每天一篇,每篇千字。內容自定,「大率為回憶『左』傾二十年之舊事,亦有談及對新聞之希望者」。在港期間,儘管酬酢甚頻,即使在深夜,徐鑄成也濡筆揮毫,準時交稿。12月23日回上海後,他仍連續寄稿,從未中輟。直到羅承勳離職才結束。現將他離開香港後寄的第一篇「海角寄語」──〈他站在那裏?〉錄之如下(此篇曾一度引起爭議,「有些一貫正確者大不以為然」):

他站在哪裡？

徐鑄成

XX 兄：

在港七十多天，和許多老朋友，新朋友快敘；特別是通過《新晚報》等刊物和廣大讀者心意相通，實在是平生的快事。

遺憾的是「寄語」剛寫上路，因為急於回滬，不得不突然「煞車」，可能給讀者帶來些失望。我這裏鄭重地舉手致歉。

離港以後，在廣州停留了十天，主要是去暨南大學講了幾次課。二十三日回到上海。

還在廣州的時候，公審林、江集團十惡的連臺本戲就上演了，流花賓館的房間裏沒有電視，急得我滿頭大汗。回滬以後，才天天收看。

人的感情往往是難以控制的，看到法庭上這樣雍雍穆穆，法官們問話這樣從容不迫，全無火氣，內心裏也會發出讚歎：「中國畢竟有點法治精神了！」但一看到姚文元那麼狡猾，避重就輕，一問三不知，就不由得火冒三丈，特別是江妖精那副寡婦相，在莊嚴的法庭上，還要擠眉弄眼，彷彿她這個三等「明星」，還沒有「過氣」。而那個狗頭軍師，更在被告席上閉目養神，怎麼問，他也不吐一個字。儘管他的精神十分空虛，卻裝出一副「從容就義」的樣子，實在令人作嘔。

看到他們這副死相，我下意識地想舉起雙手，在他們臉上「拍拍」兩記。同時，十年浩劫的往事，總不免湧上心頭。劉少奇、彭德懷、賀龍、陶鑄、張志新這些鐵錚錚的民族精英被凌辱而死的慘景，怎麼能淡忘呢！而就在這些惡魔手裏，把一個好端端的中國，糟蹋到如此地步，枉死千百萬人，毒害了中、青兩代，國民經濟拖到崩潰的邊緣。

總之，法治也好，公審也好，不把這些用鮮血「泡」大的惡魔一一正法，小民的氣是無法順的，怎麼能鼓起勁來搞四化呢？

隨著電視的鏡頭掃遍了法庭上下，我好像感到缺少了一個人似
的。我想，我如果為一個報館寫一篇社論，現成的題目該是〈他
站在哪裏？〉

的確，他的缺席是遺憾的；但是，他如果在場，該站在哪裏呢？
這是個很費躊躇的問題。是站在原告席上，說他是受害者麼？
從總體來說，總有些牽強附會，於理難通。站在旁聽席上麼？
以他的地位也不相稱；作為證人，則似乎又降低了他的身份。
讀者們一定也在衛星轉播中每晚看到公審的場面，會和我有類
似的感覺，在每個供詞和證詞中，都隱隱約約，牽連到這位缺
席者。看來，真像是萬流歸大海似的，即使是那個老妖婆，她
之所以敢於不開口，依然裝腔作勢，像在做戲，不也因為她還
以為有一點「本錢」，可以依恃神的靈光嗎？

自然這些全是幻想，要是他還健在，這個公審就根本不會召開了。
歷史是無情的，在將來歷史家的筆下，總會有不同的結論吧。
我總認為，不正本清源，是難以切切實實前進的，先寫了這點
感想，以後爭取多寫些，寄得勤些。

鑄成　十二月一日

接受訪問說心聲

　　新聞界資深報人馮英子，在香港《文匯報》時曾一度和徐鑄成共
事，「文革」時先後在五七幹校與《辭海》編輯所共沉浮。馮英子認
為徐鑄成在新聞界之所以擁有崇高威望，原因有兩點：一是他對我們
的祖國，永遠有著一顆赤子之心。正如所有的愛國知識份子一樣，做
夢的時候，也希望著自己國家的昌明強大，在這一個目標下，赴湯蹈
火，在所不惜；二是他敢於說真話，也善於說真話，幾十年來，他寫
的文章皆知無不言，言無不盡，雖書生論政，而大義凜然，在日寇的
屠刀下威武不屈，在國民黨的暴政下也不為所屈。一個人說真話，當

然也可能引來某些人的不滿，但是在新聞界，徐先生的高大形象，都是人們的共識。[11]

馮英子說徐鑄成敢於說真話並善於說真話，確實有所本，並非誇飾之詞。1980年秋，他去香港短暫逗留時，曾接受一位記者的專訪。那訪談錄就是進諍言、說真話的範本，可惜未見於《徐鑄成回憶錄》。為歷史存真，使寶貴的歷史文獻不致湮沒，筆者擇要奉獻給讀者。

訪問徐鑄成的這家刊物是《九十年代》，採訪者是該刊社長兼總編輯溫輝。溫輝根據當時的錄音，整理成一篇長達八頁（刊物為十六開）的專訪，發表於1980年12月號。

篇前有編者的一段簡短按語，先概括介紹徐鑄成的生平經歷和現任職務：上海《文匯報》顧問，兼任上海復旦大學新聞系教授。後稱：「今年9月，徐先生來港作短期逗留。在留港期間接受本刊記者訪問，以下是根據訪問錄音整理而成，徐先生已於11月中旬回內地。」

記者先請徐鑄成談一談自己的簡單經歷，因為已默默無聞二十多年，現在二、三十歲的人大都已經不認識他。

徐鑄成從去清華大學讀書說起，後轉進北師大，因家貧半工半讀，進入國聞通訊社工作，再進入《大公報》，成為一名記者。以後兩度出入《大公報》與《文匯報》之間。「1949年3月，說是組織民主人士回內地，那時我對祖國是一片熱望，就離開香港到北京去了，《文匯報》交由金仲華接手。」

記者再問三十年前「當時決定去北京從事中國的新聞事業，這條路是不是走對」、1956年《文匯報》復刊的經過、1957年的「引蛇出洞」、反右運動是否早有蓄謀等問題，徐鑄成一一據實回答。（前面各章均有述及，為免重複，從略）。

記　者：「不知徐先生怎樣看大陸報紙的內部體制？」

徐鑄成：「57年這麼一來，那就真正輿論一律了。過去只要在大框框內，登消息大體不錯，有時頭條、二條有差別還能容

許。後來，《人民日報》哪個放頭條，哪個放二條，《文匯報》要打電話問清楚。文革時，連題目多少字，哪些標在題目上，都要向《人民日報》請示。當然後來也有變化，是別人要來請示《文匯報》，它成了江青的『幫報』，你要摸江青的氣候，就要看《文匯報》。《文匯報》在文革時發一百多萬份，就是這個關係。」

記　者：「在中共建國以來，文藝的方向還有過爭論，對報紙的方向似乎沒有什麼爭論，始終是階級鬥爭的工具。徐先生回顧這三十年，您覺得這種辦報方向對不對？究竟走了一條什麼道路？」

徐鑄成：「解放初期，胡喬木就說，這是解放區的新聞工作者和白區的進步的新聞工作者的大會師。今後應該取長補短，把中國的報紙搞好。但實際上是片面接收，所有的報紙都按一個模式辦，按蘇聯的模式辦，按老解放區的模式辦。解放區的模式脫胎於蘇聯模式，而且更沒有時間性，只會介紹經驗，如介紹一個互助組的經驗，可以沒有時間性，因為農村連鐘都沒有，看到太陽到了，就是中午了，可以散會了。所以報紙也沒有時間性。國民黨統治區的進步報紙，包括重慶周總理的《新華日報》、夏衍的《救亡日報》，都有一套經驗，怎樣在國民黨地區團結知識份子，新聞怎樣搶得快一點，他們都要爭取讀者，千方百計把中間份子甚至國民黨的人都爭取過來，都有一套經驗。但是解放以後，把白區的這些經驗也完全拋棄了。把老區的經驗生搬硬套地搬進城市。最初還有幾個老手，如范長江、惲逸群等，後來長江當出版總署領導，惲則挨了整。報紙要為當前政治服務，只能宣傳這個。」

記　者：「那時不也說急風暴雨的階級鬥爭結束了，報紙也不必作階級鬥爭的工具了嗎？」

徐鑄成：「後來老先生的兩類矛盾出來了，他講話時是說結束了，到發表時又加了一段說：『但是，被推翻的地主買辦階級的殘餘還是存在，資產階級還存在，小資產階級剛剛在改造。階級鬥爭並沒有結束。無產階級和資產階級之間的階級鬥爭，各派政治力量之間的階級鬥爭，無產階級和資產階級之間在意識形態方面的階級鬥爭，還是長期的、曲折的，有時甚至是很激烈的。』這段話講話時沒有，是文章發表時加進去的。這在國內是公開的秘密，那是準備打人的。……現在人民對官僚主義、特權等消極現象怎樣才可以揭露呢？還沒有適當途徑，所以我以為要搞民主，必須讓報紙發揮輿論的作用，真正能讓人民在報紙上說自己要說的話。」

記　者：「這就是說現在基本上還沒有一個制衡的手段。過去的教訓就是，在一黨專政的條件下，如果只有黨報，沒有民辦報紙的話，黨就幹什麼都可以了。當然用家訓的辦法也可以，父親教兒子，也可以教得好一點，但父親對兒子往往比較仁慈，兒子不聽話，父親拿他一點辦法沒有。所以一定要有一個不能為所欲為的條件，這就需要有制衡。」

徐鑄成：「這樣，做的人至少有一點顧忌。比如，國民黨時代孔、宋家族貪污，那時多少還有幾份民間報，還有幾份小報，他們也怕在報上見面。舉例來講，太平洋戰爭時，蔣介石派飛機到香港來接國民參政員，接流落在香港的名流，結果名流沒有接走，孔祥熙的女兒，就是有名的孔二小姐，讓她所愛的十幾條狗坐了飛機，帶到重慶。《大公報》等幾家報紙氣極了，就在報上揭露，孔家也慌了，趕快起來解釋，以後就收斂了一些，至少要更加掩飾一點。現在可以從海外運進去的東西更多，誰敢講？我到香港來聽到許多故事，有些官員整車整車拉進去，誰也不能說，他們就

是沒有顧忌。你要搞四化，能不能允許這樣做？所以我說單靠人民代表大會在會上揭一揭，過了就完了。聽說一位部長在這次人大小組會上很不在乎的解釋了一下就完了。如果有一個報紙，即使不點名，點出那件事來，他就慌了，要認真對待了。」

記　者：「現在大陸報紙也有一些揭露，這能不能發揮民辦報紙的作用？」

徐鑄成：「一個很奇怪的現象是，《人民日報》反而更開放，照例它是黨中央的機關報，代表黨中央，應該最受拘束，但現在反而是它最開放。其他報因為不像《人民日報》總編輯胡積偉那樣有膽識，同時也不像他那樣的有支持，因此像上海或其他地方報紙，甚至是香港的，都不如《人民日報》，因為它動不動就要吃批評，宣傳部長或者小一點的官一句話、一個電話，他就慌了……」

記　者：《人民日報》有很多讀者投書，比較敢揭露問題，為什麼全國報紙不可以效法？」

徐鑄成：「這裏有兩個框框，一個是輿論一律的框框。現在所有國內的報紙，發表言論，標一個標題，好像都代表黨中央，比方伊朗人質的問題，兩伊戰爭，報紙都不敢發言，因為一發言，伊朗或伊拉克就會提出抗議，說你代表共產黨，中國的態度是不是變了？因此報紙的基調都一致，這就看出為什麼要有民間報紙，作為民間的制衡、輿論的監督。黨報總有黨的紀律限制，總編輯作為黨員，就不能發某些稿件。中國共產黨的黨紀運用起來，比國民黨嚴格得多，國民黨是個很鬆散的黨。」

記　者：「現在講輿論的批評監督作用，說要以安定團結為重，在這個框框之下，有沒有很大的妨礙？」

徐鑄成：「如果自己有自信，真正是為把國家建設好，搞現代化，就不應怕人家說什麼。就算是民間報紙，它也總要使人民

　　群眾能接受，因此違反憲法，反馬列主義的就不會有很大
　　的市場。除非自己沒有了自信。目前的一般中國老百姓，
　　對共產黨還有一定的信任，對走社會主義道路一般還是
　　擁護的，將來若有民辦報紙，也一定會在這個框框裏。
　　在這個框框裏容許人家講講話，讓人民透透氣，我看只
　　會有好處。」

　　……

記　　者：「這就是說，您認為現在大陸的報紙，如果不是民辦的
　　　　　話，要辦到像 57 年那樣還不可能。這裏我想提一個實際
　　　　　的問題：民辦報紙有沒有可能？第一，會不會放心讓你
　　　　　辦？第二，有沒有人願意去辦？第三，若容許辦也有人去
　　　　　辦，物質條件能不能辦？這幾個問題，在可見的將來有沒
　　　　　有解決的可能性？」

徐鑄成：「第一個問題，我看在目前的情況下不會容許。」

記　　者：「為什麼呢？我們認為批評可以使國家民族進步，批評在
　　　　　某種程度上是安全活門，可以出出氣。現在有這麼多不
　　　　　滿，有些人批評一下，也可以幫助改正錯誤。如果批評過
　　　　　了頭，成為誹謗，也可以告到法院裏去嘛！在這種情況
　　　　　下，不容許的主要阻力在哪裡？」

徐鑄成：「一個是習慣於輿論一律，很方便，假使隨便讓人哇啦哇
　　　　　啦，總不放心。第二，還沒有感到需要這個活門。到需要
　　　　　的時候才會考慮。」

記　　者：「但是透過批評去改正錯誤，這是很必要的。現在有許多
　　　　　問題，光由上級去管，有時也管不好，有了民間的壓力，
　　　　　反而好辦一點。」

徐鑄成：「假如真能好好去做，碰到阻力，報紙還可以起清除阻力
　　　　　的作用。現在經過了這二十年，很多中層幹部，有的完全
　　　　　變成官僚了，有的習慣於走老路，還有種種特權，總之，

應該批評的很多。所以只有讓群眾有機會把看到的東西揭出來，報紙登出來，才能普遍看到毛病在哪裡，引起重視。

　　至於第二個問題，有沒有人願意並敢出來辦這樣的民間報紙，我看還是有的。老一輩過去辦過民間報紙的，在新聞界還很多，倘若真正有這樣的報紙，願意辦的人，我看還不少。新的人也有不滿意現在的報紙的，我所接觸的一些新聞系學生，他們吸收到了一些外國報刊新聞自由的空氣，因此思想也比較開放。」

記　者：「第三個問題是，有沒有物質條件，機器、紙張等等。會不會像徐先生以前辦香港《文匯報》那樣，要為紙發愁？」

徐鑄成：「那時在香港是沒有錢，硬是花大一分的利息去借錢來救急，借十塊錢，一個月後要還十一塊。今天在國內，你自己花多少錢也買不到紙。所以說，最大的困難，恐怕就是印刷設備和紙張的問題。如果有誠意，就應該一視同仁。」

……

記　者：「假如政府允許民辦報紙，徐老先生您願不願意出來辦這樣的報紙？」

徐鑄成：「若條件許可，我還是願意的。但年紀老了，脫離實際多年，怕不中用了。年紀較輕、有勇氣、有能力來擔當的人很多，比我更恰當。」

記　者：「您的精力如何？」

徐鑄成：「精力也還可以。我認為我一輩子搞新聞事業，只寫了半篇文章，後面半篇被人把筆奪走了。我在《文匯報》的時代，的確根據我自己的經驗，發展了《大公報》張季鸞、胡政之他們所走的路，在報紙的形式、編輯、言論、採訪各方面都跨進了一大步，自己有許多想法，沒有來得及搞，結果一頂帽子就把我壓下來了。」

……

記　者：「海外的一些知識份子也感到徬徨。不少人覺得，你要騙
　　　　騙中國很容易，但真正要為國家做點事就很難。許多人有
　　　　一種報國無門的感覺。」

徐鑄成：「我看你們還是報國有門的。過去的上海，是輿論的中
　　　　心。中國幾千年專制主義形成這樣的情況，要比較自由一
　　　　點地說話，只有靠保護傘，國家沒有民主的傳統嘛！二十
　　　　年來更厲害。今天需要輿論監督，作為一個輿論中心，暫
　　　　時還只能在香港。希望香港有幾份報紙，幾份雜誌能起這
　　　　個作用。不是看你的冷眼，而是真正熱愛祖國。希望你好，
　　　　抱持期待、好意的態度，但你有缺點，有什麼看不到的地
　　　　方，也不客氣的指出來。這樣對國家是有很大好處的。很
　　　　明顯的，過去劉少奇的平反、彭德懷的平反，對二十年估
　　　　價不是右了，而是左，都是香港首先提出來的，對國內起
　　　　了很大的推動作用。應該說，對鄧小平他們，也起了幫助
　　　　他們掃清道路的作用。

　　　　此外，海外的雜誌報紙，除了這個作用之外，還可以
　　　　起一個轉口的作用，把國際上的科技文化知識，社會科學
　　　　各方面的新成就、新變化，多向國內介紹，這就是說還可
　　　　以起一個視窗的作用。」
　　　　……

記　者：「您對中國的現狀以及可見的將來，是否樂觀？」

徐鑄成：「我基本上是抱持樂觀態度的。破除了迷信，從惡夢中醒
　　　　來，絕大多數人民的眼睛擦亮了。這是主要的。誰要走回
　　　　頭路，興風作浪，必定會受到歷史的懲罰，這是大勢所趨。」

　　良藥苦口，語重心長，拳拳愛國心，全篇可見。我想，這是筆者
與讀者的共識。

一件待證的公案

前面的訪談錄中，記者問及如果可以辦報，徐先生是否可以出來辦這報紙。徐的回答是：老了，但精力還可以。他從香港回到上海不久，果然提出了辦報的事。

徐鑄成去世後，老報人馮英子在一篇悼念文章中提到這件事：

> 就在徐先生在香港住了一段時間，回到上海之後，我去看他，那時他還住在武勝路重慶北路口，他告訴我說：「這次到香港去，也為你開了一條路。」原因是有人集資一千萬港元，想在香港辦一家日報，請他去主持，他設想自己去負責言論，要我去負責編輯部。我當然感謝徐先生對我的關心和信任，但覺得茲事體大，非向上面請示請示，聽聽上面的意見，恐不能隨便決定。
>
> 又過了一些時候，徐先生對我說，我問了 X 公，X 公說，你和馮某都是《文匯報》的人，倘若你們兩人去香港辦張報紙，置《文匯報》於何地？聽話聽音，當然是不贊成的了，也正在此時，我接到了徐邁進先生的來信，他信中說，你們想去扮演「小罵大幫忙」的角色，但人家倘說你「真罵假幫忙」，你們將怎樣回答呢？這正是一言驚醒夢中人，使我又明白了一層道理，儘管我們捧著一顆赤子之心，但是人心隔著肚皮，吃吃太平飯有什麼不好，何必自己去找什麼麻煩呢？因此這件事也不了而了，我可惜的是一次失去了和徐先生共事的機會，向他學習更多的東西。
>
> 這幾年來，徐先生的年事越來越高，平常出門，也要由小輩陪著，然而他老而彌堅，依然筆耕不輟，在刊物上經常讀到他短小而又雋永的文章，去年（指 1991 年）6 月，《新民晚報》為我舉行了一次「筆耕六十周年座談會」，徐先生也來了，說了

不少鼓勵我的話，也講到了在香港辦報的過程。想不到這是徐先生同我一起參加的最後一次會議。

這篇文章裏，說徐鑄成三次談到去香港辦報，而徐鑄成在回憶錄裏卻隻字未提。

馮先生此說又有板有眼，自可信賴。馮先生在該文篇末寫了一段附註，再次提到徐先生要到香港去辦報的事，原來有一點隱衷。馮說：「徐先生逝世之後，我曾寫過一篇千字悼文，寄至《新民晚報》，副刊編輯閱後面有難色。說把徐先生要到香港去辦報的事寫出來，會不會影響到對徐先生的評價問題，其實一個人的評價，是用自己的歷史寫的，為龍為蟲，別人是無法更改的，一個職業的新聞工作者，幾十年來，為新中國的建立奔走呼號，奮鬥不息，想以有生之年，去辦一份報紙，聯繫人民、報效國家，事雖不成，未妨其光風霽月之心、坦蕩愛國之志，這有什麼不好呢？當然，如果誰要用羅織學，寫大批判，這又當別論了。而且，我和徐先生之間，也不是一篇短文所能表達的，因而把稿子要了回來，改寫此文。」[12]

香港的柳蘇（羅承勳）先生也提到這事：「八十年代之初，他幾乎又要由上海來香港來辦報了，但未成功。」「有人約他到香港創辦一份新的報紙，為包括民主化在內的中國現代化事業，發揮輿論的力量。他十分高興地接受了這個約請，認為這將是他可以『為霞尚滿天』，甚至是可以突破以前的境界……當他81年準備動身南來，卻受到了意外的攔阻，終於有志未酬。」（見《萬象》一卷三期，第73頁）。

香港辦報，迷離惝恍，似無若有。另一說願意出錢辦報的，就是那位採訪徐鑄成的記者李怡。徐鑄成揆時度勢，自己作出不去的選擇。

據徐復侖先生最近來函，關於「待證的公案」似應作這樣解答：

據我所知這其實只是馮、羅兩位對父親意願的猜測和誤解，一個由良好的願望所引起的誤解。

1980 年 8 月，父親應邀赴香港參加香港《文匯報》創刊三十周年的紀念活動，受到香港《文匯報》社長李子誦、總編輯金堯如、副社長余鴻翔等《文匯報》同仁，和友人卜少夫、陸鏗、查良鏞、羅承勛、李怡、溫輝等人的盛情款待。對香港三十多年的巨大變化，父親深有感觸，倍加讚賞，無意中也對香港《大公報》和《文匯報》的不景氣表示了憂慮。由此引起了港澳辦主任廖承志和新華社香港分社社長周南的不滿。

香港《大公報》社長費彝民，曾在多處場合自稱是香港《大公報》的創辦人，對此，父親並不認可，說香港《大公報》創刊於 1938 年，創辦人是胡政之和張季鸞，費當時只是一般記者。父親於 1939 年去香港後，胡委任父親為編輯部主任，主持日常工作。父親說：「我尚不敢說自己是香港《大公報》創辦人之一，哪輪得到費。」因此也得罪了費。費在廖、周的支持下，在香港《大公報》上刊登了陳凡（化名）等人的多篇文章，對父親進行惡毒的攻擊，一時引起香港報界諸多同仁的不滿。父親對此事感觸很深，也使他對中共的政策和香港的辦報環境有了比較清楚的瞭解。

香港新聞界的頭面人物如：卜少夫、徐四民、查良鏞、陸鏗等人，並非要請父親到香港去辦一份民間報、擔任這報的總編輯，而是有意在香港成立一個四方（上海、臺北、香港、新加坡）民間報的聯誼、研討機構，請父親擔任負責人，並由父親牽頭開展四地民辦報的交流活動。馮先生熱衷當上海方面的代表人物。

父親從香港回來後，曾專門同我商量。想讓我作為他的代表，到香港去策劃這擬議中的四方機構，他自己則留在上海遙控。當時我正年富力強，事業有成，對父親為了這個擬議中而尚未成立的機構，犧牲兒子的事業，對這做法我極為不滿，斷然拒絕。父親也沒有強求，只是說：「這樣做主要是想把你的兩個兒子送去香港讀書。」

這擬議中的機構此後並未正式成立，但暗地一直有人在忙碌著。

作育英才　薪火相傳

　　徐鑄成脫去「右派」桂冠後，將「三不主義」立為今後立身行事之準則。其中第三項，即「不量力」，「要盡力為新聞界培育些人才」。

　　他在給恩師張季鸞寫的傳記「引言」中寫道：「幸運的是，中共的十一屆三中全會以後，我又重見天日，而且復活了我的寫作生活，新聞舊事——當然以舊聞為主，四年多中已寫了近兩百萬字，而且在五所大學的新聞系兼任教授，還親自帶了四個研究生，季鸞先生生前想望而未能實現的事，我可以有條件實現了。當然也像梅派弟子一樣，論藝術水平、功力和『底氣』，比梅蘭芳先生本人，要差得遠了。」[13]

　　1980 年冬（12 月上旬），徐鑄成遠遊香港歸來，途經廣州，在暨南大學講學一周。歸途中，看到上海報紙。有消息稱：上海復旦大學新聞系聘請他為兼職教授。

　　復旦大學新聞系是名校名系，陳望道任系主任多年。蕭乾、儲安平等均曾是新聞系教授，還有王中先生也是。徐鑄成應聘的消息傳到該校，新聞系師生早已翹首等待。

　　廈門大學抗戰前本有新聞系，1981 年冬，決定恢復。主事者劉季伯，函請香港《文匯報》代為介紹徐鑄成前往該校講學。港館自然樂於玉成。廈門大學歷史系教授持港館金堯如的介紹函，到上海登門邀請，澤被青年學子，徐鑄成自然一口應允。廈門大學黨委書記曾鳴及正副校長盛情寬待之餘，請徐鑄成就恢復新聞系惠賜良策。徐鑄成坦然地說，目前社會已進入電腦時代，新聞教學應走快一步，設立新聞傳播系。他並就在香港中文大學新聞傳播系參觀所見，一一介紹。曾鳴深然其說，並表示立即納入議事日程。徐鑄成的講學本擬作三講，兩講未完，廈大就接到北京急電，徐鑄成已增補為全國政協委員，須急速赴京開會。接電後，匆促就道。到京時，開幕式已過，即參加大會及小組會。

　　廈大的籌備工作密鑼緊鼓地進行著。翌年（1982）夏，廈大王洛林教授到滬，請徐鑄成再次赴廈面商。到廈之日，適逢福建省委書記項南也到廈門視察。兩人長談三小時，項南極為讚賞徐鑄成籌設新聞傳播系、先辦國際宣傳及廣告兩個專業的計劃。項南表態，明年開始招生。廈大當即成立新聞傳播系籌備委員會，推徐鑄成為主任委員，劉季伯、未力工為副主委。1983年秋天，廈大新聞傳播系正式成立，招收首批新生，籌委會改稱系務委員會，徐鑄成又被推為主委，實因他有首創之功。

　　同年初冬，武漢大學籌設新聞系，請徐鑄成蒞臨漢口指導，又逢該校校慶。徐鑄成帶他的研究生賀越明（復旦大學研究生。徐鑄成在廈門大學的研究生為黃星民、朱家麟、陳金武）同往。武漢大學新聞系於1984年成立後，徐鑄成又被聘為兼職教授。先後講課三次，並將賀越明所編之《徐鑄成新聞評論選》，交由武漢大學出版社出版。

　　1984年4月，安徽創設新聞刊授大學，聘徐鑄成為名譽校長。《安徽日報》派專人請徐鑄赴合肥參加開學典禮並講學。復旦大學新聞系主任、教授王中，也被聘為名譽校長，兩人先後前往。參加開學典禮後，徐鑄成講了兩次課。

　　繼安徽後，1985年，設於西安的西北新聞刊授學院、設於南昌的江西人才開發學院，又先後邀請徐鑄成講學並擔任教授。儘管年邁（是年已七十八歲）與旅途勞頓，徐鑄成均未拂逆邀請之美意，準時前去。

　　春風化雨，潤物無聲，這充分體現了徐鑄成薪火相傳、培育後人的一片熱忱。

　　說到徐鑄成的授課情況，他的學生崔景泰有一段真切的回憶。1945年冬，徐鑄成在上海中國新聞專科學校兼任教授，為研究班講授「社論寫作」。當時他是《大公報》的總編輯，已屬新聞界名人。每當他上課時，教室裏總擠滿了學生，有不少本科生也來旁聽，崔景泰就是一位本科生。

崔景泰說：

> 徐師給我第一個較深的印象是，他臉上總是露著笑意，說話時，常常用手托一托深度近視眼鏡，語氣慢條斯理，沒有疾言厲色。他見聞廣，講課時，隨手拈來，皆成妙語，學生們聽了很喜歡。記得他說過，《大公報》的早期總編輯張季鸞說，新聞記者應該像茶壺的嘴，茶壺的嘴總是噘著的。徐師解釋說，這是指當新聞記者要有正義感。噘嘴，就是對社會上的不良風氣要憎惡，要敢於批評。同學們在課堂上喜歡提問題，徐師總是知無不言，言無不盡。有一次，同學問徐師對當時的國共談判有什麼看法？這是一個很尖銳的問題。徐師以一種深沉的眼光注視著同學，略為思索後回答說：國共兩黨的流血問題已經有二十多年了，這不是開一、兩次會，就能完全解決的。再說是國民黨挑起內戰的，首先要看蔣（介石）先生的態度如何（大意）。同學們聽後，立刻報以熱烈的掌聲。徐師在講如何寫社論時，教學生要學會「大題小作」、「小題大作」、「旁敲側擊」、「借題發揮」等等。寫評論還要有文采，要引人入勝，切忌人云亦云、模棱兩可。
>
> 徐師對待同學，態度比較隨和，沒有大報總編輯的架子。有一次，研究班的同學（都是大學生或報社的工作人員）請徐師吃飯，地點是在福州路上的一家飯店。這是同學對徐師表示的一點敬意，但擔心徐師不會來，想不到徐師居然應約準時而至，同學們非常高興。那次，我作為一名低年級的學生，被研究班的同學拉去了。我是初次參加這種宴請，心裏又喜又不安，不免有點緊張。飯桌上，沒有什麼豐盛的菜餚，徐師興致很高，頻頻飲下同學們的敬酒。他的豪飲使我愕然！他三杯下肚後，談興更濃，上下古今，海闊天空，使同學樂極了。而今，那些請徐師吃飯的同學，多已年屆古稀，又天各一方，若說起那次宴請徐師的往事，我想他們至今也不會忘記的。[14]

徐鑄成的師範風儀，於此可以窺見萬一。而在飽經世路崎嶇，數十年淬勵後更是爐火純青，莘莘學子，惠益匪淺。

新聞烹調學

　　廣東的《羊城晚報》在「文革」後復刊。徐鑄成先接到徵稿信，後陸續收到報紙。細讀之下，覺得它不僅保持了傳統特色，而且有所創新，有所突破。從《羊城晚報》的新貌，徐鑄成悟出了這樣一個道理：「掌過勺的人，大概最能體會廚師的甘苦。我是常常把報紙的主編者比作廚師的。他要把報紙編得生動活潑、豐富多彩；各版都有特點，每一條新聞、每一個標題都能吸引讀者，非看不可；而整張報紙又融為一體，保持一個風格。彷彿廚師辦一桌筵席，每一個菜都色、香、味俱全，而整桌菜有主次，甜、鹹、酸、辣，適味可口，搭配合度，讓顧客看了就垂涎欲滴。如果端上來的盡是大魚大肉，儘管營養價值極高，胃弱者會望而生畏，即使消化力強的，日久也會『倒胃口』的。」[15]

　　從這道理出發，他聯繫到辦得不理想的香港左派報紙，反覆琢磨辦報的成敗與得失。1980 年香港之行後，先後在暨南大學、復旦大學，還有福州、廣州、杭州、蘇州、武漢等地，都講了新聞的有關問題。

　　1982 年 4 月，福建省政協邀請徐鑄成到福州，請他談辦報經驗。「新聞烹調學」就在這會上公諸於世。他說：「我就藉『烹調學』的名詞來強調編寫新聞的技術性、藝術性問題。」翌年（1983）暑期，民盟中央舉行學術講座，請徐鑄成講新聞問題，他接受錢偉長的建議，改了個題目：〈新聞藝術〉，說這樣可以雅俗可賞。

精幹的隊伍與品德的砥礪

　　徐鑄成認為，辦好一張報紙，除了必要的硬體外，要有合格的記者與編輯，而且這支隊伍要非常精幹。徐鑄成在不同的地方講時都強調這點。他以《大公報》為例，1929 年他入館時（前兩年在《國聞周報》，為《大公報》所辦），整個編輯部連校對在內不過三十餘人，全館職工百餘人。初期《文匯報》，內外勤加在一起只有二十餘人。抗

戰勝利後，《文匯報》已日出數大張，編輯部不過六十人。「現在聽說不少報館的編輯部，動輒有三、五百人的編制」，他為之讚歎不已。

隊伍之所以精幹，編輯部成員都是一身幾任。張季鸞是《大公報》總編輯兼副總經理；王芸生編要聞版兼編《國聞周報》；徐鑄成同時編體育、教育、經濟三個版。他們都能寫能編。徐鑄成說：「不論是總編輯還是一般採訪人員，都是記者，每時每刻都不要忘掉手中的筆。」

徐鑄成提出了記者（包括編輯，下同）的品質與修養問題。他提出了作為報人的標準：「歷史是昨天的新聞，新聞是明天的歷史。對人民負責，也應對歷史負責。富貴不淫，威武不屈，不顛倒是非，不嘩眾取寵，這是我國史家的傳統特色。稱為報人，也應該具有這樣的品德和特點。」[16] 這是每一個記者都應具備的品德。

說到修養，他提出了學識修養。努力的途徑有兩方面：一是領導的關心與培養。為他們創造各種條件，使之由不成熟到成熟，逐步成長。自己也要不斷充實、提高。第二方面，他作了深入闡述。他建議除學習中央文件、領導同志講話外，要多讀文學、歷史和有關現代科學知識的書，還要多讀點古書，如前四史（史記、漢書、後漢書、三國志）、《晉書》、《左傳》、《國語》、《國策》等書，多熟悉歷史，從這些書裏學習表達、推理、分析問題的方法。他以報人曹聚仁為例。曹偏愛王船山的《讀通鑒論》，常讀、精讀，他寫新聞評論頗得力於此書。徐鑄成和他不謀而合。當年張季鸞也曾下過功夫精讀此書。徐鑄成愛看《儒林外史》和《聊齋誌異》，後者可能看了不止一百遍。蒲松齡描寫人物非常準確、生動，寥寥幾筆就能刻劃一個人物，如在眼前，呼之欲出。此書運用典故和成語，也很靈活，對煉字煉句與成語、典故的運用很有幫助。《儒林外史》敘事以「綿裏藏針」的手法，話不直接說出而意在言外，話中帶骨。讀《儒林外史》對寫作大有裨益。

徐鑄成以多年經驗和切身體會勉勵後學：「平時要多練，掌握十八般武藝，一日需要，就能用上了。這就是所謂『寧可機會負我，我不辜負機會』。」[17]

過三關：文字關、政策關、常識關

徐鑄成的「新聞烹調學」，強調記者要過三關。三關的序列，他有時把「文字關」列為第一，有時又把「常識關」放在首位。「政策關」則居第二。

文字是基礎，先從「文字關」說起。

每篇文章都要文從字順，在語法、修辭、邏輯方面都不能有差錯，在這基礎上力求生動、活潑、有文采。

前輩報人頗多典範。徐鑄成說：「季鸞先生的文章寫得好，靈活剔透，正如梁任公說的『筆鋒常帶感情』，即最能感染讀者的心，而又開創出新聞評論的新路子，評論中透露新聞，新聞中帶有議論，實為當時少見的『巨匠』」。[18]

1936年4月1日，《大公報》上海版創刊。這天，晚上9時，張季鸞進總編室寫社評，10時許（僅一小時）即完稿，出來與胡政之商量，題為〈今後之大公報〉。文中有這樣一節：

> 本報同仁認識祖國目前之危機異常重大，憂傷在抱，刻不容紓。回憶十年來服務天津，多經事變，當年中原重鎮，今日國防邊疆，長城在望而形勢全非；渤海無波，而陸沉是懼。尤自去夏以來，國權曖昧，人心憂懼。蓋大河以北四千年來吾祖先發揚文明長養子孫之地，今又成芨芨不可終日之勢。國難演進至此，又非僅肢體之毀殘，而竟成腹心之破壞，此而放任焉，中國之生存已矣！本報同仁自慚譾陋，徒切悲悚，惟於縈心焦慮之餘，以為挽回危局之道，仍在吾全國各界之智慧與決心……[19]

半世紀後，徐鑄成評介該文云：「社評處處以感情扣動廣大讀者的心弦，而廣求同情，其警句如『長城在望而形勢全非；渤海無波而陸沉是懼。』，多是催人落淚的精心之筆。」[20]

張季鸞是文章快手，這篇社評僅一小時即完成。張季鸞通常在晚11時開始按所留篇幅寫社評，可長可短，不管外面市聲喧囂，都是一揮而就。為了搶時間、爭速度，有時寫好一段即裁下付排，邊寫邊排，最後恰到好處，報紙準時付印。無怪1938年，周恩來在漢口對人說：「作總編輯，要像張季鸞這樣，有悠哉遊哉的氣概，如騰龍飛虎，游刃有餘。」（據徐盈對徐鑄成語）。

徐鑄成也同樣是文章快手。當年在《文匯報》寫社論之快，為社中同仁所稱道。1985年，已是八旬高齡。是年有江南遊，在各地參觀的二十三天中，寫了二十二篇通訊，還有一些小品。

文章之所以寫得快，如徐鑄成所說：「做到這一步，不僅靠文筆快、腦筋靈，打好腹稿，還要有一套基本功：除對時事瞭若指掌，有各種豐富的知識外，有關國內外的重要資料，不論是歷史的，還是當代的，都應牢牢熟記於胸。」[21]

第二，政策關。徐鑄成認為最難過的是政策關。因為我們的新聞報導與言論都要符合政策，才能起到積極的宣傳效應。

常見在同一採訪場合，如公開的記者招待會，有的記者發問很有針對性，抓到了問題的要害，這就是他們研究了政策的結果。

徐鑄成舉了個實例。中國報人梁厚甫後來去了美國。梁寫信給徐鑄成，說有一位美國記者，平時總以三分之二的時間，用來學習和研究政策。1981年元旦，人大委員長葉劍英發表關於臺灣回歸、爭取祖國和平統一的談話後，這位美國記者立即向我駐美大使館要了五份書面稿。一周後，梁厚甫去他家，看到桌上放著那五份書面稿，已用不同的顏色筆勾劃殆滿，而且還密密麻麻地寫了他的心得體會，還加了許多註解。對別國的文件如此重視，對本國的更不必說。

研究政策是領會和掌握精神，要用新聞語言和事實來宣傳政策。如果照抄文件，實際上是無效的宣傳。他說：「我們報紙的宣傳，主要指評論文章，應該做到像蠶吃桑葉而吐絲那樣，黨的方針是桑葉、原料，經過消化以後，吐出來的就是新聞語言，就是美好的絲。但是，

我們現在的報紙卻常常做不到這點。吃的是桑葉，吐出來的還是桑葉，不是真正吃透了中央精神，用新聞語言寫的文章。」[22]

第三，常識關。所謂常識，即通常必須掌握的知識。記者與編輯雖無法是每個問題的專門家，但總應比讀者更具備廣泛的常識。徐鑄成說：「從古到今，從自然科學到應用科學、社會科學，特別是中外歷史、中外地理、法律、社會學、政治經濟學，都應該一般地比讀者有比較深廣的常識。不應該在常識上出笑話，講外行話，否則就會破壞宣傳的效果。」[23]

常識對記者的重要，徐鑄成以黃裳為例。徐鑄成稱為「很有才華」的黃裳，是《文匯報》的名記者。交通大學電機系畢業。寫一手清麗灑脫的好散文，古籍考證、版本研究無不擅長，文史造詣之深，已屬難能可貴。《文匯報》副刊「浮世繪」的編者準備請人撰寫京戲的文章，苦無適當人選。黃裳毅然執筆，逐日一篇〈舊戲新談〉，幾被人疑為梨園中人所寫。後又銜命專訪梅蘭芳，寫出訪問記，並請梅先生寫《舞臺生活四十年》，在《文匯報》連載二百天，大受讀者歡迎。雖然黃裳自稱是京戲的外行，顯然如果沒有深廣的京劇常識，就無法達到這樣的境界。

三要點：掂分量、立標題、巧編排

徐鑄成說他的「新聞烹調學」，強調的是編寫新聞的技術性、藝術性問題。其中說到編輯技術的三方面：

一、掂分量。舊社會時，上海蘇州河上有從平湖、蘇州、溧陽運來的西瓜。水果店到船上去批發。常請幾個能掂分量的大師傅。工人在船上向岸上拋瓜，大師傅接起，就手掂了掂分量，放在筐裏，每筐基本上是百斤，過秤時略有誤差。徐鑄成用這實例說明編輯的功力。一稿在手就「掂」出它的分量，決定採用與否，和放在哪一版的什麼位置。這裏，還有識別來稿所說事實的真實與否的核對。

　　「掂分量」對記者來說，也同樣重要。遇到新聞線索時，以自己的經驗與敏感，「掂」出它的意義，甚至能在小新聞中發現大新聞。還可注意擴大採訪面，看有無副產品。

　　出色的編輯可以「點鐵成金」，「化腐朽為神奇」。有些稿件基本上內容不錯，巧手修改就可「點鐵成金」。張季鸞就有這樣的本事。當時《大公報》有些星期論文，儘管出自名家之手，張季鸞都親自潤色。如胡適的稿件，他認為不符合報紙風格，照樣修改。王芸生編撰的《中國與日本六十年》，每篇都由張修改過。范長江的《中國的西北角》在分篇刊載時，也由張進行文字加工。這些文章經過修改後，都更勝於原稿。[24]

　　關於「化腐朽為神奇」，徐鑄成也舉了一例。解放戰爭時期，他和宦鄉同掌《文匯報》編輯部。一天，徐鑄成從廢紙簍裏發現一條中央社新聞，報導戴笠逝世一周年紀念會。他靈機一動，刪去不必要的內容，裝上一個〈戴笠音容宛在〉的標題，發表在國民黨鎮壓學運的消息旁。會心的讀者就領會，所謂「音容宛在」，即戴笠雖死，特務仍在肆虐。事後果得讀者讚許。

　　鑄成先生說得好，「掂分量」不是唯心的東西，也不是「第六感」的天才表現。這是依靠經驗，靠不斷學習、觀察、實踐，才能積累掌握的。

　　二、立標題。「標題是一門藝術」，徐鑄成多次這樣強調。題目之目就是眼睛，人的眼睛如炯炯有神，自能吸引人。題目在新聞中也是綱舉目張中的網，綱一舉起，也就抓住了新聞中的精華。當年《大公報》重要新聞的題目，都由總編張季鸞親擬，成為一大傳統。

　　徐鑄成說：「一個鮮明、準確、生動的題目，會使文章生色，增加它的力量。」[25]

　　袁世凱稱帝前，一些幫閒文人搞了所謂國體問題的討論，為袁稱帝製造輿論。梁啟超撰文抨擊，題為〈異哉！所謂國體問題者〉。此文一出，轟動中外。時隔六十多年後，此文內容已無法記憶，但這虎虎有生氣的題目，徐鑄成仍然未忘。

解放戰爭初期，解放軍主動撤出延安。國民黨大肆宣傳：「國軍大勝，收復延安。」《文匯報》對這消息裝了這樣的題目：〈延安昨日易手 國軍長驅直入〉。「長驅直入」說明未遇抵抗，輕易進入，讀者自能領會個中真相。這樣的標題既含蓄又有傾向性且耐人尋味。

國民黨單獨召開「國大」，拉民盟參加，民盟置之不理。上海忽然冒出一個由流氓、無聊文人等組成的「中國民主黨」，要以少數黨身份參加，國民黨拒不接受。徐鑄成的標題是：〈要者不來 來者不要〉，概括了國民黨的狼狽相，巧妙地嘲笑國大醜劇。

馬寅初的「新人口論」平反時，《光明日報》上有篇報導，標題是〈錯批一人 誤增三億〉。僅此八字，就把馬寅初受冤及其所帶來的負面影響點了出來。

……

好的標題得來不易，往往出自編者的「繞室徬徨」與「搜索枯腸」，一旦得之，喜悅奚似。

徐鑄成傳授他的經驗：「我們應當多看書，多背誦一些古典文學中的名篇佳作、名句警語。這樣，一則新聞來了，猛然就會想到某句話，或其中的幾個字，信手拈來，就很妥貼，運用恰到好處。不要去生搬硬湊，強拚起來的題不會好。」[26]

三、巧編排。「三分姿質，七分打扮」，人要美容，而書籍講究裝幀，報紙則講究版面編排。徐鑄成仍用烹調作比：要像「各地名廚師所精心調製的筵席那樣，大菜、小菜，熱炒、冷盤，甜菜、酸菜，各盡調味之能事，花色豐富、搭配整齊。這才能色香味俱佳，使人聞到、看到，就食指大動，垂涎三尺。」[26]

上世紀二十年代，中國報紙不講究編排藝術，不分專電、外電，也不分國內通訊與本市新聞，全都放在同一個版面上，鬍子、眉毛一把抓，標題上又不下功夫，這使讀者無從看起。1926 年起，《大公報》學日本報紙的編排，開始講究編排藝術。重要新聞放在一版，挨次再按新聞性質分刊各版。在一個版面上，既突顯重要新聞，又有大小搭配。以後各報陸續開始改進。

版面編輯應胸中先有丘壑，瞭解要發表的全部稿件，以便於整體安排，如重要的、次要的新聞各發表於何處（指版面位置）。版面要有幾個一欄、幾個兩欄、幾個三欄，加框都要搭配妥貼。主題和副題的位置要適當、標題的字要精煉，不應頂天立地。如此，每個版面都搭配整齊，活潑生動，又根據新聞的重要性，分清主次，使整個版面流動疏暢而有立體感。

……

徐鑄成的「新聞烹調學」的思想和具體做法，散見於他的多次講話和著作中。這是他晚年的一大貢獻，也是他遺留給後人的寶貴財富。

人物三傳與懷人篇什

徐鑄成曾說：「長期的記者生涯，每天總要寫點什麼，像老藝人一樣，每天一定要吊吊嗓子，唱那麼幾段。二十年被迫擱筆期間，最難受的是「嗓子」發癢。一旦開禁，就恨不得一天唱上十段、八段，雖然功力生疏了，「嗓子」也發乾了。二是心情舒暢，總想為「四化」事業多做點事。而我今天能貢獻的，只有一枝筆，只有一些過去的親身經歷和耳聞目睹的舊聞，寫出來提供有識者參考；或者可以沙裏淘金，作為借鑒。[27]

他既有這樣的心願，1981 年夏天，上海《青年報》的編輯找上門來，請他給「海上聞人」杜月笙寫一則人物傳記，作為長篇連載。編輯的意圖是希望透過這個典型人物，從一個角度，反映舊上海的概貌，使青年讀者瞭解過去、中老年讀者溫故知新。這本符合他的心願，然而也有難處。他的寫作領域本是社論、政論式的文章和新聞通訊。傳記性的文藝作品從未涉獵；對杜月笙和他所「君臨」的社會也不熟悉，最後勉為其難地把這任務接了下來。

說到人物傳記，他本愛讀。他的好友傅雷曾將自己翻譯的羅曼羅蘭的英雄三傳（《貝多芬傳》、《彌蓋朗琪羅傳》、《托爾斯泰傳》）贈送

給他。翻開《貝多芬傳》，即為開篇的幾行文字所吸引：「我們周圍的空氣多沉重。老大的歐羅巴在重濁與腐敗的氣氛中昏迷不醒。鄙俗的物質主義鎮壓著思想，阻撓著政府與個人的行動。社會在乖巧卑下的自私自利中窒息而死，人類喘不過氣來。——打開窗子罷！讓自由的空氣重新進來！呼吸一下英雄們的氣息。」他為之擊節三歎。

然而羅曼羅蘭所寫、傅雷所譯是心靈偉大的英雄人物。那杜月笙呢？動筆之初，躊躇再三。他說：「這次試寫《杜月笙正傳》，不免有些膽怯，彷彿演慣小戲的人，一旦要排練整本的連臺大戲，感到功力夠不上，而且所寫的『角色』，是這樣複雜，臉譜色彩又這麼陰暗，牽涉面似乎又很廣，如何寫得近似而不失真呢？」經過再三思考，他決定嘗試。他說：「鼓勵我嘗試的，主要是三中全會以來的實事求是的精神，不必求大求全，一是一，二是二，聖人未必沒有缺點，『反面人物』在某些方面也可以『一分為二』。總之，具體問題要具體分析，不全盤肯定，也不一筆抹煞，這樣，寫出來的人物可能有血有肉，能夠生動地再現其本來面目」。[28]

他終於開始寫《杜月笙正傳》，邊寫邊在《青年報》刊出。刊登後，「郵局發報處門前排成長龍」。當刊到第八章時（已寫到第十二章），「因主持者心旌不寧，乃於刊出第八章後宣告腰斬」，後來他又補寫五章（全書十七章），由浙江人民出版社於 1982 年 6 月出書。

《杜月笙正傳》雖僅十一萬字，薄薄一本，卻有多方面的創新：

一、不拘泥於傳主本事，而是「透過這個具體的人物，從一個角度來描述當時社會的概貌」。徐鑄成與杜月笙僅一面之緣，同時他也非「青幫」中的人物。如按通常的人物傳來寫，勢必力所不逮。在「早年的歷程」介紹杜的出身家世後，就以較多篇幅撰寫黃金榮、張嘯林的崛起，從而說明上海灘這個特殊的地方，怎樣孳生黃、張、杜這三個怪胎——「海上聞人」。杜月笙參與「四一二」反革命叛亂，革命人民血流成河，蔣介石與杜月笙相互利用，他因而奇峰突起。徐鑄成實事求是地指出：「杜月笙在這次血腥鎮壓中，不論『功勞』多大，

畢竟只是一個工具，既不是主角，也不是配角。除蔣以外，真正參與機密『運籌帷幄』的，有魯迅稱之為劉姥姥的吳稚暉，還有白崇禧和桂系其他首領以及何應欽等……另外，站在背後大力支持的是帝國主義。」從「躋身工商界」一章中，寫了北方財閥（金城、鹽業、大陸、中南四銀行）的南來，與杜依靠江、浙財閥躋身金融界……無須一一例舉，本書既是人物傳，也可作近代史看。

　　二、從來人物傳只寫傳主本事，作者並不介入，而本傳處處可以看到作者的身影。在「楔子」的短短一章中，就穿插了徐鑄成的三件親身經歷。一是當年（1936）《大公報》創辦上海版，徐鑄成來上海落戶。創刊之初，遭上海地方勢力抵制，三天看不到一張零售報。胡政之請人牽線，找到杜月笙。杜一句話就吹散一天烏雲，第二天，《大公報》就在報攤露面。二是說到流氓幫會的勢力，徐鑄成引出故鄉宜興有個徐老二，以無底的茶壺怎樣訛詐農民的故事。三是 1939 年，徐鑄成在香港主持港版《大公報》的工作，一天，忽來請帖，杜月笙生日請吃壽酒。就在登門慶壽時，徐鑄成與杜聞人初識面。又在第十四章「物資『交流』」中，寫到杜月笙能在大後方與淪陷區，構設一條「物資交換」線，浙江淳安是其中重要的一站。以此為源頭，徐鑄成用很大的篇幅，書寫他 1943 年秋天的東南行——從桂林潛入上海。這種寫法，可使讀者感到親切，但必須放得開、收得攏，徐鑄成運用自如。

　　三、徐鑄成生平愛聽評彈、說書，因而杜傳的故事性極強，伏筆與懸念時見，語言時莊時諧，強烈吸引著讀者。

　　為外國冒險家（人稱上海是冒險家的樂園）哈同寫傳，徐鑄成是應 1982 年復刊的《新民晚報》編輯所請。晚報編輯希望他寫個長篇連載。他想，在舊上海的人物中，比杜月笙更有「代表性」的只有哈同。「他控制著『洋場』的經濟達幾十年，而且關係到千家萬戶的生活，又和各個時期從中央到各地的當權者有聯繫。能夠寫好這個人，當然更有助於瞭解昨天、熱愛今天，從而努力建造更美好的明天。」

　　報社對他的要求是，以寫《杜月笙正傳》的態度來寫。每天發一篇，篇幅不能過大，一篇中必須告一段落。這種體裁對他來說，無疑是新嘗試。

　　他和杜月笙還有一面之緣，而對哈同與羅迦陵夫婦，以及他們的總管姬覺彌則從未見過。僅在哈同夫婦的紀念冊裏，看到哈同等人晚年的照片。當時的攝影技術又不高明，談不上有什麼印象。好在有關哈同的資料倒還不少，晚報編輯胡澄清把歷年積累的資料都提供給他。

　　就這樣，他開始寫《哈同外傳》。

　　《哈同外傳》從歐斯‧愛‧哈同於 1873 年流浪到上海寫起，寫他如何發跡致富，到 1931 年 6 月去世，寫了他整整一生。計有六章三十四節，十三萬餘字。從 1982 年 5 月 13 日寫至 1983 年 4 月，就在上海文化出版社出書。

　　「外傳」開始在報上連載時，有些朋友向徐鑄成提出意見，認為寫得太鬆散，鋪得太開。他說，批評是十分中肯的。他的解釋是：「我總想把當時當地的背景交代得清楚些，有時不免把『鏡頭』拉得太遠，反而使主角在畫面上不夠突出。另外，十年內亂的事實，不能不引起人們深深的警惕：封建主義和帝國主義這兩座『大山』雖然早被推倒了，但它們的黴菌、根鬚還深深地埋在我們的土壤裏、江湖中，一旦氣候反常，它們還會泛起，還會『破土而出』，冒出新品種……我在寫這本外傳時，總想盡力把這片土壤刨得深一點，讓這些根鬚、黴菌暴露於光天化日之下。」（見《哈同外傳》自序）。

　　徐鑄成自稱，《杜月笙正傳》與《哈同外傳》都是傳記小說。小說難免沒有誇張的描述。對這一點，他在最後一章「餘音」中，設計兩位老人坐在當年哈同花園的舊址（今上海展覽館）上撫今追昔時，作了解釋。一位老人叫祝世華，另一位是趙升里。趙說《哈同外傳》「基本的事實還差不多，就是文字不太流暢，有些地方說得不夠清楚。」祝說：「我看，裏面有些細節，可能是作者杜撰的，像哈同夫婦和姬覺彌的談話，他怎麼源源本本寫得這樣具體？」趙的意見不

同：「那倒不要這樣膠柱鼓瑟，它本來不是正史，而是外史，只要基本事實不走樣就可以了。人家不是也說，《三國演義》是七成真、三成假嗎？比如，青梅煮酒論英雄，只有曹操和劉備閉門對飲，他們又都沒有寫過回憶錄，羅貫中怎麼知道得這樣詳細？」那位趙老又發表議論：「其實，我看正史也未必字字有來歷。太史公是修史的老祖宗，但在《史記》裏，有些記載也很費推敲。比如，項羽看到秦始皇的車駕，在嚴密警戒中馳過，他說『彼可取而代也』。那時候，偶語棄市，這樣要『犯上作亂』的話，當時項羽至多起過這一念頭而已，事後也恐怕不敢和別人談及，而且他年紀不大就自刎烏江死了，司馬遷是怎麼聽到的？」用這種方式作解釋，確實非常別致。

為懷念傑出的本師、前輩張季鸞，徐鑄成於 1986 年推出《報人張季鸞先生傳》。

張季鸞於 1911 年參加《民立報》，到 1941 年逝世，度過整整三十年的記者生涯。特別是 1926 年主持新記《大公報》筆政後，十五年間馳騁報壇，聲名遠播海外。

徐鑄成從 1927 年進入《大公報》起，就在張季鸞的卵翼和指引下，逐步成長，陽光雨露、恩澤難忘。他既和張季鸞接觸較久，張師的音容笑貌、理想抱負、處世做人，徐鑄成也最為瞭解，從而也能較準確地評價他對近代新聞事業的貢獻。

徐鑄成說到撰寫張傳的初衷：「試寫季鸞先生的傳，我不揣愚陋：主要想把這位報人的經歷、氣質、情操乃至聲音笑貌，再現在讀者面前。也想以他為主軸，大概描述一下辛亥以來舊中國報界的一般面貌，並反映當時的政壇軼聞。」[29]

1986 年由三聯書店出版的《報人張季鸞先生傳》（以下簡稱張傳），是本精心結晶之作，確實符合徐鑄成的初衷。他寫的三本人物傳中，這是最精采的一本。

張傳一反寫人物傳的常例，不用俗套的語言介紹張季鸞的出生。開端就是「古道、西風、瘦馬」，兩輛大車載著寡母孤兒，在風雪載

途中，長途漫漫，從山東往陝北榆林去。這就是張母與張季鸞扶柩（父親死於山東）回鄉的場景，濃濃地宣染了悲劇氣氛。

接著藉陝西學臺沈衛（兼巢）破格，讓誤「卯」（遲到）的張季鸞入闈應試一事，顯出他經史學業的不凡。沈鈞儒（衡山）是沈衛之侄，由此張季鸞與他訂交。全書中一個故事套一個故事，搖曳生姿。以後張季鸞負笈日本，留學五年。在日本交遊日廣，結識的李書城、谷鍾秀、張群等都是同盟會中的人。他同情革命也欽敬孫中山，但他婉拒入黨，立志於做超然黨派之外的新聞記者，以文章報國。回國後參加《民立報》，儘管和于右任等同盟會的人共事，仍貫徹初衷，始終不參加任何黨派、

在徐鑄成筆下，最足以顯示張季鸞人格光華的，是他兩度繫獄。1913 年初，張季鸞在北京辦《民立報》。時袁世凱竊踞國柄，野心畢露。張季鸞揭露袁秘密向英、法、美等五國銀行團接洽二千五百萬英磅的「善後借款」。消息刊出，全國震動。當晚，軍警包圍《民立報》，將總編張季鸞、經理曹成甫投入死獄。後經友好李根源等多方營救，張被囚三月餘後放出，曹則瘐死獄中。1916 年，袁世凱竊國稱帝，在全國的反對聲中憂急而死。段祺瑞繼承袁的衣缽，控制中央政權，依然實行軍閥統治，念念不忘向南方用兵，實現武力統一之美夢。段琪瑞出賣國家主權，以膠濟鐵路為抵押，向日本秘密借款。時張季鸞在《中華新報》任總編，毅然披露此消息。段下令查封《中華新報》等六家報紙，拘押張季鸞於首都員警廳。後經國會抗議、友好多方營救，歷半月餘，始恢復自由。「沒有坐過牢，不是好記者」，張季鸞是無愧的。

張季鸞雖是徐鑄成的恩師，但他寫張傳時，也不為賢者諱。徐鑄成說，張季鸞生平最為人所疵議的有兩件事：一是在「西安事變」時，張曾一再寫社評，反對張、楊此舉，勸他們即放蔣介石；二是皖南事變後，曾親筆寫一文（第一篇係王芸生所寫），反責中共破壞抗戰。前一事為國家統一團結出發，事後證明他並沒有錯。後一事，張季鸞到香港時，親口告訴徐鑄成：「那時芸生招架不住，我不得不力疾作

此文以資應付。」徐鑄成還實事求是地說到張在抗戰時期的一些主張和所提出的口號，如聯蘇抗日，團結各黨派，提倡組織參政會，提出「民族至上，國家至上」、「抗戰第一，勝利第一」的口號，都盡了報人應有的愛國職責，無可厚非。徐鑄成還說：「他後半生的袒蔣，既不為名，又不為利，至多出於『士為知己』的一念。後來報館當局收受二十萬美金的官價外匯，那時張先生已『墓木拱矣』」。當然徐鑄成也沒忘了寫張季鸞在私生活方面的名士風流，如多妻納妾，有四、五位之多。這不過是當時社會的風習，「絕不能以社會主義精神文明的尺度來衡量古人──包括已經作古的近代人的生活細節」。

總之，徐鑄成寫出了張季鸞──一個活生生的報人，沒有把他寫成頭戴光環的神。

近讀當年《大公報》記者高集〈憶我的姑父張季鸞二三事〉一文，其中提到徐鑄成的張傳：「在那本書裏，兩次提到姑父的婚姻，一處說：『1908年，張曾短期回國，主要是王太夫人（張季鸞母親）生前曾為兒子訂了一門親，女家催迫甚亟。他回家完了終身大事後，……不到兩個月，就別了新婚的李夫人和親友，啟程再次東渡。』另一處說：『季鸞先生先有李夫人，後在滬主持《中華新報》時娶王夫人。1935年，娶陳夫人筱霞女士，生了張先生唯一的兒子士基。』徐先生把姑父的第一位夫人說成姓李，第二個夫人說成姓王，都搞錯了。其實姑父的第二位夫人姓范，是家裏的實權派，我們小時候叫她姑媽。」[30]按高集所說，張的第一位夫人，就是高集的姑媽高雲軒。這當然是小瑕疵。

除這三本人物傳外，徐鑄成還寫了一些懷念故人的篇章。他說：「在伏案寫作時，這些可敬的前輩和朋友的光輝業績和音容笑貌時常『跳』入我的腦海，縈懷不已。」這些朋友大半在那十年中，受迫害離開人間，寫時，除傷感外，不免帶一點悲憤的筆調。被懷念的友人有：浦熙修、姚溱、潘漢年、吳硯農、李濟深、周叔弢、錢賓四、惲

逸群、嚴獨鶴、江南等。（文章大都收入《風雨故人》）還有的當時尚健在，如葉聖陶。

　　1982 年，葉聖陶八十八歲，這是米壽。葉老是徐鑄成生平敬畏的師友之一。他寫了篇〈懷葉聖老〉，發表在《文匯報》上（據葉聖老長子葉至善說，此文見報是 2 月 24 日。收入徐著《報人六十年》時，篇末註明 1982 年 7 月。兩者日期不同）。這篇文章開頭交代寫作動機，為葉老壽登九旬而慶；結尾說：「祝葉老健康長壽，至少再活二十年……」中間說兩位老人家數十年間的交往。文中講了兩件事。一是 1949 年，葉、徐兩位從香港乘船北上途中的趣聞。二是記葉聖老在一次民主人士座談會上的發言。徐鑄成這樣寫：「3 月初，輾轉到了解放不久的北平。一天，周恩來副主席邀約我們和在北平的民主人士座談對今後的希望。我分明記得葉先生講的幾句使舉座吃驚的話，大意是：『我已年老，腦筋遲鈍了，希望勿勉強我改信唯物主義。』事實證明，以後他一直是努力學習馬列主義和毛主席著作的。他既不是那種『面從，退有後言』的人，也不『遇事三分左』，還沒有想通，先附和、表態。他心裏想什麼，就說什麼，是真正願意和黨肝膽相照的。」這篇文章見報，引出異議。那時葉老長子葉至善先生，說了以下的話：「當時我讀了鑄成先生『分明記得』的，使舉座吃驚的話的大意，心裏也很吃驚，我從未見過父親在這種場合上發表這樣的狂言。鑄成先生的吃驚是可以想像的，他不得不記下來。記了下來，又覺得不大妥當，所以加上『事實證明』的這一串話。我懷疑，這次會議，我父親是否被邀請了，因他那時還沒有參加黨派，而且無黨派的領袖，大家公認是郭老和張老奚若。鑄成先生參加了不假，因為他有記者的身份。2 月 26 日，曉風兒趕來找我，說在《文匯報》上說我父親拒絕唯物主義，影響不好。他寫了篇稿子，要他們更正。我說文章已經登出來了，就不好辦了。他說有，是親眼所見，親耳所聞。你偏說無，這個『無』只能憑推理，是拿不出憑證來的。曉風兒的文章是寄去了，沒被採用。父親在那天的日記中說：『余昨見此文，以為不必辯。大

概余從未道及『唯物主義』、『唯心主義』之名。在大庭廣眾中作如是表態，絕不類余之習性，與我相知者自能知之。今曉風好意，既已寫成稿子，亦不便勸使勿發也』」。[31] 孰是孰非，這又是一件待證的公案。不過，平心而論，徐鑄成報人品德，生平不作誑語，何況葉老是他生平敬畏的師友，豈能造假；另一邊，葉聖老正直、善良，從來「貞剛自有質」，「從不作違心之論」（徐鑄成語）。葉、徐兩老均已先後歸道山，自不能直接說話。筆者從葉聖老 1949 年 3 月的日記，與同是葉、徐兩人好友宋雲彬同時的日記，可以看到葉聖老認為讓大學教師受政治訓練「殊可不必」。宋雲彬在日記中寫道：「聖陶顧慮平津當局處理大學教師有偏向，余亦以此為慮。」唯物主義——政治訓練，一組相關話題，葉聖老能否這樣說，可作參證。

《八十自述》付梓後封存

1985 年夏天，徐鑄成從廬山回上海。晚間興至，喝了一瓶故鄉（宜興）出產的「善卷啤酒」（礦泉釀製）。他壯年時向有「酒仙」之稱，區區一瓶啤酒，本不在話下。哪知酒後忽發生昏厥，頭腦天旋地轉，四肢乏力，夫人朱嘉稑與兒孫輩嚇得一時手足無措。經醫生診治說是「小中風」。在中、西醫悉心診治下，又是針灸，又是推拿，終於奇跡般地恢復正常。

這對他是一次警告。他深深感到要抓緊時間了。畢竟人人難逃生死大限。何況新聞記者的職業，由於長期熬夜，生命都不久長。他想到自己腦子裏的一些經歷、見聞、掌故、佚事，以及一些第一手的史料，該留下來的要趕快寫出來，免得無常一到，萬事皆休。他決定用回憶錄的體裁，可以事無巨細地包容進去。書名定為《八十自述》。

用這個書名，他就想到胡適博士曾寫過《四十自述》，其中最精彩的也是人們常常談論的兩句話：「做了過河卒子，只有拚命向前。」胡博士用以自況他當時立身處世的哲學。他自忖，自己的年齡已超過

當時胡的一倍,回首平生,立德立言,事業兩茫茫,何敢比胡博士於萬一。所幸一輩子蹉跎顛沛,倖免當任何人的卒子,堪以自慰。又再想到,這一年(1985),他七十八歲,說八十自述是虛,但人生過了七十,就可稱行年八十,還是決定用這書名。

動筆時,他想起亡友惲逸群的一番話。他感到,自己的經歷雖沒有惲逸群這樣慘烈淒苦,但也有相同的,那就是一生經歷都可以明明白白地攤開來。司馬溫公有句名言:「事無不可對人言」,他續上一句:「胸有是非堪自信。」(後來回憶錄完成時,他寫成七絕〈自慰〉:「胸有是非堪自鑒,事無不可對人言。清夜捫心無愧怍,會當談笑赴黃泉。」其中第一句原為「堪自信」,改為「堪自慰」,最後定為「堪自鑒」。)總之,他定了這樣的原則:於人,不宥於成見,不「以成敗論英雄」;於己,既不亂塗白粉,也不妄加油彩,一切本著實事求是的精神,盡量詳盡地回憶過去所經歷的事實。至於功過是非,則一任歷史加以評說,自己少發議論。

《八十自述》寫了兩、三萬字時,他寄往香港發表,不幸途中遺失。失望中,他擱筆了。許多友朋相勸與鼓勵,要他繼續寫下去。他又開始寫。1987 年 12 月,在他滿八十歲時,終於完成。

當時擔任中共上海市委組織部長的趙啟正(後為國務院新聞辦公室主任),看到這本《八十自述》,很感興趣,他將其推薦至《人才開發》雜誌去發表。接著,徐鑄成的故鄉江蘇,有家出版社想出版此書。派人到府聯繫,既然是桑梓的要求,不好推卻,他同意了。

然而始料未及的是,《八十自述》已經印成,卻沒有問世,封存於倉庫當中。

這本印成而未發行的《八十自述》,封面是黃的底色,右上方是印刷體「徐鑄成」三字(黑色),正中是手寫體書名《八十自述》四個白色大字,左側下方標明「自編年譜」(黑色印刷體)。封面由曹辛之設計。責任編輯何平。該書三百三十八頁,版權頁上記載著:二十七萬六千字,1989 年 7 月第一版,印三千零五十冊。

書印成卻未問世，其中有一番曲折。

書印成後不久，據稱經有關方面審讀，提了三項意見，必須按這些意見刪改後方能發行。這為徐鑄成所婉拒。

這些意見是：一是對胡適的評價太高。對胡適的評價，見於該書「楔子」。徐鑄成直言不諱地稱胡適是個「了不起的人物」。上世紀五十年代，在大陸，把胡適說成是惡毒的敵人，說他宣傳倡導的「大膽假設，小心求證」是「販賣」杜威的實用主義，是直接反對馬列主義的。徐鑄成說：「經過三十年時光的實踐檢驗，結果怎樣呢？那些自以為是馬列主義權威的人，所幹的倒是徹頭徹尾的實用主義——比杜威更『實用主義』的實用主義。先是迫害知識份子，後則成批整自己人、整老幹部，再後就一步一步地『大膽懷疑』、『大膽判定罪名』，使之冤屈折磨而死。」由此他認為，「當年介紹實用主義，應該說倒是很科學的」。看現今大陸學術界對胡適的評價，徐鑄成所論並不為高。二是對新聞改革與民主辦報的意見不妥。書中批評了辦報的「老區方式，蘇聯套套」，不問宣傳效果。三是書中有接待劉賓雁的內容（1985 年，徐鑄成在南昌與劉相遇並與另一人三人合影），其實徐鑄成寫此書時，劉尚未成為問題人物。未照這三項意見修改，三千冊書就存放在倉庫，未能問世。不過，徐鑄成收到了稿酬和樣書。

正如徐復侖先生所說：「由於該出版社採取了過分謹慎小心的態度，致使這部回憶錄終於成了『遺作』。」這也成了極大的遺憾。徐鑄成生前沒有看到自己的回憶錄面世，更沒有來得及進一步修訂和補充對最後幾年的回憶。原書中止於 1987 年，他於 1991 年 12 月 23 日去世。他生前曾對徐復侖說，準備在隔年（1992），用一年的時間修改回憶錄並補上後五年的事情。這樣的遺憾，使人想起龔定庵的詩：「未濟終焉心縹渺，百事反從缺憾好，吟到夕陽山外山，古今誰免餘情繞。」

時隔九年，經中共中央宣傳部同意，《八十自述》更名為《徐鑄成回憶錄》，於 1998 年由北京三聯書店出版。正文內容與《八十自述》基本相同，江蘇方面所提的三項意見，一、二兩項仍按原文印出，未

動（即對胡適的評價與辦報意見），刪除了接待劉賓雁的話。原書中附錄的「徐鑄成年表」未用，改用徐鑄成所撰之〈「陽謀」親歷記〉，還有一篇作者為龔心瀚的〈悼念徐鑄成先生〉，一併作為附錄，另有徐復侖的「後記」。篇幅由二十七萬餘字增加到三十萬字。《八十自述》印三千冊，《徐鑄成回憶錄》印一萬五千冊，是《八十自述》的五倍，並迅速賣完，足見深受讀者歡迎。

《徐鑄成回憶錄》曾送給中央領導同志。據徐復侖先生說：「時隔不久，朱鎔基同志打電話給新聞出版總署，讓其轉告北京三聯書店，說你們出了本很好的書，我感謝你們。三聯書店倍受鼓舞，我們全家也為之感動……」（2006 年 7 月 22 日函）。

莫非真是「塞翁失馬，焉知非福」。

憾事：香港友人發起「八十慶壽」的流產

人生不如意事常八九，徐鑄成八十遐壽那年（1987），發生一件遺憾事。

這年 3 月，他去北京參加政協開會。會議休息期間，北京友人羅承勳（羅孚）與三聯書店的范用，在交道口某飯店設宴慶祝他八十壽辰。

席上，羅承勳賦詩兩首以慶壽。詩云：

　　金戈報海氣縱橫，六十年來一老兵。
　　早接瓣香張季子，晚傳詞賦瘐蘭成。
　　大文有力推時代，另冊無端記姓名。
　　我幸及門慚墮馬，京華眾裏祝長生。
　　桂嶺何嘗鬢有絲，巴山長夜詩如史。
　　江南風雨揮戈際，海角歌呼奮筆時。
　　萬里神州歡五億，廿年惡夢痛三思。
　　老來一事尤堪羨，依舊冰河鐵馬姿。

這年 4 月初，徐鑄成回到上海。他又想起，香港友人邀請他於下月（5月）去香港，為他慶壽兼紀念他從事新聞工作六十周年。

當年徐鑄成活躍在報壇時，廣交新聞界的朋友，並不以左右劃線，在國民黨的報紙中，也有他的朋友，比如《中央日報》的兩位前後總編輯陳訓悆與卜少夫。徐鑄成在一篇文章中寫道：「……訓悆兄在抗戰前就與我結識。在孤島初期的上海，我和嚴寶禮兄主持《文匯報》，曾得到訓悆兄的協助，以後同在香港並肩戰鬥，與鄧友德兄同為摯友。（筆者註：鄧友德曾任臺灣行政院新聞局副局長，為《新民報》創始人鄧季惺之弟）。那次我初訪陪都，就由他們聯繫，得以拜訪陳布雷先生，並和陶希聖先生和少夫兄等結識，頗有來往。」[32]1980年，徐鑄成去香港時，卜少夫曾設盛筵寬待，在座的除卜夫人徐天白及徐鑄成夫婦外，還有陸大聲、朱啟平，都是抗戰時共歷患難的的朋友。

1987 年 3 月，主持香港《新聞天地》雜誌的卜少夫，還有《明報》社長查良鏞（即金庸）、《百姓》半月刊主編胡菊人，以及陸大聲等發起並籌備，於 5 月在香港慶祝徐鑄成八十壽辰並紀念他從事新聞工作六十周年。卜少夫把這計劃函告徐鑄成，請他屆時親自到香港。。

卜少夫等的倡議，立即得到海內外友人的回應。臺北的陳紀瀅、美國的李秋生及梁厚甫等都準備屆時趕到香港。

既是朋友盛情，也準備藉此機會，對祖國和平統一與引進資金支持新聞辦學等有所貢獻，徐鑄成慨然同意。去香港辦相關手續，他想起 1981 年冬天，有過一次不愉快。香港中文大學聯合美國東西文化中心（在檀香山），發起在香港舉行新聞教育討論會，徐鑄成和另外九人受邀參加，費用由邀請方負擔。我國有關方面已覆電應邀出席。「後聞有一貫正確者從中作梗，卒失信而未能成行，而臺灣應邀之五人，則已將首途赴港矣」[33]這次的申辦手續，他又怕重蹈覆轍，沒有想到有關方面讚賞他的心意，簽證和預訂機票都相當順利，只等著 5 月 3 日去香港。

徐鑄成把這資訊通知了香港。香港方面進入實質性的操作,分頭邀請其他到港賓客,訂了賓館。原《大公報》的同事曾敏之、易錫和準備到深圳迎接。臺北的陳紀瀅決定攜帶禮物,專程來香港祝壽。

　　哪知事出意外,果然又和 1981 年冬天那次一樣,有關方面忽然通知他不能去香港,在上海舉行祝壽座談會與壽宴。消息傳到香港,已到香港的臺北陳紀瀅打長途電話給徐鑄成,詢問不能到香港的原因,他無從回答。

　　之所以會有這意外憾事,《徐鑄成回憶錄》稱:

> 由於在港某先生之處理不當,使得臨時發生變化,不能成行。
> 「處理不當」之某先生,即卜少夫。卜少夫在徐鑄成的一篇文
> 章後加註曰:「鑄成兄去年八十歲,想到香港來做壽,我和查
> 良鏞、胡菊人兩兄共同發起也籌備竣事,但結果未能成行,他
> 不能離開上海來香港,使大家很不舒服,這件事,我有點抱歉,
> 以後當有機會詳細談此事,題目早已想定:〈徐鑄成不能來香
> 港過八十歲生日〉」。

卜少夫說「這件事我有點抱歉」,之所以如此說,是因為有一點隱情。

　　原來卜少夫有個習慣,凡是所見所聞、所思所感,都在《新聞天地》的專欄「我心皎如明月」中公開。在他是事無不可對人言,可是有些事未到一定火候,是不可對人言的。卜少夫過早公開了徐鑄成擬去香港做壽的信,信中又有不歡迎左派份子參加的話,有關方面就改變了讓徐鑄成赴港的決定。故卜少夫為之抱歉,並為之不歡多日。1998 年 12 月 12 日,卜少夫先生到上海,筆者由南京去上海,與他相見於上海銀河賓館,聚談中曾以此事相詢。他證實確有此事。他說我本立願待鑄成兄九十大壽,在上海為他祝壽,可惜他停在八十五歲大限上。

　　在上海的祝壽活動,還是熱烈和隆重的。6 月 24 日,是他八十壽誕的正日。前一日,民盟上海市委與《文匯報》在錦江飯店聯合舉行

座談會，為他祝壽兼慶祝他從事新聞工作六十年。中共上海市委常委毛經權代表上海市委致詞。蘇步青、談家楨代表民盟祝賀。《文匯報》總編兼社長馬達、市委宣傳部副部長龔心瀚，也先後致詞。更有廈門大學黨委書記朱力工，從廈門遠道趕來慶賀。與會的貴賓還有：柯靈、鍾沛璋、陸詒、夏其言、欽本立、馮英子、束紉秋、陳念雲、呂文等。徐鑄成的研究生賀越明，代表他發言答謝。民盟中央副主席馮之浚、秘書長吳修平也趕來參加。座談會後舉行壽宴。《文匯報》、《解放日報》、《新民晚報》與《聯合時報》都送了禮物。

　　香港方面，香港《文匯報》連續數天用顯著的位置，報導慶祝會的盛況。李子誦、金堯如、曾敏之三人聯名發來賀電：

> 德登耆壽，文播神州。以民主勇士之姿，挾風雲舒卷之筆，六十年來，論政立言，可謂不負平生之志。兩報壇建樹，更徵愛民愛國之誠。弟等忝列同行，追隨有日。特電申賀，籍表敬意。

香港的其他報紙，如《大公報》、《明報》、《信報》也都刊載祝壽的消息。

　　徐鑄成故鄉宜興的報紙《宜興報》，也用很大的篇幅發表了祝壽的消息與賀詞。這在宜興是絕無僅有的榮耀。

　　（按：近據徐復侖先生 2008 年 8 月 17 日函稱：1987 年，在香港舉辦的「八十慶壽」之所以流產，是因為除「慶祝徐鑄成八十大壽和從事新聞工作六十周年紀念活動。其間由父親牽頭的上海、香港、臺北、新加坡四地區人員參加的新聞研討會也要同時召開。臺灣的陳紀瀅（文聯主席）和美國的梁厚甫都準備前來參加。這才是中共突然變卦，不准赴港的真正原因」。又稱：「據說由於費彝民告狀，廖承志親自下旨吊銷父親的護照。由民盟中央主席高天和中共上海市委統戰部長毛經權出面阻止，這才出現以後改在上海搞祝壽活動的一幕。」）

最後五年

晚年是人生的最後一幕。惟幕拉開，未見高潮也就接近尾聲，最終悄然落幕。

徐鑄成的最後一幕是五年。

自1987年徐鑄成八十慶壽，並於是年12月完成《八十自述》的回憶錄之後，他感歎韶光之易逝，報人生命又極短促。他鉤稽史料，查出前輩報人存年都不長。存年最長的是王韜六十九歲，梁任公（啟超）五十二歲，戈公振四十五歲，鄒韜奮四十九歲，張季鸞五十四歲，胡政之五十九歲，他們都是中壽。有些報人敢於秉筆直書，與當局抗爭，因而被害的，生命就更短。宋教仁年僅三十一歲，黃遠生三十二歲，史量才也不過五十六歲。還有當代許多優秀的新聞工作者，如鄧拓、金仲華、范長江。浦熙修、楊剛、儲安平等，在文革中被迫害離開人間時，有的剛年近六十，有的還不到五十。正在才華煥發時，就不幸成了古人。他和這些報人比，幸而是年高了。不過，他自小中風之後，體力也日見衰殆，大不如前。

據徐復侖先生說：「家父自寫完回憶錄後，就有封筆之意。江蘇人民出版社承接出版（指《八十自述》）並印出樣書後，此意更堅，除了偶然在座談會上發發言，為《上海灘》、《群言》等雜誌寫一些地名與人物掌故以外，沒有見他寫出大塊文章。尤其是聽了華東醫院醫生的勸告、決定戒煙後，改吃零食和飲料，人發胖，血壓增高，健康狀況，每況愈下……」[34]

說起戒煙，他自稱是抽了五十七年的「煙仔」。那戒煙史，自己說「可以說一大車」。這時決心戒煙，有兩個原因。「一則為了賭氣。明明香煙生產天天在增長，而高檔香煙越來越少，看看那些有權有勢的人，卻什麼名貴香煙都能抽到。我家裏勉強存了幾條香煙，其中也有進口香煙，賭氣不抽了，寧可把這些香煙送人。二則，更主要的，是春節前得了一點氣管炎，頗以為苦。心想，如萬一患了肺氣腫甚至肺

癌，又何必輕於冒險。」其實「賭氣」之說是幽默話，第二點才是主要的。他說：「看看目前歲月，一年勝似一年，我還想再活上十幾二十年，親眼看到國家興旺發達，人民幸福自由這樣一天的來到呢。[35]」

這幾年裏，他的生活節奏放慢，也比較有規律。一般是上午寫文章（短小的篇什）；下午會客；晚上看電視。

來訪的客人，主要有兩方面：一是接待報刊、雜誌記者的採訪。如 1989 年 4 月，接待了《中國文化報》亦均的採訪。訪談錄見於 4 月 16 日該報。在這位記者眼裏，他雖年逾八十，依然「面色紅潤，神清氣爽，鼻樑上一副深度近視眼鏡，厚厚的鏡片後那雙睿智而深邃的眼裏閃著炯炯光彩，令人依稀可想見他當年直面人世，叱咤風雲的翩翩風采」。可他自己說，他已經有了遲暮之感，雖頭髮沒有全白，牙齒是假的，他幽默地說，真是「不白之冤，無齒之徒」。不過，他又說雖已老了，但仍文思若湧，日寫兩千至五千字。回憶錄《八十自述》，三十萬字自己寫、自己抄。用了不到一年的時間就大功告成。記者說他「生理年齡是老者，心理年齡卻永遠年輕。」他的筆從未中輟。「新聞還在寫，主要為海外報紙寫一些。」「還想為國家做點事，為祖國統一做點事。」他說：「1949 年，我從香港回來，就是為祖國効力的，我至今仍然不悔。」悠悠赤子心，令人崇敬。

另一方面的客人，都是多年的同事和老友。常客有馮英子、欽本立、謝蔚明、梅朵、姚芳藻等。黃裳行走不便，來得較少。聚談內容，據隨侍在側的徐復侖說，大抵為兩方面。一是有關時政與新聞改革。「父親主張新聞出版要立法，呼籲全國人大制定新聞法、出版法。」二是馮英子倡導要成立全國雜文學會，「推薦父親為會長或名譽會長，馮主持日常工作」。[36]

這五年裏，他已很少外出，只去過兩次外地。

1988 年 5 月中旬，故鄉宜興舉辦第二屆陶藝節，請他回鄉參觀與指導。

雖他在半年前曾小中風，他還是去了，由徐復侖陪著，也讓出生於外地、四十年從未去過家鄉的徐復侖，體味家鄉風韻。

會期三天，國內去的名人除徐鑄成外，還有畫家尹瘦石夫婦。三天裏，在參加陶藝節的公共活動外，他走訪了一間學校、三間工廠，還召集市教育局、科委、人事局負責人，開了個座談會，瞭解家鄉基礎教育的情況，瞭解怎樣將智力與物質生產相聯繫的情況⋯⋯聽到家鄉是全國基礎教育的先進縣，他欣慰；聽到有報紙報導宜興是「五百個教授同一家鄉」，他驚訝；聽到家鄉這幾年人才結構不盡合理，他焦慮。那年宜興出了件大事。宜興籍的大學生張百端當選為市長。徐鑄成非常高興地說：「宜興人在外地乃至中央當官的不少，唯獨在家鄉自建國以來，還是第一次由宜興人當宜興市長，真該慶賀。」

　　這次回鄉，他途經湯渡。幼年時，他父親在湯渡的從善國小當教師，曾隨父親在這裏讀書。當年學校設在破敗的廟裏，如今建了樓房，他驚歎變化之大。

　　回上海的前一天，徐鑄成拄著手杖，來到久已想往的攔山咀。這是太湖邊，面對浩瀚無際的湖水，在和風吹拂下，他讓兒子攝下一張張照片，連連說：「我玩得真盡興。」

　　這是他最後一次訣別故鄉。

　　1988這一年裏，他還寫過幾篇文章。元旦這天寫了〈今後會更清醒〉（發表於《群言》3月號），從撥亂反正後，他的日記被歸還談起，再說到三中全會後，民主傳統的恢復，預言「得到經驗教訓以後，更加清醒作出決策，向更高度、更文明的境界上升一大步。」6月間，參加《群言》雜誌的「筆談會：新聞改革怎麼辦？」，撰文〈我們所迫切要求的新聞法〉，大聲疾呼早日「制定保障新聞自由、開放言路的新聞法，出版法，更是刻不容緩的了」。

　　徐鑄成作為一個愛國者，一貫堅持宣傳愛國主義；作為執政黨的諍友，他肝膽相照，坦陳己見；作為一個具有中國儒家思想的知識份子，他始終堅持獨立見解，把個人命運與國家民族的命運聯繫在一起。1989年5月，有幾位朋友請他在他們起草的宣言上簽字，他婉言謝絕在其中一篇反鄧的宣言上簽字，他說，為了國家和民族的長遠利

益與根本利益，不能反對鄧小平和胡耀邦。他還說，我們老一代知識份子為民主進步付出的代價，不能再讓年青的一代付出了。（據《萬象》一卷六期徐復侖文）。

1990年3月，徐鑄成去北京出席全國政協會議。

雖已年邁，還利於行，他依然出席。開會期間應《光明日報》之請，給「兩會箚記」開個「頭炮」。他在3月18日的該報頭版發表了〈開門見山話「民主」〉，對新一代的領導人表示支援和擁護，同時也坦陳了自己的一些觀點。

文章首先對政協過往作了感慨的回顧：「我是1949年參加過第一屆政協的，那時新聞界委員只有十四人，現在只剩下胡喬木、劉尊棋、趙超構和我了。回想起那時，共產黨和民主人士平等相待，赤誠相見。各路英豪濟濟一堂，各抒己見，共商建國大計。每人都有知無不言、言無不盡之感，共和國的政體由此奠定，新的時代也旋即開始。與剛剛結束的那個舊時代相比，我真切地感到了民主的滋味。隨後的風風雨雨三十年，共和國歷盡坎坷，德先生（筆者註：即民主）的命運自不待言。三中全會以後，改革開放的春風吹來，民主又成為一個重要的課題，十年來，我看到沒有經濟建設為前提，再優越的民主制度也如一紙空文。中國是一個人口多、底子薄的大國，要建設高度民主的社會主義，經濟上必須努力大大上一、二層臺階才行。若要在經濟上取得長足的進步，又必須透過合理的管理體制和分配形式來煥發每一個生產者的勞動積極性，真正確立人民群眾在社會上的『主人翁』地位。因此，在當前以經濟建設為中心，埋頭苦幹，認真切實地提高人民的生活水平，當是極有遠見之舉，近觀報章經濟建設報導居多，中央又重視『治理整頓』，確實令人欣慰。」

接著他又論述，中國的民主建設必須有中國的特色：「曾聽一位青年朋友講，『五四』已經七十餘年了，德先生尚在國門之外徘徊。我們且不論東西方的民主傳統有所不同，就是德先生入得門來，也還有個客隨主便吧。民主並非可以轉運的貨物，而是一種生活方式，她

植根於新的土地上，須有相當長的時間，有應有的肥料，她的開花結果，需要眾人長期的忍耐和不懈的努力。中國是一個具有五千年歷史、十一億之眾的泱泱大國，任何新東西的輸入，若不與中國的傳統和現實相結合，是無法生存的。民主精神之於中國，若是簡單搬入，不顧國情，是要『逾淮為枳』的。社會主義也是源於西方，經與中國實踐結合，冠以中國特色，方才取得成功。中國的民主建設，必須認真研究中國的歷史與現實，準確地估計中國問題的難度與複雜程度，才能獲取成功。」

　　最後的部份，他著重議論執政黨的政治「雅量」問題：「共產黨是中國政壇上無以匹敵、當之無愧的執政黨，目前正經受著改革開放和執政的雙重考驗。作為執政黨，除了要求黨員抵禦各種誘惑，保持廉潔外，還要求黨的領導虛懷若谷，禮賢下士，善於傾聽不同意見，具有民主的風度。梁漱溟先生曾經談到過『雅量』，這『雅量』我覺得是非常重要的，四十年前，若是沒有數億人民的支援，沒有民主黨派的密切合作，共產黨是無法取得勝利的。國民黨退出大陸，偏安臺島，難道不是『失人心者失天下』嗎？治國安邦沒有這點『雅量』是不行的。四十年來，共產黨也正是依靠這種『雅量』，才求得各界人士患難與共，風雨同舟的。今年初，中共中央提出了加強多黨合作的方案。前些天又講了如何密切同人民群眾的血肉聯繫。我覺得這些都是極明智之舉。倘能認真付諸現實，則是更為國泰民安帶來了保證。善於聽取和接受各種批評意見，特別是『逆耳忠言』，真正做到『言者無罪，聞者足戒』，也確實是對執政黨的一種考驗。『兩會』制度正是中國民主政治的一種重要形式，每位代表亦能先天下之憂而憂，知無不言，言無不盡，則更是對民主事業的一番貢獻。1958 年時，彭德懷同志在湘西考察時，一位湖南老鄉向彭大將軍遞上一張狀紙，上寫『……請為人民鼓嚨呼』，嚨呼者，湖南方言喉嚨也。我想這也是人民對我們參加兩會的代表、委員們的希望吧。」這一部份語重心長、洞中肯綮，可圈可點！

另外在京期間，他和許多好友相晤，與趙超構、陸詒在北京香山飯店的庭園裏，借銀裝素裏的雪景作為背景，拍攝了一張「香山三老」的合影。

政協會期，他還先後接受上海《聯合時報》通訊員張光武，《新聞出版報》記者虹飛、孫悅的採訪，暢談國事。

1991 年，他更是深居簡出。不用說不去外地，即使在上海本市也艱於行。這有一事可證。欽本立是他很看重的同事與友人。他說，欽本立在年輕時代已是腦筋靈活，很有才氣，字和文章都寫得漂亮，有才子之譽。在《文匯報》同事期間，兩人合作得很好，徐鑄成讚賞欽本立是個能獨立思考的新聞工作者。1980 年，欽本立在上海創辦《世界經濟導報》，徐鑄成很支持他。該報初辦時的一些主要骨幹，就由徐鑄成介紹。他並撰文稱讚《世界經濟導報》，是國內辦得較活潑又敢說話的報紙。對於導報的主持人曾是自己的手下，他很引以為榮。1989 年發生導報事件，欽本立受到批判。1990 年，欽本立患病住進醫院，查出是癌症。徐鑄成慨歎：「憂鬱是癌症的父親，這是他一輩子憂鬱不得意，受批判之故。」高齡的徐鑄成由於年邁，沒有去醫院看望欽。1991 年 4 月中旬的一天，欽本立病逝，他也沒有出席告別儀式，家中人怕他過於傷感。半年後，徐鑄成自己也告別人間。

大去之日

大去的日子到了。

1991 年 12 月中旬，徐鑄成感到腸胃不適，大便不通暢，兒子徐復侖陪同他去華東醫院就診。醫生開了藥，囑咐兩周後再復診。如大便通了，就沒事。如仍然不通，要進一步檢查消化系統是否有癌症病變。二周後就是 12 月 23 日，要去華東醫院復診，考慮到可能要做檢查，徐復侖又讓他的兒子（鑄成先生之孫）也請假，父子倆一起陪同去醫院。臨行前，徐鑄成說要上一次廁所，進去了，已有幾分鐘，徐

復侖推開廁所門，只見父親正在提褲子。他問：「拉出來了嗎？」他回答一聲：「嗯！」徐復侖上前給他繫褲帶，突然他頭一歪，就倒在徐復侖身上。

　　這時是上午 9 時 55 分，徐鑄成的孫子是醫生，懂得如何急救。父子倆把徐鑄成輕手輕腳地抬到沙發上躺平，解開衣扣，立即打「112」求救，孫子又到馬路上把急救車引到大樓門口。從發病到急救醫生趕到，前後只有十多分鐘。醫生立刻搶救，說是心肌梗塞，已回天乏術，人已去世。徐復侖內疚、自責搶救沒有及時。樓上的鄰居，徐鑄成的好友，原上海第二醫學院院長蘭錫純安慰說：「這種病死亡率極高，從發病到死亡，只有六分鐘的時間，所以只有在醫院中的病人才有可能被救活。胡耀邦同志也是患心肌梗塞，不是沒有被救活嗎？何況你父親呢！你已經盡職了。」

　　一代報人徐鑄成逝世了，享年八十五歲。徐復侖說，父親「無疾而終，臨終前沒有任何痛苦，老伴、兒子、孫子全都在他身邊送行，也算是對他一生敬業的回報。」

　　徐鑄成先生雖然逝世，但他超越了死亡。

　　徐鑄成先生和人們永別，但他永遠留在大家的心中。

　　消息傳到香港，香港地區的全國政協委員徐四民對香港《明報》的記者說：「徐鑄成經歷了中國近代史上幾個艱難困苦的朝代，作為一個對新聞事業忠誠的報人，他深刻而有膽識的報導，豐富了民國以來的近代中國新聞史，足為後輩新聞工作者的典範。他的逝世，是中國新聞界的一大損失。我感到非常痛惜。」[37]

　　1991 年 12 月 27 日，徐鑄成治喪委員會成立，並於同日發出訃告。

　　徐鑄成治喪委員會的名單是：主任：龔心瀚；副主任：吳漢民、翁曙冠、李鐵玖、張啟承；委員（以姓名筆劃為序）：丁法章、丁淦林、丁錫滿、馬達、王維、石俊升、馮英子、鄒凡揚、束紉秋、朱嘉稑、劉慶泗、陸詒、陸灝、陳虞孫、沈世緯、張雲楓、張伏年、張煦棠、柯靈、鍾祥瑞、趙超構、徐白侖、徐福生、龔學平、唐海、夏其言、梅朵、黃裳、黃立文。

訃告全文是：

訃告

中國人民政治協商會議第七屆委員會委員、民盟中央參議委員會常務委員、民盟上海市委員會顧問，上海《文匯報》、香港《文匯報》創辦人之一、曾任兩報社長兼總編輯徐鑄成先生因病於 1991 年 12 月 23 日上午 9 時 55 分不幸逝世，享年八十五歲。徐鑄成先生遺體告別儀式定於 1992 年 1 月 7 日（星期二）下午 2 時，在上海龍華殯儀館大廳舉行。

特此訃告。

鑄成先生治喪委員會　1991 年 12 月 27 日

消息傳到北京，中共中央政治局常委、國務院總理朱鎔基打電話給上海市委書記陳至立，請陳至立代表他向家屬致哀。陳至立委託市委宣傳部副部長龔心瀚到徐家悼念徐鑄成先生，並向徐先生家屬表示慰問。

到徐府慰問的還有：民盟中央副主席、市人大常委會副主任、民盟上海市委主委談家楨、中共上海市委宣傳部長金炳華、統戰部副部長趙定玉、以及民盟方面的翁曙冠、李鐵玖，日本菲洛斯有限公司副總經理祝子平、日本富士有限會社次長木下明，《文匯報》的黨委、編委以及生前友好。

1992 年 1 月 7 日，上海龍華殯儀館舉行了向徐先生遺體告別的儀式，上海各界人士數百人冒著嚴寒，為一代報人送行。民盟副主席錢偉長正在吉林出差，聞訊後直飛上海，趕來參加。上海的蘇步青、談家楨等老友都已年邁，不顧醫生的禁令，全都來了。還有市委常委統戰部長毛經權、市政協副主席趙超構、張瑞芳，市委組織部長羅世謙、宣傳部長金炳華、副部長孫剛、龔心瀚等，故鄉宜興的領導幹部、《宜興報》有關人員，上海新聞、出版、文化、教育、電影等各界知名人士。

　　龍華殯儀館大廳內外放滿花圈。送花圈的單位有五十六個，個人有費孝通、劉靖基、蘇步青、巴金、汪道涵、于伶、浦潔修、白楊、柯靈等九十六人。那天送輓聯的人很多。張承宗送的輓聯是：「鑄老不老，俯首甘為孺子牛；諍言真言，抬頭喜見雲開日。」這輓聯是徐鑄成先生一生的寫照。

　　中共上海市委宣傳部長龔心瀚作悼飼。悼詞的最後說：「鑄成先生以八十五歲的高齡走完了他的一生。值得我們緬懷景仰的是，鑄成先生走過艱辛曲折的道路，但始終保持正直善良、嫉惡如仇的優良品質和知識份子赤誠的愛國主義精神。他擁護黨，擁護社會主義，追求真理，追求進步，堅決走社會主義的道路。他畢生熱愛新聞事業，孜孜不倦地鑽研業務，刻苦地筆耕不輟，悉心培養新聞人才，在我國新聞史上留下了光彩的一頁。徐鑄成先生永遠值得我們學習。我們一定要發揚鑄成先生的可貴精神和勤奮作風，把我們的報紙進一步辦好！鑄成先生，安息吧！」

　　徐鑄成先生的家屬代表致答詞，其中說：「……我們還要代表全體家屬，感謝龔心瀚同志代表組織上所作的講話，全面肯定了我父親的一生，我們深深地相信，他老人家的一生是經得起歷史的考驗的，隨著時光的推移，不會像茶那樣越沖越淡，而一定會像酒那樣越陳越香。我們的父親為了抗日救亡、為了民主建國、為了發展新聞事業，勤勤懇懇，赤膽忠心，貢獻了畢生精力，受到了普遍的崇敬。儘管他的言論並不總是符合當時的方針政策，有時甚至是逆耳之言。對於這樣一位知識份子，組織上今天為他舉行了隆重的追悼，全面肯定了他的一生，還要為我們八十八歲的老母親的生活作出妥善安排。我們認為，這充分體現了黨對知識份子的關懷、體現了社會主義民主、體現了黨的胸懷。我們要化悲痛為力量，秉承他老人家的遺志，為振興中華貢獻自己的全部力量。……」

　　1月9日，名報人、鑄老的好友趙超構在《文匯報》「筆會」版發表悼文〈永別了鑄成同志！〉。錄悼文如下：

永別了鑄成同志！

趙超構

聽到徐鑄成同志去世的消息，心裏突然感到一陣震顫，這使我想起去年初春跟他一起照相的事情。

去年3月間，我們同在北京開會，接連兩天飛雪，把香山飯店的庭園打扮得格外好看，便約了徐鑄老和陸詒兄就雪景照個合影。大家的興致很高，都說「機會難得」，並肩而坐，笑容可掬，留下一個「香山三老」的紀念。但在攝影的時候，我忽然想起一句杜詩：「明年此會知誰健」？引起一些兒悲涼之感。而今果然！一年未到，徐鑄老先我們而去了。「黯然消魂者，唯別而已矣。」永別了，鑄成同志！

鑄老比我大兩、三歲，他在報界嶄露頭角的時候，我還在念書。他是個報界有名的全才，能訪、能編、能寫，而且樣樣都幹得很出色。但是，他留在新聞史上的業績，最使我們敬佩的，還不在於這些業務上的事，而在於他主持《文匯報》的膽識。當上海成為孤島的時候，他不怕敵偽的暗殺和爆炸，跟朋友一起辦了《文匯報》，宣傳抗日的主張，這是何等可貴的愛國主義精神！在抗戰勝利和解放戰爭時期，他主持筆政的滬、港《文匯報》和人民大眾在一起，反美反蔣，反對法西斯統治，這又是多麼可貴的民主主義精神！

從前，偉大的愛國主義者文天祥寫了一首千古傳誦的〈正氣歌〉：「天地有正氣，雜然賦流形」；說到人間的正氣，開頭兩句就是「在齊太史簡，在晉董狐筆。」古代的史官頗近乎現代的新聞記者。象齊太史、晉董狐那樣不畏強暴；敢於直筆記事，敢於說真話，是被人看作是很高的品德，被看作是天地正氣的表現的。鑄成同志在舊社會那個魑魅世界中，指點江山，激揚文字，以愛國主義和民主主義的精神辦《文匯報》，以敢於直言、敢說真話的態度議論時政，這裏就閃耀著愛國知識份子的正氣和進步報紙的正氣，中國的知識份子最講大節，我以為鑄成同志的令人欽佩的大節正在這裏。

鑄成同志的晚年生活也過得很是充實。他從沒有擱筆，寫了又寫，短短十年出版了那麼多的作品和史料，使得朋友們感到驚

異和羨慕，看他寫得那麼勤勞，顯出了一種悲壯的氣概。他是
要把失去的時間捕捉回來啊。他是一個直到臨終還不想擱筆也
未曾擱筆的老記者。從事新聞工作的，難道不應當如此嗎？

老報人馮英子說，趙超構這篇文章，是「新聞界的共同聲音」。

徐鑄成故世後，骨灰先放在龍華烈士陵園。五年後──1996年在
宜興市政協主席戚順元的支持下，骨灰安葬在宜興市銅峰山金雞嶺公
墓，佔地八平方米，墓用漢白玉砌成，由宜興市政府立碑。

葉落歸根，償了徐鑄成先生生前的宿願。

註釋

註1、5、6、15：徐鑄成，《報海舊聞》，上海人民出版社，第1、2、4頁（前言），316頁。

註2：戴煌，《胡耀邦與平反冤假錯案》，新華出版社，第11、12頁

註3、8、34：《徐鑄成回憶錄》，三聯書店，第333、334、343頁。

註4：徐鑄成，《風雨故人》，浙江人民出版社，第2頁（前言）。

註7、9：徐鑄成，《新聞叢談》，浙江人民出版社，第1頁（前言）、153頁。

註10、17、22、23、24、25、26：徐鑄成，《新聞藝術》，新知識出版社，第3、104、42、43、71、82、66頁。

註11、12：〈記憶中的反右派運動〉，《荊棘路》，經濟日報出版社，第287、288頁。

註13、16、18、19、20、21：徐鑄成，《報人張季鸞先生傳》，三聯書店出版社，第7、6、131、117-118、99、7頁。

註14：《從風雨中走來》，文匯出版社，第379-380頁。

註28：徐鑄成，《哈同外傳》，上海文化生活出版社，第1頁（自序）。

註29：徐鑄成，《杜月笙正傳》，浙江人民出版社，第1-2頁（前言）。

註31：章立凡編，《往事未付紅塵》，陝西師大出版社，第96頁。

註32：葉至善，《父親長長的一生》，江蘇教育出版社，第457-458頁。

註33：《卜少夫這個人》（第三集），新聞天地出版社，第207頁。

註35：徐復侖2005年9月21日致筆者函。

註36：徐鑄成，《錦繡河山》，湖南人民出版社，第87頁。

註37：徐復侖2006年8月9日致筆者函

註38：香港《明報》，1991年12月25日。

後 記

　　心儀甚至崇拜徐鑄成先生，是讀了《文匯報》之後。

　　1945 年 10 月，新四軍北撤後，為了擺脫國民黨的追捕，我潛藏在蘇浙接壤大山深處的一個山村裏（屬宜興縣），和同學耿君一起擔任小學教師。

　　全是偶然，一張包東西的《文匯報》到了我的手裏。讀著，讀著，為它的內容所吸引，蔣管區還有這樣一張進步報紙。

　　湖汊鎮在三十里外，委託鎮上一家商店訂了一份《文匯報》。每天都有山民去鎮上送山貨，託他們帶來。《文匯報》就這樣進入我的生活。

　　那小學在村外的大路旁，每天下午，遠遠聽到馱馬的鈴聲，知道有人回來了，就忙著去拿報紙。一到手，就如饑似渴地讀著，好的文章有時讀了好幾遍。不久後，就從報上知道徐鑄成是《文匯報》的總主筆，他執掌筆政。崇敬他，但並不怎麼認識他。

　　1946 年秋天，風聲不再那麼緊，我進了城（宜興），又到《民言日報》擔任記者。讀《文匯報》更加方便，也知道了徐鑄成是同鄉，以及更多關於他的情況。

　　又過了一年。1947 年的秋天，終於和鑄成先生見面，大快平生。這段往事深深鐫刻在記憶裏（詳見本書序章）。兩年後，全國解放，我雖一度擔任《文匯報》無錫特約記者，但與徐先生僅通過一次信（問候起居），以後運動頻仍，求生不遑，無時不在驚濤駭浪中，更沒有與先生晤對的機會，不過並沒有把先生忘懷。

　　……

　　1991 與 1992 年的歲暮年初，傳來徐鑄成先生逝世的噩耗，乍聽之下，是耶非耶，疑信參半，當即寫了篇短文，記述 1947 年那次短

暫的會見，寄給《文匯報》「筆會」副刊。文章刊出來了，編者把題目改成〈往事如昨──記徐鑄成〉。真是往事如昨，記憶清晰。記得之後還曾發表一篇短文，寫「鑄成」兩字取名的由來。

不久後，一家大學出版社擬出一套文化名人叢書，要我草擬計劃，提供名單。

我以徐鑄成為首選，並請柯靈先生作顧問。出版社通過了，要我親赴上海，徵得柯靈先生同意，並約請作者。蒙柯靈先生俞允，《徐鑄成傳》請資深報人謝蔚明先生擔任，謝老也樂於其成。也就在這次由謝老介紹，初識鑄成先生的三公子徐復侖，竟極投緣，款若平生。

畢竟謝老已是望九之齡，徐傳未能著手，好在這家出版社也改變了計劃，也就不了了之。

……

這些年中，我著手搜集鑄成先生的著作（大陸所出全都齊備），以及有關他的文章，獲益之多，非一言可盡。研究心得先後發表在臺北《傳記文學》發表〈臨風懷想報人徐鑄成〉（2005年3月），在大陸《中國編輯》發表〈徐鑄成與《大公報》〉（2005年9月），並在《文匯讀書周報》及《縱橫》、《鍾山風雨》等刊物發表有關文章。

與此同時，我也開始了撰寫《徐鑄成傳》的準備，2005年動筆。寫徐傳的初衷，實因國內至今尚無一本他的傳記，回憶錄由於編年體所限，過於簡略，而既是自述又未容納他人之說。

如同空谷足音，瞿然驚喜。徐復侖先生給予好評。2005年8月17日來函說：「大作收到，拜讀兩遍。我一向認為您是寫有關我父親事蹟寫得最好的幾個人之一。好就好在：一、對新聞事業內行能寫出門道；二是公正無私，即能對人對事作出公正的評判。」2005年9月30日來信說：「如今能像您這樣公正對待歷史，公正評價歷史人物的作家也算鳳毛麟角了。」2006年2月3日又函稱：「寄來的〈徐鑄成與大公報〉和在《文匯讀書周報》上刊登的〈徐鑄成的兩次體育新聞採訪〉，均已拜讀，感謝您對家父在新聞事業方面的業績的公正評價。」（筆者註：信中所說的兩篇文章，為寫本傳的副產品）。

　　在年來寫《徐鑄成傳》的過程中，復侖先生全力支援，多次毫無保留地口述或提供有關書面的珍貴史料，並對書稿的片斷獎勉。如「來信和一頁文稿收到，寫得很有文采」，「深為您辛勤耕耘的精神感動」，「寄來的書稿看了，很精彩」[1] 更為難能可貴的是，他對我這耄耋老人備極關懷，經常噓寒問暖，要我勞逸結合。在此，我對他致以萬分感謝！

　　我還要感謝《文匯報》總編室及有關同志，提供給我豐富的史料素材。

　　此書問世之際，我還要絮敘的是，從未接觸電腦的我，「八十歲學吹鼓手」（故鄉諺語），邊學邊用，垂暮之年居然能用當今最先進的傳播手段完成了這三十餘萬字的著作，殊堪欣慰。特記此一筆。

李偉

2008 年 4 月於南京。時年八十三歲

註釋

註 1：徐復侖致筆者函，2006 年 2 月 24 日、6 月 22 日、7 月 18 日。

又 記

拙著《報人風骨：徐鑄成傳》在寶島臺灣面世，欣喜之餘，不禁感從中來。

本書原竣稿於 2007 年初，誰知生不逢辰，流年不利。是年乃大陸所謂「反右派運動」五十周年。西元 1957 年，大陸五十五萬文化精英一齊跌入「陽謀」陷阱，二十二年後（1979），倖存者（大半已離世）雖終得改正、平反，然當局一直諱言，導致年輕的一代失憶，罕知其事。故五十周年到來之際，反右運動就成為敏感話題，內部早有種種嚴規。而本書傳主徐鑄成恰是欽點的右派，面世的艱難可想而知。

在這樣的大環境下，大陸的出版社早都嚴格自律，誰也不敢觸犯文網。書稿輾轉於幾家出版社，都表示歉意而割愛。終於有家出版社接受了，事先言明必須送審。詎料這位編輯竟把它放於一旁，半年之後，要作者自動刀削斧砍達五萬字，不能有一點違礙處。筆者只能忍痛。審查過程又是數月。結果是讚譽備至。如：「作者以平實流暢的筆觸，記述了傳主八十餘年豐富而坎坷的人生歷程……涉及了中國現代史上許多重要的歷史事件和人物……感性敍述和理性評價把握得較為得當，從新聞學術的角度來講，對研究中國現代新聞史和新聞理論也有一定價值。」最後的結論：「審讀者認為此書有出版價值」。這是省一級的審讀，卻也並非通行無阻，審讀者的慣性思維又起了作用，再次圈出刪削處後，建議再送中央審查。如此這般，出版社終於放棄了，因為中央審查，鮮難存活，常是無疾而終。

敏感的反右五十周年終於過去了，拙稿有幸由友人推薦，廣西師大出版社慧眼，仍作了小的手術，刪忞了傳主闡述辦報信念的訪談

錄，還有極為精彩的一篇短文等等。這就是略帶殘疾，終於面世，生當斯世，只能如此。筆者理解編者的無奈與苦心，仍然感謝他們。

　　有道是「山窮水盡疑無路，柳暗花明又一村」。本書在臺完璧出版，有如原有殘障的嬰兒如今恢復了健康，筆者的喜悅可想而知。深深感謝邵建教授推介、蔡登山先生雅納和詹靚秋編輯的勞作，書此數語謹表寸心。

　　臺灣人文傳統深厚，新聞耆碩良多，深願高明指正，俾臻拙著進一步修訂。

李偉

2008 年 11 月 30 日於南京。時年八十三歲

跋

　　父親故世已十六年了，時光流逝，如水如煙，所留下的只是無限思念。

　　在這期間，我們做了兩件事：其一，是把父母的骨灰送回宜興老家，宜興市政府為他們立碑安葬，滿足兩老葉落歸根的願望；其二，在中共中央的關懷下，北京三聯書店出版發行了《徐鑄成回憶錄》，廣受讀者歡迎。朱鎔基總理稱贊北京三聯書店出了本好書，我想「好書」就是對父親的回憶錄最確切的評價。

　　2003 年秋，在北京工作的兒子寄給我一個郵包，沉甸甸地，打開一看，是章詒和女士撰寫的《往事並不如煙》打印稿，翻閱之下，便愛不釋手，一口氣通讀了一遍，看得我熱淚盈眶，激動不已。感謝章詒和女士以她的生花妙筆，不僅為她的父親澄清歷史真相，平反了冤案，同時也為包括我父親在內的所有中了「陽謀」的人平了反。我更欽佩章伯鈞先生的遠見卓識，他讓女兒從小耳濡目染自己的政治生涯，長大了又選擇讀文科，終於為時代為社稷培養出一支妙筆，不過也為此付出慘重代價。章女士在文革期間慘遭殘酷迫害，當是章老預料中的。我們徐家三兄弟在讀中學時，語文成績都很好。我還在作文比賽中得過獎，親友們都以為三兄弟中總有人繼承父業。不料父親對我們入團、參軍都很支持，鼓勵我們聽黨的話，跟黨走，卻在選擇專業方面固執地堅持一律不許讀文科。他當了「右派分子」後，從不和我們談論他的事業和政治話題。我們兄弟三人在歷次運動中，雖然都屢受衝擊，但經過深刻檢討、勞動鍛鍊、思想改造後，都倖免被打成「份子」。在某種程度上講，也可說是父親的「固執」保護了我們。這說明父親也是有遠見卓識的。

《徐鑄成回憶錄》出版後，在蕭關鴻先生的幫助下，《徐鑄成傳記文學三種》和我編撰的《報人六十年》相繼由學林出版社出版。常有親友鼓勵我多寫一點關於父親的事，並為父親作傳，可惜我一無文才，又不懂新聞，更對父親的事知之甚少，常感力不從心，有負眾望。

　　正在此時南京作家李偉先生走進我的生活。李老已逾八十高齡，是我們宜興同鄉，年輕時當過記者，與父親有過接觸，後長期從事文學寫作，為中國作協會員，是一位懂得新聞的作家。近年從事傳記文學寫作，先後著有《曹聚仁傳》、《神秘的無名氏》、《蘇青傳》、《喋血國門外》等十餘部。其中《曹聚仁傳》曾獲江蘇紫金山文學獎（江蘇作協舉辦，2005 年）。自上世紀九十年代以來，他先後曾在《傳記文學》（臺北）、《文史春秋》等雜志和《文匯報》、《文匯讀書周報》上，發表了〈臨風懷想報人徐鑄成〉、〈往事如昨〉、〈報人徐鑄成的桂林歲月〉、〈鑄老晚年兩憾事〉、〈徐鑄成與《大公報》〉、〈徐鑄成與京劇〉、〈徐鑄成與新聞烹調學〉等研究文章，頗有見地。李老敬重父親，對父親的新聞理念有比較深刻的瞭解，在多年研究基礎上，決定著手寫《徐鑄成傳》。我們認為李老是諸多有意為父親寫傳的作家中，最合適的一位。幾年來，李老不顧年事已高，焚膏繼晷，伏案奮書，我也盡力介紹情況和提供資料，我們合作得很融洽，經李老的辛勤耕耘，《徐鑄成傳》終於在 2007 年 1 月定稿。

　　李老定稿後，我先睹為快，讀後我認為李老以平實流暢的筆觸，記述父親八十餘年豐富而坎坷的人生歷程，著重於父親的記者生涯及所參加的政治活動，涉及中國現代史上許多重要的歷史事件和人物。書稿中闡明父親的一生，只有辦報這一個理想，並為這一理想付出了畢生的努力，「報人」的稱謂是父親一生追求的最高境界。我還覺得在李老筆下的徐鑄成與生活中的父親最為貼近，他的感性敘述與理性評價把握得較為得當。我相信，本書行世從新聞學術的角度而言，對研究現當代中國新聞史和新聞理論均有一定的價值。

　　李老多次感謝我對他寫作的支持，我說：「我做的事情都是應該做的，倒是您為我完成了一個自己無力完成的心願，我和全家都感激您。相信父親在天之靈，也會為有您這樣一位忘年知己而高興的」。

　　是為跋。

徐復侖

2007.6.5. 於上海

附註：徐復侖先生為徐鑄成先生三公子，高級工程師，先後任上海市鍋爐壓力容器檢驗所副所長、上海市普陀區科協副主席、上海投資諮詢公司專家、人才專家等職。

徐鑄成年表

* 1907 年

6 月 26 日（農曆 5 月 14 日），徐鑄成出生於江蘇省宜興縣城東珠巷（全稱東撒珠巷），獅子巷口一個徐姓的大雜院中。

徐姓是宜興世家大族，遠祖徐溥是明萬曆時大學士（閣老）。然而徐鑄成這一支，在他曾祖時就家道式微。

鑄成是他的學名，小名鴻生，乳名毛毛。徐鑄成是獨生子，另有姐徐潤華，妹徐德華。

父親徐少石（諱家驤），先後任家塾教師及小學教師，收入微薄，後經人推介至京漢路石家莊站任司事（相當文書），後調保定。1950 年故世。

母親朱贛玉，通文墨，司家務，故於 1967 年。

* 1913 年

六歲發蒙，進私塾。一年後進宜興公立第三小學。並曾隨父去鄉間之湯渡小學，湖㳇廣善小學就讀。後回城進敦本小學。學業大進。

* 1922 年

十五歲從敦本小學畢業，各門功課均極優秀。先後考取在常州的省立第五中學，省立無錫第三師範（中等師範），省錫師為第二名。因家貧選擇不要學、膳費的無錫師範就讀。

* 1923 年

從預科升入本科一年級。各科教師都為精選，錢基博、沈穎若、錢賓四都為一時之選。如饑如渴吸收各種新舊知識。喜讀報紙從此始。

* 1925 年

因不願以小學教師為終生職業，同時不滿錫師當局管理學生的高壓手段，暑假中借同學徐錫華的文憑，去南京投考東南大學，未錄取。

* 1926 年

放棄兩門功課的考試，自願被錫師開除。夏，再借文憑投考大學。適清華大學首次對外招生，去上海應考，幸被錄取。讀清華大學政治系。

*1927 年

　　清華僅讀一學期，母校錫師連續來信向清華當局告發借文憑應考事，並要清華讓其退學。清華教務長梅貽琦（月涵）惜護人才，無奈之下介紹他去南開大學借讀半年，再回清華。

　　天津《庸報》創刊，舉辦有獎徵文比賽。徐鑄成應徵，獲第一名，得獎金十元。

　　因家貧，無力負擔南開的讀書費用。進了保定的省立河北大學法學院，半年後，考取北京師範大學讀國文系。

　　經舅父朱幼珊介紹，進國聞通訊社北京分社當抄寫員，半工半讀。又因向國聞社首腦胡政之建議改變新聞採訪重點，得胡賞識，被聘為國聞社記者及天津《大公報》記者，從此躋身新聞界。

*1928 年

　　春間有一快事。好友朱百瑞之二姐朱嘉稑，為他私心愛慕，終得家長同意，先行訂婚。得信後喜極，寫一結儷詩於絲帕上，從此情書不斷。

　　秋，山西太原舉行華北地區籃球賽，奉命前去採訪。各報競爭甚烈，憑新聞天賦，先瞭解電報拍發情況，巧作安排，結果消息超出各報，寶刀新試，即告成功。

*1929 年

　　春，又去瀋陽採訪華北運動會，仍極成功。歸途時路經天津，被截留去《大公報》館，胡政之設宴寬待，並獎一百元。

　　夏，去太原，解馮玉祥行蹤之謎。此後又去兩次，三下太原，是他採訪政治新聞的開始。他說：「我跑政治新聞第一炮是打響了！」

　　10 月，回故鄉（宜興）與朱嘉稑結婚，婚禮中西合璧，當地傳為佳話。

　　年底，接胡政之令，調至天津《大公報》，編教育、體育版。總編張季鸞愛才，言傳身教，以恩師視之。

*1930 年

　　11 月，長兒白侖出世。

*1931 年

　　春夏之交，去廣東採訪內戰局勢。邂逅原《大公報》社長吳鼎昌，由津至滬，一路同行，吳暢談生平。

＊1932 年

　　初春，接新任命，派去漢口，擔任特派記者兼駐漢口辦事處主任。開始獨當一面。

＊1935 年

　　年底，次子福侖出生。

＊1936 年

　　1 月，奉社命去上海，籌辦《大公報》上海版。滬版 4 月 1 日創刊。主編要聞版並值深夜班。

　　10 月 19 日魯迅在上海逝世。王芸生在第四版（要聞）發〈悼魯迅先生〉短評，攻擊魯迅，語多譏刺，引發「短評風波」。外界疑他為執筆者。多年後才澄清。

　　12 月 12 日，張學良、楊虎城扣蔣介石於西安，「西安事變」發生。張季鸞連發多篇社論，力主釋蔣，避免分崩。該報四十萬張在西安上空以飛機散發，為中國報業史之首次。後時局和平解決，為中國走向抗戰的轉捩點。

＊1937 年

　　「七七」蘆溝橋事變爆發，繼之「八一三」上海全面抗戰，11 月上海失守，淪為孤島。《大公報》拒絕日方新聞檢查，於 12 月 14 日自動停刊。在尚有津、漢兩館並有盈利的情況下，總經理胡政之宣佈遣散人員，徐鑄成在其列。

　　驟遭失業後，幸得好友杜協民之助，被聘為重慶《國民公報》駐上海記者，稍解困難。

＊1938 年

　　1938 年 1 月 25 日，嚴寶禮等創辦的《文匯報》在上海誕生。宜興同鄉儲玉坤受報社委託，請他寫社論（按篇計酬）。首發幾篇，敵人膽寒，報館被炸。

　　胡政之向《文匯報》投資一萬元，條件是由徐鑄成主持編輯部並負責言論。2 月，到職履新。從此，他與《文匯報》結成牢不可破的關係。他說：「《文匯報》這朵新花，我是一個主要灌溉人。」

　　三兒復侖出生。

＊1939 年

　　5 月，《文匯報》被董事長英國人克明出賣給汪偽，徐鑄成率編輯部二十餘同仁，在《申報》、《新聞報》刊登啟事，聲明與克明決裂，《文匯報》由此停刊。

胡政之體認徐鑄成的價值，函電交馳，請他去香港《大公報》任編輯部主任。8 月中旬到香港。

*1941 年

12 月 8 日，太平洋戰爭爆發，12 日，日寇攻佔九龍，港版《大公報》停刊。25 日香港淪陷。日寇威脅，限時復刊。徐鑄成接受報格與人格的考驗，毅然拒絕，終於從香港脫險（化裝逃出），經廣州、韶關至桂林。

*1942 年

2 月，《大公報》總管理處作出決定，任徐鑄成為桂林《大公報》總編輯，經理金誠夫；王芸生與曹谷冰任重慶《大公報》總編輯與經理。

特殊的地域情況（桂系對文化控制較寬鬆），與徐鑄成的敢作敢為、勤懇敬業，桂版《大公報》騰飛，發行六萬是桂林各報總和。

下半年，某天，蔣經國到訪，初識蔣經國，蔣邀請他去贛南參觀。

*1943 年

6 月，有東南之行，穿越桂、贛、閩、浙、皖、蘇六省到上海，接妻兒與部分職工家屬去桂林。鄧友德偕行到屯溪。途中應蔣經國之請，曾去贛州，還曾回故鄉宜興。

*1944 年

秋，衡陽失守，湘桂大潰決，桂林旋即陷落。9 月 13 日桂林《大公報》停刊。目睹民族的大劫難，歷經艱難險阻、長途跋涉經貴陽至重慶。

主編渝館新創刊的《大公晚報》。胡政之囑咐：要以小事大，什麼事都得忍讓。為此，他只主「編」而已，規定他不寫評論，短評都不需寫。

*1945 年

8 月 10 日，抗戰勝利突然來到，普天同慶。9 月去南京參加日軍投降典禮，並去上海籌備上海版《大公報》復刊。被任命為總編輯，李子寬為經理。

11 月 1 日上海《大公報》復刊，寫社論〈重來上海〉。

12 月初發獨家新聞「昆明發生屠殺慘案」，震驚一時。報紙的進步傾向，驚動蔣介石。

*1946 年

3 月，胡政之從美國回上海，干預辦報方針，雙方意見不合加上其他原因，毅然離開《大公報》，徹底決裂。

5月進《文匯報》，任總主筆，著手進行大改組，開創他一生中第一個黃金時代。

7月，反對上海實行「警員警管區制」。18日起報紙被勒令停刊一周。

上海出現反對蔣介石政府的第二條戰線，《文匯報》起了很大的鼓動作用。先後報導「下關事件」（特務毆打赴京和平請願代表）、攤販事件。報紙成為蔣管區的進步明燈。

＊1947年

2月，《文匯報》報導勸工大樓慘案、5月連續發表學生運動消息，「五二〇慘案」發生後更作出強烈反應。

5月24日，當局突然襲擊，以淞滬警備司令部名義，送來勒令《文匯報》明日起停刊的命令。5月25日起停刊。另《聯合晚報》和《新民晚報》也同時勒令停刊。

拒絕南京當局有條件復刊，體現報人風範。

＊1948年

2月，應吳紹澍之邀有臺灣之遊。

衝出敵人的變相軟禁，出走香港。籌備香港版《文匯報》。歷時半年，9月創刊。任總主筆與社務委員會副主任。這是他辦報史上的第二個黃金時代。

＊1949年

春，2月，應中共之邀，秘密從香港乘輪北上。經煙臺、濟南等地抵北京。

5月，隨解放軍南下。行前，周恩來設宴居仁堂，歡送南下的報人。徐鑄成外，有王芸生、楊剛、李純青等。

到丹陽等待上海解放。5月23日晚解放軍進入上海。25日回上海愚園路家中。

6月21日《文匯報》再次復刊，被任為管理委員會主任兼總主筆。復刊後因不適應新體制面臨困境。

9月赴京參加第一屆全國政治協商會議，新聞界代表十四人。「徐鑄成名列後補，殊為委屈」（宋雲彬語）。

10月1日參加開國大典。在京凡四十二日回上海。

＊1950年

7月，去香港調處港版《文匯報》事，往返月餘。

＊1951 年

　　3 月，參加中國人民第一次赴朝慰問團赴朝鮮。5 月中旬回國。回國後去蘇南地區傳達。故鄉宜興也在傳達範圍，曾逗留一周。

＊1953 年

　　《文匯報》奉命轉向，以中小學教師及高中學生為主要對象，並向專業化（教育與教學）方向發展。

＊1954 年

　　9 月，去北京參加第一屆全國人民代表大會。會間，並與教育部領導商談合作辦報事。

＊1956 年

　　3 月，赴京籌備《教師報》。

　　4 月《文匯報》停刊，職工遷京。

　　5 月 1 日《教師報》創刊，任總編輯。

　　7 月，《文匯報》又奉令復刊，進行籌備，下旬回到上海。

　　10 月 1 日，《文匯報》第三次在上海以全新面貌復刊。復刊當天發行突破十萬大關。

＊1957 年

　　3 月，赴京參加全國宣傳工作會議。

　　10 日下午，毛澤東在中南海接見上海新聞界代表。毛澤東的大手緊緊握著他的手說：「你們的《文匯報》辦得好，琴棋書畫，梅蘭竹菊，花鳥蟲魚，應有盡有，真是辦得好！我下午起身，必先找你們的報紙看，然後看《人民日報》，有工夫再多翻翻其他報紙。」他感到無比幸福。

　　3 月，他任團長率中國新聞工作者代表團出訪蘇聯，凡四十餘日回國。

　　5 月 1 日，中共開始整風運動，號召大鳴大放。經再三動員邀請在上海宣傳工作會議上作「拆牆問題」的發言。由此作為罪證，跌入「陽謀。」

　　6 月，鳴放夭折，反右開始。被迫作「自污」的長篇檢查。8 月，被宣佈為「右派分子」，並被撤職、降級、降薪，發配至上海郊區農村勞動。

＊1958 年

　　3 月，轉往嘉定縣外岡鄉上海社會主義學院學習，進行思想改造。半天農業勞動。

　　奉命參加大躍進參觀團去江蘇，目睹種種虛假浮誇現象。

＊1959 年

　　9 月，社會主義學院結業，回上海。調上海出版局審讀處，分工審讀歷史和教育書刊。

　　10 月摘去「右派分子」帽子。

＊1960 年

　　年初，任市政協文史資料辦公室副主任，半天在出版局工作。

＊1961 年

　　調至《辭海》政治經濟及近現代史組工作。

＊1963 年

　　所著《新金陵春夢》在香港出版。

　　8 月，長孫女時雯出生，開始有了第三代。

＊1967 年

　　《文匯報》的造反派突然奪權，該報從此淪為「四人幫」的工具長達十年。

　　12 月 8 日，被造反派隔離審查、批鬥，關在寒風砭人肌骨的洗澡間中，達五十五天之久。

＊1968 年

　　春，被放回家，仍受批鬥。夏，至華漕公社勞動。回來後仍勞動並被批鬥。

＊1969 年

　　年初，集中在科技出版社進行軍訓，由工宣隊監督改造。

　　10 月，病癱在床年餘的母親，拒絕醫治，最後絕食而亡。

　　被掃地出門，強迫遷到延安中路 873 弄一間不足十平方的灶披間。

　　下放到上海奉賢縣新橋公社接受貧下中農「再教育。」

＊1970 年

　　在奉賢海灘上建新聞出版「五七幹校」，邊基建勞動，邊被批鬥。後又農業勞動，長達三年。

＊1973 年

　　從「五七幹校」調回上海，到《辭海》資料室工作。

＊1978 年

　　「四人幫」粉碎已兩年。是年秋，香港《文匯報》創刊三十周年，應所請寫〈三十年前〉，為塵封後首次開筆。

＊1980 年

　　8 月，中共中央 60 號文件宣佈：二十二位在國內外有影響的愛國民主人士的右派問題屬於錯劃，應予改正，徐鑄成在其中。二十二年的雪藏生活由此結束。

　　平反改正後，立下「三不主義」：一、不計較過去；二、不服老，要在來日苦短之年，多為後人留些東西；三、不自量力，為新聞界培育人才。

　　9 月初，應邀偕夫人朱嘉稑去香港參加《文匯報》三十二年報慶，12 月上旬回內地。在港期間，接受刊物《九十年代》採訪，並應《新晚報》之請，在該報闢專欄《海角寄語》，逐日一篇，每篇千字。

　　年底，為上海人民出版社撰寫的《報海舊聞》出版。

＊1981 年

　　年初，香港三聯書店出版他所著《炸彈與水果》（《舊聞雜記》續篇）。無錫，參加母校無錫師範成立七十周年紀念活動。

　　秋，開始寫《杜月笙正傳》，先在上海《青年報》連載，後交浙江人民出版社出版。

　　增選為全國政協委員。11 月，去北京參加全國政協大會。

＊1982 年

　　《舊聞雜憶·正續篇》由四川人出版社出版。

　　廈門大學派教授王洛林到上海，邀請去廈商討籌備成立新聞傳播系，任籌委會主任委員。

　　應福建省政協之邀，去福州講辦報經驗，「新聞烹調學」首次公諸於世。他說：「借『烹調學』強調編寫新聞的技術性、藝術性問題。」

　　冬，去武漢，參加武漢大學校慶。

＊1983 年

　　年初，開始寫《哈同外傳》，先由《新民晚報》連載，後由上海文化出版社出版。

　　春，去無錫參加民盟中央召開的東南各省宣傳幹部座談會，會間曾去故鄉宜興小遊。

　　夏，應《鎮江日報》之邀去鎮江參觀講學。《新聞叢談》交浙江人民出版社出版。偕夫人朱嘉稑去北京，參加民盟中央主持的學術講座，所講《新聞藝術》十講，由上海知識出版社出版。

秋，去廈門參加廈門大學新聞傳播系成立慶典，任系常務委員會主任。11 月，赴北京參加全國政協大會。

＊1984 年

2 月，應蘇州大學之請，去蘇州講學、遊覽。

4 月，應《安徽日報》之邀，被聘為安徽新聞刊授大學名譽校長，赴合肥參加開學典禮。

初秋，應《湖北日報》之邀，參觀武漢、鄂中、葛洲壩及三峽，後又從當陽、沙市回武漢，接受武漢大學之聘，任新聞系兼職教授並講學。所著《徐鑄成新聞評論選》由武漢大學出版社出版。

＊1985 年

年初。去北京參加全國政協會議。會後，應《天津日報》之邀，赴天津參觀，重見《大公報》舊址。回滬後又去廈門迎接由香港來的余也魯先生等到廈大講學。

春，應西北新聞刊授學院之邀，去西安講學、參觀。

5 月，回故鄉宜興參觀，後又去湖州參觀。旋赴杭州，整理近年所寫憶友之篇與遊記輯為《風雨故人》，交浙江人民出版社出版。

夏，去南昌，應江西人才開發學院之請講學，其間曾遊廬山，並去撫州參觀。回上海後，忽酒後發生昏厥，醫生稱是小中風，經中西醫悉心治療方恢復。因感生命無常，把生平經歷，用回憶錄體裁，開始寫《八十自述》，9 月 18 日寫成「楔子」。

＊1986 年

2 月，赴北京參加全國政協會議。回滬後寫《報人張季鸞先生傳》交北京三聯書店出版。研究生賀越明搜集整理的《徐鑄成通信遊記選》交福建人民出版社出版。

4 月，赴廈門大學新聞傳播系講學。

＊1987 年

1 月，赴京參加民盟中央會議，辭去中委職務，被選為中央參議會委員並推為常委。

3 月，赴京參加全國政協會議。

5 月，香港友人查良鏞（金庸）、卜少夫、胡菊人、陸大聲（鏗）發起在港慶祝他八十壽辰並紀念他從事新聞工作六十周年。訂好 5 月 3 日機

票，準備出發。忽臨時發生變化（有關方面改變決定），不能成行，終成憾事。

　　6 月 26 日，民盟上海市委與《文匯報》在錦江飯店舉行聯合座談會，紀念八十壽辰及從事新聞工作六十周年。

　　12 月 22 日《八十自述》寫成。上海市委組織部長趙啟正推薦在上海《人才開發》雜誌率先發表。後交某出版社出版。

＊1988 年

　　元旦，為《群言》雜誌寫短文〈今後會更清醒〉（發於該刊三期）。

　　5 月，故鄉宜興舉辦第二屆陶藝節應邀參加，由徐復侖陪同攝影多幀。

　　6 月，以短文〈我們所迫切要求的新聞法〉，參加該刊筆談會「新聞改革怎麼辦？」

＊1989 年

　　4 月接受《中國文化報》亦鈞採訪，訪談錄〈八十筆耕未嘗輟〉發於 4 月 16 日該報。

　　7 月，《八十自述》印成，收到樣書與稿費。後因故未發行，3050 冊存於倉庫。直至去世後，於 1998 年由三聯書店以書名《徐鑄成回憶錄》出版發行。

＊1990 年

　　3 月，出席全國政協會議。應《光明日報》記者之請為《兩會箚記》專欄寫首篇文章〈開門見山話「民主」〉，發表於 3 月 18 日該報。政協會期還先後接受上海《聯合時報》通訊員與北京《新聞出版報》記者的採訪。

＊1991 年

　　因年邁身體欠佳，深居簡出，很少外出。4 月中旬，欽本立病逝，未出席告別儀式。他說：「欽本立自年青時代已是腦筋靈活，很有才氣，字和文章都寫得漂亮，有才子之譽。而他晚年患癌症，可能是憂患所致。」12 月 23 日上午 9 時 55 分於上海家中因心肌梗塞猝然去世，享年八十五歲。一代報人，溘然去世，人們同聲哀悼。

參考文獻

1949 年以前的《大公報》　　　　　王芝琛　劉自立編

百年滄桑（王芸生與《大公報》）　　王芝琛

舊戲新談　　　　　　　　　　　　黃裳

歲月的風鈴　　　　　　　　　　　謝蔚明

讀史閱世六十年　　　　　　　　　何炳棣

原上草　　　　　　　　　　　　　牛漢　張九平編

荊棘路　　　　　　　　　　　　　牛漢　張九平編

香港淪陷日記　　　　　　　　　　薩空了

柯靈傳　　　　　　　　　　　　　姚芳藻

蕭乾回憶錄　　　　　　　　　　　蕭乾

往事並不如煙　　　　　　　　　　章詒和

儲安平與《觀察》　　　　　　　　謝泳

儲安平文集　　　　　　　　　　　張新穎編

一條河流般的憂鬱　　　　　　　　謝泳

父親長長的一生　　　　　　　　　葉至善

幹校六記　　　　　　　　　　　　楊絳

傅雷與他的世界　　　　　　　　　金聖華編

辦報生涯六十年　　　　　　　　　馬達

子岡作品選　　　　　　　　　　　新華出版社

從風雨中走來　　　　　　　　　　文匯出版社

在曲折中行進　　　　　　　　　　文匯出版社

文匯報史略（1949 年前）　　　　　文匯報史研究室

文匯報史略（1949 年後）　　　　　文匯報史研究室

文匯報　人民日报 光明日報　解放日報　宜興報

國家圖書館出版品預行編目

報人風骨──徐鑄成傳 / 李偉著. -- 一版. --
臺北市：秀威資訊科技, 2009.02
面； 公分. -- (史地傳記類；PC0067)

BOD 版
ISBN 978-986-221-150-2(平裝)

1. 徐鑄成 2. 傳記 3. 報業

898.92　　　　　　　　　　97025595

 史地傳記類　PC0067

報人風骨──徐鑄成傳

作　　者 / 李　偉
主　　編 / 蔡登山
發 行 人 / 宋政坤
執行編輯 / 詹靓秋
圖文排版 / 郭雅雯
封面設計 / 蕭玉蘋
數位轉譯 / 徐真玉　沈裕閔
圖書銷售 / 林怡君
法律顧問 / 毛國樑　律師
出版印製 / 秀威資訊科技股份有限公司
　　　　　台北市內湖區瑞光路 583 巷 25 號 1 樓
　　　　　電話：02-2657-9211　　　傳真：02-2657-9106
　　　　　E-mail：service@showwe.com.tw
經 銷 商 / 紅螞蟻圖書有限公司
　　　　　台北市內湖區舊宗路二段 121 巷 28、32 號 4 樓
　　　　　電話：02-2795-3656　　　傳真：02-2795-4100
　　　　　http://www.e-redant.com

2009 年 2 月 BOD 一版
定價：530 元

讀 者 回 函 卡

感謝您購買本書，為提升服務品質，煩請填寫以下問卷，收到您的寶貴意見後，我們會仔細收藏記錄並回贈紀念品，謝謝！

1.您購買的書名：＿＿＿＿＿＿＿＿＿＿＿＿＿＿＿＿＿

2.您從何得知本書的消息？

　　□網路書店　　□部落格　　□資料庫搜尋　　□書訊　　□電子報　　□書店

　　□平面媒體　　□ 朋友推薦　　□網站推薦　□其他＿＿＿＿＿＿

3.您對本書的評價：(請填代號　1.非常滿意 2.滿意 3.尚可 4.再改進)

　　封面設計＿＿　　版面編排＿＿　　內容＿＿　　文/譯筆＿＿　　價格＿＿

4.讀完書後您覺得：

　　□很有收獲　　□有收獲　　□收獲不多　　□沒收獲

5.您會推薦本書給朋友嗎？

　　□會　　□不會，為什麼？＿＿＿＿＿＿＿＿＿＿＿＿＿＿＿＿＿

6.其他寶貴的意見：＿＿＿＿＿＿＿＿＿＿＿＿＿＿＿＿

＿＿＿＿＿＿＿＿＿＿＿＿＿＿＿＿＿＿＿＿＿＿＿＿

＿＿＿＿＿＿＿＿＿＿＿＿＿＿＿＿＿＿＿＿＿＿＿＿

＿＿＿＿＿＿＿＿＿＿＿＿＿＿＿＿＿＿＿＿＿＿＿＿

讀者基本資料

姓名：＿＿＿＿＿＿＿＿＿＿　　年齡：＿＿＿＿　　性別：□女 □男

聯絡電話：＿＿＿＿＿＿＿＿＿　　E-mail：＿＿＿＿＿＿＿＿＿＿

地址：＿＿＿＿＿＿＿＿＿＿＿＿＿＿＿＿＿＿＿＿＿＿＿

學歷：□高中(含)以下　　□高中　　□專科學校　　□大學

　　　□研究所(含)以上 □其他＿＿＿＿＿＿＿

職業：□製造業 □金融業 □資訊業 □軍警 □傳播業 □自由業

　　　□服務業 □公務員 □教職　　□學生 □其他＿＿＿＿＿

To：114

台北市內湖區瑞光路 583 巷 25 號 1 樓

秀威資訊科技股份有限公司　　　收

寄件人姓名：

寄件人地址：□□□

(請沿線對摺寄回,謝謝!)

秀威與 BOD

BOD（Books On Demand）是數位出版的大趨勢,秀威資訊率先運用 POD 數位印刷設備來生產書籍,並提供作者全程數位出版服務,致使書籍產銷零庫存,知識傳承不絕版,目前已開闢以下書系:

一、BOD 學術著作—專業論述的閱讀延伸
二、BOD 個人著作—分享生命的心路歷程
三、BOD 旅遊著作—個人深度旅遊文學創作
四、BOD 大陸學者—大陸專業學者學術出版
五、POD 獨家經銷—數位產製的代發行書籍

BOD 秀威網路書店：www.showwe.com.tw
政府出版品網路書店：www.govbooks.com.tw

永不絕版的故事・自己寫・永不休止的音符・自己唱